第十二届国际

《金瓶梅》

学术研讨会论文集

黄霖　史小军　主编

上册

国家图书馆出版社

图书在版编目（CIP）数据

第十二届国际《金瓶梅》学术研讨会论文集：全二册 / 黄霖，史小军主编 . -- 北京：国家图书馆出版社，2017.10

ISBN 978-7-5013-6256-1

Ⅰ.①第⋯　Ⅱ.①黄⋯ ②史⋯　Ⅲ.①《金瓶梅》—文学研究—学术会议—文集　Ⅳ.① I207.419-53

中国版本图书馆 CIP 数据核字（2017）第 259178 号

书　　名	第十二届国际《金瓶梅》学术研讨会论文集（全二册）	
著　　者	黄　霖　史小军　主编	
责任编辑	程鲁洁	
封面设计	程言工作室	

出　　版	国家图书馆出版社（100034　北京市西城区文津街 7 号） （原书目文献出版社　北京图书馆出版社）
发　　行	010-66114536　66126153　66151313　66175620 　　　　　66121706（传真）　66126156（门市部）
E-mail	nlcpress@nlc.cn（邮购）
Website	www.nlcpress.com →投稿中心
经　　销	新华书店
印　　刷	河北三河弘翰印务有限公司
版　　次	2017 年 10 月第 1 版　2017 年 10 月第 1 次印刷

开　　本	710×1000（毫米）　1/16
字　　数	847 千字
印　　张	53.5

书　　号	ISBN 978-7-5013-6256-1
定　　价	280.00 元

目 录

上册

下册

代序一

第十二届国际《金瓶梅》学术讨论会开幕辞

（中国《金瓶梅》研究会（筹）会长 黄 霖）

尊敬的胡军校长，尊敬的梅节先生、王汝梅先生、铃木阳一先生、陈益源先生，尊敬的中外新老朋友们：

大家早上好！

这次会议在暨南大学举办，首先要对学校、文学院与图书馆领导的大力支持与精心安排表示衷心的感谢！对于参与会议工作的暨大的所有师生员工的辛勤劳动与热情接待表示衷心的感谢！

这次会议有一个鲜明的亮点，即是同时举办了一个《金瓶梅》的版本及研究成果展与一场《〈金瓶梅〉版本知见录》的首发式。这一个展览，一个首发式，充分地展示了暨大研究《金瓶梅》的实力，同时也是对当前整个《金瓶梅》研究的有力推动。版本研究是《金瓶梅》研究的基础。自日本的长泽规矩也、鸟居久晴、泽田瑞穗等做系统的研究与著录以来，近 30 年中国学者在这方面有很大的拓展，取得了骄人的成绩，我们正在把一个个谜团解开，为科学地研究《金瓶梅》铺平道路。

在我看到的这次会议的论文集电子文本中，开头几篇就是研究版本的，词话本、崇祯本、张评本都谈到了。有的文章还是写得很令人瞩目的。比如王军明、吴敢那篇谈张评本的文章，辨析得很细致。早在 1985 年，我最早注意到了张评本有无回评的两个系统以及前面的附论有多寡，或许是我搞批评史出身的缘故，总希望多一点批评文字，所以一直相信有回评的是原本，没有回评的是因书商牟利、节省成本所致。读了这篇持论相反的文章，使我不得不重新考虑这个问题。

写这篇文章的第一作者是一位新人。这也使我注意到这次会议所提交的论文中，有不少年轻人写的都相当有深度，至少是花了力气的。例如李奎、郭志刚写的《海外汉文报刊中的"金学"相关资料举隅》，陈利娟署名在前的《〈金瓶梅词话〉回前诗留文考论》，汪炳泉写的《论〈金瓶梅〉崇祯本的两个系统》，李辉的《西门庆花园的主要空间节点》，王思豪的《赋法：〈诗经〉学视域下的〈金瓶梅〉批评观》，史春燕的《清代中期〈金瓶梅〉戏曲在北京的传播》等，都是花工夫、有创意的。近来常听到朋友说，某某著名小说的研究水平远不能与前辈相比，这使我常考虑我们《金瓶梅》的研究，而从这次会议的论文来看，我看到了我们《金瓶梅》研究后继有人，前途灿烂。我相信后浪一定能越过前浪。

当然，老的一些朋友也宝刀未老。鲁歌先生多年不见，这次提交的文章很有分量，都是用事实来说话，包括在作者问题上不同意我的一些看法，都说得有理有据。另外我想特别提两篇文章，一篇是胡衍南先生的谈夏志清《金瓶梅》批评的文章，另一篇是张惠英的谈语言的研究"不能先有假设"。这两篇文章的意义都在研究方法上指出要从实际出发。上个月，我在横滨铃木先生主持的"中国古典小说研究30年的回顾与瞻望"的会上说，我们的研究应该从脚做起，不要从头做起。即应该从材料、事实做起，不要廉价地跟风，去批发一些所谓新的理论、概念、提法来套原有的、现成的东西，特别不要跟着西方的一些不成熟的、极片面的，甚至有问题的东西来套。这样的研究是没有出息的。

30多年来，我们的《金瓶梅》研究不论是在数量上还是在质量上，都是有成绩的。这是我们这个时代思想解放、学术繁荣的最具代表性的标志之一。但在目前还是未能彻底消解社会对于这部书与对这部书的研究、出版、改编等等方面的偏见。对此，我们一方面应该充分看到这30年，在大家的努力下，与以往的300年相比，已经有了天翻地覆的变化，另一方面也应该充分相信，情况将会越来越好，将会有越来越多的人特别是有关行政领导真正能领悟与接受毛泽东主席对这部书的评价。今年的上海市哲学社会科学优秀成果评奖，我的一篇有关《金瓶梅》版本的论文就十分意外地得到了一等奖。尽管我最早的一本《〈金瓶梅〉漫话》在1986年就得到过由民间老百姓评出的全国图书"金钥匙"奖，后来《金瓶梅考论》在 1989 年得到了北方十五省市的优秀图书奖，《金瓶梅大辞典》在 1991 年得到过全国古籍优秀图书奖，但这些都与今年得到的奖不同。因为那些基本上都是属于民间的、行业的、非官方的，在真正填表时是不算数的。真正属于所谓省部级以上的官方的一等奖给予《金瓶梅》研究成果，这似乎是第一次。这从一个方面也可说明《金瓶梅》及《金瓶梅》的研究，正在被越来越多的人所理解与接受。总之，我们的前途是光明的，关键是我们要走好自己的路。我们要脚踏实地而又挺胸昂首，意气风发地走在我们研究的大路上。

最后，祝会议开得圆满成功！祝暨南大学繁荣昌盛！

（2016 年 10 月 9 日于暨南大学图书馆）

代序二
让"金学"之花越开越靓丽

——在第十二届(广州)国际《金瓶梅》
学术讨论会闭幕式上的总结发言

(中国《金瓶梅》研究会(筹)副会长兼秘书长 吴 敢)

尊敬的史小军馆长、王进驹教授,

尊敬的黄霖会长,

尊敬的各位副会长、顾问、理事,

尊敬的沈伯俊教授,

尊敬的铃木阳一副校长,

尊敬的各位师友:

连同本次会议,中国《金瓶梅》学会(连同其酝酿筹备阶段)和中国《金瓶梅》研究会(筹),已经成功举办了 19 次大型学术会议,其中全国会议 7次(1985 年 6 月在徐州,1986 年 10 月在徐州,1988 年 11 月在扬州,1990 年 10 月在临清,1991 年 8 月在长春,1993 年 9 月在鄞县,2007 年 5 月在枣庄),国际会议 12 次(1989 年 6 月在徐州,1992 年 6 月在枣庄,1997 年 7 月在大同,2000 年 10 月在五莲,2005 年 9 月在开封,2008 年 7 月在临清,2010 年 8 月在清河,2012 年 8 月在台湾,2013 年 5 月在五莲,2014 年 11 月在兰陵,2015 年 8 月在徐州,2016 年 10 月在广州)。另外还有七次重要的专题会议:2002 年 5 月 9 日临沂"《金瓶梅》邮票选题论证会"、2009 年 3 月 31 日黄山"《金瓶梅》与徽文化座谈会"、2010 年 1 月 22 日北京"《综合学术本金瓶梅》

出版选题座谈会"、2010 年 4 月 29 日黄岩"第八届国际《金瓶梅》学术讨论会筹备会"、2011 年 9 月 7 日台儿庄"《金瓶梅》文化研究座谈会"、2014 年 6 月 14 日峄城"电视连续剧《笑笑生传奇》剧本论证会"、2015 年 10 月 22 日长春"金瓶梅文化高端论坛与版本文献展览"等。

由上可以看出，大型"金学"会议的召开地点，江苏 5 次，山东 7 次，吉林、浙江、山西、河南、河北、台湾、广东（以召开先后为序）各 1 次。如果以长江为界，长江以北 16 次，长江以南 3 次。东到台湾，西到大同，北到长春，南到广州，这一片广袤的大地，都是"金学"热土。本次会议的召开，使"金学"会议由北向南拓展了将近 2000 公里。本次会议学术会议与版本展览相得益彰，会议活动与文化考察相辅相成，组织精密，安排周到，凸显学术，培育友情，是一次令人难忘的盛会，已经载入"金学"史册。

自 2005 年至今，连同此前中国《金瓶梅》学会存在的 14 年，如果从 1985 年首届全国《金瓶梅》学术讨论会算起，31 年间，中国《金瓶梅》研究的基本队伍不断扩大、定型，已经形成一支阵容整齐、行当齐全的高层次、高水平的学术团队，并且与海外"金学"同仁保持着密切的联系。

中国《金瓶梅》研究会和他的前身中国《金瓶梅》学会，是工作比较规范、活动比较正常、成效比较突出、富有担当精神、能够自我完善的学术类国家一级（准一级）研究会，是团结和谐、融洽包容，可以畅所欲言、彼此相互信任的学术大家庭。

欧阳健先生在第十一届（徐州）国际《金瓶梅》会议上发言说："不由让我想起魏子云先生信中说的一句话：《红楼梦》与《金瓶梅》的不同处，在于它已有胡适之的根深而蒂固，要想立新说，非先掘根不可。与红学由'显学'化成'险学'不同，'金学'却成为'一处公众游乐的园林'，其中的缘由，或许是《金瓶梅》没有胡适这样的权威来定调调，老一辈'金学'家如魏子云先生，道德文章都堪称表率；更重要的是，以黄霖、吴敢为代表的带头人，从不以自己观点划线，这里没有自奉为'正宗'的祖师，没有扼杀异端的打手，因而使'金学'苑地呈现出百家争鸣的局面，无论考证新论、新探揭秘、探秘溯源、解析解说、评析评注、汇释新解、索引发微、解诂论要等，皆蕴含宏富，立论新颖，花团锦簇，美不胜收。研究者之间，既有针锋相对而不伤友情的辩论风范，更有相互扶持、取长补短、相得益彰的团队精神。《金瓶梅》学会迈过了 30 年的漫长历程，成为最有凝聚力的、最为和谐融洽的学术团体，作为游离于樊篱之外的见证者，为此感到无限的钦佩。"欧阳健先生是"金学"的开创者之一，只是后来一度转移了学术兴趣，近几届"金学"会议他均亲临参加，并有真知灼见启迪与会人员，终于成为研究会的顾问。本次会议开幕当天下午 5：38，陈益源副会长在新白云机场候机返台，登机前发来微信说："各地争相抢着要办'金学'会议，真是令人感动！恭喜我们'金学'如此和谐，这般团结，实在难能可贵！"

"金学"之所以成为显学，是因为成立于 1989 年 6 月的中国《金瓶梅》学会和成立于 2005 年 9 月的中国《金瓶梅》研究会（筹）的各位顾问、会长、理事，以及全世界广大《金瓶梅》研究者、爱好者的长达 30 多年（如果连同欧美与东亚的《金瓶梅》研究先行者，甚至可说是一个多世纪）的不懈努力。中国《金瓶梅》学会曾经有会长 1 人，副会长 5 人，理事 31 人，顾问 5 人，秘书长 1 人，副秘书长 3 人；中国《金瓶梅》研究会（筹）现有会长 1 人，副会长 10 人，理事 78 人，顾问 21 人，秘书长 1 人，副秘书长 2 人。这样庞大而坚强的领导团队，是当今国际"金学"的主干，必然会继续为"金学"作出贡献。

本次会议收到 69 篇论文，如果按照"金学"专题传统分类，其中源流传播 18 篇，文本 12 篇，"金学" 10 篇，文化、版本、主旨各 6 篇，作者 4 篇，语言、文献各 3 篇，续书、地理背景各 2 篇，人物、评点各 1 篇。从中可以看出本次会议与会人员的专业取向，也折射着近期"金学"的关注点。

本次会议实到人员 90 名，大部分都提交了论文。张传生先生更是提交了 4 篇，涉及"金学"、版本、作者、语言 4 个方面，不但用力甚勤，而且颇觉创见。鲁歌、董玉振两位先生也均提交了 2 篇。

本次会议有 23 名师友做了大会发言，其余与会人员也均有小组发言，并且在大会、小组都有精到的评议，刚才四个小组的召集人（杨国玉、齐慧源、黄强、李志宏）又做了详尽的小组汇报，加上开幕式时史小军馆长的主持词、黄霖会长的开幕词、程国赋院长的致词，可以说已经给会议做了很好的总结，我仅谈几点与会的观感。

分析本次会议的到会人员和所收论文，有以下几点特别值得一提：

一、出现了很多新的《金瓶梅》研究者，如董玉振、李奎、郭志刚、陈利娟、杜宏、汪炳泉、祝庆科、范学亮、项裕荣、张静、乔孝冬、黄子纯、李建武、杨剑兵、郁玉英、吴华、兰拉成、王前程、王伟、王明波、路瑞芳、宗守云（以会议论文集排列顺序为序）等，这二三十位新面孔中绝大多数都是年青人，"金学"既壮大了队伍，又增添了后备力量。而吸引年轻研究者薪火相传，正是"金学"的急需。

二、属于学案类的论文，即研究现当代"金学家"成为了本次会议的热点。计有王汝梅、宁宗一、鲁迅、毛泽东、郑振铎、夏志清、朱星、吴晓铃（以会议论文集排列顺序为序）等近十人引起与会学人的关注，其中研究毛泽东《金瓶梅》观的就有 4 篇之多。由周钧韬、高淮生等人倡导的"金学"学案研究，看来越来越引人注目。

三、经过宁宗一、卢兴基、黄霖等先生的多次呼吁，回归文本已经成为"金学"共识。本次会议提交论文中，仔细阅读原著并从原著里采撷经典细节，推理演绎甚见功力、颇有新意的论文几近 20 篇。所涉细节举如留文、墙头密约、时间设置、同性恋、环境诗词、瓢、葡萄架、属相、花园、首饰、岁时节令、习俗、生日、食物食具等，均能由小及大，知微见著。

四、老一辈金学家反思"金学"，勇于修正观点，不断进取，心灵重建，为中青年学人树立榜样，为"金学"史册添加光彩。宁宗一先生的论文《反思：我的〈金瓶梅〉阅读史》说："在面对已经步入辉煌的'金学'，我不可能不反思自己对'金学'建构中存在的诸多误读和在阐释上的偏差……我确实一直想通过小说美学这一视角去审视《金瓶梅》，并打破世俗偏见，参与同道一起提升《金瓶梅》在中国小说史和世界小说史上的地位，还其伟大的小说尊严。但是我在很多论著中恰恰出现了悖论，落入传统观念的陷阱。"接着他举出关于对"丑"的审视、关于《金瓶梅》的性描写、关于《金瓶梅》是什么"主义"、关于对《金瓶梅》人物塑造的认知与阐释等四个方面，具体阐释当年悖论与现今新知之所在，最后总结说："所以，在我的阅读史中，我充满了反思意识，我是逐渐靠近笑笑生的内心生活的。这也才能使我比较准确地看到站在我们面前的这位小说巨擘不是一个普通的艺匠，他是真正心底有生活的人，使他才如此准确地把握到人性的变异……我希望自己从现在起重新上路，对《金瓶梅》进行深入的研究，参与'金学'的科学建构。"我在拙著《金瓶梅研究史》中说："宁宗一是当代老一辈'金学家'的代表人物之一，以其思维敏捷、意气风发、才华横溢、文笔俏丽享誉小说、戏曲研究界。尤其是 21 世纪以来，几乎参加了所有的国际与全国'金学'会议，而且几乎每次会议的开幕式上都是他代表'金学'大家致辞，并且几乎每次致辞都有引领时尚、振聋发聩的创见。他的经典名句'说不尽的《金瓶梅》'，成为'金学'的旗帜。"一位德高望重、学富五车的长者，以85岁高龄，有如此的气魄、襟怀、胆识、睿智，令吾等后学难以望其项背。

鲁歌先生也是一位勇于修正观点、不断追求新知的榜样。鲁歌兄质朴敦诚、勤奋务实、富于思考、长于辨析，于"金学"可谓情有独钟。其在《鲁歌〈金瓶梅〉研究精选集》后记说："我是《金瓶梅》作者'王稚登说'的提出者，但我近十年来放弃了王稚登说……认为真正的作者是江苏兰陵（武进）民间才人。"他在提交本次会议的论文和大会发言中更是具体修正了好几点成见。

另外，董玉振从崇祯本第三十回一个眉批对崇祯本是母本的认知，王军明由苹华堂本《第一奇书》对康熙乙亥本是而本衙藏版本不是原刊本的判定，李奎、郭志刚从新加坡、加拿大的"金学"文献对海外"金学"走向的判断，陈利娟、王齐洲从留文对《金瓶梅》作者、成书的推测，杨国玉从卷首［行香子］词对作者、版本的考论，周文业引入数字化对"金学"作用的推介，李士勋对布伦兹德译本性质的判测，方保营对《金瓶梅》作者"李贽说"的考证，汪炳泉对崇祯本系统的排列，张进德、祝庆科对时间设置作用的分析，项裕荣对破家母体的解读，史小军、张静从环境意象诗词对版本先后的界分，徐志平对民国初年文学史接受《金瓶梅》情况的梳理，马达、张弦生对《歧路灯》是《金瓶梅》"反模仿"的"倒影"的解析，杨彬关于《金瓶梅词话》的仿拟现象对传统小说疏离与演变的研究，胡衍南对夏志清《金瓶梅》研究洞见、不见的反省，傅想容对张竹坡"中人以下"评点模式的论列，王前程对蒋竹山悲剧典型性的论证，贺根民关于《金瓶梅》市井社会全息图象凸显晚明社会末世景象对民国家庭小说写实趋向引领的解说等，皆有新意，可谓星光灿烂，云霞满天。

"金学"赫赫扬扬大半个世纪，虽不至于萧疏，"也还都有蓊蔚洇润之气"（《红楼梦》第二回贾雨村语），但亦颇有"山重水复疑无路"之感。

首先，"金学"存在有两个严重的不相应：一是专家认识与民众认识严重不相应。一方面，"金学"同仁在"金学"圈内津津乐道，高度评价；另一方面，广大民众在社会上谈"金"色变，好奇有余，知解甚少。二是学术地位与文化地位严重不相应。一方面，《金瓶梅》研究与其他学科分支一样，在学术界实际拥有同等的地位；另一方面，《金瓶梅》的出版发行、影视制作等，又受到诸多限制。

其次，前文所述"金学"专题之中，绝大多数专题的表面文章都已做足，深层文章也均开掘殆尽。已发表的"金学"论文，有相当比例属于"碎片化"文章。

复次，"金学"队伍日见老化，不但"金学家"中青壮年稀缺，而且《金瓶梅》研究者后继乏人。虽然近年"金学"题材的博硕士论文不断增多，但以此获得博硕士学位的学子，毕业以后继续研究《金瓶梅》者很少。

再次，"金学"的研究方法日觉陈旧。传统的考据，因为缺少新的史料，难为无米之炊。理论的阐释，因为常规的内容久已涉及，也少见新意。老一辈"金学家"忙于集成旧说，打包复现。中年"金学家"兼顾其他，分身无术。青年学人急于进取，无暇专攻。

最后，"金学"的学风和会风也应该检讨。少数研究者弄虚作假，急功近利，抄袭剽窃，哗众取宠。部分研究成果改头换面，东拼西凑，翻改旧作，故弄玄虚。会议组织时有按资排辈现象，新加入者和青年学人往往没有大会发言的机会。会议发言也觉平铺直叙，缺少质疑商榷。

不过，"金学"并非穷途末路，只要开拓进取，定能"柳暗花明又一村"。

"金学"不仅是文学研究，而且是历史、地理、政治、经济、社会、民族、风俗、伦理、宗教、艺术、服饰、饮食、医药、建筑、游艺、器皿等多学科的研究，通常将文学以外的其他学科研究统称为文化研究。文化研究是近20年来"金学"园林的一道新的景观，是《金瓶梅》研究传统方法的突破与扩大。不同学科的学人加入"金学"队伍，必然有不同的视野，不同的发见。《金瓶梅》文化研究不仅是一个可以继续建设的学科方向，而且其文化综合研究必能出现令人喜出望外的成果。此其一。

观念形态的更新、研究方法的转变、思维体式的超越、科学格局的营设一旦萌发生成，便产生不可估量的影响，具有划时代的意义。《金瓶梅》研究应为其中一例，需要高度警策，精细梳理，广为借鉴，着力突破。此其二。

《金瓶梅》文本是一个丰富无比的大宝藏，其字里行间都可能蕴藏着珍贵的信息。不要说其思想内容包罗万象，即其艺术世界便足够世人遨游。文本再探析，艺术再寻求，至再至三，就会"踏破铁鞋无觅处，得来全不费功夫"。

此其三。

《金瓶梅》的大众传播，鲜有人触及。前文所谓专家认识与民众认识的脱节、学术地位与文化地位的失衡，固然有诸多社会原因，非"金学"界所能左右，但"金学"同仁如果尽力去做一些可以弥合专家认识与民众认识、沟通学术地位与文化地位的工作，譬如影视论坛、社会讲座、大学选修，必然会众志成城，有所作为。此其四。

《金瓶梅》的影视制作还是一块处女地，利用学会影响，联络作家能手，选取电影，精心运作，高雅亮相，打开缺口，再继以电视连续剧，拓展推广，必将极大地提高"金学"声誉，给"金学"带来一片光明。此其五。

"金学"已经不是一座象牙塔，而是一处公众游乐的园林。三百多部论著，四千多篇学术论文，二百多篇博硕士论文，既有挺拔的大树，也有似锦的繁花，吸引着越来越多的研究者与爱好者探幽寻奇。传统的"金学"，加上以文化与传播为标志的、以经典现代解读为旗帜的新"金学"，必然展示着宁宗一先生的经典命题：说不尽的《金瓶梅》。

中国的宁宗一、欧阳健、王平、何香久、张鸿魁、孙秋克、范丽敏、冯子礼、高淮生、谭楚子、傅善明，日本的大塚秀高，韩国的崔溶澈，美国的陆大伟，加拿大的胡令毅等虽然因故未能到会，但均表达了对会议召开的祝贺和对与会学人的问候，让我们向他们表示敬意！

中国《三国演义》研究会常务副会长兼秘书长沈伯俊教授对《三国演义》深有研究，也发表过《金瓶梅》研究的论文，是中国古代小说研究的著名学者，也是中国古典诗词的知名作家，儒雅高洁，勤奋务实，深得学界赞佩。这是他第一次参加"金学"会议，一会他将发表与会感言，旁观者清，其感言定会充满真知灼见。

10 月 10 日晚召开了中国《金瓶梅》研究会（筹）一届八次理事会，现在宣布四个决定：一、增选史小军理事为中国《金瓶梅》研究会副会长，让我们以热烈掌声表示祝贺！二、研究会学刊《金瓶梅研究》编辑部设在河南大学文学院，由副会长张进德教授负责编辑出版；研究会秘书处设在河北师范大学文学院，由副会长兼副秘书长霍现俊教授负责秘书处日常工作。三、支持《河南理工大学学报》开设"金学"专栏，稿酬从优，会后将拟出专栏组稿计划，请各位师友踊跃赐稿。四、第十三届国际《金瓶梅》学术讨论会于 2017 年 10 月在云南省昆明市云南民族大学召开,由曾庆雨理事负责联络;《金瓶梅》青年学者论坛 2017 年 4 月在台湾师范大学召开,由胡衍南理事、李志宏理事负责举办;第十四届国际《金瓶梅》学术讨论会在河南省开封市河南大学召开,由张进德副会长负责举办;第十五届国际《金瓶梅》学术讨论会在河北省石家庄市河北师范大学召开,由霍现俊副会长负责举办。另外,陈益源副会长、徐志平理事、胡衍南理事、李志宏理事亦表示了适当时机在台湾再召开一次国际《金瓶梅》学术讨论会的意向。

对本次会议的召开,史小军先生和承办单位暨南大学图书馆、文学院,协办单位国家图书馆出版社、《明清小说研究》杂志社、《暨南大学学报》编辑部的相关负责人,以及大会工作人员、宾馆服务人员付出了繁重的劳作,使与会人员宾至如归,收获丰厚,格外惬意,流连忘返,让我们以热烈掌声表示衷心的感谢!

(2016 年 10 月 11 日于暨南大学图书馆报告厅)

一、文本及创作方法研究

《金瓶梅词话》回前诗留文考论

陈利娟　　王齐洲

内容提要　《金瓶梅词话》回前诗中使用了大量留文，使用方式有全部袭用、部分袭用和单句袭用三种。这些留文多数出自明代或明刻的通俗文献，甚少袭用主流文人诗词和他们的文集。由此看来，作者对通俗文学比较熟悉，而对精英文学比较生疏，并非所谓"大名士"。大量回前诗与回旨文不对题，反映出作者对章回小说回前诗的程式化作用不够重视，创作上并不是特别用心，这也说明章回小说正处于由世代累积型创作向文人独立创作转变的发展过程之中。第二十一回回前诗对明万历年间与耕堂本《包龙图判百家公案》留文的袭用，证明其成书年代不早于万历二十二年（1594），当然也不晚于袁宏道读到它的上部的万历二十四年（1596）。

关键词　《金瓶梅词话》　留文　回前诗

回前诗是中国古代长篇通俗小说形制中不可或缺的一部分，从中不仅能体察古代小说形式体制的演变，也能体察作者的写作态度和写作能力，而且有助于考订小说作者和小说成书的一些具体情况。本文拟从留文角度考论《金瓶梅词话》的回前诗，希望为该小说研究提供有益的帮助。

一

留文是古代通俗文艺中一种常见的语言现象。自元代关汉卿在杂剧《赵盼儿风月救风尘》第三折《滚绣球》中提出这个概念，后人就此做了不少探讨，尤其是近几十年。虽然没有形成统一的定义，王利器的观点却普遍为大家所重视。他认为留文不仅是一段转录他文、直接因袭的诗词韵语，还是一种模仿前代或当时比较固定或流行的语言表达方式。① 这个说法颇有道理，但是联系元明词话与戏曲之间相互套用韵文以及通俗小说袭用其他文本韵文的具体情况来看，其中概念的外延又失之过宽。把作者主动地模仿创作的语言也作为留文，一方面会让留文比比皆是、无处不在，另一方面又与转录因袭的留文有叙事功能的差异。

关于这个问题的讨论，《留文考论》一文做了详细的辨析。"'留文'指的是传统通俗文艺中一种常见于不同文本，韵文互现，重复迭出的语言现象，是古人为了抵抗传统语言消失，便于记忆、利于唤起受众情感共鸣的语言使用方式。"② 它是一种广泛存在于古代说唱艺术中的模式性词句，是历代通俗文艺编创者在作品编创流传过程中，为充实自身、壮大自我，有意选择的一种流行于当时、颇具文理、文辞相对固定、表达类型化、易于记忆吟咏、通行于各本的带有修饰性的韵文。这些留文可以是一句，也可以是多句；在使用过程中，可能以最稳固的形式与顺序出现，表达某种类型化含义，也可能拆开与其他诗赞组合，形成新的句式，表达新的意思。

即使对留文进行这样严格的界定，它在《金瓶梅词话》里也是俯拾即是，其回前诗中约一半出现了这种语言现象。回前诗一般来说是指中国古代长篇通俗小说开篇和每回开头所出现的诗词等韵文，包括律诗、绝句、格言、偈颂和长短句词等。由于中国古代长篇通俗小说都是章回小说，因此回前诗就包括整部小说的开篇诗和每回开始的回首诗两部分。《金瓶梅词话》中计有8首开篇诗和100首回首诗，据考证，含有留文的回前诗达56首，包括4首开篇诗和52首回首诗，占总数的50%还多。在这56首回前诗中，留文的使用有三种类型：其一是作者几乎一字不差移植原文，拿来就用，如今可以准确地查明留文出处；其二是主要诗句、诗的格式结构与他文非常相似，可以大体判断留文出处；其三是诗中一句或几句使用留文，据此只能推断留文的可能来源。下面就此分别予以考察，并依据作者使用留文的特点推论其人其文。

---

① 王利器《〈水浒〉留文索隐》，《文史》第 10 辑，中华书局 1980 年版，第 269 页。
② 陈利娟《留文考论》，《学术研究》2016 年第 9 期。

二

《金瓶梅词话》回前诗中完全蹈袭原文的有 37 首。鉴于作品抄本、刻本在传播过程中造成的遗漏、异文、衍文、别字通假等情况，由此导致的不同文本间个别文字的差异忽略不计，只要诗句格式相同、每句主要文字相同，这样的留文都可归入蹈袭原文一类。

小说开篇"阆苑瀛洲""短短横墙""水竹之居""净扫尘埃"四首词就属于这种情况。其词牌名均为〔行香子〕。除"水竹之居"外，其余三首见于元代彭致中《鸣鹤余音》卷六（明正统道藏本）。从此书到《金瓶梅词话》，"阆苑瀛洲"篇"重"字变为"陵"字，"也宜春"前少了"却"字；"短短横墙"篇"忔憎"变为"忔憕"，"却有"变为"也有"；"净扫尘埃"篇"惜取"变为"惜耳"；其他文字相同。这 4 首词又见台北"中央图书馆"题程敏政（？—1499）编的明抄本《天机余锦》卷四，顺序依次是"短短横墙""阆苑瀛洲""水竹之居""净扫尘埃"。《天机余锦》本除了"短短横墙"中"清话"写为"情话"外，其他文字皆与《鸣鹤余音》本同。在"水竹之居"篇中，《天机余锦》本与《金瓶梅词话》本稍有差异，"床砌"为"装砌"，"此等"为"此乐"，"倚阑干"为"抚阑干"，"好炷心香"为"好柱些香"。抛开字形混淆、读音相近致讹等原因外，这首词两本大致相同。表面看，《金瓶梅词话》与《鸣鹤余音》《天机余锦》所差无几，实则《金瓶梅词话》的〔行香子〕词牌所用词体有误。其中"阆苑瀛洲"篇，第六句只有三个字，而其他三首第六句都是四个字，这个词体变动反映了作者对〔行香子〕的词格并不熟悉。相比之下，《鸣鹤余音》本和《天机余锦》本都没有犯这种错误。此四首词还见于明人王兆云的《湖海搜奇》①，次序为"水竹之居""短短横墙""阆苑瀛洲""净扫尘埃"；其中对词格不统一的两处地方进行了规整：把四首词的第六句都处理为三个字，去掉了四字中开头的"也""却"或"有"字，而倒数第三句都只有三个字，去掉了四字中开头的"但"或"好"字；文字上，"阆苑瀛洲"篇"阆"为"浪"，"陵"为"琼"，"水竹之居"篇"倚"为"抚"，"净扫尘埃"篇"明朝事天自安排"为"朝事天自有安排"，"几时来"前加"是"。也就是说，《金瓶梅词话》与《湖海搜

---

① 《四库全书存目丛书》，子部第 248 册，齐鲁书社 1995 年版，第 83—84 页。

奇》文字并不接近。此四首词在清代文本中也多次作为留文使用。简言之,《金瓶梅词话》中这四首［行香子］应该与《天机余锦》关系更为接近。据王兆鹏考证①,明抄本《天机余锦》为嘉靖二十九年（1550）左右出现,是一本杂词、曲选本,为当时的词学秘籍,影响比较广泛,《金瓶梅词话》的作者很可能转录了此文本。

回首诗中有 33 首亦属于完全蹈袭原文。第一回"丈夫只手把吴钩"原是宋代卓田《眼儿媚·题苏小楼》词。对比《金瓶梅词话》,明陈耀文《花草粹编》卷七小令《题苏小楼》（明刻本）有七字差异:断、肝、凿、胆、君、怒、世;蒋一葵《尧山堂外纪》卷六十一所载相差三字:断、君、怒;明徐𫘪《榕阴新检》卷十六诗话（明万历三十四年刻本）、明杨慎《词品》拾遗（明刻本）和明陆楫《古今说海》之《山房随笔说略》八（清文渊阁《四库全书》本）所载相差四字:断、君、怒、杰。比较该词各种版本,《金瓶梅词话》与《清平山堂话本》卷三《刎颈鸳鸯会》（明嘉靖刻本）更为接近,几乎是原文照搬,仅有两字之差:君、杰;而且袭用了《刎颈鸳鸯会》对卓氏词的改动,将"一怒世人愁"改为"一似使人愁",将原词的历史沧桑感变为教化惩戒意味。另外,《金瓶梅词话》中此词下面的一段解词文亦与《刎颈鸳鸯会》几乎一样,仅少了"此二字""也""虽"五个字,改"能"为"合"。由此说来,该书作者更多地接受了《刎颈鸳鸯会》的文化浸润,于诗词的正统学习之道并不在意。

第五回回首诗与《水浒传》②卷二十六回首诗几乎完全相同,仅"因缘"为"姻缘"、"贞姿"为"真姿"。除此之外,未见其他存在于词话本之前的文献。

第十八回回首诗与《明心宝鉴》省心篇第十一的一段文字非常相似,相差七字:狡谲、生、开暮落花。与《水浒传》第五十三回回相差三字:心、生、霞。可见词话本是以《水浒传》为留文来源。

第十九回回首诗与此诗前四句见《明心宝鉴》③省心篇第十一的一段文字,后四句见《明心宝鉴》顺命篇第三的一段文字,与词话本差异六字:到、恶、凡、

---

① 王兆鹏《唐宋词史论》,人民文学出版社 2000 年版,第 270 页。

② 如无特别说明,文中所说《水浒传》指容与堂本《忠义水浒传》。

③ 《明心宝鉴》是明初杭州人范立本于洪武二十六年（1393）编纂而成,是指导人们为人处世的人生哲学书。主要为普通民众提供修心养性的简明材料,还用于儿童启蒙之用。

须、智慧。与《水浒传》第三十三回回首诗有六字异文，到、恶、须，盲、智慧。此外再无别的文献见这完整八句。对比起来，《金瓶梅词话》十九回回首诗与《水浒传》更为接近，当以此为来源。

第二十一回回首诗："脉脉伤心只自言，好姻缘化恶姻缘。回头恨骂章台柳，赧面羞看玉井莲。只为春光轻易泄，遂教鸾凤等闲迁。谁人为挽天河水，一洗前非共往愆。"此诗与明安遇时《包龙头判百家公案》卷六（明万历朱氏与耕堂本）第五十六回回中诗几乎相同（除去原文本身缺字"□"，仅"默默"为"脉脉"、"拆"为"骂"、"汤"为"光"）："默默□□只自言，□□□□□□□。回头□拆□台柳，赧□□看玉井莲。只为□汤□易泄，遂交鸾凤等闲迁。谁人为挽天河水，一洗前非共往愆。"

第二十八回回首诗原是宋代戴复古《处世》诗，见《石屏诗集》卷六（《四部丛刊续编》景明弘治刻本）。与原诗相比，《金瓶梅词话》改变两字，变"一"为"此"，"旁"为"才"。与明汪砢玉《珊瑚网》卷十四法书题跋（清文渊阁《四库全书》本）中沈周的《书七言律诸作》相应文字更为相近：仅变"逢"为"当"。与《明心宝鉴》存心篇第七所书文字完全相同。可见，《金瓶梅词话》使用留文并非取自原诗，而是以《明心宝鉴》为来源。

第三十回回首诗见明臧懋循《元曲选》（明万历刻本）《崔府君断冤家债主》元杂剧楔子，有六字差异：在天、甘贫守、仙。还见《明心宝鉴》，与词话本有三字差异：天、守、仙。亦见明澹圃主人《大唐秦王词话》卷三（明刊本）第十八回，与词话本差异有十字：枉、何穷、但存善念、清闲、仙。可见，《金瓶梅词话》此回回首诗来自《明心宝鉴》。

第三十五回回首诗原出宋代谢艮齐《劝农诗》，见罗大经《鹤林玉露》卷十六（明刻本），与词话本有十八字差异：理、旧、多放聊添税、田地深耕足、须、裁柘胜、都、困。明陈继儒《致富奇书》卷三占候部中诗赋部（清乾隆刻本）的《虞清霞劝农二律》与谢诗完全相同，明陈全之《蓬窗日录》卷八诗谈二（明嘉靖四十四年刻本）所引也基本相同，仅"聊"为"旋"。此诗亦见明澹圃主人《大唐秦王词话》卷三第十八回，与词话本有二十字差异：俭、田地勤耕足、柘、少、是非闲事都休、饥只加餐渴饮。此诗还见《明心宝鉴》省心篇第十一，与词话本有八字差异：田地深耕足、多、柘、少。从文字、句意上看，词话本当来自《明心宝鉴》。

　　第三十九回回首诗原是晚唐薛逢《汉武宫词》，见明曹学佺《石仓历代诗选》卷九十四（清文渊阁《四库全书》补配清文津阁《四库全书》本），《金瓶梅词话》仅变原诗"驻鹤"为"入梦"。清陈廷敬《御选唐诗》卷十七的七言律（清文渊阁《四库全书》本）、《全唐诗》卷五四八（清文渊阁《四库全书》本）与《金瓶梅词话》本文字完全相同。

　　第四十三回回首诗原是唐代薛逢《悼古》诗，见金元好问《唐诗鼓吹》卷二（清顺治十六年陆贻典钱朝鼐等刻本），仅"入"为"暂"；亦见明澹圃主人《大唐秦王词话》卷一，将"土一丘"为"一土丘"，"且将身入醉乡游"为"脱身且伴赤松游"。《金瓶梅词话》本与《唐诗鼓吹》中薛逢诗比较接近，与《大唐秦王词话》文字相差较远。《全唐诗》卷五四八薛逢《悼古》与元好问《唐诗鼓吹》同。

　　第四十四回回首诗原是唐代薛逢《长安春日》诗，见金元好问《唐诗鼓吹》卷二、明曹学佺《石仓历代诗选》卷九十四晚唐二十一、曹寅《全唐诗》卷五四八。《金瓶梅词话》本仅变原诗"车马"为"马车"，"绮罗"为"丝罗"。

　　第四十八回回首诗与《明心宝鉴》省心篇第十一"真宗皇帝御制"比较相似，有十七字不同：路、世、报冤、与子孙、为、无显达云程、富贵、身、尽。核心词句、顺序两书相同。此诗还见明程春宇《士商类要》，与词话本差异更大，有二十四字。可见，词话本当以《明心宝鉴》为韵文来源。

　　第四十九回回首诗与《明心宝鉴》省心篇第十一中一段文字几乎相同，仅有一字差异：食。

　　第五十二回回首诗原是宋代朱淑真《晴和》诗，见《新注朱淑真断肠诗集》卷一（明刻递修本），仅变原诗"未"为"子"，疑是误抄。清代多个选本均与朱淑真诗相同。

　　第五十七回回首诗亦见《西游记》第三十五回（明书林杨闽斋刊本），仅有几字与《西游记》不同，变"圆"为"员"，"翻"为"番"，"变化"为"禅那"，"长"为"无"，"劫"为"切"。变化数字，原诗中的佛教意味弱化很多，成了一首说教诗。

　　第五十九回回首诗为唐代杜牧《柳长句》诗，见《樊川集》第三（《四部丛刊》景明翻宋本）。《金瓶梅词话》抄录此诗时，改"不尽"为"下尽"，"柳何穷"为"折何穷"，"巫娥"为"巫峡"。此诗亦见五代韦縠《才调集》卷四古律杂歌诗一百首（《四部丛刊》景清钱曾述古堂景宋抄本），题杜牧《柳》，改原诗中"莫"为"不"；宋陈应行《吟窗杂录》卷十五（明嘉靖二十七年崇文书堂刻本）背律体，题《咏柳诗》；金元好问《唐诗鼓吹》卷六，题《柳》。这回回首诗与原诗个别字有差异，造成句意上不准确，这说明作者于此诗本义并不完全理解，抄写过程只求形式完整。

第六十一回回首诗是宋代朱淑真《秋景·九日》诗。与原诗相比，《金瓶梅词话》变"阵"为"队"、"惭"（实则为"懒"）为"频"。两字相异，句意悬殊。"征鸿"飞翔时皆有"阵"形，而不是"队"形；美人自觉消瘦，容光消退，自然是"懒"得照镜，怎会"频"照镜？可见《金瓶梅词话》作者于诗意、诗境并未深思，仅以字形相似轻率判断诗中文字。

第六十二回回首诗是唐代僧人元真《垂训》诗，见清世宗胤禛辑《悦心集》卷一（清雍正四年武英殿刻本）。《金瓶梅词话》在使用此留文时，将原诗中的"地"改为"理"，余皆相同。此诗还见《明心宝鉴》继善篇第一，文字与词话本完全相同。可见词话作者使用这首诗留文的出处是《明心宝鉴》。

第六十四回回前诗与明代中期的文言小说《怀春雅集》[①]中的一首诗相比只差六个字：变"意"为"思"、"试"为"失"、"方"为"初"、"外"为"散"、"两字"为"西子"。这种差异很可能是抄写过程中因字形和读音相似带来的。但是，其中的字形误判却造成了诗句的理解偏差。第七句本是"两字风流夸未了"，写苏生与潘小姐云雨过后，深觉玉贞娇媚远非"风流""两字"能够说尽，含无限赞赏之意。词话改为"西子风流夸未了"，坐实玉贞美如"西子"，不如原诗意在言外之韵。

第六十八回回首诗原是宋代胡宿《残花》诗，见胡宿《文恭集》卷四（清武英殿聚珍版丛书本）。金元好问《唐诗鼓吹》卷八、明李裵《宋艺圃集》卷一（清文渊阁《四库全书》补配清文津阁《四库全书》本）、《全唐诗》卷七三一亦有收录。诗中所写本是暮秋景致，原是"雨压残红""风雨飘飘""忍传遗恨""苦被风寮"。《金瓶梅词话》改"雨"为"雪"，"飘"为"飘"，"忍"为"欲"，"苦"为"若"。四字相异，句意悬殊，显然修改者并未深思这首诗，变动之后减去了凄清的况味。

------

① 《怀春雅集》见《花阵绮言》，明刊本。

第六十九回回首诗与《怀春雅集》中苏国华所作的一首近体唐律几乎相同，仅有二字差异：变"早"为"足"，"把"为"犯"。这种情况当为抄写之误。虽有两字不同，诗中相应之处的句意却发生了一定的改变：神仙有路自当"早"登，无人相陪"把"酒言欢，才是正意。"足"登临与"犯"美酒应是误写、误解所致。

第七十一回回首诗亦见宋代佚名《宣和遗事》前集（《士礼居丛书》景宋刊本）："暂时罢鼓膝间琴，闲把遗编阅古今。常叹贤君务勤俭，深悲庸主事荒淫。致平端自亲贤哲，稔乱无非近佞臣。说破兴亡多少事，高山流水有知音。"《金瓶梅词话》变"暂"为"整"，"遗编"为"筵篇"，"庸主事荒淫"为"痛主事荒臣"，"致"为"治"，"哲"为"恪"，"非"为"龙"。用语不同，诗意悬殊。原诗主要抒发历史兴亡感和评说国家兴废原因，但变动后入小说，诗句多不可解。可见《金瓶梅词话》作者并未真正理解这首诗，只是感觉有说教意味就袭用过来吧。

第七十四回回首诗原是唐代谭用之《寄许下前管记王侍御》诗，见元好问《唐诗鼓吹》卷九，《全唐诗》卷七六四同。小说在使用时做了改动：改"顿"为"愿"，"杯"为"阶"，"腻"为"腻"，"辔"为"后"，"陌"为"路"。原诗中今昔对比后的落寞和孤独，由于个别字的改变已无可体会，修改者或许没有读懂原诗句意。

第七十七回回首诗原是唐代陆龟蒙《和行次野梅韵》诗，见《甫里集》卷八（《四部丛刊》景黄丕烈校明抄本）。《金瓶梅词话》改"棹"为"弹"，"薄媚"为"落娟"，"会"为"令"，"刚"为"应"。五字相异，句意悬殊。"薄媚"为淡雅可爱之意，咏梅非常贴切，而"落娟"则不知所谓。

第七十八回回首诗原是宋代朱淑真《冬至》诗。《金瓶梅词话》将原诗中的"小寒"改为"大寒"。

第七十九回回首诗原是宋代邵雍《仁者》诗，见宋邵雍《击壤集》卷六（《四部丛刊》景明成化本）。《金瓶梅词话》改"平"为"闲"，"爽"为"夹"，"须作疾"为"终仿病"。引入该诗后，小说直接点出乃邵雍诗作。而在第二十六回，则改前两句作他文，与此回又不同。

第八十七回回首诗一二、七八句见《明心宝鉴》继善篇第一，与词话有四字差异：善、愚顽、受四字。还见《水浒传》第二十七回回首，与词话本完全相同。可见此回留文来自《水浒传》。《水浒传》叙武松杀了西门庆、潘金莲后，自去县里投案，此诗乃斥责西门庆、潘金莲。《金瓶梅词话》此回亦有此意。

第八十八回回首诗前四句见《明心宝鉴》正己篇第五，与词话本两字差异：神、继。以完整的形式出现的只有《水浒传》第三十六回回首，题"箴曰"，与词话本相比差异两字：继、叹。可见，此首留文诗应出自《水浒传》。此"箴"寓劝诫教化之意，正合《金瓶梅词话》此回旨意。

第八十九回回首诗见《水浒传》第三回，相差三字：改"多"为"能"，"绕"为"晓"，"歌"为"哥"。这是一首描写酒楼与饮酒的诗作，《金瓶梅词话》将其放在此回回首，诗意与回旨完全不同，可见作者所拟回首诗并不严格匹配故事内容，有一定的随意性。

第九十回回首诗见《明心宝鉴》省心篇第十一，与词话本有三字差异：长、霄、于。除去音同字异造成的差异外，只有一字差异：霄。除此之外，未见任何文献记载此诗。可见词话本是以《明心宝鉴》为留文来源。

第九十二回回首诗与《水浒传》第三回回首诗极为接近，两诗的结构、顺序以及诗意完全相同。《金瓶梅词话》中仅变了七个字：虽然、由、自由、逢、早。此诗原本对应"史进夜走华阴县，鲁智深拳打镇关西"，有种随遇而安、天命难违的宿命感，转而用作斥责陈经济，并不合适。

第九十四回回首诗见《水浒传》第三十二回：改第二句"处处明"为"到处明"，第三句"人心恶"为"人心歹"，第四句"须"为"教"，第五句"盲聋暗哑"为"痴聋暗哑"，第六句"智慧"为"伶俐"。文字虽然有差异，句意并未改变。对于这种以道德说教为主的诗作，作者的把握算是差强人意，改动后也能做到句意通顺。

第九十九回回首格言见《明心宝鉴》戒性篇第八，与词话本有十字差异：临机与对镜、先见明、在无净。此诗亦见《水浒传》第三十回回首诗，与词话本两字差异：论、条。可见词话本以《水浒传》为来源。此诗宣扬"忍耐"与"莫争"，与《金瓶梅词话》此回意思比较相符。

三

留文使用的第二种情况，指回前诗与其他作品中的主要文字相同，个别诗句存在差异。这种回前诗共 14 首，其中与《水浒传》中诗词相似的有 10 首。

第四回回首诗与《水浒传》第二十四回回首诗相似，有 18 字异文。《金瓶梅词话》中改"宗桃"为"宗祀"不妥，"青青"似"青春"之误抄。其中第七句原为"武松已杀贪淫妇"，按《水浒传》的叙述，武松杀嫂在第二十六回，事件却提前到第二十四回回首诗预告；而在《金瓶梅词话》中潘金莲死于第八十七回，因此第四回引入此诗时最后两句变得完全不同。

第六回回首诗见《水浒传》第二十五回回首诗：改"查"为"喳"，"己"为"命"，"家"为"业"，"资"为"家"，"他时"为"一朝"，"血污游魂更可嗟"为"亏杀王婆先做牙"。这里所作的改动，主要是最后一句"亏杀王婆先做牙"，与该回内容不相吻合（王婆充当马泊六事，在前几回中已有叙述），诗旨和文字功夫皆不见高明，乃是随意敷衍之笔。

第九回回首诗（与第六回的有诗为证前三句相同）与《水浒传》第二十六回中的一首《鹧鸪天》词非常相像。前六句中，改"庆"为"爱"，"祸"为"后"，"贪快乐，恣优游"为"只贪快乐恣优游"；后两句改写为"天公自有安排处，胜负输赢卒未休"。因为《金瓶梅词话》此回武松并未杀死西门庆和潘金莲等人，不能沿袭原作快意恩仇之义。另外，此处还将词改为了诗，也反映出作者对《鹧鸪天》这一词体并不熟悉。

第十回回首诗核心字句和结构与《明心宝鉴》省心篇第十一比较相似，与词话本相比，《明心宝鉴》有十八字不同：看尽弥陀、念彻大悲、还、慈悲、救、照见本来心、做。此诗还与《水浒传》第四十五回偈非常相似，抄改了此偈前六句和后两句。变原偈中的"楞伽"为"瑜伽"，"念华严"为"诵消灾"，"慈悲"为"无心"，"保救"为"何究"，共有八字不同，可见，词话本是以《水浒传》为来源。

第二十回回首诗与《水浒传》第七回回首诗非常相似：改"尽"为"悔"，"总"为"恐"，"事业功名"为"得失荣华"，"得便宜处休欢喜"为"不如且放开怀乐"，"远在儿孙近在身"为"莫使苍然两鬓侵"。主要改动在于后两句，但改后的诗意与回旨并不吻合。大约作者是取原诗通俗易懂、朗朗上口之句引入小说中，以便增添小说的传播力。

第二十二回回首诗，此诗见《明心宝鉴》省心篇第十，与词话本相比有六字差异：曰、蠢、言、当教做。除此之外，再无其他文献见到这首诗的完整文字。

第二十六回回首诗后六句与宋邵雍《仁者》①诗后六句非常相似，仅"病"为"疾"、"须"为"终"、"伤"为"殃"，但前两句完全不同。《明心宝鉴》省心篇第十一载"康节邵先生曰"包含词话本此诗所有文字，只是将顺序打乱，从文字的相似度看，词话本当以《明心宝鉴》为来源。

第二十七回回首诗前六句与《水浒传》第八回回首诗相似，改"英雄"为"人家"，"忠义紫心由秉赋"为"淫媟从来由浊富"；后两句则完全不同。原诗的"林冲合适灾星退，却笑高俅枉作为"，十分切合《水浒传》此回旨意；改后的"天公尚且含生育，何况人心忒妄为"，成了劝诫性的文字。

第三十三回回首诗主要语句、结构与宋代邵雍《和人放怀》②诗相似，首尾两联非常接近，变"为人"为"人生"，"男子雄图"为"君子行藏"，"时"为"如"。虽然这些文字发生改动，但诗意未变，体现词话本作者对这类劝诫性、适俗性的语言掌握得比较准确。

第三十八回回首诗与《水浒传》第六十五回证诗相似，首尾两联两句非常接近，改"蕙"为"丽"，"逼人清"为"适人情"，"愿教"为"令人"，"柳"为"淡"；中间四句则不同。改动使诗作的语气发生了变化，传达出鄙视、污蔑女性的意味。

第七十三回回首诗中个别诗句见《平妖传》第二十二回（明墨憨斋本）、《西洋记》卷八第四十三回（明万历二十五年刊本）。详情见前文第二十二回回首诗部分。

第九十七回回首诗与《水浒传》第七回回首诗相似，改"浮花"为"浮华"，"总"为"恐"，"事业功名"为"得失荣枯"；末二句不同。《水浒传》此回宣扬的是宿命论和因果报应思想；《金瓶梅词话》此回则突出了及时行乐的思想。

第九十八回回首诗从主要语句、诗歌结构来看，接近《水浒传》第三十八回回首诗，改"羹"为"根"，"薄"为"怜"，"澹"为"淡"；最后两句不同。与《明心宝鉴》存心篇，亦有四句相似。修改后的回首诗与回旨并不契合。

---

① （宋）邵雍《仁者》，《宋文鉴》卷二十五，《四部丛刊》景宋刊本。
② （宋）邵雍《和人放怀》，《击壤集》卷二，《四部丛刊》景明成化本。

第一百回回首诗格言与《水浒传》第五十七回回首诗非常接近，改"恃"为"将"，"逢恶和"为"遭恶兽"，"奇"为"恃"，"宋江"为"李安"。《水浒传》第五十七回叙"徐宁教使钩镰枪，宋江大破连环马"，故有"宋江"之句。《金瓶梅词话》的袭用，符合李安拒绝春梅引诱，为明智之举的情节。

此外，留文使用还有第三种情况，夹杂一两句留文的回首诗计有 5 首。

第十三回回首诗中"处世规模要放宽"，见于宋代戴复古《石屏诗集》卷六（《四部丛刊续编》景明弘治刻本）、明代汪砢玉《珊瑚网》卷十四法书题跋（清文渊阁《四库全书》本）《处世》诗。

第四十五回回首诗中"佳名号作百花王"，见唐代皮日休《花艳无双》诗、明代彭大翼《山堂肆考》卷一百九十七（清文渊阁《四库全书》本）"花品引"。

第五十三回回首诗中"人生有子万事足"，见宋代姚勉《雪坡舍人集》卷十八《贺赵宰夫美任生子》、宋代赵必豫《覆瓿集》卷六附录名公祭文名公挽诗、明代胡维霖《胡维霖集》祭文卷二、明代杨琢《心远楼存稿》卷三五言律诗《诞子歌》。

第七十六回回首诗中"人生世上风波险，一日风波十二时"，与黄庭坚词《鹧鸪天·渔父》最后两句非常相似。黄词那两句广泛存在于明代文献，如明张元忭《（万历）会稽县志》卷十五礼书七、明陈继儒《捷用云笺》卷二、明毛晋《六十种曲》之《灌园记》第十一出、明郭子章《豫章诗话》卷四（清刻本）等。

第八十回回首诗中"世情看冷暖，人面逐高低"，见元关汉卿《裴度还带》第二折等。

纵观上文，《金瓶梅词话》回首诗袭用的留文艺术水平并不高超，内容上也并不完全符合该回的意旨，有些甚至与回旨及全文的思想感情倾向相悖。

四

基于具体的梳理和考证，根据《金瓶梅词话》回前诗中留文使用的特点，大致可以形成以下几点结论：

（一）《金瓶梅词话》回前诗留文袭用不同类别的作品时，呈现的艺术水平不均衡，这显示了作者大致的身份。

这些留文大多从《水浒传》《明心宝鉴》《清平山堂话本》《元曲选》等比

较通俗的文艺作品中获得，内容多呈现劝诫警醒、应景趋时的特点，文字一般通俗易懂，是普通人也能接受和理解的诗或词。其中有 19 首与《水浒传》本相同或几乎相同；有 10 首与《明心宝鉴》相同或相似①，14 首文人诗，包括唐代薛逢 3 首，杜牧、谭用之、陆龟蒙各 1 首，宋代朱淑真 3 首，胡宿、卓田、邵雍、戴复古、谢艮斋各 1 首；与其他小说、戏曲以及杂书相应文字几乎相同或大致相同的有 23 首。但凡作者袭用《水浒传》和《明心宝鉴》等通俗文艺中的文辞，无论是全盘照搬还是根据小说内容部分选取，总能正确使用，即使有异文、缺笔、字迹不清等困扰，也能选择相对合乎诗意的字、句来补充原文，使得诗作自身的语句顺畅、意思明白。而在使用文人诗词作留文时，则存在一定错误。所选取的文人作品，相比唐宋其他诗词并不特别尖新、出色，多是一些应景趋时与说教劝诫的文字，前者如朱淑真的《晴和》《秋景·九日》《冬至》和杜牧的《柳长句》等，后者如邵雍的《仁者》、戴复古的《处世》和谢艮斋的《劝农诗》等。应景诗带有明显的季节和时令特色，虽然对环境做了典型化的描述，却有着比较广泛的普及性，即便如此，小说在使用中依然存在差错。

有时《金瓶梅词话》里只改动了很少几个字，但是整首诗的意旨会与原诗产生较大差异。例如，第五十九回回首诗："日落水流西复东，春风下尽折何穷。巫峡庙里低含雨，宋玉门前斜带风。莫将榆荚共争翠，深感杏花相映红。灞上汉南千万树，几人游宦别离中。"原是杜牧的《柳长句》诗，仅改"不尽"为"下尽"，"柳何穷"为"折何穷"，"巫娥"为"巫峡"，然而相关诗句已很难说通，以致诗歌工对不协、句意晦涩。第七十八回回首诗："黄钟应律好风催，阴伏阳生淑岁回。葵影便移长至日，梅花先趁大寒开。八神表日占和岁，六管吹葭动细灰。已有岸傍迎腊柳，参差又欲领春来。"原是朱淑真的《冬至》诗，仅将"小寒"改为"大寒"，一字之差却出现了重大的常识性错误。自古以来，人们都认为小寒时节，梅花始开。徐锴《岁时记》（文渊阁《四库全书》影印本）说："小寒三信：梅花、山茶、水仙；大寒三信：瑞香、兰花、山矾……此后立夏矣。"明初王逵《蠡海集·气候类》（文渊阁《四库全书》影印本）载："析而言之，一月二气六候，自小寒至谷雨，凡四月八气二十四候。每候五日，以

---

① 此处主要参照了杨国玉《〈明心宝鉴〉与〈金瓶梅〉的道德况味——代〈金瓶梅〉辩诬》中的研究成果，见《金瓶梅研究》（第十二辑），中州古籍出版社 2016 年版，第 140—149 页。

一花之风信应之，世所异言，曰始于梅花，终于楝花也。详而言之，小寒之一候梅花，二候山茶，三候水仙。"显然，《金瓶梅词话》中的改动并没有仔细考虑物候学常识，想当然地将"小寒"变为"大寒"，造成了物候学的错误。即使是邵雍、戴复古、谢艮齐、卓田等的说教诗词，作者也很少从诗作抄本和刻本等比较接近原诗的文献中选取，而是选取《明心宝鉴》《眼儿媚·题苏小楼》《清平山堂话本》等通俗文献。

而且，由于作者的诗词修养不够深厚，袭用通俗文学文献中的诗词有时也会出现错误。如第七十一回回首诗，原见宋代佚名的《宣和遗事》前集，原诗主要抒发历史兴亡感和评说国家兴废原因，词话本改动几个字以后，诗句多不可解，其实细审诗意，多是抄录错误。显然，这个作者并未仔细斟酌以切中肯綮，只是感觉此诗有说教意味又通俗易懂，就将之转录下来。

这些现象都说明，《金瓶梅词话》的作者是个饱读通俗文学的人，他熟谙《水浒传》等元明小说、宋元话本及元明戏曲，同时脑海中还有一些平日能够朗朗上口的名诗佳句。这些文艺作品培育了他的文学修养，奠定了他的文学眼光，使他在通俗小说写作中能随时调用这些材料，从而让文本呈现出一种能够被读者易于接受的状态，有一种明显的适俗性。这个作者，对古代正统、主流的文学并不在意，他随意将所谓的文人雅士的诗作放在词话本中，既不忠实原诗产生背景，也不能准确使用原诗的字词，甚至将这些诗故意放在了表现肮脏性关系的章回中，体现了一定反讽的意味。作者对文人诗词的袭用的"缺陷"，既表明作者有意识在降低小说的精神俗世性，又降低了回首诗和正文之间的统一性。

（二）回前诗留文过多，且多与回旨不相符合，弱化了诗词在通俗小说中的应有作用。

回前诗本是通俗小说体式的一个要素，是通俗说唱艺术形式向通俗书面文学转变过程中遗留的重要程式。这种创作的程式化，一方面是通俗小说发展的必然结果，另一方面也与文体写作中的稳定性、惯性有关。中国古代文学的写作程式化比较常见，古诗、律诗、绝句，不同的诗体则要求不同的文字使用规则，律诗中的用韵、平仄、字数、对偶等皆有定式。"文必秦汉""诗必盛唐"多少反映文章学的一些定律。文学创作程式、文学的文体惯例与审美特性有关，"千篇一律"地引用留文作为回首诗并不是通俗小说独有的创见。

除了历史原因造成的存在合理性，回前诗本身亦有一定的作用：其一是回前诗词可以勾连故事内容形成两个层次与意境的对比，引入话题；其二是对叙事有直接帮助，或概述大意、寓示主题、烘托气氛，或引出地点或人物，表明说书人的劝诫和评判。①

回前诗可以独立负载开宗明义的功能，更多的还是与小说中的其他组成部分共同作用，形成更大的合力，反复强调其宗旨趣味，达到"适俗""导愚"的目的。就《金瓶梅词话》来说，作者在撰写回前诗时并没有像写内文故事与细节一样上心投入。他常常不顾章回的回旨，简单袭用他人作品或当时流行的语句进入回前诗，造成文不对题的后果。最典型的莫过于对《水浒传》回首诗、证诗的随意转录。除去那些在任何通俗文本中都适用的劝诫说教诗外，该书经常把《水浒传》中不具叙事功能的诗赞性文字引入回前诗，使得回首诗形同虚设。如第八十九回回前诗，见于《水浒传》第三回，写鲁达、史进遇打虎将李忠，便去潘家酒楼饮酒。这完全是一首描写酒楼的诗，《金瓶梅词话》将它放在回首，与回旨完全无关。又如第九回回前诗，袭用了《水浒传》第二十六回中《鹧鸪天》词的前六句，改后两句为"天公自有安排处，胜负输赢卒未休"。作者之所以改写后两句是因为此回武松并未怒杀潘金莲、西门庆等人，不能用"血染龙泉"为证。作为回前诗，此诗意旨与此回内容并不完全相符，表明作者对回前诗的处理并不谨慎，有随意编排之嫌。又可见作者对回首诗的处理并不严格遵守通俗小说的体例，有一定的随意性。这种情况表明，在词话本中回前诗似已失去了其在小说中的独特作用，仅仅成为一种形式而已，这是明代中后期文人参与通俗小说写作或改编后的结果②，展示了中国白话小说由民间创作向文人独立创作演变的过渡形态。

（三）回前诗留文暗示了作品成书年代。

众所周知，《金瓶梅》最早是以抄本形式在少数文人中流传。明代最早提到《金瓶梅》抄本信息的是"公安派"旗手袁宏道（1568—1610），时间是明万历二十四年（1596）。袁宏道在给好友董其昌（1555—1636）的信中说："一月前，石篑见过，剧谭五日。已乃放舟五湖，观七十二峰绝胜处，游竟复返衙斋，摩霄极地，无所不谈，病魔为之少却，独恨坐无思白兄耳。《金瓶梅》从

① 梁冬丽《史传序例：通俗小说篇首诗功能之前源》，《广西社会科学》2013 年第 8 期。
② 梁冬丽《论通俗小说篇首诗的嬗变》，《广西社会科学》2012 年第 7 期。

何得来？伏枕略观，云霞满纸，胜于枚生《七发》多矣。后段在何处？抄竟当于何处倒换？幸一的示。"① 尽管有学者根据其他途径，得出《金瓶梅》成书于明代隆庆年间，早不过嘉靖四十年（1561），晚不过万历十一年（1583）等结论。② 但依据现有文献，并未发现万历二十四年（1596）之前有关于《金瓶梅》的记载。在没有更多证据确证小说成书时间的情况下，只有根据现有文献为基础来推断小说的成书时间。从传播学的角度来看，作品和传播是如影随形的，有作品（无论是抄本还是刻本）流传，就会有人记录或评论，尤其是通俗小说，其本身的适俗性和生活性更容易得到回应和传播。因此，《金瓶梅》的成书时间应该与其传播时间相去不会很远。黄霖先生在比对《金瓶梅词话》所引文字与《水浒传》各本的文字后，考证《金瓶梅词话》是以万历十七年天都外臣序的《忠义水浒传》为祖本，进而论断《金瓶梅词话》成书年代早不过万历十七年（1589），晚不过万历二十四年（1596），当为万历二十年（1592）左右，其结论还是比较符合传播学常识和理论的。③

而从留文的角度出发，通过词话本第二十一回回首诗的考证可以发现，该小说的成书年代应该不早于万历二十二年（1594）。因为此回的回首诗与万历与耕堂刻本《包龙图判百家公案》中相应文字（除去缺字）几乎一模一样，而这段文字也只见于这两部小说之中。虽然《龙图公案》的成书、刊刻过程比较复杂，但依据可见文献大致能做如此断定，《金瓶梅词话》当以此本为留文来源。反之则不成立，若《包龙图判百家公案》本以《金瓶梅词话》本为留文来源，空缺的文字一定不会那样多。据《古本小说丛刊》④，万历与耕堂本《包龙图判百家公案》刻于万历二十二年（1594），《金瓶梅词话》作者最早于此年见到那首诗。

概而言之，根据《金瓶梅词话》回首诗留文的考订，可以发现小说作者原创诗歌的能力并不突出，108 首回前诗中就有 56 首使用了留文；而且，这些留

---

① （明）袁宏道撰，钱伯城笺校《袁宏道集笺校》，上海古籍出版社 2008 年版，第 289 页。

② 周钧韬《〈金瓶梅〉：抄引话本、戏曲考探》，《周钧韬文集》卷一，吉林人民出版社 2010 年版。

③ 黄霖《忠义水浒传与金瓶梅词话》，《水浒争鸣》第 2 辑，长江文艺出版社 1982 年版。

④ 中国社会科学院文学研究所《古本小说丛刊》编委会编《古本小说丛刊》第 2 辑，《包龙图判百家公案》，中华书局 2008 年版。

文大多浅显直白，具有明显的适俗性和普及性，便于大众读者理解。作者原创的回前诗也不出色，多以说教劝诫性的文字张目，且很多不能匹配小说回旨。这一切都说明小说作者尚不具备精湛的诗体创作技能和水平，不是什么"大名士"。同时，太多留文回前诗的使用也说明作者不愿花心思在小说回前诗上，他只是遵循着当时小说的体式，将比较能符合大众接受审美口味的诗歌展示在小说中，以保证长篇白话章回小说结构形式的完整，不太在意这一部分内容对小说叙事的价值和意义。这体现了章回小说渐渐从话本小说的体式中走出来，走向了个人性、创造性，以及以故事本身影响读者的发展之路。关于留文的研究也从传播学的角度暗示了作品的成书年代，初步推断《金瓶梅词话》成书不早于万历二十二年（1594），当然也不晚于袁宏道读到它的上部的万历二十四年（1596）。

［作者简介］陈利娟，广东金融学院财经传媒系副教授；王齐洲，华中师范大学文学院教授。

略论《金瓶梅》中的饮食礼仪及上元夜的习俗

杜明德

内容提要 饮食礼仪是吃出来的，而且是庞大的文化意识体系。中国人受物质条件限制，因此历来节俭。但是，每到节日却一反常态，突然用奢侈的方式来欢度节日。因为节日都因农事而兴起，每个节日即是宗教活动，也是社会活动。这是个全民祭神贿神、祭祖贿祖、宴请乡邻是贿人。目的是祈求各方神灵和祖先，以及乡邻亲友都来帮助，使其风调雨顺，六畜兴旺，人寿年丰。这些都是为了建立神、鬼、人之间相互照应的关系。这么重要的事，奢侈一点也是值得的。因为吃的礼仪丰富了节日习俗，也形成了特定的节日饮食，如"春节年糕，清明蛋，端午粽子，腊八饭"等，这仅是一点节日食品的谚语。生活中的食品要比谚语更丰富多彩，坐席有坐席的规矩，斟酒有斟酒的顺序，坐次不但长幼有别，客主有别，男女有别等，可谓五花八门。筵席很讲究节奏，在时间、空间的礼仪安排上也独具匠心，以筵请六黄太尉为例，不但场面宏大，而且在时间和空间的礼仪上也是环环相连，丝丝入扣。朝廷大员如此，就是吴月娘款待尼僧也不马虎。

元宵之夜是一年中的第一个月圆之夜，也正是万物复苏，春耕春播即将开始的时候。月神是主管旱、涝、风、雹的，这些自然灾害直接关系到人们的衣食住行。所以，这个夜晚的人们倾巢而出祈求月神，保证今年风调雨顺，就成了情理之中的事了。元宵夜还是卜测年内气候的重要日子，对农作物的丰歉有重要的预测作用。因此，元宵夜就成了祈求月神、卜测气象、庆祝万物复苏的重要日子。娱乐也是元宵夜的重要活动。由隋朝柳彧的上书可以看出，元宵之夜是名副其实的狂欢之夜。

关键词 饮食 礼仪 狂欢

饮食　礼仪

生活中的任何一种民俗现象都与每个人息息相关，虽然人人都是参与者，但是往往都熟视无睹。在历史长河中，人类都充当着某一类民俗事象的传播者和继承者，也是某一类民俗的延续者，同时，也是民俗事象的创造者。人类在漫长的岁月里，自觉不自觉地反复履行着某一种民俗事象，又在类似的民俗活动中，一次又一次地重复再现。世界上的任何人无不是民俗的承受者和体现者，这就是民俗文化传统。

《金瓶梅》[①]中的许多民俗事象就是传承历史上流传下来的文化传统，同时也在往下传播，这就是承上启下。如家庭成员的多少，通常的说法是用"口"来统计，"口"成了人数的计算单位，用这个单位统计的重要性在于食物是否够这些人口食用，更重要的是能不能维持这些人口生命的需要。这就要求父母有一个"养家糊口"的责任，而这个责任多由男人来承担，常言说"娶得起老婆管得起饭"，这就是做丈夫的责任，又称"拖家带口"。家庭是这样，国家也亦然，"人口"统计，"人口"普查，就是摸家底，看看你的"口粮"够不够这些"人口"吃的。粮不够吃就要饿死人，历史上有，近代也有。中国的平民百姓自古以来就在饥饿的死亡线上挣扎，能够吃饱饭是世代人的追求，也是人们的奋斗目标。也可以用不让吃来惩罚一个人，对孩子就施行"不让你吃饭了"来吓唬，以视惩罚。政府惩罚一个人也是不让你吃饭了，如"判死刑"就是此类惩罚。《金瓶梅》的年代，"天下大乱黎民失业，百姓倒悬"，这个处境就非常困苦了，危急到了死亡的边缘。西门庆的结拜兄弟白来创，就经常遇到有上顿没下顿的困境，就连能说会道的应伯爵也有断炊的时候。因此，吃就成了生活中的大事，北方人见面的礼貌语言就问"吃了没有""喝了没有"，还有的地方把吃晚饭叫做"喝汤"（因为夜里不下地干活，就喝点稀汤），还美其名曰"干稀搭配"。其实，是粮食紧缺，没有办法的办法。在鲁西农村，凡是关系好一点的乡亲见面，就会问："粮食够吃吗？"

不要看食物这么紧缺，但是吃的礼仪不但健全而且十分复杂。上饭有上饭的规矩，斟酒有斟酒的次序，而且在坐位上长幼有别，客人和主人有别。据文

---

① 《金瓶梅词话》，明万历本，日本株式会社大安本 1963 年 5 版。

献记载，商以前的酒器规定，不同身份的人用不同的酒器和食器。周以鼎的标准来区分位次，本来鼎是煮饭的陶器，后来成了盛食品的器物，于是有了"列鼎而食"。后来鼎又成了权力的象征，再后来更是神奇，上升到国家的权力"鼎足而立"。这都是由吃引申出来的文化意识体系。

到了《金瓶梅》这个时代，《金瓶梅》中共写了 300 多种食品，分别有面食 55 种，其中有 5 种用糯米或大米制作的，其余 50 种多为小麦、小米、黄米、豆类等制作的，如炊饼、烙饼、荷花饼、卷饼、寿桃、寿面、玉米面鹅油蒸饼、葱花羊肉一寸的扁食儿、粽子、冷糕、花糕、包子、桃花烧麦、元宵、火烧、裂破头高装肉包子、菜卷子、黄芽韭菜肉包、一寸大角儿、馓子、麻花、猪肉韭菜饼儿，还有绿豆白米水饭等。

菜肴类约有 105 种，主要有鸡、鸭、鹅、鱼、肉、蛋、虾、蟹等为主要原料，如第五十四回写的，干蒸劈晒鸡、王瓜拌辽东虾、白炸猪肉、水晶膀蹄。第七十五回中的黄炒银鱼、银苗豆芽菜、春不老冬笋、黄芽韭炒海蜇、烧脏肉酿肠儿等。

糕点类的约 31 种，分别为糕、酥、饼、卷之类的甜食，如馅饼、玫瑰饼、果馅椒盐金饼、丁皮饼、糖薄脆、白糖万寿饼、果馅寿字饼、雪花糕、玫瑰元宵糕、香茶桂花饼、玫瑰八仙糕、玫瑰果馅金饼等。

山珍海味类，如驼蹄、熊掌、豹胎、猩唇、虾米、螃蟹、燕窝、驼尖、白鳖等。

干鲜果品、糖果等 32 种，如雪梨、莲子、榛子、栗子、荸荠、菱角、白鸡头、苹婆、盖柿、大枣、核桃。蜜食类有扭孤儿糖、柳叶糖、饴糖、方糖、蜜饯、荔枝、龙眼、衣梅、香榧等。

《金瓶梅》中的酒类有内酒、火酒、艾酒、白酒、头脑酒、竹叶青酒、羊羔酒、豆酒、南酒、茉莉酒、金酒、金华酒、药五香酒、荷花酒、黄酒、黄米酒、甜酒、菊花酒、麻姑酒、鲁酒等 31 种。包括蒸馏酒、营养酒、药酒、果酒等，其中羊羔酒为大补元气、健脾胃、益腰肾。共有酒品多达 31 种，从第一回到第九十五回，几乎回回有酒。

《金瓶梅》的每一回都涉及到饮食，食材的广泛是很多小说都难以相比的。对于烹饪、宴饮的描写更是极其详尽。书中对家常便饭、盛大筵席、节庆筵席、祭祀筵席等各式筵席，都有仔细的描摹。这些筵席中的时间、空间及礼仪与风度都可称得上是上乘之作。再加上食品与器具的完美结合更让人惊叹。

筵席中往往先上凉菜，这会给你很轻松的节奏感，客人们在漫谈中品尝，就像话剧中的序幕，如同筵席前的演习。等热菜一上来，酒也上来了，筵席进入高潮，觥筹交错，弹唱的乐工在一旁为筵席助兴，也为筵席的高潮加快了节奏，如《金瓶梅》第十二回中，写花子虚在家摆酒会茶，一个粉头，两个妓女，琵琶筝箫在席前弹唱，酒过三巡，三个唱的放下乐器，绣带飘摇磕头，西门庆叫玳安给唱的赏钱，每人二钱银子。筵席中的节奏感自然流畅，美食美味发挥得淋漓尽致。

《金瓶梅》第五十六回，写宋御史借西门庆的家院宴请六黄太尉时，先是教坊鼓乐远迎，显得场面宏大热烈，节奏明快。当太尉的轿子到厅上后，"厅上筝阮、方响、龙笛、凤管等细乐响动"，悠闲轻松，这时客人落座献茶，"下边动鼓乐来与太尉簪金花，捧玉斝，彼此酬饮"。环环相扣，不漏半点接缝。紧接着演一折《裴晋公还带记》，之后，四员伶官所选奏的清弹小唱《南吕·一枝花》也是应情景助兴，其中"官居八辅臣，禄享千钟近。功存遗百世，名播万年春"等。显然，这个唱词是经过精心挑选的，显得自然得体，让客人从情景中体味到平步青云，又睥睨天下的骄矜心态。客人心满意足就意味着主人请客的目的达到了，这是筵席间的节奏，艺术的效果，这就是吃出来的文化。《金瓶梅》第三十一回写西门庆儿子满月，宴请客人，筵席上周守备请刘太监点唱，刘太监先后点了"叹浮生有如一梦里"，《陈琳抱妆盒》杂记中的"虽不是八位中紫绶臣，管领的六宫中金钗女"。薛太监接着点《普天乐》中的"想人生最苦是离别"。两位太监虽然在皇宫里，享受着荣华富贵，但不懂得戏曲内容，所以周守备和夏提刑都认为点的不妥。最后还是由夏提刑点唱了《三十腔》。夏提刑认为，"今日是你西门庆老爹加官进禄，又是好日子，又是弄璋之喜，宜该唱这套"。不是唱就能唱出快乐来，要情景交融才能触景生情，这样产生的快感才是真正的快乐。这两位太监是看热闹的人，并不懂得其中的门道，投其所好才是关键，才是恰到好处。

《金瓶梅》第四十九回，写西门庆宴请宋巡按和蔡御史，宴会后留蔡御史在卷棚内小坐，携妓游园，弈棋题诗，又间杂听戏饮酒。第五十四回写应伯爵邀请西门庆等人举宴，其间携吴银儿、韩金钏二妓郊游，宴间玩"催花击鼓"的游戏。第十五回中，写酒过两巡，桂姐与桂卿，一个琵琶，一个筝，两个弹唱《霁景融合》。这时来了三个圆社，手里捧着一个盒儿，盛着一只烧鹅，提着两瓶老酒，西门庆认得这两个圆社。于是在桌上拾了四盘下饭，一大壶酒，打发圆社吃了。西门庆与圆社先踢了一跑，次后叫桂姐上来与两个圆社踢，一个楂头，一个对障，勾踢拐打之间，无不假喝彩奉承。这也是酒兴之后的娱乐，先前是弹唱的音乐之乐，后者则是体育表演的快乐。通过这一场表演，说明当时的蹴鞠开展得非常普遍，不仅在男子中开展，女的技术也很了得，且有男女混合练习或者展开混合比赛的形式。如果继这种局势踢下来，男女技术齐头并进，发展到现在，足球水平就该是另一种情景了。另外，当时的妇女裹足虽然已成风气，至少妓女这个群体可能不在裹足的范围。既然桂姐毫不迟疑地上去对阵，像桂姐这样会踢球的女人不在少数。从以上的游艺也是伴宴的内容来看，如行令、猜谜、弈棋、游园、蹴鞠等，这样在宴请中交叉进行可称丰富多彩。

宴请中的空间布局，凡是宴请，主人的目的是要被请者愉悦，除了上面说的酒菜花样翻新外，宴请的环境也是宴请气氛中必不可小视的重要方面，因为这是宴请中必不可少的因素。比如宋御史借西门庆家院摆酒宴迎请六黄太尉时，西门庆在第一道门前搭建了照山彩棚，也叫七级彩山，进入大门后，在厅前又扎了五级彩山。还有孔雀开屏，铺设地毯，锦绣桌帷，妆花椅垫，好不豪华，而且吃席看席俱全。由巡抚巡按陪坐，两边布按三司列坐，其余八府官都在厅外棚内两边入座，只是五果五菜平头席。这在《金瓶梅》中的筵席里，是最为豪华的一次。只因为逢迎权贵，所以筵席现场的空间布局不仅是吃的人赏心悦目，看到的人和听到的人也是啧啧称道。筵会间吃的样样齐备，看的品种齐全。当筵席完毕时，西门庆早已把两张桌席连金银器都装在食盒内，共二十抬，分别送与散席的客人。宋御史的是一张大桌席，两坛酒，两牵羊，两对金丝花，两匹缎红，一副金台盘，两把银壶，十个银酒杯，两个银折盂，一双牙筋。蔡御史的也是一般。

招待朝廷大员如此，即便是吴月娘款待宣经的尼僧也不简单，如《金瓶梅》第三十九回，写吴月娘款待尼姑时，叫小玉安排了四碟素菜，两碟咸食，四碟糖薄脆，蒸酥，菊花饼，板搭馓子等。

《金瓶梅》第七十五回，写西门庆的宵夜也是花样百出：如意儿拣了一碟鸭子肉，一碟鸽子雏，一碟银丝鲊，一盘掐的银丝豆芽菜，一碟黄芽韭和海蜇，一碟烧脏肉酿肠儿，一碟黄炒的银鱼，一碟春不老炒冬笋等八个菜点。

综上所述，在整个宴会中，除山珍海味各式小菜，咸甜果品外，敬酒和厨师敬献大件名菜，以及主人付小费等套路。还有"递酒安席""呈献割道""拦门递酒"等，这些礼仪待客的路数都使宴会的节奏产生了热烈而和谐的气氛，加上空间的布置和打击乐和弦乐的伴奏，使筵席增添了丰富多彩的情趣。

元宵 习俗

正月十五日，是一年中的第一个月圆之夜，正是万物复苏，春耕春播即将开始的日子，所以元宵之夜就成了最重要的夜晚。更重要的是，月神是主管旱、涝、风、雹的，这些自然灾害又关系到家家户户的衣食住行。所以，人们在这个夜晚用各种形式祈祷月神，使其风调雨顺就在情理之中了。根据史料记载，元宵之夜还是卜测年内气候状况，以及农业收成的丰歉事宜。那么，月圆之日就成了集庆祝、祈祷、卜测为一体的综合性大型活动，这就更显得元宵夜的重要。这么多的活动项目，参加活动的人数肯定不在少数，加上看热闹的人群，元宵之夜的总人数应该是人山人海。当然，娱乐也是元宵之夜的重要活动，用热闹非凡来形容应该是恰当的。

《金瓶梅》第十五回"佳人笑赏玩月楼，狎客封嫖丽春院"，写正月十五日，是瓶儿的生日。吴月娘、李娇儿、孟月楼、潘金莲，都穿得花枝招展到李瓶儿家的狮子街来看灯会。"那灯市中人烟奏集，十分热闹，当街搭数十座灯架，四下围列些诸门买卖，玩灯男女，花红柳绿，车马轰雷"，但见各种花灯布满街市，"有双龙戏水，金莲灯、玉楼灯一片珠儿，荷花灯、芙蓉灯散千围锦绣"等，各种花灯几十种。村里社鼓，百戏货郎。往东看，雕漆床、螺钿床金碧辉煌，向西瞧羊皮灯、掠彩灯锦绣夺目。比一带都是古董玩器，南厢尽是书画炉，王孙争看。小栏下蹴鞠齐云，仕女相携，向楼上妖娆炫色，卦肆测新春造化等，还有卖元宵的等，应有尽有。看灯的人挨肩擦背，拥挤的人群被西门庆的妻妾们所吸引，差一点引起踩踏事件。这是元宵节的盛况，反应了灯火辉煌的节日气氛和参加所有活动的各项内容。因为观赏的人多，应运而生的买卖也涌上了灯会，连算命，卜测的也都如数到齐。

《金瓶梅》第二十四回，写元宵节过后的正月十六日，也是合家欢乐饮酒的日子，金莲向众人提议往街上走走去。月娘身上不方便，李娇儿腿疼，雪娥因月娘不去她也就不去了。于是，金莲、玉楼、李娇儿率众男女上街走走，实为"走百媚儿"，韩回子老婆说："他在家跟着人家走百病去了，把狗让人家偷跑了。"北方很多地方都在正月十六"走百病"，其意是走一走百病都没有了。这一般人等，边走边放炮、放花。这一夜的街市上也"香尘不断，游人如蚁，花炮轰雷，灯光杂彩，萧鼓声喧，十分热闹。左右一对纱灯引导，一簇男女皆披红垂绿，以为出于公候之家"。这是元宵夜过后又一个社火集中表演的日子，主题应该是"走百病儿"，平常也在走，但今天的走不同往常，今天出来走就可以祛百病。这是元宵节期间的最后一个欢庆夜。

春节，古称元旦，为一年之始。据专家研究发现，我国最古老的历法是彝族的十八月太阳历，这种历法距今已有一万多年。① 因此可以认为春节这个节日，也应该有一万年之多。春节的习俗是因农事而发起，因农事而产生的节日，是农事的一个重要组成部分。这个节日也是人们祭祀神鬼和祖先的，主要是庆贺收获和来年丰收。《诗经·七月》中有较详细的记载。《七月》中记载应是一种公共性的活动。庆贺也好，期盼也好，都是娱乐活动。期间宰杀牲畜，男女集聚，载歌载舞，并模仿各种动物进行狂欢，正如《礼记·杂记下》中说，"人之皆若狂"，有点开放式的庆典，没有禁忌。男女老少人人参加。据史料记载，先秦时期鬼神一体，不需要辟邪驱鬼，到了汉代鬼神分离，才把鬼与凶、祸相连，这就产生了辟邪驱鬼，为了家家户户的安全，于是有了门神，有了桃符。在驱鬼的活动中敲响大鼓，一边跳一边舞，这就是后来形成的逐傩，类似舞蹈。炮竹、燃草本来是驱鬼的活动，后来演化成喜庆也放炮竹，后来变成热闹庆祝时必备的内容。

元宵又称上元，是第一个月圆之夜。人们认为"月神"是主管旱、涝、风、雹的，月神可以保证风调雨顺。经过观察总结，在黄淮和关中一带，一年之中的气象活动有两个周期，上元时间观察到的气象规律可以维持到中秋，正好是半年的时间，到中秋月圆，正好是第一个周期结束。从中秋到次年初春又是一个周期，这两个月圆之日都是观察和预测两个周期中的气象规律和对农业有直接影响的气象。这就是因农业的丰歉而产生的两个盛大节日。除了预测外，还有祈祷丰收，以保证风调雨顺。除此之外，还要酬谢掌管阴阳的太一神，相传太一神是主管所有神灵的，就像现在的公司董事长。一直到清代，祭祀太一神

---

① 齐涛《中国民俗史论》，河南大学出版社 1992 年版。

神祇的活动还很盛行，规模也很巨大。可以通宵达旦、张灯结彩，这与佛教的"无量火焰、照耀无极"有关。人们是善良的，凡是神祇都是保佑众生的，所以，人们都对神灵们报以厚望，让他们都和太一神一样保佑众生，在风调雨顺中享受五谷丰登六畜兴旺的实惠。节日是要献祭的，其实就是贿神，不管是丰收后的感谢神灵，还是祈求神灵保佑丰收，都要"宰杀牲畜"。作为庆贺和祈求都是要献祭的。随着时间的推移，祭祀的范围越来越广，祭祀的时间也越来越长，献祭的品种也越来越多、越来越广泛，包括面食、面点、山珍海味等品种也应运而生。

另外，南宋马瑞临记载了民间在正月十五卜测气候的办法①："上元日晴主一春少雨，又宜百果，谚云：上元无雨三春旱，又云：雨打上元灯，云罩中秋月，正月上元雾，主水。""上元东风，夏米平；南风，米贵主旱；西风，春夏米贵，桑叶贵；北风水涝；东北风，水旱调，大熟；东南风，禾麦小熟；西北风，有水，桑叶贱，西南风春夏米贵，蚕不利。"

正月十五可占测一年的丰歉雨水，同时对神祇祭祀也是必不可少的。元宵祭祀掌控阴阳的太一神，往往是通宵达旦，连续数日，这就是元宵节通宵达旦地庆祝的主要原因，久而久之自然成俗。

隋朝柳彧②向朝廷上书，反对元宵狂欢。上书中这样描写："都畿百姓，每至正月十五日作角觝之戏，递相夸竞……京邑爰及外州，每以正月望夜，充塞街陌，聚戏朋游，鸣鼓聒天，燎炬照地，人戴面兽，男为女服，倡优杂技，诡状异形，以秽嫚为欢娱，用鄙亵为笑乐，内外共观，曾不相避，高棚跨路，广幕凌云，祛服靓妆，车马填噎，看醾肆陈，丝竹繁会，竭资破产，竞此一时，尽室并孥，无间贵贱，男女混杂，缁素不分……"

这个向皇帝建言献策的柳彧，描述正月十五的欢乐场面，如果比较真实的话，那这个元宵节就是名副其实的狂欢节，各种竞技"充塞街陌"，而且戴着各式各样的面具，不管男女都穿着最艳丽的服装，男女互扮，外表打扮得奇形怪状，以乐为快，所有的娱乐方式无所不用其极。期间，锣鼓，各类器乐全都竞相演奏。人们不问身份不问男女，都尽情的欢乐。这一夜，可以自由地互相

---

① 齐涛《中国民俗史论》，河南大学出版社 1992 年版。
② 《隋书·列传第二十七柳彧》，中国华侨出版事业出版社 2004 年版。

接触，互相表达爱慕之情。词人辛弃疾在《元夕》①词中写道："东风夜放花千树，更吹落，星如雨。宝马雕车香满路。风萧声动，玉壶光转，一夜玉龙舞。蛾儿雪柳黄金缕，笑语盈盈暗香去，众里寻他千百度，蓦然回首，那人却在，灯火阑珊处。"欧阳修的《生查子·元夕》②中写道："去年元夜时，花市灯如昼，月上柳梢头，人约黄昏后。今年元夜时，月与灯依旧，不见去年人，泪湿春衫袖。"在那个礼教、家教重重约束的年代里，人们都唯唯诺诺，恪守礼法，平日里也笑不露齿，关门闭户，过着沉闷压抑的日子，劳作了一年的年轻人，唯一盼望的就是元宵的这一个夜晚，可以轻而易举地去掉各种约束，尽情地男女接触，放灯、赏灯、拔河、歌舞，笑谈言说，况且还有面具作为掩护，可以去掉平日的羞涩，放心大胆地去约会交往。尽管如此，同样也会留下遗憾，在人流如潮涌动的人群里，终于看到了他寻找已久的心上人，他在灯火阑珊处，可望而不可及，只好等来年的今天了。两个作者文章中的主人公，都留下了不同程度的遗憾，但毕竟还是有希望的，希望来年的今天去碰运气，如果没有元宵盛会，这样的艳遇就不会发生，美好的夜晚，美好的人事和美好的诗词同样也不会产生。盛赞历史上开放自由的元宵夜，更是怀念有如此开放的元宵节，有如此自由欢快的节日氛围，使沉闷一年的人们有个难得宣泄的日子。十分可惜，这个狂欢的民俗文化没有传承下来。所以，在历史的长河中，大浪淘沙，被淘掉的不光是糟粕，有的精华精品也被淘下去了。

2016 年 5 月

[作者简介] 杜明德，山东临清市志办公室副主任。

---

① 《唐宋诗词选析》，云南大学出版社 2005 年版。
② 《唐宋词鉴赏辞典》，上海辞书出版社 1988 年版。

《金瓶梅》的饮食文化、物质文化与
相关的汉语史料

——论食相、食物与食具

洪　涛

内容提要　《金瓶梅词话》的饮食描写（食物、食具和喝茶、喝酒等风俗）蔚为大观，这现象反映了晚明时期的物质文化十分发达。饮食描写往往有艺术上的作用：或塑造人物，或刻划世态，不一而足。另一方面，饮食描写中的细节，有特别的历史价值。本文从汉语史料学的角度考察《金瓶梅》物质文化的细节（例如饮食描写中的食品和食具），尝试了解成书年代"字无定体"的实际情况。本文做的是个案研究，目的是揭示《金瓶梅词话》在汉语史料学上的价值。

关键词　物质文化　饮食描写　汉语史料　小说艺术

一、引言

《金瓶梅词话》以描写"色"（性爱）而闻名于世，其实，作者笑笑生对于"食"同样津津乐道，故事中吃喝场景特别多。① 笑笑生写豪门盛宴、家常饮食，往往细述现场有什么食物，用上什么食具、茶具、酒器，这些都与当时的物质文化有关。②

---

① 这一点，孙述宇早已指出（见孙述宇《金瓶梅的艺术》）。另，读者可以参看胡衍南《饮食情色金瓶梅》，里仁书局 2004 年版。又，郑培凯撰有《〈金瓶梅词话〉与明人饮酒风尚》长文，收入郑培凯：《茶余酒后金瓶梅》一书。郑培凯认为作者以酒类配合人物性格。

② 有时侯，《金瓶梅》还常常描写宴会中谁来奏乐唱曲。笔者曾就书中"奏乐、弹唱"写过一篇文章。这篇文章收入洪涛《洪涛〈金瓶梅〉研究精选集》，台湾学生书局 2015 年版。

书中也有多处描写帮闲一再厚颜吃白食，字里行间流露出作者的鄙夷之意。①

《金瓶梅词话》反映的饮食文化也有历史价值，例如，书中写的食材特别引人注目：第七十八回描写配酒菜之中有黄鼠、螳螂（见于词话本）。②在其他小说作品中，我们极难看到富贵人家吃这些东西。③又，西门庆故事发生在北宋末，可是，故事中有明朝才出现食物，例如，书中写到玉米，而玉米是明朝才由外地传入；书中也写吃燕窝，这似乎是食用燕窝首次见于中国小说。从这个角度看，成书于晚明的《金瓶梅》实有名物考证上的史料价值。④

作者对西门家的饮食器具，也不厌其烦一一细述，例如，西门庆招待夏提刑，用的是"云南玛瑙雕漆方盘拿了两盏茶来，银镶竹丝茶钟［盅］，金杏叶茶匙，木犀青豆泡茶……"（词话本第三十五回）⑤饮食器物非凡，正好配合西门家的派头，有时候，器物可能还寄寓了深一层意蕴。⑥

本文首先略论《金瓶梅》饮食话语的艺术作用，然后进入另一方面的探索：从汉语史料学的角度来考察《金瓶梅》的物质文化（饮食、器物）。笔者做的是个案研究，特别关注《金瓶梅词话》中的食品（苹蒌、苹波、苹菠、苹婆、

---

① 例如，《金瓶梅词话》第六十七回写应伯爵急喝酥油白糖灰牛奶的猴急相、抢吃瓜仁的馋相。又如，第五十二回描写："那应伯爵与谢希大，拏起筋来，只三扒两咽，就是一碗；两人登时狼了七碗。西门庆两碗还吃不了。"第四十二回描写："每人青花白地吃了一大深碗八宝攒汤。"这些描写之中，"狼了……"和"青花白地吃了……"都甚为夸张，寓有嘲讽之意。另外，蹭饭（厚着脸皮吃白食），《金瓶梅词话》中作"雌饭"，见于第三十五回、第八十五回、第八十六回、第八十九回。

② 用螳螂下酒，另见于第七十七回。参看梅节重校本，第1077页。有学者认为：这里提到的"螳螂"，是一种螳螂形状的蜜饯。参看黄霖主编《金瓶梅大词典》，巴蜀书社1991年版，第968页。第三十三回，陈经济说过："世上有两庄儿，鹅卵石、牛骑（犄）角，吃不得罢了。"

③ 《本草纲目》指出"黄鼠"是珍馔。

④ 笔者所用《新刻金瓶梅词话》影印本，得自北京首都师大老师的周文业先生。此词话刻本的廿公跋放在弄珠客序之前，且内文中有旁改痕迹（例如，第一回第21面，即原十一叶正面，有三处旁改文字），应为北平图书馆藏本，简称北图本，今存于台湾故宫博物院。日本的大安本，则是弄珠客序在先，廿公跋在后。另，笔者所用崇祯本，是北京大学藏本的影印本。此本只有东吴弄珠客序，第九卷题"新刻绣像批点金瓶梅词话卷之九"（第四十一回回前）。笔者有时候也用齐鲁书社和香港三联书店1990年合作出版的海外版。以下简称为"齐鲁书社本"。

⑤ 梅节重校本《金瓶梅词话》，第419页。

⑥ 参看下文。

频波）和食具（筯、筯子、筯儿、快子、快儿、牙快）。①

二、饮食描写和《金瓶梅》的小说艺术

《金瓶梅》的作者常常详写某场景中谁在吃喝、有什么食物、用什么食具。这些细节大多数是流水账式的文字，但是，有些片段可能是笑笑生精心策划的：他借饮食和食物来塑造人物形象、针砭世态。

1. 饮食描写如何塑造人物形象？

《金瓶梅》开头也像《三国演义》那样写异姓之人结义为兄弟，可是，西门庆交结的兄弟未见以义气为重，他们重视的是：跟着西门庆就有吃有喝。第十二回，作者细写那些兄弟的吃相："人人动嘴，个个低头。遮天映日，犹如蝗蛹一起来；挤眼掇肩，好似饿牢才打出。这个抢风膀臂，如经年未见酒和肴；那个连二快子，成岁不逢筵与席。一个汗流满面，恰似与鸡骨朵有冤仇；一个油抹唇边，把猪毛皮连唾嚼……吃得个净光王佛"，最后作者称他们为"食王元帅""净盘将军"。②西门庆这些结义兄弟是怎么样的人？读者看过这个小情节就能了解"兄弟"的底蕴。

同样，《金瓶梅》第五十六回常时节"得钞傲妻儿"一段文字，也耐人寻味。虽然说是"傲妻"，其实，常时节一向缺钱，连家人的基本衣食问题都不能解决。常时节得到周济之前，他妻子一直抱怨。他一有钱，就趁机戏弄妻子。由于贫困已久，他们买点吃的，都得谨慎盘算，例如，常时节得钞后买了点羊肉，常妻诘问："这块羊肉，又买他做甚？"常妻这话，表面是责备，里面隐含"难道如今不用节俭"的惊喜。他们活脱脱是一对"柴米夫妻"。③这个不大起眼的小片段，以简净之笔写出贫穷夫妻的苦与乐，人物形

---

① 关于汉语史料学，可参看陈东辉《汉语史史料学》，中华书局 2013 年版。

② 《金瓶梅词话》刻本，第 8、9 面。

③ 《金瓶梅词话》第五十六回这样描写："常二取栲栳望街上买了米。栲栳上放着一大块羊肉，拿进门来。妇人迎门接住道：'这块羊肉又买他做甚？'常二笑道：'刚才说了许多辛苦，不争这一些羊肉，就牛也该宰几个请你。'"参看梅节重校本《金瓶梅词话》，第 706 页。按："常时节"，崇祯本作"常峙节"。词话本第五十四回，"常时节"三字被嵌入争辩话语中（"常时节输惯的"），甚有幽默效果。关于这个幽默场景，请参看洪涛《洪涛〈金瓶梅〉研究精选集》，学生书局 2015 年版，第 57 页。

象非常鲜活。

2. 饮食描写如何针砭世态？

作者描写帮闲辈上西门家吃白食，借"人物互动"刻画世态人情，例如，第三十五回，白来抢（白赉光）死赖在西门家不走，一心只图吃白食，最终，西门家只好拿出"四碟小菜"招待他。这"四碟小菜"看似不少，其实，与西门家日常动辄拿出十几款果食形成鲜明的对比，为此，绣像本评点者批道："只吃物数即写出炎凉世态，使人欲涕欲哭。"①

西门家拿什么饮食用具出来待客，可能也有深意，例如，西门庆迫于无奈招待白来抢喝茶，"西门庆后边讨副银镶大钟来，斟与他吃了几钟，白来抢才起身。"②如果不是有意使用，西门庆又何必特地"后边讨"？因此，那"银镶大钟［盅］"拿出来招待白氏，可能寓有炫富之意，也可能是让客人感到不配用这样好的器具。③这种写法，隐约透出西门家的势利态度。

三、与食品相关的汉语史料：苹薆、苹波、苹菠、苹婆

西门庆只用"四碟小菜"招待姓白的，他家平常茶点要吃多少东西？

西门庆日常吃个茶点也要端出十几种果食，例如，果馅饼、顶皮酥、炒栗子、晒干枣、榛仁、瓜仁、雪梨、苹波、风菱、碟荸荠、酥油泡螺……（见于第六十七回）另一日，吴大舅来访，西门庆夫人吴月娘拿出十几样下酒食物：冬笋、银鱼、黄鼠、鱼秦鲊、海蜇、天花菜、苹婆、螳螂、鲜柑、石榴、风菱、雪梨之类（见于第七十八回）。④西门家吃黄鼠、螳螂，现在看来，令人感到有点意外。另一方面，上引两段中有"苹波"和"苹婆"，可能就是苹果；"苹波""苹婆"字形反映了成书年代的写法。书中还有其他类近的写法，值得读者注意。

《金瓶梅词话》中没有"苹果"这个词（指写法）。王利器认为《金瓶梅词

---

① 齐鲁书社本，第 455 页。白来抢，在崇祯本中是白赉光。笔者所用的是齐鲁书社与香港三联书店 1990 年合作出版海外版。简称为"齐鲁书社本"。

② 梅节重校本《金瓶梅词话》，第 420 页。

③ 崇祯本此处没有"从后边"。

④ 梅节重校本《金瓶梅词话》，第 1092 页。

话》中的苹波就是苹果。① 笔者发现，《金瓶梅词话》刻本中，有苹蔢、苹波、苹菠、苹婆四个相近的写法。近年《金瓶梅词话》校订本往往将"苹蔢"和"苹菠"改植为"苹婆"。②

1. "苹蔢"与"青翠翠"

《金瓶梅词话》第四十二回描写"看看天晚，西门庆分付楼上点起灯，又楼檐前一边一盏羊角玲灯，甚是奇巧。不想家中月娘使棋童儿和排军人攒送了四个攒盒，多是美口糖食，细巧果品；也有黄烘烘金橙，红馥馥石榴，甜蹓蹓橄榄，<u>青翠翠**苹蔢**</u>，香喷喷水梨……"③

以上几种果品之中，"香橙""石榴""橄榄""水梨"是寻常水果，笔者相信"苹蔢"也是水果，"苹蔢"可能相当于现今的苹果（apple）。值得注意的是，作者用"青翠翠"来形容"苹蔢"。④

崇祯本第四十二回此处只有"细巧果品"四字。也就是说，崇祯本没有实写月娘使人送来什么果品（齐鲁书社版，页 544）

《金瓶梅词话》第七十八回再一次提到"苹蔢"，书中写道："先是姥姥看见明间内，灵前供摆着许多狮仙五老定胜，<u>树果柑子石榴苹蔢雪梨鲜果</u>，蒸酥点心。"⑤ 崇祯本此处又没有"苹蔢"二字。

请注意，在以上两例中，"婆"字上加"艹"（蔢）。别处多见"苹婆"（没有草头），有时候，只写作"波"。以下，我们检视"苹波"在书中出现的情况。

2. "苹波"与元朝的"频波"

"苹波"见于《金瓶梅词话》第六十七回、第七十三回。西门庆上家常茶点，

① 王利器编《金瓶梅词典》，吉林文史出版社 1988 年版，第 202 页。
② 梅节重校本《金瓶梅词话》，第 512 页、第 805 页。
③ 梅节重校本《金瓶梅词话》，第 512 页。
④ 可能指果品的表皮呈绿色。按，绿皮苹果，现今颇常见。日本王林苹果的表皮呈黄绿色。
⑤ 《水浒传》第八十二回："黄金盏满泛香醪，紫霞杯滟浮琼液。五俎八簋，百味庶羞。糖浇就甘甜狮仙，面制成香酥定胜。方当酒进五巡，正是汤陈三献。教坊司凤鸾韶舞，礼乐司排长伶官。""狮仙"或即"狮仙糖"，是用白糖、白芝麻相和，用火煎熬，倾倒进木模印内，用糖印做骑狮子的仙人形象。"定胜"，或即"定胜糕"，属于杭州菜系。传说：南宋时，宋人为鼓舞韩家军士气，糕上有"定胜"两字，后就被称"定胜糕"。

小厮来安儿从后边拿了几碟果食：一碟果馅饼，一碟顶皮酥，一碟炒栗子，一碟晒干枣，一碟榛仁，一碟瓜仁，一碟雪梨，一碟苹波，一碟风菱，一碟荸荠，一碟酥油泡螺，一碟黑黑的团儿，用橘叶裹着……①（下图：词话本第六十七回，首行有"一碟苹波"）

词话本中，来安拿来的果食有十几种之多，其中有"苹波"。崇祯本没有细写，只是笼统说"几碟果食"。②

"苹波"又见于《金瓶梅词话》第七十三回：玉箫走到床房内，袖出两个柑子，两个**苹波**，一包蜜饯，三个石榴与妇人。妇人接的袖了，一直走到他前边。③

崇祯本第七十三回没有"苹波"二字，它这样写："于是走到床房内，拿些**果子**与妇人。"④换言之，崇祯本不提果子名称。

元朝人的著作中有"频波"。元顺帝时，熊梦祥（14世纪中期在世）在《析津志》"物产"门"果之品"中，首列葡萄，次列"频波"，有注："大如桃，上京者佳。"⑤在《析津志》"岁纪门"中，"频婆"列为八月的"时果"。⑥

《析津志》中"频波"和"频婆"可能是同一果品，只是字形不同。元太医忽思慧《饮膳正要》卷三有"平波"："平波味甘，无毒，止渴生津，置衣服

① 《金瓶梅词话》刻本，原11叶反面。梅节重校本，第882页。

② 齐鲁书社本《新刻绣像批评金瓶梅》，第909页。

③ 梅节重校本《金瓶梅词话》，第988页作"苹婆"。

④ 齐鲁书社本，第1017页。

⑤ （元）熊梦祥《析津志辑佚》，北京古籍出版社1983年版，第228页。

⑥ （元）熊梦祥《析津志辑佚》，北京古籍出版社1983年版，第221页。

箧笥中，香气可爱。"①

3. "苹婆"有"荚"吗？

《金瓶梅词话》中也有"苹婆"，见于第七十三、七十七、七十八回。《词话》第七十三回这样写：妇人（金莲）把那一个柑子平白两半，又拿了个**苹婆**、石榴，递与春梅，说道："这个与你吃。把那个留与姥姥吃。"这春梅也不瞧，接过来似有如无掠在抽屉内。②第七十七回也写郑爱月拿"苹婆"出来下酒。③

《词话》第七十八回，月娘往里间房内，拿出几样配酒的菜来，都是冬笋、银鱼、黄鼠、鱼鲊鲊、海蜇、天花菜、苹婆、螳螂、鲜柑、石榴、风菱、雪梨之类。（下图：《金瓶梅词话》第七十八回，第 13 面，末行有"苹婆"。）④

崇祯本第七十八回作"又往里间房内，拿出数样配酒的果菜来"⑤。不提果菜名称。词话本第七十三回和第七十八回的相同点是：这两回都提到柑子和石榴，属于水果类。

"苹婆"又见于《西游记》最后一回。唐太宗设宴，宴席上有："橄榄林檎，

---

① 《饮膳正要》成书于元文宗至顺元年（1330）。

② 梅节重校本《金瓶梅词话》，第 996 页。崇祯本同作"苹婆"，见该回第 27 面。参看齐鲁书社版，第 1022 页作"苹婆"。

③ 梅节重校本《金瓶梅词话》，第 1077 页。

④ 梅节重校本《金瓶梅词话》，第 1092 页。

⑤ 齐鲁书社本，第 1114 页。

苹婆沙果。"①

"苹婆"是不是现今常见的"苹果"（apple）？笔者有此一问，是因为汉语中另有"苹婆果"，又名"凤眼果"。清初屈大均（1630—1696）《广东新语》卷廿五"木语"中提及："苹婆果，一名林檎，树极高，叶大而光润。荚如皂角而大，长二三寸，子生荚两旁，或四或六。子老则荚进开，内深红色，子皮黑、肉黄，熟食味甘，盖软栗也。相传三藏法师从西域携至，与诃梨勒、菩提杂植虞翻苑中，今遍粤中有之。梵语曰苹婆，以其叶盛成丛，又曰丛林。"②

此外，清初吴震方《岭南杂记》："频婆果，如大皂荚，荚内鲜红，子亦如皂荚子，皮紫，肉如栗，其皮有数层，层层剥之，始见肉，彼人詈厚颜者，曰频婆脸。"③

屈大均、吴震方所描写的"苹婆果"，果子藏于荚内，可食用。屈大均说这种有荚的凤眼果"一名林檎"。这说法恐怕是混淆了两种果品。林檎近于苹果（apple），不是有荚的苹婆果（凤眼果）。顺带一提，日本语中的"苹果"作リンゴ（ringo），相传是由"林檎"而来。

由于《金瓶梅词话》没有详细描写"苹婆"是何等模样，所以，我们难以断定它是当今的苹果（apple）还是有荚的苹婆果（凤眼果）。

4. "苹菠"去皮、切成块

《金瓶梅词话》第六十回、第六十二回都提及"苹菠"。④第六十二回，对苹菠有较具体的描写。该回写到：李瓶儿病重，吴月娘亲自拿着一小盒儿鲜苹菠进来，说道："李大姐，他大妗子那里送苹菠儿来你吃。"因令迎春："你洗净了，拿刀儿切块来你娘吃。"李瓶儿道："又多谢他大妗子挂心。"不一时，迎春旋去皮儿，切了，用瓯儿盛贮，拈了一块，与他放在口内，只嚼了些味儿，还吐出来了。⑤词话本第六十二回"苹菠"二字，见于下图首行。

---

① 《西游记》世德堂本第一百回第 9 面。
② （明）屈大均《广东新语》，中华书局 1985 年版，第 641 页。
③ （清）吴震方《岭南杂记》，北京爱如生数字化技术研究中心 2009 年版，第 38 页。
④ 《金瓶梅词话》刻本，第 14 面。梅节重校本《金瓶梅词话》，第 772 页。
⑤ 梅节重校本《金瓶梅词话》改"菠"为"婆"。见第 805 页。

亲自拏着一小盒儿鲜蘋菠进
些送蘋菠儿来与你吃，因令迎春

　　《金瓶梅词话》第六十二回的"苹菠"，崇祯本作"苹蔢"。[①]看来，晚明时期，"苹菠"就是"苹蔢"。[②]

　　迎春将苹菠去皮、切成块，这种果品，不像是屈大均、吴震方描写那种有荚的苹婆果（凤眼果）。因此，笔者相信，这里写的"苹菠"就是苹果（apple）。

　　5. 什么时候才有固定的写法？

　　关于苹果，有一种流行的说法：最晚在元朝中后期，中国绵苹果一个更新的品种由西域输入内地，并在北京地区栽培。这一品种与柰本属同类，但经过改良，外观、口味已与柰有较大区别。时人借用佛经中"色丹且润"的频婆果来称呼它，曾异写作平波、平坡，到明朝固定为频婆，亦作苹婆，明后期开始简写为苹果。[③]

　　如果《金瓶梅词话》中的"苹蔢""苹波""苹菠""苹婆"是指同一果品（apple）的话，那么，我们注意到《金瓶梅词话》中"苹"字写法已趋向固定，但是，后一字有不同的写法：有时候在"波"或者"婆"上加"艹"。总之，"波"字笔划最少，"蔢"字笔划最多的。

　　元朝书籍中记有：平波、频波，例如，元太医忽思慧《饮膳正要》卷三记有"平波"。元顺帝时，熊梦祥《析津志》写作"频波"。情况可能是这样的：在元朝，

---

　　① 张竹坡评本同作"蔢"。见该回第22面。齐鲁书社本作"苹菠"。见第832页。

　　② 词话本第二十七回写"水盆内，浸着沉李浮瓜，红菱雪藕，杨梅橄榄，苹□白鸡头"。似乎也有"苹菠"，但是，苹字之后那个字似菠非菠：草花头之下是个"汲"字。

　　③ 北京大学历史学系张帆有《利用文渊阁四库全书电子版撰写"频婆果考"一文的说明》一文。此文载于 www.sikuquanshu.com。另有一说：当初，佛祖释迦在世时，住在摩竭陀国王舍城，受到国王频婆娑罗的尊崇和礼遇。这位国王有一处园林，内植果树，所结之果，称频婆果。涛按：此传说有待考证。

前一字也没有固定的写法（只是个表音的汉字），到《金瓶梅词话》才写为"苹"。①

《金瓶梅词话》旧刻本之中，未见"苹果"二字。但是，其他明朝的书籍中已经有"苹果"这样的写法。②明朝万历年间的农书《群芳谱·果谱》中，有"苹果"词条，条目下解释："苹果，出北地，燕赵者尤佳。接用林檎体。树身耸直，叶青，似林檎而大，果如梨而圆滑。生青，熟则半红半白，或全红，光洁可爱玩，香闻数步。味甘松，未熟者食如棉絮，过熟又沙烂不堪食，惟八九分熟者最佳。"③《群芳谱》的编者王象晋，是1604年进士。又，明代小说《封神演义》第二十回写宴会上有"苹果、青脆梅"④。

总之，《金瓶梅词话》中的苹蔢、苹波、苹菠、苹婆、频婆，可能是同一种水果的不同写法。这个异文现象反映了当时"字无定体"的情景。

四、与食具相关的汉语史料：筯、筯子、筯儿、快儿、快子

《金瓶梅》描述的食具繁多，例如：饭碗是银厢瓯儿；筷子是牙筯、金筯牙儿（第四十五回）⑤；盛菜的是里外青花白地瓷盘⑥；调羹，用金杏叶茶匙……

西门家用的"牙筯"，应该是"象牙筯"之省；"金筯牙儿"，是镶金的象

---

① 事实上，《词话》第三十三回有"频婆脸儿"，见《词话》刻本第11面。崇祯本，第三十三回第13面同作"频波"。"频婆脸儿"之后，还提到"李子眼儿"。

② 托名元代人贾铭所撰写的《饮食须知》卷四"果类"有"柰子，附苹果"，又指出："苹果味甘性平，一名频婆。比柰圆大，味更风美。"参看贾铭《饮食须知》，中华书局2011年版，第59页。有学者判定此书抄袭清初人朱泰来（本中）的《饮食须知》。

③ （明）王象晋辑《群芳谱》三十卷，齐鲁书社2001年版，第373—374页。（清）汪灏等编《广群芳谱》卷第五十六，果谱三，上海书店出版社1985年版，第1356页。涛按："苹果"条在"柰"和"林檎"条之后。（清）汪灏（1651—1718）"是书盖因明王象晋《群芳谱》三十卷而广之。"

④ 见于《新刻钟伯敬先生批评封神演义》第二十回。参看（明）许仲琳编、曹曼民点校：《封神演义》（上海：上海古籍出版社1989年版），第191页。《封神演义》第二十回："西伯侯谢恩。彼时姬昌换服，百官称庆，就在龙德殿饮宴。怎见得：擦抹条台桌椅，铺设奇异华筵。左设妆花白玉瓶，右摆玛瑙珊瑚树。进酒宫娥双洛浦，添香美女两嫦娥。黄金炉内麝檀香，琥珀杯中珍珠滴。两边围绕绣屏开，满座重铺销金氅。金盘犀筯，掩映龙凤珍馐；整整齐齐，另是一般气象。绣屏锦帐，围绕花卉翎毛；叠叠重重，自然彩色稀奇。休夸交梨火枣，自有雀舌牙茶。火炮白杏，酱炉红姜。鹅梨、苹果、青脆梅；龙眼、枇杷、金赤橘。"

⑤ "金筯牙儿"，见于梅节重校本《金瓶梅词话》，第543页。

⑥ 梅节重校本《金瓶梅词话》，第403页。

牙箸，富豪之家才用得上这食具。

食具，是西门庆用来勾搭女人的工具。词话本第四回这样写：这西门庆故意把袖子在桌上一拂，将那双箸拂落在地下来。一来也是缘法凑巧，那双箸正落在妇人脚边。这西门庆连忙将下去拾箸。只见妇人尖尖趫趫刚三寸，恰半叉一对小小金莲，正趫在箸边。西门庆且不拾箸，便去他绣花鞋头上只一捏。那妇人笑将起来……①

在《金瓶梅》研究史上，"筷子"和"箸"曾经引起学者的重视，成为学术辩论的"证据"。台湾学者魏子云（1918—2005）想证明《金瓶梅》作者是南方人，他注意到书中少说"筷子"。魏子云说：

> "筷子"是北方话，"箸"是南方话，自系南人北人口语有异之处。可是《金瓶梅词话》只有一处写的是"筷子"，还是写在曲子中的，其他地方，全称之曰"箸"。②

实际上，《金瓶梅词话》中有"快子"，没有"筷"字。魏子云先生说的应该是"快子"（现代排版本上往往改植成"筷子"）。在《金瓶梅》成书的年代，可能还没有"筷子"这样的写法。

另外，魏先生说"箸是南方话"，这是否代表北方人不说"箸"？这个问题，有待考证。

1. "箸"与"箸"

"箸"是"箸"的异体字。中国传统食具"箸"早见于《韩非子》。《韩非子·喻老》记载纣王有"象箸"，是指商纣王有象牙筷子。汉朝典籍中，"箸"屡见不鲜。③

中国古代文学作品中，写"箸"的情节不多，但是，《三国演义》"曹操煮酒论英雄"中的箸给人留下了深刻印象。作者是这样描写的：

> 操以手指玄德，后自指曰："今天下英雄，惟使君与操耳。"玄德闻言，

---

① 梅节重校本《金瓶梅词话》，第43页。

② 魏子云《金瓶梅探源》，巨流图书公司1979年版，第30页。

③ "箸"见于《史记·龟策列传》《汉书·张陈王周传》。《史记·龟策列传》："纣有谀臣，名为左强。夸而目巧，教为象郎。将至于天，又有玉床。犀玉之器，象箸而羹。"《汉书·张陈王周传》："上居禁中，召亚夫赐食。独置大胾，无切肉，又不置箸。亚夫心不平，顾谓尚席取箸。"

吃了一惊，手中所执匙筯，不觉落于地下。时正值天雨将至，雷声大作。**玄德乃从容俯首拾筯……**①

刘玄德借"拾筯"来掩饰自己的心情，希望瞒过曹操。《金瓶梅词话》也有"筯"，另有"筯儿""筯子"两种说法。"筯儿"，见于第一回，写武松"肉果也不拣一筯儿"；又有"筯子"，见于第十二回。《金瓶梅词话》有时误刻为"筋"。②

《金瓶梅词话》第六十七回有"四双牙筯"。③第六十二回，李瓶儿吃东西，用的是"牙快"。④"牙快"应该是指象牙筷子。

2.《金瓶梅词话》中的"快儿"与"快子"

筯，现在多称"筷子"。《金瓶梅词话》中似乎没有"筷子"，但是，已经有"快儿"（第六十七回）和"快子"，见于第十二回。⑤

《金瓶梅词话》第十二回，应伯爵等人置办东道，请西门庆和桂姐。作者特意描写一众帮闲兄弟的贪吃相，丑态毕露："厨下安排停当，大盘小碗拿上来。众人坐下，说了一声动筯吃时，说时迟，那时快，但见：人人动嘴，个个低头。遮天映日，犹如蝗螟一起来；挤眼掇肩，好似饿牢才打出。这个抢风膀臂，如经年未见酒和肴；那个连二快子，成岁不逢筵与席。一个汗流满面，恰似与鸡骨朵有冤仇；一个油抹唇边，把猪毛皮连唾嘛。吃片时，杯盘狼藉；唌良久，筯子纵横。杯盘狼藉，如水洗之光滑；筯子纵横，似打磨之干净。这个称为食王元帅，那个号作净盘将军。酒壶番晒又重斟，盘馔已无还去探。正是：珍羞百味片时休，果然都送入五脏庙。"⑥（涛按：上引文中"连二快子"，崇祯本、张评本作"连三快子"，似应为"连连快子"。疑那"二"原为连字的重文

---

① 毛评本刻本，第二十一回第 15 面、第 16 面。

② 《金瓶梅词话》刻本，第五十二回第 12 面（第六叶反面）第一、第二行"筯"误刻为"筋"。

③ 《金瓶梅词话》刻本，第六十七回，第 8 面。梅节重校本《金瓶梅词话》，第 876 页。第四十九回也提及"牙筯"，参看梅节重校本，第 593 页。

④ 该回写："然后拿上李瓶儿粥来，一碟十香甜酱瓜茄，一碟蒸的黄霜霜乳饼，两盏粳米粥，一双小牙快，迎春擎着。"

⑤ "快儿"，见于《金瓶梅词话》刻本，第六十七回第 8 面第 3 行。崇祯本，第六十七回第 8 面末行。

⑥ 词话本刻本《金瓶梅词话》，第 8 面、第 9 面。

符，形讹为"二"。）①

这段描写文，讽刺之意十分明显，不必再解释。在食具方面，倒有容易被人忽略的细节：下图显示《金瓶梅词话》第十二回第8面末行有"快子"二字。

总之，从以上的引文，我们可以看到"箸""快子"同时出现（其后又出现"箸子"）。②如果加上第一回的"箸儿"和第六十七回的"快儿"，则"箸"在《金瓶梅词话》中共有五种说法：箸、箸子、箸儿、快子、快儿。

笔者认为，这"箸""快子"混用的情况，具有史料价值，因为这部小说正好记录"快子"已经出现，但未能全面取代"箸"。③

《金瓶梅》书中未见"筷子"（只有"快儿""快子"），这似乎反映明末（《金瓶梅》成书时代）作者还没有写"筷子"的习惯。

3."挟提"和"快儿"的出现

汉朝有"挟提"一词。《礼记·曲礼上》郑玄注："挟，犹箸也，今人谓箸为挟提。"④

到了宋代，《太平御览·器物部五·箸》仍引用郑玄注："《礼》曰：饭黍

---

① 梅节重校本《金瓶梅词话》作"连连筷子"。也就是：改"二"为"连"，改"快"为"筷"。参看梅节重校本，第126页。（第十二回第9面有"箸子"。）崇祯本大体相同，只是没有"杯盘狼藉，如水洗之光滑；箸子纵横，似打磨之干净"一句。参看齐鲁书社本，第144页。张评本，见该回第14面。

② 崇祯本、张评本的文字也相同。参看齐鲁书社版，第144页。

③ 这里不是说"快子"这词是由《金瓶梅》作者创造出来的。"快子"可能还有更早的用例。待考。

④ （唐）孔颖达疏，龚抗云等整理《礼记正义》，北京大学出版社2000年版，第76页。

无以箸。羹之有菜者用挟，其无菜者不用挟。郑玄曰：挟，犹箸也。今人或谓箸为挟提也。"① （日语作はし hashi，疑为"挟提"的译音。）②

《太平御览》是宋太宗赵匡义太平兴国八年（983）纂辑刊印的大型类书。它只提到"挟提"，没有提到"快子"。

大约到了明代中晚期，有人以"快儿"取代"箸"。《金瓶梅词话》第六十七回也写"一双快儿"（下图末行。）③

一碗頓爛鴿子雛兒四個軟稻粳米
與溫秀才上坐，西門慶教廚役韓道國
再取一盞粥，一雙快兒請你姐夫來

4. 反言：新词（"快儿"）出现的因由

明代陆容（1436—1494）《菽园杂记》卷一："民间俗讳，各处有之，而吴中为甚。如舟行讳'住'、讳'翻'，以'箸'为'快儿'……今士大夫亦有犯俗称'快儿'者。"④

所谓讳"住"，大概是指船只搁浅、不能动。就因为忌讳"住"，所以船家一反"住"义而称"箸"为"快儿"。这似乎是一种"反言"手法。⑤

陆容是明成化二年（1466）进士。由此可以推想"快儿"在成化二年之前已经流行。《金瓶梅》成书于晚明，书中也有"快儿"，见于第六十七回。

---

① http://ctext.org/text.pl?node=398134&if=en。2016 年 4 月 2 日读取。
② はし（hashi）音近"挟提"这个说法，待考。
③ 齐鲁书社本，第 902 页。
④ （明）陆容《菽园杂记》，中华书局 1985 年版，第 8 页。
⑤ 李中生《中国语言避讳习俗》，陕西人民出版社 1991 年版，第 9 页。

5. "快子""筷子"的出现

《金瓶梅》除了"快儿"还出现"快子"。同时，"筯"也有儿化、子化的形态，成为"筯儿"和"筯子"。但是，全书未见"筷"字。

近年的《金瓶梅》校订本上，往往将"快子"迳改作"筷子"，例如，梅节重校本 876 页就植为"筷子"。这是迁就当今的印刷习惯，是方便读者解读的举措。（如果现代的版本仍印作"快子"，可能会被当今的读者认定为错别字。）

清《康熙字典》仍然没有"筷"字。①

清乾隆年间成书的《红楼梦》有"筯"，有"快子"（抄本如《戚蓼生序本石头记》第四十回，第 10 页正面第 3 行有"筯"字，第 5 行有"快子"）。

《红楼梦》第四十回，刘姥姥赴宴，书中写道：那刘姥姥入了坐，拿起筯来，沉甸甸的不伏手。原是凤姐和鸳鸯商议定了，单拿一双老年四楞象牙镶金的快子与刘姥姥。刘姥姥见了，说道："这乂把子，比俺那里铁掀还沉。"②（据戚序本引录。"乂把子"，别本或作"叉爬子"。舒序本作："这个巴子，比俺那里的铁掀还沉。"）③下图可见《红楼梦》戚序本第四十回有"筯"字，后面又出现"快子"。

① （清）张玉书等人编。《康熙字典》是在清代康熙四十九年至五十五年（1710—1716）期间编成的，故名《康熙字典》。参看陈东辉：《汉语史史料学》，中华书局 2013 年版，第 133 页。

② （清）曹雪芹《戚蓼生序本石头记》第四十回，文学古籍刊行社 1975 年版，第 10 页正面。程甲本、程乙本用"箸"字。"箸"是筷子的古称。参看周振鹤、游汝杰《方言与中国文化》，第 204 页。

③ 《红楼梦》舒序本，第四十回，第十五页。按：舒序本，有舒元炜乾隆五十四年的序文，题"红楼梦"，原为吴晓铃收藏，现归首都图书馆。1988 年，中华书局将舒序本列入《古本小说丛刊》第一辑影印出版。

"箸"也在《红楼梦》中出现，它没有被"筯"字完全取代。《红楼梦》程刻本就有"箸"。程甲本四十回 14 面第 7 行有"箸"字（不用"筯"），第 9 行有"快子"（第四十回第 14 面）。程乙本同。

总之，"快"上加"竹"（部首），写成"筷子"，不知始见于何时。1915年版《辞源》"箸"字条下有三字注文"俗称筷"，没有"筷子"词条。①

五、结语

综上所述，笔者归结出以下要点。

首先，《金瓶梅》的饮食描写，蔚为大观，反映了晚明时期的物质文化很发达。书中有些食物和食具名称应该是宋朝以后才出现的。另一方面，书中有些饮食描写反映作者的艺术手段不凡，寥寥几笔就能突出人物形象（例如应伯爵、白来抢等人有如饿鬼），也写出世态炎凉。②

其次，《金瓶梅》记载下来的食物、食具名称反映了晚明的语言现实，具有历史价值。从汉语史料学的角度看，《金瓶梅词话》没有"苹果"二字，只有苹婆、苹波、苹菠、苹婆、频婆（崇祯本较少提到果品名称）③；书中也没有"筷子"，只有筯、牙筯、筯子、筯儿、牙快、快儿、快子。以上这些异文，折射出晚明饮食风尚和汉语词汇史的历史面貌，堪称是汉语史料的"活化石"。④

［作者简介］洪涛，香港中文大学教授。

---

① 1915 年 10 月正式出版《辞源》正编，1931 年 12 月出版《辞源》续编，1939 年 6 月出版《辞源》正续编合订本。

② 第四十九回描写西门家供给胡僧的许多食物，其中"一龙戏二珠汤""流心红李子"之类，都有言外之意（似乎是以食物喻身体器官）。参看梅节重校本，第 605 页。

③ 书中还有"频婆"。"频婆"的"频"，其左半边在刻本上不完全是"步"，实是上"止"下"火"。

④ 关于晚明的饮食风尚，请参看巫仁恕《品味奢华——晚明的消费社会与士大夫》，第六章"文人品味的演化与延续——以饮食文化为例"，联经出版事业有限公司 2007 年版。

钗头凤:《金瓶梅》中的首饰

——《〈金瓶梅〉名物考》之二

黄 强

内容提要 《金瓶梅》是明中叶城市发展、市井文化繁荣的产物,反映了明中叶奢华的生活。首饰是人们的一种装饰物,尽管很小,但是却是服饰的一个组成,并且体现人们生活的奢侈倾向。《金瓶梅》中屡有首饰佩戴的描述,体现了人物的官眷身份与生活的品质。

关键词 《金瓶梅》 明中叶 首饰 奢侈品

《金瓶梅》是明中叶城市发展、市井文化繁荣的产物,反映了明中叶奢华的生活。首饰是人们的一种装饰物,尽管很小,但是却是服饰的一个组成,并且体现人们生活的奢侈倾向。窥一物知时尚潮流,知社会审美追求,因此我们不可小觑体量很小,价值不低的首饰。

《金瓶梅》中屡有首饰佩戴的描述。《金瓶梅》中女性戴首饰,体现了她们的官眷身份与生活的品质。

一、首饰释名

对于"首饰"一词的含义,现在广泛指以贵重金属、宝石等加工而成的雀钗、耳环、项链、戒指、手镯等,在古代首饰含义是指戴于头上的装饰品,古代服饰有首服(冠帽之类),首饰自然包括头上的装饰(发饰),以及手上戴的,身上披挂的珠宝金银装饰品。三国曹植《洛神赋》有云:"戴金翠之首饰,缀明珠以耀躯。"唐代陈子昂《感遇》诗曰:"旖旎光首饰,葳蕤烂锦衾。"

旧时的首饰称为"头面",用于头部、脸部,包括梳、簪、钗、冠、步摇、花钿、钗等，据说一整套头面首饰包括三支发梳，钗一对，步摇一对。明代的一副头面，包括插在头部发髻周围的各式簪子、钗、耳坠、耳环、桃心、分心，并不是单一的一件，而是多种的组合，少者几件，多则二十多件。

步摇始于汉魏六朝时期，女性最为时尚的一种发饰，贵族妇女用金、玉、翡翠、玳瑁、琥珀、珠宝等材质，贫者用银、铜、骨之类的材质。傅元《有女篇》云："头安金步摇，耳系明月珰，珠环约素腕，翠爵垂鲜光。"女性戴上步摇走动，发髻颤动（摇动），一步一颤，步步摇曳，步步媚态，步步风情。

耳饰则有耳环、耳坠，有时耳坠等同于耳环，又称耳坠子，是耳朵饰品的代称。魏晋南北朝时期，北方少数民族佩挂耳坠，汉族女性也开始佩戴。唐代女性几乎不戴耳坠，原因在于她们不习惯穿耳洞，到了宋代，女性偏偏喜爱戴耳环、耳坠。

簪又称笄，是中国古代束发盘髻的工具，《辞海》释义：簪，古人用来插定发髻或连冠于发的一种长针，后来专指妇女插髻的首饰。古时候，不论男女都要蓄留长发，等男子年二十行冠礼，女子年十五行笄礼。男子二十弱冠，女子十五及笄，表明已经成年，可以担当社会责任。古代男子绾发，自然也用到发簪。杜甫《春望》有云："白头搔更短，浑欲不胜簪"，发簪可以固定头冠，挽髻。古代女性用发簪更为普遍。发簪盛行在唐宋元明清，唐代满是插簪的女性，宋代女性也流行头上花插簪梳等饰物。

戒指的历史可以追溯到秦汉时期，明王圻《三才图会》记载："后汉孙程十九人立顺帝有功，各赐金钏指环即今之戒指也。"指环即戒指，其名称出现稍晚，大约在元代。元代关汉卿《望江亭》第三折中有："（正旦云）这个是金牌？衙内见爱我，与我打戒指儿罢。再有什么？"戒指之"戒"本来是用来标识女性有月事，不能伺候君王。传布至民间，成为男女相爱，表示海誓山盟的信物。

上述对首饰之名与来源，做了简单的概括，为下面论述《金瓶梅》中的首饰，以及明代首饰做一个引导。

二、《金瓶梅》中首饰及其分类

《金瓶梅》中的首饰品种不少，有钗、簪子、耳饰（耳环、耳坠）、戒指，以及满头珠翠等全套头饰。

第一种头钗 元宵灯节，西门府女眷去狮子街赏花灯，女眷们个个穿的花枝招展，戴着首饰、头面。"潘金莲是大红遍地金比甲，头上珠翠堆盈，凤钗半卸，鬓后挑着许多各色灯笼儿。"（第十五回）满头珠翠，说明潘金莲是全副武装，灯笼儿是指灯笼造型的耳坠。

金钗在《金瓶梅》中的女人中，是比较普遍的，并不是只有潘金莲才用。妓女李桂姐也插金钗。"半日，李桂姐出来，家常挽着一窝丝杭州攒，金累丝钗，翠梅花钿儿，珠子箍儿，金笼坠子。"（第十五回）需要说明，一般妓女在《金瓶梅》中使用金银首饰较少。只有身份特殊，与西门庆关系密切的妓女才使用金银首饰。

图1，明代戴钗簪的女性

第二种簪子 簪子是头饰上的一种妆饰，也是首饰的一种。《金瓶梅》作者对于簪似乎有特别的喜爱。很多章节都写到簪子，并且簪子还有故事，对于其他首饰远没有簪子花得笔墨多。

潘金莲送给西门庆作寿的礼物，有鞋子、护膝、肚兜等，还有"一根并头莲瓣簪儿。簪儿上着五言四句诗一首，云：奴有并头莲，赠与君关鬓。凡事同头上，切勿轻相弃。西门庆一见，满心欢喜，把妇人一手搂过，亲了个嘴。"（第八回）有了这根插曲，西门庆与潘金莲并肩而坐，交杯换盏饮酒。可见赠送簪子，是表达情意。

第八十二回，陈经济与潘金莲厮混，"黄昏时分，金莲蓦地到他房中，见他挺在床上，行李儿也顾不的，推他推不醒，就知他在那里吃了酒来。可霎作怪，不想妇人摸他袖里，吊出一根金头莲瓣簪儿来，上面钑着两溜字儿：'金勒马嘶芳草地，玉楼人醉杏花天。'迎亮一看，就知是孟玉楼簪子。"而孟玉楼的这根簪子，在第八回就出现过。西门庆被王婆邀请去见潘金莲，西门庆谎称女儿出嫁，忙不过来。潘氏自然知道西门官人好色的秉性，必定是另有新欢。扔掉西门官人的瓦楞帽，从他的"头上拔下一根簪子，拿在手里观看，却是一点油金簪子，上面钑着两溜字儿：'金勒马嘶芳草地，玉楼人醉杏花天。'却是孟玉楼带来的。"孟玉楼的簪子对于潘金莲来说，非常熟悉，因此从陈经济袖子里掉出这根簪子，潘金莲当然知道是谁的了。

发簪式样丰富，变化集中在簪首。有禽兽、花鸟两个大类，禽兽类有龙凤、麒麟、燕雀、金鱼、蝴蝶等造型；花类则有梅花、莲花、菊花、桃花、牡丹花、芙蓉花等造型。明代无名氏《天水冰山录》记载有金桃花顶簪、金梅花宝顶簪、金菊花宝顶簪、金宝石顶簪、金厢倒垂莲簪、金厢猫睛顶簪、金崐点翠梅花簪等名称。最为常见、最受欢迎的是凤簪。按说龙凤都是皇室专用图案，龙为皇帝及皇室成员专用纹，擅用龙纹违规，要受到处罚。凤凰图案为皇后及嫔妃专用，皇后的服饰称为凤袍，头钗中凤凰造型的也很多。但是凤纹没有龙纹那么严格，民间有借用凤冠、霞帔之名用于婚礼的礼俗，并不是戴皇后使用的真凤冠。①

首饰在宫中与民间都很流行，但是制作工艺与风格有所差别。皇宫所用器物的技术要求更高，更为精致。《金瓶梅》的首饰也分为民间与宫中两种。李瓶儿嫁给花子虚后，其公公花太监从宫中带出了一些物品，其中就有首饰之类的簪子。"金莲拿在手内观看，却是两根番纹低板、石青填地、金玲玲寿字簪儿。乃御前所制造，宫里出来的，甚是奇巧。"（第十三回）宫中的物品，一向以精致、精巧取胜，与民间的首饰相比，无论在造型上，还是工艺上，都胜一筹。这个寿字簪子，因为李瓶儿与西门庆勾搭成奸，西门庆为了打消潘金莲顾虑，插到了潘金莲头上。

看惯了民间簪子，忽然见到稀罕的宫中簪子，女人们表现出浓厚的兴趣。吴月娘见到后，很是羡慕，便问是那个打造的？也照样子给每位西门庆的娘子打造一对。李瓶儿道："大娘既要，奴还有几对，到明日每位娘都补上奉上一对儿。此是过世老公公宫里御前作带出来的，外边那里有这样范。"果然，李瓶儿让冯妈送来金寿字簪子，"冯妈妈向袖中取出一方旧汗巾，包着四对金寿字簪儿，递与李瓶儿。接过来先奉了一对与月娘，然后李娇儿、孟玉楼、孙雪娥每人都是一对。"（第十四回）李瓶儿说的有理，宫中的物品，虽然来自民间匠人，但是并不对民间开放，为皇帝烧制瓷器的地方叫御窑，其他有御厨、御医。民间匠人是不能将为皇帝制造的器物用于民间。

---

① 黄强《新娘的梦想——凤冠霞帔缘何成为新娘标配》，《北京晚报》2016年2月2日第33—35版。

第三种耳坠、耳环　春梅和秋菊两个丫环，"带着银丝䯼髻，露着四鬓，耳边青宝石坠子"（第十一回）。需要说明的是䯼髻的材料有金丝、银丝、铜丝、铁丝等不同，造型也各有差别，属于发髻（假发髻）的一种，不属于首饰一类。①

图 2，明代葫芦形金耳环

明代妇女既戴耳环，也戴耳坠。《天水冰山录》记载了有多种耳坠：金累丝灯笼耳坠、金玉寿字耳坠、金厢猫睛耳坠、金摺丝楼阁耳坠、金宝琵琶耳坠等。《金瓶梅》也叙及不少耳坠名称，其名称有坠子、坠儿，如金坠儿、金灯笼坠子、金镶紫瑛坠子、玲珑坠儿、金镶假青石头坠子、宝石坠子、银镶坠儿等。

耳坠的造型也很多，有植物类的，如葫芦形，如江苏无锡市大墙门明墓出土的镂空葫芦形金耳环，耳环的耳坠为金丝盘成的葫芦形；无锡市安镇出土的嵌白玉葫芦金耳环，耳环弯曲如钩状，耳坠为白玉葫芦状。葫芦形的耳坠流行于明代，为当时妇女常见的装饰用品。有人形的，如大墙门明墓出土的嵌白玉人金耳环，耳环的耳坠为嵌白玉佛像，立于金莲上。有动物形的，如湖北蕲春县彭思镇张滩村猪头嘴明墓出土金镶玉耳环，坠部六棱花叶形，叶掐丝透空，花叶下吊金环，环下挂一玉兔。玉兔双花瓣形，有金镶边，玉花瓣中又镶嵌小金花瓣，环部呈 S 形，圆滑光亮。大墙门明墓出土的童子持莲金耳环，耳环为一对丫角小儿，手持并蒂莲一支，有花两朵，一盛开，一含苞欲放。②

灯笼形的耳坠，在《金瓶梅》中也有叙述。第二十四回，宋惠莲"额角上贴着飞金并面花儿，金灯笼坠儿。"第四十回，潘金莲"戴着两个金灯笼坠子，贴着三个面花儿"。第七十八回春梅"金灯笼坠儿，貂鼠围脖儿"。书中的几个女主角，都戴着"金灯笼耳坠"，可见她们对此造型耳坠的喜爱。在明代首饰

---

①　黄强《头上功夫　顶上风流——金瓶梅中的䯼髻》，王平主编《金瓶梅与五莲》，中国文史出版社 2013 年版，第 284—288 页。

②　南京博物院主编《金色中国——中国古代金器大观》，译林出版社 2013 年版，第 377—378 页。

制作中，金灯笼耳坠造型是宫灯，做工复杂，"属于耳饰中工巧繁缛者。"①

耳坠还包括丁香。丁香又名耳塞，是一种钉在耳垂上的金属钉，我们现在叫耳钉。《金瓶梅》的女性是喜欢戴耳钉的。第七十五回，"月娘头上止摆着六根金头簪儿，戴着卧兔儿，也不搽脸，薄实施胭脂粉，淡扫峨眉；耳边戴着两个金丁香儿，正面关着一件金蟾蜍分心"。第六十八回"吴银儿来到，头上戴着白绉绉髮髻、珠子箍儿，翠云钿儿，周围撒着一溜小簪儿，耳边戴着金丁香儿"。

第四种满头珠翠 在叙说潘金莲戴凤钗时，已经有"珠翠堆盈"的说明。对于艳丽服饰，《金瓶梅》中的女人们争相穿着，对于珠宝首饰，她们依然爱戴。李瓶儿和吴月娘是"头是珠翠堆盈，鬓畔宝钗半卸，紫瑛金环耳边低挂，珠子挑凤髻是双插"（第二十回）。"正月初九日，李瓶儿打听是潘金莲生日，未曾过子虚五七，就买礼坐花轿，穿白绫袄儿，蓝织金裙，白苎布髮髻，珠子箍儿，来与金莲做生日。"（第十四回）甚至妓女李桂姐也不甘示弱，也要满头妆饰，一争高下。"半日，李桂姐出来，家常挽着一窝丝杭州攒，金累丝钗，翠梅花钿儿，珠子箍儿，金笼坠子。"（第二十五回）所谓头箍是指包裹在额上及两鬓的装饰物，多以纱、绫之类丝织物制作，上面镶嵌珍珠、宝石、金银饰物。李桂姐、李瓶儿，发型高耸，斜插金钗，珠宝围绕，耳垂金坠，脸上画钿，装扮妖娆。说明这个社会，以满头珠翠为时尚。

珠箍本是明代贵族妇女发式上的特殊首饰，严嵩被抄家时，就有金镶珠宝头箍、玉花头箍等。明中叶一般妇女，教坊女子也纷纷效仿，戴用头箍，以此为美。

第五种钿子 钿子是首饰的一种，也是一种化妆方法。第九十五回，薛嫂告诉吴月娘，"问我要两副大翠重云子钿儿，又要一副九凤钿银根儿，一个凤口里衔一串珠儿，下边坠着青红宝石、金牌儿，先与了我五两银子"。这么一说，把吴月娘说动了，让薛嫂拿来看看，"果然做的好样范，约四指宽，通掩过髮髻来，金翠掩映，翡翠重叠，背面贴金；那九级钿，每个凤口内衔着一挂宝珠牌儿，十分奇巧"。明代在分心位置有一种簪钗名曰金钿，但是与唐代的金钿有所不同，从凤冠中独立出来成为头面的一种。明代益宣王墓中出土的孙王妃所用金镶玉嵌宝群仙庆寿钿，长21厘米，高4.5厘米。金钿的背面焊接四个

---

① 李芽《耳畔流光——中国历代耳饰》，中国纺织出版社2015年版，第161页。

扁管，中穿一根窄银条贯穿整个金钿，银条的两端形成弯钩，系着带子，佩戴时把带子套在横贯鬏髻两侧的银簪子的簪头上。[1]《明史·舆服志》规定：洪武三年（1370），"凤冠圆匡冒以翡翠，上饰九龙四凤，大花十二对，小花数如之。两博鬓，十二钿。"与凤冠配套的钿有十二。

第六种戒指 戒指在《金瓶梅》中出现多次，潘金莲等女子对戒指似乎情有独钟。潘金莲看花灯，手指上戴着"六个金马镫戒指儿"（第十五回）；西门庆初会王六儿，送了她四个金戒指（第三十七回）。十个手指戴了六个戒指，这潘金莲对戒指怎这样喜欢呢？她不过以此炫耀得到西门庆的宠爱。看了这戴戒指的情节，可见首饰也是争宠的表现。笔者曾经说潘金莲以内衣的性感为武器，在爱欲搏杀中占得上风[2]，这里还要补充一点，金银首饰也具有这样的功能，它是胜利者炫耀的标贴。

潘金莲戴的戒指是素面，即没有图案、图形的戒指，通体素面无纹，最普通的一种，分量不同体现在戒指的粗细上，民间称之为韭菜叶戒指，戒指展开如同韭菜叶。高档戒指镶嵌宝石，如湖北蕲春县明代刘娘井墓出土镶宝石金戒指（两枚），戒面三朵花造型。居中一朵大梅花，素托镶嵌红宝石，两旁各一朵小花，素托镶嵌青白玉。指环素面无纹。还有戒面焊接昂首、盘角的立羊造型，戒面两侧各饰一兽面的戒指。内嵌宝石。[3]

明代之前，钗与簪是不同的，有两脚的称为钗，一只脚（独立一根）的称为簪。但是到了明代，钗与簪混淆，因为钗的使用减少，二脚、一脚都可以是簪子，因为明人说的簪，包括原先不同的簪、钗。从传世的明人绘画《朱夫人像》分析：发髻上罩鬏髻（假发套），鬏髻顶端、周围插满各式簪钗，两侧是金凤簪，鬏髻下面（额头发际线略上的部位）插一枚珠翠花钿，色彩艳丽；花钿两侧又插一对金镶珠宝的鬓钗。簪子的名称很多，如金顶簪、梅花簪、花头簪、挑心簪、如意簪、金花牡丹簪等，也可称金顶钗、梅花钗。簪钗的命名根

① 扬之水《奢华之色——宋元明金银器研究》卷二《明代金银首饰》，中华书局 2011 年版，第 41 页。

② 黄强《金瓶梅中的女子内衣》，《金瓶梅研究》第 8 辑，中国文史出版社 2005 年版，第 303—313 页。

③ 南京博物院主编《金色中国——中国古代金器大观》，译林出版社 2013 年版，第 396 页。

据图形、造型而定，至于是称簪，还是钗，明代并无严格规定。依笔者个人之见，直线形制的，簪头没有过大体积，镶嵌花朵，多重工艺的称簪子，簪头镶嵌或焊接了花朵，体积远远大于簪体，其造型不再是直线型的称钗更合适。

三、明代首饰工艺与特点

叙说了《金瓶梅》中首饰都有哪些，现在要把这些首饰放在明代社会的大背景中进行考量，论说首饰的工艺与明中叶社会审美的价值。

首饰到了明代，达到一个设计与工艺的高峰，《金瓶梅》中的首饰给了我们一个佐证。与唐宋元前朝相比，明代首饰的品种增多，样式多变，种类极为丰富，从文献记载中，可以知道金银首饰的分类在明代很细致，仅头部的首饰就可分为鬏髻、金丝髻、网巾圈、挑心、掩鬓、压发、围发、耳坠、坠领等，从假发套到头部妆饰，再到耳坠，都是很有讲究的。

在明朝的的首都南京，从明代达官贵族墓葬中出土了一批雍容华贵、富丽堂皇的金首饰，种类繁多，"有金冠、金簪、金钗、金钿、金栉背之类的发饰，金耳环、金耳坠之类的耳饰，金手镯、金钏之类的腕饰，金戒指类的指饰，还有霞帔上的金坠子、金四件、金佩之类的佩饰，仅项饰一类所见不多。用于头发装饰金簪根据插在头发各个不同的部位专门制作，有分心、挑心、鬓簪、顶簪等多种形制。金首饰的制作也极为精湛，有锤揲、錾花、拉丝、累丝、掐丝、炸珠、镂空、焊接、范铸等工艺，特别是设计思路的拓展，工艺技术的精细化，更是特色所在。"[1]

明代流行金、鎏金与玉的结合，其工艺在明代走向成熟。通常以金累丝为支架，镶嵌玉石，金累丝华贵，玉石玲珑，相互衬映，相得益彰。金色内敛，玉色明润，"红、蓝宝石营造出沉甸甸的华贵，使它依然有着时尚中的富丽和美艳"[2]。挑心是插在鬏髻正面的饰，两侧插掩鬓，挑心之下、鬏髻的口沿之上还要插分心。

---

① 龚良《金色中国美好生活》，南京博物院主编《金色中国——中国古代金器大观》，译林出版社 2013 年版，第 103 页。

② 扬之水《奢华之色——宋元明金银器研究》卷二《明代金银首饰》，中华书局 2011 年版，第 30 页。

明代耳饰的款式有珠排环、八珠环、四珠葫芦环、梅花环、佛面环、琵琶环、圆环等多种。[①] 这个时期的耳坠实物,以北京十三陵中明神宗定陵出土的孝端、孝靖二皇后的首饰最为精美。耳坠中有玉兔造型的一件,塑造的是"玉兔捣药"神话故事。金丝大圆环下缀以一只站立的玉兔,玉兔的前肢持杵,作捣药状;脚踏祥云,云朵用金镶宝石制成。明代首饰除了保留原有的锤揲制作工艺之外,大量采用新的累丝工艺,将金、银、铜丝抽成细丝,以堆垒编制方式,金属丝很细,通过堆、垒、编、织、掐、填、攒、焊多样技法,可以形成千变万化的造型效果。

四、首饰社会审美倾向与附属的其他功能

明代服饰制度极为严明,各朝都有服饰禁忌的申饬。成化年间规定妇人不能用浑金衣服饰及宝石首饰,正德间不许娼妓用金首饰银镯。[②]因此,《金瓶梅》中娼妓佩戴"金首饰银镯"并不多,只有李桂姐披金挂银,用了三两件金累丝钗、金笼坠子(第十五回),也源于李桂姐是西门庆的干女儿。倒是西门庆的家眷佩戴金银首饰的较为普遍。[③]

我们叙述《金瓶梅》中的首饰,一方面看到了明代首饰之美,工艺精湛。另一方面要看到附属在首饰上的其他功能,作者借首饰塑造的人物性格,反映社会生活。

簪子不仅可以用来挽头发,而且是一种实用器,也可以在手头不方便时,充当质押物。第八回,潘金莲等待西门庆没来,坐立不安,"至晚,旋叫王婆来,安排酒肉与她吃了,向头上拔下一根金头银簪子与她,央往西门庆家走走,去请他来"。潘金莲用簪子作为酬劳,请王婆跑腿,邀请西门庆光顾。唯利是图的王婆得到了酬劳,屁颠颠地出去了。王婆收银子,也收一些可以变现的物品,包括首饰。

潘金莲除了用首饰作为酬劳,也把首饰作为拉拢他人的筹码。第八十二回潘金莲与陈经济勾搭成奸,被春梅看见,潘金莲拉春梅下水,为了笼络春梅,

① 李芽《耳畔流光——中国历代耳饰》,中国纺织出版社 2015 年版,第 154—160 页。

② 周锡保《中国古代服饰史》,中国戏剧出版社 1986 年版,第 416 页。

③ 黄强《另一只眼看金瓶梅》,中国文学出版社 2006 年版,第 36 页。

"妇人偏听春梅说话，衣服首饰拣心爱者与之，托为心腹"。女性爱美，爱打扮，喜欢新衣服，更高层面是披金挂银插金簪戴金戒指，以此显示她的经济能力与审美倾向。

首饰多为金银制品，与其他物品相比，价值较高，在《金瓶梅》中也是谈婚论嫁的聘礼。第七回西门庆娶孟玉楼的聘礼中就有"宝钗一对，金戒指六个"。西门庆死后，树倒猢狲散，西门庆没有留下子嗣，吴月娘将小厮玳安收为义子，顶门立户，成为西门庆的继承人。第九十五回，吴月娘将小玉许给玳安，"替小玉张了一顶鬏髻，与了她几件金银首饰，四根金头银脚簪，环坠戒指之类，两套缎绢颜色衣服。选择日完房，就配与玳安儿做了媳妇。"由此可见，民间对于首饰是欣赏的。按照中国社会的习俗，首饰是女性嫁妆的一部分，成为她的私藏之物，个人的积蓄，在家庭最为困难之时，她们的首饰等成为帮助家族、家人摆脱困窘的翻本资金，作用特别。因为这样，首饰的私藏性是女性最喜欢的，远比金钱保值。

女性头上的簪、钗，还可能作为近体防身的武器，有的簪钗有尖头，用力可以刺穿肌肤，有一定杀伤性。

爱钱爱财爱首饰，这是嗜财者的物欲追求；爱精美首饰，欣赏精美绝伦的发簪，精巧雅致的耳坠，这是爱美女性的审美需求。从物质到精神，这是物欲的升华，精神的享受。《金瓶梅》中的女人们，有贪欲的本性，也不乏对理想的渴望，对美的追求。她们在奢华的时代，展示婀娜的身子，妩媚的姿容，也是有可欣赏的一面的。

［作者简介］黄强，中国新原创网副总编辑、副总裁，金陵老年大学文史系副教授。

西门庆花园的主要空间节点

李　辉

内容提要　本文在前期研究的基础上，以小说《金瓶梅》文本中西门庆花园的描写为素材，从建筑学的视角，通过中国古代造园过程的相关分析，对于聚景堂、翡翠轩与藏春坞等主要空间节点进行了研究。从这些节点的分析中，可以看出，小说作者对于中国古代园林，特别是江南私家园林的营造细节，有着比较深入的了解，甚至表现出一定层次的造园思想。这对于揭示作者的文化身份，可提供重要的参考。

关键词　市井花园　空间节点　造园思想

中国古代的园林景观，通常是以流线连缀起一系列的空间节点。这些空间节点对于园林的使用者而言，是以"景点"的方式呈现；而对于造园者以及后世的研究者来说，更是构建起游览路线上起承转合的重要因素，如江南私家园林中寄畅园的锦汇漪、拙政园的小飞虹以及皇家园林中颐和园的知春亭等。《金瓶梅》中的西门庆花园，比较均衡地布局出几处这样的空间，勾画出一幅真实可信并且特点鲜明的市井园林图景。

例如小说中反复提及的卧云亭，是全园视线的最高点，位于全园最高的一座假山上，并可与金莲、瓶儿的玩花楼上层形成对望。从小说的描述来看，建筑空间规模并不是太大。但从空间艺术效果而计，亭在最高处，统摄全局，对于整个园林有着点睛之妙。西门庆家本来有一个芙蓉亭，规模似乎比此卧云亭为大，其位置应该也在园子相对比较高的地方。或许建起卧云亭后，因其有着更高的位置，更良好的视线，因此使用那旧亭的机会明显少了，所以后文着墨不多。① 除此之外，小说中更详细地描述了聚景堂、翡翠轩及藏春坞等主要空间节点，都值得以专业的视角详细分析。

一、聚景堂

聚景堂是西门庆住宅新建花园中最大的一个公用建筑，也是最为重要的一个建筑。中国古代构筑宫室，前为堂而后为室。《论语·先进》曰："由也升堂矣，未入于室也。"关于堂，《苍颉篇》有云："殿，大堂也。"而《说文》则释曰："堂，殿也。"由此可知殿、堂本无可分。②

在古代中国，大量的事物都遵循相对比较严格的规范进行，有着礼仪上的严肃性。园林在一定程度上缓解这种严肃性，是中国古代严整的建筑礼仪空间外放松机制的体现，"不到园林，怎知春色如许"，一方面是对园林自然状态的一个描述，从另一方面也反衬了非园林的建筑空间是以怎样的一种方式阻碍了自然情致的抒发。因此，园林中的建筑，应该首先是从属于园林的，是不拘泥于某个固定格式的。所谓"方向随宜，鸠工合见；家居必论，野筑惟因"③。厅堂虽大，但所有相关的建筑行为，只为一个"因"字。

> 西门庆手拿芭蕉扇儿，信步闲游。来花园大卷棚内聚景堂内，周围放下帘栊，四下花木掩映。正值日当午时分，只闻绿阴深处一派蝉声，忽然风送花香，袭人扑鼻。有诗为证：绿树荫浓夏日长，楼台倒影入池塘。水晶帘动微风起，一架蔷薇满院香。
>
> ——第二十九回

> 且说一日三伏天气，十分炎热。西门庆在家中聚景堂中大卷棚内，赏玩荷花，避暑饮酒。吴月娘与西门庆居上坐，诸妾与大姐都两边列坐，春梅、迎春、玉箫、兰香，一般儿四个家乐，在旁弹唱。
>
> ——第三十回

---

① 详参李辉《西门庆花园的营造研究》，载于《第十一届国际〈金瓶梅〉学术讨论会论文集》，中州古籍出版社 2016 年版。

② 参见梁思成《营造法式注释·卷上》，中国建筑工业出版社 1983 年版，第 28 页。作者在对"殿"释义的时候，把"堂"附上相提并论。

③ 计成撰，陈植注释，杨伯超校订，陈从周校阅《园冶注释》，中国建筑工业出版社 1981 年版，第 71 页。

西门庆花园修建过程中，所谓"卷棚"①建筑应该不止一座。前文的建筑多是翡翠轩"卷棚"，而此处为聚景堂的"大卷棚"，应该是整个花园中最重要的一座建筑。前面一段韵文中有"楼台倒影入池塘"，后面又讲"赏玩荷花"，因此，聚景堂应该是临水而筑的一座大型厅堂类建筑。小说并没有提到园林修建过程中开池沼的过程，但依据城市可能的用地情况，清河县是一个多水的县城，此园所用基址为花子虚旧宅，因而也会开出一定规模的池沼，第二十七回讲"转过碧池"，所指应该就是此水面。因此，这里的水面应该是新开的，至少是在旧有的基础上扩大的。这个水面成了聚景堂的一个"因"。

这里的环境，前段说"四下花木掩映"，并未提及建筑，可见四周当为空旷之地。更由于厅堂相对较为空落，夏季在此，遍开所有门窗，放下帘栊，荷风四面，确实是避暑纳凉的好去处。并且，因其体形相对较大，四周景色比较通透，也是接待客人最佳的一个选择。

聚景堂作为接待活动的区域，或正式接待前的等候区域，在《金瓶梅》小说文本中多有描写——

> 那日薛内相来的早，西门庆请至卷棚内待茶……西门庆慌整衣冠，出二门迎接。因是知县李达天，并县丞钱成、主簿任廷贵、典史夏恭基。各先投拜帖，然后厅上叙礼。薛内相方出见，众官让薛内相坐首席。席间又有尚举人相接。分宾坐定，普坐递了一巡茶。少顷，阶下鼓乐响动，笙歌拥奏，递酒上坐。
>
> ——第三十二回

> 蔡状元以目瞻顾西门庆家园池花馆，花木深秀，一望无际，心中大喜，极口称美，夸道："诚乃胜蓬瀛也！"
>
> ——第三十六回

> 大厅正面设两席，蔡状元、安进士居上，西门庆下边主位相陪……苟子孝答应，在旁拍手唱道："花边柳边，檐外晴丝卷。山前水前，马上东风软。自叹行踪，有如蓬转，盼望家乡留恋。雁杳鱼沉，离愁满怀谁与传？

---

① 依据研究，小说文本中的所谓"卷棚"并非指建筑屋顶形态，而是指园林建筑的室内装修做法。详见本文"建设过程中的礼俗"一节。

日短北堂萱，空劳魂梦牵。洛阳遥远，几时得上九重金殿？"

——第三十六回

蔡状元是蔡京的"假子"，管家翟谦托西门庆在路过的时候提供接待。宾主双方虽然都是官场中人物，但这种接待有着很强的私人性质，要求规格高，但又不必太多的拘谨。于是，在花园中这最大的建筑中接待是最适合的。虽然场面不及大厅庄严，但规制依然很高。通过与蔡状元的结交，后来西门庆在生意上得到非常大的庇护，颇有渔利，大尺度的建筑为这种结交提供了空间基础。席间书童唱曲儿，也唯有在这样的高堂广厦之中，才会有对于"九重金殿"的期待。（图1）

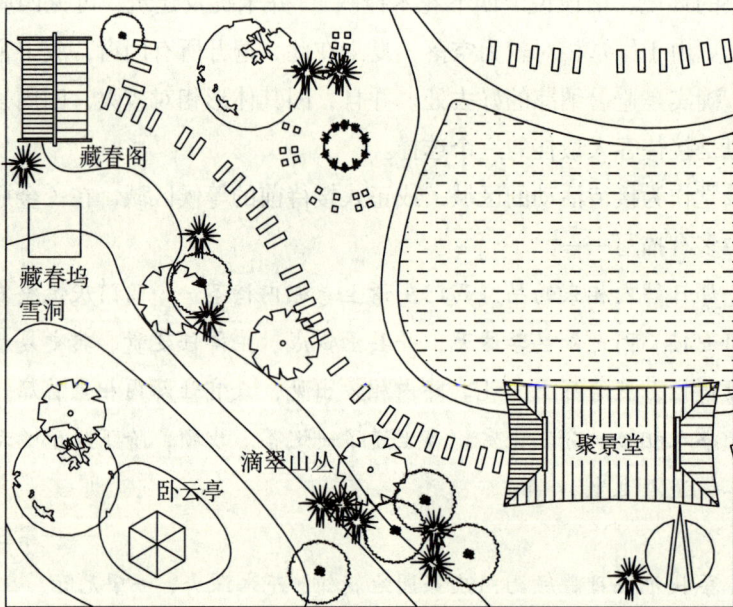

图1 聚景堂附近区域园林配置图

这李桂姐和吴银儿，就跟着潘金莲、孟玉楼，出仪门往花园中来。因有人在大卷棚内，就不曾过那边去。只在这边看了回花草，就往李瓶儿房里看官哥儿。

——第五十八回

这一日"大卷棚"内接待的是几位内相，孟玉楼等领了几位勾栏女子在上房厅里喝茶，然后一同去到花园里玩耍，结果便只去到李瓶儿房中。这里的流线看，从仪门边的花园角门过来，有几个方向的路径：一是去到聚景堂大卷棚，一是去到李瓶儿的院子，还可向西北去至翡翠轩区域（图2）。二者从流线上看，并不互相干扰。

> 西门庆答应，收了。宋御史又下席作揖致谢。少顷，请去卷棚聚景堂那里坐的。不一时，钞关钱主事也到了。三员官会在一处，换了茶，摆棋子下棋。宋御史见西门庆堂庑宽广，院中（宇）幽深，书画文物，极一时之盛。又见挂着一幅三阳捧日横批古画，正面螺钿屏风，屏风前安着一座八仙捧寿的流金鼎，约数尺高，甚是做得奇巧。见炉内焚着沉檀香，烟从龟鹤鹿口中吐出。只顾近前观看，夸奖不已。
>
> ——第七十四回

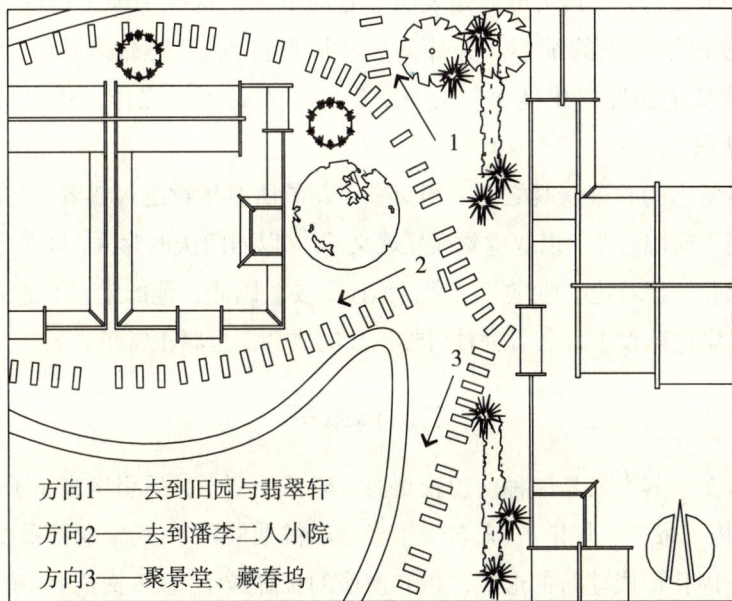

方向1——去到旧园与翡翠轩
方向2——去到潘李二人小院
方向3——聚景堂、藏春坞

图2 由花园角门进入后的不同流线

楹联字画对于中国古代建筑而言是完全不可分割的一部分。建筑的题额牌匾是一种空间意象的延伸，它是主人文化身份的标志。它的内容或取自文学作品，或引征典故，或附丽于某些传说，与建筑的其它部分一同构成一种文化识别系统，共同参与建筑叙事。另一方面，柱子是中国古代建筑的主要承重构件，明间的柱子更有着重要的文化意义。"将对联写在或堂前或厅内的柱子上，足见我们中国人是何等地看重楹联文学，堂而皇之地把它拿来装点自己的门面。"① 尤其是在园林中，所有的字画题咏，更是主人文化趣味的最重要表现途径。因此，很难想像一个文士园中没有这类题写的。但小说《金瓶梅》中对于西门庆花园的此类描述，基本没有。《红楼梦》中大观园建成后，首要的一件事情就是题对额。一群清客文人穿行于即将交付使用的建筑中，逐一分析各单体的文化特征，然后提出自己的想法，供随行者反复推敲，这本身就是一件极风雅的事。更不用说把那些文字的成果通过善书者题写出来、通过刻工精心雕于各种材质的基底上，再依据建筑的视线位置悬挂起来，这样的过程似乎才真正赋予了建筑物以生命力。

而对于西门庆花园中这样的一个最重要的厅堂，只泛泛说它"书画文物，极一时之盛"，其实也只是表明了它的主人把这些书画文物也当作财富的一部分积累起来的欲望。另外诸如"横批古画""螺钿屏风""流金鼎"以及"烟从龟鹤鹿口中吐出"的香炉，无一不是工巧之作，却也只是一些奇巧的堆积。

聚景堂当为收聚景观之用，当聚整个花园所有景物之最盛者。"堂者，当也。谓当正向阳之屋，以取堂堂高显之义。"② 以西门庆的为人，确实也有仗义豪侠的部分，但若论"堂堂"二字，似还欠妥。因此，他的堂，不论从建筑本身，还是室内陈设上，有着种种旨趣不高的成分，也属正常了。

二、翡翠轩

轩从车，其本义是一种前顶较高而有帷幕的车子，后引申为车子的通称。《尚书大传·帝告》规定："未名为士者，不得乘朱轩。"后来这种乘以代步的工具逐渐固化而成建筑的形式，指有窗槛的长廊或小室。《文选》中收录的左思撰《魏都赋》说"周轩中天，丹墀临猋"已经有了明确的建筑含义，李善注曰"轩，长廊之有窗也。"可见轩有空透的建筑性格。《左传·闵公二年》有云："卫懿公好鹤，鹤有乘轩者。"自此，不论是作为车的轩，还是后演化为建筑形

---

① 韩江陵《中国建筑文学表现的著名形式——楹联》，《建筑师》1993 年第 52 期。
② 计成撰，陈植注释，杨伯超校订，陈从周校阅《园冶注释》，中国建筑工业出版社 1981 年版，第 75 页。

式的轩，均与鹤相属，而有乘风飘逸之感。虽无"堂堂"那样的境界，但中国古代词语中"轩轩""轩昂"等都有高扬、飞举之气。因此计成论及园林中的轩时说："轩式类车，取轩轩欲举之意，宜置高敞，以助胜则称。"① 依据《金瓶梅》中描述，翡翠轩为一个小的卷棚。明末张自烈撰《正字通》中解释："檐宇之末曰轩，取车象也，殿堂前檐突起，曲椽无中梁者亦曰轩。"可见很多的时候，轩偏偏已经成为了卷棚建筑的代称。②

翡翠轩不如聚景堂那样的规模与等级，在西门庆花园中，它只是属于第二个层次的建筑，因此，在日常的使用过程中，它有着更多的亲人性。

小说曾通过应伯爵一次拜访西门庆的过程交代了翡翠轩在花园中的总体位置与室内布局。

> 那应伯爵狗也不咬，走熟了的，同韩道国进入仪门，转过大厅，由鹿顶钻山进去，就是花园角门。抹过木香棚，两边松墙，松墙里面，三间小卷棚，名唤翡翠轩，乃西门庆夏月纳凉之所。前后帘拢掩映，四面花竹阴森，周围摆设珍禽异兽、瑶草琪花，各极其盛。里面一明两暗书房。有画童儿小厮在那里扫地，说："应二爹和韩大叔来了！"二人掀开帘子，进入明间内，只见书童在书房里。看见应二爹和韩大叔，便道："请坐。俺爹刚才进后边去了。"一面使画童儿请去。伯爵见上下放着六把云南玛瑙漆减金钉藤丝甸矮矮东坡椅儿，两边挂四轴天青衢花绫裱白绫边名人的山水，一边一张螳螂蜻蜓脚一封书大理石心壁画的帮桌儿，桌儿上安放古铜炉、流金仙鹤，正在悬着"翡翠轩"三字。左右粉笺吊屏上写着一联："风静槐阴清院宇，日长香篆散帘栊。"伯爵于是正面椅上坐了，韩道国拉过一张椅子打横。画童后边请西门庆，去了良久。伯爵走到里边书房内，里面地平上安着一张大理石黑漆缕金凉床，挂着青纱帐幔；两边彩漆描金书厨，盛的都是送礼的书帕、尺头，几席文具书籍堆满；绿纱窗下，安放一

---

① 计成撰，陈植注释，杨伯超校订，陈从周校阅《园冶注释》，中国建筑工业出版社1981年版，第82页。

② 《营造法原》中释"轩"字条为"厅堂之一部，深一界或二界，其屋顶架重椽，作假屋面，使内部对称者"，可见所指实为内部卷棚装修的做法。后面的所谓"轩法"，也全指这种卷棚的构造方式。详见姚承祖著，张至刚增编，刘敦桢校阅《营造法源》，中国建筑工业出版社1989年版，第102页。

只黑漆琴桌，独独放着一张螺甸交椅。书篚内都是往来书柬拜贴，并送中秋礼物帐簿。

——第三十四回

应伯爵是西门庆的朋友，出入西门府已为常客，基本没有大的顾忌，并且他走过的流线应该是比较顺畅的。这条线路经过**大门→进入仪门→转过大厅（未进入）→鹿顶钻山→花园角门→木香棚→松墙→翡翠轩**（图3）。这是一个三开间的建筑，一明两暗的格局。前后都开敞通透，以帘拢分出内外。四周以茂密的花木相伴，显得幽静阴森。建筑明间内的陈设，包括六张东坡椅、四轴字画、一张帮桌儿，还有铜炉、流金仙鹤及牌匾，无不极言西门庆的奢华。旁边暗间中的书房，让人看到的第一眼却是一张大理石的凉床，然后才是一些文具，却大都与送礼相关。所有这些内容，都是应伯爵所看到的，也就是以他的视角展开的叙事，便是这样的一个有着奢华之气的"书房"建筑。本是一个清幽的环境，却被填充进去许多与诗书无关的内容，从建筑功能上看无法不产生暴殄天物的感觉。

相比之下，中国古代文人心目中的书房，大概更似《红楼梦》第四十回中探春室内的格局："……凤姐儿等来至探春房中，只见他娘儿们正说笑。探春素喜阔朗，这三间屋子并不曾隔断；当地放着一张花梨大理石大案，上磊着各种名人法帖并数十方宝砚，各色笔筒笔海内插的笔如树林一般；那一边设着斗大的一个汝窑花囊，插着满满的一囊水晶球儿的白菊。西墙上当中挂着一大幅米襄阳烟雨图，左右挂着一副对联，乃是颜鲁公墨迹，其词云：'烟霞闲骨格、泉石野生涯。'案上设着大鼎。左边紫檀架上放着一个大观窑的大盘，盘内盛着数十个娇黄玲珑大佛手。右边洋漆架上，悬着一个白玉比目磬，旁边挂着小锤。"这样的内容布局当然也有着非一般家庭可比的豪华，但却是一个属于文士的世界，而不似西门庆那般浊物之所好也。

另外，上段文字中，书童对二位客人说"俺爹刚才进后边去了"，后面也有多处类似的文字表明，大部分的建筑在它的"后面"，因此不经意的一句，显露出这个翡翠轩位于整个花园中略偏南的地方，并且是一个相对比较幽静但易于到达的地方。并且，花园中的许多地方，都可以经由翡翠轩卷棚前面而去到花园角门，如：

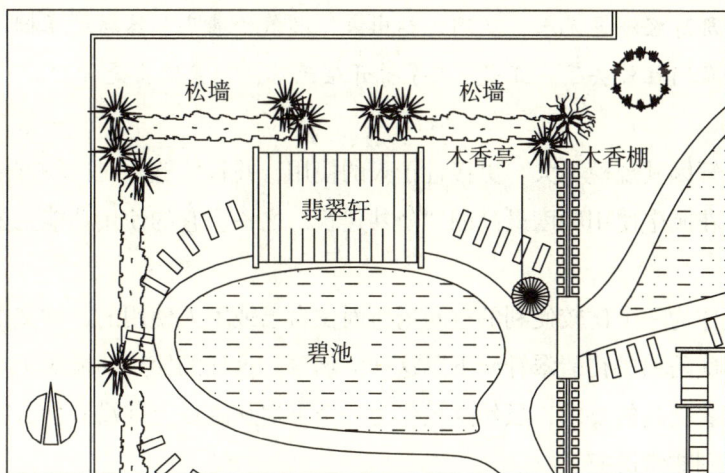

a. 依据文本所绘翡翠轩附近园林配置图

b. 崇祯本版画中所刻画翡翠轩景观配置

图 3 翡翠轩附近区域园林配置图

那陈经济见无人，从洞儿钻出来，顺着松墙儿，抹转过卷棚，一直行前边角门往外去了。正是：双手劈开生死路，一身跳出是非门。

——第五十二回

翡翠轩因其规模不大，更接近于人的使用，并且位置相对比较方便，因此成为整个花园中使用频度最高的"公共建筑"之一。它的使用功能主要有下面一些：

一是作为一个比较便利的空间场所而供自己或家人使用的，如文中多次提到"西门庆陪伯爵在翡翠轩坐下"这样的场景。这样的使用功能对于空间的环境质量有着极高的要求，虽然这里作为一个书房从陈设上并没有什么特色，但对于绿化则非常讲究。

这西门庆起来，遇见天热，不曾出门，在家撒发披襟避暑。在花园中翡翠轩卷棚内，看着小厮每打水浇灌花草。只见翡翠轩正面前，栽着一盆瑞香花，开得甚是烂漫。

——第二十七回

单表西门庆到于小卷棚翡翠轩，只见应伯爵与常时节在松墙下正看菊花。原来松墙两边，摆放二十盆，都是七尺高，各样有名的菊花，也有大红袍、状元红、紫袍金带、白粉西、黄粉西、满天星、醉杨妃、玉牡丹、鹅毛菊、鸳鸯花之类。

——第六十一回

琴童在旁掀帘，请入翡翠轩坐的。伯爵只顾夸奖不尽好菊花，问："哥是那里寻的？"西门庆道："是管砖厂刘太监送我这二十盆。"伯爵道："连这盆？"西门庆道："就连这盆都送与我了。"伯爵道："花到不打紧，这盆正是官窑双箍邓浆盆，又吃年代，又禁水漫。都是用绢罗打，用脚跳过泥，才烧造这个物儿，与苏州邓浆砖一个样儿做法。如今那里寻去！"夸了一回。

——第六十一回

西门庆把家中最好的花木都安排在这个附近，并且会在日常的情况下监督着小厮来维护管理。对于时令季节的某些特殊花卉展示，通常也多是在这里进行的，如秋天里"各样有名的菊花"，均摆放在这里。甚至会把刘太监送来的很是名贵的花卉与花盆都设在这里，而不是摆于规格等级更高的聚景堂前，可见这个建筑空间对于西门庆日常使用的重要意义。

二是宴请活动，包括自家内部使用或是对外的宴请接待。

> 那吴月娘众姊妹，请堂客到齐了，先在卷棚摆茶，然后大厅上，屏开孔雀，褥隐芙蓉，上坐。席间叫了四个妓女弹唱。
>
> ——第三十一回

这一回是为了给新出生的官哥庆满月，聚集了一些女客人吃酒。先是在卷棚里待茶，然后再去到大厅正式饮宴，可见这是一次较正式的宴请活动，必须要在最正式的大厅里，以"屏开孔雀，褥隐芙蓉"的礼仪方式来进行。

> 西门庆家中又添买了许多菜蔬，后晌时分，在花园中翡翠轩卷棚内，放下一张八仙桌儿。
>
> ——第三十五回

这是一次非正式的宴请活动，起因是韩道国来给西门庆送谢礼，西门庆只留下一部分，并自己添置一些菜，请了韩道国等几个朋友一道来吃饭。这种类型的宴请活动，带有很大的随意性，因此会选择在翡翠轩卷棚中进行。

三是安排封礼物尺头等一些杂事。

小说中多次提到，西门庆把一些杂事活动安排在卷棚中，主要也是因为这里是西门庆的书房，离园门又比较近，有着诸多的便利条件。如前面讨论的，小说第三十四回通过应伯爵眼睛所看到的，"两边彩漆描金书厨，盛的都是送礼的书帕、尺头，几席文具书籍堆满……书簏内都是往来书束拜贴，并送中秋礼物帐簿"，这些日常情况下对外联络的书面通信均是在此完成。另外还有一些比较杂但重要的事，也一并在这里，由西门庆亲自监督着完成。

> 到晚，西门庆在花园中翡翠轩书房里坐的，要教陈经济来写帖子……
>
> ——第二十六回

> 平安儿道："俺爹起来了，在卷棚看着匠人钉带哩，待小的禀去。"
>
> ——第三十一回

当然，对于女眷来说，当没有外客到访时，这里为她们提供了一个相对清幽怡人的环境——

> 话说到次日，潘金莲早起，打发西门庆出门。记挂着要做那红鞋，拿着针线筐儿，往花园翡翠轩台基儿上坐着，那里描画鞋扇。
>
> ——第二十九回

四是西门庆临时休息或与书童等做一些勾当。

如前面第三十四回所描述的，这里的暗间布置为一个书房，而"里边书房内，里面地平上安着一张大理石黑漆缕金凉床，挂着青纱帐幔"。这样的安排可为西门庆日常随时休息提供一个空间。小说中经常会提到西门庆睡在了卷棚内书房中。

> 到花园内，金莲……顺着松墙儿到翡翠轩，见里面摆设的床帐屏儿、书画琴棋，极其潇洒。床上绡帐银钩，冰簟珊枕。西门庆正倒在床上，睡思正浓。旁边流金小篆，焚着一缕龙涎。绿窗半掩，窗外芭蕉低映。
>
> ——第五十二回

当然，由于这样的空间便利，又加上西门庆糜纵淫逸的生活爱好，这里也提供了一个与书童做"勾当"的场所：

> 金莲使春梅前边来请西门庆说话。刚转过松墙，只见画童儿在那里弄松虎儿，便道："姐来做什么？爹在书房里。"
>
> ——第三十五回

这样的一个半居住空间不仅他自己使用，当在某些极特殊的场合，为了极特殊的活动，他也会把这里当作一个隐秘的场所提供给别人使用。

比如第四十九回，西门庆安排了一次极为重要的宴请活动。以西门庆等级较低的官阶，却因为某种特殊关系而宴请宋、蔡两位御史，这件事"哄动了东平府，抬起了清河县"。酒宴先是排在最正式的大厅上举行，整个仪式十分周全。后来由于宋御史有事须提前告辞，西门庆送走了他，重又回来与蔡御史"解去冠带，请去卷棚内后坐"，撤去了乐工仪仗，只留下一些戏子。这里所说的"卷棚"应该指的是聚景堂的大卷棚，在这里开展第二个阶段的饮宴活动，既不失尊重，又因为花园的环境亲和了许多。因此番与蔡御史已经不是首次的交往，这样的安排没有了过多的礼仪，却把二人的关系更加拉近了许多，为当晚西门庆进一步的行贿提供了一个相对轻松、便利的空间环境。然后，到了傍晚掌灯时分：

> 因起身出席，左右便欲掌灯，西门庆道："且休掌烛，请老先生后边更衣。"于是从花园里游玩了一回，让至翡翠轩，那里又早湘帘低簇，银烛荧煌，设下酒席完备。海盐戏子，西门庆已命手下管待酒饭，与了二两赏钱，打发去了。书童把卷棚内家活收了，关上角门，只见两个唱的，盛妆打扮，立于阶下，向前花枝招飐磕头。
>
> ——第四十九回

在翡翠轩卷棚进行的，是这次饮宴的第三个阶段，在这里与先前五间大厅上"湘帘高卷，锦屏罗列"已经完全不同了，而是"湘帘低簌，银烛荧煌"，建筑空间一次比一次更加小，因而更加亲密，也逐步增添了一些暧昧的成分。小说中的情节安排，这是一次西门庆对于官员的性贿赂活动，照顾双方的心理要求，因此要相对隐秘才可以。西门庆吩咐把两个妓女由"后门"抬入，并且把抬她们使用的轿子"抬过一边"隐藏起来。这样的一个秘密活动最终完成的一个场所，就是位于翡翠轩的西门庆书房。

这三个空间场景的转换，是小说《金瓶梅》作者成功地使用建筑空间的个性特征完成的一次叙事。这次叙事借助于时间与空间的配合，从白天非常正式情况下在五间大厅中充满礼仪的活动，到傍晚前在聚景堂大卷棚中相对宽松的听戏饮酒，再到掌灯后在翡翠轩卷棚中的私密行为，空间层次很明晰地发生着变化，一步步趋于小型化、非正式化——建筑空间所参与的小说叙事在这里被作者处理得恰到好处！

三、藏春坞

在整个西门庆花园建筑中，若论踞高望远，非卧云亭莫属，若论开阔大气，则是聚景堂，若论便利通透，当为翡翠轩，与这三种建筑性格全然不同的，就是藏春坞了。

坞之本意为中国古代构筑于村庄外用于防御的土堡，它作为一种屏障，与城市外围的城墙有着类似的作用，因此又被称为"库城"。如《后汉书·董卓传》有载："又筑坞于郿，高厚七丈，号曰万岁坞。"后来也被指称与这种建筑形式相类的四周高而中央低的山野地形，全唐诗第三三二卷录羊士谔诗《山阁闻笛》讲"临风玉管吹参差，山坞春深日又迟"，又是一种建筑的意象了。计成在评及"郊野地"的时候，开篇即说"郊野择地，依乎平冈曲坞，叠陇乔林……"陈植注云："坞，即山窠之意。在山区两边高而中间低的地区，统称为'窠'或'坞'或'冲'，亦有称为'窠子'或'冲子'者。"[1] 由此可见，"坞"作为一种建筑物或构筑物而言，本身就有着强烈的

---

① 计成撰，陈植注释，杨伯超校订，陈从周校阅《园冶注释》，中国建筑工业出版社 1981 年版，第 57—58 页。

隐蔽性特征。

根据这种隐蔽性的特征，西门庆也在这里安排了相应的活动。先是与来旺之妻宋惠莲的私通：

> 玉箫道："爹说小厮们看着，不好进你这屋里来的。教你悄悄往山子底下洞儿里，那里无人，堪可一会儿。"
>
> ——第二十二回
>
> 金莲……不由分说，进入花园里来，各处寻了一遍。走到藏春坞山子洞儿里，只见他两个人在里面才了事。
>
> ——第二十二回

这个地点对于二人的偷情是一个相对固定的场所，以至后来潘金莲绣鞋丢失后，秋菊偶然在这里发现一只鞋子，潘金莲马上判断是宋惠莲的，足见使用之频繁。除此之外，西门庆还会即兴地把这里做为一种私会的地点，如与李桂姐的一次：

> 原来西门庆只走到李瓶儿房里，（吃了药）就出来了。在木香棚下看见李桂姐，就拉到藏春坞雪洞儿里，把门儿掩着，两个坐在矮床儿上说话，把桂姐搂在怀中，腿上坐的……不想应伯爵到各亭儿上寻了一遭，寻不着，打滴翠岩小洞儿里穿过去，到了木香棚，抹转葡萄架，到松竹深处，藏春坞边，隐隐听见有人笑声，又不知在何处。这伯爵慢慢蹑足潜踪，掀开帘儿，见两扇洞门儿虚掩，在外面只顾听觑。
>
> ——第五十二回

当然，仅仅把藏春坞作为一个花园中最隐蔽的场所，供自己使用，并没有充分发挥它的作用。很多的时候，西门庆也把它当作一个特殊的场合让外来人员使用。如首次宴请蔡状元（即后来的蔡御史）时，就曾安排了一次使用。此番是蔡状元与安进士一同到来，西门庆先是"冠冕着迎接至厅上，叙礼交拜"，然后"叙毕礼话，请去花园卷棚内宽衣"，再后来挽留二人在此歇宿——

> 良久，酒阑上来，西门庆陪他复游花园，向卷棚内下棋。令小厮拿两桌盒，三十样，都是细巧果菜、鲜物下酒。蔡状元道："学生们初会，不当深扰潭府，天色晚了，告辞罢。"……
>
> 良久，让二人到花园："还有一处小亭请看。"把二人一引，转过粉墙，来到藏春坞雪洞内。里面暖腾腾掌着灯烛，小琴桌儿早已陈设绮席果酌之

类，床榻依然，琴书潇洒。

——第三十六回

此处，藏春坞雪洞"暖腾腾掌着灯烛"的气氛，无形中成了控制环境的重要因素。并且，藏春坞雪洞虽不是如翡翠轩那样相对正式的居住条件，但其环境整体氛围则更适合睡卧。

> 西门庆藏春坞、翡翠轩两处俱设床帐，铺陈绫锦被褥，就派书童、玳安两个小厮答应。西门庆道了安置，回后边去了。

——第三十六回

藏春坞雪洞的另一个用途就是书房。西门庆本非一个读书人，却在发迹后相继布置出若干个"书房"。先是小说第三十一回中说，"新近收拾大厅西厢房一间做书房，内安床几、桌椅、屏帏、笔砚、琴书之类。书童儿晚夕只在床脚踏板上搭着铺睡。"后第三十四回又讲到，"三间小卷棚，名唤翡翠轩，乃西门庆夏月纳凉之所……里面一明两暗书房。"其实，《红楼梦》大观园中的暖香坞，是供惜春使用的住处，也有着很重要的书房画房功能；苏州拙政园海棠春坞为一独立小院，花开时节也烂漫如锦，也是一个封闭式庭院书房。这些都说明，倘真的经营而成书房，藏春坞当是一个不错的冬季读书选择。后面在第七十二回又提到——

> 西门庆吩咐左右；把花草抬放藏春坞书房中摆放，旋叫泥水匠隔山拘火，打了两座暖炕，恐怕煤烟熏触；专委春鸿、来安浇灌茶水，不得有误。西门庆使玳安叫戏子去，一面兑银子与来安儿买办。

——第七十二回

崇祯本有所改动，此句作："西门庆叫左右把花草抬放藏春坞书房中摆放，一面使玳安叫戏子去，一面兑银子与来安儿买办。"——虽然没有再过多地描述关于"隔山拘火"的建筑构造，却也把这里的建筑作为书房的一部分。这里提及之所以要采用"隔山拘火"的方式，是为了"把花草抬放藏春坞书房中摆放"，并且，依据故事情节来看，摆放的季节偏偏是最冷的冬天。这个细节从另一个角度说明，藏春坞建筑在花园中，除去供潘金莲、李瓶儿居住的两座玩花楼外，可能是冬天里最温暖的地方。考虑到玩花楼可能会采用一些人工的取暖方式，单从建筑保暖性上考虑，虽然第二十三回也说"冷气侵人"，但毕竟可以在这里"掩上双扉……上床就寝"。甚至可以认为藏春坞有着最好的天然保温特性，"藏春"二字绝非浪得之虚名。从建筑布局上看，这种特性绝对不是偶然的，考虑到"坞"特殊的地形特征，它有着良好的藏风聚气品质，这恰与中国古代择地的风水之说有着一些暗合。

对于村落的选址方面，有着一些对于藏风聚气的要求，主要是依据《内经》中"九宫八风"的理念。"西面需要有山，挡住西面的'刚风'。同理，西北应有山挡住'折风'；北面应有山挡住'大刚风'；东北应有山挡住'凶风'。这样一来恰是风水学提倡的半圆形环山了。"[①] 这种规定是基于村落选址的，但对于建筑的局地风水讲，很多的时候也是起作用的，因为显而易见的是，对于中国大部分的地方而言，能挡住这样的一些方位的"窟"，对于冬季居住来讲，都是十分有利的。基于这样的分析，并且结合藏春坞良好的冬天保暖使用特性，可以认为雪洞建筑是对着南偏东方向开口的，其它几面被假山环抱的一座建筑。

[作者简介] 李辉，中国美术学院教授。

---

① 张惠民《中国风水应用学》，人民中国出版社 1993 年版，第 217 页。

《金瓶梅》岁时节令描写梳理及表现特征

路瑞芳　霍现俊

内容提要　岁时节令是夹杂在人类一年四季忙碌生活中短暂的休闲娱乐时日，具有普及性、群众性、全民性等特点。在这种特殊的日子里，人们不仅有物质上的享受，也有精神上的愉悦。世情小说《金瓶梅》就涉及到众多的节令描写，本文较为详尽地进行了梳理并探讨了岁时节令在《金瓶梅》中独特的表现特征。

关键词　《金瓶梅》　岁时节令　表现特征

岁时节令，是夹杂在人类一年四季忙碌生活中短暂的休闲娱乐时日，具有普及性、群众性、全民性等特点。与日常生活不同，岁时节令可以让人们暂时忘掉平凡琐碎的生活中的各种烦恼，而进入一种欢乐祥和的氛围之中，其中不仅有物质上的享受，也有精神上的愉悦。《金瓶梅》作为中国文学史上第一部长篇白话世情章回体小说，在写法上具有史书编年体的特点，"以事系日，以日系月，以月系时，以时系年"[①]。岁时节令描写贯穿了整部《金瓶梅》，记录了西门府一年四季生活的点点滴滴。夏志清先生曾说："他（作者）差不多逐日记述西门庆家庭的生活情形，把一些大的事件留下给生日和节日。"[②] 由此可见，岁时节令描写在《金瓶梅》中的重要性。

艺术源于生活而又高于生活。小说作者在创作之初进行艺术构思之时，大量的岁时节令生活素材会进入他的写作视野。作者不可能全部写入小说之中，这就需要作者通过精心的选择，由此及彼、由表及里、去粗取精、去伪存真，

---

① 《春秋经传集解·序言》，文学古籍出版社 1955 年版，第 1 页。

② 夏志清著，胡益民等译《中国古典小说史论》，江苏人民出版社 2001 年版，第 178 页。

然后选取那些能够为构建情节，塑造人物形象，深化主题服务的素材。再经过作者精湛高超的艺术手段进行加工，《金瓶梅》中的岁时节令描写就具有了它独特的表现特征。

本文试图通过对《金瓶梅》文本梳理，整理出小说中所涉及的岁时节令描写以及相关的岁时民俗娱乐活动，并在此基础上分析其独特的表现特征。

一、《金瓶梅》岁时节令描写文本梳理

以家庭为社会单元，以市井百姓为描摹对象的《金瓶梅》描写了纷繁多样的岁时节令，展现了西门庆一家多姿多彩的不同于日常生活的时日，其中绝大多数的岁时节令往往伴随着丰富多彩的民俗游艺活动。特殊的时间节点、多彩的民俗游艺活动，和平淡的日常生活相比，更易生发新奇的故事，从而凸显人物的独特个性，进而深化小说主题。

为了方便我们分析与总结，通过文本细读，现将《金瓶梅》中所涉及到的岁时节令描写进行梳理，如下表所示：

《金瓶梅》岁时节令描写统计表

序号	回数	岁时节令	岁时民俗活动与相关游艺	页码	篇幅	备注
1	6	端午节	饮酒	70—74	半回	
2	10	上元节		118—119	数笔带过	李瓶儿身世
3	13	重阳节	赏菊、传花击鼓、饮酒	156—160	半回	
4	15	元宵节	看花灯、踢气毬	180—189	一整回	李瓶儿生日
5	16	元宵节	猜枚、抹牌、饮酒	190—192	数笔带过	
6	16	蕤宾佳节	门插艾叶、户挂灵符、解粽	198—199	数笔带过	
7	18	中元节	鱼篮会、烧箱库、跳马索子儿	217—220	半回	
8	19	中秋节	请吃酒	236—237	数笔带过	吴月娘生日
9	22	腊八节	喝粥（粳米投着各样榛松栗子果仁梅桂白糖粥儿）	281—284	半回	
10	23	新正佳节	贺节、下棋、赌东道、吃猪头肉、大节下众姊妹从初五到初十轮流做东摆酒、挝瓜子儿	285—297	一整回	

续表

序号	回数	岁时节令	岁时民俗活动与相关游艺	页码	篇幅	备注
11	24	元宵节 正月十六	举行家宴、饮酒作乐、弹唱灯词、挂花灯、赏月、放烟火花炮、街上逛灯市、走百病儿	298—308	一整回	
12	25	清明节	郊外玩耍、众姊妹打秋千	309—314	半回	
13	27	三伏天		341—352	一整回	
14	29	白露		367	一笔带过	西门庆出生日子为白露
15	30	三伏节	赏玩荷花、避暑饮酒	382—387	半回	西门庆生子加官
16	33	中秋节	请吃酒	420—427	半回	吴月娘生日、吴月娘失子
17	34	中元节	伽蓝会烧香	444	数笔带过	西门庆讲阮三事
18	37	五月初五		482	一笔带过	韩爱姐出生日子
19	39	腊月、忙年事	准备节礼、天地疏、新春符、谢灶诰	506—507	数笔带过	
20	39	正月初八、初九	玉皇庙打醮	507—524	一整回	潘金莲生日
21	40	正月初十、十一		525—534	一整回	
22	41	正月十二、十三	看灯吃酒	535—545	一整回	
23	42	正月十四	放烟火、挂灯、看灯、打双陆、看灯市、吃元宵、团圆饼、玫瑰元宵饼	546—558	一整回	
24	43	元宵节	看灯吃酒、放烟火	559—573	一整回	
25	44	元宵夜		574—582	一整回	
26	45	正月十六		583—593	一整回	
27	46	正月十六夜	走百病儿、摆设酒筵、挂灯、放烟火	594—609	大半回	
28	46	正月十七	卜龟儿卦儿	609—612	小半回	
29	48	清明节	上坟祭祖、宴请、演戏、打秋千	627—633	小半回	
30	48	下元节	放水灯	626	一笔带过	

序号	回数	岁时节令	岁时民俗活动与相关游艺	页码	篇幅	备注
31	51	端午节	戴绒线符牌儿及各色小粽子儿，并解毒艾虎儿	667	一笔带过	
32	52	芒种节	凭栏观花	694	一笔带过	
33	53	芒种节		712—716	小半回	
34	59	中秋节将近		816	数笔带过	
35	61	重阳节	饮菊花酒、赏菊、吃螃蟹、吃蒸糕	844—853	半回	
36	64	立冬		906	一笔带过	
37	71	冬至	圣上祀南郊，百官朝贺，拜冬，百官吃庆成宴	1024—1032	半回	
38	76	近年节		1153	一笔带过	
39	77	腊八节	吃腊八粥	1175—1177	数笔带过	
40	78	年除日	放炮、帖春胜、挂桃符、磕头、赏赐手帕汗巾银钱	1186	数笔带过	
41	78	元旦	上香烧纸祭祖、到处贺节、行礼、穿新衣、踢毽子、放炮仗、嗑瓜子、袖香桶儿、戴闹娥儿、宴请亲朋	1187	数笔带过	
42	78	正月初二至初九	互相拜访请吃节酒	1187—1211	一整回	
43	78	正月十二	请堂客饮酒、赏灯饮酒、看戏、放烟火	1211—1214	小半回	
44	79	元宵节	逛灯市、吃元宵	1215—1234	大半回	
45	79	正月二十一		1235—1236	小半回	西门庆送命、月娘产子
46	83	中元节	烧盂兰会箱库	1273—1275	数笔带过	
47	83	中秋节	赏月饮酒、下鳖棋儿	1275—1277	数笔带过	
48	88	正月初旬		1335	数笔带过	
49	89	清明节	上坟祭扫、游春	1345—1355	一整回	
50	90	清明节	饮酒、游玩、看走马耍解、	1356—1361	半回	
51	95	中秋节	饮酒、听宣卷	1425—1426	数笔带过	
52	97	端午节	吃雄黄酒、解粽欢娱	1456—1457	数笔带过	

（上表依据陶慕宁校注本《金瓶梅词话》，人民文学出版社 2000 年版）

二、《金瓶梅》岁时节令描写的表现特征

岁时节令作为特殊的时间节点，承载着一个民族的文化与信仰，是人们日常生活中不可或缺的组成部分。纵观以上《金瓶梅》中的岁时节令描写，可以将其表现特征主要归纳为以下几个方面：

1. 从数量上来看：《金瓶梅》洋洋洒洒一百回文字，有四十三回都写到岁时节令，几乎涉及小说一半篇幅。"一日一时推着数去，无论春秋冷热，即某人生日，某人某日来请酒，某月某日请某人，某日是某节令，齐齐整整捱去"①的叙事方法，将诸如端午、重阳、元宵、芒种、中元、中秋、腊八、除夕、元旦、清明、冬至等岁时节令都囊括其中。其中一些节日如元宵节、清明节、中秋节、端午节在小说中反复出现多次。作者通过对《金瓶梅》中岁时节令的描写，展现了明代中后期的社会生活场景，上至朝廷皇帝，下至平民百姓，主要则是西门府及与其相关的人的衣食住行、生活起居。

《金瓶梅》岁时节令描写所涉及的内容也相当广泛，每逢重要的节日节令，人们会穿上新制的衣服，安排各种盛大的筵席，如：元旦宴、元宵宴、端阳宴、重阳宴、中秋宴等。宴会上除了普通的美味佳肴，特定的岁时节令食品也必不可少：元宵节吃元宵、团圆饼，端午节吃粽子，重阳节吃重阳糕、螃蟹，腊八节吃腊八粥……除了食物，筵席上自然是少不了美酒的：金华酒、茉莉花酒、葡萄酒、南酒、烧酒、黄酒……种类多样，应有尽有。个别节日也有特定的美酒：端午喝雄黄酒，重阳喝菊花酒。岁时节令期间的民俗游艺活动更是丰富多彩：元宵节看灯、放烟火、走百病儿；清明节上坟祭祖、荡秋千、踏青；端午节解粽、插艾叶、挂灵符；重阳节登高、赏菊等等。各式各样的民俗活动丰富了人们日常平淡枯燥的生活。还有各种娱乐活动：传花击鼓、猜枚、抹牌、踢气毬、打双陆、下鳖棋儿、听唱曲、听宣卷……在这些特殊的时间里，人们可以暂时忘记忧愁，尽情享受节日带来的欢娱。

《金瓶梅》描写的是山东清河县破落户西门庆一家的生活琐事，整部小说市井气息浓厚，小说中所涉及的民俗娱乐活动，也充满了世俗气。《金瓶梅》里的人物不像《红楼梦》里的人物那样生活在"诗礼簪缨之族，钟鸣鼎食之家"

---

① （清）张竹坡《张竹坡批评第一奇书〈金瓶梅〉·读法》，齐鲁书社 1991 年版，第 37 页。

的贾府，而是生活在清河县的西门府，他们没有高雅的结社吟诗生活，也没有猜灯谜这样较为风雅的民俗活动。灯谜，首见于周密的《武林旧事》："又有以绢灯剪写诗词，时寓讥笑，及画人物，藏头隐语，及旧京诨语，戏弄行人。"①明代猜灯谜已在民间非常流行，《西湖游览志余》载："古之所谓瘦词，即今之隐语也，而俗谓之谜……杭人元夕多认此为猜灯……今海内佳谜甚多，不独杭州有也。"② 在《金瓶梅》里却鲜有提及，因为西门府里的主人除了潘金莲识字外，其他则基本都是大字不识的粗人。《金瓶梅》岁时节令描写中，少不了的是妓女俳优吹拉弹唱，帮闲们插科打诨。逢年过节，妓院也是西门庆一群人常常出没的地方，与妓女调笑嬉闹更是家常。李桂姐、吴银儿、郑爱月等都是西门庆包养的妓女，妓女俳优成为岁时节令里不可或缺的人物。岁时节令也常常成为西门庆与其情人偷情的好时机。

《金瓶梅》中岁时节令描写数量繁多，内容丰富，涉及广泛，但是作者在写作过程中，并没有一概而论平均使用笔墨，而是依据情节的发展和人物塑造的需要，给予不同的处理。有的岁时节令如元宵节、重阳节、清明节等作者着墨较多，在小说中重复出现多次。尤其是元宵节，小说中总共写了四次元宵节，而仅第三次元宵节，作者就用了将近五回的笔墨描写，四次元宵节贯穿整个《金瓶梅》，成为支撑小说的骨架。据笔者统计，小说中中秋节出现过五次，而吴月娘的生日也恰好是中秋节，所以在这一天作者往往把注意力集中在描写吴月娘生日，而对中秋节的节俗描写略少，虽然出现五次，但都着墨不多。而有的岁时节令作者就一笔带过或者数笔带过，如下元节，作者仅仅写了一句放水灯；五十一回中的端午节，作者只用李瓶儿在做象征端午的饰物符牌儿、小粽子儿、解毒艾虎儿，就省略过去了。还有的岁时节令描写是作者穿插其他故事时涉及到的旁逸之笔，如第十回介绍李瓶儿身份时，写到了上元节，李逵闹了大名府；第三十四回西门庆讲阮三故事时，写到了元宵节、中元节令。繁多的岁时节令，经过作者之手，变的详略得当，浑然一体。

2. 从地域上来看：《金瓶梅》中所涉及到的岁时节令描写，尤其是民俗游艺活动，基本都是北方的。从这个角度看，《金瓶梅》故事发生的背景应该是

---

① ［日］四水潜夫《武林旧事》，西湖书社1981年版，第34、35页。

② （明）田汝成《西湖游览志余》卷二十五，上海古籍出版社1980年版，第445页。

北方，以京师北京为描写中心。

（1）清明节打秋千

第二十五回清明佳节，吴月娘在花园架了秋千，趁西门庆不在家，和众姐妹一起打秋千耍，以消春困。此时，去杭州织造蔡太师生辰衣服的来旺回府，对情人孙雪娥说："阿呀，打他则甚！秋千虽是北方戎戏，南方人不打他，妇女每到春三月，只斗百草耍子。"① 来往于南北的来旺指出了清明节南北方节俗的差异。

宗懔《荆楚岁时记》"打毬、秋千"条注云："《古今艺术图》云：'秋千，北方山戎之戏，以习轻趫者。'或云：'齐桓公北伐山戎，此戏始传中国。'"② 据《燕京岁时记》"清明"条记载："按《析津志》云：'辽俗最重清明，上自内苑，下至士庶，俱立秋千架，日以嬉戏为乐。'"③ 又据明代谢肇淛考证，秋千本是"胡戏"，原是北方少数民族的娱乐形式："南方好傀儡，北方好秋千，然皆胡戏也。《列子》所载'偃师为木人，能歌舞'，此傀儡之始也。秋千云自齐桓公伐山戎，传其戏入中国，今燕、齐之间，清明前后此戏盛行，所谓北方戎狄爱习轻趫之能者，其说信矣。"④ 民族大融合本来就是岁时民俗发展演变的因素之一，秋千这个本属于少数民族的竞技游艺，也不断流传到了汉族传统文化节俗之中。据刘若愚《明宫史》记载："清明，则'秋千节'也，戴柳枝于鬓。坤宁宫后及各宫，皆安秋千一架。"⑤ 可见，打秋千确实是流行于明代北方宫廷与民间的清明节俗。

斗百草是一种娱乐游戏，以草茎对拉，先断者则输，或以花草名相对赌胜，对不上者则输。南宋宫廷已流行此游戏，吴自牧《梦粱录》卷一"二月"条载："禁中宫女，以百草斗戏。"⑥ 按刚从南方回来的来旺所说，三月清明，北方人打秋千，而南方人则斗百草。《五杂俎》卷二又云："今清明寒食时，惟有

① （明）兰陵笑笑生《金瓶梅词话》，人民文学出版社 2000 年版，第 311 页。
② （南朝梁）宗懔撰，姜彦稚辑校《荆楚岁时记》，岳麓书社 1986 年版，第 14 页。
③ （清）富察敦崇《燕京岁时记》，北京古籍出版社 1981 年版，第 57 页。
④ （明）谢肇淛《五杂俎》卷五，上海书店出版社 2001 年版，第 101 页。
⑤ （明）刘若愚《明宫史》，北京出版社 1963 年版，第 76 页。
⑥ （宋）吴自牧《梦粱录》，中国商业出版社 1982 年版，第 6 页。

秋千一事，较之诸戏为雅，然亦盛行于北方，南人不甚举也。"①《金瓶梅》第四十八回描写西门庆清明节祭祖之后，潘金莲与孟玉楼等人同去花园打秋千，打秋千是《金瓶梅》描写清明节时不可或缺的民俗活动之一。

从以上文献笔记来看，荡秋千是北方少数民族娱乐形式的孑遗，后传入中原，成为盛行于北方宫廷及民间的一种清明节娱乐消遣活动，而在南方则不常见。

（2）端午节竞渡

五月初五，蕤宾佳节，民俗游艺活动非常繁多，据《五杂俎》载："古人岁时之事，行于今者独端午为多，竞渡也，作粽也，系五色丝也，饮菖蒲也，悬艾也，作艾虎也，佩符也，浴兰汤也，斗草也，采药也，书仪方也，而又以雄黄入酒饮之，并喷屋壁、床帐，婴儿涂其耳鼻，云以辟蛇、虫诸毒，兰汤不可得，则以午时取五色草沸而浴之。至于竞渡，楚、蜀为甚，吾闽亦喜为之，云以驱疫，有司禁之不能也。"②《金瓶梅》总共描写了四次端午节，解粽、悬艾、佩符、饮雄黄酒等岁时民俗都有提及，却唯独没有提到竞渡活动。按谢肇淛所言，竞渡活动古时多盛行于楚地、蜀地、闽地等南方城市，似北方不太举行此活动。

我国最早记载两湖地区岁时风俗的著作《荆楚岁时记》云："是日竞渡，采杂药。"又注云："按五月五日竞渡，俗为屈原投汨罗日，人伤其死，故并命舟楫以拯之，至今竞渡是其遗俗。"③端午竞渡是为了拯救屈原。《隋唐嘉话》载："俗五月五日为竞渡戏，自襄州以南，所向相传云：屈原初沉江之时，其乡人乘舟求之，意急而争前，后因为此戏。"④明张岱《夜航船》"竞渡"条云："屈原以五日死，楚人以舟楫拯之，谓之竞渡。"又曰："五日投角黍以祭屈原，恐为蛟龙所夺，故为龙舟以逐之。"⑤以上文献都表明，竞渡是流行于我国南方为了纪念屈原的端午民俗事象。明人诗歌中也表明南方竞渡习俗之盛，如李东阳

---

① （明）谢肇淛《五杂俎》卷二，第 23—24 页。

② （明）谢肇淛《五杂俎》卷二，第 24 页。

③ （南朝梁）宗懔《荆楚岁时记》，第 36 页。

④ （唐）刘𫗧撰，程毅中点校《隋唐嘉话》，中华书局 1979 年版，第 51 页。

⑤ （明）张岱撰，刘耀林校注《夜航船》，浙江古籍出版社 1987 年版，第 45—46 页。

《竞渡谣》:"湖南人家重端午,大船小船竞官渡。彩旗花鼓坐两头,齐唱船歌过江去。"①又如袁宏道《午日沙市观竞渡》则描述了湖北荆州沙市的竞渡盛况。

明刘侗、于奕正《帝京景物略》卷二"春场"条云:"五日之午前,群人天坛,曰避毒也。过午出,走马坛之墙下。无江城系丝投角黍俗,而亦为角黍。无竞渡俗,亦竞游耍。南则耍金鱼池,西耍高梁桥,东松林,北满井,为地不同,饮醲熙游也同。"②此书详细记载了明代北京的风土景物,北京无竞渡之俗,而以竞游耍代替。明代宫廷虽也曾有过端午竞渡的节俗,但那只是宣德年间的事。据明陆容《菽园杂记》载:"朝廷每端午节赐朝官吃糕粽于午门外,酒数行而出。文职大臣仍从驾幸后苑,观武臣射柳,事毕皆出。上迎母后幸内沼,看划龙船,炮声不绝。盖宣德以来故事也。"③

以此来看,为了纪念楚国的屈原,再加上南方有充足的水域条件,所以竞渡多盛行于南方。北方除宫廷曾在宣德时有过竞渡活动外,此后也不再盛行,而在民间并不流行端午竞渡。所以《金瓶梅》中也并未提到端午节间,西门庆等人出外看竞渡比赛。

再如元宵夜走百病也是北方的一种旧俗,《五杂俎》云:"齐、鲁人多以正月十六日游寺观,谓之'走百病'。"④丁世良、赵放主编的《中国地方志民俗资料汇编·华东卷》,其中山东省的地方志中也多次提到"走百病"的习俗。

《金瓶梅》虚构的故事发生在山东清河县,通过以上分析可知,它所描写的也是典型的北方岁时民俗活动。而《金瓶梅》的作者应是一位非常熟悉南北岁时节日民俗的人。

3. 从结构安排上看:作者开始创作之时,心中应该已有一个整体构思,对于岁时节令在小说中的设计安排,作者也应是心中有数。通过分析,我们可以看出,《金瓶梅》的作者特别注重岁时节令在小说中的对称描写和对比描写。《金瓶梅》中涉及到丰富多彩的岁时节令及相关民俗游艺活动描写,但作者并没有盲目书写,而是精心选择后,经过艺术构思,巧妙的安排在各回之中,并

---

① (明)李东阳《李东阳集》,岳麓书社 1984 年版,第 636 页。
② (明)刘侗、于奕正《帝京景物略》卷之二,北京古籍出版社 1983 年版,第 68 页。
③ (明)陆容撰,佚之点校《菽园杂记》卷一,中华书局 1985 年版,第 1 页。
④ (明)谢肇淛《五杂俎》卷二,第 21 页。

形成前后的对称或对比。

（1）对称描写

①《金瓶梅》描写的第一个岁时节令是出现在第六回的端阳节，小说中这样写到："光阴迅速，日月如梭，西门庆刮剌那妇人（潘金莲）将两月有余。一日，将近端阳佳节，但见'绿杨袅袅垂丝碧，海榴点点胭脂赤。微微风动幔，飒飒凉侵扇。处处遇端阳，家家共举觞。'"①西门庆从岳庙回来，顺便来看潘金莲，王婆先去通风报信，金莲立即就把她娘潘姥姥打发走了，然后重备酒肴、又烧异香，以迎接西门庆。两人饮酒欢乐，又吃鞋杯耍子，然后宽衣解带，极尽鱼水之欢。

百回《金瓶梅》描写的最后一个岁时节令出现在第九十七回，恰也是端午节。春梅和孙二娘、陈经济喝雄黄酒、解粽，但见那蕤宾好景：

　　盆栽绿柳，瓶插红榴。水晶帘卷虾须，云母屏开孔雀。菖蒲切玉，佳人笑捧紫霞觞；角黍堆金，侍妾高擎碧玉盏。食烹异品，果献时新。灵符艾虎簪头，五色绒绳系臂。家家庆赏午节，处处欢饮香醪。遨游身外醉乾坤，消遣壶中闲日月。得多少珮环声碎金莲小，纨扇轻摇玉笋柔。②

此时，西门庆、潘金莲已死，而春梅已成了管理"地方河道，军马钱粮"，权力甚大的守备夫人，陈经济受尽苦难后，以春梅姑表兄弟的身份进入守备府，却暗中与春梅苟且偷情。端午佳节，周守备领人出巡，春梅、经济便趁此机会欢娱偷情。

"绿杨"与"绿柳"，"海榴"与"红榴"，"处处遇端阳，家家共举觞"与"家家庆赏午节，处处欢饮香醪"，两段描写端阳美景的韵文也极其相似。同样的节日又发生的是相同的故事，西门庆与潘金莲、陈经济与庞春梅的偷情故事，只是主角不同而已。作者的安排实在是巧妙。

②上文提到第二十五回清明佳节，来旺从南方办事回到西门府邸，见到的第一个人就是他的情人西门庆的第四个妾孙雪娥。孙雪娥满脸微笑的说："好呀，你来家了。路上风霜，多有辛苦。几时没见，吃得黑浑了。"③之后又把西

----

① （明）兰陵笑笑生《金瓶梅词话》，第 70 页。
② （明）兰陵笑笑生《金瓶梅词话》，第 1456 页。
③ （明）兰陵笑笑生《金瓶梅词话》，第 311 页。

门庆和其媳妇惠莲的苟且之事告诉了来旺，引发了一系列故事。而小说第九十回也写清明佳节，吴月娘与孟玉楼两个寡妇去上新坟祭扫西门庆，在永福寺碰到了守备夫人庞春梅。孙雪娥和西门大姐在家照看，大姐想要磨镜子，却遇见了被西门庆陷害而被递解原籍徐州，后又上京谋生的来旺，如今在城内顾银铺，做着银行手艺。令人奇怪的是，旧情人雪娥开始居然没认出是来旺，崇祯本眉批道："雪娥与来旺情人也，曾间别几多时，面便不复认矣，蠢甚。"[①] 我想来旺与雪娥的两次见面，恰都在清明节，这绝非偶然，而是作者的精心设计。

此外，李瓶儿正式出场是在第十三回"李瓶儿隔墙密约"，她出场后度过的第一个节日是重阳节，而她此生度过的最后一个节日是在第六十一回"李瓶儿苦痛宴重阳"，也是重阳节。

一次对称可能是巧合，多次对称就是作者的刻意安排，有意为之。总之，小说作者多次安排岁时节令的前后对称描写，使读者在读到后文时，有似曾相识之感，回忆起前文的故事情节，使小说更加具有连贯性。

（2）对比描写

①清明节：盛大与凄凉

《金瓶梅》总共写了三次清明节，分别出现在第二十五回、第四十八回和第八十九、九十回。前两次清明节时，西门庆还活着，而且生活的相当好，后一次清明节时，西门庆已死，正如题目所言"清明节寡妇上新坟"，寡妇们是去祭扫西门庆的。以西门庆的死为界，前后几次清明节描写形成了鲜明的对比，尤其是第二次与第三次，冷热对比极为鲜明。

第四十八回时，西门庆已做了山东提刑所理刑副千户，成了正式的国家官僚，又有了官哥，真是喜上加喜，但还没有上坟祭祖，因为他并不是每年都去祭祖的，于是决定于今年清明节去上坟，并更换锦衣牌面。祭祖上坟成了西门庆炫耀富贵和权势的手段，和敬奉祖先毫无关系。此时是西门庆一生中最为得意、最为鼎盛的时候，西门千户这次祭祖的场面极其盛大，且看其参与者：

> 叫的乐工、杂耍、扮戏的，小优儿是李铭、吴惠、王柱、郑奉，唱的是李桂姐、吴银儿、韩金钏、董娇儿。官家请了张团练、乔大户、吴大舅、吴二舅、花大舅、沈姨夫、应伯爵、谢希大、傅伙计、韩道国、

---

① 朱一玄《金瓶梅资料汇编·绣像批评金瓶梅评语》，南开大学出版社 2002 年版，第 388 页。

云离守、贲地传，并女婿陈经济等，约二十余人。堂客请了张团练娘子、张亲家母、乔大户娘子、朱台官娘子、尚举人娘子、吴大妗子、二妗子、杨姑娘、潘姥姥、花大妗子、吴大姨、孟大姨、吴舜臣媳妇郑三姐、崔本妻段大姐，并家中吴月娘、李娇儿、孟玉楼、潘金莲、李瓶儿、孙雪娥、西门大姐、春梅、迎春、玉箫、兰香，奶子如意抱着官哥儿，里外也有二十四五顶轿子。①

以上列出姓名或身份的人就有将近五十人，轿子也有二十四五顶，场面之大可想而知。常言道"时来谁不来，时不来谁来"，这时的西门庆谁不想趋附，谁又敢得罪呢？作为千户的西门庆，自然也要把这次祭祖办的风风光光、热热闹闹，以炫耀他雄厚的财势，显示他煊赫的声威，有意的讲排场、摆阔气以凸显自己的新身份。张竹坡在此回回首批道："看他描写男客如许如许，又描写堂客如许如许，又写姬妾如许如许，特特为清明节寡妇下根种也。"②第八十九回寡妇上新坟就冷清了许多，文中写到：

> 留下孙雪娥和着大姐、众丫头看家，带了孟玉楼和小玉，并奶子如意儿抱着孝哥儿，都坐轿子往坟上去。又请了吴大舅和大妗子老公母二人同去。③

算上吴月娘本人，此次去上坟的人数屈指可数，总共才七个人。西门庆鼎盛时期的豪气、热闹、盛大不复存在，物是人非，剩下的只是凄凉与落寞。自他死后，从妻妾到奴仆，从伙计到所谓的"朋友兄弟"，一个个都拐财而走，树倒猢狲散，只有两个寡妇替他上坟烧纸。此次极冷的场面映照了往日的繁华。两相对比，我们不难看出，《金瓶梅》所描写的各种关系：夫与妾、主与仆、兄与弟、官与官都是建立在财势与权力之上的，有财有势便是天，无财无势什么都不是。

②元宵节：欢乐与悲哀

小说中总共描写了四次元宵节，均出现在西门庆活着的时候，每二十回描写一次，而"每一次对元宵节的叙述，都与西门庆的兴衰或争斗联系在一起"④。

---

① （明）兰陵笑笑生《金瓶梅词话》，第628页。
② （清）张竹坡《张竹坡批评第一奇书〈金瓶梅〉》，齐鲁书社1991年版，第700页。
③ （明）兰陵笑笑生《金瓶梅词话》，第1345页。
④ 陈维昭《世情写真金瓶梅》，汕头出版社1997年版，第110页。

前三次描写的元宵节，都热闹非凡，尤其是第三次，作者用了将近五回的笔墨描写了这次元宵佳节。在第四十一回时，西门庆就让伙计贲四叫了花匠来扎缚烟火，在大厅、卷棚张挂各色灯笼，已开始为过节做准备。第四十六回又写了元宵夜吴月娘率领众姐妹去吴大妗子家吃酒，回来途中遇雨雪的故事。如此铺张的描写，原因在于，正如我们上文所言此时还是西门庆最得意的时候，是他一生最鼎盛的时候。第四十二回西门庆问棋童："（烟火）有人看没有？"棋童道："挤围满街人看。"① 这正是西门庆想要达到的目的，让所有清河县的人都知道，这烟火是我西门庆放的，我现在是理刑千户，我做了官了，让所有人知道他的新身份，不再只是开生药铺的西门大官人，而是清河县的西门千户。此次元宵节还写了官哥与乔大户家结亲，西门府宴请亲家看灯吃酒，又是瓶儿的生日，整个氛围其乐融融，使西门府表面上增加了一丝团圆幸福之感。

与这次元宵相比，小说描写的第四次元宵节就显得凄凉了很多。第四次元宵节描写出现在第七十九回，但作者基本没有关于元宵节的描写，因为那时西门庆已奄奄一息，是将死之人。七十九回前半部分中，作者写了正月十三、十四、十五这几天的生活。其中只是零丁的写了几句"灯市中车马轰雷，灯球灿彩，游人如蚁，十分热闹""看了回灯""楼窗外就看见灯市，往来人烟不断，诸行货殖如山"②。并没有展开描写元宵节的盛大场面。与第三次描写的元宵节相比，没有了灯火的辉煌和灿烂的烟火，却充满了情欲肉欲，并多处写到西门庆身体疲惫，浑身无力，又被潘金莲胡乱灌了三丸胡僧药，以致他一病不起，到正月二十一日一命呜呼。正是"次第明月圆，容易彩云散。乐极悲生，否极泰来，自然之理。"③ 西门庆的死，成为整部小说从热到冷的转折点，也因此四次元宵节描写都被安排在了西门庆活着的时候。

③走百病：热闹与冷清

上文提到"走百病"是一种北方旧俗，盛行于北京、山东等地。《金瓶梅》中多次提到元宵夜"走百病"的习俗，其中描写最详细的两次是第二十四回和第四十六回，这两次描写也形成了鲜明的对比。

---

① （明）兰陵笑笑生《金瓶梅词话》，第 555 页。
② （明）兰陵笑笑生《金瓶梅词话》，第 1218 页。
③ （明）兰陵笑笑生《金瓶梅词话》，第 1213 页。

二十四回 "经济元夜戏娇姿" 与四十六回 "元夜游行遇雨雪"，前者元夜时，"银河清浅，珠斗烂斑，一轮团圆皎月从东而出，照得院宇犹如白昼"[①]，营造了欢乐祥和的节日气氛。到后者时，天寒下雪，月娘等人打着伞踏着雪回府。等月娘一众到家后，作者又一次写及天气："那雪霰直下到四更方止。正是：香消烛冷楼台夜，挑菜烧灯扫雪天。"[②] 在极热的节日里却遇上了寒冷的天气，使得冷清凄凉之感倍增。

二十四回潘金莲等人打扮的花枝招展和陈经济高高兴兴地走百病，随路燃放烟花炮仗，路上行人以为是公侯人家，都不敢仰视。陈经济还兴致勃勃的和宋惠莲嘲戏，一片欢声笑语。而到四十六回时，宋惠莲早已不在人世。此回又因之前的偷金事件，而使月娘与李桂姐、玳安等人矛盾重重。虽也有烟花炮仗，但是一路上大家都沉默寡言。作者又设计了送妓女吴银儿回家的情节，使得此回 "走百病" 更显凄凉。

两回 "走百病" 描写，一回充满了热闹与欢乐，另一回则充满了凄凉与冷清，两回描写形成了鲜明的对比。

萧放认为："节日中往往凝聚着不一般的人间情感，在节日这一人文节点复现时，其独特的节俗情调易于唤起人们对往昔时间生活经验的追忆。"[③]《金瓶梅》作者尤为注重岁时节令对比描写的表现特征，易使小说人物和读者追忆昔日的盛大、欢乐、热闹，而感叹如今的凄凉、悲哀、冷清，以体现 "物极必反，盛极而衰" 的主题。

通过以上分析，《金瓶梅》岁时节令描写的表现特征主要是：内容丰富，详略得当；岁时民俗活动主要以北方为主；注重对称、对比描写。作者这样的精心安排，主要是服务于小说的情节发展、人物塑造与主题深化，即岁时节令描写在小说中具有重要的文学叙事功能。

[作者简介] 路瑞芳，工作单位：郑州新奇中学；霍现俊，河北师范大学文学院教授。

---

① （明）兰陵笑笑生《金瓶梅词话》，第300页。

② （明）兰陵笑笑生《金瓶梅词话》，第609页。

③ 萧放《岁时——传统中国民众的时间生活》，中华书局2002年版，第207页。

《金瓶梅词话》的"宣卷"描写

罗立群

内容提要 《金瓶梅词话》"宣卷"描写涉及五部宝卷，其中四部在小说中有比较详细的演唱过程和宝卷内容的叙述。有一部宝卷没提名称，也没有文本流传。《词话》的"宣卷"描写生动、逼真，可帮助读者了解明代社会"宣卷"的形式、场面以及信众与宣卷僧尼的关系，并能彰显人物性格，预示情节发展。

关键词 《金瓶梅词话》 宝卷 宣卷 吴月娘

一

宣卷，即说唱宝卷。宝卷是一种带有宗教宣传的说唱文本，其说唱过程按照一定的仪轨进行，其宗教信仰又有着浓厚的民间文化心理。宝卷大约产生于宋元时期，其渊源可追溯至唐代的佛教俗讲，是佛教走向民间、悟俗化众的产物。依据演唱的题材内容，宝卷可分为两类：一为演释佛经，即用说唱的形式向听众讲解佛经；一为讲唱民间宗教故事，是用因果报应故事演绎佛法。这两类宝卷内容在《金瓶梅词话》的"宣卷"情节中都有描写。

说唱宝卷之所以称为"宣卷"，是因为演唱者在演唱宝卷时"照本（宝卷文本）宣科"。此外，《金瓶梅词话》也称其为"说因果""唱佛曲儿"或"讲说佛法"。如第七十四回月娘道："姑奶奶，你再住一日儿家去不是。薛姑子使他徒弟取了卷来，咱晚夕教他宣卷咱们听。"又如第三十九回月娘道："他不来罢，咱每自在。晚夕听大师父、王师父说因果、唱佛曲儿。"第七十三回："须臾吃毕，月娘洗手，向炉中炷了香，听薛姑子讲说佛法。"①

《金瓶梅词话》演唱的宝卷有五部，分别是:《五祖黄梅宝卷》(三十九回)、《金刚科仪》(五十回、五十一回)、《五戒禅师宝卷》(七十三回)、《黄氏女卷》(七十四回)、《红罗宝卷》(八十二回)。除《红罗宝卷》外，其他四部在小说中均有较为详细的演唱过程和宝卷内容的叙述。书中涉及的五部宝卷，其中《五戒禅师宝卷》未见文本流传，但在古代小说戏曲中有五戒禅师私红莲的故事，其余四部皆有文本留存。

《五祖黄梅宝卷》，简称《黄梅宝卷》，又名《仙桃宝卷》。今存最早的版本是清咸丰七年(1857)抄本，通行本是光绪元年(1875)杭州玛瑙经房刊本，清末民初又有多种重刊本和石印本问世。该宝卷讲述中国佛教禅宗五祖弘忍的出身传说。叙湖广黄州府黄梅县抱渡村富户张怀，广有金银田产，家有娇妻美妾，因生有夙根，一日触动情怀，抛弃妻妾家产，前往黄梅山黄梅寺出家修行。四祖禅师慧眼识得张怀不是凡人，收留座下，做了徒弟。张怀做了和尚，在寺中苦修六年后，四祖禅师教他往西南去寻个安身立命的去处，张怀便依言往西南行走。祝府千金小姐与嫂子在河边洗衣，见一僧人前来借房住宿，答应了一声，那僧人便跳入河中。河中漂来一个大桃子，小姐吃了，于是有了身孕。十月怀胎，生下五祖。长大后径往黄梅寺听四祖说法，修成了正果，是为黄梅五祖禅师，后又度脱其母升天。

《金刚科仪》，又称《销释金刚科仪宝卷》，或称《金刚科仪宝卷》，是产生较早的宝卷，据考证是南宋时期的作品。②现存明刊本有:《销释金刚科仪录说记》，一卷，明初刊本，题"鸠摩罗什译，宗镜述，成桂注"。《销释金刚科仪》，一卷，卷末题记为明嘉靖七年(1528)尚膳太监张俊出资刊印。《销释金刚科仪会要注解》，九卷，明万历七年己卯(1579)刊本，卷首题"姚秦三藏法师鸠摩罗什译，隆兴府百福院宗镜禅师述，曹洞正宗嗣祖沙门觉连重集"。此宝卷与《金瓶梅》中描述的其他的敷演民间因缘故事的宝卷不同，是对佛教经典《金刚经》进行重新编排、深入浅出地予以表述。宝卷阐述一切法无我，万境皆空，所谓"一切有为法，如梦幻泡影，如露亦如电，应作如是观"。宝

①　文中所引《金瓶梅词话》，均出自人民文学出版社 1985 年版，下文不再注明。
②　车锡伦《中国宝卷的形成及其演唱形式》，《敦煌研究》2003 年第 2 期。

卷内容又弘扬西方净土宗教观:"西方净土常安乐,无苦无忧归去来!""誓随净土弥陀主,接引众生归去来!"要求信众礼念阿弥陀佛,解脱六道轮回:"幻身不久,浮世非坚。不久则形躯变异,非坚则火宅无安。由是轮回六趣几时休,迁转四生何日尽?若不念佛求出离,毕竟无由得解脱!"①这部宝卷的语言、风格较之其他的说因缘宝卷显得庄重简古一些,比较接近早期寺庙中流行的"俗讲""说经"。《金刚科仪》是在佛教信徒的法会道场演唱,至明代演唱此宝卷主要是为了追荐亡灵和礼佛了愿。明人罗清《苦功悟道卷》"辞师别访第五"云:"不移时邻居家中老母亡故,众僧宣念《金刚科仪》。夜晚长街立定,听《金刚科仪》云。"②《金瓶梅》第五十一回描写薛姑子、王姑子宣卷时一问一答,念白文,唱佛曲,应是民间宣卷尼僧的加工创作,与原本作为宗教教本用的《金刚科仪》有区别。

《黄氏女卷》,即《黄氏女宝卷》,又名《三世修行黄氏宝卷》。由于许多方言读音"黄""王"不分,故又称《王氏女宝卷》《王氏桂香卷》《王氏女三世化生宝卷》。该卷讲述黄(王)桂香三世持诵《金刚经》修行因缘故事。这一传说最早见于宋天台法空大师《金刚经证果·三世修行王氏女白日升天》。明清以来,这部宝卷流传极广,被改编为戏曲和曲艺的形式演出,在民间影响较大。由于长期的民间流传,故事的版本和内容都发生变化,从故事内容来看,可分为两种类型。第一种是完整地讲述黄氏女三世修行的故事,七十老和尚转世为黄(王)桂香,七岁诵持《金刚经》,持斋把素,却受尽继母欺凌。后嫁给赵令方,生儿育女,再转世为张姓男子,考取功名,升授县令。最后与赵令方及子女同登极乐世界。故事情节曲折,内容叙述完整。第二种重点讲述黄氏女游地府,并与阎罗王对讲《金刚经》。此种故事类型没有三世的身世转变,但对地狱的阴森恐怖描述得较为细致。郑振铎在《中国俗文学史》中曾对《香山宝卷》《黄氏女宝卷》这类作品给予充分肯定,认为作品"描写一个女子坚心向道,历经苦难,百折不回,具有殉教的最崇高的精神",在中国文学史上

---

① 《金刚科仪》,嘉靖七年刊本影印本,王见川,林万传主编《明清民间宗教经卷文献》第1册,台湾新文丰出版公司1999年版,第21页,第5—6页。

② (清)罗清《大乘苦功悟道经》,清雍正七年合抄本;王见川,林万传主编《明清民间宗教经卷文献》第1册,台湾新文丰出版公司1999年版,第133页。

是罕见的。① 从《金瓶梅词话》引述来看，薛姑子宣卷所讲述的应是第一种故事类型。

《红罗宝卷》，全称《佛说杨氏鬼绣红罗化仙哥宝卷》，又名《继妻凌子》《晚娘宝卷》《大绣宝帐》《阴绣宝卷》等，今存明刊本。有学者认为，《红罗宝卷》是现存最早的宝卷，初刻于金代崇庆元年（1212），元代至元庚寅（1290）新刻。② 这部宝卷以民间百姓求子继嗣、后母虐待前生子这一民众普遍关心的家庭问题为故事情节构架，讲述了一个因果报应故事。唐太宗时期，湖广黄州府黄冈县花仙庄员外张金，娶妻杨氏，婚后多年没能养育。一日，张员外到五圣庙求子，感动上天，命天界金童投胎杨氏腹中，杨氏生子，取名张灵宝。由于张员外没有到五圣庙还愿，不曾重修庙宇并捐赠红罗宝帐，惹恼了五圣灵官，收去了张灵宝的魂魄。张氏夫妇急忙还愿，杨氏所绣红罗宝帐精美异常，地府四灵官非常欣羡，五圣灵官于是拘了杨氏魂魄到地府，明言：不绣完四顶宝帐不得还阳。杨氏去了地府，这厢张员外另娶妻尤氏。尤氏贪恋张家财产，处处刁难灵宝。张金出门送米，尤氏狠心将灵宝压在锅中欲害其性命，幸得神明庇佑逃过一劫。丧心病狂的尤氏竟杀死自己的亲生儿子，嫁祸灵宝，御史陈大人明察搭救，灵宝得脱囹圄。尤氏再派人追杀灵宝，灵宝又被山大王多杀魔王所救。张金因奉旨送米失了军机，问成死罪。灵宝闻知消息，进京救父，得到公主垂青，抛彩球招为驸马。张驸马招安了多杀大王，立卜功劳回到乡里，尤氏伏法，杨氏还阳，一家团聚，福寿绵延。《金瓶梅词话》第八十二回写陈经济对潘金莲说："昨夜三更才睡，大娘后边拉住我听宣《红罗宝卷》，坐到那咱晚，险些儿没把腰累瘸癀了。"提到《红罗宝卷》之名，却没有具体内容。

《五戒禅师宝卷》，《金瓶梅词话》第七十三回写道："须臾吃毕，月娘洗手，向炉中炷了香，听薛姑子讲说佛法。"薛姑子宣卷的内容就是五戒禅师私红莲的故事，但书中没有交代宝卷名称。在现存的宝卷或已知的宝卷题目里，都没有这部宝卷的内容。

---

① 郑振铎《中国俗文学史》，商务印书馆 2010 年版，第 539 页。
② 马西沙《〈中华珍本宝卷〉前言》，《世界宗教研究》2013 年第 2 期。按：车锡伦在《宝卷的形成和早期的佛教宝卷》（《文史知识》2006 年第 1 期）一文中对此观点提出异议。

二

《金瓶梅词话》较详细地描写"宣卷"活动场景的有第三十九回、第五十一回、第七十三回和第七十四回。为了让大家清楚地了解明代社会的"宣卷"情况，特引书中第三十九回的"宣卷"活动描述：

月娘吩咐小玉把仪门关了，炕上放下小桌儿，众人围定两个姑子，在正中间焚下香，秉着一对蜡烛，都听他说因果。先是大师父说道：

盖闻大藏经中，讲说一段佛法，乃是西天第三十二祖下界，降生东土，传佛心印。昔日唐高宗天子咸亨三年，中夏记事不提，却说岭南乡泡渡村，有一张员外，家豪大富，广有金银，呼奴使婢。员外所娶八个夫人，朝朝快乐，日日奢华，贪恋风流，不思善事。忽的一日出门游玩，见一伙善人，驮载着香油细米等物，人人称念佛号。向前便问："你这些善人何往？"内中一人答曰："一者打斋，二者听经。"员外又问："你等打斋听经，有何功德？"众人言说："人生在世，佛法难闻，人身难得。《法华经》上说的好：'若人有福，曾供养佛。'今生不舍，来生荣华富贵，从何而来？古人云：龙听法而悟道，蟒闻忏以升天。何况人乎？"张员外到家，便叫安童："去后房请出你八个奶奶来。"不一时，都到堂前。员外说："婆婆，我今黄梅寺修行去，把家财分作八分，各人过其日月。想你我如今，只顾眼前快乐，不知身后如何。若不修行，求出火坑，定落三涂五苦。"有夫人听说，便道："员外，你八宝罗汉之体，有甚业障！比不得俺女流之辈，生男长女，触犯神祇。俺每业重，你在家里修行，等俺八个替你耽罪，你休要去罢。"正是：

婆婆将言劝夫身，员外冷笑两三声。

大师父说了一回，该王姑子接偈。月娘、李娇儿、孟玉楼、潘金莲、孙雪娥、李瓶儿、西门大姐并玉箫，多齐声接佛。王姑子念道：

说八个，众夫人，要留员外；告丈夫，休远去，在家修行。

你如今，下狠心，撇下妻子；痛哭杀，儿和女，你也心疼。

闪得俺，姊妹们，无处归落；好教我，一个个，怎过光阴？

从小儿，做夫妻，相随到老；半路里，丢下俺，倚靠何人？

儿扯爷，女扯娘，捶胸跌脚；一家儿，大共小，痛哭伤情。

［金字经］

夫人听说泪不干，苦劝员外莫归山。顾家园，儿女永团圆。

休远去，在家修行都一般。

白文：

员外便说："多谢你八个夫人！我明日死在阴司，你们替我耽罪。我今与你们递一钟酒，明日好在阎王面前承当。"饮酒中间，员外设了一计："夫人与我把灯剔一剔。"员外哄得夫人剔灯，一口把灯吹死。吓的八个夫人失色，连忙叫梅香快点灯来。员外取出钢刀剑，吓杀八个众夫人。

又偈

老员外，唤梅香，把灯点起；将钢刀，拿在手，指定夫人：

那一个，把明灯，一口吹死；图家财，害我命，改嫁别人。

若不说，一剑去，这头落地。一个个，心害怕，倒在尘埃。

有八个，老夫人，慌忙跪下：告员外，你息怒，饶俺残生。

你分明，一口气，把灯吹死；吃几钟，红面酒，拿剑杀人。

你若还，杀了俺，八个夫人；到阴司，告阎君，取你真魂。

员外冷笑，便叫八个夫人："你哄我。当身吹灯不认，如何认我阴司耽罪？八个女流之辈倒哄男身，笑杀年高有德人！"说的八个夫人闭口无言。员外想人生富贵，都是前生修来，便叫安童："连忙与我装载数车香油米面，各样菜蔬钱财等物，我往黄梅山里打斋听经去也。"

［金字经］

夫人听我说根源，梵王天子弃江山。不贪恋，要结万人缘。

多全舍，万古标名在世间。员外今日修行去，亲戚邻人送启程。

由于"宣卷"过程的文字太长，我们只引了前半段。从上述所引小说中的"宣卷"描写来看，它比较真实地反映了明代社会"宣卷"的演唱形式。我们来分析一下上面引述的"宣卷"过程：众人坐定，摆上经桌、宝卷，主人洗手焚香，然后僧尼开讲。先是大师父讲说故事的来源与内容，接着另一尼姑念诵偈文。此段偈文共十句，每句十字，为"三、三、四"格式。在王姑子念诵偈文时，众听者"齐声接佛"；"偈"后是一首《金字经》曲，后接一段白文，后面又是一段十二句偈文，也是每句十字，"三、三、四"格式；偈文后再接唱曲。整个过程"白""诵""唱"错杂展开，其间插入听众"齐声接佛"。

第三十九回是演唱民间因缘故事《五祖黄梅宝卷》，第五十一回则是演释《金刚科仪》，其形式又有不同。这次"宣卷"场景要正式一些："正在明间内安放一张经桌儿，焚下香。薛姑子与王姑子两个一对坐，妙趣、妙凤两个徒弟立在两边，接念佛号。"薛姑子先开讲，念一段功名富贵均属虚幻的骈文，然后王姑子发问，薛姑子作答。每一次问答都讲述一段佛门的掌故，问者是"白文"，答者唱《五供养》曲。一问一答，一白一唱，演说佛法。

第七十三回薛姑子讲说佛法，讲说的内容是五戒禅师私红莲的故事。此回的讲述方式与她对其他宝卷的讲述方式有明显区别：既无听众的"齐声接佛"，又不唱佛曲与时曲，只是先念四句七言"偈曰"，便开始讲述五戒禅师的故事正文，结尾又以"八句诗"作结。如此讲述类似以诗起结的"说话"的套路。这一回里薛姑子讲述的故事与《清平山堂话本》卷三之《五戒禅师私红莲记》十分相似。话本"入话"是四句诗：

> 禅宗法教岂非凡，佛祖流传在世间。
>
> 铁树花开千载易，坠落阿鼻要出难。

《金瓶梅词话》将此四句诗略作改动：

> 禅家法教岂非凡，佛祖家传在世间。
>
> 落叶风飘着地易，等闲复上故枝难。

话本正文以"话说大宋英宗治平年间"开始，《词话》故事正文以"却说当初治平年间"始，明显照搬话本，而"却说""话说"之类开场白，更是话本的习惯用语。《词话》讲述的故事情节、叙述语言都与话本十分接近，因而可以认为，《词话》中薛姑子讲说的这段佛法，应该就是话本《五戒禅师私红莲记》，只是加了结尾诗而已。

《金瓶梅词话》将流行的宝卷文本采撷至小说中，虽然要根据小说情节的需要有所增删，但与现存的宝卷文本相比较，内容是大体一致的。《金瓶梅词话》的"宣卷"活动过程描写形象、生动、细致，直观地再现了明代社会这一宗教宣传活动的内容、形式及其场面，具有极高的文献价值。

三

《金瓶梅词话》的"宣卷"描写真实地再现了明代社会民间宗教信仰活动。宋元以来，民间宗教活动日益兴盛，"宣卷"是民间宗教活动的重要形式。"宣卷"最初在寺庙的法会上进行，后来逐渐传入家庭。家庭的"宣卷"活动，规模不大，形式随便，在厅堂或卧室内进行，一般是豪门富户请僧尼上门在夜间为内眷演说宗教故事。这种情形源于佛教的世俗化、民间化，尤其与宋元以来白莲教的发展有关。白莲教是宋元以来民间流传的一种秘密宗教结社，渊源于佛教净土宗。相传净土宗始祖东晋释慧远在庐山创立白莲社，后世信徒以为楷模。北宋时期净土念佛结社盛行，多称白莲社或莲社。南宋绍兴年间，吴郡昆山（今江苏昆山）僧人茅子元（法名慈照），在流行的净土结社的基础上创建白莲宗，即白莲教。早期的白莲教崇奉阿弥陀佛，提倡念佛持戒，规定信徒不杀生、不偷盗、不邪淫、不妄语、不饮酒。它号召信徒敬奉祖先，是一种半僧半俗的秘密团体。白莲教教徒主要特征是烧香、宣卷，信奉弥勒佛和明王，其主要经典有《弥勒下生经》《大小明王出世经》等。加入白莲教的人不受任何限制，不分贫富、性别、年龄，只要愿意均可入教。白莲教以"普化在家清信之士"为号召，形成一大批有家室的职业教徒，称白莲道人。他们"在家出家"，堂庵供奉阿弥陀佛、观音、大势至（合称弥陀三圣）等佛像，经常在家中举行烧香念佛仪式，"夜聚晓散"。① 小说多次描写西门庆家中的"宣卷"活动，说明这种宣教形式在明代中期十分普遍。这种宣教形式有一定的娱乐特征，如小说中薛姑子、王姑子在唱诵佛经时，又穿插李桂姐演唱民间小曲，众女眷挤在大炕上围坐听唱，连使女婆子都兴冲冲前来听曲儿，其娱乐性自是十分突出。② 由于"宣卷"这种民间传教方式在中原城乡盛行，大批佛教僧尼纷纷参与这一宗教活动，其中自然鱼龙混杂。嘉靖年间徐献忠《吴兴掌故集》记载了浙江湖州地区农村"宣卷"盛行、邪恶尼僧乘机行骗的情况：

> 近来村庄流俗，以佛经插入劝世文俗语，什伍相聚，相为唱和，名曰"宣卷"。盖白莲之遗昼也。湖人大习之，村妪更相为主，多为黠僧所诱化，虽丈夫亦不知堕其术中，大为善俗之累，贤有司禁绝之可也。③

---

① 参看杨讷《元代白莲教研究》，上海古籍出版社 2004 年版。

② 按：《金瓶梅词话》只描写了家庭"宣卷"活动，而寺庙法会中的"宣卷"活动，仪式更为隆重，更具有宗教气息，《续金瓶梅》第三十八回有庙会"宣卷"场面描写，可参看。

③ 徐献忠辑《吴兴掌故集》卷十二"风土类"，《吴兴丛书》，民国三年刘氏嘉业堂刊本。

　　明代散曲家陈铎《滑稽余韵》中的散曲［满庭芳·道人］也对这类"宣卷"僧尼进行嘲讽：

　　　　称呼烂面，倚称佛教，那有师传。沿街打听还经愿，

　　　　整夜无眠。长布衫当袈裟施展，旧家堂作圣像高悬。

　　　　宣罢了《金刚卷》，斋食儿未免，单顾嘴不图钱。①

　　这里的"道人"就是"宣卷"的僧尼，《金刚卷》即《大乘金刚宝卷》，是继《销释金刚科仪》之后，又一部演释鸠摩罗什译《金刚般若波罗蜜多经》的宝卷。散曲描写"宣卷"僧尼走村串户，借宗教活动骗吃骗喝。《金瓶梅词话》通过"宣卷"活动描写也揭示出僧尼与信众之间的相互关系，且更加逼真、生动。第四十回吴月娘想求子嗣，王姑子推荐薛姑子，说她的符药如何灵验，如何有道行，又会讲《金刚科仪》和各样因果宝卷，专在大人家行走。然而这个薛姑子并非好人，第五十一回西门庆对吴月娘说："你还不知他弄的乾坤儿哩！他把陈参政家小姐，七月十五日吊在地藏庵儿里，和一个小伙阮三偷奸。不想那阮三就死在女子身上。他知情，受了三两银子。事发，拿到衙门里，被我褪衣打了二十板，叫他嫁汉子还俗。"小说通过西门庆之口，揭穿了薛姑子男盗女娼、贪图钱财的真面目。吴月娘"好善看经，礼佛布施"，迷信佛法，惑于人言，西门庆家有一定的财力，西门府中的每一次"宣卷"活动，都是由月娘安排的。薛姑子、王姑子等尼姑正是看准了这一点，依托佛门，上门"宣卷"，又传授得子偏方，骗取衣食钱财。

　　《金瓶梅词话》"宣卷"活动描写彰显了人物性格。第五十一回，吴月娘与众女眷听"宣卷"，"那潘金莲不住在旁先拉玉楼不动，又扯李瓶儿，又怕玉娘说。月娘便道：'李大姐，他叫你，你和他去不是。省的急的他在这里怎有摆划没是处的。'那李瓶儿方才同他出来。被月娘瞅了一眼，说道：'拔了萝卜地皮宽，叫他去了，省的他在这里跑兔子一般，原不是听佛法的人。'"崇祯本《金瓶梅》于此处评道："金莲之动，玉楼之静，月娘之憎，瓶儿之随，人各一心，心各一口，各说各是，都为写出。"②张评本在"拔了萝卜地皮宽"旁批曰："月

　　① 转引自车锡伦《明代的佛教宝卷》，《民俗研究》2005 年第 1 期。

　　② 闫昭典，王汝梅等校点《新刻绣像批评金瓶梅》（会校本），香港三联书店有限公司 2011 年重订版，第 671 页。

娘已与金莲疏矣。"① 随后潘金莲拉着李瓶儿走出仪门，对李瓶儿说："大姐姐好干这营生，你家又不死人，平白叫姑子家中宣起卷来了。都在那里围着他怎的？咱们出来走走，就看看大姐在屋里做什么哩。"张评本评点道："月娘之恶，数语道尽。"这次"宣卷"，表现了各人的性格，潘金莲性格活跃，不喜静坐，孟玉楼较沉稳，李瓶儿为人随和。吴月娘的性格则较复杂，她喜好焚香念佛，看到潘金莲在"宣卷"场所不安份，心生厌恶、鄙视；她是正室，自然希望得到别人奉承，张罗"宣卷"活动，既是礼佛向善，也是想借此笼络人心，让其他女眷围拱在身旁，潘金莲我行我素，她当然很不高兴，于是口出恶言了。张竹坡的评点正是指出了她的心机、虚伪和矫揉造作。

《金瓶梅词话》的"宣卷"描写还预示小说情节发展与人物命运。第五十一回，薛姑子演诵《销释金刚科仪》一大段："盖闻电光易灭，石火难消。落花无返树之期，逝水绝归源之路。画堂绣阁，命尽有若长空；极品高官，禄绝犹如做梦。黄金白玉，空为祸患之资；红粉轻衣，总是尘劳之费。妻孥无百载之欢，黑暗有千重之苦。一朝枕上，命掩黄泉。青史扬虚假之名，黄土埋不坚之骨。田园百顷，其中被儿女争夺；绫锦千箱，死后无寸丝之分。青春未半，而白发来侵；贺者才闻，而吊者随至。苦苦苦！气化清风尘归土。点点轮回唤不回，改头换面无遍数。南无尽虚空遍法界，过去未来，佛法僧三宝。"张评本在此段旁依次批道："金莲辈死矣。""西门死矣。""六房俱虚，幻化亦假。"②张竹坡认为，这段经文解说暗寓人物命运："画堂绣阁，命尽有若长空"预示潘金莲结局；"极品高官，禄绝犹如做梦"预示西门庆结局；"妻孥无百载之欢，黑暗有千重之苦"，则预示西门庆和众妻妾之间的欢爱，犹如过眼云烟，虚幻不实，西门庆死后，众人死的死，散的散，各寻归宿。联系小说第四十六回吴月娘、李瓶儿、潘金莲等人卜卦算命来看，薛姑子演释的这段经文确有预示情节发展和人物命运的作用。

[作者简介] 罗立群，暨南大学文学院教授。

---

① 王汝梅等校点《张竹坡批评第一奇书金瓶梅》，齐鲁书社 1987 年版，第 765 页。
② 王汝梅等校点《张竹坡批评第一奇书金瓶梅》，齐鲁书社 1987 年版，第 763 页。

从"墙头密约"看《金瓶梅》
渔色情节的结构模式特点

齐慧源

内容提要 《金瓶梅》作为一部了不起的世情小说，它除了带有明初色情小说的宣淫成分外，还有惩戒纵欲的内容，这是《金瓶梅》不同于明初色情小说的地方。从对于男女之情描写的角度看，《金瓶梅》不是一部纯粹的色情小说，也不是一部纯粹的奸情小说，而是一部借色情小说以宣淫、借奸情小说的结局以劝世的世情小说。在故事结构模式上，它既有色情小说的共性，又有发展，其惩戒纵欲的结局和说教的理性内容，对明末奸情小说产生了一定影响，在中国言情小说史上，有着承上启下的作用，不可忽略。

关键词 《金瓶梅》 色情小说 结构模式

在明代小说发展史上，出现了大量的色情小说，其情节结构有着高度的雷同，但从明初到明末，其故事结构却发生了一些变化，主要反映在《金瓶梅》一书中，它是明代色情小说中结构较为突出的一部作品，其故事结构在明代色情小说共有特点的基础上，增加了惩淫说教的内容，结局增加了对纵淫者的惩罚，它既不同于明初的色情小说，也不同于晚明和清代的奸情小说，在故事结构模式上有着承上启下的作用。

一

明中期前半叶所出现的文言色情小说中，很大一部分结构方式极为一致，即故事开端简单，中间渔色部分有几个小情节构成环形的结构，次第展开，渔色过程顺利，且一男俘获多个女子。曹萌《论明代中期色情小说的流水式结构模式》(《学术界》2003 年第 3 期）一文选取正德中至万历前期 11 部色情小说，进行抽样分析，重点分析了 7 部小说：《寻芳雅集》(《国色天香》卷四）、《花神三妙传》(《国色天香》卷六）、《浪史》(又名《浪史奇观》)、《天缘奇遇》《如意君传》、《李生六一天缘》(《绣谷春容》)、《传奇雅集》(《万锦情林》)。

这 7 部小说的情节结构有着高度一致性。整个故事又分成几个渔色小故事串联一起，一般是一男多女，主人公是个渔色高手，每一个猎色事件进展都非常顺利，当然猎色的过程中，男主角也会遇到一些小小的阻碍，比如道德观念的束缚等，也无需大动干戈，往往都是稍作努力，即可成事，基本上是畅行无阻、左右逢源，得手顺利。如《花神三妙传》叙述白景云与赵锦娘、李琼姐、陈奇姐三表姐妹艳情事；《刘生觅莲记》为佚名作，写江东人刘一春坐馆父执金翁家中，与邻园孙碧莲渐生爱意，后得孙碧莲和舅妗将侍女二女为妻妾。此外还有《天缘奇遇》《李生六一天缘》《五金鱼传》《刘生觅莲记》《国色天香》等编织若干个纵淫事件，主人公在其渔色纵淫的过程中左右逢源，心想事成，几个故事连接，以此构成情节的发展。主人公结束渔色，情节亦至结局。

以《寻芳雅集》(《国色天香》卷四）为例，主人公吴廷璋往临安途中，过蕴玉巷，见参府王士龙之二女娇鸾、娇凤及其丫鬟婢女"美姿五六，皆拍蝶间"，因而"情不能堪"，展开了一连串的猎色故事，时有巧合，王士龙恰是吴生之父的老友，于是吴生前去拜谒，得以进入王参府家中，渔色纵淫，因谋得娇鸾而先通其侍婢春英，又与巫云通，又与凤之侍婢秋蟾通，再后，又与娇鸾通；继而进入全书之主线，即求与娇凤通而终于如愿；最后，因巫云之死讯而得与小鬟通。以一男子而因种种之机缘，淫通春英、巫云、秋蟾、娇鸾、娇凤、小鬟六女子，情节一个接一个展开，吴生之主要渔色对象为娇凤，因之娇凤之事贯串始终，在展开吴生与其它五人的关系中，常常穿插与娇凤之关系。六人都到手，一男拥五美，写出一般色情小说常有的群淫场面。

情节的展开过程中，吴生也曾遇到女方出自婚姻心理和礼法观念束约方面的阻滞，如娇鸾即以勿悖违礼法而拒绝吴生的求欢。娇凤也曾抗拒吴生的求欢，以损名节为由，此种心理都为吴生稍作努力而消解。

该小说结局虽然也横生枝节，让鸾、凤之父死于任所，其叔设谋取鸾、凤家产，并令鸾、凤出嫁，但最后由于吴生之中举而得以复得鸾、凤、英、秋蟾、小鬟，《花神三妙传》(《国色天香》卷六）的结构与此相似。江南白景云游山之际遇三丽女，追求三女的过程环环相扣，完成一男拥三女的渔色纵淫故事。其他几部作品的结构亦如是。

《金瓶梅》的故事情节在很大倾向上是以西门庆渔色纵淫为其主要线索和构架的，突出地表现了明代色情小说的结构模式特征。同样，西门庆一男拥多女，也是渔色故事一个接一个，其中潘金莲和李瓶儿情节较为复杂，与宋惠莲、林太太、王六儿的故事等则较为简单。即使有的阻碍，也很小，稍作努力就瓦解。这与以上提到的色情小说故事结构基本相同。

但，这里要讨论的是，《金瓶梅》在因袭和继承其结构模式时又有一定的、某种程度上的丰富和补充。在核心故事中前有预言，后有因果报应，采取的结构模式是：作者预言、主人公设心图淫、得逞贪欢、纵淫者报应祸身，四个环节。

以潘金莲和李瓶儿的故事最为典型。以李瓶儿的故事为例，她与西门庆"墙头密约"故事是《金瓶梅》主要的核心故事之一，其叙事的结构模式特点最具有代表性，"墙头密约"故事的设计是大有深意的，从表面上看，《金瓶梅》的这个"墙头密约"讲述的是已婚男女为了一己之私欲，不顾廉耻，挑战伦理道德的婚外偷情，但又不是象以往的"墙喻"故事，仅仅是讲一个关于偷情的故事，其实，它已经属于"奸情"，它是要借这个已婚男女偷情故事的渲染，加上因果报应的结尾，来实现劝诫的目的。

先看《金瓶梅》的渔色故事结构，第一回，渔色开始。

第一回西门庆在玉皇庙结义时，西门庆十兄弟商量用谁补入死掉的卜志道：

> 西门庆沉吟了一回，说道："咱这间壁花二哥，原是花太监侄儿，手里肯使一股滥钱，常在院中走动。他家后边院子与咱家只隔着一层壁儿，与我甚说得来，咱不如叫小厮邀他邀去。"（第一回）

西门庆"沉吟"了一回，说出了"间壁花二哥"张竹坡对此评了两点，一："试想其沉吟为何，一个花二娘已在其沉吟中也。妙绝。"二："伏后转元宝"李瓶儿生的白净美丽，且花子虚"手里肯使一股滥钱"，久在风月场里的西门庆怎可能放过。拉花子虚入伙，无非是垂涎于花家的元宝和瓶儿的美色。隔墙而居，条件便利，正合西门庆之意。批评第一奇书《金瓶梅》读法："读《金瓶》，须看其入笋处，如玉皇庙讲笑话，插入打虎，请子虚，即插入后院紧邻……"

西门庆得手李瓶儿虽然在第十三回，但在第一回就开始了序幕。故事开始

前,《金瓶梅》的写法是要开篇前加上说教的内容,因此该书在开篇即说:

> 如今这一本书,乃虎中美女,后引出一个风情故事来。一个好色的妇
> 女,因与了破落户相通,日日追欢,朝朝迷恋,后不免尸横刀下,命染黄
> 泉永不得着绮穿罗,再不能施朱傅粉。静而思之,着甚来由。况这妇人,
> 他死有甚事! 贪他的,断送了堂堂六尺之躯;爱他的,丢了泼天哄产业,
> 惊了东平府,大闹了清河县。端的不知谁家妇女? 谁的妻小? 后日乞何人
> 占用? 死于何人之手?

这显然是开篇先声明故事宗旨的做法,而且这一宗旨的内容就是以淫戒
淫。虽然以潘金莲说事,但可以看作全书的总纲,自然也包括李瓶儿的故事。

从第一回到第十三回,是整个故事的发展和高潮,"墙头密约"是《金瓶
梅》主要的核心故事之一,有着鲜明的结构特征,以"墙头密约"故事为例,
西门庆在与李瓶儿的故事情节的进展过程比较长。"墙头密约"故事情节的基
本结构也是由设心图淫、得逞贪欢、报应祸身三个情节组成,小说在第一回到
第十三回,西门庆为了图谋李瓶儿下了很大功夫,把花子虚绊在妓院,在李瓶
儿面前挑唆他们夫妻关系,对李瓶儿嘘寒问暖等等,尤其是帮助花子虚打发官
司,更是让李瓶儿崇拜又感激。

接下来,西门庆因借指花家丫鬟,要收用春梅时,张批:"止是出瓶儿,
妙矣。不知作者有瞒了看官也。盖他是顺手要出春梅,却恐平平无生动趣,乃
又借瓶儿处绣春一影,下又借迎春一影……西门步步留心,垂涎已久……"

西门庆为图谋李瓶儿,在妓院故意将花子虚灌醉,送花子虚回家,对李瓶
儿说一些挑唆夫妻感情,说一些嘘寒问暖的话,打动李瓶儿,李瓶儿对西门庆
也是一腔热血。

一边是设计图谋李瓶儿,一边是热心结交西门庆,作品对他们的成事情节
进行渲染,一幕他们利用"墙"来暗度陈仓的好戏:

> 单表西门庆推醉到家,走到金莲房里,刚脱了衣裳,就往前边花园里
> 去坐,单等李瓶儿那边请他。良久,只听得那边赶狗关门。少倾,只见丫
> 鬟迎春黑影影里扒着墙(张批"墙一现"),推叫猫,看见西门庆坐在亭子
> 上,递了话。这西门庆就掇过一张桌凳来踏着,暗暗扒过墙(二)来,这
> 边已安下梯子。李瓶儿打发子虚去了,已是摘了冠儿,乱挽乌云,素体浓
> 妆,立在穿廊下。看见西门庆过来,欢喜无尽,忙迎接进房中。(《金瓶

梅词话》第十三回）

"墙头密约"成功后，与明中期色情小说一样，也有纵欲纵淫的描写，小说多次写了他们的贪欢纵淫，《金瓶梅》也不例外，《金瓶梅》与明中期色情小说的结局不同还在于，纵欲者得到祸报。但好景不长，李瓶儿因丧子过分悲痛加上潘金莲的欺凌，再加之西门庆的纵欲，终于抑郁加上血崩而命丧黄泉，时年二十八岁。贪于渔色纵淫者的西门庆更要遭遇祸报。作者不仅描写西门庆如何受罪，作者还要出来评说。如作者在西门庆初病时，便先以几句韵文言说重色伤身的道理：

> 花面金刚，玉体魔王绮罗妆做豺狼。法场斗帐，狱牢牙床。柳眉刀，星眼剑，绛唇枪。口美舌香，蛇蝎心肠，共他者无不遭殃。纤尘入水，片雪投汤。秦楚强，吴越壮，为他亡。早知色是伤人剑，杀尽世人人不防。

继而写西门庆的遭受病痛折磨：

> 西门庆自觉身体沉重，要便发昏过去，眼前看见花子虚、武大在他跟前站立，问他讨债。

又写：

> 到于正月而十一日五更时分，相火烧身，变出风来，声若牛吼一般，喘息了半夜，捱到巳牌时分，呜呼哀哉，断气身亡。

在这样几番略带渲染夸张的描写之后，西门庆终于因为好色纵淫而走到生命的尽头，接着《金瓶梅》又分别写了另外几个好色纵欲之人的死于非命结局。像西门庆的惨烈结局一样，这几个好色纵欲者也都得到命运的惩罚：潘金莲先是被卖掉，接着被武松杀死；陈经济先是被告官责罚，后被张胜杀死；春梅则因贪淫不已，死于非命。在故事的结局安排和描写上，《金瓶梅》的作者是有意创造一个因纵淫而致祸报的命运结局，并在描写上对于祸报的惨烈进行了有意的侧重。

对于李瓶儿的结局，作者着意安排的三种死因：金莲嫉恨、血亏之疾、花子虚索命。儿子官哥在被潘金莲施计害死之后，万念俱灰，最终带着精神上的重伤和心理上的负疚以及对因果报应惩罚的恐惧告别了人世。

好色的人的可怕结局，还要加上作者的说教，记得小说开篇第一回即告诫世人：

> 枕上绸缪，被中恩爱，是五殿下油锅中生活；罗袜一弯，金莲三寸，

是砌坟时破土的银锄。

语言之尖利可谓触目惊心。这种说教的笔法在《金瓶梅》全书中是贯穿始终的。小说第一回最后又以这样一首诗作结：

> 二八佳人体如酥，腰间仗剑斩愚夫。虽然不见人头落，暗里教君骨髓枯。

当然，这首骇人耳目、哗众取宠的诗并非兰陵笑笑生独创，它曾在明代广泛流传，为不少笔记小说所引用。

对比之前提到的明初其他色情小说情节结构，以观《金瓶梅》之结构特点。

《金瓶梅》的结构设置，是故事开讲之前，有关于贪心财色致祸的说教，故事情节"设心图淫，得逞尽欢，报应祸身"比同时期的小说多了"报应祸身"的情节。这一结构的设计，对明末色情小说产生了一定的影响，明末此类小说大多采取"设心图淫，得逞尽欢，报应祸身"这一情节类型。

在《金瓶梅》中，类似这样对于色情、性欲的理性阐述是多处出现的。我们举其中一段：

> 如今再说那色的利害。请看如今世界，你说那坐怀不乱的柳下惠，闭门不纳的鲁男子，与那秉烛达旦的关云长，古今能有几人？至如三妻四妾，买笑追欢的，又当别论。还有那一种好色的人，见了个妇女略有几分颜色，便百计千方偷寒送暖，一到了着手时节，只图那一瞬欢娱，也全不顾亲戚的名分，也不想朋友的交情。起初时不知用了多少滥钱，费了几遭酒食。正是：三杯花作合，两盏色媒人。到后来情浓事露，甚而斗狠杀伤，性命不保，妻孥难顾，事业成灰。就如那石季伦泼天豪富，为绿珠命丧囹圄；楚霸王气概拔山，因虞姬头悬垓下。真所谓："生我之门死我户，看得破时忍不过。"这样人岂不是受那色的利害处！说便如此说，这"财色"二字，从来只没有看得破的。若有那看得破的，便见得堆金积玉，是棺材穰带不去的瓦砾泥沙；贯柘粟红，是皮囊内装不尽的臭淤粪土。高堂广厦，玉宇琼楼，是坟山上起不得的享堂；锦衣绣袄，狐服貂裘，是骷髅上裹不了的败絮。即如那妖姬艳女，献媚工妍，看得破的，却如交锋阵上将军叱咤献威风；朱唇皓齿，掩袖回眸，懂得来时，便是阎罗殿前鬼判夜叉增恶态。罗袜一弯，金莲三寸，是砌坟时破土的锹锄；枕上绸缪，被中恩爱，是五殿下油锅中生活。

　　《金瓶梅》是一部警世戒淫之作，作者的主观倾向"无非明人伦，戒淫奔，分淑慝，化善恶，知盛衰消长之机，取报应轮回之事"，所以在故事开头要有一番劝诫之言，结局要有对应的因果报应。这显然是开篇先声明故事宗旨的做法，而且这一宗旨的内容就是以淫戒淫。与明中期，色情小说相比，这是它的进步之处。

　　《金瓶梅》的情节结构之布局在很大程度上对明末奸情小说因果式结构模式产生一定影响。如丁耀亢的《续金瓶梅》，述《金瓶梅》主要人物托生再世、以了前世因果报应故事。全书以《太上感应篇》为说，每回前有引子，叙劝善戒淫说。偷情的情节也是仿照《金瓶梅》：

　　　　玉卿伏在河崖柳树下，听那琵琶声，知道银瓶在阁子上等他。趸到园边，有个短墙儿，跳过来，悄悄到阁子上，见银瓶还没睡哩，上得胡梯，就咳嗽了一声。银瓶知道，忙把灯吹灭了。上得楼来，二人同心密约，再没别话，把银瓶抱起……等到黄昏，捱到二更时候，换了黑衣裳，趸到河边，在李师师后园墙下，伏在柳树影里。只听见樱桃在墙上露出脸来唤猫哩！当初李瓶儿接引西门庆成奸，原是唤猫为号，今日又犯了前病。（《续金瓶梅》第二十五回）

　　作者将郑玉卿与银瓶的偷情，写作是一种宿世的报仇雪恨，因果报应。《金瓶梅》中一连串的人物向着《续金瓶梅》的"投胎转世"。原来：郑玉卿乃花子虚投胎，袁银瓶乃李瓶儿转世。最终，郑玉卿将袁银瓶骗奸之、骗逃之、骗卖之，实行了彻底干净而又恶毒残忍的隔世之报。

　　考察现存的出版于明末的奸情小说，如《乖二官骗落美人局》《欢喜冤家》《杨玉京假恤孤怜寡》《梦花生媚引莺凤交》《张溜儿熟布迷魂局》《拍案惊奇》《闻人生野战翠浮庵》《黄焕之慕色受官刑》《瞿凤奴情想死盖》《石点头》《完信节冰心独抱》《型世言》的情节构造基本相同：

　　　　开端写主人公设心图淫，中间写主人公得逞尽欢，结局写主人公遭报应祸及自身，简括一下便是"设心图淫，得逞尽欢，报应祸身"。

　　明末清初的色情小说更准确地说是奸情小说，早期未婚男女的"窥穴逾墙"恋爱，已经演变成《金瓶梅》"墙头密约"式的已婚男女的婚外奸情。

　　如冯梦龙对于伤风败俗的惩罚方式，喜欢用果报的方式来解决。这种果报，成为作家进行伦理道德教化的载体。

一些奸情小说所载的官府判词中，也含有对因果式结构的一些表述。如《蔡玉奴避雨遇淫僧》中县令判觉空、印空的判词：

> 见红粉以垂涎，睹红颜而咽吐，假致诚而邀入内，真实意而结同心，祖教沙门，本是登岸和尚；娇藏金屋，改为入幕观音……并其居，碎其躯，方足以尽其恨；食其心，焚其肉，犹不足以尽其辜。

这里"见红粉以垂涎""假致诚而邀入内"；"娇藏金屋"；"并其居""碎其躯"三方面内容，似可视为对此篇情节内容的三个组成部分的概括，这一概括事实上包含着一个因果序列。这些极简略的对于因果序列的表达，大抵反映出其时作者从因果报应思想出发对于小说的因果式结构的模糊认识。

《肉蒲团》全书以佛教的因果报应作为故事框架，作者的思路始终十分清晰，在放纵的色情描写中似乎从未忘记说教，《肉蒲团》里所谓的因果报应还有一个值得特别注意之处是，因果报应的不是书中纵欲的男性，而是报应到女人身上，她们做了纵欲男人的替罪羊，最后自杀或被杀，皆不得好死，生前身后备遭痛苦和蹂躏。作者甚至写道，未央生的两个年幼无知的女儿，也为了赎还其父的纵欲罪而夭折了。

对偷情者的报应，大多针对男子，因为男子往往是偷情的主动者。古代小说中，对男子偷情的报应公式是：淫人妻者，妻必为人所淫。明末以后，此类小说，多已婚男女偷情，冯梦龙在作品中，让这对偷情男女，都有婚约在身，并且马上就要结婚了。因此，因果报应也发生在男女身上。《绣榻野史》和《陈御史巧勘金钗钿》（《古今小说》卷二）都是采取因果式结构，《绣榻野史》的最后还是接上了一个说教的尾巴，金氏、麻氏、赵大里均因纵欲不得好死，到阴间变为猪或骡子，东门生对此十分惶恐，蟠然悔悟，削发为僧以期赎罪。

上述内容构成了明末奸情小说的理性特征，而这个特征根源也更多地被溯及到《金瓶梅》理性特征：明末奸情小说的理性特征，而这个特征根源也更多地被溯及到《金瓶梅》。

言情小说发展到明末，在奸情小说的创作上出现了一种特定的情节结构模式。在故事的开篇一定先声明故事的宗旨是以淫诫淫的；设心图淫、得逞贪欢、报应祸身。一般在第二部分大费笔墨、尽量渲染，第三部分虽亦俭省，但于祸报描写上却大都是不吝笔墨，而且写得血淋淋的。

　　这里，我们可以见出《金瓶梅》情节结构在奸情小说发展上对于因果史结构模式的奠基。

　　显然《金瓶梅》其中的理论因素、逻辑推理都开了后来奸情小说对奸情的理性认识之先河，因此，《金瓶梅》故事情节结局安排、小说的理性特征影响了明末和清代的奸情小说。

　　［作者简介］齐慧源，徐州工程学院人文学院教授。

《金瓶梅》《红楼梦》"瓢"意象解析

乔孝冬

内容提要　在《金瓶梅》与《红楼梦》中，"瓢"被以诗词、谜语、谶语、禅语等形式反复渲染、使用，以瓢喻人，瓢也构成了《金瓶梅》与《红楼梦》的借用意象。"瓢"作为一种独特的审美复合体，融合了作家的神思、才学和意趣，构成了一个可供人反复寻味的文化现象。就叙事而言，瓢也是串联故事发展、衬托人物形象，暗示世情的重要道具。对《金瓶梅》与《红楼梦》"瓢"的借用意象进行比较解析，可以看到这两部小说不同的审美意蕴与精神品质。

关键词　《金瓶梅》《红楼梦》"瓢"意象　比较

古语有"不知葫芦里藏着什么药"，"葫芦""瓢"在我国古代是人们日常生活经常使用的器具，在我国古代民间还有葫芦生殖崇拜。"瓢"有着极为广泛的用途的，其主要功能是容器和漂浮，"瓢"是葫芦的半个瓜壳，从不少古籍记载中都能管窥到先民对葫芦生殖崇拜的迹象。《金瓶梅》第四回《赴巫山潘氏幽欢，闹茶坊郓哥义愤》写王婆向金莲借"瓢"。张竹坡点评本："借瓢即影人，文情狡猾，随手生来。""瓢"（即葫芦）在这里象征女性的受鱼之器的瓶，对应着潘金莲的"嫖"；《红楼梦》第九十一回《纵淫心宝蟾工设计，布疑阵宝玉妄谈禅》写黛玉与宝玉借瓢谈禅。这里的"瓢"也隐喻了黛玉漂泊难定的姻缘。"瓢"作为一种独特的审美复合体，融合了作家的神思，才学和意趣，构成了一个可供人反复寻味的文化现象，对《金瓶梅》与《红楼梦》"瓢"的借用意象进行比较解析，可以看到《红楼梦》对《金瓶梅》在思想和艺术上所作的脱胎换骨的改造和质的发展与飞跃。

一、"葫芦"的母体生殖崇拜与"合卺"的古代婚俗

中华民族的远古先民普遍崇拜始祖母体葫芦。《礼记·郊特牲》："陶匏以象天地之性。"《晋书·礼志上》："（祭）器用陶匏，事返其始，故配以远祖。"《本草纲目》在对"壶卢"进行释名时说："壶，酒器也；卢，饭器也；此物各象其形，又可为酒饭之器，因以名之。"①《说文解字》："匏，瓠也，从包，从夸，声包，取其可包藏物也。"②古人壶、瓠、匏三名皆可通称，初无分别。《后汉书·费长房传》记载："市中有老翁卖药，悬一壶于肆头。"后来人们因此称卖药的、行医的为"悬壶"。民间每临端午节，有葫芦装"五毒"的民俗，称"吉祥葫芦"，人们认为葫芦有收、装的功能，把蛇、蝎、蜈蚣等装在葫芦里，将其憋死。道教有所谓"壶中日月"和"壶天"一类的仙境。众多的道教寺庙庵观、亭塔都常在屋脊或顶上放置瓷质或陶制的葫芦，其宗教意义与"壶天"有关，表达避邪镇魅的功用。南北朝时期的本草学家陶弘景在其《神农本草经集注》中写道："又有瓠瓜，亦是瓠类，小者为瓢。"今研究葫芦文化的学者一般均认为瓠、瓠、匏上古相通，而并未辨其上古本为类名与种名的关系。明代李时珍对葫芦品种有如下记载："后世以长如越瓜首尾如一者为瓠，瓠之一头有腹长柄者为悬瓠。无柄而圆大形扁者为匏，匏之有短柄大腹者为壶，壶之细腰者为葫芦。各分各色，迥异于古。"③从中不难看出，由葫芦制成的瓢即匏瓜，瓜有三部分物质组成，有瓜壳、瓜瓤和瓜子。瓢是把葫芦瓜挖去瓜瓤后的瓜壳，用半个瓜壳就可以当舀水的瓢，因为轻，始终漂在水上。

在古代，先民有葫芦崇拜，这和崇尚生殖、繁殖有关。《诗经·大雅·緜》有云："緜緜瓜瓞，民之初生。"古代以瓜祭祖，称为"瓜祭"。孔子曾在《论语·阳货》中提到"匏瓜"，也证明了匏即瓜。《礼记·玉藻》"瓜祭上环"，孔颖达曰："瓜祭者，食瓜亦祭先也。"④甚至人们还把天上的星座与匏瓜联系起来，例如称北斗为匏瓜，《开元占经》六五引《黄帝占》曰："匏瓜星明，则……后宫多子孙。"又引《星官制》曰："匏瓜，天瓜也。性内文明而有子，美尽在

---

① 陈贵廷《本草纲目通释》，北京学苑出版社 1992 年版，第 1401 页。

② （清）段玉裁《说文解字注》，上海古籍出版社 1988 年版，第 432 页。

③ 陈贵廷《本草纲目通释》，北京学苑出版社 1992 年版，第 1401 页。

④ （清）阮元校刻《十三经注疏》，上海古籍出版社，第 1483 页。

内。"①《周易·系辞上》也说:"天尊地卑,乾坤定矣""乾道成男,坤道成女"。《序卦》说:"有天地然后有万物,有万物然后有男女,有男女然后有夫妇。"《易经》用葫芦"匏"象征乾坤及夫妇婚姻。《周易[九五]卦辞》"以杞包瓜,含章。有陨自天。"闻一多先生在《周易义证类纂》中认为:"杞、系声近,疑杞当读为系。《论语·阳货》曰:'予其匏瓜也哉,焉能系而不食?'此瓠瓜为系之证。系匏瓜盖谓络缀之以为樽。"闻先生还指出:"按包读为匏",又指出此爻"《释文》引《子夏》传及《正义》并作匏"。②"含章",承上句说到匏瓜,这里应是指匏瓜的含章。按,在《坤》卦[六三]也出现过"含章"一词,指的是包藏着文采与辉煌。《姤》的这爻,也是说匏瓜里包含着美好。来知德《周易集注》云:"含章者,含藏其章美也。"③据《姤》的[象辞]提到"天地相遇,品物咸章",人们隐约地阐称,阴阳交合,导致包括匏瓜在内的品物,出现"含章"的结果。这一爻,说匏瓜含章,说它里面有美好内容,无非是指瓜瓤里有可以衍繁的瓜子,引申之,是比喻女子已是含胎,有了身孕。④可见葫芦象征母体,葫芦崇拜也就是母体崇拜。葫芦的籽粒多,人们用以象征子孙繁衍,绵延不绝,葫芦的藤蔓,连绵绕缠,比喻世泽宗脉的延远。在传统文化中,由于葫芦母体的象征崇拜,还引申出影响极大的葫芦婚俗文化。"合卺"便是其中之一。据《礼记·昏礼》载,新婚夫妇举行婚礼,要"共牢而居,合卺而醑,所以合体同尊卑,以亲之也"⑤。郑玄、阮谌《三礼图》说:"合卺,破匏(葫芦)为之,以线连两端,其制同一匏爵。""卺"就是把葫芦一分为二为两个瓢,合卺就是把两瓢相合以象征夫妇合体。因此,俗称新婚夫妇饮交杯盏为合卺;于是,夫妇成婚也叫合卺。"合卺"在原始文化意义上便是男女合体,生命归一,祈愿新的生命将在以葫芦为象征体的母腹中形成。叶舒宪等人指出,"举凡圆浑、鼓突、封闭、中空而又有所蕴涵的物化意象都可能代表'母腹\子宫\生

① (唐)瞿昙悉达编,李克和校点《开元占经》,岳麓书社1994年版,第674页。
② 蔡尚思《十家论易》,上海古籍出版社2006年版,第503页。
③ 来知德《周易集注》,九州出版社2012年版,第252页。
④ 黄天骥《周易辩原》,广东人民出版社2008年版,第441页。
⑤ (清)阮元校刻《十三经注疏》,上海古籍出版社,第1680页。

殖腔'，无论'昆仑'般的神山溪谷，葫芦形壶罐瓶缶，都是如此"①。母腹与"壶
＼葫芦＼昆吾"以及"浑脱＼混沌"对位，所以"女神或女族长常被刻画成陶
壶的形象"②。《说文解字》所收之"瓠"在上古本为瓠瓜的类属名，得名于"囫
囵、浑然一体"。由于葫芦瓜圆浑封闭，混沌不明，在谑语、蔑称里本身就有
愚昧之义，清代黎士弘《恕堂笔记》载：以"不慧之子曰瓜子"。甘陕一带谑
称迟钝呆笨的智力障碍者为"瓜子"，义同"傻瓜"。其本源也都是与"瓜"的
蒙昧封闭有关。"混蛋"也是因此衍生。从文化原初意义上这类称谓当是孕育
生成人类的混沌母腹的映射，"瓜"中之子，不明事理，愚昧糊涂。③

二、"赤道黑洞洞，葫芦中卖的什么药"
——金莲"借瓢"的"嫖"意象

《金瓶梅》第四回《赴巫山潘氏幽欢，闹茶坊郓哥义愤》写道：

> （西门庆）次日，又来王婆家讨茶吃。王婆让坐，连忙点茶来吃了。
> 西门庆便向袖中取出一锭十两银子来，递与王婆。那婆子黑眼睛见了雪花
> 银子，一面欢天喜地收了，一连道了两个万福，说道："多谢大官人布施！"
> 因向西门庆道："这咱晚武大还未出门，待老身往她家推借瓢，看一看。"
> 一面从后门踅过妇人家来。妇人正在房中打发武大吃饭，听见叫门，问迎
> 儿："是谁？"迎儿道："是王奶奶来借瓢。"妇人连忙迎将出来道："干娘，
> 有瓢，一任拿去。且请家里坐。"婆子道："老身那边无人。"因向妇人使
> 手势，妇人就知西门庆来了。

一个"借瓢"，一个"有瓢"，对得多工整，"瓢"成为西门和金莲之间故
事发展的连接物，也成为男女偷情进一步确定性爱关系遮羞暗示的道具。作者
专门以戏谑笔调单道这"瓢"双关二意：

> 这瓢是瓢，口儿小身子儿大。你幼在春风棚上恁儿高，到大来人难要。

---

① 叶舒宪、萧兵、［韩］郑在书《山海经的文化寻踪——"想象地理学"与东西文化碰触》，湖北人民出版社 2004 版，第 920 页。

② 叶舒宪、萧兵、［韩］郑在书《山海经的文化寻踪——"想象地理学"与东西文化碰触》，湖北人民出版社 2004 年版，第 953 页。

③ 王贵生《剪纸民俗的文化阐释》，北京大学出版社 2009 年版，第 113 页。

他怎肯守定颜回甘贫乐道，专一趁东风，水上漂。也曾在马房里喂料，也曾在茶房里来叫，如今弄得许由也不要。赤道黑洞洞，葫芦中卖的什么药。

张竹坡点评本："借瓢即影人，文情狡猾，随手生来。"从张竹坡点评本中可看出："瓢"不仅处于形象叙事的层面，还具有点染人物，贯通情节以及蕴涵世俗哲学功能的层面，它带形象性而不仅仅是形象，比一般形象多了暗示和哲理的味道。

"这瓢是瓢，口儿小身子儿大。"葫芦在我国古籍中最早称瓠、瓢字从瓜，说明古人把它看作瓜的一种。"你幼在春风棚上恁儿高，到大来人难要。"这句话暗示了潘金莲饱受欺凌与污辱的少女生活。潘金莲原本是个贫困人家潘裁缝的女儿，父亲死得早。她自幼聪明伶俐，缠得一双小脚儿，故名金莲。迫于生计，九岁时，被母亲卖到王招宣府里学弹唱，"……就会描眉画眼，傅粉施朱，梳一个缠髻儿，着一件扣身衫子，做张做致，乔模乔样。况她本性机变伶俐，不过十五，就会描鸾刺绣，品竹弹丝，又会一手琵琶。后王招宣死了，潘妈妈争将出来，三十两银子转卖与张大户家……长成一十八岁，出落的脸衬桃花，眉弯新月。张大户每要收他，只怕主家婆厉害，不得到手。一日，主家婆邻家赴宴，不在，大户暗把金莲唤到房中，遂收用了。"潘金莲悲剧的命运是从张大户家开始的。兰陵笑笑生满怀惋惜和愤慨之情写道："美玉无瑕，一朝损坏；珍珠何日，再得完全？"（《金瓶梅》第一回）潘金莲首先成为无耻的张大户泄欲之器。张后来将其嫁给武大郎，实际上也是"明妻暗娼"。精神分析学理论认为，许多成人的变态心理、心理冲突都可追溯到早年期创伤性经历和压抑的情结。潘金莲少女时代的不幸遭遇，成了无法释怀的怨毒与嫉恨，使得她的性格发生畸变。"你幼在春风棚上恁儿高，到大来人难要。"这句话既是客观叙述潘金莲成为淫荡男人泄欲之器人生经历，也寄予着对其不幸命运的感慨和同情。"他怎肯守定颜回甘贫乐道，专一趁东风，水上漂。也曾在马房里喂料，也曾在茶房里来叫，如今弄得许由也不要。"这里运用颜回和许由两个典故。《论语·雍也》提到颜回简单的生活时有"一箪食，一瓢饮"这样的记述。"一瓢饮"指饮食只有一瓢水，"瓢箪"指一篮饭。比喻清寒穷困。"许由掷瓢"《太平御览》卷七六二："许由无杯器，常以手捧水。人以一瓢遗之。由操饮毕，以瓢挂树。风吹树，瓢动，历历有声。由以为烦扰，遂取捐之。说的是许由家居时常用一个水瓢饮水，用过之后，便挂在门外篱稍上。一天，忽遇风吹过来，水瓢被风吹荡撞击篱笆发出声响，搅扰得许由心里很烦，便将水瓢取下来抛弃了。颜回、许由历来代表着古代的高士人物，如张炎《浪淘沙·题许由掷瓢手卷》云："拂袖入山阿。深隐松萝。掬流洗耳厌尘多。石上一般清意味，不羡渔蓑。"这里由雅致清高的隐士形象，来反讽潘金莲被张大户赏给了武大郎做妻的这一段生活。张竹坡说"文情狡猾"，潘金莲对嫁给武大这样一个面貌丑陋的男人极为不满，自然不会成为武大专一的受鱼之器。"专一趁东风，水上漂"，与张大户的不伦，引发了潘金莲身体上不断膨胀的肉欲。"专一"亦作"专壹"，有同一；齐一；纯净不杂；专心一意；专门；一味等含义。漂谐音嫖，嫖是指轻浮的女人和轻浮的男人发生不正当性行为的定义词，嫖也是男人调戏女人的行为，潘金莲不仅对西门庆的淫乱没有表示出丝毫的厌恶，相反还表现出极大的欢喜，葫芦又一次暗示了潘金莲由"明妻暗娼"终于沦为西门庆的泄欲之器。"水上漂"借瓢说女人水性，以瓢影人，而瓢之"漂"也传神地刻画了潘金莲骚动不安的生命状态。《金瓶梅》除了描写了她与西门庆，还描绘了其不断与其他男性偷情纵欲，潘金莲与琴童厮混，与女婿通奸，潘金莲解渴王朝儿等等，潘金莲想利用美色改变命运，性成为她取悦男人以图改变命运的工具和手段。让她日后在这条路上越走越疯狂。在兰陵笑笑生笔下，潘金莲成了一个如动物一般的性饥渴和色情狂，葫芦即金莲，具备了"漂"即"嫖"的性特征，"水上漂"即暗示金莲是"嫖"的"淫妇"品格。兰陵笑笑生以揶揄谐谑的心态戏拟葫芦，实际将这一意象由雅变俗，暗含着对金莲不断成为男人的受鱼之器的叹惋。

"赤道黑洞洞，葫芦中卖的什么药"，《金瓶梅》第四十九回《请巡按屈体求荣，遇樊僧现身施药》张竹坡点评樊僧施药说："于四十九回内即安一樊僧施药，盖为死瓶儿，西门之根。""见西门之死，全以此物之妄施故也。"樊僧药就装在褡裢内盛了的两个葫芦儿里，樊僧施药，打着"悬壶济世"的旗号，却偏偏成为西门夺命的利器，难怪作者反诘"葫芦中卖的什么药"。西门死后，待发卖的潘金莲最后被武松以剖肠挖肚的形式杀死，"不知你心怎么生着，我试看一看"（七十八回），像挖葫芦似的把人变成了物，也满足了武松赤裸裸的男性欲望。葫芦也成为反讽和解构人物形象的一种幻想。"赤道黑洞洞，葫芦中卖的什么药"，在一些民族的早先习俗里，由巫师做法事是将死者灵魂引入葫芦。马昌仪先生解释这种引魂入葫芦或瓶子的葬俗，认为魂瓶、葫芦和古陶壶都是信仰中的祖灵世界，无形的、非物质形态的灵魂寄存于有形的物质形念的壶形器之中，通过壶形器使人间与神鬼、生与死两个世界的沟通成为可能。[①]葡芦在"赤道黑洞洞"里透出黑暗阴冷之光，作者只能悲悯又高深莫测地凝视着这群在欲望和死亡中挣扎的饮食男女，情节的发展与人物的活动使葡芦意象格外突显，《金瓶梅》借葡芦隐喻了潘金莲因欲望膨胀而致死了西门与李瓶儿的罪恶，也预设了其悲剧的命运。

三、"瓢之漂水，奈何"——黛玉"禅瓢"的"漂"意象

"瓢"意象作为一种小说艺术手法，其在《金瓶梅》中的运用无疑是成功的，"红楼深得金瓶壶奥"，《红楼梦》在表现男女情爱方面也借用了"瓢"这一意象，两作共书一瓢，"真小小一物，文人用之，遂能作无数文章"。

《红楼梦》第九十一回《纵淫心宝蟾工设计，布疑阵宝玉妄谈禅》黛玉道："宝姐姐和你好你怎么样？宝姐姐不和你好你怎么样？宝姐姐前儿和你好，如今不和你好你怎么样？今儿和你好，后来不和你好你怎么样？你和他好他偏不和你好你怎么样？你不和他好他偏要和你好你怎么样？"宝玉呆了半晌，忽然大笑道："任凭弱水三千，我只取一瓢饮。"黛玉道："瓢之漂水奈何？"宝玉道："非瓢漂水，水自流，瓢自漂耳！"黛玉道："水止珠沉，奈何？"宝玉道："禅心已作沾泥絮，莫向春风舞鹧鸪。"黛玉道："禅门第一戒是不打诳语的。"宝玉道："有如三宝。"黛玉低头不语。只听见檐外老鸦呱呱的叫了几声，便飞向东南上去。宝玉道："不知主何吉凶？"黛玉道："人有吉凶事，不在鸟音中。"黛玉与宝玉借瓢谈禅，实际是谈爱。宝玉说："我想，这个人生他做什么。天地间没有了我，倒也干净！"黛玉说："原是有了我，便有了人。有了人，便有无数的烦恼生出来。恐怖、颠倒、梦想，更有许多缠碍。"在这里，宝玉是空想的，黛玉是现实的。宝玉一步步跟着黛玉往坚定方面走，往现实方面走。黛玉问宝玉，如果宝钗和他之间有各种各样的纠葛，他究竟如何对待，宝玉呆了半晌，忽然大笑道："任凭弱水三千，我只取一瓢饮。"黛玉道："瓢之漂水奈何？"黛玉说这句话的意思是："宝玉的婚事，象瓢浮在水上摇摆不定，难

① 马昌仪《葫芦、魂瓶、台湾古陶壶之比较研究》，游琪、刘锡诚《葫芦与象征》，商务印书馆2001年版，第288页。

以自主，怎么办？"宝玉道："非瓢漂水，水自流，瓢自漂耳。"这个瓢并非被水漂得摇摆不定的，水流水的，瓢漂瓢的，瓢决不受水的左右。两不相干。贾宝玉暗喻自己爱林黛玉，决心已定，决不受外力的左右。黛玉道："水止珠沉奈何？"黛玉这句问话的意思是："如果因水断流，珠沉没了，怎么办？暗喻如果爱情为他人破坏，怎么办？"宝玉道："禅心已作粘泥絮，莫向春风舞鹧鸪。"意思是我心志已坚，如沾泥的柳絮决不会再随风飘移；也绝不象鹧鸪鸟，一遇春风吹来，便轻狂飞舞，进一步表示自己爱情的坚贞。宝玉引了唐人郑谷《席上赠歌者》中"莫向春风唱鹧鸪"一句。再取宋释道潜赠妓诗"多谢尊前窈窕娘，好将魂梦恼襄王，禅心已作沾泥絮，不逐东风上下狂"一诗之意，向黛玉表明，他已经死了心。别的任何人，不管她怎样招惹，都不能引动他的心。他生活于纷扰之中，却自有主意，不受人牵引。水自流，瓢自漂。他也决不再泛爱多人，只爱黛玉一人：弱水三千，只取此一瓢。黛玉听了，逼上一句"禅门第一戒是不打诳语的。"林黛玉这句话的意思是说："对佛实言，不说假话，是佛家的第一条戒律，借以试探宝玉说的是不是真心话。要宝玉心口如一。"宝玉则坚决地发誓"有如三宝"。三宝，佛教名词，指佛（创教人）、法（佛典）、僧。佛教离了这三样，就不存在了。贾宝玉以三宝起誓，表示决不食言。黛玉低头不语。续书者还让老鸦"呱呱"的叫几声。暗示了一个死了，一个做和尚的宿命观。宝玉道："不知主何吉凶？"黛玉道："人有吉凶事，不在鸟音中。"按迷信的说法，乌鸦叫，是不祥之兆。黛玉这两句话，认为鸟并不预兆吉凶祸福。暗喻事在人为，实现爱情的宿愿要靠自己的努力，也是对宝玉回答隐语后的宽慰和鼓励。①

这次谈禅并不因现实的烦恼而起，是宝玉与黛玉谈话中偶然引起的。宝玉说黛玉灵性强，前年和自己说几句禅话，自已竟对不上来，二十二回中黛玉问宝玉："至贵者是宝，至坚者是玉，尔有何贵？尔有何坚？"语浅而意深，谈起禅来，宝玉远不是黛玉的对手，他常常被黛玉问得哑口无言。他认为："原来他们比我的知觉在先，尚未解悟；我如今何必自寻苦恼？"宝玉的谈禅，确实为婚姻爱情的问题苦恼着，以谈禅是来寻其逃避。而这次宝黛两人心上并无所谓禅机，其实只是用禅来沟通彼此心意，瓢成为重要的借用意象，瓢谐音漂，

---

① 徐振贵，李伯齐，戴磊《〈红楼梦〉注释》，山东人民出版社 1977 年版。

寓有漂泊之意，暗示着黛玉漂泊不定的命运，她父母早亡，寄人篱下，在与宝玉婚姻上她经常自叹没有父母主持，把希望完全寄托在贾母身上，但她有预感贾母不会把她嫁给宝玉。对无从把握的爱情命运，黛玉怀有无可名状的痛苦和悲凉，但她要"质本洁来还洁去"，宁肯"一抔净土掩风流"，也不愿意污泥陷沟渠，现实的境遇让她在贾府不能明言自己的心事，但纵然如此，聪明的黛玉还是以借瓢谈禅这种表达方式，向宝玉曲折地表达了心意。

对相爱者而言，爱情的过程往往比结局更重要。黛玉借葫芦在重重的礼教束缚下去寻找生命的知音。唐朝诗人唐球是个隐士，他写的诗没有人知道，就把稿子团成球，放在个大水瓢里，让它随水漂走，希望有知音赏识他。黛玉具有傲世性格，黛玉的《唐多令》："粉堕百花州，香残燕子楼。一团团逐对成毬，飘泊亦如人命薄，空缱绻，说风流。草木也知愁，韶华竟白头！叹今生谁舍谁收？嫁与东风春不管，凭尔去，忍淹留。"黛玉以凄凉的笔调写"飘泊亦如人命薄"的哀愁，由柳絮隐说人世，借柳絮的飘摇不定，叹息人世际遇的虚空、幻灭和无常。具有诗人灵性的黛玉，渴求自由的意识，她希望借助某种方式使宝玉找到了他理想中的知己，得到慰藉。同样，宝玉离经叛道，聪俊乖觉，黛玉也最能理解而引为知己。宝玉和黛玉经过长期交往而结成的、建立在相互倾慕基础上的不渝之情，借"瓢"这一意象找到了精神的契合。宝黛的爱情，不仅仅超脱了世俗的婚姻，而且体现了人类对性爱和生命能够达到理想境界之美的向往。较之一般爱情文学作品，《红楼梦》的爱情描写显示出更高的文明水平和更美的人生理想。

四、"葫芦画瓢"——《红楼梦》的瓢是《金瓶梅》葫芦的倒影意象

前人有《红楼梦》"本脱胎于《金瓶梅》"，是"暗《金瓶梅》""乃《金瓶梅》之倒影"云云。今人也皆肯定《红楼梦》对《金瓶梅》既有所继承，又有所发展，《红楼梦》虽然没有直接写到《金瓶梅》，但在脂砚斋批语中有四次提到《金瓶梅》，瓢作为意象被两部作品同时采用，不是偶然的，分析瓢的意象，为《金瓶梅》对《红楼梦》的影响找到了一个例证。

《金瓶梅》是一部欲的暴露史，而《红楼梦》则是一部情的演绎史；《红楼梦》对人间至情进行了颂扬，而《金瓶梅》则对纵欲淫乱予以有力的鞭挞；《金

瓶梅》中的瓢意象散发着俚俗与市井气息，而《红楼梦》中的瓢意象则散发着空灵的诗意与禅味，《红楼梦》是《金瓶梅》的倒影，《金瓶梅》原有意象被曹雪芹继承、创造与发展，而这种继承中的创新正是《红楼梦》意象运用的成功之处，《红楼梦》完全颠倒了《金瓶梅》的"瓢"意象，高雅含蓄，充满美感，而这种意象特色正是由作品精神品质差异以及叙述故事的不同所决定的。《红楼梦》中美丽、纯洁、气质不凡的少女组成了贾宝玉的人际世界也编织起了他的情感世界，《金瓶梅》中争宠夺权、昏昧世俗、争风吃醋的少妇组成了西门庆淫荡的家庭世界也激发了他变态的性爱需求。《金瓶梅》中最引人注目的是潘金莲与西门庆夸张的性爱细节描写，西门庆与潘金莲"淫荡"的形象被放大，从始至终，情欲几乎成为他们甚至书中所有人行为的内在驱动力，当横行霸道的西门庆把所有的女人当成他发泄欲望的工具和性虐的对象时，而潘金莲，作为一名女性，同样也把西门庆和其他男人当作满足自己性欲的工具，征服的对象，《金瓶梅》的"瓢"意象恰恰对应了潘金莲的"嫖"。而《红楼梦》最引人注目的是林黛玉和贾宝玉爱情世界，二人因情而悟，黛玉焚稿断痴情，宝玉出家却尘缘，彼此悟到人间没有理想情爱的自由，人生最该执着最美好的东西，总归于空。《红楼梦》的"瓢"意象体现了人生幻灭的悲观，借助"瓢"而悲叹黛玉人生之"漂"，也写出宝黛对重压之下礼教世界的对抗以及对人生困境的清醒认识。

[作者简介] 乔孝冬，金陵科技学院人文学院副教授，主要研究方向：古代文学魏晋南北朝。

《金瓶梅》三大版本系统环境意象诗词比较

史小军　张　静

内容提要　《金瓶梅》中的诗词在小说中占有相当篇幅，其中涉及风、雪、炎热天气等环境意象的诗词值得注意。通过对文本中此类诗词的分布、数量、类别、文本作用、艺术特色等方面的比较，立足于《金瓶梅》的词话本、绣像本和张评本，发现词话本的诗词在之后的版本流变中数量上相对稳定，个别之处经后世版本整理者的删减，从而得出词话本早于绣像本、张评本，后二者是在词话本的基础上修订而成的结论。

关键词　《金瓶梅》　三大版本　环境意象　诗词比较

对于词话本《金瓶梅》与绣像本《金瓶梅》这两个版本的比较，学界早已有之，其中涉及诗词的有周双利的《论〈金瓶梅词话〉中的证诗》[①]，潘慎的〈金瓶梅〉的诗词创作和它的作者》[②]，陈益源、傅想容的《〈金瓶梅词话〉征引诗词考辨》[③]，张蕊青的《从诗词韵文运用看〈金瓶梅词话〉的民族性》[④] 等。而对《金瓶梅》词话本、绣像本与张评本的比较研究还未见，从环境意象诗词入手对这三大版本的研究也仍是空白。因而，本文将对词话本《金瓶梅》中的此类诗词进行研究，对比绣像本和张评本中的环境意象诗词，并探究其版本流变。

《金瓶梅》有三大版本系统，即词话本系统、绣像本系统和张评本系统。

---

① 周双利《论〈金瓶梅词话〉中的证诗》，《内蒙古民族师院学报》1989 年第 3 期。
② 潘慎〈金瓶梅〉的诗词创作和它的作者》，《太原大学学报》2002 年第 1 期。
③ 陈益源，傅想容《〈金瓶梅词话〉征引诗词考辨》，《昆明学院学报》2010 年第 5 期。
④ 张蕊青《从诗词韵文运用看〈金瓶梅词话〉的民族性》，《明清小说研究》2012 年第 4 期。

而本文的三大版本即指词话本、绣像本和张评本。^① 我们发现，这三大版本中的诗词都一致保留了大量环境意象类诗词，以词作为例，《金瓶梅词话》全书仅有 20 首^②，本文统计包含有环境意象的词作就有 5 首，占总数的四分之一。环境诗词的特殊之处就是其具有影响小说叙事"冷热"的特点，比如诗词中所描绘的炎热、寒冷的天气，风、花、雪、月等本身也具有冷热特点的意象，清明、端午等节气、节日意象等，这与张竹坡的"冷热金针"的内涵有相通之处。张竹坡在《张竹坡批评金瓶梅·冷热金针》中提到："《金瓶》以'冷''热'二字开讲，抑孰不知此二字为一部之金钥乎？然于其点睛处，则未之知也。"^③ 张竹坡用冷热金针概括《金瓶梅》的笔法，指出其重在冷热，认为这是该书的"金钥"，他举例"（韩伙计）韩（与"寒"谐音）者，冷之别名""（温秀才）温者，热之余气"，张道深从批评的角度用冷热、寒温这类环境意象来概括小说行文的点睛之处，我们从中足以窥见外部环境对于《金瓶梅》小说叙事影响之紧要。

依统计，此类诗词词话本中有诗 17 首，词 5 首；绣像本中有诗 11 首，词 2 首；张评本中有诗 12 首，词 2 首。以词话本为基准，绣像本和张评本共有 11 首诗和 2 首词，其他则与词话本中有差异，具体分布和差异见下文。由以上数据可知，《金瓶梅》从词话本到张评本，从环境意象的诗词差异中可以看出绣像本和张评本都在词话本的基础上进行了修改，共同删去了词话本中的 3 首环境意象类词作，绣像本则删去了 7 首词话本原有的该类诗，而张评本删去了 6 首词话本的此类诗，又在绣像本删去之处补充了一首与词话本相似的诗作。

有鉴于此，为了更好地体察文本演变的轨迹，本文摘取词话本《金瓶梅》中含有环境意象的诗词，以之为基准，将其分类，并与绣像本和张评本中的诗

---

① 这三大版本的代表本子，本文主要依据（明）兰陵笑笑生著，梅节校订，台北里仁书局 2007 年出版的《金瓶梅词话》；（明）兰陵笑笑生著，齐烟、王汝梅会校，齐鲁书社 1989 年出版的《新刻绣像批评金瓶梅》；（明）兰陵笑笑生著，（清）张竹坡批注，王汝梅校点，齐鲁书社 2014 年出版的《张竹坡批评〈金瓶梅〉》。以下页下注中分别简称词话本、绣像本和张评本。

② 潘慎《〈金瓶梅〉的诗词创作和它的作者》，《太原大学学报》，2002 年第 1 期，第 14 页。"在《金瓶梅》及《金瓶梅词话》中，有着大量的诗词，以洁本《词话》而言，共有诗词 362 首，其中七绝 203 首，七律 102 首（都包括重复使用的），五绝 15 首，五律 9 首，五古 4 首，六古 3 首，六律 2 首，六绝、七古、古风、五言六句各 1 首，词 20 首。"

③ （清）张竹坡《张竹坡批评金瓶梅·冷热金针》，齐鲁书社 2014 年版，第 10 页。

词从分布、数量上作比较，从环境类诗词在文本作用以及其艺术特色方面进行对比，探究《金瓶梅》三大版本的发展流变。

一、三大版本环境意象诗词分类

通过以上对《金瓶梅》中诗词状况及探究方向的具体阐释，笔者现将《金瓶梅》中的环境意象诗词从内容上分为三类：一、风、花、雪、月、天气、季节等自然景观；二、清明、端午、元宵、端阳等节日气氛；三、行旅、居所环境意象类诗词。这些诗词在词话本、绣像本和张评本这三大版本中的分布状况如下表所示：

环境意象	词话本	绣像本	张评本
风、花、雪、月、气象、季节等自然景观	诗 风（第1、47回） 炎热天气（第27回，两处） 夏日（第29回） 花、月（第52、58回） 雪、月（第21、68回） 季节（第97回） 春（第52回） 词 季节（书始） 雪（第1回） 风（第62回） 春（第89回）	诗 炎热天气（第27回） 夏日（第29回） 花、月（第52、58回） 雪、月（第21回） 季节（第97回） 词 风（第62回）	诗 炎热天气（第27回） 夏日（第29回） 花、月（第52、58回） 雪、月（第21回） 季节（第97回） 词 风（第62回）
清明、重阳、元宵、端午等节日气氛	诗 重阳（第13回） 元宵（第42回） 清明（第89回） 词 端午（第6回）	诗 重阳（第13回） 元宵（第42回） 清明（第89回） 词 端午（第6回）	诗 重阳（第13回） 元宵（第42回） 清明（第89回） 词 端午（第6回）
行旅、居所	诗 秋天行人（第92回） 洪水（第47回） 古刹（第71回）	诗 秋天行人（第92回） 洪水（第47回） 古刹（第71回）	诗 秋天行人（第92回） 洪水（第47回） 古刹（第71回）

上表中所统计的诗词主要是以词话本为参照，选取其中包含较多自然环境、节日等具体环境意象为主的诗词。诗词中惯用环境意象，这在小说《金瓶

梅》中的所有诗词中可谓司空见惯，而此处选取的是整首诗或词作中以环境意象居多的加以分析，以突出这类诗词的特殊之处。

二、环境意象诗词的文本作用

在这些包含环境意象的诗词中，诗歌数量相对较多，而词作的数量并不多，且诸如"花""月"这一类意象常散见于环境意象诗词中，这里不再将诗词分开叙述，而是依其作用不同放在一起从诗词出处、情节安排、版本不同等方面进行分析。杨义在《中国叙事学》一书中指出："最妙的预叙，是诗，又是哲学。"① 杨义联系小说中的诗歌在此点明了包括环境意象在内的诗歌重要的叙事功能。笔者认为此处的诗应取其广义来理解，包括词。

1. 烘托气氛、渲染人物

词话本《金瓶梅》的故事开端紧密结合《水浒传》中武松打虎一节，并由此敷演开来，它的开头便有这样一首描写"风"的诗歌：

词话本

……青天忽然起一阵狂风，看那风时，但见：

无形无影透人怀，四季能吹万物开。

就地撮将黄叶去，入山推出白云来。②

"就地撮将黄叶去，入山推出白云来"在曹之翕《〈金瓶梅〉诗谚考释》中有考证，该诗句出自宋代普济《五灯会元》第二十卷："赵州曰：'台山婆子已为汝勘破了也，且道意在甚么处？'良久曰：'就地撮将黄叶去，入山推出白云来。'师闻释然。"明代洪楩《清平山堂话本·陈巡检梅岭失妻记》："无形无影透人怀，二月桃花被绰开，黄叶去，入山推出白云来。"这首诗在小说第一回"武松酒醉遇虎"也可见。我国民间现在仍然有"风生为虎"的说法，并且在文学作品中较为常见。这里，这首诗歌明在写风，其实是在烘托武松即将遭遇的与虎相斗的紧张气氛。因为词话本《金瓶梅》保留了较多的与《水浒传》的联系，因此小说开头依然使用这一风生为虎的诗歌，然而，在经文人改写较

---

① 杨义《中国叙事学》，人民出版社 1997 年版，第 156 页。

② 词话本，第 5 页。

多的绣像本及张评本中，该诗则杳无踪迹。

描写风的词也有一首：

词话本

正是：

非干虎啸，岂是龙吟。仿佛入户穿帘，定是摧花落叶。推云出岫，送雨归川。雁迷失伴作哀鸣，鸥鹭惊群寻树杪。嫦娥急把蟾宫闭，列子空中叫救人。①

绣像本

但见晴天月明星灿，忽然地黑天昏，起一阵怪风。正是：

非干虎啸，岂是龙吟？仿佛入户穿帘，定是催花落叶。推云出岫，送雨归川。雁迷失伴作哀鸣，鸥鹭惊群寻树杪；姮娥急把蟾宫闭，列子空中叫救人。②

张评本

但见：晴天月明星灿，忽然地黑天昏，起一阵怪风。正是：

非干虎啸，岂是龙吟？仿佛入户穿帘，定是催花落叶。推云出岫，送雨归川。雁迷失伴作哀鸣，鸥鹭惊群寻树杪。姮娥急把蟾宫闭，列子空中叫救人。③

这首词出现在小说第六十二回，是西门庆请来潘道士为濒死的李瓶儿解禳，目的是希望借此挽回李瓶儿的性命。在潘道士为其看本命灯时，大风刮来，灯被尽数吹灭，预示李瓶儿将不久于人世。将这场风比作"虎啸""龙吟"，不但写出其"催化落叶"的来势凶猛，而且运用夸张笔法"姮娥急把蟾宫闭，列子空中叫救人"写这风的可怕。这阵风的可怕之处在于它决定了李瓶儿的命运，极力烘托出李瓶儿气息将尽的命数。该词的内容在三个版本中完全一致。

再来看有关天气的诗。在《金瓶梅》具有代表性的这三大版本中，无论是原作者还是改写者都保留了有关天气炎热的诗，却又有所不同，我们来一看究竟。

----

① 词话本，第993页。
② 绣像本，第839页。
③ 张评本，第774—775页。

词话本

人口有一只词，单道这热：

祝融南来鞭火龙，火云焰焰烧天红。

日轮当午凝不去，万国如在红炉中。

五岳翠乾云彩灭，阳侯海底愁波竭。

何当一夕金风发，为我扫除天下热！①

有诗为证：

赤日炎炎似火烧，野田禾黍半枯焦。

农夫心内如汤煮，楼上王孙把扇摇。②

绣像本

有一词单道这热：

祝融南来鞭火龙，火云焰焰烧天空。

日轮当午凝不去，万国如在红炉中。

五岳翠乾云彩灭，阳侯海底愁波渴。

何当一夕金风发，为我扫除天下热。③

张评本

有一词单道这热：

祝融南来鞭火龙，火云焰焰烧天空。

日轮当午凝不去，万国如在红炉中。

五岳翠乾云彩灭，阳侯海底愁波竭。

何当一夕金风发，为我扫除天下热。④

"祝融南来鞭火龙"这首诗，曹之翕的《〈金瓶梅〉诗谚考释》一书中考证其来自唐代王毂《苦热行》诗："祝融南来鞭火龙，红旗焰焰烧天红。日轮当午凝不去，万国如在洪炉中。五岳翠干云彩灭，阳侯海底愁波竭。何当一夕金风发，

---

① 词话本，第382—383页。

② 词话本，第383—384页。

③ 绣像本，第348—349页。

④ 张评本，第333页。

为我扫除天下热。"① 小说的三个版本中都有共同的一首关于天气炎热的诗歌，却均称之为"词"，形式上看，只在个别字上有不同，这里加粗个别字以便一目了然。虽回首导引词均为"词"，实际为诗。这首诗歌所处的叙事环境正值三伏天六月初一，接着作者讲了哪三种人怕热和哪三种人不怕热，紧接着，情节出现西门庆与李瓶儿私语翡翠轩。笔者在上文中已经明确指出认为《金瓶梅》词话本是绣像本的父本，这里表现得也很明显，以上三种版本共有的这首有关天气炎热的诗歌表面上主要突出天气状况，多次渲染小说叙事环境是如何地热，我们再结合文本，可以知道这其实是突出了西门庆家和王侯家一道享受优越的条件，是不怕热的三种人之一。不同之处在于，词话本《金瓶梅》除了与之共有的诗歌外，还有另外两个版本中没有的证诗，即标识语为"有诗为证"的这首诗歌。然而，词话本中的"有诗为证"诗歌"赤日炎炎似火烧，野田禾黍半枯焦。农夫心内如汤煮，楼上王孙把扇摇"则将这贫穷和富裕人家对于炎热的态度鲜明对比出来，在它前一首诗歌的基础上，结合西门庆与李瓶儿私语翡翠轩的情节，读者便更加直接明了西门家的富裕和西门庆及其妻妾生活上的骄奢淫逸。

下面这首是小说以"花"这一意象比照女性花容的诗歌：

词话本

有诗为证：

莲萼菱花共照临，风吹貌动碧沉沉。

一池秋水芙蓉现，好似嫦娥入月宫。

翠袖拂尘霜晕退，朱唇呵气碧云深。

从教粉蝶飞来扑，始信花香在画中。②

绣像本

有诗为证：

莲萼菱花共照临，风吹影动碧沉沉。

一池秋水芙蓉现，好似姮娥傍月阴。③

---

① 曹之翕编著《〈金瓶梅〉诗谚考释》，甘肃教育出版社 2003 年版，第 72 页。

② 词话本，第 909 页。

③ 绣像本，第 768 页。

张评本

有诗为证：

莲萼菱花共照临，风吹影动碧沉沉。

一池秋水芙蓉现，好似姮娥傍月阴。①

　　这首证诗位于该回回中，说的是潘金莲和孟玉楼请磨镜叟为她们磨镜子，然后潘金莲用磨好的镜子对照花容。我们可以看出绣像本、张评本中的这首诗与词话本相同的部分只有后者的前四句，而且个别字上所用不同，但绣像本和张评本中的则完全相同，这是绣像本经过对词话本的剪裁所致，而且修改过之后，"阴"和"临"的韵相同。全诗主要出现"菱花""芙蓉"花的意象，以花比嫦娥，在小说中实则是渲染衬托潘金莲和孟玉楼的月貌花容。

　　还有有关秋天意象的诗歌，这里小说作者将秋天作为背景衬托行人的悲苦，如：

词话本

有诗八句，单道这秋天行人最苦：

柄柄荭荷枯，叶叶梧桐坠。

蛩鸣腐草中，雁落平沙地。

细雨湿青林，霜重寒天气。

不是路行人，怎晓秋滋味。②

绣像本

有诗八句，单道这秋天行人最苦：

栖栖荭荷枯，叶叶梧桐坠。

蛩鸣腐草中，雁落平沙地。

细雨湿青林，霜重寒天气。

不是路行人，怎晓秋滋味。③

张评本

有诗八句，单道这秋天行人最苦：

---

① 张评本，第 768 页。

② 词话本，第 1570 页。

③ 绣像本，第 1311 页。

栖栖芰荷枯，叶叶梧桐坠。

蛩鸣腐草中，雁落平沙地。

细雨湿青林，霜重寒天气。

不是路行人，怎晓秋滋味。①

　　"不是路行人，怎晓秋滋味"，曹之翕的《〈金瓶梅〉诗谚考释》一书中考证其出自宋佚名《五代梁史平话》上卷："柄柄芝荷枯，叶叶梧桐坠。细雨洒霏微，催促寒天气。蛩吟败草根，雁落平沙地。不是路途人，怎知这滋味！"②该诗使用"芰荷枯"、梧桐叶落、"腐草""细雨""霜"等意象渲染了秋天的萧条之景。这首诗歌放在这里意在指涉陈经济好吃懒做，一心想霸占已死的西门庆的家财妻妾，他赶往严州府妄想威胁孟玉楼并将其掳走，不料未能成功且被杨大郎拐走一船货物，导致自己一无所有，还遭遇官司，后幸被知府网开一面落魄而归。以此秋天行人来烘托陈经济的潦倒、可怜，小说作者还流露出对于主人公陈经济的怜悯以及恨铁不成钢之感。

　　小说的诗词中对于雪的描写，这里有一首诗：

　　词话本

　　正是：

私出房栊夜气清，满庭香雾月微明。

拜天尽诉衷肠事，那怕傍人隔院听。③

　　绣像本

　　正是：

私出房栊夜气清，一庭香雾雪微明。

拜天诉尽衷肠事，无限徘徊独自惺。④

　　张评本

　　正是：

私出房栊夜气清，一庭香雾雪微明，

①　张评本，第 1311 页。

②　张评本，第 1311 页。

③　词话本，第 290 页。

④　绣像本，第 266 页。

拜天诉尽衷肠事，无限徘徊独自惺。[①]

这是吴月娘雪夜拜天祈求神灵让她的丈夫西门庆回心转意的一首诗。不少研究者由此认为这是吴月娘心机深重的表现，而小说中潘金莲和孟玉楼的对话也可以听出她们与当今的一些研究者对吴月娘的这种举动持相同看法。文中用雪夜烘托吴月娘被丈夫冷落怀有无限心事，以"冷"渲染其祈福的诚心。可以看出，这首诗在绣像本和张评本中是一致的，而在词话本中，则与后二者有较多不同，尤其是最后一句"那怕傍人隔院听"，这也从细微处印证了笔者的观点，绣像本是词话本的子本，且绣像本经文人改写的痕迹更为明显。

此外，描写雪天的还有一首词：

词话本

但见：

万里彤云密布，空中祥瑞飘帘，琼花片片舞前檐，剡溪当此际，濡滞子猷船。顷刻楼台都压倒，江山银色相连。飞监撒粉漫连天。当时吕蒙正，窑内嗟无钱。[②]

曹之翕《〈金瓶梅〉诗谚考释》中说"飞盐撒粉漫连天"出自南朝宋的刘义庆《世说新语·言语》："谢太傅寒雪日内集，与儿女讲论文义。俄而雪骤，公欣然曰：''白雪纷纷何所似？'兄子胡儿曰：'撒盐空中差可拟。'"[③]这首词说的是武松和哥哥武大相遇，潘金莲撺掇丈夫武大让小叔搬来家住，住有月余，潘金莲极尽殷勤，恰这一场雪让后文中潘金莲在递酒撩拨武松时遭受到小叔的羞辱。如此严寒天气渲染潘氏火热的欲求，同时也遭遇奚落和尴尬，此后为她追求欲望一再堕落的性格的形成埋下伏笔。该词在绣像本和张评本中不存。

也有一处诗歌描写"花"这一意象，它以"海棠"花起首，却并不主要是写花，如：

词话本

有诗为证：

海棠枝上莺梭急，绿竹阴中燕语频；

---

① 张评本，第 260 页。

② 词话本，第 17 页。

③ 曹之翕编著《〈金瓶梅〉诗谚考释》，甘肃教育出版社 2003 年版，第 6 页。

闲来付与丹青手，一段春娇画不成。①

绣像本

有诗为证：

海棠枝上莺梭急，绿竹阴中燕语频。

闲来付与丹青手，一段春娇画不成。②

张评本

有诗为证：

海棠枝上莺梭急，绿竹阴中燕语频。

闲来付与丹青手，一段春娇画不成。③

由此可知，该诗在三种版本中并未衍生变化。这是一首证诗，是对上一段情节的总结，这里是对西门庆与李桂姐在山洞中寻欢作乐的渲染。运用"莺梭急""燕语频"等来比拟男女之间情爱的场面，借以突出西门庆的生活状态。

上述诗词在文本中起到烘托气氛、渲染人物的作用。小说作者借用"风""花""雪""天气"等自然环境意象来营造氛围，为小说叙事造势，以达到塑造具体环境下的典型人物的目的。

2. 转折情节、设置悬念

《金瓶梅》三大版本中还有不少诗词使用的环境意象带有以点带面的特征，比如，它们共同代表了"夏"等某个季节或"清明"等某个时节。

此处以夏日意象诗歌为例：

词话本

有诗为证：

绿树阴浓夏日长，楼台倒影入池塘。

水晶帘动微风起，一架蔷薇满院香。

别院深沉夏簟青，石榴开遍透帘明，

槐阴满地日卓午，时听新蝉噪一声。④

---

① 词话本，第 793 页。

② 绣像本，第 687 页。

③ 张评本，第 687 页。

④ 词话本，第 417 页。

绣像本

有诗为证：

绿树阴浓夏日长，楼台倒影入池塘。

水晶帘动微风起，一架蔷薇满院香。①

张评本

有诗为证：

绿树阴浓夏日长，楼台倒影入池塘。

水晶帘动微风起，一架蔷薇满院香。②

"水晶帘动微风起，一架蔷薇满院香"，曹之翕的《〈金瓶梅〉诗谚考释》中指出它出自唐代高骈《山亭夏日》诗："绿树阴浓夏日长，楼台倒影入池塘。水精帘动微风起，**满架蔷薇一院香**。"③可以看出，小说中所用与原诗有稍许差异。上述三个版本共有的这首诗，其中所使用的一系列意象主要向我们展示的是"夏日"这一时间。夏日代表一年中四季里最热的季节，此时也是文本中的夏季。我们可以看到小说中这四句诗是完全相同的，而原诗歌与小说中不同。除了这四句之外，词话本还有另外四句，这是绣像本和张评本所没有的，我们可以说绣像本引用了词话本的这四句诗。此处写西门庆使春梅拿来酸梅汤解暑，之后与潘金莲共效鱼水之欢。其中"蔷薇""绿树浓阴"都是用以烘托"夏日长"的，词话本中还使用了"石榴""槐阴""蝉鸣"等意象，也同样是用以烘托"夏日长"，正是在炎炎夏日及其漫漫白昼的时光里，小说作者把情节自然转入西门庆与潘金莲的性游戏，借以突出人物形象的淫荡本质。

除了以上"风""花""雪""月"等常见自然景观，还有洪水这种灾害类景观，使行文显出紧迫感。

词话本

正值秋末冬初之时，从扬州马头上船，行了数日到徐州洪。但见一派水光，十分险恶：

万里长洪水似倾，东流海岛若雷鸣；

---

① 绣像本，第378—379页。

② 张评本，第361页。

③ 曹之翕编著《〈金瓶梅〉诗谚考释》，甘肃教育出版社2003年版，第74页。

滔滔雪浪令人怕，客旅逢之谁不惊！①

绣像本

但见：

万里长洪水似倾，东流海岛若雷鸣；

滔滔雪浪令人怕，客旅逢之谁不惊？②

张评本

但见：

万里长洪水似倾，东流海岛若雷鸣。

滔滔雪浪令人怕，客旅逢之谁不惊！③

这首诗被录入陈益源、傅想容的《〈金瓶梅词话〉正因诗词考辨》一文。作者指出，这首诗是征引《水浒传》第四十一回中的诗歌并做了剪裁，原诗为："万里长洪水似倾，重湖七泽共流行。滔滔骇浪应知险，渺渺洪涛谁不惊。千古战争思晋宋，三分割据想英灵，乾坤草昧生豪杰，骚动貔貅百万兵。"对比可知，《金瓶梅》三个版本中的这首诗是化用《水浒传》中该诗的前四句，变动字句使之适应《金瓶梅》的小说文本。从版本上看，该诗在文字上并无变化，完全一致。此处叙事文本所讲的是苗员外苗天秀不听僧人规劝，离扬州家去东京游玩谋职，带着家仆苗青和安童乘船来到徐州洪所遇一片险恶水光，不巧又搭了贼船，苗青因前事与苗员外宠妾刁氏有私情，被发现而怀恨在心，联手两个贼人艄子加害苗员外，苗青最后成功谋其家财，并且得以享用刁氏。该诗将洪水声音比作"雷鸣"，还从客旅的感受写出这洪水的凶险。作者以此暗地铺垫，表面上是说洪水让人惊，实际上是为了转向下文说苗青背叛主人，杀人灭口的罪孽，以及揭示他贪图享受、狼心狗肺的行为使世人心惊。

和春有关的还有一首词：

词话本

春忒然好，有首词曰：

韶光淡荡，淑景融和。小桃深妆脸妖娆，嫩柳袅宫腰细腻。百啭黄鹂

---

① 词话本，第 694—695 页。

② 绣像本，第 598 页。

③ 张评本，第 570 页。

惊回午梦，数声紫燕说破春愁。日舒长暖澡鹅黄，水渺茫浮香鸭绿。隔水不知谁院落，秋千高挂绿杨荫。①

词中用"韶光淡荡""淑景融和"将这春光形容得十分柔和怡人，又使用动景"百啭黄莺""数声紫燕"写出春的繁闹，用"鹅黄""鸭绿"这些颜色词汇恰从侧面写出了春草、春水的特点，且又有"秋千""绿杨荫"等意象更是烘托出春天的美和人们对它的喜爱。《金瓶梅》文本中正值清明节，是吴月娘去给已故的夫主西门庆上坟的路途中风景，它之后便是下文要提到的清明节庆的诗歌。可以说，小说剧情自西门庆死后便急转直下，四处呈冷色调，而此处似乎又温暖回春，可是，上文刚交待了西门大姐被陈经济赶回娘家，该词之后吴月娘在永福寺遇到春风得意的春梅。这似乎是在为下文西门大姐的死和庞春梅的好景不长作预告，小说作者也在时不时地提点读者这一没落的必然态势。该词绣像本和张评本中均无。

上述例诗、例词，总体上起到转折情节、设置悬念的作用。它们在小说中担任"预叙"的角色，就其使叙事一波三折，跌宕起伏上而言，这些诗词发挥了重要的作用。

3. 营造气氛、借以兴事

《诗经》六义之一的"兴"，它作为一种修辞手法，"兴者，先言他物以引起所咏之辞也"（宋代朱熹语）。在所有这些环境意象的诗词当中，还有一类是借助于这些意象以引起小说所要讲出的事端。具体如以下诗词：

词话本

海棠深院雨初收，苔径无风蝶自由。

百结丁香夸美丽，三眠杨柳弄轻柔；

小桃酒腻红尤浅，芳草寒余绿渐稠。

寂寂珠帘归燕子，子规啼处一春愁。②

这是小说第五十二回"应伯爵山洞戏春娇，潘金莲花园看蘑菇"的回首诗，主要情节为西门庆从外喝酒回到潘金莲房中，与潘金莲做后庭花的性爱游戏。

---

① 词话本，第1517页。

② 词话本，第779页。

接着，有应伯爵山洞调戏李桂姐，潘金莲丢下官哥与陈经济扑蝴蝶，以致官哥被猫吓到。正是因为它位居回首，其中"海棠""杨柳""蝶"等意象显示的是春天的景象，又伴有"蝶自由""弄轻柔""一春愁"等狭邪的写法，使这些自然景物带有柔媚的色彩，结合以上行文内容，我们便可知该诗在此处对于整回小说叙事起到借以兴事的作用。而绣像本和张评本中并没有这样一首诗，可以说后二者已经删去了这首诗。

与风有关的诗，在小说中比较常见，这里的一处描写如下：

词话本

风拥狂澜浪正颠，孤舟斜泊抱愁眠。

离鸿叫彻寒云外，驿鼓清分旅梦边。

诗思有添池草绿，河船无约晚潮升。

凭虚细数谁知己，惟有故人月在天。

此一首诗，单题塞北以车马为常，江南以舟楫为便。南人乘舟，北人乘马，盖可信也。①

这一首诗在小说中的第四十七回"王六儿说事图财，西门庆受赃枉法"，与上文有关"洪水"的诗有联系之处，只是该诗位于回首，奠定了这一章的叙事基调。提点西门庆因受贿于苗青而身陷官司，惹祸上身。也通过"风拥狂澜""河船"这些意象与文本中作者所作说明——"江南以舟楫为便"对应，也正是有这些铺垫，后文的情节才紧锣密鼓地开展起来。这在继之前几回西门庆生子、加官又得金的高歌猛进后直接插入这么一笔，使行文形成大幅转折，为后文西门庆遭遇对其后来官势衰败有史可查的这一段"黑历史"打下了坚实的基础。该诗，绣像本、张评本中均无。

上文中，我们已经看到了一首与"雪"有关的诗，这里还有一处：

词话本

雪压残红一夜凋，晓来帘外正飘飘。

数枝翠叶空相对，万片香魂不可招。

长乐梦回春寂寂，武陵人去水迢迢。

---

① 词话本，第693页。

欲将玉笛传遗恨，翻被东风透绮寮。①

同样，这也是一首回首诗，如果说前述一回中的雪是西门庆的妻妾在小说中已经齐备，她们争风吃醋致使正房吴月娘遭受丈夫冷落的个人悲戚背景，那么这一回中的雪则是李瓶儿丧儿并且因病离世的整体悲戚背景。这一回中西门庆因为丧失了李瓶儿，还沉浸在伤痛之中，应伯爵来找西门庆，拉着他到妓院喝酒，遇到郑爱月，郑爱月教唆西门庆私通林太太，这合了西门庆的心意。这首诗在回首便营造出一股凄凉悲感，也才引出下文西门庆勾通林太太致使其迅速走向死亡的更"寒"之事。此词仅存于词话本中。

除了以上自然景物之外，还有一些人文环境意象值得我们关注。比如下面这首描写古刹的诗。

词话本

但见：

石砌碑横蔓草遮，回廊古殿半欹斜。

夜深宿客无灯火，月落安禅更可嗟！②

张评本

但见：

石砌碑横梦草遮，回廊古殿半欹斜。

夜深宿客无灯火，月落安禅更可嗟。③

此处是说西门庆升官，在何千户家中梦到李瓶儿托梦给他，与何千户一起路遇大风，于是投宿古刹，此处是对这座古刹的描写。文本中此时的西门庆升官，已经达到他人生的鼎盛时期，马上就要急转直下，因此这里出现大风中立身的古刹，我们再看这座古刹寂寥、衰败，"蔓草遮""回廊古殿半欹斜"可以体现，"宿客无灯火"的古刹，月落时连僧人安禅都显得太过孤清。所以说它不但是西门庆人生滑坡的预示，也是整部小说的转折点。这首诗在绣像本中不存。

节日也是和时间有关的元素，那么它便自然而然和小说文本叙事时间有机

---

① 词话本，第 1093 页。

② 词话本，第 1172 页。

③ 张评本，第 986 页。

结合，下面这首诗歌有关清明节，清明节在春天，因此可见春天自然景物环境意象：

词话本

有诗为证：

清明何处不生烟，郊外微风挂纸钱。

人笑人歌芳草地，乍晴乍雨杏花天。

海棠枝上绵蛮语，杨柳堤边醉客眠。

红粉佳人争画板，彩绳摇曳学飞仙。①

绣像本

端的春景果然是好，有诗为证：

清明何处不生烟，郊外微风挂纸钱。

人笑人歌芳草地，乍晴乍雨杏花天。

海棠枝上绵莺语，杨柳堤边醉客眠。

红粉佳人争画板，彩绳摇拽学飞仙。②

张评本

端的春景果然是好，有诗为证：

清明何处不生烟，郊外微风挂纸钱。

人笑人歌芳草地，乍晴乍雨杏花天。

海棠枝上绵莺语，杨柳堤边醉客眠。

红粉佳人争画板，彩绳摇拽学飞仙。③

"清明何处不生烟，郊外微风挂纸钱"在曹之翁《〈金瓶梅〉诗谚考释》中记录其出自宋代佚名《京本通俗小说·志诚张主管》："清明何处不生烟，郊外微风挂纸钱。人笑人歌芳草地，乍晴乍雨杏花天。海棠枝上绵蛮语，杨柳堤边醉客眠。红粉佳人争画板，彩丝摇拽学飞仙。"④小说这一回之前涉及吴月娘让玳安把西门大姐抬回婆家，却遭到陈经济拳打，西门大姐又因惧怕挨打于是

---

① 词话本，第 1518 页。

② 绣像本，第 1265—1266 页。

③ 张评本，第 1265—1266 页。

④ 曹之翁编著《〈金瓶梅〉诗谚考释》，甘肃教育出版社 2003 年版，第 203 页。

归家居住。此是春景，吴月娘前往城外五里原新坟上路途中所见。之后有吴月娘误入永福寺，偶遇富贵且有地位的庞春梅，即周守备夫人。这首诗歌在《金瓶梅》三大版本中都有，差别甚微。在诗中"芳草地""杏花天""海棠""绵莺语""杨柳"等物象的热闹陪衬下，出现红粉佳人打秋千等嬉笑的活动场面。清明节是祭拜已经去世之人的节日，这里正符合吴月娘给死去不久的丈夫西门庆烧纸，场面微凉，而这么热闹的春景逐渐引出"庞春梅"之春——她此时已经贵为守备夫人，生了儿子，来到郊外祭奠死去的潘金莲。这些景象的营造，也让我们感受到虽是春天也和这时节一样有暖闹有寒凉。

接着来看小说诗歌对元宵节的描写：

> 词话本
>
> 星月当空万烛烧，人间天上两元宵。
>
> 乐和春奏声偏好，人蹈夜归马亦娇。
>
> 易老韶光休浪度，最公白发不相饶。
>
> 千金博得斯须刻，吩咐谁更仔细敲。①

> 绣像本
>
> 诗曰：
>
> 星月当空万烛烧，人间天上两元宵。
>
> 乐和春奏声偏好，人蹈衣归马亦娇。
>
> 易老韶光休浪度，最公白发不相饶。
>
> 千金博得斯须刻，分付谁更仔细敲。②

> 张评本
>
> 诗曰：
>
> 星月当空万烛烧，人间天上两元宵。
>
> 乐和春奏声偏好，人蹈衣归马亦娇。
>
> 易老韶光休浪度，最公白发不相饶。
>
> 千金博得斯须刻，分付谁更仔细敲。③

---

① 词话本，第 617 页。
② 绣像本，第 537 页。
③ 张评本，第 511—512 页。

这首诗在小说文本第四十二回"豪家拦门玩烟火，贵客高楼醉赏灯"回首，这一回中，李瓶儿的儿子官哥已经与乔大姐定了娃娃亲，马上到元宵佳节，恰又是李瓶儿的生日，西门庆安排送贴到乔府，还请了一干人等待到元宵节时来家一起过节并给李瓶儿庆祝生日，一家人看花灯不亦乐乎，那场景热闹非凡，该诗也是描绘豪家节庆的奢侈闹热场面，为下文具体铺写情节做好前奏。这首有关元宵节庆的诗出现在《金瓶梅》这三大版本同一回的回首位置，基本上无演变。

有关重阳佳节的也有一首诗：

词话本

有诗为证：

乌兔循环似箭忙，人间佳节又重阳。

千枝红树妆秋色，三径黄花吐异香。

不见登高乌帽客，还思捧酒绮罗娘。

秀帘琐阁私相觑，从此恩情两不忘。①

绣像本

有诗为证：

乌兔循环似箭忙，人间佳节又重阳。

千枝红树妆秋色，三径黄花吐异香。

不见登高乌帽客，还思捧酒绮罗娘。

绣帘琐阁私相觑，从此恩情两不忘。②

张评本

有诗为证：

乌兔循环似箭忙，人间佳节又重阳。

千枝红树妆秋色，三径黄花吐异香。

不见登高乌帽客，还思捧酒绮罗娘。

绣帘琐阁私相觑，从此恩情两不忘。③

---

① 词话本，第 175—176 页。

② 绣像本，第 163 页。

③ 张评本，第 164 页。

该诗在三个版本中完全一致。这首诗位于小说第十三回"李瓶儿隔墙密约，迎春女窥隙偷光"，李瓶儿与西门庆双方都已有意，李瓶儿劝说丈夫花子虚置酒回请西门庆以示礼数。之后酒席上，李瓶儿托迎春丫头捎话密约西门庆。重阳节已属秋天，前四句写景有"红树""黄花"，后四句中"乌帽客""绮罗娘"分别暗指西门庆和李瓶儿，这里诗用重阳秋景的意象营造人物的"私相觑"，为下文转向西门庆和李瓶儿的真正幽会做铺垫。对于重阳佳节的前述诗歌，又照应文本第六十一回"李瓶儿带病宴重阳"，且为行文埋下伏笔。

一些学者还从小说的整体角度指出清明意象在《金瓶梅》中情节前后的对照。这些都可以凸显出小说构思的严谨细密。清代刘廷玑《在园杂志·卷二》云："深切人情事务，无如《金瓶梅》，真称奇书……而文心细如牛毛茧丝，凡写一人，始终口吻酷肖到底。结构铺张，针线缜密，一字不漏，又岂寻常笔墨可到！"

下面这首词描绘了端午节时的景象：

词话本

但见：

绿杨袅袅垂丝碧，海榴点点胭脂赤。两两乱莺啼，毵毵梧竹齐。微微风动慢，飒飒凉侵扇。处处遇端阳，家家共举觞。[1]

绣像本

但见：

绿杨袅袅垂丝碧，海榴点点胭脂赤。微微风动慢，飒飒凉侵扇。处处过端阳，家家共举觞。[2]

张评本

但见：

绿杨袅袅垂丝碧，海榴点点胭脂赤。微微风动慢，飒飒凉侵扇。处处过端阳，家家共举觞。[3]

此时小说文本已经发展到潘金莲谋害亲夫武大，并已经与西门庆勾搭两月

---

[1] 词话本，第78页。

[2] 绣像本，第78页。

[3] 张评本，第81页。

有余，西门庆买通了给武大验尸的何九，且已经大摇大摆走入潘金莲家里与之约会，将逢端午节，便是此处所绘之景。之后，在这"家家共举觞"的端午节将来之时，西门庆从庙里回来重到王婆处坐定，待王婆去见过潘金莲，潘金莲知是西门庆到来立马打发她娘潘姥姥离开，要与情郎幽会。此处起到借端午佳节之时景兴潘金莲和西门庆私会之事。该词在三个版本中有稍许不同，绣像本和张评本一致，它们都删去了词话本的两句"两两乱莺啼，毵毵梧竹齐"，且将"遇端阳"改为"过端阳"。笔者以为"遇端阳"更符合情节。

如果说上述清明时节代表的是春季的景象的话，那么，下面这首诗则介绍了季节流转：

词话本

但见：

行见梅花腊底，忽逢元旦新正；

不觉艳杏盈枝，又早新荷贴水。①

绣像本

但见：

行见梅花腊底，忽逢元旦新正。

不觉艳杏盈枝，又早新荷贴水。②

张评本

但见：

行见梅花腊底，忽逢元旦新正。

不觉艳杏盈枝，又早新荷贴水。③

这一首诗歌是感叹导引词"但见"前面所连的"光阴迅速，日月如梭"。这首诗歌出现以前，正文中已经讲述了陈经济守备府用事，即被庞春梅以亲戚家弟弟的名义来家居住，并已经见过周守备。这首诗歌之后，便是四月二十五日庞春梅的生日，陈经济此时已经在守备府中住了一个月有余。吴月娘使玳安拿着帖儿和礼物去给春梅庆贺生日，无意中发现陈经济的影子（只见一个年小

---

① 词话本，第1639页。

② 绣像本，第1371页。

③ 张评本，第1371页。

的，戴着瓦楞帽儿，穿着青纱道袍，凉鞋净袜，从角门里走出来，手中拿着帖儿、赏钱，递与小伴当，一直往后边去了①）。也是因此事，庞春梅听了陈经济言语，不再多与吴月娘往来。该诗在《金瓶梅》这三大版本中都存在，且完全一致。"行见梅花腊底"指的是冬季，"忽逢元旦新正"代表天气慢慢转温，"不觉艳杏盈枝，又早新荷贴水"指的是春天和初夏。季节的流转也代表了小说中人物命运的改变，与时俱变。尤其反映在西门庆死后家道衰败，庞春梅发迹变泰和陈经济依附于庞春梅的这些逆转，变的是人的境遇，不变的却是季节的流转、万物的规律。

在词话本《金瓶梅》书始，就有这"四季词"，孟昭连的《〈金瓶梅〉诗词解析》将其称作"《行香子》阆苑瀛洲"，陈东有的《金瓶梅诗词文化鉴析》将其称作"《行香子》四季词"，也就是说这一组词的词牌名为"行香子"，而其中出现大量的代表四季的自然环境意象，所以陈东有认可其为"四季词"，小说中并没有这么标记。笔者据其中的环境意象并不十分赞成这种说法。且看具体词作：

词话本

阆苑瀛洲，金谷琼楼，算不如茅舍清幽。野花绣地，莫也风流。也宜春，也宜夏，也宜秋。酒熟醹，客至须留。更无荣无辱无忧。退闲一步，着甚来由。但倦时眠，渴时饮，醉时讴。

短短横墙，矮矮疏窗。憧儿小小池塘。高低叠嶂，绿水边傍。也有些风，有些月，有些凉。日用家常，竹几藤床。据眼前水色山光。客来无酒，清话何妨。但细烹茶，热烘盏，浅浇汤。

水竹之居，吾爱吾庐。石磷磷装砌阶除。轩窗随意，小巧规模。却也清幽，也潇洒，也宽舒。懒散无拘，此乐何如，倚阑干临水观鱼。风花雪月，赢得工夫。好炷些香，说些话，读些书。

净扫尘埃，惜取苍苔。任门前红叶铺阶。也堪图画，还也奇哉。有数株松，数竿竹，数枝梅。花木栽培，取次教开。明朝事天自安排。知他富贵几时来。且悠游，且随分，且开怀。②

----

① 词话本，第 1639—1640 页。

② 词话本，第 1 页。

这组词一开始确实有提到季节，"也宜春，也宜夏，也宜秋"，但下文并未写四时之景，只是表露出对隐逸生活的喜爱，对山水幽静、无市井喧闹的居住环境的向往以及顺其自然的悠然自得之情。它位于《金瓶梅词话》本文本开始之前，如此悠闲的隐逸情怀与小说中妻妾争风吃醋，男女不顾纲常伦理的风花雪月的种种完全不统一，即使小说发展到最后也依然没有实现这种生活乐趣。那么，笔者思考小说作者精心安排了这么一大段词在此用意何在？词作中的种种自然景物、居住环境的意象在这里只是对小说起到了一个"兴事"的作用，表面上这种环境意象的清幽与文本叙事的热闹形成鲜明对比，实际上与小说故事发展到最后的归于平静暗合，因此它的存在不容忽视。该组词只存在于词话本中，绣像本和张评本则不存，可以见得绣像本的文人在改写时删去了前面这组词，或者是出于认为其对小说叙事无关紧要的原因。

需要说明的是，本文追溯不少诗词的出处[①]，重心放在通过归纳这些诗词的文本作用，突出比较三个版本中自然环境诗词意象的变化发展。对于其中诗词的出处尽力考证但不作为重点考察。

由以上分析可知《金瓶梅》三大版本中环境意象为主的诗词，在发展流变上绝大多数沿用词话本，整体上这些环境意象为主的诗歌具有指示性的作用。正如张竹坡所说的"冷热金针"，他所直接指向的虽然是其中人物命名所带有的温寒、冷热，而小说诗词中的环境意象也与小说叙事有密切的关系，除以上文本作用以外，这些环境意象都被小说作者灌注了温度，影响着文本中的人情世态，这便是其指示作用的具体体现。《金瓶梅》中环境意象的诗词正是如此。

三、环境意象诗词的艺术特色

整体来看，在以词话本为基准的对比下，包含环境意象诗词的流变不是特别明显。笔者发现自然景观、气象、季节等自然环境意象的一类词不同的稍多，行旅、居所的词不包括在内，故这里不作统计，前文表格可见。这些环境意象类诗词被较多完全沿用下来，或多有相似，足以说明其重要性，突出了这类诗

---

① 本文参考曹之翕的《〈金瓶梅〉诗谚考释》一书、陈东有的《金瓶梅诗词文化鉴析》等书，对诗词出处有斟酌引用。

词对于小说文本叙事中重要的指示性，关系到小说故事情节发展节奏的关键。

比如，上文所例举诗词中，有三处有关"风"的诗词，"风"这个意象在小说中经常可以看到，它可以在词话本第一回中引出武松路遇饿虎，可以在三大版本的第六十二回中关系到李瓶儿的命运，还可以在词话本第四十七回中与凶猛的洪水一起指涉苗天秀苗员外被仆人苗青陷害的事端，西门庆因王六儿说情之故收取贿赂帮苗青掩盖罪行，差点惹火烧身。甚至，西门庆留宿古刹也与大风有关。我们这里可以将"风"这个意象归入"恶"的象征，即它是一种不好的征兆，每每出现，都会给小说中的人物带来厄运。

此外，还有其中的节气，端午和清明代表春天，重阳是秋天的节日，元宵是冬天的节日，再加上文本中天气炎热的诗词，这里涵盖了四季，可谓天气的极端都有显露：清明节，已接近小说的末端，写吴月娘寡妇上新坟，并且路遇发迹变泰的庞春梅，显示庞春梅的春风得意以及其发迹的昙花一现；端午节将近，西门庆买通何九，前赴私会潘金莲；重阳节，李瓶儿与西门庆实现第一次私会，接着才有了下文；元宵节，是李瓶儿所生之子官哥与乔家大姐结了娃娃亲，且这一天是李瓶儿生日，在冷中有节日的喧闹，在闹中又有潘金莲的嫉妒和冷眼。想必这些都是小说文本思虑周详之处，作者心思细密可见一斑。

具体米说，对于词话本有，而绣像本和张评本无的诗词，上文表格已明确标识出，或者对于二三个版本中有却于个别字句上不同的，在文本作用处可以清楚地看到。如，小说第四十七回对西门庆影响至深的苗青事件，这一回词话本回首就用一首"风拥狂澜"的诗奠定了文本的基调，之后又用一首有关洪水的诗交代苗青的主人苗天秀不听劝诫坚持乘船出行遭遇洪水的情节。此处这首有关"洪水"的诗，绣像本和张评本都保留了下来，对于回首的那首诗，绣像本和张评本则予以删去。是否作者认为这两处诗意思差不多，删去一处更好呢？笔者认为此处的回首诗对于全书来讲，在章回之间它的作用确实较大，而且它的文字语言选用比较讲究，艺术价值较高，不删相对较好。

再如上举端午节的词，这首词《金瓶梅》三个版本中都有，突出的不同之处是，绣像本和张评本一致删去了词话本中的"两两乱莺啼，毵毵梧竹齐"。这首咏端午节的词以武大被潘金莲毒杀，西门庆买通何九，更加大胆与潘氏私会为背景，承接这首词的是西门庆与潘金莲的欢会场面。笔者认为这两句在文本中影响不大，而且其艺术价值也不高，语言比较俗白，可以删去，赞同绣像本的处理办法。

具体的例子还有：词话本有，绣像本和张评本均无的诗词，且不像上述第四十七回那首有关风的回首诗，可能有意义重复之嫌被绣像本的整理者删去。还有与词话本中共有的此类诗词仅存在于张评本中的情况，因为张评本在绝大多数情况下都是沿用绣像本的，此处笔者认为可能是评点本的脱落，属于个别情况，故不作深究。对于以上具体事例，我们也不能简单以其删减或保留就独断其艺术特色有无增减，只能说从不同的角度解释都有其道理，也正因为读者对其解读的差异，才有文人的改写，才有版本的流变和不同版本并行于世。词话本更接近说书人的底本的原貌，它更原始；绣像本是文人经过改写使之更适合案头阅读，因此不但对其中的韵文，对其情节也都有大幅修改，因而本文所讨论的环境意象诗词也必然包含其中。但总体来看变动不是很大，后二者大量保留了词话本中的该类诗词，也足以从整体上对《金瓶梅》中环境意象诗词的艺术特色及价值予以肯定。

结　语

综上，笔者以词话本的诗词为参照，从诗词的分布、数量、分类、文本作用以及艺术特色等方面比对这些环境意象诗词在绣像本、张评本中的变化。总体来看，以上例举诗词有的三种版本均有，有的仅有一两个版本存有，或者在字句上、格律上有修改的迹象。我们也可以看到大部分诗词完全一致的情况，但细微处有裁剪或删除，也就是说词话本发展到绣像本在诗歌上有经过精心改动。本文通过环境意象类诗词探讨小说《金瓶梅》的版本流变，认为词话本是绣像本的父本，张评本是建立在绣像本基础上的评点本，因此在此类诗词中，张评本与绣像本保持高度一致。在对《金瓶梅》中的环境意象类诗词的版本比较中，还有其他诗词也涉及本书中所举环境意象，但是本文并未完全囊括，一是由于完全将所有包含环境意象诗词全都呈现出来而不加分类、面面俱到，这样不具有代表性，二是由于笔者考虑到如果没有参照物，比较也就没有根基，因此选择以词话本为基准来择取诗词。张道深的"冷热金针"是这篇文章写作的触发点，笔者认为《金瓶梅》中环境意象类诗词无论从数量、文本作用，还是艺术特色，它都不容小觑，还有进一步挖掘的价值。对此，本文的探究有限，期待学界有更深入的研究成果。

[作者简介] 史小军，暨南大学文学院教授；张静，暨南大学文学院中国古代文学专业在读研究生。

《金瓶梅词话》中的因果报应

魏文哲

内容提要　佛教的因果报应思想对《金瓶梅词话》有着明显的影响，这种影响表现在情节的设计、人物形象的塑造、人物命运的安排以及对人物形象的评价等诸多方面。从总体上来说，这种影响是积极的。与性描写一样，因果报应思想是《金瓶梅词话》不可分割的组成部分，我们应当正视，并予以合理的分析与评价。

关键词　《金瓶梅词话》　因果报应　影响

与很多明清小说的作者一样，《金瓶梅词话》的作者对佛教徒也是排斥的，厌恶的。作者在小说中多次对佛教徒进行了辛辣的讽刺，严厉的批评。作者认为，佛教徒中间真正具有很高道行的人是极为罕见的，大多数佛教徒不过是假借宗教骗饭吃，甚至吃喝嫖赌，男盗女娼，无所不为，无恶不作。在《金瓶梅词话》第八回，作者写道：

> 世上有德行的高僧，坐怀不乱的少。古人有云：一个字便是'僧'，二个字便是'和尚'，三个字是个'鬼乐官'，四个字是'色中饿鬼'。苏东坡又云：不秃不毒，不毒不秃；转毒传秃，转秃转毒。此一篇议论，专说这为僧戒行。住着这高堂大厦，佛殿僧房，吃着那十方檀越钱粮，又不耕种；一日三餐，又无甚事萦心，只专在这色欲上留心……有诗为证：
>
> 色中饿鬼兽中狨，坏教贪淫玷祖风。
>
> 此物只宜林下看，不堪引入画堂中。

在《金瓶梅词话》第四十回，作者又忍不住跳出来大发议论：

> 看官听说：但凡大人家，似这样僧尼牙婆决不可抬举。在深宫大院相

伴着妇女，俱以讲天堂地狱、谈经说典为由，背地里说条念款，送暖偷寒，甚么事儿不干出来！十个九个都被他送上灾厄。有诗为证：

> 最是缁流不可言，深宫大院哄婵娟。
>
> 此辈若皆成佛道，西方依旧黑漫漫。

《金瓶梅词话》中的和尚也多是不守戒律、鄙吝不堪的佛教徒。如那一伙替死去的武大郎做法事的和尚，看见艳丽风骚的潘金莲，立刻变得亢奋颠狂，丑态百出：

> 班首轻狂，念佛号不知颠倒；维摩昏乱，诵经言岂顾高低？烧香行者，推到花瓶；秉烛头陀，错拿香盒。宣盟表白，大宋国称做大唐；忏罪阇黎，武大郎念为大父。长老心忙，打鼓错拿徒弟手；沙弥心荡，磬锤打破老僧头。从前苦行一时休，万个金刚降不住。①

小说中的女僧，如王姑子、薛姑子等人，为了争夺财物，勾心斗角，互相挤兑。

尽管《金瓶梅词话》的作者对部分佛教徒颇为反感，但这并不表示他对佛教本身是完全排斥的，因为并非所有的佛教徒都是不守戒律的假和尚，如小说中的普静禅师就是个有道行的高僧。作者对佛教本身还是颇有敬畏的。佛教所宣扬的因果报应思想作者是认同的，接受的。如《金瓶梅词话》第六十二回回首诗云：

> 行藏虚实自家知，祸福因由更问谁？
>
> 善恶到头终有报，只争来早与来迟。
>
> 闲中点检平生事，静里思量日所为。
>
> 常把一心行正道，自然天理不相亏。

这首诗所表达的因果报应思想是显而易见的。再如第七十五回，作者写道：

> 万里新坟尽十年，修行莫待鬓毛斑。
>
> 死生事大宜须觉，地彻时常非等闲。
>
> 道业未成何所赖，人身一失几时还？
>
> 前程暗黑路途险，十二时中自着研。
>
> 此八句单道这善有善报，恶有恶报，如影随形，如谷应声。

---

① （明）兰陵笑笑生《金瓶梅词话》，陶慕宁校注，人民文学出版社 2000 年版，第 8 页。

可以说，因果报应思想是作者的创作思想的一部分。在创作《金瓶梅词话》的过程中，作者经常依据这一思想理念，来设计故事情节，塑造人物形象，安排人物的最后命运，对人物形象进行评价。总之，因果报应思想对《金瓶梅词话》的创作具有很大影响。抓住这一点，有利于我们更加深入地理解《金瓶梅词话》这部小说名著。

西门庆是小说的主人公，是全书的核心，小说中所有的人物和事件都是围绕着他而展开，都是为了刻画这个人物而设计的。因此，越是与西门庆关系密切的人物，他们在《金瓶梅词话》中的重要性就越大。西门庆的妻妾和家人中，吴月娘、李娇儿、孟玉楼、孙雪娥、潘金莲、李瓶儿、春梅、西门大姐、陈经济、官哥、孝哥等人的命运、遭遇，均与西门庆息息相关，他们无不笼罩在西门庆的阴影之下，是西门庆这一人物形象的延伸和补充。与西门庆一样，他们的人生经历都在演示着因果报应这一人生法则和宇宙定律。

《金瓶梅词话》是一部侧重于暴露社会黑暗、政治腐败、家庭矛盾和人性丑恶的现实主义文学巨著。小说的主人公西门庆是一个典型的反面形象，是一个集地痞、恶霸、奸商、贪官等角色于一身的人物形象。他贪财好色，虚伪狡诈，狂妄自大。他厚颜无耻，蝇营狗苟，骄奢淫逸，无恶不作，最终是纵欲而死，家破人亡，留下骂名，遭到了无情的报应。

作为一个反面的典型人物，西门庆做尽了坏事，有许多恶行。

西门庆出身于富商家庭，他本人也是商人，而商人的最大本性是贪财。在贪婪本性的驱使下，为了赚钱，西门庆必然会使用很多卑鄙的手段。在当时的社会里，他的地位本来并不算高，只是一介平民。但在清河县里算是数一数二的富人，并且与当地的官府相往来，在当地西门庆就是一霸，算是有头有脸的人物："近来发迹有钱，专在县里管些公事，与人把揽说事过钱，交通官吏，因此满县人都惧怕他。"[1] 所谓"与人把揽说事过钱，交通官吏"，就是协助当地官府贪赃枉法，鱼肉百姓。就此而言，西门庆是官府的鹰犬、帮凶。通过这种鄙陋的手段，他必定也捞到不少不义之财，因此，他的巨大财富并不干净。

与官府互相勾结，进行非法的交易，从而获得巨额利润，这是很多奸商积

---

[1] （明）兰陵笑笑生《金瓶梅词话》，陶慕宁校注，人民文学出版社2000年版，第8页。

聚巨大财富的常见方法。西门庆正是这样做的。他不但与当地的知府、知县互相勾结，互相利用，还通过亲家陈洪的关系攀上了权臣杨戬、蔡京等朝中大佬。西门庆经常向这些权臣送礼、献媚，于是西门庆凭空被提拔为理刑所的副千户，从而跻身于官僚队伍中。可见他的官位来路不正，是用钱买来的。这时的西门庆不但手中有钱，还有权力，有地位。他手中的权力反过来又能保护、增加他的财富。在中国古代社会里，权力与金钱经常可以互相转化，有权力者必然有钱。有钱者可以通过合法的或者非法的途径买来官职。《金瓶梅词话》中的乔大户就是通过合法的途径买来官衔的。

除了贪财贪权，西门庆更加贪色好淫。他的正式的妻妾就有八人之多，其中两个先后去世了。家里的女仆们只要稍微有点姿色的他都不会放过。只要是他见到的有点姿色的女人，西门庆都想方设法与之发生性关系，甚至完全占为己有。在《金瓶梅词话》里，与西门庆有性关系的女人至少有二三十个，小说没有写到的这样的女人自然更多，这是可以想象的。

西门庆贪色好淫，这不仅有害于自己，更有损于他人。过度的纵欲必然戕害自己的身体，小则生病，大则丧身。这对家族来说是不孝。好淫的西门庆经常在性生活中折磨、蹂躏女性，这是对女性的人格的侮辱。比如他喜欢在女人身上，尤其是女性生殖器附近烧香。他还强迫女性品箫，喝尿。这些无耻下流的行为是对女性的极大侮辱！除了家里的妻妾和女仆，西门庆还经常逛妓院，在那里喝酒、嫖娼，花天酒地。这种举动对他的妻妾而言是很大的侮辱。他的正妻吴月娘对此多次表示不满。西门庆在肉体上占有过很多女人。这些女人为了谋取各自的利益而同意甚至乐意与西门庆发生性关系，这样的女人当然是可悲的，令人哀其不幸，怒其不争。但这并不能改变西门庆蹂躏女性的性质，也不能减轻他的罪责。

权力和金钱在很大程度上刺激着西门庆去做坏事。有钱有势的西门庆必然会做很多坏事。西门庆做的坏事太多，小说作者不可能、也不需要一一记录下来，否则小说就会成为冗长乏味的账本。作者只能选取典型事件加以叙述，因为典型事件更能表现人物的性格。西门庆做的坏事虽多，但其动机主要有两个：一是贪色，二是贪财。

西门庆好色贪淫，占有女性、玩弄女性是他最喜欢干的事情。

为了谋娶潘金莲，西门庆、潘金莲、王婆合伙毒死了可怜的武大郎。西门庆又贿赂官府，掩盖自己的罪行，将武松发配到外地。在这一事件中，懦弱无能的武大郎不仅丢了老婆（被西门庆抢走），还丢了自己的性命，又连累弟弟武松被发配远方。而杀人凶手西门庆等人却安然无恙，逍遥法外，继续过他们的骄奢淫逸的富贵生活。两相对比之下，读者对社会黑暗、政治腐败的感受和认识更加刻骨铭心，对武大郎的不幸遭遇更加同情，对西门庆等人更加切齿痛恨！李瓶儿本是西门庆好友花子虚的老婆，她漂亮、温柔、风骚，而且手里有钱。好色贪财的西门庆想方设法与之勾搭成奸，一心想把朋友的老婆占为己有。于是趁人之危，勾结李瓶儿，将花子虚的财产暗地里据为己有，花子虚则被活活气死。于是，西门庆不仅气死了朋友，还将朋友的老婆和财产占为己有，这真是一个卑鄙无耻的小人！宋惠莲是西门庆家奴来旺的老婆，也是一个漂亮、风骚的女人。西门庆与她暗中勾搭成奸，甚是喜欢她。嫉妒心极强的潘金莲与宋惠莲争风吃醋，为了打击宋惠莲，潘金莲挑唆西门庆赶走了来旺，让宋惠莲蒙羞。性情刚烈的宋惠莲羞愤自杀。她的父亲宋仁为了替女儿讨回公道而状告西门庆。西门庆贿赂官府，反而将宋仁痛打了一顿，因此将宋仁气死。西门庆喜欢宋惠莲，在主观上他并不希望她死，对宋惠莲的死他甚至颇感惋惜。但西门庆企图霸占宋惠莲，完全不顾及她的意愿，他的所作所为在客观上促成了宋惠莲的自杀，因此，对宋惠莲的死西门庆负有不可推卸的罪责。然而，杀人凶手西门庆不但不觉得内疚，反而利用金钱的力量又将宋惠莲的父亲气死。西门庆真是个杀人不眨眼的恶魔！

西门庆本来是个奸商、小人，当官后必然是个贪赃枉法的贪官。

家奴苗青与强盗相勾结，谋死了自己的主人苗员外。苗员外的家人向提刑院告状。为了活命，苗青向提刑院副千户西门庆行贿。西门庆收了苗青一千两银子，将他私自释放，为他掩盖罪行，让这个杀人凶手逍遥法外。商人黄四的小舅子失手打死了人，被官府捉入牢中，准备拿他抵命。黄四给西门庆送礼，求他解救。西门庆利用自己的社会关系，向有关官员行贿求情，免除了黄四小舅子的死罪。清河县仵作何九接受西门庆的贿赂，替他掩盖武大郎的死因。他的兄弟何十做强盗的窝主，被官府捉住。何九送礼给西门庆求他帮忙。西门庆利用自己手中的权力，擅自释放了何十，却硬将一个无辜的和尚代替何十受死。这种行径实在是丧尽天良，令人发指！因此，《金瓶梅词话》的作者义愤填膺地予以痛斥：

世上有如此不公事！正是：张公吃酒李公醉，桑树上脱枝柳树上报。

有诗为证：宋朝气运已将终，执掌提刑忒不公。毕竟难逃天地眼，那堪激浊与扬清。①

纵观西门庆短暂的一生，他一直过着骄奢淫逸的纵欲生活，不仅干了很多坏事恶事，尤其疯狂地、变态地占有、蹂躏女人，结果是油尽灯枯，染病暴亡，年仅33岁。在《金瓶梅词话》的作者看来，西门庆的英年早逝正是他奸淫女性、干尽坏事的恶报："乐极悲生，否极泰来，自然之理。西门庆但知争名夺利，纵意奢淫，殊不知天道恶盈，鬼录来追，死限临头。"②西门庆病重期间，"自觉身体沉重，要便发昏过去，眼前看见花子虚、武大在他跟前站立，问他讨债"。③西门庆曾经害死武大郎和花子虚，现在他们的鬼魂来向西门庆索命来了。针对西门庆的死，作者大发感慨："为人多积善，不可多积财。积善成好人，积财惹祸胎。石崇当日富，难免杀身灾。邓通饥饿死，钱山何用哉！今日非古比，心地不明白。只说积财好，反笑积善呆。多少有钱者，临了没棺材。"④这仍然是善恶果报的论调。

早死固然是西门庆的恶报。在《金瓶梅词话》作者的笔下，西门庆死后，他的家人的遭遇和结局同样也是西门庆的报应。因为西门庆是全书的主角，其他所有人物都是为了刻画西门庆而存在的。西门庆是西门家的最高统治者，家里所有人都笼罩在他的阴影之下，是西门庆这个核心形象的组成部分。虽然西门庆肉体死了，但他的精神生命继续延续在他的家人身上。比如，西门庆死后，孟玉楼改嫁李衙内。大街上人纷纷议论，"也有说好的，也有说歹的。说好者，当初西门大官人怎的为人做人，今日死了，止是他大娘子守寡正大，有儿子，房中搅不过这许多人来，都交各人前进来，甚有张主。有那说歹的，街谈巷议，指戳说道：此是西门庆家第三个小老婆，如今嫁人了。当初这厮在日，专一违天害理，贪财好色，奸骗人家妻子。今日死了，老婆带的东西，嫁人的嫁人，拐带的拐带，养汉的养汉，做贼的做贼，都野鸡毛儿——零挦了。常言三十年

---

① （明）兰陵笑笑生《金瓶梅词话》，陶慕宁校注，人民文学出版社 2000 年版，第 76 页。

② （明）兰陵笑笑生《金瓶梅词话》，陶慕宁校注，人民文学出版社 2000 年版，第 78 页。

③ （明）兰陵笑笑生《金瓶梅词话》，陶慕宁校注，人民文学出版社 2000 年版，第 79 页。

④ 同上。

远报，而今眼下就报了。旁人都如此发这等畅快言语。"①他的最得力的家奴玳安最能代表西门庆的为人，简直就是个活生生的小西门庆。后来孝哥出家了，玳安就被吴月娘改名为西门安，继承了西门庆的家业，人皆称他为西门小员外，俨然就是西门庆复活了。

除了西门庆这个核心人物之外，小说中其他人物的种种遭遇也无不诠释着作者的因果报应思想。

西门庆生前通过种种不法手段积累财富，不断地升官发财，享受着荣华富贵，似乎一切顺利，万事大吉。然而，善恶报应，如影随形，无法逃避。就在西门庆生前，他就已经遭到了报应。先是他的唯一的儿子官哥因惊吓而病死，接着他的爱妾李瓶儿也因丧子之痛而病死。这两件事都是对西门庆的巨大打击，尤其是李瓶儿的死更令他痛不欲生，他痛苦地对好友应伯爵说："好不睁眼的天，撇的我真好苦！宁可教我西门庆死了，眼不见就罢了。到明日，一时半霎想起来，你教我怎不心疼？平时我又没曾亏欠了人，天何今日夺吾所爱之甚也！"②由此可见，万分痛苦的西门庆似乎也感觉到爱子爱妾的死是上天对他的严厉惩罚。他声称自己"没曾亏欠了人"，实际上这正说明他做贼心虚，是间接承认自己恶有恶报。

从表面上看，李瓶儿母子的死是潘金莲造成的。从更深层次上说，古代社会不合理的一夫多妻制家庭才是制造李瓶儿母子悲剧的根源。官哥是西门庆的第一个儿子，但他才活了一年多一点就成了一夫多妻制的无辜的牺牲品，他的遭遇最冤枉最可怜，令人同情、惋惜。在《金瓶梅词话》的作者看来，李瓶儿的不幸遭遇是她自己招来的报应。第六十二回回首诗云："行藏虚实自家知，祸福因由更问谁？善恶到头终有报，只争来早与来迟。闲中点检平时事，静里思量日所为。常把一心行正道，自然天理不相亏。"李瓶儿死于第六十二回，这首诗显然是针对她的死而发的，明确指出李瓶儿的不幸遭遇正是她的报应。李瓶儿生病期间，屡次对西门庆说，房中无人的时候，看见已经死了的花子虚向她索命。潘道士施展法术为李瓶儿驱邪，他也说李瓶儿之所以得重病是因为"宿世冤愆所诉于阴曹，非邪祟也，不可擒之"。李瓶儿已是"获罪于天，无所

① （明）兰陵笑笑生《金瓶梅词话》，陶慕宁校注，人民文学出版社 2000 年版，第 91 页。
② （明）兰陵笑笑生《金瓶梅词话》，陶慕宁校注，人民文学出版社 2000 年版，第 62 页。

祷也""定数难逃,难以搭救了"。① 李瓶儿是一个温柔、漂亮、宽厚、大方的女人,深得大家的喜爱。但她也曾做过坏事。当她还是花子虚的老婆的时候,她背叛了自己的丈夫,与西门庆勾搭成奸,一心要嫁给他。又将丈夫的财产偷偷地转移到了西门庆的手里。花子虚生病时,李瓶儿又不好好地为他治病,结果将花子虚活活气死。花子虚死后没多久,李瓶儿就做了西门庆的第六个小老婆。这件事大伤天理,令人义愤填膺。在《金瓶梅词话》作者的笔下,李瓶儿虽然死得可惜,但她既然做过丧尽天良的坏事,必然会遭到报应,这是无法避免的。李瓶儿的死给西门庆带来了极大痛苦,这同样是对于西门庆的报应。

西门庆死后不久,他的第一个小妾李娇儿就在老鸨的挑唆下哭闹着要求改嫁。李娇儿本来是妓女,送旧迎新、趋炎附势本是娼妓人家的特色、本分,所以,李娇儿要求改嫁也不奇怪。因为西门庆死了,西门家就将败落下去。在夫为妻天、夫为妻纲的古代社会里,西门庆的妻妾们就失去了依靠。在宋代以后的中国古代社会里,妻妾守节是正大光明的事情,妻妾改嫁则是家族的耻辱。所以,李娇儿的改嫁,让作为主妇的吴月娘大哭了一场,她觉得自己未能阻止李娇儿改嫁,因此令西门家蒙羞。

潘金莲是《金瓶梅词话》中最为淫荡的女人,用她的仇敌孙雪娥的话说,潘金莲"说起来比养汉老婆还浪,一夜没汉子也成不的。背地干的那茧儿,人干不出,他干出来"②。西门庆死后,难耐寂寞的潘金莲很快就与女婿陈经济勾搭成奸。为人正派的吴月娘自然不能容忍他们败坏家族的荣誉,将陈经济赶出家门,命王婆将潘金莲领出去卖掉。武松为替哥哥武大郎报仇,遂将潘金莲、王婆二人杀死。

《金瓶梅词话》的作者认为,潘金莲、王婆二人最终死于武松之手是因果报应这一世间规律所决定的。

潘金莲、王婆死于第八十七回,该回的回首诗写道:

> 平生作善天加福,若是刚强定祸殃。
>
> 舌为柔和终不损,齿因坚硬必遭伤。
>
> 杏桃秋到多零落,松柏冬深愈翠苍。

---

① （明）兰陵笑笑生《金瓶梅词话》,陶慕宁校注,人民文学出版社 2000 年版,第 62 页。

② （明）兰陵笑笑生《金瓶梅词话》,陶慕宁校注,人民文学出版社 2000 年版,第 11 页。

善恶到头终有报，高飞远走也难藏。

作者的意思显然是说，潘金莲、王婆既然害死了武大郎，她们迟早要受到报应，不管你躲到哪里，都是无法逃避的。王婆卖潘金莲，定要一百两银子。在《金瓶梅词话》的世界里，这个要价是偏高的，所以要买的人必然要与王婆讨价还价。王婆的目的是想发个小财。正是王婆的贪婪使她自己与潘金莲同死于武松之手。商人何官人与王婆讲价，谈不拢。周守备家人与王婆反复议价，还是谈不妥。陈经济答应了王婆的要价，但他手里没钱，要到东京他父母处要银子。这样三处一耽搁，正赶上被流放外地的武松遇赦回家，武松才有机会杀死这两个害死哥哥的凶手。假如没有前面的波折，潘金莲已经成为别人的老婆，那么，武松也就没有机会为哥哥报仇了。总之，这一系列机缘巧合，在作者看来，正是因果报应的规律在起作用："看官听说：大段潘金莲生有地儿死有处。不争被周忠说这两句话，有分交这妇人从前作过事，今朝没兴一齐来。"[1]（第八十七回）所谓"潘金莲生有地儿死有处"，是说她必然死于武松之手，以偿还武大郎的命债。这是因果报应的规律所决定的，无法更改，也不可避免。潘金莲被武松残忍地杀死后，作者写道：

堪叹金莲诚可怜，衣服脱去跪灵前。

谁知武二持刀杀，只道西门绑腿顽。

往事堪嗟一场梦，今身不值半文钱。

世间一命还一命，报应分明在眼前。[2]

作者对潘金莲的惨死表示同情，同时又认定这是她应得的报应，怨不得别人。

西门庆第三个小妾孙雪娥出身低微，所以不受众人尊重，西门庆也不大喜欢她。西门庆生前，孙雪娥与家奴来旺通奸，被西门庆痛打了一顿。西门庆死后，孙雪娥与来旺私奔，被官府抓获。为了保护西门庆家的名誉，吴月娘将孙雪娥卖掉。此时的春梅已经成为周守备的爱妾。为了报复孙雪娥，春梅将她买来作家奴，时常打骂她，折磨她，后来又把她卖作娼妓以侮辱她，最后她连娼妓也做不成，被逼自杀，下场悲惨！平心而论，孙雪娥并没有做过伤天害理的坏事，但她一生都在做奴才，甚至做娼妓，最后又被迫自杀，真是个可怜的弱者，令

---

① （明）兰陵笑笑生《金瓶梅词话》，陶慕宁校注，人民文学出版社 2000 年版，第 87 页。

② 同上。

人同情！她的悲剧是当时野蛮的奴隶制度造成的，与所谓的因果报应没有很大关系。作者之所以叙述她的悲惨遭遇，主要是为了彰显西门庆所受到的报应。

陈经济与潘金莲有奸情，这当然引发了他与吴月娘、西门大姐之间的矛盾。陈经济被吴月娘赶出西门庆家后，为了报复吴月娘，陈经济经常虐待西门大姐。西门大姐忍受不住丈夫的虐待与羞辱，愤而自杀，年仅 24 岁。与孙雪娥一样，西门大姐也没做过什么伤天害理的坏事，作者写她的不幸遭遇同样是为了彰显西门庆所受到的报应。

陈经济与春梅本有奸情。被赶出西门庆家后，他们二人又勾结在一起，继续保持他们之间的情人关系。后陈经济被仇人杀死，春梅也因为纵欲过度而身亡。作者认为，他们二人的悲惨下场同样是由因果报应的规律所决定的。纵观陈经济的为人，他是个典型的花花公子。他与小丈母潘金莲通奸，与守备夫人春梅通奸，都是伤风败俗的丑行。他气死母亲，逼死老婆，在古代社会里都是极大的罪行。所以，他的惨死也是他应得的报应。春梅同她的主子西门庆一样，都是好色贪淫、寡廉鲜耻的人。她以守备夫人的身份与陈经济通奸，与家奴周义通奸，同样是伤风败俗的丑行。为了报复孙雪娥，她虐待孙雪娥，又故意将她卖到娼家做妓女。这是伤天害理的行为。因此，她最后也不得善终，得到了应有的报应。陈经济与春梅，一个是西门庆的女婿，一个是西门庆宠爱的奴仆，他们的悲惨遭遇一方面是他们的恶行所招来的恶报，另一方面也是对西门庆的报应。

《金瓶梅词话》是一部着重暴露黑暗、讽刺丑恶的文学名著，所以其中的角色大多是反面人物，而吴月娘、孟玉楼则是小说中少有的正面人物形象。

孟玉楼为人温柔和气，心地宽厚，一生没有作过伤天害理的事。善有善报。所以，她后来嫁给李衙内，如鱼得水，琴瑟和谐，找到了幸福的归宿。用小说中算命者的话说，孟玉楼"一生上人见喜下钦敬，为夫主宠爱……你心地好了去了，虽有小人也拱不动你"①。身为西门庆的主妇，吴月娘为人正派，严守妇道。她勤勤恳恳地主持家务，劝谏丈夫，协调家人之间的复杂关系，维持家庭内部的和谐关系，不护短，不偏私，光明磊落，坦坦荡荡，是个典型的贤妻良母。她心地善良，吃斋念佛，广行善事。所以她虽然历尽艰难，唯一的儿子孝哥也被迫出家做和尚去了，但她本人与孟玉楼一样得到了善终，直活到 70 岁，

---

① （明）兰陵笑笑生《金瓶梅词话》，陶慕宁校注，人民文学出版社 2000 年版，第 46 页。

"善终而亡。此皆平日好善看经之报也。"[①]

《金瓶梅词话》第一百回,吴月娘等人在战乱中逃难,路遇普静禅师,同在永福寺投宿。丫鬟小玉夜里发现普静禅师诵经念咒,超度无数亡魂投胎转世,其中有西门庆、陈经济、潘金莲、武大郎、李瓶儿、春梅、西门大姐、宋惠莲、孙雪娥等人。这段叙述既体现了佛教的因果报应的思想,同时也显示了佛教的巨大力量。佛教的因果报应有不同种类,有今生报应,有后世报应。西门庆、陈经济、潘金莲等人虽然在今世里受到了恶报,但他们死后的冤魂仍然要继续受到恶报,无法转世为人。在佛教的帮助下,这些冤魂顺利得到解脱,转世投胎为人去了。

但这段叙述颇有漏洞。

根据小说的叙述,西门庆去世的那天孝哥出生,孝哥正是西门庆转世而来的后身。但到了《金瓶梅词话》最后一回,作者又说西门庆投胎于东京城去了。这是自相矛盾的。因为此时孝哥并没有死,一个人死后不可能同时托生为两个人,这是不符合佛教教义的。到小说最后一回,武大郎、花子虚等人去世已经20多年了,他们的亡魂到此时才去投胎。这种叙述也是错误的。因为按照佛教教义,人死后在七七四十九日内必然要依据业力而转世投胎,不可能等到20多年以后才去转世投胎。

因果报应是佛教的基本教义,对虔诚的佛教徒而言是毫无疑义的。没有宗教信仰的人经常将宗教斥为迷信,精神鸦片。这种态度和看法是简单粗暴的,无知可笑的。不信佛教的人往往将因果报应视为迷信,这种看法也是简单粗暴的。比如,著名学者浦江清认为,佛教的因果报应思想冲淡了《金瓶梅词话》的现实主义精神。[②]但经过上文的分析论述,我们认为,佛教的因果报应思想对《金瓶梅词话》的影响总体来说是积极的,并未冲淡《金瓶梅词话》的现实主义精神。就像性描写一样,因果报应思想已经成为《金瓶梅词话》不可或缺的一部分了。我们不应当无视它,漠视它,或者过分地贬低它,而是要正视之,对之作出恰如其分的分析和评价。

[作者简介] 魏文哲,江苏省社会科学院文学所研究员。

① （明）兰陵笑笑生《金瓶梅词话》,陶慕宁校注,人民文学出版社2000年版,第100页。

② 浦江清《中国文学史讲义》（明清部分）,天津古籍出版社2009年版,第149页。

《金瓶梅》的戏中戏

徐秀荣

内容提要 《金瓶梅》虽描写宋代清河县富豪西门庆官场及其妻妾的故事，但实际上以明代为其背景。明代商业发达，文化娱乐亦随之兴盛，戏曲更于此时大放异彩。观《金瓶梅》全书，宴请官客、应酬往来，皆伴随着戏曲的演出，可见当时戏曲的蓬勃。《金瓶梅》的戏曲演出大致可分为唱曲及搬演戏曲两种，前者如李桂姐、吴银儿、韩玉钏、李铭等艺妓、小优儿弹唱传奇中的散曲或套曲；后者则于节日、喜庆、丧礼等大场合，由戏班演出。所引戏剧、曲文，不但保留了明代戏剧的研究材料，亦可由文本考据《金瓶梅》的作者、写作年代，于戏曲史上有一定价值。由于篇幅所限，本篇仅藉《金瓶梅》中正式搬演的戏剧，也就是所谓的"戏中戏"，观其与情节的映衬，最后再与《红楼梦》中的戏剧表现再一对照。

关键字 《金瓶梅》 戏曲 戏中戏

引　言

　　《金瓶梅》虽描写宋代清河县富豪西门庆官场及其妻妾的故事，但实际上以明代为其背景。明代商业发达，文化娱乐亦随之兴盛，戏曲更于此时大放异彩。观《金瓶梅》全书，宴请官客、应酬往来，皆伴随着戏曲的演出，可见当时戏曲的蓬勃。

　　《金瓶梅》的戏曲演出大致可分为唱曲及搬演戏曲两种，前者如李桂姐、吴银儿、韩玉钏、李铭等艺妓、小优儿弹唱传奇中的散曲或套曲；后者则于节日、喜庆、丧礼等大场合，由戏班演出。所引戏剧、曲文，不但保留了明代戏剧的研究材料，亦可由文本考据《金瓶梅》的作者、写作年代，于戏曲史上有一定价值。由于篇幅所限，本篇仅藉《金瓶梅》中正式搬演的戏剧，也就是所谓的"戏中戏"，观其与情节的映衬，最后再与《红楼梦》中的戏剧表现再一对照。

《金瓶梅》中搬演的戏曲

上述已提到《金瓶梅》于大场合时，皆有戏剧搬演，种类有如家乐、海盐腔、昆山腔、杂剧、木偶戏等，不一。提及戏名的回数有三十二回《韩湘子升仙记》、三十九回、四十二回《西厢记》、四十三回《王月英元夜留鞋记》、五十八回《韩湘子渡陈半街·升仙会》、六十三回《玉环记》、六十四回《刘智远红袍记》（《白兔记》）、六十五回及七十六回《裴晋公还带记》、七十四回《双忠记》、七十六回《四节记》、七十八回《小天香半夜朝元记》、八十回《杀狗劝夫》。以下就演出形式、情节二方面讨论。

1. 演出形式

由于戏剧的种类众多，演出形式因此有所不同，大约可分为两种。

（1）全本演出

《金瓶梅》中北曲杂剧多为全本演出，如三十二回"李桂姐拜娘认女，应伯爵打诨趋时"：

> 席间又有尚举人相陪，分宾主坐定，普座递了一巡茶。少顷，阶下鼓乐响动，笙歌拥奏，递酒上坐，教坊呈上揭帖，薛内相拣了四折《韩湘子升仙记》，又队舞数回，十分齐整。薛内相心中大喜，唤左右拿两吊钱出来，赏赐乐工。[1]

薛内相所点的《韩湘子升仙记》，原题《韩湘子九度文公升仙记》。内容演韩湘度文公得道升仙，事本《韩仙传》，亦见《青琐高议》。今存明万历间富春堂刊本。[2]

又如四十三回乔五太太点戏：

---

① 本文所引《金瓶梅》原文，除特别说明，均据（明）兰陵笑笑生原著，梅节校订《金瓶梅词话》，里仁书局 2007 年版。

② 黄霖《金瓶梅大辞典》，巴蜀书社 1991 年版，第 748 页。

> 下边鼓乐响动，戏子呈上戏文手本。乔五太太吩咐下来，教做《王月
> 英元夜留鞋记》。厨役上来献小割烧鹅，赏了五钱银子。比及割凡五道，
> 汤陈三献，戏文四折下来，天色已晚。

《王月英元夜留鞋记》，元杂剧，曾瑞所作。内容为以卖胭脂为生的女子王
月英，与落第秀才郭华由相爱到成婚的故事。

北曲杂剧大多四折一本，或再加上一楔，全本演完恰好"戏文四折下来，
天色已晚"（四十三回）。《金瓶梅》亦有非杂剧而全本演出的例子，如六十三回：

> 下边戏子打动锣鼓，搬演的是"韦皋、玉箫女两世姻缘"《玉环记》。
> 西门庆分派四名排军单管下边拿盘，琴童、棋童、画童、来安四个单管下
> 果儿，李铭、吴惠、郑奉、郑春四个小优儿席上斟酒。不一时吊场，生扮
> 韦皋，唱了一回下去。贴旦扮玉箫，又唱了一回下去……那时乔大户与倪
> 秀才先起身去了。沈姨夫与任医官、韩姨夫也要起身，被应伯爵拦住道：
> "东家，你也说声儿。俺们倒是朋友，不敢散；一个亲家却要去？沈姨夫
> 又不隔门，韩姨夫与任大人、花大舅都在门外，这咱才三更天气，门也还
> 未开，慌的甚么？都来大坐回儿，左右关目还未了哩。"

《玉环记》据《六十种曲》，共三十四出。相较于杂剧，篇幅更长，六十三
回李瓶儿首七，酒席间全本演出，宾客便感到不耐，"关目还未了"之时，就
一个个要离席。即使西门庆后来吩咐海盐戏班子弟快吊关目上来，"拣着热闹
处唱"（六十三回），亦到五更时分才起身。但此时《玉环记》仍未演毕，直到
隔日请过刘内相、薛内相后，又令戏班"打动鼓板，将昨日《玉环记》做不完
的折数，一一紧做慢唱，都搬演出来"（六十四回），戏文之冗长可见一斑。

（2）择段演出

由于南戏、传奇动辄便三、四十出①，如以四折演出时间约为半天来看，
整本演完需花费三天左右，故《金瓶梅》于演出此类戏剧时，并不是每一次都
会搬演全本。如六十四回刘内相、薛内相点戏：

> 子弟鼓板响动，递上关目揭帖。两位内相看了一回。拣了一段《刘智
> 远红袍记》。唱了还未几折，心下不耐烦。

---

① 例如（明）毛晋《六十种曲》所收录的传奇，篇幅大多在三十出以上。较著名的如《琵琶记》
四十二出、《荆钗记》四十八出、《杀狗记》三十六出。

《刘智远红袍记》又名《白兔记》，为明代传奇戏目。《白兔记》有两个系统，存《白兔记》传奇，写刘智远在微贱时，别妻投军，后荣高位，以出狩逐白兔，得获前妻消息，遂迎回立为第一夫人，并无红袍情节；但《六十种曲》的《白兔记》，第十七出则有刘智远在风雪之夜巡更，避于楼下，岳秀英误将其父红锦战袍，抛给他御寒，终成夫妇的情节。《六十种曲》所收录的《白兔记》共三十三出，篇幅较长，因此《金瓶梅》中的薛、刘内相听不到几折便觉不耐了。

如七十六回便是直接择取片段演出：

> 当下吴大舅、二舅、应伯爵、温秀才上坐，西门庆主位，傅伙计、甘伙计、贲地传、陈经济两边打横，共五张桌儿。下边戏子锣鼓响动，搬演"韩熙载夜宴、邮亭佳遇"。

《四节记》为明代传奇，沈采作，出数不明。内容分春、夏、秋、冬，以四名人配四景，各叙故事。春为《杜子美曲江记》，夏为《谢安石东山记》，秋为《苏子瞻赤壁记》，冬为《陶秀实邮亭记》。"韩熙载夜宴、邮亭佳遇"便出自于《四节记》中的冬景《陶秀实邮亭记》。

2. 推动情节

张竹坡《竹坡闲话》云："本以嗜欲故，遂迷财色，因财色故，遂成冷热，因冷热故，遂乱真假。"[1] 评《金瓶梅》以冷热、真假相对分析，观其叙述及隐伏之笔。此观点亦可分析《金瓶梅》的戏剧在书中的作用。

（1）《玉环记》融情于戏

小说中遇丧礼时，常搬演戏剧来热闹一番。丧礼演戏以示热闹，非明代特有，自汉以来即有：

> 今俗因人之丧以求酒肉，幸与小坐而责办，歌舞俳优，连笑伎戏。[2]

直至清代仍有丧礼演戏的相关记载。清代翟灏《通俗编·仪节》引《咫闻录》：

> 杭俗出殡前一夕，在家则唱戏宴客，谓之煖丧。吴中小民家，亦用鼓

---

① 侯忠义，王汝梅编《金瓶梅资料汇编》，北京大学出版社 1985 年版，第 12 页。

② （西汉）桓宽著，王利器校注《盐铁论》卷 6，中华书局 1992 年版，第 348 页。

乐竟夜，亲邻毕集，谓之伴大夜。①

六十三回李瓶儿首七叫了《玉环记》、八十回西门庆首七，应伯爵等人则叫一木偶戏《杀狗劝夫》，皆是此一习俗的反映。但为什么特别演《玉环记》，便值得本文探讨。六十三、六十四回小说中藉由《玉环记》，西门庆身边先是应伯爵与李桂姐嬉笑：

> 下边鼓乐响动，关目上来，生扮韦皋，净扮包知水，同到勾栏里玉箫家来。那妈儿出来迎接。包知水道："你去叫那姐儿出来？"妈云："包官人，你好不看轻人，俺女儿等闲不便出来，说不的一个请字儿，你如何说叫他出来？"那李桂姐向席上笑道："这个姓包的就和应花子一般，就是个不知趣的寒味儿！"伯爵道："小淫妇！我不知趣，你家妈儿喜欢我？"桂姐道："他喜欢你？过一边儿。"

《玉环记》，明代杨柔胜作，叙述唐儒韦皋和妓女玉箫两世姻缘的故事。韦皋本为穷儒，与名妓玉箫相遇并相爱，但受院中鸨母阻挠，故而离去。临去之前，将家传之玉环，送与玉箫为念。后玉箫思念成疾，不久身亡。十六年后，玉箫转生并再次与韦皋相遇，韦皋藉由玉环而知是玉箫再世，后由朝廷作主，再续前缘。

文中藉此点明西门庆对李瓶儿的怀念，并且为李之死深感悲伤；但李桂姐却藉由戏中包知水、韦皋到院的情节，暗笑应伯爵，应伯爵亦反唇相讥，对于李瓶儿之死、西门庆之悲，则丝毫不放心上。故西门庆才于后文叫两人"且看戏罢，且说甚么。再言语，罚一大杯酒！"

除了应伯爵、李桂姐之外，月娘房中的丫环小玉及玉箫，亦藉此剧打闹：

> 小玉听见下边扮戏的旦儿名子也叫玉箫，便把玉箫拉着说道："淫妇，你的孤老汉子来了，鸨子叫你接客哩。你还不出去！"使力往下一推，直推出帘子外。春梅手里拿着茶，推泼一身，骂玉箫："怪淫妇！不知甚么张致，都顽的这等，把人的茶都推泼了。早是没曾打碎盏儿。"

小玉、玉箫打闹，春梅为其泼茶而叱骂，皆不见对李瓶儿之死的哀悼之情。然六十四回玳安评李瓶儿："俺这过世的六娘，性格儿这一家子都不如他，又有谦让，又和气，见了人只是一面儿笑。"可见李瓶儿在西门庆家中生前对人

---

① （清）翟灏《通俗编·仪节》卷九，颜春峰点校本，中华书局2013年版，第122页，引《咫闻录》。

极好，死后却极为悲凉，此一对比，令人感叹。

妻妾之中，对曲文熟悉的莫过于潘金莲，而在西门庆对着《寄真容》一折落泪时，偏又故意点与月娘看：

> 西门庆看唱到"今生难会，因此上寄丹青"一句，忽想起李瓶儿病时模样，不觉心中感触起来，止不住眼中泪落，袖中不住取汗巾儿擦拭。又早被潘金莲在帘内冷眼看见，指与月娘瞧，说道："大娘，你看他，好个没来头的行货子，如何吃着酒，看见扮戏的哭起来！"孟玉楼道："你聪明一场，这些儿就不知道了？乐有悲欢离合，想必看见那一段儿触着他心，他觑物思人，见鞍思马，才落泪来。"金莲道："我不信。打谈的掉眼泪，替古人耽忧，这个都是虚。他若唱的我泪出来，我才算他好戏子！"月娘道："六姐，悄悄儿，咱们听罢。"玉楼因向大妗子道："俺六姐不知怎的，只好快说嘴。"

从西门庆与李瓶儿偷情、娶入门、生子以来，潘金莲对李瓶儿的妒意昭然可见。尤其在官哥儿死后，潘金莲"每日抖擞精神，百般的称快"（六十回），更可看出潘金莲与李瓶儿争宠之情形。此处潘金莲虽是说与月娘听，实际上仍是与死去的李瓶儿——更为后因李瓶儿而得宠的如意儿——较量。

《玉环记》韦皋与玉箫再续姻缘，正暗隐了李瓶儿转世，与西门庆梦中相会和西门庆欲前去找寻的情节（七十一回）。而透过《玉环记》，我们亦可见西门庆对李瓶儿之情深。

（2）《杀狗记》收结十兄弟

八十回西门庆首七，月娘叫了偶戏：

> 果然有许多街坊伙计主管、乔大户、吴大舅、吴二舅、沈姨夫、花子由、应伯爵、谢希大、常时节，也有二十余人，叫了一起偶戏，在大卷棚内摆设酒席伴宿。提演的是"孙荣、孙华杀狗劝夫"戏文。

《杀狗劝夫》即《杀狗记》，全名《贤达妇杀狗劝夫》《杨氏女杀狗劝夫》《王修然断杀狗劝夫》。元萧德祥作。此写孙华妻知其夫不正，滥交无赖，驱弟孙荣，故设杀狗一计，使孙华认清，并藉此劝夫归正路。《杀狗记》中的富豪子弟孙华犹如西门庆，无赖子弟柳龙卿、胡子传便是应伯爵、谢希大等人；所演之酒肉朋友情节，恰似前八十回西门庆与应、谢等人的来往应酬。张竹坡《竹坡闲话》亦以《杀狗记》比十兄弟："其以十兄弟对峙一亲哥哥，末复以二捣鬼无缓急相需之人，甚矣，《杀狗记》无此亲切也。"①

从八十回到一百回，西门家道中落，其中不乏黄三、李四、吴典恩、应伯爵等人的落井下石，皆是《杀狗记》的暗喻与敷演；然月娘不如孙华妻，不能规劝其夫，导向正途，更是与《杀狗记》鲜明的对比，故可说此戏为后半部的关键。

结　语

《金瓶梅》以日常生活写西门庆与妻妾丫环的情感世界及家道、宦道之事，其中戏剧的引用，其反映时代戏剧的演变，艺术层面上，已有隐喻双关，更有推动情节的作用，可与后来的《红楼梦》做一遥对。《红楼梦》亦有藉戏中戏推动、暗示故事发展的情节。如《红楼梦》十七至十八回元春省亲点戏：

第一出《豪宴》，第二出《乞巧》，第三出《仙缘》，第四出《离魂》。②

《一捧雪·豪宴》《长生殿·乞巧》《邯郸记·仙缘》《牡丹记·离魂》都不应于省亲场合演出，此一矛盾暗示了"贾家之败""元妃之死""甄宝玉送玉""黛玉之死"（《红楼梦》十七至十八回庚辰本夹批）等后续发展，通贯整部小说。又如二十九回：

贾珍一时来回："神前拈了戏，头一本《白蛇记》。"贾母问："《白蛇记》是什么故事？"贾珍道："是汉高祖斩蛇方起首的故事。第二本是《满床笏》。"贾母笑道："这倒是第二本上？也罢了。神佛要这样，也只得罢了。"又问第三本，贾珍道："第三本是《南柯梦》。"贾母听了便不言语。

由神前拈戏的《白蛇记》《满床笏》《南柯梦》三出恰与贾家兴衰主轴相合，而《南柯梦》尤为不祥，故贾母沉默。这些暗示都和《金瓶梅》以《杀狗记》结西门庆一生，伏西门一家之衰的作用相同。

单就文学演变来说，《红楼梦》由于成书年代在《金瓶梅》之后，或多或少受了《金瓶梅》的影响。透过"戏中戏"的对照，更可印证《金瓶梅》《红楼梦》间的传承。

---

① 侯忠义，王汝梅编《金瓶梅资料汇编》，第9页。

② 本文《红楼梦》原文均出自（清）曹雪芹原著，冯其庸校注，台北：里仁书局1984年版，以下不再出注。

只是《红楼梦》死亡相继，却不见丧礼演戏的情节描写，第十二回贾瑞死，不见演戏；第十三、四回秦可卿死，不见演戏；第六十三回贾敬死，第九十八回黛玉死，第一一〇回贾母薨，亦不见演戏，或许是旗人没有这个风俗。

又，《红楼梦》描写的是上层社会的钟鸣鼎食之家，所演之戏曲声腔，以昆山腔为主，弋阳腔为辅。《金瓶梅》描写的是地方的土豪劣绅，演出戏曲声腔，却是以海盐腔（明代流行于江浙一带的戏曲腔调）为主的一些地方戏曲。[①]

[作者简介] 徐秀荣，台北里仁书局社长。

---

① 参余金兰《金瓶梅词话唱曲研究》，嘉义大学中国文学系硕士论文，2007年，第49—85页。

试论《续金瓶梅》的遗民意识

杨剑兵　陈秀妃

内容提要　丁耀亢的《续金瓶梅》产生于清初顺治时期。它不仅具有续书的特点，更为重要的是它体现了易代的社会特点，特别是表现了浓郁的遗民意识，如以金兵的残暴影射清兵的屠城，以北宋的灭亡观照明朝的灭亡，以金代流人暗喻清初宁古塔流放等。

关键词　《续金瓶梅》　清兵　党争　宁古塔

丁耀亢的《续金瓶梅》产生于清初顺治时期，它是一部以宋金对峙为背景的《金瓶梅》续书。那么，作家为何选择宋金对峙为创作背景呢？笔者认为主要有两方面的原因：一是续书对原书在时代背景上的连续性。我们知道《金瓶梅》生发于《水浒传》，其时代背景是在宋徽宗宣和年间。而《续金瓶梅》的历史背景则移至两宋之间，在时间上具有一定的连续性；二是金朝与清朝具有历史渊源关系。作家选择宋金对峙为背景，有以古喻今、含沙影射的意图。不仅如此，笔者还从小说的具体描写，如金兵的残暴、北宋灭亡原因的总结、金代流人等，明显看出作家在创作时具有浓郁的遗民意识。

一、金兵的残暴与清兵的屠城

金兵的掠杀在《续金瓶梅》中多有表现，其中重点描写了金兵在山东（包括东昌府的清河县）及扬州的屠杀。如小说第一回描写了金兵掠杀兖东一带，筑成十几座"京观"①而去，但见：

> 尸横血浸，鬼哭神号。云黯黯黑气迷天，不见星辰日月；风惨惨黄沙揭地，那辨南北东西！佳人红袖位，尽归胡马抱琵琶；王于自衣行，潜向空山窜荆棘。觅子寻爷，猛回头肉分肠断；拖男领女，霎时节星散云飞。半夜里青鳞火走，无头鬼自觅骷髅，白日间黑狗食人，大嘴乌争衔肠肺。野村尽是蓬蒿，但闻鬼哭；空城全无鸟雀，不见烟生。三堂路口少人行，十方院中存长老。

小说第二回描写金兵血洗清河县所造成的惨象道：

> 城门烧毁，垛口堆平。一堆堆白骨露尸骸，几处处朱门成灰烬。三街六巷，不见亲戚故旧往来，十室九空，那有鸡犬人烟灯火！庭堂倒，围屏何在？寝房烧，床榻无存。后园花下见人头，厨屋灶前堆马粪。

第十三回描写了金兵于清河县屠城道：

> 东门火起，先烧了张二官人益的新楼，西巷烟生，连焚到西门千户卖的旧舍。焰腾腾，火烈星飞，抢金帛的你夺我争，到底不曾留一物；乱荒荒，刀林剑树，寻子女的倒街卧巷，忽然没处觅全家。应花子油舌巧嘴、哄不过渲关；蒋竹山卖药摇铃，那里寻活路？汤里来水里去，依然瓮走瓢飞；小处愉大处散，还是空拳赤手。恶鬼暗中寻恶鬼，良民劫外自良民。

小说突出描写金兵在山东的残暴，与作者故里诸城遭清兵屠城有关。丁耀亢在《出劫纪略》里记载了崇祯末年清兵在诸城的屠杀："是夜，大雨雪，遥望百里，火光不绝。各村焚屠殆遍……白骨成堆，城堞夷毁，路无行人。至城中，见一二老寡妪出于灰烬中，母兄寥寥。对泣而已……城北麦熟，欲

---

① 笔者按："京观"一词源于《左传》"宣公十二年（按：前597）"："丙辰（七月十四日），楚重至于邲，遂次于衡雍。潘党曰：'君盍筑武军，而收晋尸以为京观。臣闻克敌必示子孙，以无忘武功。'"杜预注"京观"云："积尸封土其上，谓之'京观'。"（阮元校刻《十三经注疏》之《春秋左传正义》卷二十三，中华书局1980年版，第1882页）《事物纪原》引《左传》中楚子语"明王伐不敬，取其鲸鲵而封之，于是乎有京观"后云："推此而言，则是有征伐以来，则有其事。"（高承撰、李果订、金圆、许沛藻点校《事物纪原》卷九"京观"条，中华书局1989年版，第509页）金圣叹为"京观"作注云："京，大也。观，示也。积尸封土其上，以彰武功之大也。"（金圣叹批、朱一清、程自信注《金圣叹选批才子必读新注》，安徽文艺出版社1988年版，第57页）《春秋左传词典》解释"京观"云："胜战，收敌尸，筑大墓，树高表，以表扬武功。"（杨伯峻、徐提编《春秋左传词典》，中华书局1985年版，第349页）

往获而市人皆空。至于腐烂委积，其存蓄不可问类如此。时县无官，市无人，野无农，村巷无驴马牛羊，城中仕宦屠毁尽矣。"① 这次清兵在诸城的屠城，丁耀亢的家人亦惨遭不幸，"丁耀亢弟弟耀心、侄儿大谷守诸城殉难，长兄耀斗、侄儿豸佳受伤致残，二兄耀昂全家战亡，只有丁耀亢携老母、孤侄逃入海岛而幸全"②。我们从其《哀九弟见复》《哀大侄如云》《海中寄乡信兼慰长兄》《兵退后再答大兄》等诗作中可感受到作者对家人惨遭不幸的痛心。另外，丁耀亢的诗作亦反映了清兵的屠杀，如《冬夜闻乱入卢山》云："乱土无安民，逃亡乐奔走。岂无馈粥资，急命轻升斗。自遭口（按：本字被挖版，疑为"虏"字）劫后，男妇无几口。日暮还空村，柴门对古柳。白骨路纵横，宁辨亲与友。昨闻大兵过，祸乱到鸡狗。茅屋破不补，出门谁与守？但恐乱日长，零落空墟数！"③

小说第五十三回又描写金兵攻陷扬州城后大肆掠杀道：

> 金珠如土，一朝难买平安；罗绮生烟，几处竞成灰烬。翠户珠帘，空有佳人无路避；牙床锦荐，不知金穴欲何藏。泼天的富贵，堆金积玉，难免项下一刀；插空的楼房，画碧流丹，只消灶前一炬。杀人不偿命，刀过处似宰鸡豚，见死不垂怜，劫到来总如仇怨。自古来淫奢世界，必常遭屠杀风波。十里笙歌花酒地，六朝争战劫灰多。

这段描写虽蕴含着因果报应的思想，但金兵的残暴还是很容易让人联想到清兵在扬州的屠城：

> 数十人如驱牛羊，稍不前，即加捶挞，或即杀之；诸妇女长索系颈，累累如贯珠，一步一跌，遍身泥土；满地皆婴儿，或衬马蹄、或籍人足，肝脑涂地，泣声盈野。行过一沟一池，堆尸贮积，手足相枕；血入水碧赭，化为五色，塘为之平。④

我们虽然不能将小说中的金兵与明清之际的清兵完全划上等号，但是小说

---

① （清）丁耀亢《出劫纪略·航海出劫始末》，《丁耀亢全集》（下），中州古籍出版社 1999 年版，第 278—279 页。

② 李增坡《丁耀亢全集·前言》，《丁耀亢全集》（上），中州古籍出版社 1999 年版，第 6 页。

③ （明）丁耀亢《逍遥游·海游》，《丁耀亢全集》（上），中州古籍出版社 1999 年版，第 659 页。

④ （明）王秀楚《扬州十日记》，中国历史研究社编《中国历史研究资料丛书》（又名《中国内乱外祸历史丛书》），上海书店 1982 年版，第 232 页。

突出描写了金兵在山东与扬州的屠杀，这无疑是向我们传递一个信息，那就是作者试图将自己的经历与耳闻融入到自己的创作中去，并试图让读者通过这些地点的提示而联想到明清之际的社会现实。这抑或为作者创作匠心之所在。

二、北宋的灭亡与明亡教训的总结

靖康二年（1127），宋徽宗、钦宗二帝北狩，北宋灭亡，史称"靖康之耻"。《续金瓶梅》在描写北宋灭亡的过程，着重突出了君主荒淫、奸臣当权、边将投降、党争不断等方面，而这些恰恰与明亡原因有其相似的地方。

1. 宋徽宗的荒淫与晚明君主的昏庸

《续金瓶梅》在描写宋徽宗时总体上与史书记载相一致，即均有表现其荒淫的一面。这种荒淫主要表现在：（1）醉心花石。宋徽宗喜好花石，史书多有记载，小说亦多有表现。第六回描写了宋徽宗遇上好的虎刺，常常赏赐白银三五百两。第十三回又描写了宋徽宗嫌宫廷阁楼太丽，"移了口外乔松千树、河南修竹十亩"，营造了一座风流典雅的"孤村小市"良岳山。（2）不问朝政。小说第十三回描写道："这道君把国政交与蔡京，边事付与童贯，或是召林灵素石上讲经，或是召蔡攸来松下围棋，选几个清雅内官，捧着苏制的杯盏，一切金玉杯盘、雕漆官器俱不许用，逢着水边石上，一枝箫笛，清歌吴曲。"真所谓"清客的朝廷，仙人的皇帝"。

与宋徽宗相似的晚明君主主要有万历帝、天启帝与弘光帝。万历帝在位四十八年，而"不郊不庙不朝"却长达三十年之久。[①]《明史》曰："明之亡，实亡于神宗。"[②]孟森亦云："明亡之征兆，至万历而定。"[③]天启帝嗜好木工，人所皆知，最后权力为以魏忠贤为首的阉党所掌控。《明史》评曰："明自世宗而后，纲纪日以陵夷，神宗末年，废坏极矣。虽有刚明英武之君，已难复振。而重以帝之庸懦，妇寺窃柄，滥赏淫刑，忠良惨祸，亿兆离心，虽欲不亡，何可得哉。"[④]弘光帝作为南明的第一个皇帝，不思恢复国土，而倾心于选淑女、观

---

① 孟森《明清史讲义》，中华书局 1981 年版，第 246 页。
② （清）张廷玉等《明史》卷二十一《神宗本纪二》，中华书局 1974 年版，第 295 页。
③ 孟森《明清史讲义》，第 246 页。
④ （清）张廷玉等《明史》卷二十二《熹宗本纪》，第 306—307 页。

戏剧，最后落得国破身亡。《南明史》评曰："上燕居深宫，辄顿足谓士英误我，而太阿旁落，无可如何，遂日饮火酒、亲伶官优人为乐，卒至触蛮之争，清收渔利。时未一稔，柱折维缺。故虽遗爱足以感其遗民，而卒不能保社稷云。"①

总之，小说在描写宋徽宗时，在一定程度上观照了晚明君主。换言之，我们从作者对北宋晚期的乱政描写，可以感受到作者与其说在为北宋之亡的教训作总结，不如说在为明亡教训作总结。

2. 徽宗时的奸臣当道与晚明时的阉党专权

大凡一个朝代或政权的晚期，常常会出现奸臣当道的现象。这与君主的昏庸荒淫有关，又与奸臣善于钻营逢迎有关。北宋与明朝亦没有逃脱这一历史魔咒。《续金瓶梅》虽对宋徽宗朝政描写不多，但明显突出了"四大奸臣"（蔡京、童贯、高俅、杨戬）中的蔡京与童贯。蔡京主要是在朝廷里掌控权力，过着奢靡的生活，如小说第十七回描写道："说那徽宗朝第一个宠臣、有权有势的蔡京，他父子宰相，独立朝纲，一味掐佞，哄的道君皇帝看他如掌上明珠一般。不消说，那招权揽贿，天下金帛子女、珠玉玩好，先到蔡府，才进给朝廷，真是有五侯四贵的尊荣、石崇王恺的享用！把那糖来洗釜，蜡来作薪，使人乳蒸肉，牛心作炙，常是一饭费过千金，还说没处下箸。"如果说蔡京在朝廷里败坏朝纲，那么童贯则在边疆有损北宋安危，如小说第十九回描写道："却说宋徽宗重和七年，童贯开了边衅，密约金人攻辽，后又背了金人收辽叛将张毁，金人以此起兵责宋败盟。童贯无力遮挡，只得把张毁杀了，送首级与金，因此边将一齐反叛。"如此奸臣当道，徽、钦二帝北狩，实在是在所难免。诚如小说描写徽、钦二帝的感叹道："这上皇父子垂头长叹，才悔那良岳的奢华、花石的荒乱，以至今日亡国丧身，总用那奸臣之祸。"

晚明时的阉党专权与徽宗时的奸臣当道颇有几分相似之处。明天启时，魏忠贤通过与天启帝乳母客氏的勾结，又与崔呈秀、田尔耕、许显纯等人的结党，形成庞大的阉党集团，赶杀东林清流，掌控朝廷内外权力。《明史》谓"明代阉宦之祸酷矣"②，魏阉盖首当其冲；又谓阉党专权给明朝带来严重影响，曰：

---

① 钱海岳《南明史》卷一《安宗本纪》，中华书局 2006 年版，第 55 页。
② （清）张廷玉等《明史》卷三百六《阉党列传·序》，中华书局 1974 年版，第 7833 页。

"其流毒诚无所穷极也！"①谷应泰甚至将魏忠贤与蔡京相提并论，曰："呜呼！自予考之，神、光二庙，朝议纷争，玄黄溷淆，朋徒互揣，至此则钩党同文，得祸斯酷矣。然封谞事发，始知顾、及之贤，蔡京事败，益信元祐之正，身虽荡灭，名义所从判尔。"②到弘光时，马士英、阮大铖等阉党余孽掌控着朝廷内政、边疆大权，从而使其仅存续一年即告寿终正寝。孟森谓马阮"亡国大罪人"③，似乎并不为过。

总之，《续金瓶梅》对徽宗时奸臣当道的描写，无疑是对北宋灭亡原因的一种探究。这种探究无疑又为我们提供阉党专权导致明亡的思考。由此可见，作者在探究历史的同时，又渗透着对现实的关注。

3. 郭药师的降金与晚明边将的降清

《续金瓶梅》描写了众多降金者，如张邦昌、刘豫、郭药师、蒋竹山、苗青等。作为边将降金者，小说着重描写了郭药师。郭药师为历史真实人物。据《宋史》《金史》载，郭药师曾为辽将，叛辽归宋后，受"徽宗礼遇甚厚，赐以甲第姬妾"④，后因与其一起镇守燕山的副将王安中杀张觉事，而"深尤宋人，而无自固之志矣"⑤。最后，因童贯处理边事不当，郭药师率兵降金，并引金将斡离不入东京，徽、钦二帝蒙尘，北宋遂亡。这一人物在《金瓶梅》中仅出现过一次⑥，而在《续金瓶梅》中则多次出现，笔者现摘录如下：

> 那道君皇帝虽是荒淫，因这金兵两入汴京，终日来索岁市，大将郭药师又降了大金，引兵入犯，因贬了蔡京父子，斩了童贯，科道上本，把高俅、王莆、杨戬这一起奸臣杀的杀，贬的贬，俱各抄籍助饷……（第十回）
>
> 他（按：李师师）又曾与帅将郭药师往来，如今，郭药师降金，领兵打头阵，金兵一到城下，就先差了标下将官来安抚他，不许金人轻入他家。

---

① （清）张廷玉等《明史》卷三百六《阉党列传·序》，第 7833 页。

② （明）谷应泰《明史纪事本末》卷七十一《魏忠贤乱政》，中华书局 1977 年版，第 1172 页。

③ 孟森《明清史讲义》，第 343 页。

④ （元）脱脱等《宋史》卷四百七十二《赵良嗣列传附郭药师列传》，中华书局 1977 年版，第 13738 页。

⑤ （元）脱脱等《金史》卷八十二《郭药师列传》，中华书局 1975 年版，第 1834 页。

⑥ 《金瓶梅》第十七回引东京邸报称："……迩者河湟失议，主议伐辽，内割三郡，郭药师之叛，卒使金虏背盟，凭陵中原。此皆误国之大者，皆由（蔡）京之不职也……"

（第十六回）

　　大将郭药师降了金，引金将粘没喝、斡离不分道入寇。徽宗内禅，钦宗改年靖康。不足二年，掳徽钦北去，皇后、太子、皇妃、公主、宗室无一人得免。立了张邦昌为楚帝，粘没喝起营大抢，京城一空……那上皇在帐中闷坐，只见郭药师送了一只牛腿，腥臭不堪，一瓶酒，酸薄如醋，想要对月下少饮一杯解解闷，如何吃得下？因赋词一首，遥忆当年汴中乐地，名曰《望江南》……又是一群战马雕鞍、绣裘银甲，却是南人衣装，轻弓软带，遥望着上皇笑嘻嘻而去，才认的是降将郭药师。（第十九回）

　　从上述几处对降将郭药师的描写，我们可以看出，其降金行为给北宋带来了灾难性的后果，降金后对徽、钦二帝颇为不敬，彰显一副小人得志的模样。同时，又以权谋私。要之，作者对郭药师充满了痛恨与厌恶之情。在这种情感中，我们又可看出作者总结了北宋灭亡的历史教训。

　　北宋的灭亡与郭药师的降金有直接关系，而晚明时期的边将降清，又何尝不关乎着明廷的灭亡呢？崇祯时的洪承畴、吴三桂等边将的降清，对明廷边疆形成了致命的打击。洪承畴曾在镇压李自成起义中有过汗马功劳，得到崇祯帝的重用，并委以蓟辽总督之任。但在松山之战（1641—1642）中，洪承畴被俘降清，辜负了崇祯帝的一片苦心。《清史稿》载："庄烈帝初闻承畴死，予祭十六坛，建祠都城外，与邱民仰并列。庄烈帝将亲临奠，俄闻承畴降，乃止。"[1]降清后，洪承畴又成为清廷的一位得力干将，"江南、湖广以逮滇、黔，皆所勘定；桂王既入缅甸，不欲穷追，以是罢兵柄"[2]。洪承畴对清廷一片赤诚，换来的却是归入《清史列传》中的《贰臣传》。这或许是其始料未及的。吴三桂相对于洪承畴，有过之而无不及。吴三桂曾于崇祯十七年（1644）三月受封平西伯，但却借驱赶大顺军之名，乞师清廷。吴三桂引清兵入关，使清廷顺利入主北京。就此观之，吴三桂颇似郭药师。另外，南明时期的高杰、刘泽清、刘良佐、李成栋、郑芝龙等边将的降清，压缩了南明的生存空间与时间，甚至有些降将将屠刀直指自己曾经效忠的王朝的百姓，如李成栋一手制造的"嘉定三屠"等。由此观之，明朝的灭亡不仅与这些降将有关，而且在一定程度上说，

----

① 赵尔巽等《清史稿》卷二百三十七《洪承畴列传》，中华书局1977年版，第9468页。

② 赵尔巽等《清史稿》卷二百三十七"论曰"，第9488页。

大明江山就断送在他们手中。

总之，《续金瓶梅》在降金将领中拈出郭药师，与《金瓶梅》有所涉及有关，更为重要的，他是直接导致北宋灭亡的重要人物，从小说中多次提及可窥之。这或许即作者痛感晚明边将的降清给明廷带来的厄运，而在历史人物身上找到了寄托。

4. 两宋之际的党争与晚明的党争

党争在《金瓶梅》中未曾涉及，而《续金瓶梅》第三十四回则进行了集中描写。此回首先描写了宋高宗时的党争。这一党争主要是因战和之论引起的，其中汪国彦、黄潜善等主和，李纲、张浚、岳飞、韩世忠等主战。主和派为打压主战派，一方面"重修神宗、哲宗实录，把那元佑党人碑从新印行天下，把王安石、蔡京、章惇、吕惠卿一班奸臣说是君子，把司马光、苏轼、程颐、刘挚等一班指为党人"；另一方面，又指控"李纲等一起忠臣是沽名钓誉，专权误国"。最后，主和派战胜主战派，李纲遭贬，又"将谪贬的、正法的这些奸臣们，一个个追封的、加谥法的、复职的"。接着，此回还追溯了东汉末年的"党锢之祸"及唐宪宗时的牛李党争。此回真可谓为我们描绘了一幅自汉至宋的党争图。但是，作者并没有停留在党争的简单叙述上，而重点强调了党争带来严重后果，如东汉末年的钩党之争"丧了汉朝"，中唐时的牛李党争导致了"藩镇分权，唐室衰微"，元祐党争产生了"金人之祸"，南渡初年的党争使恢复国土的宏愿付诸东流。

作者在小说中并未涉及晚明党争，但通过对南渡初年的党争描写及东汉末年、中唐时期及北宋中期的党争追溯，我们明显感受到作者对晚明的党争是深有感触的，尤其是党争给朝廷与百姓带来的无穷灾难，如作者所议论道：

> 这个"党"字，贻害国家，牢不可破，自东汉、唐、宋以来，皆受"门户"二字之祸，比叛臣、阉宦、敌国、外患更是厉害不同。即如一株好树，就是斧斤水火，还有遗漏苟免的，或是在深山穷谷，散材无用，可以偷生；如要树里自生出个蠹虫来，那虫藏在树心里，自稍吃到根，又自根吃到稍，把树的津液昼夜吃枯，其根不伐自倒，谓之蠹虫食树，树枯而蠹死，奸臣蠹国，国灭而奸亡。总因着个党字，指曲为直，指直为曲，为大乱阴阳根本。（第三十四回）

另外，王桐龄在《中国历代党争史》中总结历代党争的七大特点：一是"中国全盛时代无党祸"；二是"士大夫与宦官竞争时，大率士大夫常居劣败地位，宦官常居优胜地位"；三是"朝臣分党竞争时，则君子常败，小人常胜"；四是"竞争者之双方皆士大夫时，则比较品行高尚者常败，品行卑劣者常胜"；五是"新旧分党互相竞争时，适合于国民心理者胜，否则败"；六是"学术分派对峙时，时常带有地方色彩"；七是"学术分派对峙时，时常含有门户之见"。[①]这些特点未必完全符合历代党争，但至少为我们提供了对历代党争的思考。

总之，《续金瓶梅》作者在描写两宋之际的党争及追溯宋前党争时，饱含着对党争误国、亡国的痛切之情。这一定程度上说，也是对明朝亡于党争的历史经验教训的总结。

三、金代流人与清初宁古塔流放

流人者，流放之人也，主要包括因犯罪、战争、政治斗争等而遭流放者。流人自古有之，如姬昌遭商王纣的流放、越王勾践遭吴王夫差的流放、屈原遭楚怀王的两次流放等。《续金瓶梅》第五十八回对金代流人有较为充分的描写。这些流人主要由三部分组成：一是因东京陷落而被掳的徽、钦二帝及其嫔妃宫女；二是因出使金朝而遭扣押的洪皓[②]；三是因战争失败而被掳的北宋百姓。流放地主要有两处：一是五国城（今黑龙江省依兰县）[③]，徽、钦二帝等流放在此；二是冷山（今黑龙省江五常县，一作今吉林省舒兰县），洪皓、北宋百姓等流放在此。

小说一方面描写了流放地恶劣的自然环境及与中原迥异的生活方式，如五

① 王桐龄《中国历代党争史》之《结论》，文化学社 1931 年版，第 227—242 页。

② （宋）洪皓（1088—1155），字光弼。饶州鄱阳（今江西鄱阳）人。宋徽宗政和五年（1115）进士。宋高宗建炎三年（1129）使金被留，绍兴十三年（1143）始归。归朝后，因忤秦桧，先后知饶州、除饶州通判，"责濠州团练副使，安置英州……徙袁州，至南雄州卒，年六十八"（脱脱等《宋史》卷三百七十三《洪皓列传》，中华书局 1977 年版，第 11562 页）。卒谥忠宣。子洪适、洪遵、洪迈。所著《鄱阳集》四卷、《松漠纪闻》二卷行世。

③ 五国城在何处，学界有三说：一是黑龙江依兰说，如清人曹廷杰《东三省舆地图说·五国城考》、魏源《圣武记》等；二是黑龙江宁安说，如《嘉庆一统志》卷六十八；三是吉林扶余说，如清人昭梿《啸亭杂录·五国城》。其中第一说为多数学人所接受，笔者从之。

国城,"那是穷发野人地方,去狗国不远,家家养狗,同食同寝,不食烟火,不生五谷,都是些番羌,打猎为生,以野羊野牛为食。到了五月才见塞上草青,不到两月又是寒冰大雪。因此都穿土穴在地窖中居住,不知织纺,以皮毛为礼";又如冷山,"去黑海不远,也是打猎食生,却是用鹿耕地",冬天是"冰天、雪窖"。

另一方面,小说重点描写了这些流人在流放地的生存状态。描写徽、钦二帝时,小说强调他们的精神孤寂,"徽钦父子不见中国一人,时或对月南望,仰天而叹"。不仅如此,他们在生活上亦颇为艰苦,"连旧皮袄也是没的",还"随这些野人们吃肉吞生"。最后父子相继病逝于流放地。作者不禁感叹:"可怜这是宋家一朝皇帝,自古亡国辱身,未有如此者。"

描写北宋百姓流放时,小说强调了他们遭受的非人待遇,"那些北方鞑子……将我中国掳的男女,买去做生口使用。怕逃走了,俱用一根皮条穿透拴在胸前琵琶骨上。白日替他喂马打柴,到夜里锁在屋里。买的妇人,却用一根皮条使铁钉穿透脚面,拖着一根木板,如人家养鸡怕飞的一般。"他们"十人九死,再无还乡的"。百姓遭亡国之苦,由此可见一斑。

描写洪皓流放时,小说强调了他在流放地不屈而坚强的生活。洪皓"把平生记得四书五经写了一部桦皮书,甚有太古结绳之意。却将这小番童们要识汉字的,招来上学……有一日,做了一套北曲,说他教习辽东之趣。"就此而言,洪皓在流放地充当了传播汉民族文化的角色。同时,洪皓对北宋怀有一颗赤诚之心,闻徽、钦二帝驾崩后,"换了一身孝衣,披发哀号,望北而祭。自制祭文,说二帝播迁绝域,自己出使无功,以致徽钦魂游沙漠"。最后,洪皓流放十三年(按:史载为十五年[1129—1143])得以归国,犹如当年苏武一般,完成了一位忠臣应有的气节,诚如作者评价曰:"那时公卿大臣,受朝廷的恩荣爵禄,每日列鼎而食,享那妻妾之奉,不知多少,那显这一个洪皓,做出千古的名节来。"

小说在描写金代流人时,总体上与史书记载相吻合,特别是洪皓哭祭徽、钦二帝事,尤为感动天人,而这一情节与诸多入清士人哭祭崇祯帝的情况颇有类似之处。笔者疑作者借历史人物,表达故明情怀。

小说不仅对金代流人的生活状态有较为详细的描写,还两次提及清初重要流放地——宁古塔(按:小说作"宁固塔")。第一次是在小说第二回:"休说是士大夫宦海风波不可贪图苟且，就是这些小人，每每犯罪流口外，在宁固塔，那一个衙蠹土豪是漏网的？"第二次是在小说第五十八回："洪皓……后来事泄①，几番要杀他，只把他递解到冷山地方——即今日说宁固塔一样。"小说虽仅两次提及宁古塔，但还是明确无误地给我们传递了清初流放的信息。关于宁古塔的由来，清初流人方拱乾《绝域纪略·流传》称："宁古塔，不知何方舆，历代不知所属。数千里内外，无寸碣可稽，无故老可问。相传当年曾有六人坐于阜，满呼六为宁公，坐为特，故曰宁公特，一讹为宁公台，再讹为宁古塔。固无台无塔也，惟一阜如陂陀，不足登。"②除宁古塔（按：旧城为今黑龙江海林、新城为今黑龙江宁安）外，盛京（今辽宁沈阳）、尚阳堡（今辽宁开源）、卜魁（今黑龙江齐齐哈尔）等也是清初重要流放地。③

在《续金瓶梅》成书前，有几位重要汉人流放到宁古塔，如陈嘉猷、郑芝龙、方拱乾、吴兆骞等。其中陈嘉猷（字敬尹）于顺治十二年（1655）流放到宁古塔，亦是有史料记载的第一位汉人流放至此地④；郑芝龙及其子世忠、世恩、世荫、世默等于顺治十四年（1657）流放至此；方拱乾、吴兆骞等丁酉（顺治十四年，1657）科场案牵连者及其家人，于顺治十六年（1659）流放至此。在这些宁古塔流人中，大致可分为两类：一类是降清者的流放，如郑芝龙及其家人；一类是无辜者的流放，如方拱乾、吴兆骞等。丁耀亢在小说第二回与第五十八回提及宁古塔时，表达了对不同流放者的态度，而上述两类宁古塔流人恰好符合作者的不同态度。

在小说第二回提及宁古塔时，作者显然是对那些因"犯罪"而流放者感到理所当然，亦是对他们的"犯罪"的一种惩罚。按小说的叙述，"犯罪"者主要是指"衙蠹土豪"。但笔者认为那些"犯罪"者不仅包括"衙蠹土豪"，还包

---

① 此处"事泄"之"事"是指："（洪皓）自建炎年间被粘罕监在云中上京地方。后来打听二帝在燕京，偶有一个番官在大同和他相与甚厚，托他传了一信，寄去布绵衣四件、麦面二包、桃栗各一斗，秘传中国高宗即位的信。"（第五十八回）

② （明）方拱乾《绝域纪略·流传》，李兴盛等主编《黑水丛书》，黑龙江人民出版社 2001 年版，第 1175 页。

③ 参见李兴盛《增订东北流人史》，黑龙江人民出版社 2008 年版。

④ （清）杨宾《柳边纪略》卷三载："陈敬尹为余言曰：我于顺治十二年流宁古塔，尚无汉人。"（《丛书集成初编》第 3115 册，中华书局 1985 年版，第 57 页）

括那些变节投降者。这种倾向，我们从小说在此处拈出苗青可以看出。苗青曾在《金瓶梅》里杀主劫财，理应受到惩罚，但在西门庆的庇护下安然无事。他在《续金瓶梅》里又投降金朝、为害一方。在作者看来，像苗青这样一个杀主劫财、变节投降者，理应得到流放的惩罚。不过，在苗青的结局上，作者最终选择了剐刑，让其得到应有的惩罚。然而，小说第二回对流放者的态度似乎在告诉我们，像郑芝龙这样降清者流放到宁古塔，是罪有应得。

小说在第五十八回在描写洪皓时再次提及宁古塔。这次提及，我们可以看出，作者对像洪皓这样无辜流放者饱含了深切的同情。这种同情态度如果移植到因丁酉科场案而流放的方拱乾、吴兆骞等人身上，也是比较恰当的。我们知道，顺治十四年丁酉（1657）计发生五起科场案，其中以顺天乡试案（又称北闱科场案）、江南乡试案（又称南闱科场案）影响最大，孟森称："丁酉狱蔓延几及全国，以顺天、江南两省为钜，次则河南，又次则山东、山西，共五闱。"[1]在这影响最大的两科场案中，又以江南乡试案最为酷烈。"两主考斩决，十八房考除已死之卢铸鼎外，皆绞决。"[2]另外，方章钺（按：方拱乾第五子）、吴兆骞等"俱著责四十板，家产籍没入官，父母兄弟妻子，并流徙宁古塔"[3]。孟森如是评价江南乡试案道："夫行不义杀不辜，为叔世得天下者之通例。不从弑逆者，即例应以大逆坐之。"[4]这实际上也揭示了整个丁酉科场案的实质，那就是清廷试图借此米打击与控制汉族士人。所以，在科场案中牵涉到的人物多为无辜者，如颇有影响的方拱乾、吴兆骞等。这些无辜者，犹如出使金朝遭扣押而被流放的洪皓。按照这一逻辑，我们从小说中作者对洪皓这样无辜流放者的同情，可以推测出作者对宁古塔那些无辜流放者亦抱有同情之心。

总之，小说通过对金代流人凄苦生活的描写，表达了对他们深深的同情，又通过描写洪皓在流放地坚强不屈的精神与不忘故国的气节，表达了作者对其崇敬之心。同时，小说在涉及流放时，两次提及宁古塔，表达了作者对不同流放者的不同态度。

---

① 孟森《心史丛刊》（一集）之《科场案》，上海大东书局 1936 年版，第 24 页下。
② 孟森《心史丛刊》（一集）之《科场案·江南闱》，第 43 页上。
③ 《世祖实录》卷一百二十一，《清实录》第三册，中华书局 1985 年版，第 942 页。
④ 孟森《心史丛刊》（一集）之《科场案·江南闱》，第 43 页下。

综上所述，《续金瓶梅》在创作时以《金瓶梅》为依托，以宋金对峙为背景，表现了作者对金兵的残暴、北宋的灭亡、金代的流人等方面思考。而小说中又不断出现明清时期特有的名词，如"宁古塔"（第二、五十八回）、"锦衣卫"（第六、十九、二十一、六十三回）、"蓝旗营"（第二十八、五十六回）、"鱼皮国"（第五十八回）等，甚至出现"大明"（第十三、三十回）字样。这就不能不使我们认识到，作者在小说创作时，确实蕴含着对明清易代的现实的考量，表达了自己的遗民情怀，如对清兵屠城的愤怒、对明亡教训的总结、对宁古塔流放的态度等。这或许即是《续金瓶梅》案的出现及《续金瓶梅》遭禁毁的重要原因。

［作者简介］杨剑兵，井冈山大学人文学院副教授；陈秀妃，就读于井冈山大学人文学院。

宋惠莲是属马的

叶桂桐

内容提要 《金瓶梅》作者有意识的将书中一些人物的性格与其属相相联系。潘金莲属龙，宋惠莲属马，《易经》说："乾为龙""坤为马"。属龙的潘金莲居高临下，挫败了属马的宋惠莲。

关键词 潘金莲 属龙 宋惠莲 属马

潘金莲在西门庆众妻妾中虽然排位比较靠后，但她却想争夺霸主地位。她争夺霸主地位的第一次大胜仗是挫败了孙雪娥，第二次大胜仗是逼死了宋惠莲。

宋惠莲是西门庆家的男仆郑来旺续娶的媳妇，原名宋金莲，吴月娘因为她也叫金莲，不好称呼，改名惠莲。第二十二回"西门庆私淫来旺妇，春梅正色骂李铭"中写道：

> 这个老婆属马的，小金莲两岁，今年二十四岁了。生的黄白净面，身子儿不肥不瘦，模样儿不短不长，比金莲脚还小些儿。性明敏，善机变，会妆饰。龙江虎浪，就是嘲汉子的班头，坏家风的领袖。若说她的本事，他也曾：

> 斜倚门儿立，人来倒目随。托腮并咬指，无故整衣裳。坐立随摇腿，无人曲唱低。开窗推户牖，停针不语时。未言先欲笑，必定与人私。

> 初来时，同众家人媳妇上灶，还没什么妆饰，犹不作在意里。后过了一个月有余，看了玉楼、金莲众人打扮，他把髻髻垫的高高的，梳的虚笼笼的头发，把水鬓描的长长的，在上边递茶递水，被西门庆睃在眼里。一日，设了条计策，教来旺儿押了五百两银子，往杭州替蔡太师制造庆贺生

辰锦绣蟒衣，并家中穿的四季衣服。往回也有半年期程。

有一天，西门庆与宋惠莲私通，却被潘金莲撞见了。潘金莲为要取得西门庆的欢心，强压住心中的怒火，对西门庆与宋惠莲的通奸采取了容忍的态度，并给他们提供了方便。

我们再看看宋慧莲偷看到陈经济勾搭潘金莲的细节之后的表现：

第二十四回《经济元夜戏娇姿，惠祥怒詈来旺妇》：

> 却说西门庆席上，见女婿陈经济没酒，吩咐潘金莲去递一巡儿。这金莲连忙下来，满斟杯酒，笑嘻嘻递与经济，说道："姐夫，你爹吩咐，好歹饮奴这杯酒儿。"经济一壁接酒，一面把眼儿斜溜妇人，说："五娘请尊便，等儿子慢慢吃。"妇人将身子把灯影着，左手执酒，刚待的经济将手来接，右手向他手背只一捻。这经济一面把眼瞧着众人，一面在下戏把金莲小脚儿踢了一下。妇人微笑，低声道："怪油嘴，你丈人瞧着待怎么？"两个在暗地里调情顽耍，众人倒不曾看出来。不料宋蕙莲这婆娘，在槅子外窗眼里，被她瞧了个不耐烦。口中不言，心下自忖："寻常在俺们跟前，倒且是精细撇清，谁想暗地却和这小伙子儿勾搭。今日被我看出破绽，到明日再搜求我，自有话说。"正是：
>
> 谁家院内白蔷薇，暗暗偷攀三两枝。
>
> 罗袖隐藏人不见，馨香惟有蝶先知。

我们将潘金莲与宋惠莲同样窥见别人偷情之后的表现稍作比较，就不难看出二人智谋与权术之高下。所以张竹坡在第二十四回回前评语中评论说：

> 惠莲看破机关，为后文金莲必欲妒死之因，盖惠莲之为人，有何涵养？腹中一事历久而不出者，止因惧怕金莲，不敢声扬。彼固自云"等他再有言语到我们，我自有话说"。然则惠莲固必然将此意点明金莲。而金莲险人也，岂肯又如前番受雪娥、娇儿一挫之亏哉？固不惜昼夜图维，千方百计思所以去之。而天假其便，忽有来旺狂言，以中其计，行其术，必至于置之死地而后已也。然则窗外一觑春风，早为一付勾魂帖。惠莲自为得意，不知其贾祸之机，实本于此也。此文作者深著世情之险，危机触处皆然。人甚勿拿人细处为得计也。看官每不肯于无字中想其用意。其妙意安得出！
>
> 上回金莲一觑惠莲，已埋一妒根于腹内；此处惠莲一觑金莲，又伏一

恶剌于他人眼中。一层深一层，所以必死之而后已也。文字深浅之法，谁其知之？

西门庆姘上了家人来旺的妻子宋惠莲，潘金莲为要取得西门庆的欢心，强压住心中怒火，对西门庆与宋惠莲的通奸采取了容忍的态度，并给他们提供了方便。

这时，被潘金莲挫败了的孙雪娥以为机会又来了，她又抓住了潘金莲的把柄。但此次，孙雪娥就变得滑头多了，她也采用了借刀杀人的手法，把状告到自己的情夫——宋惠莲的丈夫来旺那里，企图让来旺来报复潘金莲。但事情的根本起因乃在于西门庆，孙雪娥的报复便不能不把矛头最终指向家庭中至高无上的独裁者西门庆；而孙雪娥又与来旺有首尾，则事牵于己，所以孙雪娥不仅把矛头指错，又选错了突破口，用人又不当——来旺算个什么东西，他有什么能力来报复潘金莲？来旺不知死活，喝醉了酒，发酒疯，扬言要杀西门庆、潘金莲，潘金莲撺掇西门庆把来旺抓到监狱里，打了个半死，折磨的不成个人样，被递回徐州老家去了。

至此，孙雪娥的失败便成定局，所以经潘金莲在西门庆面前加以离间，"这西门庆心中大怒，把孙雪娥打了一顿"，虽被吴月娘再三劝了，却也"拘了他头面衣服，只教他伴着家人媳妇上灶，不许她见人"。孙雪娥的地位又一落千丈。

但战斗还在继续。不过双方的情势有了新的变化，吴月娘虽然暗中保护过来旺与宋惠莲，但态度不够积极；孙雪娥的友军李娇儿未曾出阵帮忙，而潘金莲的同盟孟玉楼则不仅出战，而且态度坚决，也必欲置宋惠莲于死地。在战术上，则"道高一尺，魔高一丈"，孙雪娥借来旺之刀复仇，潘金莲则充分利用孙雪娥与宋惠莲之间的矛盾，借孙雪娥之手来除掉来旺之妻宋惠莲。

这潘金莲几次见西门庆留意在宋惠莲身上，于是心生一计，行在后边唆调孙雪娥，说：来旺媳妇子怎的说你要了他汉子，备了他一篇是非，"他爹恼了，才把汉子打发了。前日打了你那一顿，拘了你头面衣服，都是他过嘴告说的"。这孙雪娥耳满心满，火就上来了，恨死了宋惠莲。

潘金莲又来到宋惠莲跟前挑拨说：孙雪娥在后边骂你说："是蔡家使喝了的奴才，积年转主子养汉。不是你背养主子，你家汉子怎的离了他家门儿。说你眼泪留着些叫后跟。"宋惠莲听了，自然也就恨透了孙雪娥。

那一天，孙雪娥寻着一个由头，以主子的身份来追问宋惠莲，说道："嫂子做了王美人了，怎的这般难请？"那惠莲也不理他，只顾面朝里睡。这雪娥又道："嫂子，你思想你家王官儿哩。早思想好来，不得你，他也不得死，还在西门庆家里。"

这惠莲听了他这一句话，打动潘金莲说的那情由，翻身跳起来，望雪娥说道："你没的走来浪声颡气！他便因我弄出去了，你为什么来？打你一顿，撑的不容上前！得热不说出来，大家将就些便罢了，何必撑着头儿来寻趁人？"这雪娥心中大怒，骂道："好贼奴才淫妇，如何大胆骂我？"惠莲道："我是奴才淫妇，你是奴才小妇！我养汉养主子，强于你养奴才！你倒背地偷我的汉子，你还来倒自家掀腾。"这几句话分明戳在雪娥身上，那雪娥怎不急了。那宋惠莲不防他，被他走向前，一个巴掌打在脸上，打的脸上通红的，说道："你如何打我？"于是一头撞将去。两个就扭打在一处。慌的来昭妻一丈青走来劝解，把雪娥拉的后走，两个还骂不绝口。吴月娘走来骂了两句："你每没些规矩儿，不管家里有人没人，都这等家反宅乱。等你主子回来，我对你主子说不说。"当下雪娥便望后边去了。

月娘见惠莲头发揪乱，便道："还不快梳了头，望后边来哩。"

惠莲一声儿不答话，打发月娘后边去了，走到房内，倒插了门，哭泣不止。哭到掌灯时分，众人拉着后边堂客吃酒，可怜这妇人忍气不过，寻了两条脚带，拴在门槛上自缢身死。亡年二十五岁。

《易经》中说："乾为龙"，它被认为是天的象征，又代表着君王、父亲、大人、君子等等；"坤为马"，又被认为是象征大臣，母亲，女性等等。

宋惠莲这个属马的就这样被潘金莲这个属龙的置于了死地。

最后需要指出的是，宋惠莲出场时，根据《金瓶梅》记事编年，这一年潘金莲应该是 28 岁，宋惠莲属马的，应该是 26 岁，但作者仍然说是 24 岁。崇祯本《金瓶梅》看出了词话本的这一错误，于是把"属马的"三个关键性的字删掉了，违背了《金瓶梅》作者的本意与宗旨。

补记：

我颇以为《金瓶梅》作者在潘金莲与宋惠莲这两个人物的家世出身上是有所隐喻的。现谨补记如下，企盼知者教之。

潘金莲的父亲是裁缝，北方民间有歇后语说："你是裁缝家出身，见了针就纫。"北方不少地方"纫"与"淫"同音。"纫"字有一个重要义项为："引线穿针"。《方言》卷六"擘，楚谓之纫"。晋郭璞注："今亦以线贯针为纫，音刃。"《礼记·内则》："衣裳绽裂，纫箴请补缀。"宋陆游《离家示妻子》："妇忧衣裳薄，纫线重敷绵。"阮章竞《漳河水》："没眼的针针纫不上线。"（《汉语大字典》）

类似的歇后语有："你是属皮匠的，见了皮子就缝。"

宋惠莲的父亲是卖棺材的，名字叫做"宋仁"。"宋仁"即"送人"。卖棺材，在北方不少地方被认为是不吉利的行业。《金瓶梅》作者似乎在以此暗示宋惠莲生命之不永。过去中国人有为老年人提前准备好棺材的习俗，如同"寿衣"一样。"棺材"多不说这个"棺"字，而简称为"材"或"寿材"。一般多放置在闲屋里，或人不易见到的地方，小孩子或胆小的人见到就会害怕的。北方人外出凑巧碰见有出殡抬棺的，会觉得不吉利。但"材"与"财"音同，故南方有送人一精致的小棺材作为祝福对方"发财"的习俗，北方似乎没有这样的习俗。

［作者简介］叶桂桐，文学博士，山东外事翻译学院教授。

论《金瓶梅》中的葡萄架意象

张国培

内容提要 《金瓶梅》中共三回出现了葡萄架意象，尤其以第二十七回最为突出。《金瓶梅》并未借用葡萄架的已有内涵。它将葡萄架与性爱联系到一起，创造性地赋予了葡萄架新的内涵：淫欲。这一内涵在《金瓶梅》之后的小说中得到了继承和发挥。

关键词 葡萄架 内涵 妒妇 淫欲

对于中国古典文学而言，葡萄架意象并不罕见，因其自身所具有的空间性可以为人物行动提供场所，因此它多出现于叙事文学之中，如《水浒传》第二十八回，张青、孙二娘与武松不打不相识，杯盘整顿端正后，"张青教摆在后面葡萄架下"[①]；《红楼梦》第六十七回老祝妈在葡萄架下与袭人叙谈[②]。这种情况下的葡萄架没有特别的象征意义。在古典文化的积淀过程中，葡萄架的确有了特别的内涵，如妒妇。此意起于元代，《全元散曲》收一小令《朝天子·从嫁媵婢》[③]："鬓鸦。脸霞。屈杀了将陪嫁。规模全是大人家。不在红娘下。巧笑迎人。文谈回话。真如解语花。若咱。得他。倒了葡萄架。"[④] 自此以葡萄架代指妒妇一直延续至清。这一含义也常出现于叙事文学之中，如明代小说《醋

---

① （明）施耐庵，罗贯中《水浒传》，人民文学出版社 1975 年版，第 366 页。

② （清）曹雪芹，高鹗《红楼梦》，岳麓书社 1987 年版，第 536 页。

③ 《太平乐府》《词林摘艳》俱谓此曲为周德清作，《词品》《尧山堂外纪》属关汉卿，可见此小令作者尚且是一个有待进一步考证的问题，与此小令相关的关汉卿轶事的真实性当然更需考证。文章姑且取其"葡萄架"之说，作者与真实性问题对此不构成影响，因此本文不加辨析。

④ 隋树森《全元散曲》，中华书局 1964 年版，第 157 页。

葫芦》多次用葡萄架形容妒妇都氏，再如《长生殿》第十九出"絮阁"亦以葡萄架比喻杨玉环："哎，万岁爷，万岁爷，笑黄金屋怎样藏娇，怕葡萄架霎时推倒。"① 除此之外，葡萄架还有一内涵，它代表着性欲和淫行，赋予葡萄架此种内涵的正是文学史上第一部长篇世情小说《金瓶梅》。葡萄架这一意象在《金瓶梅》中出现的并不多，但是经过《金瓶梅》的渲染，它与性爱之间的关系已经挥之不去，并被之后的小说所沿用。

一、《金瓶梅》中的葡萄架

《金瓶梅》中的葡萄架意象分别出现在第二十七、二十八和五十二回中，并与性描写紧密相连，其中又以二十七回"李瓶儿私语翡翠轩，潘金莲醉闹葡萄架"为主体。"潘金莲醉闹葡萄架"不必多言，此处为《金瓶梅》性描写中的著名段落，葡萄架被描写的最为详尽。在第二十七回的一番淫行后，潘金莲的大红睡鞋不见了，因此第二十八回再次提到葡萄架。秋菊到葡萄架下寻鞋，而小铁棍儿告知陈敬济昨日于花架之下见到了葡萄架下的"玩耍"，并捡到了一只鞋子，由此引出潘金莲与陈敬济的偷情。第二十八回的葡萄架可视为第二十七回的余绪。

第五十二回，在一次小型的宴席之上，西门庆和李桂姐相继离席，久久不归，应伯爵便存心起身去寻，发现了二人在藏春坞中的淫行。文中写道："不想应伯爵到各亭儿上寻了一遭，寻不着。打滴翠岩小洞儿里穿过去，到了木香棚，抹过葡萄架，到松竹深处藏春坞边，隐隐听见有人笑声，又不知在何处。"② 追随着应伯爵的脚步，经过一番曲折的路径，读者被带到了一处不堪入目的淫乱场面。于此路径中提到葡萄架并非无意，而是特意，提到葡萄架必将令人联想到"潘金莲醉闹葡萄架"的情景，因此此处的葡萄架一方面是对即将亮相的藏春坞情景的一个短暂铺垫，另一方面也是对它的正面衬托。这一次藏春坞的偷情，即使西门庆也担心为人所知，其原因在于李桂姐已拜西门庆为干爹，若从伦理角度而言，藏春坞比葡萄架更为不堪，故此藏春坞比葡萄架更为隐秘，也只有葡萄架可以与之比肩并加以衬托。

---

① （清）洪昇《长生殿》（吴仪一评本），凤凰出版社 2011 年版，第 68 页。
② （明）兰陵笑笑生著，（清）张道深评《金瓶梅》，齐鲁书社 1991 年版，第 781 页。

　　很明显《金瓶梅》中的葡萄架意象就是围绕着"潘金莲醉闹葡萄架"而展开的，此处的性描写字数之多、文笔之直露、场景之秽乱在《金瓶梅》所有的性描写中堪称第一。作者对于这次性行为表现出的"津津乐道"还在于展开性描写之前，作者以韵语的形式对葡萄架大加赞美，为西门庆与潘金莲乃至庞春梅的性活动做了充分的铺垫，让读者感觉到这次性行为的与众不同，其独特之处在于这是唯一一次西门庆的室外性活动。这次性活动的地点葡萄架非常突然地出现在读者眼前，它坐落在西门庆的新花园中，是一处十分惊艳的庭院景色。此园落成之时吴月娘等游览花园，将园中亭台楼阁、水池花架描写殆尽，并未提及葡萄架，由此至二十七回之前皆未提及只字。二十七回方由潘金莲说出："咱们到葡萄架下投壶耍子儿去。"至此，葡萄架不但与性联系到一起，而且与潘金莲也扯上了关系，将潘金莲而不是别人与西门庆的淫行置于葡萄架而不是园中其他地方是否有其言外之意的确值得探讨。

　　对此主要有两种观点，一是陈诏先生在其《金瓶梅小考》提出：葡萄架是代指妒妇，作者将"潘金莲的丑剧"安排在葡萄架下演出有特别用意，即"暗示她奇妒无比也"[①]。二是孙秋克先生认为葡萄架带有佛家神异色彩，庭院中种植葡萄架是为了神灵护持，"在'私语翡翠轩'后兜了一圈儿，《词话》接着把西门庆和潘金莲安排在葡萄架下'醉闹'，深刻地讽刺了二人对因果报应虽然持有不同心态，但在行事上都同样不惮亵渎神灵。"[②]

　　此两种解读都显牵强。首先潘金莲强烈的嫉妒心理无需葡萄架暗示。古典文学中常有以葡萄架代指妒妇者，但《金瓶梅》并未以葡萄架形容过任何女性。而潘金莲的嫉妒于小说中随处可见，何须再以葡萄架"暗示"？另外潘金莲固然嫉妒，但距离"奇妒无比"尚有距离。她默许西门庆与春梅的关系，并且对春梅一直另眼相看。为了换取宠爱和利益，她为西门庆与李瓶儿、宋惠莲等的偷情行为保守秘密。因此嫉妒并非潘金莲性格的最主要旋律。

　　其次，这座葡萄架是突然出现在第二十七回的，如果于新花园中种植葡萄架含有祈求神灵保护之意，那么于吴月娘等初游花园之时当有所交代，以示其重要。笔记中的确有关于明代时期葡萄架显灵保护家人的记载，见于《西湖游

----

① 陈诏《金瓶梅小考》，上海书店出版社 1999 年版，第 288 页。
② 孙秋克《〈金瓶梅词话〉二考》，《昆明师范高等专科学校学报》2005 年第 3 期。

览志余》卷二十五，作者记杭州城多火，并特别谈到辛酉之火时的一则异事：

> 辛酉之火，烈焰满城，而吴山上一老翁家独存。翁平日诵经乐施，火起之夕，以老惫不能跬步，遣儿与妇令巫走，儿妇竟不忍相舍，同处烈焰中，举家昏睡，庭有葡萄架，亦不焚灼，明为神物护持也。其时杭人称积善而免祸者，必曰葡萄架云。[①]

这则故事具有明显的佛教意味，因为老翁是虔诚的佛教徒，故得到葡萄架的护持，而葡萄架被看做佛法神异的代表或者象征。然而除此之外于明清笔记中并未发现与此类似的记载。此一则孤立的事件不足以说明于庭院种植葡萄架以求保护是明代的风俗，而葡萄架是佛教的象征也并非一种普遍流行的观念。既然如此，葡萄架下的性行为就不能看作对神灵的亵渎，更非作者有意安排。

这两种解释的不妥当之处都在于偏离重心。理解《金瓶梅》中葡萄架意象的重点在于"性"。此处的葡萄架并没有借用前代已经积淀在此意象上的内涵，而是单纯地用了它作为植物的基本含义，它自身所带有的空间性使其成为这次室外性活动的天然背景和衬托。然而恰恰是因为这次特殊的性描写，葡萄架反而被赋予了新的内涵。

二、"潘金莲醉闹"之"葡萄架"

葡萄架的新内涵正是"潘金莲醉闹"一节所赋予的。本来潘金莲与西门庆在太湖石边饮酒玩乐，渐至亲嘴咂舌，于是潘金莲建议离开太湖石而到葡萄架下去，此时她已经想好将在葡萄架下与西门庆淫乱一番。葡萄架相较于他们所在的太湖石要隐蔽一些，从两次行程可以大致推断葡萄架在花园中的位置，一是潘金莲与西门庆走到葡萄架的行程：

> 两人并肩而行，须臾，转过碧池，抹过木香亭，从翡翠轩前穿过来，到葡萄架下观看，端的好一座葡萄架。[②]

二是第五十二回应伯爵寻找西门庆的行程：

> 打滴翠岩小洞儿里穿过去，到了木香棚，抹过葡萄架，到松竹深处藏

① （宋）田汝成《西湖游览志余》，上海古籍出版社 1980 年版，第 442 页。
② （明）兰陵笑笑生著，（清）张道深评《金瓶梅》，齐鲁书社 1991 年版，第 416 页。

春坞边，隐隐听见有人笑声，又不知在何处。①

这说明此座葡萄架在花园大卷棚后面，离假山很近，从园门或者角门进入后都不会一眼望见葡萄架。其间李瓶儿曾敲开过角门，回到自己小院，而她也并没有看到葡萄架下的情形。这足以说明葡萄架的位置比较隐秘。潘金莲与西门庆并非无所顾忌，二人皆曾强调要关闭花园门、角门，正是葡萄架位置靠里，二人才敢肆意所为。

对这座葡萄架作者以主观视角大加赞赏："端的好一座葡萄架"，但见：

> 四面雕栏石凳，周围翠叶深稠。迎眸霜色，如千枝紫弹坠流苏；喷鼻秋香，似万架绿云垂绣带。绉绉马乳，水晶丸里泡琼浆；滚滚绿珠，金屑架中含翠渥。乃西域移来之种，隐甘泉珍玩之芳。端的四时花木衬幽葩，明月清风无价买。②

在叙事文学中以欣赏的态度对葡萄架做如此详尽的摹写非常罕见。在这里葡萄架首先是作为一个行为活动的空间而存在的，但它又不是普通的空间，在这段韵语中作者所描写出的葡萄架最大的特点在于浓郁，这是一架生命力非常旺盛的植物，它能够让人感觉到生命的冲动。这为接下来的性描写做了正面的衬托。接下来的性描写文字则洋溢出强烈的性欲气息，葡萄架的生命力正是对人物性欲的有力渲染。作者越是赞美它的浓密茂盛，越能增强画面的性欲色彩。

张竹坡在二十七回回首评道："至于瓶儿、金莲，固为同类，又分深浅，故翡翠轩尚有温柔浓艳之雅，而葡萄架则极妖淫污辱之怨。"③翡翠轩与葡萄架分属室内与室外，李瓶儿与潘金莲又个性不同，两处描写自然形成对比，但其中是否寄寓了作者的某种态度很难确定。作者对这座葡萄架是何等的赞誉，对葡萄架下的性爱活动描写不遗余力，无论是葡萄架还是性活动都足以给读者留下深刻的印象。作者即使是怀着讽喻的目的，但也不过是劝百讽一的效果。

将性行为移至室外实际上不足为奇，小说中的这种描写很少有，但是在春宫图中却常见。从目前研究来看春宫画应兴盛于明代，后期尤其普及。早在高罗佩时就曾说："我本人还从来没有见过任何比明代更早的摹本，尽管有些

① （明）兰陵笑笑生著，（清）张道深评《金瓶梅》，齐鲁书社 1991 年版，第 781 页。

② （明）兰陵笑笑生著，（清）张道深评《金瓶梅》，齐鲁书社 1991 年版，第 416 页。

③ （明）兰陵笑笑生著，（清）张道深评《金瓶梅》，齐鲁书社 1991 年版，第 407 页。

画自称是仿自唐宋原画，但却具有明代色情艺术的所有特点。"①《金瓶梅》第十三回写到西门庆从李瓶儿那里拿来一本内府画出来的春宫图与潘金莲分享，二人视作珍宝，这说明二人也是深受春宫图的影响。春宫图中室外之景常常作为背景出现，如树旁、花下、石边等。而作者让潘金莲与西门庆创造性地实践了一次室外春宫，这幅图景已经超越了春宫图，他以文字的形式让画面鲜活、生动，足可以补明代春宫图之不足。在这幅图景中的葡萄架已经成了标志性的景物。

三、《金瓶梅》对"葡萄架"内涵之影响

自《金瓶梅》之后，葡萄架作为意象具有了新的内涵，它可以指代性爱、淫欲。葡萄架与性发生关系并不始于《金瓶梅》，葡萄架常常是男女幽期密会之所。如《国色天香》之"刘生觅莲记"："生归，莲父醉寝，莲出立于葡萄架下。生望之，奇葩逸丽，景耀光起，比常愈美。"②《淞隐漫录》卷七《秦倩娘》："生视其容，美秀罕俦，丰韵独绝，明眸善睐，顾盼生姿。时生已设座于紫葡萄架下，邀女入坐。"③明清俗曲小调中亦有此类描写，且更为露骨，如《霓裳续谱·轻轻来到葡萄架》：

> ［隶津调］轻轻来到葡萄架，葡萄架下有一棵桂花。那棵桂花青枝绿叶开满权，那葡萄一嘟噜一嘟噜头朝下。酸的溜儿的葡萄，香喷喷的桂花。左手掐葡萄，咳哟右手掐桂花。吃了葡萄，带上桂花，见情人说些风流话。你与我同解香罗帕。④

只是这些情节不足以赋予葡萄架意象新的内涵，只有《金瓶梅》具有赋予葡萄架特别内涵的力量。在《金瓶梅》中葡萄架虽然同样是性爱活动的空间，但作者对此倾注的笔墨使得它与性爱活动成为一个整体，加之"醉闹葡萄架"笔墨淫靡、画面触动人心，成为《金瓶梅》乃至明清文学性描写中的登峰造极

---

① ［荷兰］高罗佩著，李零等译《中国古代房内考——中国古代的性与社会》，商务印书馆 2007 年版，第 298 页。

② （明）吴敬所《国色天香》（中国古代禁毁小说文库本），太白文艺出版社 1996 年版，第 71 页。

③ （清）王韬《淞隐漫录》，人民文学出版社 1983 年版，第 312 页。

④ （明）冯梦龙，（清）王廷绍，（清）华广生《明清民歌时调集》下册，上海古籍出版社 1987 年版，第 312 页。

之作。因此葡萄架被赋予了淫乱的色彩，并在后代小说中得以展现。

清代钱泳的《履园丛话》卷十七：

> （某太守）慕《金瓶梅》葡萄架之名，以金丝作藤，穿碧玉、翡翠为叶，取紫晶、绿晶琢为葡萄，搭成一架。其下铺设宋锦为褥，褥上置大红呢绣花坐垫，旁列古铜尊彝，白玉鸳鸯洗，官、哥、定窑瓶碗，及图书玩好之属，与诸美人弹琴弈棋，赋诗饮酒，或并观唐六如、仇十洲所画春册，调笑百端，以此为乐。①

文中交代得很清楚，此太守受了《金瓶梅》极深的影响，但人为制作葡萄架的做法却未得《金瓶梅》之壶奥。这也是封建士大夫家庭与商人家庭的不同，不能视礼教如无物，此太守固然倾慕葡萄架下的恣意淫乐，但终不敢如法炮制。

清末小说《海上花列传》第七回，金凤等人看半个胡桃壳里塑着的一出春宫，汤啸庵问金凤看的懂否，金凤道："葡萄架哂，阿有啥勿懂。"②晚清小说《海上尘天影》第二十四回，借着《金瓶梅》葡萄架的段子来打趣："知三又笑道：'霁月，我问你，你们园子里景致通通有了，就少了葡萄架。'"③由这些例子可以看出《金瓶梅》传播之广，此回的影响之大，葡萄架因此而闻名于知识分子乃至闺阁之中。即使一再禁毁，却仍无法抹去读者对此的记忆。

葡萄架所带来的影响在《金瓶梅》续书中也可以看到。首先《隔帘花影》就抓住了"葡萄架"这一细节，并有拨乱反正之意。第八回写到："如今一个寡妇，领着五六岁孩子，怎么住着？又到了玳瑁轩、山洞、石山子前，见那太湖石牡丹台，花都枯干了，葡萄架久倒了，满地都是破瓦，长的蓬蒿乱草半尺深，那些隔扇、圆窗，俱被人拆去烧了。前后走了一遍，放声大哭。"④上文已经交代，葡萄架并不是《金瓶梅》多次提及的景色，而是仅仅在特殊的性活动场面才会出现。《隔帘花影》写到花园景色已不同往年，却强调了一下"葡萄架久倒了"，这就不仅仅在写繁华不在的冷落感，更是令人想到纵欲无度的西门庆终归命丧黄泉，就像这葡萄架一样失去了生命力。第十八回，作者另写到

---

① （清）钱泳《履园丛话》（清代笔记小说大观本），上海古籍出版社 2007 年版，第 3595 页。

② （清）韩邦庆《海上花列传》，人民文学出版社 1982 年版，第 53 页。

③ 梁溪司香旧尉《海上尘天影》（中华艳情文库电子版），第 374 页。

④ （明）丁耀亢等《金瓶梅续书三种·隔帘花影》，齐鲁书社 1988 年版，第 72 页。

一座葡萄架，吴月娘被邀请到高家居住，在这里她也见到了葡萄架，"东屋后一个独院子，三间正房、一个葡萄架，好不清雅"①。这才是一座正常的葡萄架，它的特点不是茂盛，而是清雅。从这两处描写来看，无疑作者还是借着葡萄架所代表着的纵欲之意表达了否定的态度，只有摆脱淫乱才能归于常态，不至于死亡。《金瓶梅》的三续《金屋梦》对"葡萄架"的处理也大致若此，在因果轮回之中，那葡萄架的淫根最终被彻底断去。两本续书都是借葡萄架来表达对淫欲的否定，然而葡萄架被《金瓶梅》所赋予的淫乱色彩却是挥之不去的。

葡萄架作为古典文学中的意象之一，它具有了两种内涵，一是指代妒妇，二是象征着性爱与淫欲。《金瓶梅》中仅有的葡萄架描写都与性欲联系到一起，尤其是"潘金莲醉闹葡萄架"，这里的葡萄架意象没有因袭前代，反而创造了新的内涵。然而这两种内涵又略有不同，以葡萄架指代妒妇的使用范围更广阔，古代笑话集《笑林广记》就收了一则"葡萄架倒"，这证明葡萄架的这层含义已经扩展到民俗层面。但《金瓶梅》所赋予的新内涵更多地是在小说中流传，这与"淫欲"或者"春宫"之类的话题不宜公开谈论有很大的关系。若单就"性"来看，笔者在参观重庆市磁器口钟家大院时发现一个现象，在这个清代遗留下来的诸多房间内，夫妇卧室外床上的雕刻就是葡萄纹，意为多子多福。葡萄、石榴都有多子多福之意，然而选择葡萄而不选择石榴，恐怕亦有葡萄架作为一个遮盖性比较强的空间，比较适合性活动的展开，这似乎也暗示了葡萄架的性爱色彩。但这只是一种猜测，仍需考证。

[作者简介] 张国培，平顶山学院讲师。

---

① （明）丁耀亢等《金瓶梅续书三种·隔帘花影》，齐鲁书社 1988 年版，第 171 页。

《金瓶梅》中的时间设置

张进德　祝庆科

内容提要　明清长篇家庭小说通过撷取家庭生活中某一阶段、某一个时间刻度里发生的大小事件，来反映整个社会的人情世态；而关于时间与事件的设置，则体现着作者的艺术构思。《金瓶梅》中的具体时间表现形式有历史时间、自然时间、文化时间、心理时间以及空间时间等，各有其深刻的内涵与寓意；时间与时间之联系方式主要体现为时间式连接、空间式连接与因果式连接，在看似零乱的表象之下，很自然地完成了时间的切换与对接。

关键字　《金瓶梅》　时间　设置

袁中道《游居柿录》认为《金瓶梅》是"绍兴老儒"受聘于西门千户之家，"逐日"记其主人"淫荡风月之事"。[①] 说《金瓶梅》是"逐日记事"自然不足采信，但小说所讲述的家族兴衰、人事变迁等事件无不展现在时间的洪流中则是事实。作者对作品的整体构思，实际上也是对时间与事件的构思和设置。家庭事件往往环绕时间而进展，例如人物的生死、季节的变化、岁时节令的更迭等。如何将事件发展的各个阶段连接成为一个有机的整体，如何使得整部作品疏密有致，具有逻辑性与节奏性，关键在于如何把握好时间与事件的结构设置。限于篇幅，本文仅对《金瓶梅》中时间的设置进行探讨，至于其事件设置的特点，以及二者之间的关联与意义，则另撰文讨论。

---

① （明）袁中道著，步问影校注《游居柿录》，上海远东出版社 1996 年版，第 212 页。

一、《金瓶梅》中时间表现形式

"时间究竟是什么？谁能轻易概括地说明它？谁对此有明确的概念，能用言语表达出来？"[①]在不同民族、社会、文化中，将时间置于物理学、哲学、心理学、生物学、神学、音乐、文学、视觉艺术等领域当中剖析，时间会有多种而不同的表现和诠释。在古中国，时间本指四季的更替或日月的循环轮回。"时，四时也。"[②]"时者，所以记岁也。"[③]而在西方，时间是"一个运动者的永恒的影像"[④]，是"运动和静止的尺度"[⑤]，是"钟的读数"[⑥]。

但不论物理学上如何测量时间，哲学如何讨论时间，文学如何描述时间，时间终究无法捕捉，无法显影。因为时间是人们在世间最为抽象的拥有物，我们生存在时间当中，在拥有的同时，也正在失去。同时，我们却摸不到、看不到、也无法描述时间的面貌。在文学作品中，单就时间而言，则是过去、现在、将来的某一个时间刻度的记忆。重现在作品中，透过时间的描述会展现出或会让人感到漫长与永恒，或给人转瞬即逝的感觉，或再现一定时期和特定时间刻度中的社会生活，使得有限的时间以文学形式被延续，接续了过去和现在、生与死、前人与来者，在写作的同时记录着生命里不断流逝的时间。家庭小说最大的特点是在描绘人物经历和事件发生时，有着清楚的时间记载，并按照日复一日的流逝模式与时推移。《金瓶梅》中记载有大量的时间刻度，而根据其不同的表现形式，我们拟分为历史、自然、文化、心理、空间等时间向度，逐一进行讨论分析。

1. 历史时间

具有补正史之遗功能的中国古代长篇小说，又别称为"稗史""野史""小史""外史"等，深受史传叙事的影响。"《史记》中有年表，《金瓶》中亦有

---

① [古罗马]奥古斯丁著，周士起译《忏悔录》，商务印书馆1997年版，第242页。
② （清）李道平撰，王承弼整理《周易集解纂疏》，中央编译出版社2011年版，第182页。
③ （春秋）管仲著，何怀远等编《管子》（下），远方出版社2005年版，第244页。
④ [古希腊]柏拉图著，王晓朝译《柏拉图全集》第3卷，人民文学出版社2003年版，第288页。
⑤ [古希腊]亚里士多德著，徐开来译《物理学》中国人民大学出版社2003年版，第120页。
⑥ 叶宇伟《领导六艺》，海天出版社2001年版，第610页。

时日也。"①《金瓶梅》在设置文本叙事时间时，"借宋喻明"，描写"北宋徽宗皇帝政和二年"至"南宋高宗建炎元年"十六年间的故事。从时代背景上来说，"政和二年"至"南宋高宗建炎元年"的十六年间，正值南北宋交替之际，整个社会呈现出"贪官污吏遍天下""四方盗贼蜂起"的动乱性。小说本身而言，沈德符在《万历野获编》中说"闻此为嘉靖间大名士手笔，指斥时事"，且"蔡京父子则指分宜，林灵素则指陶仲文，朱勔则指陆炳，其他各有所属云"②。明嘉靖时期，严嵩父子把持朝政，他们结党营私、招降纳叛、贪赃枉法、鱼肉人民。这种"借宋喻明"隐喻，以及准确真实的"皇帝年号"时间刻度是作者对于时代、社会的诠释或批判，同时寓寄褒贬，隐含着作者的批判、讽喻意图。

除了以皇帝年号写出小说的历史时间之外，另外大量地采用着"年月日"或"月日"的编年体书写方式，精确记录家庭时间的推移流逝。如：

> 话说五月二十日，帅府周守备生日。西门庆那日封五星分资，两方手帕……往他家拜寿。（第十七回）③

> 到正月初八日，先使玳安儿送了一石白米，一担阡张，十斤官烛，五斤沉檀马牙香，十二疋生眼布做衬施；又送了一对京缎，两坛南酒，四只鲜鹅，四只鲜鸡，一对豚蹄，一脚羊肉、十两银子，与官哥儿寄名之礼。西门庆预先发帖儿，请下吴大舅、花大舅、应伯爵、谢希大四位相陪。（第三十九回）

> 话说到九月二十八日，李瓶儿死了二七光景，玉皇庙吴道官受斋，请了十六个道众，在家中扬幡修建青玄救苦二七斋坛。（第六十五回）

在中国传统文化中，"家国同构"是中国社会独特的结构特征。作者认为"妾妇索家、小人乱国，自然之道"。《金瓶梅》所描写西门庆家"家反宅乱"的状况，则是奸臣当道，"卖官鬻狱，贿赂公行""贪官污吏遍满天下"社会状况的缩影。

① （明）兰陵笑笑生著，（清）张道深评《张竹坡批评金瓶梅·读法三七》，齐鲁书社1991年版，第36页。

② （明）沈德符《万历野获编》，中华书局1959年版，第652页。

③ （明）兰陵笑笑生著，梅节校订《金瓶梅词话》，里仁书局2013年版，第237页。本文所引原文均出自该版本。

2. 自然时间

自然时间是人们对自然变化过程的一种观察和反思。庄子曾提出："杂乎芒芴之间，变而有气，气变而有形，形变而有生，今又变而之死，是相与为春秋冬夏四时行也。"[①] 而人始终是要面对生、老、病、死，家庭周而复始地走过春、夏、秋、冬四季的更迭。"故天有春夏秋冬，人有悲欢离合，莫怪其然也。合天时者，远则子孙悠久，近则安享终身；逆天时者，身名罹丧，祸不旋踵。"（欣欣子序）这种人与社会、人与自然相互对应的思维模式，对中国古代文学艺术构思产生了深远的影响。

在《金瓶梅》中，作者或直言季节，或通过具体的年月日时，或以节令形式，表现出作者强烈的季节感和生命意识。这里以回目为序，对《金瓶梅》中的自然时间刻度加以梳理如下：

第一年：涉及的回目为第一回，季节为冬季。

第二年：涉及的回目有第二、六、八、九回，季节有春、夏、秋季。

第三年：涉及的回目有第十二、十三、十四回，季节有秋、冬季。

第四年：涉及的回目有第十四、十六—二十回，季节有春、夏、秋、冬季。

第五年：涉及的回目有第二十五—二十七回，第三十、三十三、三十五、三十八回，季节有春、夏、秋、冬季。

第六年：涉及的回目有第四十八—四十九、五十一、五十九—六十、六十二、六十四—六十五、六十八、七十回，季节有春、夏、秋、冬季。

第七年：涉及的回目为第七十三回，季节为夏季。

第八年：涉及的回目有第七十八、八十一—八十三、八十五—八十六回，季节有春、夏、秋、冬季。

第九年：涉及的回目有第八十九、九十一回，季节为春、夏季。

第十年：涉及的回目有第九十二—九十三回，季节为秋、冬季。

第十一年：涉及的回目有第九十四—九十五回，季节有夏、秋季。

第十二年：涉及的回目有第九十六—九十八回，季节有春、夏、冬季。

第十三年：涉及的回目有第九十八—九十九回，季节有春、夏季。

---

① 王世舜《庄子注译》，齐鲁书社 1998 年版，第 233 页。

第十四年：涉及的回目为第九十九回，季节为秋季。

第十五年：涉及的回目为第一百回，季节有夏、冬季。

第十六年：涉及的回目为第一百回，季节为秋季。

《金瓶梅》故事历经十六个春夏秋冬的更迭，结束于"金风凄凄，斜月朦朦，人烟寂静，万籁无声"的秋天，故田晓菲在《秋水堂论〈金瓶梅〉》中说它"是一部秋天的书"[①]。自然界"春生夏长，秋收冬藏"[②]的运作规律，时序更替、草木荣枯，与人间的悲欢离合，及文人对时代、社会、人生的感慨，有着灵犀的映照。而"纵揽全书，我们常可以看到随着时令的变换，人间热闹与凄凉的情景之间也发生相应的更迭。我们不难觉察，西门庆家运的盛衰与季节循环中的冷热变化息息相关。"[③]

《金瓶梅》第二回中，作者将西门庆的出场，以及与潘金莲初识、刮刺巧妙地设置在三月春光：

> 三月春光明媚时分，金莲打扮光鲜……妇人正手里拿着叉竿放帘子，忽被一阵风将叉竿刮倒，妇人手擎不牢，不端不正，却打在那人头巾上。（第二回）

在"三月"里偶然性的相识，本无什么特别。但因春天是阳气生发、万物生长发育的季节，容易诱发人间男女情欲的勃动。故二人邂逅后的表现是：

> （西门庆）那一双积年招花惹草、惯觑风情的贼眼，不离这妇人身上……当时妇人见了那人生的风流浮浪，语言甜净，更加几分留恋。"倒不知此人姓甚名谁，何处居住。他若没我情意时，临去也不回头七八遍了。不想这段姻缘，却在他身上。"（第二回）

正是从此时彼此的"一见钟情"开始，到西门庆"断送了堂堂六尺之躯，丢了泼天哄产业"，潘金莲"尸横刀下，命染黄泉"，始终浸盈着伤春愁绪的感伤情怀。兰陵笑笑生认为，此皆是前生修下的功果，"譬如五谷，你春天不种下，到那有秋之时，怎望收成"（第五十回）？以及"一年四季，无过春天最好景致"

---

① 田晓菲《秋水堂论金瓶梅》，天津人民出版社2003年版，第1页。

② （汉）司马迁著，（南朝宋）裴骃集解，（唐）司马贞索隐，（唐）张守节正义《史记》，中华书局1982年版，第3290页。

③ ［美］浦安迪《中国叙事学》，北京大学出版社1996年版，第81页。

（第八十九回）。而"单道这秋天行人最苦：柄柄芰荷枯，叶叶梧桐坠。蛩鸣腐草中，雁落平沙地。细雨湿青林，霜重寒天气。不是路行人，怎晓秋滋味"（第九十二回）。这些极富禅机的语言意在说明人物的命运是可以通过在春天种"善因"来加以改变的。

因此，在冬去春来、夏末秋至、日出日落、月圆月缺的自然时间循环往复的变化中，人物生存的环境、命运也无时无刻在发生着悄然的变化。

3. 文化时间

巴赫金说："文学是文化整体不可分割的一部分，不能脱离文化的完整语境去研究文学。"[1] 即谓不同时期、不同民族的文学作品均负载着不同的文化意蕴。"文化总是被理解为'时间的'"[2]，而文化时间则是人们以文化的形式，来理解和看待时间。中国传统文化中最初对时间的理解，源自古人在农耕过程对天文、气候的时间认识。

"社会物质生产决定精神生产包括文学艺术的生产。"[3] 人们在长期的物质生产活动中，根据精神生活节奏的内在需要，逐渐形成某种特殊的时间刻度，即"岁时节令"。同时它也是一种社会时间刻度，是社会群体生活节奏的一个象征性结构。中华民族历来重视岁时节日之俗，家庭时间往往与社会生活之间形成某种象征意义上的连结，即在人们日常的生产、祭祀、纪念、社交、娱乐诸项活动大都依傍着自然时间刻度所建构的文化时间刻度而展开。家庭小说《金瓶梅》"与他小说不同。看其三四年间，却是一日一时推着数去，无论春秋冷热，即某人生日，某人某日来请酒，某月某日请某人，某日是某节令，齐齐整整捱去"[4]，"小说的骨架相当引人注目地镶嵌在年复一年的惯例性节日庆典的框架里"[5]。

《金瓶梅》围绕西门府的日常生活，写到了多种"岁时节令"，诸如除夕、

① ［苏］巴赫金著，钱中文主编，白春仁译《巴赫金全集》，河北教育出版社 1998 年版，第 403 页。

② 李鹏程《当代文化哲学沉思》，人民出版社 2008 年版，第 249 页。

③ 赵炎秋，毛宣国《文学概论》，南海出版公司 2005 年版，第 5 页。

④ （明）兰陵笑笑生著，张道深评《张竹坡批评金瓶梅·读法三七》，齐鲁书社 1991 年版，第 37 页。

⑤ ［美］浦安迪《中国叙事学》，北京大学出版社 1996 年版，第 81—82 页。

元旦、端午、清明、中元、中秋、重阳、腊八、芒种、元宵节等，其中着重描写了西门府过清明节、元宵节、除夕、元旦等重大节日的场景。

岁时节令本是自然时间与社会生活时间相协调的产物，调节着人们生产和生活节奏，具有周期性、特定主题以及约定成俗的活动内容。然而在岁时节庆年复一年不断重复的节庆轨迹中，很容易使人们抚今追昔，今昔对比，并轻易地看到人事的变化及时间的流逝。

在第四十八回"曾御史参劾提刑官，蔡太师奏行七件事"中：

三月初六日清明，预先发柬，请了许多人；推运了东西，酒米、下饭菜蔬，叫的乐工杂耍扮戏的：小优儿是李铭、吴惠、王柱、郑奉，唱的是李桂姐、吴银儿、韩金钏、董娇儿。官客请了张团练、乔大户、吴大舅……并女婿陈经济等约二十余人。堂客请了张团练娘子、张亲家母、乔大户娘子……里外也有二十四、五顶轿子。

第八十九回"清明节寡妇上新坟，吴月娘误入永福寺"中：

一日，三月清明佳节，吴月娘备办香烛金钱冥纸、三牲祭物酒肴之类，抬了两大食盒，要往城外五里原新坟上，与西门庆上新坟祭扫。留下孙雪娥，和着大姐、众丫头看家，带了孟玉楼和小玉，并奶子如意儿抱着孝哥儿，都坐轿子，往坟上去。又请了吴大舅和大妗子老公母二人同去。

清明祭祖，本就隐喻人生的生死大事。而同是清明节这一时间刻度，前后两次描写清明祭扫，前者写出西门庆生前生子得官，家运鼎盛；后者写出了西门庆亡故之后家运衰败的凄凉。前后对比强烈，为叙述故事增添了些许悲凉色彩。

西门府的男女们在不同时刻的同一节日有着不同的情感表现。月娘在祭拜亡夫时道：

奴与你做夫妻一场，并没个言差语错。实指望同谐到老，谁知你半路将奴抛却。当初人情看望，全然是我。今丢下铜斗儿家缘孩儿又小，撇的俺子母孤孀怎生遣过？恰便似中途遇雨半路里遭风来呵，拆散了鸳鸯，生揪断异果！叫了声，好性儿的哥哥，想起你那动静行藏，可不嗟叹杀我！

玉楼祭拜西门庆道：

丢的奴无有个下落。实承望和你白头厮守，谁知道半路花残月没。大姐姐有儿童他房里还好，闪的奴树倒无阴跟着谁过？独守孤帏怎生奈何？

恰便似前不着店、后不着村里来呵，那是我叶落归根收圆结果？叫了声，年小的哥哥！要见你只非梦儿里相逢，却不想念杀了我！

这些对过往的缅怀、感伤、欢乐的回忆，以及对未来的惆怅憧憬，个人的感触又连结了对于生命、家庭整体命运的感受；在岁时节庆这种文化时间刻度的循环交替中，映照出世态的炎凉与人事的沧桑。

4.心理时间

《金瓶梅》大大小小共塑造了 800 个人物形象 ①，"盖写其形，必传其神，传其神，必写其心"②。作者将笔锋深入到人物的心灵深处进行精雕细刻，使"君子小人貌同心异，贵贱忠恶，奚自而别" ③。人物心理往往是随着意识的变化而不断变化。意识不是片断的连接，而是一条川流不息的溪流，是流动的、连续的，且各个瞬间意识彼此渗透。但在人物的内心活动和意识的流动过程中，由于受周围事物和环境条件的变化和影响，会使人产生回忆、联想、思考、幻觉、幻想、憧憬等，使得现在、过去、未来各个时刻错综复杂地呈现在一个时空里。我们从人物心理的变化中，看到了时间的踪迹，即"心理时间"。在《金瓶梅》中，这种心理的时间，往往用于对小说中人物内心情感、思绪的展现。这里以西门庆、潘金莲为例，对他们的心理变化进行剖析。

西门庆是《金瓶梅》的第一男主角，小说并没有直接描写他的内心独白，但读者却能很清晰地窥测西门庆颇为复杂的内心世界——总是围绕着尽可能多地占有金钱和女色，以填补其永不满足的欲壑。他所追求的女子，或有财，或有色艺，或财色兼具。

他首先是敛财慕色。在偶遇潘金莲后，则以"那一双积年招花惹草、惯觑风情的贼眼不离这妇人身上，临去也回头了七八回，方一直摇摇摆摆，遮着扇儿去了"。而后，便与王婆设计，刮刺金莲。但当媒婆薛嫂介绍寡妇孟玉楼说，"这位娘子……是咱这南门外贩布杨家的正头娘子。手里有一分好钱，南京拔步床也有两张，四季衣服、妆花袍儿，插不下手去，也有四五只箱子。珠子箍

---

①　朱一玄《金瓶梅资料汇编》，南开大学出版社 1985 年版，第 444 页。

②　（南宋）陈郁《藏一话腴》，见永瑢，（清）纪昀等编《景印文渊阁四库全书》第 865 册，台湾商务印书馆股份有限公司民国 75 年版，第 570 页。

③　同上。

儿、胡珠环子、金宝石头面、金镯银钏不消说。手里现银子，他也有上千两；好三梭布也有三二百筒"（第七回）时，他便立马将为他付出杀害亲夫代价的潘金莲丢在脑后，当即决定要娶孟玉楼。作为一个商人，他有自己的价值标准，把财看得远高于色。

其次，他借娶孟玉楼、李瓶儿以积累丰厚的财富，之后用财富来换取权力，消灾避祸，而财色欲望也随之膨胀。小说第五十七回"道长老募修永福寺，薛姑子劝舍陀罗经"，西门庆在回答吴月娘劝他行善积德时，竟然说了这样一段骇人听闻的话：

> 咱闻那佛祖西天，也止不过要黄金铺地；阴司十殿，也要些楮镪营求。咱只消尽这家私广为善事，就使强奸了嫦娥，和奸了织女，拐了许飞琼，盗了西王母的女儿，也不减我泼天富贵。（第五十七回）

最后，终于使他在酒色财气的无餍追逐中走到了生命的尽头。但在离开这个喧闹的人世之前，他念念不忘的仍然是自己所占有的财色：

> 贤妻休悲，我有衷情告你知：妻，你腹中是男是女，养下来看大成人，守我的家私。三贤九烈要贞心，一妻四妾携带着住。彼此光辉光辉，我死在九泉之下口眼皆闭。
>
> 贲四绒线铺，本银六千五百两；吴二舅绸绒铺是五千两……印子铺占用银二万两，生药铺五千两。韩伙计、来保松江船上四千两……刘学官还少我二百两，华主簿少我五十两，门外徐四铺内，还本利欠我三百四十两。
>
> （第七十九回）

"人之将死其言也善"，西门庆的遗言却表现出他对财色的无限贪婪。他的一生是一个不断追求私欲满足的过程。即便死到临头，心中仍幻想着妻妾忠贞、子承父业，惧怕失去所占有的一切。这种心理连接着过去，承接着将来，贯穿他的一生。

作为封建社会的一名女子，潘金莲在《金瓶梅》中是最活跃的一位女主角，但她命运不济，只能依靠男子生活。她的一生都在为获得一段好姻缘而不懈努力。被张大户糟蹋后，潘金莲被贱送给了武大。故而潘金莲对武大很不满意，时常抱怨说：

> 普天世界断生了男子，何故将奴嫁与这样个货？每日牵着不走，打着倒退的。只是一味酒。着紧处却是锥扎也不动。奴端的那世里悔气，却嫁

了他！是好苦也！（第一回）

由此，我们也就能体会到潘金莲心中的怨怼痛楚，明白潘金莲抱怨的合乎情理，同情那个时代妇女在传统道德规范重压下"嫁鸡随鸡，嫁狗随狗"的婚姻悲剧。但兰陵笑笑生笔下的潘金莲，并不甘于这样的命运安排。在看到武松时，她想到：

> 一母所生的兄弟，又这般长大，人物壮健。奴若嫁得这个，胡乱也罢了。你看我家那身不满尺的"丁树"，三分似人，七分似鬼。奴那世里遭瘟，直到如今！据看武松又好气力，何不教他搬来我家住？谁想这段姻缘，却在这里。（第一回）

在遇到西门庆时：

> 倒不知此人姓甚名谁，何处居住。他若没我情意时，临去也不回头七八遍了。不想这段姻缘，却在他身上。（第二回）

在听到武松欲娶她时，心下暗道：

> 这段姻缘，还落在他家手里。（第八十七回）

由"抱怨""谁想""不想""暗道"，我们看到潘金莲生活在不切实际的幻想当中，憧憬着自己将来的美好婚姻生活。

从心理功能来说，无论是幻想、憧憬或其他的意识活动，都将个人行为反映到个人的心理深层，体现人物内心的复杂与冲突。在这里，意识是个体对客观事物不断加以反馈和修整的心理反应，是随着周围事物和环境条件的变化而变化的，从中我们可以看到事物的客观状态。它是在人物心里绵延的、交迭出现的、记忆中存在的可长、可短、可一再重复涌现的时间点。

5. 空间时间

"万象森罗，依空而住。百变纷纭，依时而显。空间时间者，世间一切事象之所莫能外也。"[1] 时间和空间从来都是密不可分的，时间统摄了空间，空间则表达了时间。时间在空间里"浓缩、凝聚、变成艺术上可见的东西"。空间也"不是孤立的随意的场面组合"，往往"被卷入时间、情节、历史的

---

[1] 宗白华著，林同华编《宗白华全集》，安徽教育出版社1994年版，第15页。

运动之中"。①

所谓空间时间，就是"在空间中看到时间……从而使空间成为历史时间流程中的一个有机的点"②。空间对时间的表达，往往是通过一个个场景来实现的。场景是"人物与人物之间在一定的时间、地点相互发生关系而构成的生活画面"③。空间时间也是叙事文学的重要组成部分，其对展示人物性格、推动情节发展、渲染气氛、深化主题等具有十分重要的作用。

《金瓶梅》"借径水浒"，从《水浒传》中武大郎家的故事衍生而来。故事场景主要设置在以花园为中心的西门府邸。小说对时间的书写，围绕家庭场景而展开；空间的转换，呈现出时间的推移流转。

西门庆原本是"清河县一个破落户财主"，家庭庭院空间并非很大。但他通过纳妾积累了丰厚的财富，比如孟玉楼带着丰厚的遗产嫁给他，李瓶儿更是把自家宅院、从梁中书家带出来的财产以及花太监的财富都献给了他，使得他的财富骤增，宅院也以花园为中心随之扩大。

在第十九回"草里蛇逻打蒋竹山，李瓶儿情感西门庆"中，对西门庆家的花园作了初步展示：

> 当先一座门楼，四下几多台榭。假山真水，翠竹苍松。高而不尖谓之台，巍而不峻谓之榭。论四时赏玩，各有去处……刚见那娇花笼浅径，嫩柳拂雕栏……湖山侧，才绽金钱；宝槛边，初生石笋……也有那月窗雪洞，也有那水阁风亭。木香棚与荼蘼架相连，千叶桃与三春柳作对……卷棚前后，松墙竹径，曲水方池，映阶蕉棕，向日葵榴。游鱼藻内惊人，粉蝶花间对舞。

但在西门庆逝去三周年之际，第九十六回"春梅游玩旧家池馆，守备使张胜寻经济"中，昔日喧嚣繁华的西门花园，却呈现出颓败的状貌：

> 垣墙欹损，台榭歪斜。两边画壁长青苔，满地花砖生碧草。山前怪石，遭塌毁不显嵯峨；亭内凉床，被渗漏已无框档。石洞口蛛丝结网，鱼池内

---

① ［苏］巴赫金著，钱中文编，白春仁译《小说理论》，河北教育出版社1998年版，第275页。

② 金鑫《空间的时间化：建构文本双重语法的策略——论王蒙小说的时间与空间形式》，沈阳师范大学学报2003年第1期。

③ 郑乃藏、唐再兴主编《文学理论词典》，光明日报出版社1989年版，第26—27页。

虾蟆成群。狐狸常睡卧云亭，黄鼠往来藏春阁。料想经年人不到，也知尽日有云来。

在家庭空间中，除了花园等公共场景外，还有诸如卧室、箱奁、花园的某些角落等个人场景，这些个人场景空间蕴涵某种意义，隐含的个人记忆的、历史的、当下的时间，都是在空间中建构的时间叙事。

卧室与床 卧室是供人睡觉、休息的个人私密空间，其中床作为卧室中最重要的一件卧具，是供夫妻之间进行亲密行为、甜蜜言语、诉说心曲之所在，也是妻妾争宠角力的地方。在《金瓶梅》中随处可见西门庆与妻妾、奴仆、娼妓、书童在卧房床上发生的亲密行为。

孟玉楼未嫁西门庆前，"南京拔步床也有两张"，携一张嫁入西门府。西门庆又将其"陪来的一张南京描金彩漆拔步床陪了大姐"。因"李瓶儿房中安着一张螺钿厂厅床"，潘金莲遂"教西门庆使了六十两银子，也替他也买了这一张螺钿有栏杆的床"。可见她们的床均价值不菲，是家庭身份地位的象征。

在第九十六回"春梅游玩旧家池馆"时，看到李瓶儿的卧房"楼上丢着些折桌坏凳破椅子，下边房都空锁着，地下草长得荒荒的"，潘金莲的卧房"楼上还堆着些生药香料，下边他娘房里，止有两座橱柜"，但他们的"螺钿厂厅床"和"螺钿有栏杆的床"却不见踪影，而后得知潘金莲的床陪嫁给孟玉楼；孟玉楼的床陪嫁给西门大姐，后拉回来"只卖了八两银子"；李瓶儿的床"止卖了三十五两银子"。原本贵重的床，现如今却被如此贱卖，其原因却是自西门庆死后，西门府"日逐只有出去的，没有进来的……也是家中没盘缠，抬出去交人卖了"。故由卧房环境和对象的变化，不由的让人的记忆回到过去，西门府原有的繁荣景象历历在目。同时，由于床已不在，春梅心下"想着俺娘那咱争强不伏弱的问爹要买了这张床，我实承望要回了这张床去，也做他老人家一念儿，不想又与了人去了"。春梅之所以如此看重床，并非考虑床的质地，而是这些床隐含着春梅个人的记忆。当谈到潘金莲的床，读者就不禁会联想到潘金莲、庞春梅、西门庆、陈经济等人之间往日的种种艳事，从而使得小说中直线描述时间停滞下来，让人沉浸在各种过去的某些时间刻度中。

箱奁 箱奁多是女性私藏衣物财宝的地方，通常被置于隐秘的地方；它又如同潘朵拉的盒子，装载的往往是个人的隐秘。

在《金瓶梅》中，李瓶儿打开箱奁，人们看到的是李瓶儿和太监花公公——

花子虚的叔叔——二人之间隐藏的不寻常的关系。李瓶儿有四箱柜的蟒衣玉带、帽顶绦环，都是花公公在世时给李瓶儿的体己物，但作为丈夫的花子虚，对此竟然一概不知。同时，在李瓶儿的箱奁中还有一百颗西洋珠子，是昔日瓶儿作为梁中书妾时带来的，又有一件金镶鸦青帽顶子，也是花公公给的。而这些私密的财宝和她的情感欲望，李瓶儿全都毫不迟疑地献给了她的心上人西门庆。当李瓶儿打开箱奁拿出珍藏献给西门庆及其妻妾家人时，读者自然产生疑问：为何花子虚的叔叔花公公给侄媳妇如许贵重财宝，作为侄儿的花子虚竟全然不知？这些是花公公留给花子虚的遗产吗？但此说似乎不合理。或是作为李瓶儿的私房钱，然若如此，花公公和李瓶儿之间是否有特殊关系的存在？小说中并没有向读者说明，但箱奁打开时，读者自然会不由自主地去窥视并臆测、想象。同时，箱奁里收藏的物品，也使得小说的时间停顿下来，回溯到往昔。

同一空间场景的再次展现，给人的是一种物是人非、瞬息繁华的悲凉之感。空间景物的变化，使读者感受到时间的瞬逝，这是空间时间化的呈现。即使不书写时间的流走，我们也可以透过西门家宅院里空间景物的变迁，看到过往相同的空间里今日所呈现的不同的景物与人事，感受到时间的疾速流逝。

以上，我们透过帝王的更祚、季节的变迁、年岁的更迭以及个人的记忆等"时间"书写，窥视到由家庭辐射出去的人际网络及群体关系；又透过"空间"的转移，看到时间的流动与变化。

二、《金瓶梅》中时间之间的连接方式

上文我们对《金瓶梅》的时间表现形式进行了分析。从表面上看，《金瓶梅》中的时间表现零乱无序，甚至不易解读，且作者对于时间的间隔并未有艺术性的修饰。那么，作者又是如何将日复一日的家庭生活向前推进，补足空白的时间间隔，使得文本时间的叙述看似毫无间隔呢？通过对《金瓶梅》深入细致的研读，可以发现兰陵笑笑生设置了独具匠心的时间框架，运用独特别致的时间连接方式——时间式连接、空间式连接、因果式连接，在看似零乱的表象之下，很自然地完成了时间的切换。

1. 时间式连接

《金瓶梅》逐日记载西门府"淫荡风月之事"，小说里的人物所度过的时间

和我们一样，是在日复一日中度过。这种现实的存在感，是家庭小说日常时间的表现。但小说作者对家庭生活细节是有选择地叙述描写，必然会造成时间的间隔。而如何让文学时间的进展与现实生活的进程无痕对接，却是作者必须仔细斟酌且要精心构思的。通过对文本的分析，我们发现作者常用"次日""第二日""光阴迅速""光阴似箭，日月如梭""话休饶舌""一宿晚景提过""有话则长，无话则短"等表示时间的词语连接，即时间式连接，描写了家庭时间的流逝，快速地切换和衔接时间。

在《金瓶梅》里"次日""第二日"的使用最为频繁，几乎每回都有，前者出现216次，后者出现29次。有时则以"到次日""次日早""次早""第二天清晨""次日清晨""一日"等不同的语词变换叙述，来表现时间的推移。

在第三回"王婆定十件挨光计，西门庆茶房戏金莲"中，西门庆看上了潘金莲，央求王婆想法子让他和潘金莲会上一面，王婆于是找了借口要潘金莲到她家里作针线：

> 次日清晨，王婆收拾房内干净，预备下针线，安排了茶水，在家等候。且说武大吃了早饭，挑着担儿自出去了。那妇人把帘儿挂了，分付迎儿看家，从后门走过王婆家来……再缝一歇，将次晚来，便收拾了生活自归家去。次日饭后，武大挑担儿出去了，王婆便趱过来相请。妇人去到他家房里，取出生活来，一面缝起。

次日、第二日又如何如何，徐徐推衍生活的细节。当时间需要快速推进时，作者便利用"话休絮烦"之类词语，省略诸多细节，使时间直接跳跃至所叙事件的节点。如：

> 话休絮烦。第三日早饭后，王婆只等武大出去了，便走过来后门首，叫道："娘子，老身大胆！"

日复一日的活动，既从叙事的需要把西门家族大大小小的琐事巨细靡遗地展示出来，同时又显示着时间的不断推移。

在小说中，"光阴迅速""话休饶舌"出现的次数也比较多。往往在此语之后，有时会接续具体时间刻度或某一节令的描述，有着时间过场、推移的作用。如第十三回"李瓶儿隔墙密约，迎春女窥隙偷光"，"光阴迅速，又早九月重阳"；第一回"景阳冈武松打虎，潘金莲嫌夫卖风月"，"话休饶舌。捻指过了四五日，却是十月初一日。西门庆早起"；第八回"潘金莲永夜盼西门庆，烧夫灵和尚听淫声":"光阴似箭,日月如梭,又早到八月初六日。西门庆拿了数两碎银钱,来妇人家,教王婆报恩寺请了六个僧,在家做水陆,超度武大,晚夕除灵。"第二十三回"玉箫观风赛月房,金莲窃听藏春坞","光阴迅速,日月如梭,不觉八月十五日,月娘生辰来到,请堂客摆酒"等等,这在家庭小说中是常见的时间记录方式。

要之,"次日""第二日""光阴迅速""光阴似箭,日月如梭""话休饶舌""一宿晚景提过""有话则长,无话则短"等时间式连接词语,具有结束上一时刻(事件)、开启下一时间(事件)的功能。

2. 空间式连接

《金瓶梅》具有明显的教化倾向,不管它是以果报劝世,以来世轮回隐喻今生,还是隐喻人世如楼起楼塌如蜉蝣如尘世里的一瞬,都包含丰富的时间要素,即同时叙述过去、现在与未来的某一时间刻度。但现实中人不可能穿梭于前世、今生、后世三重时空的缺憾,在梦境中却能够轻而易举地得到满足。梦境在空间中无间隔,不必受实际空间时间的设定与限制,是虚幻空间连接现实空间的主要方式。《金瓶梅》中写有大量梦境,或在梦境里预告未来,或让人物实现在现实中难以实现的愿望,从而使得日复一日的家庭时间,得以在过去、未来及现在三种时空中交错出现,补充了家庭现实时间的单一性。梦境中不存在年岁、历日,是非现实及无时间性的时空,同时具有现实时空的隐喻作用,并且能召唤小说人物前世的记忆,人们在这个超现实的时空里得以感受到过去的时间及未来的时间。

《金瓶梅》共有十二次梦境描写,这些梦境又多是围绕李瓶儿而设置。其中,李瓶儿两次进入西门庆梦境。第六十七回"西门庆书房赏雪,李瓶儿梦诉幽情":

> 西门庆就歪在床炕上眠着了……只见李瓶儿蓦地进来……向床前叫道:"我被那厮告了我一状,把我监在狱中,血水淋漓,与秽污在一处,整受了这些时苦。昨日蒙你堂上说了人情,减了我三等之罪。那厮再三不肯,发恨还要告了来拿你。我待要不来对你说,诚恐你早晚暗遭他毒手。我今寻安身之处去也,你须防范来!没事,少要在外吃夜酒。往那去,早早来家。千万牢记奴言,休要忘了!"

在第七十一回"李瓶儿何千户家托梦，提刑官引奏朝仪"中，李瓶儿叮嘱西门庆：

> 我的哥哥，切记休贪夜饮，早早回家。那厮不时伺害于你，千万勿忘奴言，是必记于心者。

李瓶儿二度殷殷劝告西门庆要早早还家，警告他花子虚要索取其性命。但西门庆并没有听从李瓶儿规劝，仍旧贪杯夜饮。这里的梦境是对未来时空事件的描述，是善恶果报的昭示，预言西门庆即将面对的命运与劫数。今世的果报，在不久的未来将会作一个了结。同时，梦境也连接着现实时间，连接着人物的生死时间。第六十二回"潘道士解禳祭灯坛，西门庆大哭李瓶儿"，李瓶儿死去的当夜，应伯爵也作了一个梦，他对西门庆说：

> 梦见哥使大官儿来请我，说家里吃庆官酒，教我急急来到。见哥穿着一身大红衣服，向袖中取出两根玉簪儿与我瞧，说一根折了。教我瞧了半日，对哥说：可惜了，这折了是玉的，完全的倒是硝子石。哥说两根都是玉的……等到天明，只见大官儿到了，戴着白，教我只顾跌脚。果然哥有孝服。"

西门庆也作了一个梦，他对应伯爵言：

> 梦见东京翟亲家那里寄送了六根簪儿，内有一个要砑折了。

"伯爵梦簪折，西门亦梦簪折，盖言瓶坠也。"[①]两人的梦是虚，现实是实；玉簪儿折掉是假，现实中李瓶儿去世是真。以梦境比喻真实人生，使人的生与死有了合理的联结。梦不论是预示，或是回忆，还是响应现实，这些超时空的描写，既补足了写实时空中无法呈现的过去或未来，也避免了家庭小说直线前进的叙事时间的单调。

3. 因果式连接

"小说的基本面是故事，而故事是一些依时间顺序排列的事件的叙述。"[②]故事发展时间顺序的先与后，本该没有任何费解之处，但"小说叙述的时序关

---

① （明）兰陵笑笑生著，（清）张道深评《张竹坡批评金瓶梅》，齐鲁书社 1991 年版，第 922 页。
② ［英］爱·摩·福斯特著，苏炳文译《小说面面观》，花城出版社 1981 年版，第 24 页。

系总是隐含着因果关系"①，我们姑且称之为"因果时间"叙述模式。

《金瓶梅》故事总体是按照正常的时序发展，揭示西门府兴旺在前，衰败在后；西门庆纳妾在前，妾离子散在后；酒色财气在前，虚空在后；今世善恶在前，来世得报在后的兴亡规律。"前"与"后"好似两根向两极无限延伸的时间轴线，代表着故事的过去与未来，连接着人物的过去、现在、来世，以实现劝善惩恶的叙事目的。

但作品劝善惩恶功能的实现，却在很大程度上依赖一些特殊的人物。他们洞悉因果，知晓今昔，借佛、道观念来预言人物的未来。

（1）吴神仙

占卜相命描写在中国古典小说中很常见，明代长篇家庭小说作家则往往借占卜算命来预告小说情节或人物的未来，使得直线前行且为写实的家庭时间穿梭于现在和未来：在现在预告未来，也在未来回应现在，从而使家庭小说的时间表现立体化。

在第二十九回"吴神仙贵贱相人，潘金莲兰汤午战"中，周守备差人送相面先生吴神仙到西门庆家，为其妻妾、女儿及宠婢相命，结果如下：

西门庆：（占卜预言）一生多得妻财，不少纱帽戴。临死有二子送老……不出六六之年，主有呕血流脓之灾，骨瘦形衰之病。（命运结果）获得孟玉楼和李瓶儿丰厚财产；死时才不过三十三岁；生有官哥和孝哥。

吴月娘：（占卜预言）家道兴隆，唇若红莲，衣食丰足，必得贵而生子。（命运结果）一生富贵，生有孝哥。

李娇儿：（占卜预言）早年必定落风尘。（命运结果）西门庆死后携财归院。

孟玉楼：（占卜预言）一生衣禄无亏；晚岁荣华定取；威媚兼全财命有，终主刑夫两有余。（命运结果）果然克夫二回，晚年确实也享富贵荣华。

潘金莲：（占卜预言）发浓鬓重，光斜视以多淫；脸媚眉弯，身不摇而自颤。面上黑痣，必主刑夫；人中短促，终须寿夭。（命运结果）果然早夭。

李瓶儿：（占卜预言）必产贵儿……三九前后定见哭声。（命运结果）

---

① 赵毅衡《当说着被说的时候》，《比较叙述学导论》，中国人民大学出版社 1998 年版，第 197 页。

生官哥，死时正是二十七岁。

孙雪娥：（占卜预言）不为婢妾必风尘。（命运结果）官卖周守备府，下厨为奴。后被春梅卖到临清酒家为娼。

西门大姐：（占卜预言）不过三九，当受折磨。（命运结果）受不了陈经济的折磨，自缢时不过才二十四岁。

庞春梅：（占卜预言）早年必戴珠冠。（命运结果）成为守备夫人。

这里预言了西门府人物的未来，叙事时间在此刻先行到了未来；众人的命运结果被占卜相命所言中时，叙事时间在那一刻也回应了过去。

（2）徐阴阳

《金瓶梅》中但凡有丧葬事件，皆少不了徐阴阳。徐阴阳以择日、星相、占卜、风水等为业，系阴阳生，或称阴阳家，俗称风水先生。"凡人逝世，先叫阴阳门，眷名为山人批书。"[1] 阴阳先生"以亡者年庚及气绝时日，命星者推算，择入殓之吉时"[2]。在官哥、李瓶儿、西门庆死后，均请了徐阴阳批书，结果是：

人 物	入殓吉时	前 世	今 生	来 世
官哥	二十七日丙辰	兖州蔡家作男子	今生为小儿	往郑州王家为男子
李瓶儿	十九日辰时	滨州王家作男子	今世为女人	河南汴梁开封府袁指挥家为女
西门庆	三日大殓			

批书在确定入殓吉时的同时，将时间的过去、现在、未来，呈现在一个回忆的时空里，使得人物的前世、今生、来世得以连结。

（3）普静禅师

在小说第八十四回"吴月娘大闹碧霞宫，宋公明义释清风寨"中，吴月娘等为躲避殷天锡的追赶，"赶到一山凹里。远远树木丛中有灯光，走到跟前，却是一座石洞，里面有一老僧秉烛念经。"老僧随即介绍道："此是岱岳东峰，这洞名唤雪涧洞，贫僧就叫雪洞禅师，法名普静，在此处修行二三十年。"并提醒诸人，"休往前去，山下狼虫虎豹极多。明日早行，一直大道就是你清河

---

① 范祖述《杭俗遗风》，上海文艺出版社 1989 年版，第 74 页。

② 胡朴安《中华全国风俗志》，气象出版社 2013 年版，第 78 页。

县"，助吴月娘等人解危。次日当吴月娘拿出一匹大布相谢时，禅师却不受，提出："僧只化你亲生一子，作个徒弟，你意下何如？"但因吴月娘"止生一子，指望承继家业"，且"今才不到一周岁儿"，故吴大舅和吴月娘自然不肯，但禅师仍说道："只许下我，如今不问你要，过十五年才问你要哩。"月娘口中不言，心中却想："过十五年再作理会。"岂知十五年的岁月转瞬即过。第一百回"韩爱姐湖州寻父，普静师荐拔群冤"中，天下荒乱，月娘携领孝哥往济南投奔云离守就婚，却在郊外空野十字路口，遇到普净禅师，禅师说道：

> 吴氏娘子，你到那里去？还与我徒弟来！

> 娘子，你休推睡里梦里，你曾记的十年前，在岱岳东峰，被殷天锡赶到我山洞中投宿？我就是那雪洞老和尚，法名普静。你许下我徒弟，如何不与我？

吴月娘仍然舍不得孝哥为禅师度化，普静对月娘点明因果：

> 当初你去世夫主西门庆，造恶非善，此子转身托化你家，本要荡散其财本，倾覆其产业，临死还当身首异处。今我度脱了他去，做了徒弟。常言一子出家，九祖升天。你那夫主冤愆解释，亦得超生去了。

随即用手中禅杖向熟睡中的孝哥头上一点后，却看到"西门庆项带沉枷，腰系铁索；复用禅杖只一点，依旧还是孝哥儿睡在床上"。

普静禅师把十五年的时间点化成一瞬间，让肉眼凡胎的世人看到今世、来世，且具超度众生的法力，改变人物今生、后世的命运。本回写普静禅师朗诵解冤经咒后，有十三个冤魂被超度：

周秀：（今世）与番将对敌，折于阵上。（来世）今往东京托生，与沈镜为次子。

西门庆：（今世）不幸溺血而死。（来世）往东京城内，托生富户沈通为次子。

陈经济：（今世）被张胜所杀。（来世）往东京城内，与王家为子。

潘金莲：（今世）被仇人武松所杀。（来世）往东京城内黎家为女。

武植：（今世）被王婆唆潘氏下药吃毒而死。（来世）往徐州落乡民范家为男。

李瓶儿：（今世）害血山崩而死。（来世）往东京城内袁指挥家托生为女。

花子虚：（今世）被妻气死。（来世）往东京郑千户家托生为男。

来旺妻宋氏：（今世）自缢身死。（来世）往东京朱家为女。

庞春梅：（今世）因色痨而死。（来世）往东京与孔家为女。

张胜：（今世）被打死。（来世）往东京大兴卫贫人高家为男。

孙雪娥：（今世）自缢身死。（来世）往东京城外贫民姚家为女。

西门大姐：（今世）自缢身死。（来世）往东京城外与番役钟贵为女。

周义：（今世）被打死。（来世）往东京城外高家为男。

普静禅师洞悉这些人物今生的一切，知晓他们魂魄来世的去处。在这里，他将人物生死轮回的时间定格在某一瞬间。

总之，吴神仙的生前占卜相面，徐阴阳的入殓吉日批书，普静禅师的死后荐拔超度，将人物的今世（徐阴阳还追溯到人物的前世）与来生两个甚至三个时间维度扭结在一起，从而使人物的命运走向在宗教的时空中实现了因果式的对接。

[作者简介]张进德，河南大学文学院教授。

二、主旨背景研究

通俗美:《金瓶梅》的文本审视

付善明

内容提要 通过《金瓶梅》中主要人物的衣食用度、妻妾的争风、色欲的描写等方面,对小说的雅俗状况进行文本分析。《金瓶梅》中众多的性描写和性意象,使其难以摆脱"俗"的称谓。正是书中众多的性意象和色欲的描写,使得《金瓶梅》一书并未能完成由俗向雅的转化,仍是一部极具通俗美的现实主义巨著。

关键词 《金瓶梅》 通俗美 衣食用度 两性书写

《金瓶梅》因其中的秽笔而被古代众多文人所诟病,或谓其"大抵市诨之极秽者耳"[①],或谓"世传作《水浒传》者三世哑。近时诲淫之书如《金瓶梅》等丧心败德,果报当不止此"[②]。《红楼梦》问世后,论者往往将其与《金瓶梅》相对比,诸联谓其"脱胎于《金瓶梅》,而褒媟之词,淘汰至尽。中间写情写景,无些黠牙后慧。非特青出于蓝,直是蝉蜕于秽"。现代学者也有从《红楼梦》在人物形象上对《金瓶梅》的超越,论述后者是"俗不可耐",而前者是"超尘脱俗"的。[③]在这些文人学者看来,《金瓶梅》是秽恶的、低俗的,甚至俗不可耐。《金瓶梅》是伟大的现实主义文学作品,而不是庸俗、低俗、媚俗的。从人物形象塑造来说,中国古典小说人物画廊中成功的人物形象都是典型

---

① 李日华《味水轩日记》,上海远东出版社 1996 年版,第 496 页。
② 王云五主编《丛书集成 0376》,商务印书馆发行 1939 年版,第 4 页。
③ 周远斌《从俗不可耐到超尘脱俗——论〈红楼梦〉在人物形象上对〈金瓶梅〉的超越》,《中国石油大学学报》,2007 年第 5 期。

的，美的，是没有"俗不可耐"与"超尘脱俗"之分的。

夏曾佑在《小说原理》中说："写小事易，写大事难。小事如吃酒、旅行、奸盗之类，大事如废立、打仗之类。大抵吾人于小事之经历多，而于大事之经历少。《金瓶梅》《红楼梦》均不写大事。"① 我们对《金瓶梅》的分析，也是就小事评论其雅俗。《金瓶梅》中有较雅的情节，《红楼梦》中也有极俗的情节，俗与雅都是相对而言的。古代小说在总体上是被视为俗文学的，当然我们现在是以审美的眼光审视小说特别是《金瓶梅》，从而论其雅俗。本文我们通过对《金瓶梅》中主要人物的衣食用度，妻妾的争风，色欲的描写等方面，对小说的雅俗状况进行文本分析。

一、从衣食用度审视

一般说来，用于满足人们基本生活需要的形而下的东西，我们认为是并不高雅的，如果有炫耀的成分，则是低俗、媚俗的；用于满足人们形而上的需求，满足人们高尚的精神需求层面的东西，则是雅的。《金瓶梅》中，我们看到的是暴发户西门庆一家的炫富夸多，是张扬跋扈，是奢靡无度，所以总体上给我们的感觉是俗的；《红楼梦》作者曾"历尽离合悲欢炎凉世态"，欲作一部"令世人换新眼目"② 之书，其所描写的为一世家，又在"深得《金瓶》壸奥"③ 基础上所作，立意高，格调即不同于流俗，遂趋于雅文学之列，所以被称为小说诗、诗小说。

1. 衣饰方面

《金瓶梅》中人物的衣饰给人一种强烈的视觉冲击，是一种大红大紫的村俗的展示，是暴发之家自炫家资以及女人们虚荣心的体现。"佳人笑赏玩月楼"一回，"吴月娘穿着大红妆花通袖袄儿，娇绿段裙，貂鼠皮袄。李娇儿、孟玉楼、潘金莲都是白绫袄儿、蓝段裙。李娇儿是沉香色遍地金比甲，孟玉楼是绿遍地金比甲，潘金莲是大红遍地金比甲。头上珠翠堆盈，凤钗半卸，鬓后挑

---

① 陈平原、夏晓虹编《二十世纪中国小说理论资料》卷一，北京大学出版社 1997 年版，第 76 页。

② （清）曹雪芹、高鹗著、中国艺术研究院红楼梦研究所校注《红楼梦》，人民文学出版社 1996 年第 2 版，第 4—6 页。

③ （清）曹雪芹《脂砚斋甲戌抄阅再评石头记》，上海古籍出版社 1985 年影印版，第 131 页。

着许多各色灯笼儿"；潘金莲还"一径把白领袄袖子搂着，显他遍地金掏袖儿，露出那十指春葱来，带着六个金马镫戒指儿"。以致楼下看灯的人或猜其为哪个公侯府里出来的宅眷，或因她们是宫廷妇女装束猜为贵戚皇孙家艳妾来看灯，或猜为院中妓女。第二十四回孟玉楼、潘金莲、李瓶儿、宋惠莲等人"皆披红着绿"，路上诸人"以为出于公侯之家，莫敢仰视，都躲路而行"。从路人眼中可看出诸妇人衣着之艳丽。第四十回赵裁为吴月娘众妻妾裁衣服，月娘的是"一件大红遍地锦五彩装花通袖袄，兽朝麒麟补子段袍儿；一件玄色五彩金遍边葫芦样鸾凤穿花罗袍；一套大红段子遍地金通袖麒麟补子袄儿，翠兰宽拖遍地金裙；一套沉香色妆花补子遍地金罗袄儿，大红金枝绿叶百花拖泥群"；李娇儿、孟玉楼、潘金莲、李瓶儿的是"一件五彩通袖妆花锦鸡缎子袍儿，两套妆花罗段衣服"。其中"麒麟补子""锦鸡袍儿"皆为僭越违礼之至，这在只有公、侯、伯等方可服的麒麟补子，在二品文官才能绣的锦鸡，一个区区五品武官之妻妾竟公然绣上，可见当时的世俗风气对于封建礼制的冲击和破坏。西门庆妻妾的首饰头面之类，也是极尽炫耀之能事。李瓶儿欲嫁西门庆前请顾银匠整理了"黄烘烘火焰般一付好头面"，"情感西门庆"后打的九凤甸儿，每个凤嘴衔一挂珠儿和一件"金厢玉观音满池娇分心"。孟玉楼再嫁李衙内时"戴着金梁冠儿，插着满头珠翠、胡珠子，身穿大红通袖袍儿，系金镶玛瑙带、玎珰七事，下着柳黄百花裙"。女人如此，《金瓶梅》中的男人也是这样。西门庆在通过贿赂蔡太师做了山东理刑副千户之后，唤赵裁率领四五个裁缝来家攒造衣服，又叫了许多匠人钉四指宽玲珑云母、犀角鹤顶红、玳瑁鱼骨香带，其中那条犀角带据应伯爵说连东京金吾卫长官都没有。第七十三回应伯爵看到西门庆白绫袄上"罩着青锻五彩飞鱼蟒衣，张爪舞牙，头角峥嵘，扬须鼓鬣，金碧掩映，蟠在身上，唬了一跳"，见多识广的他意识到暴发户西门庆僭越了，这是权豪显贵所穿的衣服，作为千户的西门庆是没有资格去穿。按《明史·舆服志》所载，违例奏请蟒衣、飞鱼服者，科道将治以重罪。《金瓶梅》所描写的内容，也反映了晚明社会礼法的松弛。

西门府上违礼僭越自然始于西门庆，而西门庆的僭越和他的俗，虽然与他的经历和社会地位有很大关系，但也是社会风气使然。晚明社会，人们竞相奢靡，"代变风移，人皆志于尊崇富侈，不复知有明禁，群相蹈之……男子服锦绮，女子饰金珠，是皆僭拟无涯，逾国家之禁者也"①。《博平县志》记载："由嘉靖中叶以抵于今，流风愈趋愈下，惯习骄吝，互尚荒佚，以欢宴放饮为豁达，以珍味艳色为盛礼。其流至于市井贩鬻厮隶走卒，亦多缨帽缃鞋，纱裙细裤，酒庐茶肆，异调新声，泊泊浸淫，靡焉勿振。甚至娇声充溢于乡曲，别号下延于乞丐……逐末游食，相率成风。"②

《红楼梦》作者曹雪芹以诗意的语言描写贾宝玉和金陵十二钗的衣饰，使人感觉如读一首优秀的赞美诗。因其所描写的贾府为世代簪缨，其服饰俱依当时礼制，所以读者在阅读的同时即是在审美，既是从语言角度，又从所描写的人物角度。我们以王熙凤出场时的打扮为例：

> 彩绣辉煌，恍若神妃仙子。头上戴着金丝八宝攒珠髻，绾着朝阳五凤挂珠钗；项上戴着赤金盘螭璎珞圈；裙边系着豆绿宫绦，双衡比目玫瑰珮；身上穿着缕金百蝶穿花大红洋缎窄褙袄，外罩五彩刻丝石青银鼠褂；下着翡翠撒花洋绉裙③。

我们看到一个四大家族中出身显赫的金陵王家的女人，嫁至"白玉为堂金作马"的贾家，但我们在这里看不到麒麟补子和锦鸡补子，而是看到她戴着什么髻、绾着什么钗，戴着什么样的璎珞圈，以及系的宫绦、玉佩，穿的袄、罩的褂和着的裙。我们这些当代读者犹如刘姥姥进大观园，对于这些闻所未闻的衣服和饰品充满了想象和联想。这儿我们感觉到的是雅，是高雅。其他人物如林黛玉、贾宝玉出场时的描写，也无不给我们这种感觉。

2. 饮食方面

《论语·乡党》中曰："食不厌精，脍不厌细。"④ 食精、脍细就给人以雅的享受，仅供充饥果腹的食物则达不到这一效果。即使食物和酒水非常精致，但饮用的人为村夫俗子，且不会品鉴，也无法给人以雅的感觉和美的享受。《红楼梦》中记述做法最为详实的一道菜——茄鲞："把才下来的茄子把

---

① （明）张瀚著，盛冬玲点校《松窗梦语》，中华书局1985年版，第140页。

② 参见《吴晗史学论著选集》卷一，人民文学出版社1984年版，第368页。

③ （清）曹雪芹、高鹗著，中国艺术研究院红楼梦研究所校注《红楼梦》，人民文学出版社1996年版，第39—40页。

④ （宋）朱熹撰《四书章句集注》，中华书局1983年版，第119页。

皮籤了，只要净肉，切成碎钉子，用鸡油炸了，再用鸡脯子肉并香菌、新笋、蘑菇、五香腐干、各色果子，俱成钉子，用鸡汤煨了，将香油一收，外加糟油一拌，盛在磁罐子里封严，要吃时拿出来，用炒的鸡瓜一拌就是。"①无疑，茄鲞是一种美食，是小户之家的刘姥姥所无力做也不可能经常吃到的，只有在贾府这种富贵之家才得以享受。莲叶羹是《红楼梦》中记载的又一道美食，四副银汤模子是"都有一尺多长，一寸见方，上面凿着有豆子大小，也有菊花的，也有梅花的，也有莲蓬的，也有菱角的，共有三四十样，打的十分精巧"，是借新荷叶的清香，连薛姨妈都说："你们府上也都想绝了，吃碗汤还有这些样子。"②

《金瓶梅》中展现了西门庆等人对于欲望的无止境的追逐。男主角西门庆在追求权力、财势、女色等的同时，也在追求物质享受。如上文所引夏曾佑《小说原理》中所说，《金瓶梅》是写"小事"的书，作者兰陵笑笑生对于书中的饮宴是每宴必书，而且不厌其详，这也使得我们看到了书中的众多美食。西门庆在家中一次小酌，也会有"四个咸食，十样小菜儿，四碗顿烂：一碗蹄子，一碗鸽子雏儿，一碗春不老蒸乳饼，一碗馄饨鸡儿"。第三十四回西门庆陪应伯爵用小金菊花杯饮荷花酒时，菜肴是：

> 红邓邓的泰州鸭蛋，曲湾湾王瓜拌辽东金虾，香喷喷油煠的烧骨，秃肥肥干蒸的劈晒鸡。第二道，又是四碗嗄饭：一瓯儿滤蒸的烧鸭，一瓯儿水晶膀蹄，一瓯儿白煠猪肉，一瓯儿爆炒的腰子。落后才是里外青花白地瓷盘，盛着一盘红馥馥柳蒸的糟鲥鱼，馨香美味，入口而化，骨刺皆香。

这里所描写的菜肴，无论是从色泽搭配上还是从味道上，都可以说是上品佳肴，而且现代社会有专门以做《金瓶梅》菜肴而闻名者。但我们看到西门庆诸人仍是为满足口腹之欲而在食用，他们并非美食家，只是以"饮食男女"为大欲的蠢蠢众生。而如应伯爵、谢希大等，又是如西门庆所说"害馋痨馋痞"之人，即使非常珍惜的食物如酥油泡螺和衣梅等，在他们的恶谑下也丝毫不会

---

① （清）曹雪芹、高鹗著，中国艺术研究院红楼梦研究所校注《红楼梦》，人民文学出版社 1996 年版，第 549—550 页。

② （清）曹雪芹、高鹗著，中国艺术研究院红楼梦研究所校注《红楼梦》，人民文学出版社 1996 年版，第 464—465 页。

使人感觉到美和高雅。

3. 其他方面

雅与俗，与相关的人物有着密切关系。如为文人雅士，一窗清风、半轮明月，也是极雅之事；如为村牛俗儒，即使是高雅如菊、冰清玉洁，他们也不懂欣赏，而徒将诸雅事亵渎。《红楼梦》中，贾宝玉、林黛玉诸位才子佳丽为两盆白海棠，即赋得律诗六首，并创立海棠诗社，可谓大观园中、《红楼梦》里一大雅事。《金瓶梅》中也有"寒花开已尽，菊蕊独盈枝"的菊花，是管砖厂刘太监送与西门庆的。应伯爵看到后，只顾夸奖不尽好菊花，并问西门庆是否连盆也送给他了，得到肯定的答复后，伯爵道："花倒不打紧，这盆正是官窑双箍邓浆盆。又吃年代，又禁水漫，都是用绢罗打，用脚跐过泥，才烧造这个物儿，与苏州邓浆砖一个样儿做法，如今哪里寻去！"张竹坡在此评曰："反重在盆，是市井人爱花。""只夸盆，是市井帮闲。"[1] 由浮浪子弟、市侩暴发起家的西门庆，正是物以类聚、人以群分，周围帮闲抹嘴的也都是俗陋不堪之人。帮嫖贴食，吮痈舐痔，出妻献子，无所不用其极。在这些市井棍徒身上，我们是不可能奢求他们做到高雅这一层面的。

《金瓶梅》中，郑爱月是位雅妓。她的房间帘拢香霭，明间供着一轴海潮观音；两旁挂着四轴美人图画，按春夏秋冬四季排列，题诗曰："惜花春起早，爱月夜眠迟，掬水月在手，弄花香满衣。"上面挂着一幅对联："卷帘邀月入，谐瑟待云来。"上首列四张东坡椅，两边安两条琴光漆春凳。整个房间的布置，和所挂的图画，所题的诗（暗含"爱月"之名），所挂的对联，都给人以雅的感觉和美的享受。在郑爱月用欲擒故纵之法钓上西门庆之后，西门庆难以割舍，遂于八月初一日家中无事时往郑爱月家去。西门庆这种村夫俗子自然不会因爱月房中的摆设而诗兴大发，他只是按照自己的性子，一味以淫处之，遂有"露阳惊爱月"之举。《金瓶梅》第七十七回，彤云密布，飘下一天瑞雪，主角西门庆想到的是踏着碎琼乱玉（《水浒传》中写"林教头风雪山神庙"中的词语）去寻妓女郑爱月。在看到新拜在他门下的义子王三官

---

① （明）兰陵笑笑生著，王汝梅、李昭恂、于凤树校点《张竹坡批评第一奇书金瓶梅》，齐鲁书社 1991 年版，第 909 页。

给郑爱月画的《爱月美人图》时，首先想到的是与王三官争风吃醋。与此相比，张岱《夜航船》记载："孟浩然情怀旷达，常冒雪骑驴寻梅，曰：'吾诗思在灞桥风雪中驴背上。'"①这"踏雪寻梅"的典故，对诗人孟浩然来说，在我们读者来看，何其雅哉！

《金瓶梅》中也有许多较雅的情节，如金莲、玉楼下棋，李瓶儿和吴银儿下象棋消永夜；金莲把手中花儿撮成瓣儿洒西门庆，更为唐诗中描写的意境：美人"一向发娇嗔，碎挼花打人"的情景；和金莲掐鲜莲蓬子与西门庆吃，莲子谐音"怜子"，更源自南朝的《采莲曲》。此外尚有"吴月娘扫雪烹茶"等情节。潘金莲、李瓶儿虽有雅致，奈何处在西门庆这村野之家，有西门庆等众庸俗、低俗之人，所以偶尔闪现的雅更难以对抗铺天盖地的俗的风气。

二、从对女性的书写角度审视

一部书的基调与作者创作时的立意密切相关。《红楼梦》作者曹雪芹在书中"大旨谈情"，是为闺阁中女子立传；书中贾宝玉说："女儿是水作的骨肉，男人是泥作的骨肉。我见了女儿，我便清爽；见了男子，便觉浊臭逼人。"②这也可以看作是作者曹雪芹的观点。《红楼梦》作者曹雪芹投入毕生精力创作了这部青春的挽歌，最终泪尽而逝。《金瓶梅》作者兰陵笑笑生在故事尚未开始，即在卷首题酒、色、财、气四贪词以醒读者耳目。在故事第一回通过入话词《眼儿媚》，以及紧接其后的项羽、虞姬和刘邦、戚氏的故事，说明女色为祸水的道理。从而引出虎中美女与破落户相通，最终尸横刀下、命染黄泉的故事。这可以看出笑笑生是受女人祸水论的影响，对于女人的描写，曹雪芹采取的是和他完全不同的路子。基于两位作者对人生、对社会、对家庭的不同经历和理解，及作者在创作时秉承的不同思想，两部巨著在对女性的书写方面也大异其趣。

《红楼梦》作者曹雪芹塑造了一个理想的女儿王国，一个大观园的感情的世界。为了故事的开展，先是"林黛玉抛父进京都"，居于荣国府，与贾宝玉朝夕相处，日久生情。继之薛宝钗举家迁到京城，居于姨夫贾政之家，虽名义

---

① （明）张岱撰，刘耀林校注《夜航船》，浙江古籍出版社1987年版，第29页。
② （清）曹雪芹、高鹗著，中国艺术研究院红楼梦研究所校注《红楼梦》，人民文学出版社1996年版，第28页。

上为选才人赞善，居贾府后却再未提起此事，其实作者是将其网罗至荣国府，以便于故事的开展。贾府有三艳——迎春、探春、惜春，贾珠寡妻李纨和贾琏妻王熙凤在荣府，贾蓉妻秦可卿在宁国府，史太君娘家的内侄孙女史湘云也常至贾府。因元妃省亲，又特聘姑苏世家女子妙玉居于栊翠庵。至省亲前，《金陵十二钗正册》中女子已多汇集于贾府，大观园这"玉兄与十二钗之太虚幻境"①也已建成。元妃归省后，宝玉、黛玉诸人迁入园内，贾政又适时点了学政居外省；宝玉和诸钗在园中先后成立海棠诗社和菊花诗社，吟诗作赋，饮酒赏雪，可谓众雅毕及。此后又有薛宝琴、李纹、李琦等人加入，更壮大了大观园的队伍。可是好景不长，在抄检大观园后，诸艳嫁人的嫁人，病殁的病殁，贾府被抄，树倒猢狲散，遂"落了片白茫茫大地真干净"②。《红楼梦》是一部描写青春的赞歌，又是描写青春的挽歌，是颂扬女子的赞美诗，是为众多冰清玉洁的女子树碑立传的佳作。虽然其中难免有俗的成分，但大观园和金陵十二钗总体看来是雅的，是理想的。

《金瓶梅》作者兰陵笑笑生创造了一个充斥着欲望的世界，一个酒色财气的世界。作者利用《水浒传》中最具有挖掘潜力的西门庆和潘金莲的世情故事，另起炉灶，生发出一部脍炙人口的巨著。西门庆不是因为和潘金莲的偷情而很快被武松打死在狮子街，而是略施小计就把武松垫发充军。在故事开始时，西门庆妻子陈氏已病死，续娶吴千户之女吴月娘为继室，又先后娶李娇儿、卓丢儿，卓氏死后又娶寡妇孟玉楼为第三房妾，将陈氏娘子陪床的丫鬟孙雪娥上头为第四房妾。害死武大郎，计娶潘金莲；与结拜兄弟花子虚妻李瓶儿联手将子虚气死，后娶瓶儿做了第六房妾。正如同十二钗云集于贾府，故事遂得以开展，六妻妾汇集于西门府中，西门庆这一个家庭、家族的故事也即蒸蒸日上地展开了。

孙述宇在《金瓶梅的艺术》中曾说《金瓶梅》的内容是"贪、嗔、痴"三毒，并以"痴爱"冠之李瓶儿，以"嗔恶"许之于潘金莲，论之甚为得当。其实《金瓶梅》中的女性，全都是欲望的结晶。吴月娘大概是因为自己出身于穷

---

① （清）曹雪芹《脂砚斋重评石头记》，上海古籍出版社1975年影印版，第335页。

② （清）曹雪芹、高鹗著，中国艺术研究院红楼梦研究所校注《红楼梦》，人民文学出版社1996年版，第86页。

千户之家，对于金钱特别看重，李瓶儿的财物从墙上转过来后，都放在月娘房中；陈经济家财，因政治灾难搬至，也是收在月娘上房；官员往来，收受贿赂，无不是月娘保管。当然，贪之外，月娘也妒，最终酿成和潘金莲在第七十五回的大闹。孙雪娥、孟玉楼皆曾因潘金莲把拦汉子而吃醋。潘金莲又因西门庆偏宠李瓶儿而含酸，并在瓶儿生子后实施一系列狠毒的计谋而使得官哥夭折，终使瓶儿惨死；之前宋惠莲的自缢，和之后如意儿的因借棒槌事被打，也都是金莲嫉妒的表现。李瓶儿是以色欲为生命的，在做梁中书妾时，其妻奇妒，差点被打死活埋在后花园；做花子虚妻时，却长期被叔公花太监霸占，实施性虐待；终于找到"医奴的药一般"的西门庆，却好事多磨，因"宇给事劾倒杨提督"西门庆闭门不出，而招赘蒋竹山，又因其不能满足自己的欲望而最终决裂；嫁入西门府后，终于如愿以偿，却又遇到情敌潘金莲，潘对之无所不用其极，最终使得瓶儿香消玉殒。与以上诸女子的妒和为满足色欲不同，韩道国妻王六儿的淫荡，只是为赚钱，为替汉子谋更好的职位，为贴补家用；宋惠莲和奶妈如意儿，更多的也是出于贴补日用的考虑。我们在《金瓶梅》一书中看不到真正的爱情，看到的只是赤裸裸的欲望的展现。这种形而下的肉体的满足，自然是粗俗的、低俗的，是难以提到"雅"这一层面的。

正如贾府有大观园，西门府也有花园，而且有论者已指出大观园是在西门府花园的影响下所写成。大观园外面是肮脏的世界，是国贼、禄蠹的世界；大观园内部却是纯情的世界，是贾宝玉和金陵十二钗活动的主要场所，是现实中的太虚幻境。西门府上的花园是将原来花园与花子虚宅子通开，所建造的有山子、卷棚、花园，有三间玩花楼，假山下有藏春坞雪洞。不同于大观园中住的贾宝玉和水做的女儿们，西门府花园中住的是潘金莲、李瓶儿和庞春梅。西门庆梳笼李桂姐后，耽溺于丽春院半月不归，潘金莲即饥不择食，与看花园的小厮琴童勾搭成奸。西门庆也把花园当做自己的行乐道场，与李瓶儿隔墙密约是翻过花园墙私会，与宋惠莲媾和是在藏春坞雪洞中，留宿蔡御史并对其实施性贿赂也是在藏春坞雪洞中。西门府花园简直是藏污纳垢之地！"私语翡翠轩""大闹葡萄架""兰汤邀午战"，这些是书中描写性事的大文字，而无不处之于西门府花园之中。潘金莲与陈经济"花园看蘑菇"，以及西门庆死后的"画楼双美"，也都是在花园之中或玩花楼上。另一处西门庆建造的游玩之地，是坟庄。用二百五十两银子买了其坟地隔壁赵寡妇家庄子后，在里面盖了三间卷棚，三间厅房，叠山子花园，松墙，槐树棚，井亭，射箭厅，打球场等，建造初衷是作为"好游玩耍子"去处。生子加官后，西门庆决定三月初六日清明节上坟，预先发柬请了许多人，叫了乐工、杂耍、扮戏的，小优儿李铭、吴惠、王柱、郑奉，唱的李桂姐、吴银儿、韩金钏、董娇儿。从这些请的伎艺人中，我们可以看出西门庆并非诚心祭祖，而是来炫耀自己的富贵，是到郊外郊游寻乐。"桃红柳绿莺梭织，都是东君造化成"的花园，成了西门庆男客、女客享乐的场所，扮戏的扮戏，小优儿弹唱，四个唱的轮番递酒；潘金莲与玉楼、大姐等人还在花园打了回秋千。卷棚后边西门庆收拾了一明两暗三间房，里面一应俱全，闲常接了妓者在此玩耍。潘金莲这具有超强欲望的女人，在上坟时仍抽空与女婿陈经济戏谑调情。西门庆一家将先祖坟茔，做了行乐道场。

物极必反，盛极必衰，是自然之道。正如张竹坡在《批评第一奇书〈金瓶梅〉读法》中所说："劈空撰出金、瓶、梅三个人来，看其如何收拢一块，如何发放开去。看其前半部止做金、瓶，后半部止做春梅。前半人家的金瓶，被他千方百计弄来，后半自己的梅花，却轻轻的被人夺去。"①西门庆仕途上、事业上、家庭上正如鲜花着锦、烈火烹油般兴旺发达时，却因其纵欲过度，患脱阳之症而一命呜呼。他千方百计娶来的诸妾，或被人千方百计拐去，或被人使计骗走，或名正言顺地再嫁，或盗财归丽院后又被他人买去作妾，诚可谓"君生日日说恩情，君死又随人去了"②。《金瓶梅》作者笑笑生所描写的诸女性，是生长于清河县城，对财色碌碌而求的蠢蠢众生，他们没有更高的精神追求，所以我们也无法苛求他们能够"雅"到什么程度。笑笑生立志要揭露这些女子的丑恶和可骇可怖，他部分地做到了。不过我们也从中看到了逐渐觉醒的人性。俗是书中人物难以摆脱的本性，笑笑生描写了他们的俗，他成功了，他为我们展示了晚明社会中下层市民的赤裸裸的心灵。

----

① （明）兰陵笑笑生著，王汝梅、李昭恂、于凤树校点《张竹坡批评第一奇书金瓶梅》，齐鲁书社 1991 年版，第 25 页。

② （清）曹雪芹、高鹗著，中国艺术研究院红楼梦研究所校注《红楼梦》，人民文学出版社 1996 年版，第 17 页。

三、从两性书写角度审视

从文本角度审视《金瓶梅》的雅俗，性就是其中一个无法避开的问题。在中国大陆出版的排印本《金瓶梅》，诸多版本均有删节：1985 年人民文学出版社出版的戴鸿森校注本《金瓶梅词话》，共删去 19161 字；齐鲁书社 1987 年出版的《张竹坡批评第一奇书金瓶梅》删去了 10385 字，人民文学出版社出版的"世界文学名著文库"本《金瓶梅词话》删去的内容最少，也删去了异常露骨的性交场面和文字 4300 字。这些文字占《金瓶梅》全部文字的比例较小，但在部分文人和读者心目中，这就是《金瓶梅》全部的情节，是其最为吸引人之处。在四大奇书中的其它三部都已经脱俗、都已雅化的现代社会，《金瓶梅》却始终摆脱不掉"俗"的阴影，以致于人们谈"金"色变，视"金"为洪水猛兽、为不洁之物，都与其中的性描写有着密切的关系。

世界文学史上，著名文学作品都不回避"性"这一敏感话题，《源氏物语》《十日谈》《漂亮朋友》《查泰莱夫人的情人》等众多文学作品中有相关的描写。性是中国人较为回避的一个话题，虽然在史前中国广泛存在着生殖崇拜，即使现在也有众多性崇拜的历史痕迹留存；但作为正式的话题谈论，却一向为多数人所诟病。鲁迅说："而在当时，实亦时尚。成化时，方士李孜僧继晓已以献房中术骤贵，至嘉靖间而陶仲文以进红铅得幸于世宗，官至特进光禄大夫柱国少师少傅少保礼部尚书恭诚伯。于是颓风渐及士流，都御使盛端明布政使参议顾可学皆以进士起家，而俱借'秋石方'致大位。瞬息显荣，世所企羡，侥幸者多竭智力以求奇方，世间乃渐不以纵谈闺帏方药之事为耻。"[1] 但即使如此，《金瓶梅》中大量的关于两性房事的描写，仍是"冒天下之大不韪"，自问世之日起就受到正统之士的口诛笔伐。

其实被称作"蝉蜕于秽""超尘脱俗"的世情小说巨著《红楼梦》，其中也不乏性的描写。《红楼梦》又名《风月宝鉴》，有研究者认为《风月宝鉴》是曹雪芹的初稿，主要是写贾珍、贾琏、贾瑞、贾蓉、秦可卿、王熙凤等人的风月故事。在经过曹雪芹"披阅十载，增删五次"之后，风月描写大大减少，但在书中仍时而可见。贾宝玉在太虚幻境即被警幻仙姑称作"天下古今第一淫人"，

---

[1] 鲁迅《中国小说史略》，人民文学出版社 1973 年版，第 155 页。

又让宝玉与其妹"乳名兼美字可卿者"领略云雨之事;贾宝玉噩梦惊醒后,回到荣国府又"强袭人同领警幻所训云雨之事"。贾赦、贾珍、贾琏在书中都是好色之人。贾赦儿女满堂,还左一个小老婆右一个小老婆,并有讨鸳鸯作妾不成之羞;贾珍父子与尤二姐、尤三姐之间有暧昧关系,柳湘莲所谓"东府里除了石狮子干净罢了"的话,更是对贾珍所在的宁国府的讽刺;贾琏先有在周瑞家的送宫花时与王熙凤白日宣淫之事,后又曾与多姑娘、鲍二家的淫乱,其中部分文字,也是丑极。但多数关于性的文字,描写较为含蓄。如"送宫花贾琏戏熙凤"一节,仅叙周瑞家的"只听那边一阵笑声,却有贾琏的声音。接着房门响处,平儿拿着大铜盆出来,叫丰儿舀水进去"[1]。叙宝玉的小厮茗烟与卍儿偷情,也仅述他们"干那警幻所训之事"[2]。这些都是较为隐晦的谈及性事的笔法,所以并未给人以不洁的感觉,其实这终究是难以脱俗的。

据研究者统计,《金瓶梅》中性描写共有105处,其中详细描写36处,略写36处,一笔带过33处。全书从回目来看,就有"淫妇背武大偷奸""郓哥帮捉骂王婆""烧夫灵和尚听淫声""潘金莲私仆受辱""李瓶儿隔墙密约 迎春女窥隙偷光""西门庆私淫来旺妇""金莲窃听藏春坞""李瓶儿私语翡翠轩 潘金莲醉闹葡萄架""潘金莲兰汤邀午战""韩道国纵妇争锋""西门庆包占王六儿""妆丫鬟金莲市爱""琴童潜听燕莺欢""应伯爵山洞戏春娇""吴月娘承欢求子息""玉箫跪央潘金莲""郑月儿卖俏透密意""文嫂通情林太太""李瓶儿何千户家托梦""西门庆踏雪访爱月,贲四嫂倚楼盼佳期""西门庆两战林太太""西门庆贪欲得病""陈经济窃玉偷香""潘金莲月夜偷期,陈经济画楼双美""秋菊含恨泄幽情,春梅寄柬谐佳会""月娘识破金莲奸情""来旺盗拐孙雪娥""经济守御府用事""韩爱姐翠馆遇情郎"等,全书一百回中有二十九个回目中明确标有性事。此外,崇祯本《金瓶梅》中又有"受私惠后庭说事""打猫儿金莲品玉""西门庆露阳惊爱月""西门庆乘醉烧阴户""守孤灵半夜口脂香""西门庆新试白绫带""潘金莲香腮偎玉""因抱恙玉姐含酸""画童哭躲温

① (清)曹雪芹、高鹗著,中国艺术研究院红楼梦研究所校注《红楼梦》,人民文学出版社1996年版,第107页。

② (清)曹雪芹、高鹗著,中国艺术研究院红楼梦研究所校注《红楼梦》,人民文学出版社1996年版,第255页。

葵轩""如意儿茎露独尝""金莲解渴王潮儿""金道士娈淫少弟""玳安儿窃玉成婚""张胜窃听陈敬济"等十四个回目描写两性情欲之事。词话本和崇祯本合并重复的回目，共有三十二回回目中直书男女之大欲——色。其中涉及到的人物有西门庆、陈敬济，有家人来旺、小厮玳安、书童和画童，有道士金宗明，以及王婆之子王潮儿；有西门庆妻妾吴月娘、孟玉楼、潘金莲、李瓶儿、庞春梅，有仆妇宋惠莲、王六儿、贲四嫂和奶妈如意儿，有世家王招宣府林太太，伙计韩道国女韩爱姐，有妓女李桂姐、郑爱月。这里有丈夫和妻妾的"正色"，也有不正常的女婿炁小丈母；有主仆同槽，也有仆私主妇；有正常的色欲，也有性歧变。当然这只是从回目来分析，其实就全书来看，对于性事的描写要多得多。所以，《金瓶梅》给人的感觉是：性，无处不在。

《金瓶梅》中两性书写的相关内容，除以上谈及的性描写外，性意象也是其中的重要方面。性意象的描写在书中较为分散，如"烧夫灵和尚听淫声"一回，有位和尚僧伽帽被风刮在地上"露见青旋旋光头，不去减，只顾攘钹打鼓"；第三十八回有王六儿棒槌打韩二捣鬼；来昭夫妇的儿子名小铁棍儿，于西门庆、潘金莲大闹葡萄架时出现，于西门庆和王六儿狮子街房子交接时再现；第七十二回潘金莲因棒槌抠打如意儿。张竹坡在秋菊向奶妈如意儿借棒槌时批道："昔日棒槌打捣鬼之时，雪夜琵琶已拼千秋埋恨；今日瓶坠簪折，如意不量，犹欲私棒槌以惹嘲，宜乎受辱。使金莲将翡翠轩中发源醋意，至此一齐吐出。然后知王六儿打捣鬼，必用棒槌之妙也。"性意象最为集中的回目，当数"永福寺馈行遇胡僧"一回。胡僧的外貌，胡僧的住处"西域天竺国密松林齐腰峰寒庭寺"，西门庆招待胡僧的饮食，都具有极为明显的性意象。后文薛姑子"剃的青旋旋头儿，生的魁肥胖大，沿口豚腮"，两个徒弟名妙凤、妙趣，也同样具有性的意象。

《金瓶梅》中众多的性描写和性意象，使其难以摆脱"俗"的称谓。虽然这些性描写和性意象均是为塑造人物形象、表现人物性格而写，而不是像后代学《金瓶梅》不成而"独描摹下流言行"[1]的小说。但也正是书中众多的性意象和色欲的描写，使得《金瓶梅》一书并未能完成由俗向雅的转化，无论学者、专家，还是普通读者，大概没有人会认为它是一部大雅之作。不仅如此，有部

---

[1]　鲁迅《中国小说史略》，人民文学出版社1973年版，第153页。

分读者和学人还将其归入低俗、庸俗的作品。

综上，从《金瓶梅》对于衣食用度的描写，对于活跃于其中的碌碌众生的描写，对于西门庆妻妾争风吃醋的描写，对于书中的色欲和性意象的描写，都使得该书难于免俗。此外，书中关于人物的命名和字号，关于儒士的描写，关于官场的描述，关于狭邪之地北里的叙述，都无不透出俗的意蕴。《金瓶梅》是出身于中下层知识分子的兰陵笑笑生对于他所最熟悉的人和事的描写，是一部通俗的小说。我们说《金瓶梅》是一部俗书，是一部俗世奇书，是因为作者兰陵笑笑生的创作初衷即是为中下层市民著书立传，将美好的事物毁灭给人看，将丑恶的事物撕破给人看。所以，我们才有伟大的现实主义巨构，才会有《金瓶梅》这一杰作。《金瓶梅》被称作俗书，是因为它的定位即是"俗"，但这丝毫无损于它的伟大。

[作者简介] 付善明，天津理工大学讲师。

从民国家庭小说生态看《金瓶梅》的示范意义

贺根民

内容提要 《金瓶梅》打造一幅市井社会的全息图像，突破之前家庭书写的零散状态，它以冷峻的笔调剖析家庭废墟上所弥漫着的悲凉之雾，反映了晚明社会的末世景象。在寄意时俗的遐想中去多维透视社会、映照人生，《金瓶梅》复制出第一个具有中国意蕴的家庭典型环境，调动口语俗笔替市井细民写心，凸显了中国小说史上家庭视角的独特价值，引领后世小说贴近尘世时俗的写实趋向。民国文人承袭《金瓶梅》的家庭视角，对接启蒙和救亡的时代呼声，深度省视社会转型期的家庭生态，在民国机制的作用下实现家庭小说书写的古今演变，助推中国文学的现代化进程。

关键词 家庭小说 《金瓶梅》 民国 示范意义 聚焦

家庭作为中国社会肌体的基本单元，它依赖血缘与婚姻关系形成相对稳定的社会生活形式，基于家庭、家族而建构的宗法体制成为社会存在和发展的柱石。在血缘伦理型社会之中，家庭往往是封建伦理的执行单位，它具有生存场所和精神家园的双重属性，是个体生命起讫的文化支点。无数个家庭所凝聚的民族文化性格沉淀为一种集体文化，打造家国一体的文化镜像。晚明以降的小说家倾情于家庭，从不同视角去透视传统文化生态，绘制了五色斑斓的家庭小说书写镜像，打造了中国小说史上一道独特的景观。寄意时俗、立足于家庭的兴衰变迁来考察社会人生，成为《金瓶梅》所标领的文化视角。早在20世纪之初，黄人《中国文学史》就将《金瓶梅》定位为家庭小说，发掘《金瓶梅》的家庭小说特质。田秉锷、张俊、杨义、杜贵晨诸先生亦有相关的精彩论述，他们进一步推戴《金瓶梅》的家庭小说的审美取向。民国文人承袭《金瓶梅》的世情视角，对接启蒙和救亡的时代呼声，深度省视社会转型期的家庭生态，在民国机制的作用下实现家庭小说书写的古今演变，助推中国文学的现代化进程。

一、民国家庭小说生态及其主要趋向

文学文本是社会生活被不断擦洗和刷新的表征，五四新文化运动局部解构了传统文学观念。东来的西学加速中国文化拥抱世界的进程，它糅合中华传统学术的自新机制，刷新着国人的认知谱系，个体意识自觉和民族国家想象成为中国现代化的重要内容。在文化"他者"的观照下，应和着晚近民族国家共同体的建构步伐，控诉传统大家庭的罪恶、揭露家族制度的吃人本质，个体与国家藉以对传统家庭的批判和反省而同谋共构。缘于 1902 年梁启超《论小说与群治之关系》的鼓吹，小说一反昔日的小道卑体认定，文类地位空前提高，逐渐从"私人化"到"国家化"过渡。小说成为民国文学书写的主流样式，它负载着兴国安邦、关心民瘼的宏大目标。个体自觉意识加速国人脱离传统的趋势，个体便在家庭和民族国家想象之间走钢丝，自从 1919 年傅斯年在《新潮》上指控家庭为"万恶之原"后，个体和国家的纠葛因为家庭的参与便获得新的叙述空间。个体的身心争夺成为民国各种家庭与国家话语拼杀的重要内容，日益恶化的民族危机致使国家赢得对个体话语的控制权。职是之故，民国妇女解放、身体自由等相关目标设置。大多关联民族国家共同体的建构，家庭伦理与国家想象成为时代天秤上摇摆的砝码，民国小说书写踏上了漫长的家国冲突之旅。

个人的发现和创造"新人"是新文化运动的重要功绩之一，它是梁启超"新民说"开出的时代之花，突破传统宗法体制的束缚是张扬其存在价值的重要体现。在启蒙与救亡的旗帜下，新文化人往往出于批判传统文化的考虑，书写新一代青年走出家庭牢笼的真实历程，勾勒破家立国的宏大叙事模式。为了自立于世界民族之林，建立一个现代民族国家，横亘在国家和个人之间的家庭自然成了他们实现宏大理想的主要障碍，传统家庭及其附丽的宗法体制成了民国小说家集中攻讦的目标。陈独秀、李大钊一度孜孜推行新文学建设，但是文学只是他们改造国民、施展政治抱负的手段而已，毕竟最能牵动他们心弦的仍为文学的政治承载。真正全面暴露和批判传统家庭弊害，以改造国民性来助推文学"首在立人"的使命的，还得从鲁迅那里发凡起例。鲁迅《狂人日记》作为文学革命的急先锋，开启了民国批判家庭、家族制度的文学创作模式，引领家庭小说启蒙主题的言说路径，在个人遭际和国家命运的关联上展开想象。《药》中的夏三爷害怕株连去告发亲侄，显示人性的阴险和自私。《伤逝》中子君"我是我自己的，他们谁也没有干涉我的权力"的宣言发出民国文学天空的最强声音，撕裂封建礼教禁锢女性身心的铁幕，身体解放或离家出走成为她们顺应国家呼唤的回答。鲁迅小说集《呐喊》《彷徨》中不少篇目都关涉家庭问题，《呐喊》中的《明天》《兔和猫》，《彷徨》中的《祝福》《弟兄》都在家庭之中设置叙事场景，直面家族伦理的虚伪和残忍，而就单部作品而论，其乡土小说并非民国家庭小说的典范，但其全面而深刻的考察视野和创作实绩，又为民国家庭小说的兴盛奠定了坚实的基础。

备经五四新文化的洗礼，新文化人大多理性地省视传统家庭文化，检讨敦亲睦族的伦理原则，将个体意识的觉醒浸透于家庭小说的书写之中。巴金、老舍、路翎、萧红作为一代受过五四文化熏陶的小说家，掀起民国家庭小说创作蔚为大观的局面。在20世纪中国文学史上，巴金"激流三部曲"是家庭小说的精彩华章。其1931年的《家》择取一个四世同堂的大家庭，演绎这江河日下大家庭的悲欢离合。他以批判与忏悔并举的格调，既客观抖露大家庭的专制与龌龊，鞭挞封建礼教扼杀青年一代的罪恶，却又本能地流露对父慈子孝、兄友弟恭的宗法伦理的认同与眷念，展示废墟上涅槃重生的人生拷问力度。而其《憩园》则以一所大公馆两代人的悲剧来揭示寄生生活对人性的腐蚀，批判福荫后代的陈旧观念。1938年林语堂《京华烟云》例以三个家族来全景式透视现代中国的社会变迁，推崇家庭的自然和谐、人情诗趣之美，高赞家族制度的道家化。1935年李劼人《死水微澜》和1944年开始创作的老舍《四世同堂》均属意家庭视角，都对社会风云和民族国家命运做了微观化处理。在前者中，小家庭蔡家兴顺号的否极泰变是社会各派势力浮沉的晴雨表；而后者的祁家大院则是打捞民族文化记忆、观照非常时代的国人对待家国态度的重要窗口。1943年张爱玲《金锁记》侧重情感、欲望等因素来撕裂两性温情的面纱，展示现实人生刻骨铭心的失落。《金锁记》中的姜公馆、《倾城之恋》的白公馆，以及《家》中的高公馆，已成为没落社会的象征。张恨水《金粉世家》谱写冷清秋争取个人尊严的努力，借佛学来咏叹宇宙人生的悲幻虚无；巴金《家》饱蘸情感来抒写鸣凤之死，凸显人的存在意识。

民国作家以其生花妙笔，砸碎传统家庭的枷锁，解构和重新检讨旧式家庭的存在形态。大体来说，民国家庭小说呈现批判和眷念的双重特质，20世纪 20 年代的家庭书写多为与旧式家庭决裂的反叛宣言、冲破罗网的呐喊；30 年代则逐渐回归理性分析的途辙；40 年代更趋多元和复杂，犀利的批判话语之中不乏温情的留恋和眷顾，多了几份人生沧桑，少了些许呐喊的激情。在启蒙思潮的影响下，破家立国的文学主题在路翎的《财主底儿女们》、靳以的《前夕》、林语堂的《京华烟云》均得到不同程度的显示，家庭伦理逐渐失去其神圣的光环，预示着家族制度必将崩溃的命运。巴金以新旧两代的冲突来抒写父权制度的终结，批判和诅咒大家庭的罪恶，也客观展示对国家和民族前途的担忧。张爱玲致力于人性的挖掘，抖露上流社会残缺之家的龌龊与污秽，以人性的扭曲来解构传统家庭伦理。如果说巴金、张爱玲属意于揭示传统家庭的残忍和虚伪，那么林语堂、老舍则在批判旧式家庭罪恶的同时，也不自觉地对融融泄泄的家庭伦理许以少有的眷念。民国作家眼中之家关联着乡土中国与文人精神世界，并由此拓展，辐射至广阔的社会百态和历史变迁。大体而论，鲁迅的家庭叙事侧重外在冲突，视小说为社会矛盾的浓缩，在很大程度上是讨伐等级森严的人伦规范；张爱玲更多从情感、欲望等人性内视角拓展，抖露沉重枷锁下的欲魔肆虐效应；老舍和林语堂的家庭书写则绾合了家庭存在的内外视角，既借家庭来透视社会人生，也客观认同基于血缘关系的家族亲情；有别于五四先驱的狂躁呐喊，京派小说家静观家庭宗法体制，勾勒相依为命、清新淳朴的乡村家庭，不无柔情的裹挟和流露。沈从文《长河》和《菜园》、废名《竹林的故事》和《桥》则戛戛独造田园牧歌式的家庭，探究古朴家庭的人性之美。如此，处于社会转型期的民国小说家激于民族国家想象，开启对传统宗法体制的深度批判模式，不可避免地刻画了个体和家庭的冲突与矛盾，而内化于血液之中的寻祖意识，致使他们仍无法完全消解对家庭的身心依恋，或许这就是民国家庭小说杂沓纷纭的文化生态。

二、《金瓶梅》开创的家庭视角路数

"著此一家，即骂尽诸色。"①《金瓶梅》作为世情小说的典范之作，它择取西门庆一家的发迹变泰来展示炎凉世态，以迥异于《三国演义》《水浒传》等小说斤斤于帝王将相、英雄豪杰的传奇趋向，属意世俗家庭的琐碎事务，藉以家反宅乱来映照广阔的人生万象，开辟了中国长篇小说反映生活的新路。家庭作为一种题材类型，其选材至少自《世说新语》已经发轫，魏晋志人小说、宋元话本均有不少关涉夫妇之伦和家庭生活的篇什，宋元话本像《快嘴李翠莲》《刎颈鸳鸯会》《志诚张主管》等作品为《金瓶梅》的诞生做了题材和叙事格调上的准备。《三国演义》《水浒传》亦曾注意到家庭题材的文化价值，但家庭题材自觉和独立直至《金瓶梅》方才真正实现。突破昔日小说为帝王将相、神仙佛祖摹声绘神的积习，《金瓶梅》贴近现实生活的创作取向开辟了小说创作的新路。对此，杜贵晨先生的断论颇为精到："《金瓶梅》作为第一部家庭小说的意义，决不止于与《三国》诸书为异曲同工，而是提供了文学更深入具体地写人、人的本性、时代精神和社会风貌的典范。"②沿袭宋元话本凸显家庭题材的审美取向，《金瓶梅》实现对《水浒传》中市井风情书写的有效移植，它标举了家庭小说的题材和主题方面的类型传统。《金瓶梅》立体表现以西门庆家庭为核心的日常生活及其社会网络，反映了晚明社会的末世景象，凸显了中国小说史上家庭视角的独特价值。

郑振铎推崇《金瓶梅》叙事艺术的开创意义，他以《金瓶梅》与《水浒传》《西游记》《封神演义》对比，视后三者为中世纪产物，"只有《金瓶梅》却彻头彻尾是一部近代期的产品。不论其思想，其事实，以及描写方法，全都是近代的。在始终未尽超脱古旧的中世传奇式的许多小说中，《金瓶梅》实是一部可诧异的伟大的写实小说。她不是一部传奇，实是一部名不愧实的最合于现代意义的小说。"③《金瓶梅》打破中和之美的传统观念框架，从家庭视角谱写情爱与死亡的双重主题，勾勒一部富有"现代意义"的世情

---

① 鲁迅《中国小说史略》，齐鲁书社1997年版，第144页。
② 杜贵晨《〈金瓶梅〉为"家庭小说"简论：一个关于明清小说分类的个案分析》，《河北大学学报》，2001年第4期。
③ 郑振铎《插图本中国文学史》，中国社会科学出版社2009年版，第792页。

生活画卷。《金瓶梅》因西门一家辐射至社会的方方面面，形成以家庭为核心，藉以西门庆情欲而延展的家庭生活圈，展示情欲与死亡的主题；藉以西门一家的人际交往所达成的商界、僧道、市井朋友圈，展示唯利是图的生活法则；藉以西门庆攀高依附相互利用所结成的官场网络，展示官商勾结、沆瀣一气的官场定理。张竹坡《批评第一奇书〈金瓶梅〉读法》第 84 条载："《金瓶梅》因西门庆一分人家，写好几分人家。如武大一家，花子虚一家，乔大户一家，陈洪一家，吴大舅一家，张大户一家，王招宣一家，应伯爵一家，周守备一家，何千户一家，夏提刑一家，他如翟云峰，在东京不算。伙计家以及女眷不往来者不算。凡这几家，大约清河县官员大户，屈指已遍。而因一人写及一县。"[1] 家庭生活成为小说叙事的主要内容，以西门庆家庭为核心，引出其他家庭，勾勒一幅家庭生活的全景。作为富商、官僚、恶霸三位一体的西门庆，其多色杂合的身份标识折射资本积累时期商人的基本品味，贪婪无耻的流氓手段、专横跋扈的行径展示独罪财色的意旨，小说文本也借以他对财色无边追逐来显示市井生活的新法则。商业文化正以其不可遏制的势头冲破儒家文化的铁幕，欲望泛滥导致人性的失落，显示社会转型期的文化裂变。《金瓶梅》藉以西门庆的社会关系网，关涉八百多号人物，形成纵横交织的人际关系网络，以西门庆为代表的权商征逐于市井、官场、商场等多个领域，反映了明代中叶以来物欲横流的社会风貌，展示作者冷静的人生思考。若此，富有现代意义的《金瓶梅》打造了一幅市井社会的全息图像，突破之前家庭书写的零散状态，引领后世小说贴近尘世时俗的写实趋向。

《金瓶梅》复制出一个独具中国意蕴的家庭小说环境，确立后世家庭伦理型小说的演变模式。兰陵笑笑生贴近晚明的文化生态，营造世俗家庭成员栖息的特定环境，赋予其以鲜明的个性特征，这既展示西门庆唯利是图的贪婪本性，又客观表现他精明能干的角色属性，凸显人物的多色性格。迥异于女性的传统定位，《金瓶梅》中的女性绝少婚姻的束缚，闻"性"而动，男人借财可以渔色，女人藉色可以敛财，《金瓶梅》中的欲望男女部分解构了门当户对的婚姻观念，

---

[1] （明）兰陵笑笑生著，王汝梅校注《皋鹤堂批评第一奇书金瓶梅》，吉林大学出版社 1994 年版，第 49 页。

子嗣的传承让位于情色本位，欲望本能的释放形成女性地位大面积改善，这不单见于妇女改嫁之上，亦表现于女性的家庭地位提升，譬如孟玉楼的改嫁、李瓶儿和王六儿对家庭话语的把控，所有这一切，均蕴含着男权文化的解构和传统婚姻的颓丧之势。《金瓶梅》以点及面，假诸家庭的窗口来深度解读和剖析社会，展示中国小说史上家庭视角的独特价值，标举了家庭——社会的立体网络式的叙事模式。张竹坡云："作《金瓶梅》者，必曾于患难穷愁，人情世故，一一经历过。入世最深，方能为众脚色摹神也。"① 感同身受、穷愁著书，兰陵笑笑生属意构思一篇晚明市井的社会风俗报告，为物欲横流的社会末世弹奏一出凄冷的挽歌。直面市井生活，西门大院成为各类反面角色的汇聚之所，夫纲不立、妇道不修、尊卑失序、奢侈破家，帮闲牙婆频频光顾西门大院，就连其常住之人，举手投足亦难脱市井的笼罩，人性的扭曲和肉欲的恶性膨胀造成《金瓶梅》肮脏而龌龊的世界。

《金瓶梅》是一处市井之常谈、闺房之碎语的语料富矿，调动俗笔俚语为市井细民写心、日常口语的娴熟运用，是其基于家庭视角所开创的一条重要途径。《金瓶梅》语言带有说唱艺术的痕迹，它以真切、俚俗的语言来表现俗态世情。兰陵笑笑生熟悉市井生活习俗，他往往以生动活泼的口语，甚至采用不加修饰的现场对白，勾勒毕肖声口的人物性格。小说第一回中西门庆与应伯爵的那段对话，颇有市井况味："西门庆因问道：'你吃了饭不曾？'伯爵不好说不曾吃，因说道：'哥，你试猜。'西门庆道：'你敢是吃了。'伯爵掩口道：'这等猜不着。'西门庆笑道：'怪狗才，不吃便说不曾吃，有这等张致的？'"② 寥寥几笔，如见其人。活画应伯爵这类的帮闲帮嫖贴食、又死要面子的丑态，简短的市井对话，切近彼此各具特质的性格。《金瓶梅》大量采撷市井细民所熟悉的俗语、方言、隐语、歇后语入文，以此来刻画人物的典型性格，这些语言，大多来自日常生活，通俗浅显。姚灵犀《瓶外卮言》之"金瓶集谚"收集谚语376条，补遗12条，就达388条之多。大量富有生气的市井俗语，铸造了这

---

① （明）兰陵笑笑生著、王汝梅校注《皋鹤堂批评第一奇书金瓶梅》，吉林大学出版社1994年版，第45页。

② （明）兰陵笑笑生著、王汝梅校注《皋鹤堂批评第一奇书金瓶梅》，吉林大学出版社1994年版，第26页。

部引领后世创作的世情杰构，这适如时彦所论："《金瓶梅》的思想与艺术都与它作为第一部以家庭日常生活为题材的小说特点联系在一起，它的小说史意义也与此密不可分。"① 不避粗俗的市井俗语，生动而畅达，还能获得丰富的现场感。小说第六十回叙述官哥断气身亡后，潘金莲转向李瓶儿，落井下石，对着丫头指桑骂槐："贼淫妇！我只说你日头常晌午，却怎的今日也有错了的时节。你'班鸠跌了弹也——嘴答谷了'！'春凳折了靠背儿——没的椅了'！'王婆子卖了磨——推不的了'！'老鸨子死了粉头——没指望了'！却怎的也和我一般？"② 这段文字藉以一句谚语、四句歇后语来刻画妒意满怀的潘金莲。满嘴粗俗切合了其缺乏教养的角色本位，也勾勒她欲置对方于死地而后快的蛇蝎心肠。但是问题的另一方面亦不容忽视，粗糙俚俗的语言难免会走入市井油滑的陷阱，这也预设了"深得《金瓶》壶奥"——诗性小说《红楼梦》改弦更张的契机。

三、《金瓶梅》与民国家庭小说视角的共同特质

绘制多色复合的家庭，成为《金瓶梅》等家庭小说反映社会的共同视角。《金瓶梅》以西门庆和潘金莲等个体生命的死亡，揭示纵情声色与个人毁灭的必然关联，这帮情色男女的滔天欲浪不断冲击着封建礼教的堤坝。维系家庭的基本伦理正因为欲望的泛滥而逐渐崩溃，且不说西门庆良莠不分的欲望放逐，就连围绕他而结成的人际网络也成了一个寡廉鲜耻的种群。王六儿夫妇想尽法子博取他的欢心，阀阅之家的贵妇人林太太抵御不了金钱的诱惑，主动靠近西门庆。西门大院仿佛有一口巨大的染缸，财色欲望的牵制致使出入其中或在周边徘徊的，均不自觉地被染色，受其驱遣，造成人性的迷失和精神的荒漠化。《金瓶梅》与民国家庭均具有开放型的家庭表征，且不论民国各色的家庭书写，早就是各种社会力量的竞技场。明末的第一个典型家庭——西门大院，它不仅向内开放，身为女婿的陈经济可以自由出入内闱；也对外开放，妓女、僧道、江湖医生、牙婆光顾其门，穿梭其中；更有甚者，西门大院的女眷公开走出家

---

① 刘勇强《中国古代小说史叙论》，北京大学出版社 2007 年版，第 286 页。

② （明）兰陵笑笑生著，王汝梅校注《皋鹤堂批评第一奇书金瓶梅》，吉林大学出版社 1994 年版，第 903 页。

门，这一切均撬动着封建大厦的根基。民国小说家不约而同地选择家庭视角来透视社会百态和人生际遇，已成为民国小说赓续传统的重要显现。家庭作为一种观察社会的绝佳窗口，其所承载的集体符号意义被放大，赋予了广阔的空间意义。直面家庭、家族的种种黑幕和罪恶，控诉礼教"吃人"的残酷现实，家庭叙事还夹杂田园牧歌式的理想建构，应然的现实表现与必然的理想诉求形成悖论，乡土中国的宗法规约与精神世界的自由感召成为民国小说家惯常拿捏不定的存在焦虑。

　　小说题材由传奇趋向写实，家庭作为一个独特的叙事视角，它自《金瓶梅》以来就沉淀为一个较为系统的叙述体系。家庭关乎社会与中国文化的根本，家庭小说书写或隐或显地反映中国文化和政治的演变。小中见大，家庭人物往往具有多种社会身份，其举手投足关涉社会生活多个领域。家庭兴衰成为社会沉浮和人物命运的晴雨表，家庭小说实现了由一家推及一国和社会的考察路径，广视角、多侧面地展示社会生活画卷，确立以家庭为核心来透视社会大千的叙事模式。宏大叙事微观化的处理方式、贴近文化生态的写实笔触，建构了家庭伦理型小说创作的基本范式。藉以一个家庭的兴衰变迁来映照国家和社会的观念变化，这已成为古今家庭小说透视社会万象的基本方法。民国家庭小说更多地取材家庭生活琐事，由一家来推及天下，绘制社会转型期价值观念和世态人情的演变脉络。李劼人《死水微澜》以成都天回镇蔡家兴顺号为背景，绘制教民与袍哥的势力消长镜像，其他诸如土豪、官府、洋教会的角逐与斗争，形成合力，掀起一阵窳败死水般的神州大地上的微澜。邓幺姑为了欲望而出奔，不无女性希冀社会平等的呐喊。但在发生缘由上，其与《金瓶梅》中孙雪娥私奔来旺儿的动机，不无暗合之处，欲望缺位或是其背后的推手。老舍《离婚》择取七对怨偶，以幽默、调侃的笔触，在离婚的阴影下考察普通人家的衣食住行和人际关系，藉以个体人生困惑来抒写社会的沧桑巨变。

　　《金瓶梅》突破昔日小说"花开两朵，各表一枝"的叙事方式，有别于历史演义和英雄传奇的线性结构或串珠结构，标举了收放自如的网状叙事结构。家庭小说通常借诸一个核心人物在典型环境中的特色表演，展示其在小说叙事结构上的引领和统摄功能。千头万绪、平凡琐碎的家庭细事往往因为核心人物的掌控而变得清晰有序。聚焦于核心人物，可收纲举目张之效，这无论综括西门庆的生活轨迹，抑或关注民国家庭小说中典型人物的言行，均从不同侧面传递了家庭视角的叙事张力。出于文类提升的需要，中国小说具有天然的慕史观念，家庭小说往往出自为家庭立传的考虑，染带浓郁的史传色彩。在张竹坡看来，品读《金瓶梅》能得阅读《史记》之妙："吾所谓《史记》易于《金瓶》，盖谓《史记》分做，而《金瓶》合做。即使龙门复生，亦必不谓予左祖《金瓶》。而予亦并非谓《史记》反不妙于《金瓶》。然而《金瓶》却全得《史记》之妙也。"①《金瓶梅》从《水浒传》中拈出一段男女情色故事敷衍成一部家庭兴衰变迁史，欲望男女的情色追逐、家反宅乱等种种事实都藉以家庭而上演，公馆、大院成为家庭叙事的基本文化生态。家庭小说折射着民族文化心理演变，它是民族精神具体而微的反映。有别于西方家庭叙事更关注凸显当下现实的趋向，我国家庭小说更乐从历史维度来展示其叙事的厚重和纵深感。

家庭视角下的人物塑造，彰显了女性角色的圆型性格和独立地位。家国同构的文化机制制约着家庭伦理的基本趋向，无数个家庭因为血缘和雇佣关系而放大了集体的威慑力量。女性作为助推社会发展的重要力量，尽管在《金瓶梅》之前就活跃于文学领域舞台之上，但其大多沦为帝王将相、英雄豪杰的点缀，她们偶然出现的身影亦多为某一类道德标签的替代，并未获得独立的人格价值。《金瓶梅》开启了女性独立时代，三个叛逆女性的滔天欲浪张扬了女性的自觉意识，西门大院内外各具特质的人物行举凸显了生活的本真，其鲜活行为再现了生命的光彩和锋芒。梁启超所标领的"小说界革命"开启了晚近的文学国家化，民国家庭小说沿袭《金瓶梅》以来的家反宅乱趋向，从而在破家立国的框架中找就情节推演的定位。时代风潮刷新民国文学的天空，沾溉人道主义思潮，子君（《伤逝》）、琴（《家》）、曾树生（《寒夜》）这群五四女儿一如娜拉式的集体出走，成为民国女性谋求个体解放和经济独立的姿态，杜赞奇云："中国五四时期的文化叛逆者利用另外一种策略把妇女纳入现代民族国家之中，这些激进分子试图把妇女直接吸收为国民，从而

---

① （明）兰陵笑笑生著，王汝梅校注《皋鹤堂批评第一奇书金瓶梅》，吉林大学出版社1994年版，第39页。

使之拒绝家庭中建立在亲属关系基础上的性别角色。"① 民国家庭小说中的女性大都血肉丰满，她们异彩纷呈的内心世界凸显了人格独立。尽管她们还备受封建礼教的束缚，甚至甘愿臣服它的辖制，成为破坏他人幸福的制造者。譬如《金锁记》中的曹七巧，缘于经年的情欲缺位和压抑，渴求补偿心理和寡妇道德促使其心理异化。她热衷于破坏女儿的婚恋，不惜手段葬送儿子的幸福，成为特定家庭中被扭曲的"这一个"，如此疯狂的报复足可媲美潘金莲。坚硬的"贤妻良母"古典审美岩层被穿透，她已经走出男性文化的阴影，尽管她采取相当变态的方式。

四、《金瓶梅》式的家庭小说流变

《金瓶梅》的开创和尝试，引发后先传承的家庭小说系列，这大概有三条并行不悖的小说发展脉络，一是承传《金瓶梅》情欲书写路径而成的艳情小说，它们是明清人欲思潮凸显的产物，切合了书商媚俗射利的需要；一是脱胎《金瓶梅》却反拨其淫滥而成佳话的爱情传奇书写，这类以青年男女恋爱、婚姻为主题的小说类型，通常称为才子佳人小说。才子佳人小说多以才貌双全的概念化形象，在一见钟情——小人拨乱——终得团圆的情节编织中营造花娇月媚的审美风貌；一是学步《金瓶梅》，以小说中的主要人物名篇，却摈弃色情书写的小说类型，形成与才子佳人小说有交叉的一类"异流"小说。较于《金瓶梅》以一家而洞及整个社会的文化趋向，艳情小说多属意于男女情欲的自然泛滥，才子佳人小说多对接青年男女的情感世界，它们都不太关注家庭之外的社会人生。《金瓶梅》式异流小说则接续世情小说写时俗、重人情的特质，扬弃其情色呈现的自然主义趋向，注重小说品位的提升。植根家庭本位，抒写世态人情，秉持各具其致的情色叙事技巧，它们一道推动了家庭小说兴盛。才子佳人小说作为一种历时性的小说类型，虽不乏唐传奇的文化影响，至明清崛兴，实为市民意识与启蒙思潮的双重作用之物。但《合浦珠》《五凤吟》等才子佳人小说主题近似、情节重复，才貌双全的人物形象沦为一类概念化的符号，创作程式化而为人诟病。《红楼梦》第一回就指出："至若佳人才子等书，则又千部共出

---

① 杜赞奇著、王宪明等译《从民族国家拯救历史：民族主义与中国现代史研究》，社会科学文献出版社 2003 年版，第 10 页。

一套，且其中终不能不涉于淫滥，以致满纸潘安、子建、西子、文君，不过作者要写出自己的那两首情诗艳赋来，故假拟出男女二人名姓，又必旁出一小人其间拨乱，亦如剧中之小丑然。"① 较以才子佳人小说的创作理路，此论确实命中软肋。

有别于才子佳人小说"千部共一套"的书写积习，《金瓶梅》式异流小说的主人公有意常中出奇，它部分突破了专注于男女爱情婚姻的俗套，展示更为广阔的社会生活。鲁迅《中国小说史略》载："《金瓶梅》《玉娇李》等既为世所艳称，学步者纷起，而一面又生异流，人物事状皆不同，唯书名尚多蹈袭，如《玉娇梨》《平山冷燕》等皆是也。至所叙述，则大率才子佳人之事，而以文雅风流缀其间，功名遇合为之主，始或乖违，终多如意，故当时或亦称为'佳话'。察其意旨，每有与唐传奇近似者，而又不相关，盖缘所述人物，多为才人，故时代虽殊，事迹辄类，因而偶合，非必出于仿效矣。"② 此类小说人物塑造虽未能完全消褪类型化色彩，但毕竟凸显了小说塑造人物这一核心任务，关注人物性格的丰富和复杂，显示小说创作的新突破。像明末的《金云翘传》以王翠翘与金重的爱情故事为线，展示窳败腐朽的社会体制；《金玉缘》《玉楼春》《英云梦传》诸作均置于广阔的社会背景之中来谱写爱情传奇，凸显了典型环境中典型性格。"如果说《金瓶梅》典型地反映了明代中后期的性解放思潮及其世态，那么，这一类小说则分别表现了作品产生时代的思想主流、价值取向、婚恋民俗、风土人情和朝野大事，因此它们超越了才子佳人小说的范围，更符合世情小说的特征。"③ 有别于《金瓶梅》演绎的其他两条脉络，这类异流小说登堂入室、继往开来，延续了家庭小说不息的文化命脉。

立足于家庭视角，《林兰香》《醒世姻缘传》《红楼梦》《歧路灯》汇成争相辉映的家庭小说镜像。《林兰香》侧重爬梳知识女性的精神焦虑和命运悲剧；《醒世姻缘传》撷取家庭的发迹变泰来正视封建伦理悲剧；《歧路灯》聚焦世家子弟从误入歧途到迷途知返的历程，透视家庭和社会的教育问题。它们承袭

---

① （清）曹雪芹著，刘继保、卜喜逢辑《红楼梦：名家汇评本》，北京图书馆出版社 2008 年版，第 3 页。

② 鲁迅《中国小说史略》，齐鲁书社 1997 年版，第 151 页。

③ 沈新林《论〈金瓶梅〉式异流小说》，《南京师范大学文学院学报》2012 年第 4 期。

《金瓶梅》的家庭视角，立足家庭去观察人生、体悟社会，形成璀璨的艺术汇流。王启忠指出："《金瓶梅》具有得风气之先，为数第一的里程碑的历史意义，后才出现《醒世姻缘传》《红楼梦》和《歧路灯》等对完整家庭环境出色的描写"。[①]《金瓶梅》复制出典型的家庭环境，藉以"异流"之作和才子佳话的接续，形成浩浩荡荡的家庭小说创作潮流。应当承认，在诗化小说《红楼梦》诞生之前，才子佳人小说和《金瓶梅》式的异流小说延续了家庭小说的书写理路，填补了两部家庭小说杰构之间的空白地带，助推了世情小说的高峰出现。《红楼梦》建构了一处兼有世俗和理想双重色彩的大观园，上演少女梦幻破灭的悲剧，展示作者对社会人生的深沉思索。宝黛爱情悲剧与四大家族的盛衰荣枯，经纬交织，显示封建大厦崩溃的必然趋势。如前所论，《红楼梦》劈头就数落才子佳人小说的创作痼疾，侧面递送了《金瓶梅》式异流小说孕育《红楼梦》的存在事实。摒弃艳情小说的淫滥趋向，沿袭中国文学抒情传统，《红楼梦》大量援引韵文来塑造人物，并对故事进行雅化处理，《红楼梦》矗立了异流小说基础上的另一高峰。

周作人《中国新文学的源流》以言志和载道倾向来勾勒中国文学的演变脉络，将新文学的源头追溯至明末的公安派和性灵派。他批判新文化运动中那些专慕西学而抛弃传统的极端做法，侧重传统文学的内部变革来寻求新文学的传统。新旧文学之间血脉相连，家庭小说固有一条相对独立的文化之旅，在小说观念、审美取向及创作实践上，民国家庭小说与《金瓶梅》系列的家庭小说有着不可分割的历史关联，家庭小说内孕着继承与创新的两种指向。立足世态人情，从简单粗糙的线性结构到复杂交错的网状脉络，反映社会的风云变幻，《金瓶梅》及其异流小说标举了家庭小说的新路，巴金《家》、老舍《四世同堂》等家庭小说书写无不受此影响。《金瓶梅》所标举的家庭小说的独特视角，或显或隐地影响到民国的小说创作，至少巴金、林语堂、张爱玲就一度浸染《红楼梦》等家庭小说，胡适、徐志摩都曾对《醒世姻缘传》着迷。林语堂之女林如斯《关于〈京华烟云〉》载："1938年的秋天，父亲突然想起翻译《红楼梦》。后来再三思虑而感此非其时也，且《红楼梦》与现

---

① 王启忠《金瓶梅价值论》，上海文艺出版社1991年版，第19页。

代中国距离太远，所以决定写一部小说。"①这就侧面传递了家庭小说古今传承的文化面影。毋庸讳言，拥抱世界的民国家庭小说不乏有对西方经验的借鉴，艾米莉《呼啸山庄》、左拉《卢贡—马卡尔家族》、陀思妥耶夫斯基《卡拉马佐夫兄弟》之类的家庭小说杰作为民国文人提供了别样的异域参照。但是较于成熟稳定的中国宗法体制，西方家庭只是基于血缘关系组合的松散共同体；我国家庭小说往往借家庭视角来关注社会问题，凸显历史的厚度，西方的家庭小说则大多只留意当下现实；强调故事性一直是西方家庭小说的传统，而我国的家庭小说除此之外，更深受抒情传统的影响，常援引韵文入小说，追求叙事的诗性色彩。《文心雕龙·体性》载："夫情动而言形，理发而文见，盖沿隐以至显，因内而符外者也。"②衡以民国小说家深厚的国学根底，《金瓶梅》以来的家庭小说传统是融化在血脉之中蒂固根深的文化记忆。世界文学画廊中的相近题材并不能满足民国小说家的营养期待，深厚的民族文化才是民国家庭小说兴盛的根本，吮吸传统文化土壤养分而茁壮成长，域外经验充其量只是其远因而已。

五、结语

宗法体制下的家庭是血缘关系和文化责任的集散地，家庭叙事作为中国文学的固有指向，承载起中国文人由一家及一国、关注社会大千的文化担当，具有不可或缺的地位和作用。民初胡适鼓吹"整理国故"运动，号召用西方科学方法来重新检讨中华传统学术。在此风潮之下，胡适、俞平伯标举了新红学派，鲁迅《中国小说史略》和胡适《中国章回小说考证》的出版，奠定了中国小说研究的基础。正是民国小说家的不懈努力，实现家庭小说的时空链接，在叙事场景和叙事视角等维度打造家庭小说独特的创作家法，形成人物杂沓、经纬交织的网状结构。云霞满纸的《金瓶梅》消褪了人物形象的理性主义色彩，藉以琐碎杂事来塑造个性鲜明的人物群像，它将人们视线从金戈铁马的战场、热血豪肠的江湖移向平淡无奇的市井。它以冷峻的笔调剖析家庭废墟上所弥漫着的悲凉之雾，在寄意时俗的遐想中去多维透视社会、映照人生。《金瓶梅》所开

---

① 林语堂《林语堂名著全集》卷一，东北师范大学出版社 1994 年版，第 3 页。
② 周明《文心雕龙校释译评》，南京大学出版社 2007 年版，第 255 页。

创的家庭——社会的暴露模式，促成了民国家庭小说大放异彩的创作盛况，寻绎民国小说与传统文学的血脉关联，反思以往文学研究偏重社会而忽视家庭的视角取向，凸显家庭视点透视的文化意义，或许这就是我们重新梳理家庭小说源流的价值之所在。

［作者简介］贺根民，广东技术师范学院文学与传媒学院教授。

帮闲:《金瓶梅》中的一面嘻哈芙蓉镜

兰拉成

内容提要 文章认为帮闲是《金瓶梅》中的一面嘻哈芙蓉镜。首先分析了嘻哈芙蓉镜的质素并说明了以嘻哈命名的原因;进而以小说内证为主,介绍了嘻哈芙蓉镜观照的具体内容;最后认为嘻哈芙蓉镜对小说主人公、小说的时代及主题具有注解作用。

关键词 《金瓶梅》 帮闲 芙蓉镜 嘻哈芙蓉镜

在《金瓶梅·杂录》中有"藏春芙蓉镜"之说:"郓哥口,和尚耳,春梅秋波,猫儿眼中,铁棍舌畔,秋菊梦内。"[1]所谓"芙蓉镜"即背面刻有芙蓉图案的镜子,虽在古典诗词中频频出现,大多却本无其深义。但以"藏春"修饰,就给此镜赋予了特殊的用途——其所反照出的是男女隐私。所谓"藏春芙蓉镜"实际上指与男女性生活相关的第三者的眼、耳、口等。张竹坡对"藏春芙蓉镜"的发现,可谓慧眼。然,在《金瓶梅》中,尚有一"镜",张竹坡未能指出,那就是通过"帮闲"们的"口"。此一芙蓉镜虽不藏春,它对西门庆其人及明代社会世相的折射,亦是鲜活生动。因其人不正,对《金瓶梅》人、事的观照多见于笑话闲谈之中,故将其命名为《金瓶梅》嘻哈芙蓉镜。由此,本文将从这面嘻哈芙蓉镜切入,分析"芙蓉镜"的质素及其所观照出的内容,进而探讨其艺术意义。

---

① 侯忠义、王汝梅编《金瓶梅资料汇编》,北京大学出版社 1985 年版。

一、嘻哈芙蓉镜质素分析及命名

所谓的"镜"事实上只是一个比喻，并非真的有一个镜。在中国古典诗词中，"镜"就是这么用的。如"飞镜又重磨"，飞镜指的是月亮；"江心谁铸芙蓉镜，照见嫦娥织翠裳。"（元·马祖常《次前韵》之二）这里的芙蓉镜实际指江水；"列炬光回学海澄，焕文燎火证元灯。藜蒿寨是芙蓉镜，不用扶鸾事可凭。"（尹继善《偕张觐臣抚军吴颖庵学使倪稼畴张南华两总裁游近华浦和南华即事口占原韵十八首》）其注云："临安府学泮池深广，名学海。面焕文山，山顶藜蒿寨，夷人所居。每当大比于六月星回节，视池中火影卜乡荐多寡，历科不爽。"其将一村寨视为芙蓉镜，如此等等。根据张竹坡的提示：郓哥口，和尚耳，春梅秋波，猫儿眼中，铁棍舌畔，秋菊梦内等，《金瓶梅》也是如此，其中也并没有一面具象性的镜子，他所说的"藏春芙蓉镜"也只是一个比喻。

考察《金瓶梅》中的芙蓉镜，其中具体为人物的眼、耳及口舌等。其中所列的眼与耳曾经窥视或窃听见证过西门庆丑陋的私生活，而口舌之所以亦能称为镜，则主要是因为其传播西门庆私生活的丑陋。因为其见闻与传播均与西门庆的男女私情相关，故而，称之为"西门庆藏春芙蓉镜"。"听篱察壁"是小说中一些人物的习性，是大多数人物都不能免的行为，包括西门庆妻妾中最有正形的孟玉楼也曾有过窥视窃听。由此，《金瓶梅》中能称之"藏春芙蓉镜"者极多，如王婆耳，不足以称潘金莲藏春芙蓉镜吗？张胜不是庞春梅藏春芙蓉镜吗？虽不"藏春"却有窥视、窃听之行的，如李娇儿、孙雪娥等对被窥视者来说，不也是一面芙蓉镜吗？如此等等，不胜枚举。

《说文解字》解释"镜"为："景也。"① 此说意为凡能成景者均可为镜。正因为如此，在古诗词中，月、水甚至村寨均成镜；在《金瓶梅》中，眼、耳、口舌均能成为镜。而眼、耳、口舌掌视觉或管听觉或司味觉，其实还有一触觉，是人获得外界信息重要器官，由此可说并非眼耳口舌为镜，而是能视听尝感的人才是"镜"。孔夫子说："三人行，必有我师焉。择其善者而从之，择其不善者而改之。"② 无论善恶，均可借鉴。那么，在这个世界上，若能够相遇相聚，

---

① （东汉）许慎《说文解字》，中华书局 1963 年版。

② （宋）朱熹《四书集注·论语》，岳麓书社 1985 年版，第 120 页。

人即可相互为镜。由此，在小说中人物之间只要有交集，就可以互为芙蓉镜。

《汉书·韩安国传》说："清水明镜，不可以形逃。"① 明镜即优质镜，它可以照出外物的全貌，且能做到鲜活生动。相反，劣质昏镜，照人只能是影影绰绰，很难真切。那么，何谓优质明镜？何谓劣质昏镜？在小说中，优质镜即有思想、好议论的人物；相反，那种缄口默言，从不藏否事物的人物则为劣质昏镜。外向多言之人多为优质明镜，内向少语之人多为劣质昏镜。据此，在《金瓶梅》中，即使张竹坡点出的春梅秋波，猫儿眼中，秋菊梦内三项也为劣质昏镜。理由如下：对春梅来说，其虽为潘金莲之藏春芙蓉镜，但其是非不分，多效仿之心，其时在镜外时在镜里，自己都搞不清还能照清别人？所谓的猫儿眼，因其为物，此镜与真正的物质镜有何区别，真可谓形同虚设。至于秋菊在小说中最多不过是潘金莲发泄暴力的工具，此人的思想性不明显，故此镜之意义除观照潘金莲作为女性的残暴恶毒外，作为藏春芙蓉镜其意义不大。相反，应伯爵等帮闲更具备芙蓉镜之质素。

其一，林文山在论及应伯爵时说："就艺术的生动性来说，应伯爵的形象塑造，略胜于西门庆，却不及潘金莲的成功。但是，就反映那个黑暗的社会来说，就那个黑暗社会的典型意义来说，应伯爵却占有着特殊重要的位置。"② 这是以人物形象的典型性来判断的，也就是说，应伯爵是小说中鲜活的形象之一。

其二，这类人多处于社会底层，又游走于有财有势的人之间，其活动涉及生活面广，所见所闻也就多。闻见即能反映其周围的人与事，即充当芙蓉镜。其闻见越多越广，其反映的社会内容也就越越多越广，两者之间呈正比之关系。

其三，帮闲要做帮闲，必须得揣摩所帮者的心理，同时还得能揩上油。因此，帮闲就得思维、辨识，就得说话。虽然，帮闲更多的时候是逢迎巴结，吮疮舔痔，很难看出什么意味，但是，在其戏谑之间，笑话之中却不时流露出别人深深地埋在心底的不敢说的看法。这样，他们之所见往往还有一种不一样声音，而成为《金瓶梅》芙蓉镜反映内容中最深刻的见识之一。

以上分析，应伯爵所代表的帮闲具有芙蓉镜之质素，可以成为一面芙蓉镜。张竹坡将窥视西门庆私生活的眼、耳、口等命名为藏春芙蓉镜，那么，帮闲这

---

① 《二十五史·汉书·韩安国传》，浙江古籍出版社百衲本 1998 年版，第 461 页。
② 林文山《论应伯爵》，《锦州师院学报》1986 年第 2 期。

面芙蓉镜当叫什么呢？帮闲之流，品德低下，人格低贱，从无正形，其对人事的观照也多在戏谑笑话之中，故此，将其命名为嘻哈芙蓉镜。

二、嘻哈芙蓉镜观照的内容

镜的主要用途是观照自己所不能见或者所在角度不易见的东西。《释名》曰："镜，景也。言有光景也。"即镜就是光形成的影子。那么，《金瓶梅》中芙蓉镜所观照出的内容有哪些呢？"藏春芙蓉镜"所观照出的无论是色中财，还是财中色[①]，无非是人的动物性。这不仅使我想起了倭黑猩猩的行为——维持统治的方法是性交，外交手段是性交，解决纷争还是性交，就连那些地位较低的雄性黑猩猩也懂得用食物去引诱雌性发生关系。正因为是动物性，所以毫无羞耻之心，那样的肆无忌惮。自人类文明以来，两性关系成为私密背人的事。在《金瓶梅》中，出现那么多"藏春芙蓉镜"，将私密公开化，将背人的事也不避人并成为一种展示，这不正是向动物性回归么？对此，我不愿进行讨论。帮闲们这面嘻哈芙蓉镜所照出的内容则更丰富深刻，更值得讨论。

晚明是一个传统的价值观念解体的时代，对人及事物的认识极其混乱。《金瓶梅》正是这样的一本书，其中对西门庆的财色双收不仅仅有批判，还有欣羡的一面。我们无须引证其他人的评价，就小说中人物对西门庆的看法也是各色各样。

小说第一回，在西门庆出场时写道：

> 话说大宋徽宗皇帝政和年间，山东省东平府清河县中，有一个风流子弟，生得状貌魁梧，性情潇洒，饶有几贯家资，年纪二十六七。这人复姓西门，单讳一个庆字。他父亲西门达，原走川广贩卖药材，就在这清河县前开着一个大大的生药铺。现住着门面五间、到底七进的房子，家中呼奴使婢，骡马成群，虽算不得十分富贵，却也是清河县中一个殷实的人家。只为这西门达员外夫妇去世的早，单生这个儿子，却又百般爱惜，听其所为，所以这个人不甚读书，终日闲游浪荡。一自父母亡后，专一在外眠花宿柳，惹草招风。学得些好拳棒，又会赌博，双陆、象棋、抹牌、道字，

---

① 张燕《"窥视"的艺术情蕴——从〈金瓶梅〉到〈红楼梦〉的私人经验之文本呈现》，《红楼梦学刊》2007 年第 3 期。

无不通晓。结识的朋友，也都是些帮闲抹嘴、不守本分的人。

这段出现在小说最前面的文字可以说是对人物的基本看法。其中"风流子弟，生得状貌魁梧，性情潇洒，饶有几贯家资……"其中这里的"风流子弟"显然不是专指嫖客，那么，这段话是绝无贬意的。即使"不甚读书"数语，只是说有父亲之日娇惯，失去父亲后失教。尤其是"结识的朋友，也都是些帮闲抹嘴、不守本分的人"三句，给人的感觉似乎是说西门庆所交非人，他的一切都是帮闲教唆坏的一般。一句话，未数其人之恶。

再看媒婆嘴里的西门庆：第七回薛嫂向杨姑娘介绍西门庆说："便是咱清河县数一数二的财主，西门大官人！在县前开个大生药铺，家中钱过北斗，米烂陈仓。"这段话有无吹嘘兜售不说，其中夸耀的是西门庆的财富，这对一般待嫁之女人是最具引力的。对财富的要求也代表了当时人的择偶诉求。难怪孟玉楼不愿嫁到有庄田土地，颇过得日子的诗礼人家去做正头娘子，反要给西门庆做小了。

第六十九回，文嫂向招宣府的林太太推介西门庆说：

> 县门前西门大老爹，如今见在提刑院做掌刑千户，家中放官吏债，开四五处铺面：段子铺、生药铺、绸绢铺、绒线铺，外边江湖又走标船，扬州兴贩盐引，东平府上纳香烛，伙计主管约有数十。东京蔡太师是他干爷，朱太尉是他卫主，翟管家是他亲家，巡府巡按都与他相交，知府、知县是不消说。家中田连阡陌，米烂成仓，身边除了大娘子——乃是清河左卫吴千户之女，填房与他为继室——只成房头、穿袍儿的，也有五六个，以下歌儿舞女、得宠侍妾，不下数十。端的朝朝寒食，夜夜元宵。今老爹不上三十一二年纪，正是当年汉子，大身材，一表人物，也曾吃药养龟，惯调风情。双陆象棋，无所不通。蹴踘打球，无所不晓。诸子百家，拆白道字，眼见就会。端的击玉敲金，百伶百俐。

这段文字是用来向社会地位较高的贵妇拉皮条说的话，比薛嫂的话要详细得多。你看这媒婆先说官位，再说生意钱财，再说结交权势，再介绍家中女色。对其生活用"朝朝寒食，夜夜元宵"来概括，其中欣羡之情溢于言表。最后连他的特殊家当，各种爱好都未遗漏。这些话中夸张的成份不计，总之都是林太太所喜欢的东西。如果说孟玉楼的选择代表了当时一般妇女的男人观念的话，那么，林太太的爱好一定程度上则代表了上层女性对男人的判断。

一言以蔽之，在那些媒婆的嘴里及一些女性的眼里，西门庆就代表了当时的时尚，是有出息的理想的男人。

对西门庆最扯淡的判断是第七十回兵部对西门庆的考察官员照会。其略云：

> "贴刑副千户西门庆，才干有为，精察素著，家称殷实而在任不贪，国事克勤而台工有绩，翌神运而分毫不索。司法令而齐民果仰，宜加转正，以掌刑名者也。"

这段话相当于今天单位的上级部门对人物任职做出的鉴定性结论，它属于官方性质的判定，具有法律性及权威性。然而，读过原著的人都知道此鉴定是行贿换来的，没有一句是切合实际的评判。因此，它是《金瓶梅》中对西门庆最扯淡的判断，也是最大的笑话。

帮闲们则不然，其中应伯爵被称为西门庆肚子里的蛔虫，天天与西门庆泡在一起。他对西门庆的逢迎巴结不屑提得，而对西门庆的本质的认识，在第五十四回的两则笑话中露出消息。其中云：

> 伯爵说道："一秀才上京，泊船在扬子江，到晚叫稍公：'泊别处罢，这里有贼。'稍公道：'怎的便见得有贼？'秀才道：'兀那碑上写的，不是江心贼？'稍公笑道：'莫不是江心赋，怎便识差了。'秀才道：'赋便赋，有些贼形。'"西门庆笑道："难道秀才也识别字？"常峙节道："应二哥该罚十大杯。"伯爵失惊道："却怎的便罚十杯？"常峙节道："你且自家去想。"原来西门庆是山东第一个财主，却被伯爵说了贼形，可不骂他了？

这则表面说秀才念错别字，实质上是揭西门庆的老底。不管应伯爵当初讲这笑话出于什么目的。问题的关键是常峙节，应伯爵及西门庆本人等均认为这一笑话揭西门庆的老底——山东第一财主"富便富，有些贼形"。即在人物自己内心及了解他的人心底，他就是个强贼。假使说这则笑话可算作无心之失的话，第二则笑话却分明有些故意了。他讲道："孔夫子西狩得麟不能勾见，在家里日夜啼哭。弟子恐怕哭坏了，寻个牯牛，满身挂了铜钱哄他。那孔夫子一见，便识破道：'这分明是有钱的牛，却怎的做得麟！'"明显讽刺西门庆是真村牛假麒麟！

由此，尽管那么多人都说西门庆，且有朝廷对人物的为官鉴定，但是真正揭出西门庆本质——第一强贼，真村牛假麒麟的在小说中是应伯爵等。应伯爵等不是一面芙蓉明镜么？只有明镜，才能烛照人物深处，这样说来，帮闲们不仅是一面芙蓉镜，还是一面能使人物显原形的照妖镜。

对晚明现实世相的洞察。晚明社会是一个怎样的社会？且看小说第七十一回蔡京所献的颂，略云：

> 恭惟皇上御极二十祀以来，海宇清宁，天下丰稔，上天降鉴，祯祥叠见。三边永息兵戈，万国来朝天阙。银岳排空，玉京挺秀。宝篆馪颂于昊阙，绛霄深笙于乾宫。臣等何幸，欣逢盛世，交际明良，永效华封之祝，常沾日月之光。不胜瞻天仰圣，激切屏营之至。谨献颂以闻。

看此颂俨然当时政治清明，国事太平，交际正当，为唐尧之盛世。奸佞之徒的谀词谁都知道如屁一般。但此应当是当时朝廷上能摆上台面的唯一声音，也是晚明大臣对时代政治的统一看法。

当然，小说对当时皇帝昏庸、奸佞当道、贿赂公行也有讥讽描写。如，写皇帝说："生得尧眉舜目，禹背汤肩，才俊过人：口工诗韵，善写墨君竹，能挥薛稷书。通三教之书，晓九流之典。朝欢暮乐，依稀似剑阁孟商王；爱色贪花，仿佛如金陵陈后主。""今天下之势，正犹病夫尪羸之极矣。"如此等等，虽也明了深刻，总不如书中人口中说出的鲜活生动，教人难忘！而书中人谈及世事的莫如帮闲们的闲话，如第一回中两段话正好说明作者对中晚明社会的看法：

> 白赉光携着常峙节手儿，从左边看将过来，一到马元帅面前，见这元帅威风凛凛，相貌堂堂，面上画着三只眼睛，便叫常峙节道："哥，这却是怎的说？如今世界，开只眼闭只眼儿便好，还经得多出只眼睛看人破绽哩？"

> 只见吴道官打点牲礼停当，来说道："官人们烧纸罢。"一面取出疏纸来说："疏已写了，只是那位居长？那位居次？排列了，好等小道书写尊讳。"众人一齐道："这自然是西门大官人居长。"西门庆道："这还是叙齿，应二哥大如我，是应二哥居长。"伯爵伸着舌头道："爷，可不折杀小人罢了！如今年时，只好叙些财势，那里好叙齿？"

常峙节所说的"开只眼闭只眼儿便好"不正说明了中晚明有些人是非不明的心态吗？所谓"看人破绽"，则说明人们都活得虚假，有许多破绽。应伯爵的"如今年时，只好叙些财势"一语道破了这是一个势力世界！这不也是西门庆"咱闻那佛祖西天，也止不过要黄金铺地。阴司十殿，也要些楮镪营求。咱

只消尽这家私广为善事，就使强奸了姮娥，和奸了织女，拐了许飞琼，盗了西
王母的女儿，也不减我泼天富贵"一段话的精炼概括吗？

第五十四回关于帮闲自己的笑话说：

> 西门庆道："你这狗才，刚才把俺每都嘲了，如今也要你说个自己的
> 本色。"伯爵连说："有，有，有。一财主撒屁，帮闲道：'不臭。'财主慌
> 的道：'屁不臭，不好了，快请医人。'帮闲道：'待我闻闻滋味看。'假意
> 把鼻嗅、口一哑，道：'回味略有些臭，还不妨。'"说的众人都笑了。常
> 峙节道："你自得罪哥哥，怎的把我的本色也说出来？

这则笑话常峙节自认为是自己的本色，实际上也是所有帮闲的本色。难道
这不也是西门庆之流在权臣蔡京、李帮彦等的面前的趋炎附势的嘴脸吗？一句
话，他们深知世相，也最了解当时之世相。在《金瓶梅》中，对世相的揭露极
多，故而有人称此书为一面巨大的镜子。而从人物内视角来看，对世相揭露最
明白的就属帮闲这面嘻哈芙蓉镜了。

综上所述，尽管应伯爵人品不怎么样，其行为也令人不齿。但他们作为芙
蓉镜，无论是映照出西门庆山东第一强盗的本质，还是真村牛假麒麟的讥讽，
以及对势力世界乱相的揭开，在《金瓶梅》人物中都是少有的，它显示出人物
难得的价值。

三、《金瓶梅》嘻哈芙蓉镜的艺术价值分析

在《金瓶梅》中，张竹坡列举的藏春芙蓉镜最多，其意义在于对私秘境界
的打开、以至身体隐秘的敞开。而嘻哈芙蓉镜不仅仅被张竹坡所忽视，其意义
似乎也并不彰显。现就上文所列，对其艺术价值进行分析：

1. 应伯爵等对西门庆的注解作用

李渔在《闲情偶寄》中，将道白称为宾白，他解释曲文与宾白的关系为：
"犹经文之于传注"①。即好的道白对曲文应有注解作用。同理，在《金瓶梅》中，
西门庆是主人公、应伯爵等显然处于陪宾地位。他们之间的关系也应当为"经
文之于传注"的关系。当然，优秀的小说中，次要人物对主要人物都应具备注

---

① （清）李渔《闲情偶寄》，上海古籍出版社 2000 年版，第 61 页。

解的作用。而应伯爵等对西门庆的注解作用则更为明显，关键就在于应伯爵等为西门庆这一人物的嘻哈芙蓉镜。在小说中，应伯爵等一直在揣摩西门庆的心思，投其所好，而有西门庆"肚子里的蛔虫"之说。第六十二回玳安说："娘每不知：爹的好朋友，大小酒席儿，那遭少了他两个？爹三钱，他也是三钱；爹二星，他也是二星。爹随间怎的着子应，只他到，略说两句话儿，爹就眉花眼笑的。"他们是最了解西门庆心理的人。帮闲们的巴结奉承，正好观照出了西门庆爱好虚荣及龌龊的内心追求，尤其可贵的是在酒后的冷言冷语更能揭示人物的本质。如此说来，在《金瓶梅》中，应伯爵等虽是一面嘻哈芙蓉镜，但在众多芙蓉镜中它还发挥着肠镜胃镜的作用，甚至是照妖镜的作用。他们才是西门庆最好的注解！因此，当读者看不清西门庆的嘴脸时，不妨听听帮闲的见解，才真正有助于读懂人物。

2. 对小说时代甚至主题的注解

事实上小说所有人物对小说的时代背景都具有说明作用，只是具有芙蓉镜功能的人物的说服力更强一些。在这里，要谈的是应伯爵等小说时代——中晚明时期为淫欲泛滥时期可提供反面例证。应伯爵等帮闲，在小说中主要是帮吃、帮喝、帮嫖、帮玩，可以说是道德最为低下的人。我们虽然不能说他们在帮闲时也有道德底线，但他们对基本的社会公德还是有所畏忌。他们帮衬的主要是嫖妓，再就是撺掇娶某人为妾，凡西门庆与有家室的人偷情，他们都躲得远远的。比如，在第四十二回，"应伯爵见西门庆有酒了，刚看罢烟火下楼来，因见王六儿在这里，推小净手，拉着谢希大、祝实念，也不辞西门庆就走了。"正如中国从来没有禁欲主义一样，中国也从来没有性开放。在《金瓶梅》中，尽管有许多描写打开了私秘生活，甚至将身体敞开，但是除了西门庆、潘金莲等以外，那层遮羞布还是盖着的。偷情、嫖娼历朝历代都有，不仅仅是明朝中晚期才有。尽管小说中冯妈妈讥讽西门庆说："你老人家坐家的女儿偷皮匠——逢着的就上。"事实上，西门庆勾搭的女人都自身有问题，如林太太，小说中说她本来就"干这营生"，"四海纳贤"；又如宋蕙莲"就是嘲汉子的班头，坏家风的领袖"。也就是说伤风败德只是西门庆之类的个别人的行为与这个时代无关。当然，应伯爵等对时代的注解主要还是如上文所述，在于他们对明代政治黑暗、社会势力的认识，这里就不再赘述。

　　同理，小说人物均对主题有说明作用，但能注解主人公及小说时代的芙蓉镜对主题的说明更为直接一些。一部作品的主题是多样的，切入点不同，所得也有所不同。在小说中作者写帮闲可以说用了三套话语：一是不惜自身人格对主子逢迎巴结、舔痔吮疮的漫画式话语；一是他们在做中间人说事时或如师爷、或如忠心的伙计，色色替主子想得周到的欺骗性话语；一是他们在酒壮怂人胆的情况下，偶尔露出的尖酸话语。以此，小说的主题可以说是在商业经济进一步发达，世风浇漓的势力世界中，人性的扭曲与异化。帮闲的人格扭曲的，西门庆等的人格扭曲、变态更为严重，因为他们欲望的膨胀达到了病态的程度。

　　帮闲人物志趣低俗，人格低贱，尽管他们时露机智风趣，甚至睿智与明白，但不能改变其俗恶的总体之倾向。同理，他们作为芙蓉镜能够超越小说中的其他芙蓉镜，观照出更为本质的东西，但这些都是无目的，且往往极不严肃，故而只能成为一面嘻哈芙蓉镜，其恶俗的趣味不足以成为审美对象。综上所述，应伯爵等帮闲作为小说中的一面镜子，有助于对小说主要人物乃至主题内容的理解。尽管如此，帮闲在小说中也是作者所否定的一个群体，本文论述绝无替这群垃圾翻案的意思，而旨在说明小说次要人物与主要人物乃至主题内容等之间的关系。只是他们作为镜子，却无正形，故而命名为嘻哈芙蓉镜！

　　［作者简介］兰拉成，宝鸡文理学院文学与新闻传播学院教授。

《金瓶梅》中的临清社会

——兼谈《没有临清就没有〈金瓶梅〉》一书

王明波

内容提要 临清是《金瓶梅》故事的背景地。《金瓶梅》语汇大量地出现了临清的地名、方言、特产和风俗习惯，生动、客观地反映了明代临清的社会生活风貌。

关键词 临清　地名　方言　特产　风俗

临清是《金瓶梅》故事的背景地，这个论断在"金学"界已形成共识。2008 年第六届国际《金瓶梅》学术讨论会上，黄霖先生提出了"没有临清就没有《金瓶梅》"的重要观点，其旨更是非常明确、鲜明，他认为："《金瓶梅词话》中的临清，都是小说家经过艺术创造后的一个具有相当典型意义的环境，这个环境既符合小说家对临清的认识，也大致反映了当时社会中实际存在的临清。"

我开始关注《金瓶梅》是在 1990 年，在这一年的 10 月第四届全国《金瓶梅》学术讨论会在临清召开。与大多数人不同的是，他们一般都把《金瓶梅》当作一部文学作品来读，来探讨它的文学价值及其带来的社会意义，我则把《金瓶梅》看作是一部关于临清的史书，每每把它所描写的事物与临清历史上的事物相比对、相印证。而且我还发现几乎所有阅读过《金瓶梅》的临清人对《金瓶梅》研读的角度是一致的，比如"金学"研究者所熟知的王莹、王连洲兄弟；原临清市档案馆馆长、研究馆员郭东升先生素研"金学"，曾发出过"一部《金瓶梅》，半部临清史"的感慨。1980 年代中期开始至 1990 年代，全国新编地方志工作如火如荼，我也有幸成为地方志编纂队伍中的一名新兵，参与《临清市志》的编纂。那时领导让我负责编纂"宗教风俗"，是《临清市志》的一部分。

"宗教风俗"的编纂不像其他章节，由各部门提供资料，而是大部从社会采访中来，可供借鉴的现成资料很少。那时我刚刚参加工作，年纪轻轻，对有关宗教风俗的知识储备几乎为零，所以为完成任务，我采访了社会上的很多老人。这个过程很辛苦，很漫长，却培养了我对宗教风俗的极大兴趣，并且一直保持到今天。这也大大强化了我对《金瓶梅》中各类民俗事项描写的理解。2008年第六届国际《金瓶梅》学术讨论会确定在临清召开后，领导安排我编写一本书，要求将《金瓶梅》中有关临清的资料都整理出来，和临清旧志一一"对号入座"。我从事志书编纂工作多年，深知搜集资料之艰辛，会后我向领导提出建议，将 2008 年第六届国际《金瓶梅》学术讨论会从申请到闭幕之间产生的全部文件和新闻文稿，除已编辑成册的《〈金瓶梅〉与临清：第六届国际〈金瓶梅〉学术讨论会论文集》和《金瓶梅研究》（第九辑）外，也收录其中，领导欣然同意。此书定稿后，我拿给我在聊城师院读书时的老师阎增山先生，请他审阅，并恳请他若感觉书稿有一定价值，最好写一篇序。阎老师看后对书稿表示了肯定，提出了具体的修改意见，并写了近万字名为《〈金瓶梅〉与临清》的序言。此书最终定名为《没有临清就没有〈金瓶梅〉》，于 2008 年 11 月由中国文史出版社出版。

一、《金瓶梅》中的临清地名

在《金瓶梅》一书中，直接写到临清的就有 29 次；书中有的章节明写清河，暗写临清；书中有许多地名与明代的临清地名相同或近似。下举几例（以万历本为据）并与临清地理实际对比。

河东水西

第一回　知县见他仁德忠厚，又是一条好汉，有心要抬举他。便道："你虽是阳谷县的人氏，与我这清河县只在咫尺。我今日就参你，在我这县里做个巡捕的都头，专一河东水西擒拿盗贼，你意下如何？"

第六十七回　不想他儿子到家迟了半月，破伤风身死。他丈人是河西有名土豪白五，绰号白千金，专一与强盗作窝主，教唆冯二，具状在巡按衙门朦胧告下来，批雷兵备老爹问。雷老爹又伺候皇船，不得闲，转委本府童推官问。

河东水西：这是就临清城总的地理形势而言。河指卫河。卫河穿临清城而过。乾隆三十年（1765），乾隆皇帝南巡过临清，御制《临清舟次杂咏》曰："南来一水贯城闉，北去三朝川路循。"今仍称卫河以西为河西。

临清州

第九十九回　统制大怒，坐在厅上，提出张胜，也不问长短，喝令军牢五棍一换，打一百棍，登时打死。随即马上差旗牌快手，往河下捉拿坐地虎刘二，锁解前来。孙雪娥见拿了刘二，恐怕拿他，走到房中，自缢身死。旗牌拿刘二到府中，统制也吩咐打一百棍，当日打死。哄动了清河县，大闹了临清州。

《临清直隶州志》卷二，建置志，明吏部尚书王与《临清州治记》云："上即位之明年（1489），诏升临清县为州，盖从巡抚、山东都察院右佥都御史钱公钺，巡按监察御史向公冲请也。先是，巡抚左副都御史盛公禺亦尝以为言。众言既同，上意乃定。于是下其事于吏部，改附官制，增建官属悉如，全设上州事例。县旧隶东昌府，至是仍以隶之，以馆陶、邱县来属。"

临清码头

第四十七回　三人一面在船舱内打开箱笼，取出一应财帛金银，并其缎货衣服，点数均分。二艄便说："我等若留此货物，必然有犯。你是他手下家人，载此货物到于市店上发卖，没人相疑。"因此二艄尽把皮箱中一千两金银，并苗员外衣服之类分讫，依前撑船回去了。这苗青另搭了船只，载至临清马头上，钞关上过了，装到清河县城外官店内卸下。见了扬州故旧商家，只说："家主在后船，便来也。"

京杭运河开通后，临清城区先后在卫河东岸，设三元阁、狮子桥、临清闸等卸货码头。三元阁码头今仍有遗迹可寻。此当是泛指，意指位于临清的码头。

临清钞关

第五十八回　西门庆叫胡秀到厅上，磕头见了，问他："货船在那里？"这胡秀递上书帐，说道："韩大叔在杭州置了一万两银子缎绢货物，现今直抵临清钞关，缺少税钞银两。讨了银两方才纳税起脚，装载进城。"这西门庆一面看了书帐，心中大喜……西门庆教陈经济："后边讨五十两银子来。令书童写一封书，使了印色，差一名节级，明日早起身，一同去下与你钞关上钱老爹，教他过税之时青目一二。"

临清钞关遗址位于今临清市城区青年路西首南侧，会通河南支西侧。此遗址实系户部榷税分司之遗址。民间称谓往往以钞关代署。

临清闸

第八十一回　一日到临清闸上，这韩道国正在船头上站立，忽见街坊严四郎从上流坐船而来，往临江接官去。看见韩道国，举手说："韩希尧，你家老爹从正月间没了。"说毕，船行得快，就过去了。这韩道国听了此言，遂安心在怀，瞒着来保，不对他说。不想那时河南、山东大旱，赤地千里，田蚕荒芜不收，棉花布价一时踊贵，每足布帛加三利息。各处乡贩，都打着银两，远接在临清一带马头，迎着客货而买。韩道国便与来保商议："船上布货约四千余两，现今加三利息，不如且卖一半，便益钞关纳税。就到家发卖，也不过如此。遇行市不卖，诚为可惜。"……这陈经济回月娘，月娘不放心，使经济骑头口往河下寻身去了。三日到临清马头船上，寻着来保船只。来保问："韩伙计先打了一千两银子家去了？"经济道："谁见他来……"当下这来保见西门庆已死，也安心要和他一路，把经济小伙儿引诱在马头上各唱店中、歌楼上，饮酒请婊子顽耍。

第九十二回　这经济问娘又要出三百两银子来添上，共凑了五百两银子，信着他往临清贩布去。

这杨大郎到家收拾行李，没底儿褡裢装着些软斯金榆钱儿，拿一张黑心雕弓，骑一匹白眼龙马，跟着经济从家中起身，前往临清马头上寻缺货去。三里抹过没州县，五里来到脱空村，有日到于临清。这临清闸上，是个热闹繁华大马头去处，商贾往来，船只聚会之所，车辆辐辏之地，有三十二条花柳巷，七十二座管弦楼。

乾隆十四年《临清州志》卷七，漕运："临清闸在汶北河，前元创为之。明永乐九年，工部尚书宋礼重建。弘治三年，户部侍郎白昂重修。久废。今闸旧址尚存。"明万历、正德年间，改建为桥，名为问津桥。《金瓶梅》中也可能是泛指。临清会通河北支有隘船闸、会通闸、临清闸，南支有南板闸、新开闸等。《临清直隶州志》卷一，疆域五，运河，刘梦阳《南板、新开二闸记》："汶水发源于泰山诸泉，至汶上县南旺湖之口，南北分流为漕河。南至徐沛，合河沁以入淮。北至临清，会卫河以达海。泉微流涩，故建闸蓄缩而节用之。临清闸，北流之裔，尤要焉！过是，则卫河承之，无留行矣。闸分两河，北曰会通，曰临清，则前元所建，《志》所谓地势陡峻，数坏舟楫者也。"康熙四十四年（1705）康熙皇帝有《过临清闸》诗。

二、《金瓶梅》中的临清方言

《金瓶梅》一书使用的语言，有些在临清的现代生活中仍在使用，现举几例如下，略作解释，不为学术上的进一步延伸。

第五十九回　西门庆因问："钱老爹书下了？也见些分上不曾？"韩道国道："全是钱老爹这封书，十车货少使了许多税钱。小人把缎箱两箱并一箱，三停只报了两停，都当茶叶、马牙香柜上税过来了。通共十大车货，只纳了三十两五钱银子。老爹接了报单，也没差巡拦下来查点，就把车喝过来了。"

三停：三成，三部分。

第四回　这西门庆故意把袖子在桌子上一拂，将那双箸拂落在地下来。一来也是缘法凑巧，那双箸正落在妇人脚边。这西门庆连忙将身下去拾箸，只见妇人尖尖趫趫刚三寸、恰半扠一对小小金莲，正趫在箸边。

缘法：缘分。

刚：正好。

半扠：张鸿魁《〈金瓶梅〉异体词音证》："这里的'扠'，指张开拇指中指之间的距离，小说中有'楂、扎、虘支、挓、蹅、窄'种种字形，现代一般写成'拃'字，〈现代汉语词典〉注音 zhǎ。"临清读作 zhā。

第十七回　妇人这里与冯妈妈商议，说："西门庆家如此这般为事吉凶难保。况且奴家这边没人，不好了一场，险不丧了性命。为今之计，不如把这位先生招他进来，过其日月，有何不可？"到次日，就使冯妈妈通信过去，择六月十八大好日期，把蒋竹山倒踏门招进来，成其夫妇。

不好了一场：病了一次。

为今之计：据目前的情况考虑。

倒踏门：张鸿魁《〈金瓶梅〉异体词音证》："'大踏步'是白话小说常语。

现代普通话'踏'读 ta, 山东西部方言读 zha 或 cha, 字写作'蹅'、'扠'。〈金瓶梅〉中有'踏'有'扠', 音义相同。"

第九十四回 晚夕对那人说了, 次日饭罢以后, 果然领那人来相看。一看, 见了雪娥好模样儿, 年小, 一口就还了二十五两, 另外与薛嫂一两媒人钱。薛嫂也没争竞, 就兑了银子, 写了文书。

争竞: 争执, 竞争。

第二回: 原是武松去后, 武大每日只是晏出早归, 到家便关门。那妇人气生气死, 和他合了几场气。

合气: 合, 读作 gē。生气、打架。

第十二回 有一日, 风声吹到孙雪娥、李娇儿耳朵内, 说道: "贼淫妇, 往常言语假撇清, 如何今日也做出来了? 偷养小厮!"

撇清: 表示清白, 假装正经。

第十二回 家来, 同俺姑娘又辞你去, 你使丫头把房门关了。端的好不识人敬重!

不识人敬: 不知道别人敬重自己。也作"不识人敬重"或"不识敬(重)"。

第五十一回 只见厢房内点着灯, 大姐和经济正在里面絮聒, 说不见了银子了。

絮聒: 没完没了地反复说。

第二十一回 玉楼道: "'佳期重会'是怎的说?"西门庆道: "他说吴家的不是正经相会, 是私下相会。恰似烧夜香有意等着我一般!"玉楼道: "六姐他诸般曲儿倒都知道, 俺们却不晓的。"西门庆道: "你不知, 这淫妇单管咬群儿。"

咬群儿: 牲畜无故乱咬自己的同类。常用来形容一个人与自己周围的人合不来, 不负责任地胡乱批评别人。另有"不合群", 指一个人性格与兴趣与自己周围的人格格不入, 独来独往, 不能融入到集体中来。

第一回: 武大那里再敢问备细, 由武松搬了出去。那妇人在里面喃喃呐呐骂道: "却也好! 只道是亲难转债, 人只知道一个兄弟做了都头怎的养活了哥嫂, 却不知反来嚼咬人! 正是花木瓜, 空好看。搬了去, 倒谢天地, 且得冤家离眼前。"

只道是: 也作"只当是", 就算是。

养活：抚养（晚辈）、赡养（长辈）。

嚼咬：读作"嚼yue"，说人坏话。临清方言中"yao"音和"yue"音不分，如把"音乐（yuè）"读作"音乐（yaò）"，"节约（yuē）"读作"节约（yāo）"等等。

三、《金瓶梅》中的临清风俗

《金瓶梅》描写的婚丧嫁娶诸民俗事项细致入微，程式化地娓娓道来，我曾访问过多位老人，他们的描述与《金瓶梅》的描写几无二致。其他如节日习俗、民间信仰等在今天临清人的生活中仍然生动地存在着。

做三日　拜钱

第三十五回　西门庆道："你信小油嘴儿胡说！我那里有此勾当。我看着他写礼帖儿来，我便歪在床上。"金莲道："巴巴的关着门儿写礼帖？什么机密谣言，什么三只腿的金刚、两个觭角的象，怕人瞧见？明日吴大妗子家做三日，掠了个帖子儿来，不长不短的，也寻什么件子与我做拜钱。你不与，莫不问我野汉子要？大姐姐是一套衣裳、五钱银子，别人也有簪子的，也有花的，只我没有。我就不去了！"西门庆道："前边橱柜内，拿一疋红纱来与你做拜钱罢。"

《临清县志》礼俗志二，婚嫁："第三日，新妇谒祖庙，即古庙见礼，以次遍拜戚族，曰'上拜'，长亲均报以财币，曰'拜礼'。"

报丧

第六十二回　于是打发徐先生出了门，天已发晓。西门庆使琴童儿骑头口往门外请花大舅，然后分班差家下人各亲眷处报丧。

《临清市志》宗教风俗："境内有'闻丧吊孝'之俗语。报丧分书面、口头两种。不给亲友报丧，则被视为缺礼。故遇丧事门外多贴有'恕报不周'字样。"

辞灵

第六十五回　十一日白日，先是歌郎并锣鼓地吊来灵前参灵，吊《五鬼闹判》《张天师着鬼迷》《钟馗戏小鬼》《老子过函关》《六贼闹弥勒》《雪里梅》《庄周梦蝶》《天王降地水火风》《洞宾飞剑斩黄龙》《赵太祖千里送荆娘》，各样百戏吊罢，堂客都在帘内观看。参罢灵去了，内眷亲戚，都来辞灵烧纸，大哭一场。

今仍存辞灵之俗。一般在死者去世后的第二个晚上，族人和亲友在路口处烧掉事先准备好的一顶纸轿，哭祭，意谓送死者上路。

做七

第十四回　一日，正月初九日，李瓶儿打听是潘金莲生日，未曾过子虚五七，就买礼坐轿子，穿白绫袄儿，蓝织金裙，白㝉布狄髻，珠子箍儿，来与金莲做生日。

第八十一回　有日进城，在瓮城南门里，日色渐落，不想路上撞遇西门庆家看坟的张安，推着车辆酒米食盒，正出南门。看见韩道国，便叫："韩大叔，你来家了！"韩道国看见他带着孝，问其故。张安说："老爹死了！明日三月初九日是断七。大娘教我拿此酒米食盒往坟上去，明日坟上与老爹烧纸去也。"

《临清县志》礼俗志，婚丧："每值七日，则哭奠灵前。取七日来复之义。"《临清市志》宗教风俗："做七：亦称'守期'。人死后，每7天为一七。逢七，家人举行祭奠仪式。"断七，也称"尽七"，系指第十个七。以"三七"和"五七"最为隆重。旧时大户人家长期不葬，守期时，丧主请尼姑诵经，名为"做大七"。不论哪一七，如果遇上农历的初七、十七、二十七，则为"犯七"，要到天齐庙请道士念经，意在求情，烧纸拖魂，谓"拖七"。今农村仍有"守期"之俗，有"头七不上坟，二七不烧纸，三七坟上见亲人，四七逢双不上坟，五七上坟最隆重"之说。

四、《金瓶梅》中的临清特产

油靴

第一回　那妇人便道："奴等了一早晨，叔叔怎的不归来吃早饭？"武松道："早间有一相识请我吃饭了。却才又有一个作钟，我不耐烦，一直走到家来。"女人道："既恁的，请叔叔向火。"武松道："正好。"便脱了油靴，换了一双袜子，穿了暖鞋，掇条凳子，自近火盆边坐的。

《临清市志》宗教风俗："油靴是用麻绳纳底，线纳帮（针脚要紧密），外涂桐油而成。此鞋既防水又坚固耐用。"今已无存。

手帕汗巾

第七回 吃了茶，西门庆便叫玳安用方盒呈上锦帕二方，宝钗一对，金戒指六个，放在托盘内拿下去。

第十回 月娘与了那小丫头一方汗巾儿，与了小厮一百文钱，说道："多上覆你娘，多谢了。"

乾隆《临清州志》卷十一，物产志："首帕，有乌绫豆地诸名，丝用长清等县来贩者织之。""……旧城有……首帕巷……皆名存而实亡，或散处，或移别街，或绝止，迥非昔时之聚而盛矣。"

《临清二轻工业志》："首帕巷，位于砖城北门大街的一条巷内。明代，临清首帕在全国出名。

狮猫

第五十九回 却说潘金莲房中，养活的一只狮子猫儿，浑身纯白，只额儿上带龟背一道黑，名唤"雪里送炭"，又名"雪狮子"。又善会口衔汗巾儿，拾扇儿。西门庆不在房中，妇人晚夕常抱着他在被窝里睡。又不撒尿屎在衣服上。妇人吃饭，常蹲在肩上喂他饭，呼之即至，挥之却去。妇人党唤他是"雪贼"。每日不吃牛肝干鱼，只吃生肉半斤，调养得十分肥壮，毛内可藏一鸡蛋。甚是爱惜他，终日抱在膝上摸弄。不是生好意：因李瓶儿官哥儿平昔怕猫，寻常无人处，在房里用红绢裹肉，令猫扑而挝食。也是合当有事，官哥儿心中不自在，连日吃刘婆子药，略觉好些。李瓶儿与他穿上红缎衫儿，安顿在外间炕上，铺着小褥子儿顽耍。迎春守着，奶子便在旁拿着碗吃饭。不料金莲房中这雪狮子，正蹲在护炕上。看见官哥儿在炕上穿着红衫儿一动动的顽耍。只当平日哄喂他肉食一般，猛然望下一跳，扑将官哥儿，身上皆抓破了。只听那官哥儿呱的一声，倒咽了一口气，就不言语了，手脚俱被风搐起来。慌的奶子丢下饭碗，搂抱在怀，只顾唾啐，与他收惊。那猫还来赶着他要挝，被迎春打出外边去了。

乾隆《临清州志》卷十一，物产志："猫，苗茅二音，其名自呼。有黑白驳数色。又有一种毛长寸余，俗呼为狮子猫。"

《临清县志》卷八，经济志，物产："狮猫，比寻常者较大，长毛拖地，色白如雪，以鸳鸯眼者为贵，最佳者，每对价值百元。"

砖厂

　　第三十五回　西门庆因问他庄子上收拾的怎的样了。贲四道："前一层才盖瓦；后边卷棚，昨日才打的基。还有两边厢房，与后一层住房的料没有。还少客位与卷棚墁地尺二方砖，还得五百；那旧的都使不得。砌墙的大城角都没了。垫地脚带山子上土，也添够一百多车子。灰还得二十两银子的。"西门庆道："那灰不打紧，我明日衙门里吩咐灰户教他送去。昨日你<u>砖厂</u>刘公公说送我些砖儿。你开个数儿，封几两银子送与他——须是一半人情儿回去。只少这木植。"

临清贡砖的烧制始于汉代，时因其规模较小，不为世人所瞩目。临清大规模烧制贡砖始于明永乐初，清代末年停烧，前后历时达 500 年之久。

1403 年，燕王朱棣在南京登上皇帝宝座，决定迁都北京。为营建新都，遂频诏山东、河南两省和直隶、河间诸府俱建窑烧砖，并在临清"设工部营缮分司督之"（乾隆《临清州志》卷七，关榷）。不久，河南等地的砖窑皆被停废，而临清不废反兴，"开窑招商视昔加倍"（乾隆《临清州志》卷七，关榷）。

由于社会变迁和时代的发展，有些地名和语言现象等在历史的发展中逐渐被湮没或变异，加之本人学识和资料所限，《金瓶梅》中肯定还有许多和临清有关的东西没有挖掘出来而被当作文学的虚构成份处理了。比如"客位"一词在《金瓶梅》中多次出现过，这个词《辞海》不载，百度搜索得来的意思是"宾客的位置、席位"，读作 kè wèi。去年，在采访临清的著名画家赵浦田先生（中国美术家协会会员）时，他很自然地讲出了一个词，读作 qie wei，我问他这二个字应该怎么写，他也不知所以。过后，我仍对这个词念念不忘，突然我想到了《金瓶梅》中的"客位"这个词，会不会是同一个词呢？我返回去向赵浦田先生求证，他说应该是这么写，好象是现在"客厅"的意思。以此向各位专家求教，请不吝指正。

　　［作者简介］王明波，山东省临清市政协编辑。

从蒋竹山的婚姻悲剧看晚明社会转型期的乱象

王前程

内容提要 《金瓶梅》通过小人物蒋竹山短暂而不幸的婚姻悲剧，真实地反映了晚明社会转型期的种种乱象与罪恶：奸商欺行霸市，流氓横行无忌，社会物欲滔天，人文精神缺失，国家司法腐败，拜金主义畅行。蒋竹山的悲剧，是典型的社会悲剧。对于商品经济高速发展的今天而言，《金瓶梅》的历史启示意义是沉重而珍贵的。

关键词 《金瓶梅》 蒋竹山 李瓶儿 西门庆 婚姻悲剧 晚明社会 乱象 启示意义

《金瓶梅》里有过"闪电式"婚史的小人物蒋竹山，历来为论者们所不齿。崇评本眉批讥他是个"无真本事人，往往讨此没趣"①。今之不少学者骂他是个花言巧语自取其辱的骗子，甚至斥之为"一地道无耻流氓"，"道德伦理丧失殆尽的无耻之徒"②。这类评说未免言过其实。其一，蒋竹山出身太医，医好了李瓶儿的病，足见其有一定的医术；他说话文绉绉的，"一团谦恭"，礼节周全，可谓社会底层小知识分子。其二，作者固然说他"极是轻浮狂诈"，但他并非江湖骗子，仅仅是生性轻狂、做事不稳重、喜欢耍点小聪明而已，他攻击西门庆的一席话句句属实，贬低胡鬼嘴儿的医术也差九不离十，谈不上造谣中伤，居心恶毒。其三，他年不满三十，"人物飘逸"，而又孤单一人，在李瓶儿精神

---

① 无名氏《新刻绣像批评金瓶梅》，朱一玄《金瓶梅资料汇编》，南开大学出版社 2002 年版，第 230 页。

② 刘晓林《明代社会的一面多棱镜》，《湖南商学院学报》2007 年第 3 期。

空虚、渴望男人疼爱之际，他"怀觊觎之心"，乘虚而入赘李家，实属世俗男女好色之常情，亦谈不上卑劣无耻，且入赘之后百般讨好李瓶儿，足见其几分真情和善解人意的一面。

然而，处事轻浮、不知世道深浅的蒋竹山终于尝到了婚姻的苦果，入赘两个月之后便横遭西门庆陷害毒打，紧接着又被李瓶儿扫地出门，落得个哭哭啼啼、忍痛含羞而去的尴尬境地。蒋竹山被打被弃看上去是其不知天高地厚的轻薄行为所致，实则是一曲社会悲剧。《金瓶梅》诞生之初，晚明学术界就指明其借说宋人宋事以骂现世生活的创作宗旨，沈德符说它是"指斥时事"之作[①]，廿公说它"盖有所刺也"[②]，谢肇淛说它"采摭日逐行事，汇以成编，而托之西门庆也"[③]。清人张竹坡承继此说，说《金瓶梅》写当代历史，"纯是一部史公文字"[④]。今之学者黄霖先生更明确地指出它是"晚明社会的一面镜子"[⑤]。诚然，《金瓶梅》借《水浒传》中宋人武松杀嫂故事做引子，全面而真实地反映了晚明社会的形形色色。蒋竹山的故事在小说中固然只是过渡性的，但透过其短暂而不幸的婚姻悲剧，不难看到晚明社会转型期的种种乱象与罪恶。

一、奸商欺行霸市，流氓横行无忌

明王朝自正德、嘉靖年间开始，社会经济逐步进入了转型期，明初以来推行的"重农抑商"政策的松动，有力地促进了商业经济的发展和城市的兴旺，市民阶层不断壮大。在思想领域，"王学"兴隆，"好货好色"的思潮畅行天下，对于物质财货占有欲的充分肯定，更大大激发了商贾经商的积极性，城镇商业活动十分活跃，财富满满的商人扬眉吐气，很快成为众所瞩目、令人艳羡的时代宠儿。尽管晚明社会在政治体制上依然是封建专制，但就经济形态而言，无疑进入了商品经济时代，已然出现了资本主义萌芽，传统的农耕观念正日渐淡薄。

---

① （明）沈德符《万历野获编》卷二十五，朱一玄《金瓶梅资料汇编》，南开大学出版社2002年版，第89页。

② （明）廿公《金瓶梅跋》，朱一玄《金瓶梅资料汇编》，南开大学出版社2002年版，第177页。

③ 谢肇淛《金瓶梅跋》，朱一玄《金瓶梅资料汇编》，南开大学出版社2002年版，第179页。

④ （清）张竹坡《金瓶梅读法》，朱一玄《金瓶梅资料汇编》，南开大学出版社2002年版，第437页。

⑤ 黄霖《说金瓶梅》，中华书局2005年版，第141页。

然而，由于当时统治阶级缺乏远见卓识与科学管控，晚明商品经济的发展并未步入健康规范的轨道，官商勾结、奸商欺行霸市、囤积居奇等等畸形现象极其严重，造成金钱财货高度集中于贪官、奸商手中，社会贫富差距日益加大，普通百姓生活艰辛。

在《金瓶梅》所描述的蒋竹山的婚姻悲剧中，表明上看是蒋竹山乘隙夺走了西门庆所爱的女人而遭到西门庆的打击报复，实际上是因为蒋竹山与西门庆展开了清河地界药材市场的竞争。当西门庆听到李瓶儿帮助蒋竹山"开个大生药铺，里边堆着许多生熟药材，朱红小柜，油漆牌匾，吊着幌子，甚是热闹"的消息之后，气得直跺脚，叫道："苦哉！你嫁别人，我也不恼，如何嫁那矮忘八？他有什么起解？"足见西门庆并不在意李瓶儿的移情别嫁，他气恼的是他所看不起的蒋竹山居然也开起了生药铺做生意。如果这段关于西门庆最初反应的描写尚不足以说明问题的话，那不妨再回味一下他后来在潘金莲和李瓶儿面前所说的话："若嫁了别人我到罢了，那蒋太医，贼矮忘八，那花大怎不咬下他下截来？他有什么起解，招他进去，与他本钱，教他在我眼面前开铺子，大剌剌的做买卖"；"你嫁了别人，我倒也不恼，那矮忘八有什么起解？你把他倒踏进门去，拿本钱与他开铺子，在我眼皮跟前，要撑我的买卖？"我们不难看到"大剌剌的做买卖""在我跟前撑我的买卖"才是西门庆恼怒李瓶儿、陷害蒋竹山的最根本原因，在女人和商业利润的天平上，利润才是第一位，得来容易的女人只能居其次。

在作者笔下，西门庆可谓集奸商、贪官、淫棍、黑社会老大于一身，这个形象正是中国封建社会发展到晚明商品经济迅猛发展商人同封建势力相结合的产物。尽管西门庆打压蒋竹山时尚未发迹做官，但他足以把持官府、驱使社会恶势力为他服务。蒋竹山开生药铺，客观上与他形成了争市竞利的局面，这是他不能容忍的，于是两个流氓地痞——草里蛇鲁华、过街鼠张胜便被叫到跟前吩咐了一番，之后他们便精心设计、底气十足地去敲诈蒋竹山，借机将其痛打一顿，将其生药铺打得稀烂。地方保甲将闹事者押送提刑院，那里早已与西门庆串通一气，于是，可怜的蒋竹山又被痛打"三十大板，打得皮开肉绽，鲜血淋漓""打得两腿剌八着"，还被提刑院责令立刻还钱，否则就"带回衙门收监"。一场无中生有的借钱案闹下来，无辜者惨遭毒打，被扫地出门，横行不法的流氓无赖却得到了奖赏，而幕后策划者则洋洋得意地炫耀道："我实对你说吧，前者打太医那两个人，是如此这般使的手段。只略施小计，教那厮疾走无门！"

西门庆所为是典型的欺行霸市，严重破坏了商业公平竞争原则，是一种阻碍市场经济良性循环的不法行为。但是，这种倚强凌弱、损害国家和民众利益的欺行霸市的畸形现象在晚明社会转型期是普遍存在的，而官府又往往同那些奸商沆瀣一气，对他们的不法行为听之任之。所以，小人物蒋竹山试图在奸商西门庆的地界上开生药铺做生意的想法注定不会有好结果。

二、社会物欲滔天，人情淡薄如水

随着晚明商品经济的转型和迅猛发展，人们的生活观念和方式也发生了转变，人们开始狂热地追求纵欲与奢靡。对此明人多有述及，如周玺《垂光集·论治化疏》云："中外臣僚士庶之家，靡丽奢华，彼此相尚，而借贷费用，习以为常。"① 张翰《松窗梦语·风俗》云："人情以放荡为快，世风以侈靡相高，虽逾制犯禁，不知忌也。"② 可见，晚明社会普遍崇尚放荡纵欲和浮华，世人甚至不惜借贷也要维持高消费的生活。

造成晚明奢侈风习的盛行，除了商品经济迅猛发展这个物质基础外，还有两个重要的主观因素：一是晚明最高统治者恣情纵欲直接引发了世风的奢靡和放荡。自正德王朝伊始至南明覆亡，几乎所有的明朝皇帝都以恣情放纵著称，尤其是嘉靖世宗、万历神宗等皇帝更是纵欲的"楷模"。明世宗笃信道教邪说，重用大批江湖道士，迷恋房中采补之术。明神宗长期不理朝政，沉湎于酒色之中，被臣下直指"酒色财气"为其四病。毫无疑问，最高统治者的放荡直接导致了整个社会纵情逸乐之风的昌兴。二是王学左派的矫枉过正对晚明世风起到了推波助澜的作用。明初推行程朱理学，大力倡导"存天理，灭人欲"的理念，对正常的人性欲望进行野蛮的压制和扭曲。晚明时期李贽等大批"王学左派"思想家和文学家，高举"以情反理"的大旗，充分肯定世俗人欲，大力张扬个性，主张文学书写物欲、写性爱。这种反理学思潮固然有利于人们的思想和个性解放，为社会的进步发挥了应有的积极作用。然而，人欲的张扬必须有度，否则社会就会走向另一个极端。晚明思想界、文艺界掀起的"人性解放思潮"

---

① （明）周玺《垂光集》，《四库全书》，第 429 册，上海古籍出版社 1987 年版，第 272 页。
② （明）张翰《松窗梦语》卷七，中华书局 1985 年版，第 139 页。

在客观上犯了矫枉过正之弊，对晚明社会放荡世风的盛行起了"火上加油"的作用。

尽管学术界对于晚明逸乐世风形成的原因有诸多歧义，但晚明社会侈靡相竞，人欲横流，纷纷以纵欲和寻求刺激为风流，则是不争的事实。而在这种浓烈的享乐主义思想的笼罩下，从上到下、从男到女常常表现出精神空虚、举止轻佻、欲望滔天的情形，社会道德良知、责任心、人性美、情感美荡然无存，许多历史学家将晚明称为"堕落时代"，主要基于当时社会人文精神的严重缺失。

《金瓶梅》因为描写了大量激情纵欲的场面以及男女对于性生活的狂热追求而遭到正统文人的诟病，其实这正是晚明社会人们精神世界的真实反映。从普通人蒋竹山和李瓶儿的故事中分明能感受到晚明物欲横流、情义淡薄如水的世道人心。身为郎中的蒋竹山，本应专心医病，不该对病人有非分之想，不料他"因见妇人生有姿色"，便"怀觊觎之心"，不断以言语"挑之"，使李瓶儿逐步上钩。很显然，蒋竹山追求李瓶儿，不是基于彼此情投意合，而是对于美色肉欲的贪求。自然，他为他的轻佻行为付出了代价。

李瓶儿更是一个有欲寡情的典型人物。她最初是梁中书侍妾，但因梁夫人生性嫉妒，她被赶到"外边书房内住"，自然得不到性的满足。梁中书死后，李瓶儿嫁给了花太监侄儿花子虚为正妻，但花子虚对她兴趣不大，二人关系淡薄，常常分室住寝。从花太监任广南镇守时携带侄媳"住了半年有余"，又送若干淫器给李瓶儿的情况看，花太监和李瓶儿之间应存在着一种暧昧关系。花太监死后，李瓶儿结识了西门庆，在偷情中她得到了极大的性满足。于是，一心想着西门庆，在花子虚重病期间她表现得冷漠无情，巴不得花子虚早一天死去。花子虚死后，她迫不及待地要求做西门庆的小妾，赠物送钱，一再催促西门庆娶她，毫无一个女性的羞怯。不料西门庆因突然牵涉到权奸亲党大案而闭门不出，拒绝与任何人相见，弄得李瓶儿度日如年，朝思暮盼，"茶饭顿减，精神恍惚"，不几天便"形容黄瘦，饮食不进，卧床不起"。许多读者和学者认为李瓶儿为西门庆而憔悴而害病，多少显示了几分爱情，其实不然，如果李瓶儿对西门庆有真感情，断然不会急不可耐在不到一个月的时间内就饥不择食地嫁给了蒋竹山，她完全可以耐心多等待些时日以获知西门庆的消息。

与"打老婆的班头，坑妇女的领袖"西门庆相较，下层士人蒋竹山对于女性更有安全感，他言语谦恭，对李瓶儿言听计从，不失为一个能过日子的合格丈夫，从此角度讲，李瓶儿很难说嫁错了人。然而，在人欲滔天的世道里，欲望的满足比家庭安全感更令人看重。小说第十九回写道："却说李瓶儿招赘了蒋竹山，约二月光景。初时，蒋竹山图妇人喜欢，修合了些戏药，买了些景东人事、美女相思套之类，实指望打动妇人。不想妇人在西门庆手里，狂风骤雨经过的，往往干事不称其意，渐生憎恶。反被妇人把淫器之物，都用石砸的稀烂，丢吊了。又说：'你本虾鳝，腰里无力，平白买这行货子来戏弄老娘！把你当块肉儿，原来是个中看不中吃镶枪头，死忘八！'常被妇人半夜三更赶到前边铺子里睡。于是一心只想着西门庆，不许他进房。"原来李瓶儿厌恶蒋竹山，不是因为蒋竹山不顾家、不体贴她，也不是嫌弃蒋竹山赚钱少日子过不下去，而是因为蒋竹山是个性无能者，根本满足不了她强烈的欲望。这种性爱不和谐的夫妻生活，对于"欲女"李瓶儿而言，"即使西门庆不来插手，也难以长久维持下去"[1]。

李瓶儿对于"性福"的追求本不足怪，完全可以理解。但她对待本无大过错的丈夫蒋竹山的恶劣态度则令人心寒。蒋竹山被西门庆诬陷毒打之后，再三哭着甚至"直踽儿跪在地下"向李瓶儿求救，不料李瓶儿表现得非常冷酷，不惟不庇护和全力支持患难中的丈夫（她极不情愿地拿出三十两银子打发敲诈者，同时也是为了摆脱蒋竹山），反而"哆在脸上骂""哪里容他住""即时催他搬去，两个就开交了。临出门，妇人还使冯妈妈舀了一盆水，赶着泼去，说道：'喜得冤家离眼睛。'"刻薄的语言、恶俗的举止充分表现了李瓶儿道德良知的缺失。李瓶儿这个形象颇具代表性，她算不上大恶之人，只是无数欲望主宰灵魂者中的一员。张竹坡曾一针见血地指出李瓶儿"良心廉耻俱无"[2]。然而，良心廉耻俱无的又岂止是李瓶儿？在欲望滚滚如潮、享乐至上的晚明世界里，道德柔情淡如白水，同情宽容稀若雪莲，虚弱的男人如蒋竹山辈岂能在"欲女"们那里获得美满的婚姻？

---

① 载湘、苏石《李瓶儿之追求与幻灭》，《徐州师范学院学报》1991年第4期。
② （清）张竹坡《金瓶梅回评》，朱一玄《金瓶梅资料汇编》，南开大学出版社2002年版，第476页。

三、国家司法腐败，公道正义不存

在制造蒋竹山婚姻悲剧的过程中，一个物件充当了特殊的"帮凶"，那就是金钱。人类创造的金钱，无灵无性无知无欲，却有着巨大的能量与无边的魔力，在畸形社会里尤为举足轻重。对此，西晋文人鲁褒在《钱神论》中早有高论："谚曰：'钱无耳，可暗使。'又曰：'有钱可使鬼。'凡今之人，惟钱而已……子夏云：'死生有命，富贵在天。'吾以死生无命，富贵在钱。何以明之？钱能转祸为福，因败为成，危者得安，死者得生。"①鲁褒一反儒家传统观念，认为决定一个人的贫富、祸福、成败甚至生死的是金钱，不是命运，钱足以改变命运，有钱使得鬼推磨。

一部《金瓶梅》，处处展现出晚明商品经济时代金钱万能的巨大魔力，"新兴的商人正凭着诱人的金钱，获得他所需要的一切"②。主人公西门庆是个彻头彻尾的拜金主义者，他深深懂得金钱的奥妙：有了钱，就可以修盖房舍、花园；有了钱，就可以享用绫罗绸缎山珍海味；有了钱，就可以让女人们艳羡不已而主动投怀送抱；有了钱，就可以逢凶化吉转危为安；有了钱，就可以把持官府颐指气使，甚至可以戴上官帽耀武扬威。总之，只要有钱就可以你想要的一切。小说第五十七回写西门庆口出狂言道："咱闻那佛祖西天，也止不过要黄金铺地；阴司十殿，也要些楮镪营求，咱只要消尽这家私，广为善事，就使强奸了姮娥，和奸了织女，拐了许飞琼，盗了西王母的女儿，也不减我泼天的富贵。"这个胆大妄为而精明的富贵商人广做善事是假，用钱开道拼命谋取个人私利是真。

在蒋竹山的婚姻悲剧中，作者生动展现了西门庆如何雇佣打手、如何勾结官府玩弄法律、如何陷害摆布弱者使其要死不活的全过程。那天西门庆携厚礼"与夏提刑做生日"，吃罢酒回家途中遇见"鸡窃狗盗之徒"鲁华和张胜，便叫住他们"附耳低言"，拿出"四五两碎银子"做酬劳让他们去摆布蒋竹山，事成之后还有重谢，两位毫无是非观念的流氓无赖便立刻向西门庆表示"虽赴汤

---

① （西晋）鲁褒《钱神论》，严可均辑《全上古三代秦汉三国六朝文》第 2 册，中华书局 1985 年版，第 2107 页。

② 袁行霈主编，黄霖执笔《中国文学史》第四卷，高等教育出版社 1999 年版，第 172 页。

蹈火，万死不辞"。西门庆回家对爱妾潘金莲洋洋自得地说："你道蒋太医开了生药铺，到明日，管情教他脸上开果子铺出来！"果然，鲁华、张胜伪造借据，百般威逼蒋竹山还债，蒋竹山不认，他们便大打出手，"把鼻子打歪在一边""仰八叉跌了一交""架上药材撒了一街"。受冤屈的蒋竹山嚷着要去见官，满心指望官府秉公处理。不料，"早有人把这件事报与西门庆知道，即差人分付地方，明日早解提刑院。这里又拿帖子对夏大人说了。"于是，夏提刑拍案大怒道："现有保人、借票，还这等抵赖！看这厮咬文嚼字模样，就像个赖债的。"不由分说命令手下将虚弱不堪的蒋竹山打得皮开肉绽，鲜血淋漓，真如西门庆所说"开果子铺"了，可怜的蒋竹山恐怕至死还弄不明白提刑院夏老爷为什么不查"借票"真假就立刻定案的奥妙。

《金瓶梅》述及的"山东提刑院"，即"山东提刑所"。提刑院是封建时代掌管刑狱的机构，其主官宋代为"提点刑狱"（简称"提刑"），明代为"提刑按察使"，是省一级的司法监察机关，负责监督一省所辖府州县司法审判活动。胡世凯先生认为《金瓶梅》中的山东提刑院"审级在府以下，与县相当"[1]。小说写的机构名称带有随意性，不必较真核实，但"提刑院"代表着一级司法机关是不成问题的。法律乃是国家最高机器，威严神圣，司法机关是一个国家正常运转的基本保障。然而，作者笔下的"山东提刑院"，从不秉公执法，认真办案。西门庆多次打点和操控提刑院，主官夏提刑贪其财货，甘愿与西门庆相互勾通，凡事按其旨意办案。在莫须有的蒋竹山借债案中，没有任何人站出来指责西门庆，说一句公道话，更没有一个司法官员出来劝阻夏提刑，以维护法律尊严和公正。在这里借票的真假丝毫不重要，重要的是西门大官人的金钱财物。广大读者伤心地看到一级司法机关——山东提刑院如何置国法于不顾、如何惩办弱小良善、如何包庇强徒恶类的精彩表演。晚明司法腐败、社会公道正义不存的乱象由此可见一斑，亦不难感受到晚明贪腐之风对广大下层民众所犯下的深重罪恶，小人物蒋竹山的不幸遭遇正是无数下层百姓生活处境的真实反映。

更怵目惊心的是，《金瓶梅》所展现的世界，上至中央省院，下至州府县衙，无不贪赃枉法、徇私舞弊。当朝右相李邦彦"见五百两金银只买一个名字"，

---

① 胡世凯《〈金瓶梅〉中法律制度丛谈》，《吉林大学社会科学学报》1991 年第 6 期。

便大笔一挥将西门庆从奸党亲信名单中一笔勾销。当朝太师蔡京见西门庆再三送来丰厚的生日礼物，便将山东提刑所理刑副千户的职位送给了西门庆，使其摇身一变而成为官场中人。后来身为执法者的西门庆，因杀人犯苗青送来一千两贿银，便私放了杀人凶手。诸如此类贪赃枉法的事件在小说中比比皆是，国家法律和权力机关完全沦为金钱的奴才。当全社会贪腐成风、国家法律完全沦为金钱的奴才之后，则岂能逃脱败亡的命运？《金瓶梅》第三十回写了一段总括性的话语："天下失政，奸臣当道，谗佞盈朝。高、杨、童、蔡四个奸党，在朝中卖官鬻爵，贿赂公行，悬秤升官，指方补价。夤缘钻刺者，骤升美任；贤能廉直者，经岁不除。以致风俗颓败，赃官污吏，遍满天下。役烦赋兴，民穷盗起，天下骚然。"北宋末年，天下骚动，王朝摇摇欲坠而终至于覆灭，难道不正是上下贪腐享乐朝野徇私枉法种下的祸根吗？足见小说作者有感而发，晚明社会颓败的民风使之焦虑不安。《金瓶梅》诞生数十年之后，贪腐奢华将明王朝弄得国库枯竭，连起码的国防开支都拿不出来，终于在无可奈何中走向灭亡，作者悲哀的亡国预感得到了可怕的证实。

对于《金瓶梅》，今天的读者决不可当做一部艳情小说来读，应将它视为一部生动的晚明社会腐败史，小人物蒋竹山的悲剧，既是个人悲剧，更是典型的社会悲剧。对于社会转型和商品经济高速发展的今天而言，《金瓶梅》的历史启示意义是沉重而珍贵的：如果一味强调经济发展、一味追求金钱利润，而忽略道德正义的传承，忽略人文精神的培养，忽略国家法制的建设，那么，国家振兴、经济繁荣、百姓安康的大好局面注定不会长久。

［作者简介］王前程，三峡大学文学与传媒学院教授。

赋法:《诗经》学视域下的《金瓶梅》批评观

王思豪

内容提要 "宗经"是中国文学批评的重要传统,小说与辞赋同以《诗经》而推尊本体。赋体具有"敷陈"与"摛文"的特征,以"赋笔"腴辞云构出《金瓶梅》"云霞满纸"的征象。小说在叙事的语境中,把碎片化的"赋语"镶嵌在一个流动的上下文里,将小说文体无法包容的内容呈现在读者面前,运用"赋笔",营造出"赋境",赋予一种欣赏的文学;同时又颠覆以"雅正"为标榜的赋体文学传统,寄寓反讽意味,埋伏预言与暗示。开头"发端警策",末尾"曲终奏雅",中间铺陈"云霞"文字,驰骋"郑卫之声",同样的结构架设,赋体追溯源流为"古《诗》之流",而《金瓶梅》则指向"摹《诗》"之说。《金瓶梅》以"赋法"结构全篇,在"摹《诗》"架构下评点《金瓶梅》人物与情节,营造出与"《诗经》同风"的主旨景象。

关键词 赋法 《诗经》《金瓶梅》 摹《诗》说

"公安派"代表人物袁宏道于万历二十四年(1596)写给画家董其昌(思白)的信中称:"《金瓶梅》从何得来?伏枕略观,云霞满纸,胜于枚生《七发》多矣。"① 万历三十四年(1606)袁宏道又在《觞政》中谓:"凡《六经》《语》《孟》言饮式,皆酒经也……传奇则《水浒传》《金瓶梅》等为逸典。"②

---

① (明)袁宏道《董思白》,《袁宏道集笺校》上册,上海古籍出版社1981年版,第289页。

② (明)袁宏道《觞政》,《袁宏道集笺校》下册,第1419页。又沈德符《万历野获编》卷四:"袁中郎《觞政》以《金瓶梅》配《水浒传》为外典,予恨未得见。"见《万历野获编》中册,中华书局1959年版,第652页。明末刻本《山林经济籍》:"屠本畯曰:'不审古今名饮者,曾见石公所称"逸典"否?按《金瓶梅》流传海内甚少,书帙与《水浒传》相垺。'"

这是目前所知,《金瓶梅》在明代社会流传的较早记录。① 细味袁氏之语,有两点值得注意:一是为何选择以枚乘《七发》与《金瓶梅》作比?枚乘《七发》是汉赋名篇,是赋体文学成熟的标志,而其结构与主旨,诚如刘勰所谓:"及枚乘摛艳,首制《七发》,腴辞云构,夸丽风骇。盖七窍所发,发乎嗜欲,始邪末正,所以戒膏粱之子也……观其大抵所归,莫不高谈宫馆,壮语畋猎,穷瑰奇之服馔,极蛊媚之声色;甘意摇骨体,艳词动魂识,虽始之以淫侈,而终之以居正。然讽一劝百,势不自反。子云所谓'先骋郑卫之声,曲终而奏雅'者也。"②"腴辞云构"与"曲终奏雅"是《七发》的法则所在,"云霞满纸"是就《金瓶梅》中的"赋法"而言,二者于此寻觅到默契之处。二是将《金瓶梅》当作"逸典""外典"的批评思路问题。《尔雅·释言》谓:"典,经也。"《玉篇·丌部》:"典,经籍也。"唐刘知几《史通·叙事》称:"自圣贤述作,是曰经典。"③ 古代经学家称广引事语、推演本义的书为"外典""外传",与专主解释经义的"内典""内传"相对,如《春秋左传》为内传,《国语》为外传;《诗》有《韩诗外传》等。"赋者,古诗之流也",汉赋本身即承载着"以赋传经"的功能④,袁氏称《金瓶梅》为"逸典""外典",秉承的正是一种经学传承的思路。故此,从经学视域下考察《金瓶梅》的批评观,或有所获⑤,本文试从《诗经》学角度发覆之。

---

① 黄霖先生按曰:"这是《金瓶梅》在明代社会上流流传的记录初见于此。"见黄霖编《金瓶梅资料汇编》,中华书局 1987 年版,第 227 页。

② (南朝梁)刘勰著,范文澜注《文心雕龙注》,人民文学出版社 1958 年版,第 254—256 页。

③ 刘知几撰,浦起龙释《史通通释》,上海古籍出版社 1978 年版,第 173 页。

④ 许结,王思豪《汉赋用〈诗〉的文学传统》(《中国社会科学》2011 年第 4 期)一文有详细论述,可参考。

⑤ 从经学角度批评《金瓶梅》的论述很多,如明佚名《新刻绣像批评金瓶梅》(明天启、崇祯年间刻本)第六十九回:"昨日闻知太太贵诞在迩,又四海纳贤,也一心要来与太太拜寿。"眉批曰:"《书》云:四海困穷。'四海'二字,绝妙歇后语。"第一百回:"这韩爱姐一心只想念陈敬济,凡事无情无绪,睹物伤悲,不觉潸然泪下。"眉批:"圣人云:或安而行之,或勉强而行之,及其成功则一。翠屏、爱姐之谓也。然传中于爱姐收拾独详,岂亦有取于其勉强而之于自然欤?所谓放下屠刀,立地证佛,信然,信然。"按:《礼记·中庸》曰:"或安而行之,或利而行之,或勉强而行之,及其成功一也。"张竹坡评本第七十九回写西门庆三十三岁暴亡一节,有夹批曰:"老阳之数,剥削已尽。一化孝哥,幸而硕果犹存,亦见天命民懿不以恶人而灭绝也。谁谓作稗官者不知《易》也哉?"等等,限于篇幅,留待后论。

一、赋笔: 敷陈出欣赏的文学

张竹坡评点本《金瓶梅》第十二回开篇引诗曰:

可怜独立树,枝轻根亦摇。虽为露所浥,复为风所飘。

锦衾褺不开,端坐夜及朝。是妾愁成瘦,非君重细腰。

张竹坡夹批谓上四句"上解,比也";下四句"下解,赋也"①。汉代《毛诗序》云:"《诗》有六义焉:一曰风,二曰赋,三曰比,四曰兴,五曰雅,六曰颂。"②"赋""比""兴"居六诗"风"之后、"雅""颂"之前,是中国古典诗学的重要批评概念,被称为"诗学之正源,法度之准则"(元人杨载语)。《毛诗》只标示出"兴"体,郑玄解释"赋比兴",谓:"赋之言铺,直铺陈今之政教善恶。比,见今之失,不敢斥言,取比类以言之。兴,见今之美,嫌于媚谀,取善事以喻劝之。"③至朱熹的《诗集传》,第一次为每首诗标出赋、比、兴,清人陈启源即谓:"毛公独标兴体,朱子兼明比赋。"④朱熹对"赋、比、兴"的解释是:"赋者,敷陈其事而直言之者也"(《葛覃》注);"比者,以彼物比此物也"(《螽斯》注);"兴者,先言他物以引起所咏之词也"(《关雎》注)⑤。朱熹不仅在《诗集传》中系统的用"赋、比、兴"解《诗》,为了推尊《楚辞》地位,还将这一注经模式运用到《楚辞集注》中,于《楚辞》各篇分章注明"赋、比、兴"。张竹坡沿袭了此一批评方式来解读小说中的诗词,这应是他的首创。细检这首诗,乃是南朝王僧孺所写的《为人宠姬有怨》(见《玉台新咏》卷六),属典型的宫体诗,写代他人宠姬抒写怨情,表现一个被抛弃女子的愁思悲怨。前面四句,以枝轻根摇、露浥风吹的独树比喻自己的孤独,此为"比法";后四句,敷陈自己因愁思而独坐天明、瘦损憔悴的情状,这是"赋笔"。

无论是郑玄的"赋之言铺,直铺陈今之政教善恶",还是朱熹的"赋者,敷陈其事而直言之者也",都指出"敷陈"是赋的一大征象,即是"赋笔"。刘

---

① (明)兰陵笑笑生著,王汝梅校注《皋鹤堂批评第一奇书金瓶梅》,吉林大学出版社,1994年版,第183—184页。本文中所引《金瓶梅》文字及张竹坡评语,如未有特别注明,皆出自此书,不再赘注。

② (汉)郑玄注,(唐)孔颖达疏《毛诗正义》卷一,《十三经注疏》中华书局1980年影印本。

③《周礼注疏》卷二十三《周礼·春官·大师》注,《十三经注疏》中华书局1980年影印本。

④《毛诗稽古编》,中国诗经学会编《诗经要籍集成》第23册(学苑出版社2002年版),第127页。

⑤ (宋)朱熹《诗集传》,上海古籍出版社1958年版,第3、4、1页。

勰《文心雕龙·诠赋》谓："诗有六义，其二曰赋。赋者，铺也，铺采摛文，体物写志也。"[①] "赋笔"的第二个征象是"摛文"，即华美的文彩。《金瓶梅》中具备有大量的"赋笔"手法[②]，且后世批评家也多加以点明。如明天启、崇祯年间刊本《新刻绣像批评金瓶梅评语》第八十九回："一年四季，无过春天，最好景致。日谓之丽日，风谓之和风，吹柳眼，绽花心，拂香尘……"有眉批即谓："一篇绝妙《游春赋》。"小说中的这段描写，出自《清平山堂话本·洛阳三怪记》："这一年四季，无过是春天最好景致。日谓之丽日，风谓之和风，吹柳眼，绽花心，拂香尘……"[③] 可以明确看出，这段描写出自一篇游记，不是赋，但以赋的笔法，写出了赋的意境，寥寥数语抵得上一篇《游春赋》，这就是小说中"赋笔"。

张竹坡似乎非常愿意用"赋笔"来评点《金瓶梅》中的优美文字。第二回写"雪"："但见：万里彤云密布，空中祥瑞飘帘。琼花片片舞前檐，剡溪当此际，濡滞子猷船。顷刻楼台都压倒，江山银色连。飞盐撒粉漫连天。当日时吕蒙正，窑内叹天钱！当日这雪下到一更时分，却早银妆世界，玉碾乾坤。"夹评有曰："一篇《雪赋》。"这是小说第一次写雪，铺叙彤云密布，雪花飞舞的飘雪。值得注意的是，从"万里彤云密布……窑内叹天钱"一段，是一首词，完全符合"临江仙"词牌，这是词中运用"赋笔"。同是指出词中赋笔的，还有第七十九回，词曰："人生南北如岐路，世事悠悠等风絮，造化弄人无定据。翻来覆去，倒横直竖，眼见都如许。"这是首《青玉案》词牌，《全宋词》收录，无名氏作，但张竹坡夹批曰："叹尽一篇《招魂赋》。"又有指出赋中"赋笔"的，如第七回写孟玉楼形象云："月画烟描，粉妆玉琢。俊庞儿不肥不瘦，俏身材难减难增。素额逗几点微麻，天然美丽；绀裙露一双小脚，周正堪怜。行过处花香细生，坐下时淹然百媚。"旁批曰："一篇《洛神》。"这段描写也是一篇"赞词"，

---

① （南朝梁）刘勰著，范文澜注《文心雕龙注》，第134页。

② 按：据雷勇、苏腾先生《〈金瓶梅词话〉中赋的社会文化价值》（《明清小说研究》2015年第4期）一文统计，《金瓶梅词话》中有宗教活动、节庆习俗、饮食起居等类赋91篇。值得注意的是，这些"赋"不同于《三国演义》中的《铜雀台赋》、《红楼梦》中的《太虚幻境赋》等，都是完整的篇章，《金瓶梅》中的"赋"都不完整，呈现"碎片化"特征，不成为"赋篇"，故以"赋笔"称之，似更为妥当。

③ （明）洪楩等编《京本通俗小说·清平山堂话本》，岳麓书社1993年版，第95页。

但赋境与曹植《洛神赋》如出一辙，刻画出玉楼淡雅端淑的形象。又第五十四回写金鱼："凭朱栏俯看金鱼，却象锦被也是一片浮在水面。"夹批曰："一篇《金鱼赋》。"明人王世贞著有《金鱼赋》，谓金鱼"麟奕奕而垂锦，沫霏霏而布瑟"①，同以"锦"写金鱼，笔法一致。

小说中运用"赋笔"，营造出"赋境"，赋予小说一种欣赏的文学。上揭小说第二回写"雪"赋笔，营造出一片茫茫白雪世界，与武松的穿红游街相照应。红，映衬的是金莲旺盛的情欲，而寒冷洁白的雪，映衬的是武松的生冷无情，一冷一热矛盾纠缠，呈现出的一幅死亡的征象。第六十五回写瓶儿的死："后边花大娘子与乔大户娘子众堂客，还等着安毕灵，哭了一场，方才去了。西门庆不忍遽舍，晚夕还来李瓶儿房中，要伴灵宿歇。见灵床安在正面，大影挂在旁边，灵床内安着半身，里面小锦被褥，床几、衣服、妆奁之类，无不毕具，下边放着他的一对小小金莲，桌上香花灯烛、金碟樽俎，般般供养，西门庆大哭不止。令迎春就在对面炕上搭铺，到夜半，对着孤灯，半窗斜月，翻复无寐，长吁短叹，思想佳人。"张竹坡夹批曰："自瓶儿死至此，剥剥杂杂至此无一停笔，可为极尽笔墨之致矣。看他偏不穷尽，接手又写蘼芜城中一篇《恨赋》，不为之才子，吾不信也。"这里的描写与江淹《恨赋》展现的人生幽怨、余痛与遗恨的意蕴相似，但与江淹列举秦始皇、赵王迁、李陵、王昭君、冯衍、嵇康这六个人物的恨不同，这里塑造的是一个淫荡浪子的遗恨。

在小说中敷陈出欣赏的文学，自然离不开情景的描绘，这恰是"赋笔"最擅长之处。第八十四回写泰山景观，先是"行了数日，到了泰安州，望见泰山，端的是天下第一名山，根盘地脚，顶接天心，居齐鲁之邦，有岩岩之气象"。张竹坡夹批曰："一篇《望岳赋》。"然后领月娘上顶，登四十九盘，攀藤揽葛上去，"娘娘金殿在半空中云烟深处，约四五十里，风云雷雨都望下观看"。张竹坡又夹批曰："奇句，又是一篇《泰山赋》。"尤其是"风云雷雨""望下观看"八字，写尽泰山的高峻，诚如绣像本眉批谓："水山奇峻，只八字写出。"最为绝妙的"赋笔"描绘，是第十五回元宵佳节，李瓶儿生日，

---

① 金秬香谓王世贞："所著词赋可追纵《骚》《选》，略举《金鱼赋》一段，即可见其风裁，辞曰：'何水族之微森，承金仪之熠艳……麟奕奕而垂锦，沫霏霏而布瑟……顺流兮芙蓉折苞而委素波。'其抒辞酌句，何等典丽。"见金秬香《骈文概论》，商务印书馆1933年版，第129页。

西门庆之妻吴月娘留下孙月娥看家，同李娇儿、孟玉楼、潘金莲来到狮子街灯市看灯，但见：

> 山石穿双龙戏水，云霞映独鹤朝天。金莲灯、玉楼灯，见一片珠玑；荷花灯、芙蓉灯，散千围锦绣。绣球灯，皎皎洁洁；雪花灯，拂拂纷纷。秀才灯揖让进止，存孔孟之遗风；媳妇灯容德温柔，效孟姜之节操。和尚灯，月明与柳翠相连；判官灯，钟馗共小妹并坐。师婆灯，挥羽扇假降邪神；刘海灯，背金蟾戏吞至宝。骆驼灯、青狮灯，驮无价之奇珍；猿猴灯、白象灯，进连城之秘宝。七手八脚，螃蟹灯倒戏清波；巨口大髯，鲇鱼灯平吞绿藻。银蛾斗彩，雪柳争辉。鱼龙沙戏，七真五老献丹书；吊挂流苏，九夷八蛮来进宝。村里社鼓，队队喧阗；百戏货郎，桩桩斗巧。转灯儿，一来一往；吊灯儿，或仰或垂。琉璃瓶，映美女奇花；云母障，并瀛州阆苑。王孙争看小栏下，蹴鞠齐眉；仕女相携高楼上，娇娆炫色。卦肆云集，相幕星罗：讲新春造化如何，定一世荣枯有准。又有那站高坡打谈的，词曲杨恭；到看这搧响钹游脚僧，演说三藏。卖元宵的高堆果馅，粘梅花的齐插枯枝。剪春娥，鬓边斜插闹东风；祷凉钗，头上飞金光耀日。围屏画石崇之锦帐，珠帘绘梅月之双清。虽然览不尽鳌山景，也应丰登快活年。

此是一篇不大规整的骈文，不押韵，算不上合韵的"赋"，但运用了"赋笔"，所以张竹坡称之为"灯赋"①。这段描写灯市的文字本于《水浒传》第三十三回：宋江投奔清风寨武知寨小李广花荣，其时正值元宵节，晚上点放花灯，宋江在人群中观灯，看那小鳌山时，但见："山石穿双龙戏水，云霞映独鹤朝天。金莲灯，玉梅灯，晃一片琉璃；荷花灯，芙蓉灯，散千团锦绣。银蛾斗彩，双双随绣带香球；雪柳争辉，缕缕拂华幡翠幕。村歌社鼓，花灯影里竞喧阗；织妇流曲，画烛光中同赏玩。虽无佳丽风流曲，尽贺丰登大有年。"②比较来看，有很大地增改，赋笔"敷陈"的特征更加明显：首先是增加罗列性的描绘。这不仅扩充了作品的知识含量，而且寓小说中人物的名字于赋中，是一种有指向性的罗列描绘，赋予花灯特定的文化意义，此是与《水浒传》中花灯

---

① 按：《〈金瓶梅〉寓意说》云："后'玩灯'一回《灯赋》内，荷花灯、芙蓉灯。"

② （明）施耐庵、罗贯中《水浒传》，人民文学出版社 1997 年版，第 397 页。

名罗列的最大不同。如将《水浒传》中的"金莲灯、玉梅灯"改为"金莲灯、玉楼灯"，改动的目的非常明确：切合观灯人的名字需要。张竹坡旁批曰："金莲、玉楼合写。"又"见一片珠玑"后夹批曰："金莲、玉楼作起。""荷花灯、芙蓉灯"后旁批曰："金莲、瓶儿合写。""秀才灯"后旁批曰："温秀才等。""秀才灯揖让进止，存孔孟之遗风；媳妇灯容德温柔，效孟姜之节操"后夹批曰："四句内，一刺西门，一刺月娘也。""琉璃瓶，映美女奇花"后夹批曰："瓶儿。""围屏画石崇之锦帐"后夹批曰："西门庆。""珠帘绘梅月之双清"后夹批曰："月娘春梅作结。"诸如此类，所罗列的名物与小说中的人物相互对应，寄托寓意，诚如张竹坡在此回回评中所谓："《灯赋》中以玉楼、金莲起，瓶儿在中，月娘、西门结尾。隐伏一会中人已将写全矣。故妙。"

其次，这篇赋语文字将小说中的有名人物一一写入，且很巧妙地融入到小说情节之中。如"王孙争看小栏下，蹴鞠齐眉；仕女相携高楼上，娇娆炫色"一句，张竹坡夹批曰："四句正写本题。""讲新春造化如何，定一世荣枯有准"一句，夹批曰："伏'冰鉴'一回。"将观灯的热闹景象与西门府经济上的暴富相呼应：人们的欢声笑语、观灯盛况空前，似乎把西门家带进了一个"丰登快活年"，但欢乐背后，作者的意图是"热"背后的"冷"，在繁华的灯市、欢乐的节日背景下，掩饰了许多凄凉情节：武大的冤死、花子虚的悲剧……诚如张竹坡在这篇赋语后夹批曰："妙在将有名人物俱赋入，见得一时幻景不多时，而此回一会，又'冰鉴'中一影也。"

最后，这段赋语极力敷陈灯市景象，生动描绘人烟杂凑、花灯锦簇的元宵灯市盛况，大大提高了小说的文化价值与文学欣赏价值。浦安迪先生指出："之后是一首很长的词，表面描写展出的各种彩灯，实则暗指同时在展出的妇女们。这里符合节日传统的，这一天，街上人烟凑集，借口节日观灯，实则主要是为了相互觑看赶热闹……元宵夜灯火的虚幻景象与一瞬即消逝的侍女们青春（这将成为本书一个主要隐喻）这两者之间暗含的同一性质，已开始给似乎显得肤浅的开场诗词以深刻得多的含义。"① 赋语兼有隐喻内涵，在读者玩味赋语的过程中，提高小说的文学欣赏品味，而其中的文化价值也一

---

① ［美国］浦安迪著，沈亨寿译《〈金瓶梅〉艺术技巧的一些探索》，见《金瓶梅研究》第一辑，第238—239页。

并得以彰显。

二、变赋：颠覆性的描绘

赋是"雅颂之亚也"，以"风雅"为宗，因此从"诗教"角度来审视赋体发展，《诗经》学的"正变"学说也影响赋体衍变。"风雅正变"之说最早见于《毛诗序》，谓："至于王道衰，礼义废，政教失，国异政，家殊俗，而变风变雅作矣。""变风""变雅"乃是指西周衰落时期的《风》《雅》诗作，而与之相对的"正风""正雅"指什么，《毛诗序》并没有指出。之后郑玄在《诗谱序》谓周自后稷、公刘、大王、王季至文王、武王"其时诗，风有《周南》《召南》，雅有《鹿鸣》《文王》之属。及成王、周公致大平，制礼作乐，而有颂声兴焉，盛之至也。本之，由此风、雅而来，故皆录之，谓之《诗》之正经。后王稍更陵迟，懿王始受谮，亨齐哀公。夷身失礼之后，邶不尊贤。自是而下，厉也幽也，政教尤衰，周室大坏，《十月之交》《民劳》《板》《荡》勃尔俱作。众国纷然，刺怨相寻。五霸之末，上无天子，下无方伯，善者谁赏？恶者谁罚？纪纲绝矣。故孔子录懿王、夷王时诗，讫于陈灵公淫乱之事，谓之变风、变雅。"① 乱、淫致变，自此以后，《诗》之"正变"学说渐成系统，并影响赋体、赋风的"正、变"区分②。

《金瓶梅》中的"赋笔"既因循传统赋法，又颠覆传统，恰如第五十四回，应伯爵讲的一个笑话："一秀才上京，泊船在扬子江。到晚，叫艄公：'泊别处罢，这里有贼。'艄公道：'怎的便见得有贼？'秀才道：'兀那碑上写的不是江心贼？'艄公笑道：'莫不是江心赋，怎便识差了？'秀才道：'赋便赋，有些贼形。'"③《金瓶梅》中的人物都是窃财窃色的"贼"，有意思的是，作者以"赋笔"这种欣赏玩味的姿态来渲染"贼"的生活与活动的场景，将"赋笔"与小

① 冯浩菲《郑氏诗谱订考》，上海古籍出版社 2009 年版，第 12—13 页。
② 按：具体论述参见拙文《论"赋心""赋迹"理论的复奏与变奏》，《文史哲》2014 年第 1 期。
③ 明无名氏编《新刻时尚华筵趣乐谈笑酒令》（文德堂刊本）卷四《嘲富人为贼》："昔一人出外为商，不识字，船泊于江心寺边，携友游寺，见壁上写'江心赋'三字，连忙走出，唤船家曰：'此处有江心贼，不可久停。'急忙下船。其友止之曰：'不要忙，此是赋，不是贼。'那人摇头答曰：'富便是富，有些贼形。'"冯梦龙《笑府》卷一《江心贼》："一暴富人日夜忧贼。一日偕友游江心寺，壁间题《江心赋》，错认'赋'字为'贼'，惊欲走匿。友问其故，答云：'江心贼在此。'友曰：'赋也，非贼也。'曰：'赋便赋了，终是有些贼形。'"

说叙事放在一起，以相互映照或反衬的方式呈现出更为复杂的意义层次，从而给予"赋语"更加独特的意境。小说第十九回，吴月娘在家整置酒肴细果，约同李娇儿、孟玉楼、孙雪娥、大姐、潘金莲众人，开了新花园门游赏，但见：

> 正面丈五高，周围二十板。当先一座门楼，四下几间台榭。假山真水，翠竹苍松。高而不尖谓之台，巍而不峻谓之榭。四时赏玩，各有风光：春赏燕游堂，桃李争妍；夏赏临溪馆，荷莲斗彩；秋赏叠翠楼，黄菊舒金；冬赏藏春阁，白梅横玉。更有那娇花笼浅径，芳树压雕栏，弄风杨柳纵蛾眉，带雨海棠陪嫩脸。燕游堂前，灯光花似开不开；藏春阁后，白银杏半放不放。湖山侧才绽金钱，宝槛边初生石笋。翩翩紫燕穿帘幕，呖呖黄莺度翠阴。也有那月窗雪洞，也有那水阁风亭。木香棚与荼蘼架相连，千叶桃与三春柳作对。松墙竹径，曲水方池，映阶蕉棕，向日葵榴。游渔藻内惊人，粉蝶花间对舞。正是：芍药展开菩萨面，荔枝擎出鬼王头。

又小说第九十六回，春梅重回西门庆家，游旧家花园，但见：

> 垣墙欹损，台榭歪斜。两边画壁长青苔，满地花砖生碧草。山前怪石遭塌毁，不显嵯峨；亭内凉床被渗漏，已无框档。石洞口蛛丝结网，鱼池内虾蟆成群。狐狸常睡卧云亭，黄鼠往来藏春阁。料想经年无人到，也知尽日有云来。

张竹坡于此处有夹批曰："有十九回一赋，理应有此一赋特特相映。"此回花园一赋，本于《水浒传》第四十二回，宋江夜逃还道村所见的古庙景象："墙垣颓损，殿宇倾斜。两廊画壁长青苔，满地花砖生碧草。门前小鬼折臂膊，不显狰狞；殿上判官无幞头，不成礼数。供床上蜘蛛结网，香炉内蝼蚁营窠。狐狸常睡纸炉中，蝙蝠不离神帐里。料想经年无客过，也知尽日有云来。"[1] 将此段赋语与《金瓶梅》第九十六回比较，我们注意这几个意象的改变："门前小鬼"变成"山前怪石"；"殿上判官"变成"亭内凉床"；"纸炉中"变成"卧云亭"；"神帐里"变成"藏春阁"，《金瓶梅》中的暗示"性"意味更加浓厚。尤其是"卧云亭""藏春阁"，卧云亭与藏春阁雪洞书房都是西门庆与众妻妾经常游乐荒淫的场所，如在小说第二十七回：潘金莲在葡萄架下与西门庆云雨，春梅远远看见，走到假山顶上卧云亭里弄棋子耍，醋意显现。而西门庆

---

[1] （明）施耐庵、罗贯中《水浒传》，第 241 页。

大踏步去把春梅擒了回来，轻轻抱到葡萄架下，又一番云雨后，悄悄从藏春阁雪洞走开。"卧云亭""藏春阁"同样出现在第十九回的赋语中，昔日是风光艳丽，四时赏玩的绝佳处，到九十六回却是狐狸与黄鼠的睡卧之地。《金瓶梅》写得绝妙之处，就是以叙事的语境把碎片化的"赋语"镶嵌在一个流动的上下文里，将限于小说文体与篇幅而无法包括进来的内容呈现在读者面前，有诗意的抒情暗示，也有小小的扭曲，以致具有反讽意味的对照，并且埋伏下预言和暗示。诚如田晓菲教授在分析《金瓶梅》中诗词插入情况谓"我们意识到这中国第一部描写家庭生活的长篇小说，其实是对古典诗词之优美抒情世界的极大颠覆"，赋亦如是。

"以赋写性"是对传统的、以"雅正"为标榜的赋体文学的"极大颠覆"，是"变赋"之一重要途径。"性爱赋"是中国"性爱"文学书写的一个重要传统，早在《楚辞》中的《大招》《招魂》中的即有"士女杂坐，乱而不分些"的色欲描写。到东汉蔡邕的《协和婚赋》有"长枕横施，大被竟床，莞蒻和软，茵褥调良""粉黛施落，发乱钗脱"的描写，钱钟书先生称其为"淫媟文字始作俑者"①，至唐代白行简的《天地阴阳交欢大乐赋》，被誉为"中国色情文学的最初尝试，直接描写性爱的发轫之作"②。赋因为其文辞华美和善于敷陈描绘的特征，成为中国性爱文学最早选择文体，这种选择也带来对"雅正"赋体的一大变革。《金瓶梅》的性爱描写，继承了这一变革，小说中的性爱描写，多以"赋笔"出之，如第四回写西门庆与潘金莲第一次偷情云雨，也是小说的第一次性爱描写，但见：

> 交颈鸳鸯戏水，并头鸾凤穿花。喜孜孜连理枝生，美甘甘同心带结。一个将朱唇紧贴，一个将粉脸斜偎。罗袜高挑，肩膊上露两弯新月；金钗斜坠，枕头边堆一朵乌云。誓海盟山，搏弄得千般旖妮；羞云怯雨，揉搓的万种妖娆。恰恰莺声，不离耳畔。津津甜唾，笑吐舌尖。杨柳腰脉脉春浓，樱桃口微微气喘。星眼朦胧，细细汗流香百颗；酥胸荡漾，涓涓露滴牡丹心。直饶匹配眷姻谐，真个偷情滋味美。

---

① 钱钟书《管锥编》，生活·读书·新知三联书店 2007 年版，第 1613 页。
② 李国文《中国色情文学的最初尝试——白行简与他的〈大乐赋〉》，《作家》2006 年第 1 期，第 2 页。

张竹坡夹评曰:"即此小小一赋,亦不苟。起四句,是作者看官心头事,下六句,乃入手做作推就处,下八句正写,止用'搏弄',已极狂淫世界,下四句,将完事也;下四句已完事也;末二句,又入看官眼内。粗心人自不知。"这篇赋语从侧写和正写两个角度,对性事情态作详尽描绘,是对白行简《天地阴阳交欢大乐赋》性爱描写的直接继承。

西门庆与潘金莲的性爱赋,一如既往的性爱赋作描写,具有诗的境界,是一种"美化"的描写。《金瓶梅》的作者并不满足于此,他对性爱赋也进行"颠覆"描绘,第三十七回,西门庆与王六儿云雨,但见:

> 威风迷翠榻,杀气琐鸳衾。珊瑚枕上施雄,翡翠帐中斗勇。男儿气急,使枪只去扎心窝;女帅心忙,开口要来吞脑袋。一个使双炮的,往来攻打内裆兵;一个轮傍牌的,上下夹迎脐下将。一个金鸡独立,高跷玉腿弄精神;一个枯树盘根,倒入翎花来刺牝。战良久朦胧星眼,但动些儿麻上来;斗多时款摆纤腰,百战百回挨不去。散毛洞主倒上桥,放水去淹军;乌甲将军虚点枪,侧身逃命走。脐膏落马,须史蹂踏肉为泥;温紧妆呆,顷刻跌翻深涧底。大披挂七零八断,犹如急雨打残花;锦套头力尽筋输,恰似猛风飘败叶。硫黄元帅,盔歪甲散走无门;银甲将军,守住老营还要命。
>
> 正是:愁云托上九重天,一块败兵连地滚。

张竹坡眉批曰:"此赋必用杀语,已伏西门死于六儿手之机。"西门庆与王六儿,一个好色,一个贪财,二人偷情毫无柔情可言,全不如西门庆与潘金莲的偷情"滋味",这里的性爱过程是一场刀光剑影的战斗场景:以战阵对垒比喻男女淫媾,性器官是兵器,性动作是争斗,性感受是战况。如果不是在《金瓶梅》的小说语境中出现,完全可以当作一篇战争赋来阅读,与《三国演义》中的《赤壁鏖战赋》相当,诚如商伟先生所谓:"在这些戏仿的文字中,历史演义和英雄传奇的叙述传统被系统地改写,英雄好汉在江湖上的角逐和沙场上的对垒变成了不折不扣的风月寓言,他们的行为规则获得了全新的解释。"[1] 以传统的战争意象描述性爱,将沙场上厮杀的英雄好汉与床第上的浪荡子弟作比,这是对传统辞赋语境的极大颠覆。

----

[1] 商伟《一阴一阳之谓道:〈才子牡丹亭〉的评注话语及其颠覆性》,见刘东主编《中国学术》总第23辑,商务印书馆2007年版,第144页。

同样以"杀语"赋写性爱，第七十八回写西门庆与林太太偷情，又有所不同，但见：

> 迷魂阵摆，摄魄旗开。迷魂阵上，闪出一员酒金刚，色魔王能争惯战；摄魂旗下，拥一个粉骷髅，花狐狸百媚千娇。这阵上，扑冬冬，鼓震春雷；那阵上，闹挨挨，麝兰霭霴。这阵上，复溶溶，被翻红浪精神健；那阵上，刷剌剌，帐控银钩情意率。这一个急展展，二十四解任徘徊；那一个忽剌剌，一十八滚难挣扎。斗良久，汗浸浸，钗横鬓乱；战多时，喘吁吁，枕侧衾歪。顷刻间，胂眉（月囊）眼；霎时下，肉绽皮开。

张竹坡夹批曰："一路用战争语，极力一丑招宣。又非如王六儿赋中杀语也。"一方面，"一路用战争语"，这两篇同是"杀语"赋，以情色叙述颠覆英雄传奇，是性爱描写的明显"重复"，但细味这种"重复"，绝不是作者所掌握的素材有限，或者是想象力贫乏所致，而是在这种交叉对比中产生意蕴与反讽，浦安迪先生即指出这种重复的"风流阵"，"教人回想起早先私通场合同样使用过带有挖苦意味的战争讽喻"[1]。另一方面，"非如王六儿赋中杀语"，重复中又有不同，王六儿是为利才与西门庆媾合，而林太太不同，她是"世代簪缨，先朝将相"王招宣府的寡妇，家里后堂还悬挂着祖宗坐在虎皮交椅上"观看兵书"的画像，西门庆与林太太偷情，不仅仅是为了满足色欲，还是为了借着征服林太太，征服招宣府的社会地位，寓有讽刺劝诫意味，最终落脚点还是在一"丑"字上，诚如杜贵晨先生分析道："读者如能够细心品味，则断不会产生单纯的羡慕效尤之心，而不难体会到作者渗融于性描写之中的劝诫之意。"[2] 这与小说全书的主旨架构，在意图上也趋向一致。

三、"摹《诗》"说："曲终奏雅"的赋构问题

前揭刘勰引西汉赋家扬雄之言谓"赋"是"所谓先骋郑卫之声，曲终而奏雅者也"，即前部分"铺采摘文""云霞满纸"，到最后"曲终奏雅"，施以规劝之旨，这是赋体创作的典型架构。冯梦龙在批评《金瓶梅》时，谓其"另辟幽蹊，

---

① ［美］浦安迪著，沈亨寿译《〈金瓶梅〉艺术技巧的一些探索》，见《金瓶梅研究》第一辑，第245页。

② 杜贵晨《齐鲁文化与明清小说》，齐鲁书社2008年版，第386页。

曲终奏雅"①，《金瓶梅》在小说架构上，与赋体若合符契，也就是张竹坡在第一百回回评中所说："第一回弟兄哥嫂以'弟'字起，一百回幼化孝哥，以'孝'字结，始悟此书，一部奸淫情事，俱是孝子悌弟穷途之泪。夫以'孝、弟'起结之书，谓之曰淫书，此人真是不孝弟。"开头"发端警策"，末尾"曲终奏雅"，而中间铺陈"云霞"文字，驰骋"郑卫之声"，同样的结构架设，赋体追溯源流为"古《诗》之流"，而《金瓶梅》则指向"摹《诗》"之说，张竹坡在《第一奇书非淫书论》中即指出：

> 《诗》云："以尔车来，以我贿迁。"此非瓶儿等辈乎？又云："子不我思，岂无他人？"此非金、梅等辈乎？"狂且""狡童"，此非西门、敬济等辈乎？乃先师手订，文公细注，岂不曰此淫风也哉？所以云："《诗》三百，一言以蔽之，曰'思无邪'。"注云："《诗》有善有恶。善者起发人之善心，恶者惩创人之逆志。"圣贤著书立言之意，固昭然于千古也。今夫《金瓶》一书作者，亦是将《褰裳》《风雨》《萚兮》《子衿》诸诗细为摹仿耳。

"以尔车来，以我贿迁"，语出《诗经·卫风·氓》，《毛诗序》谓："宣公之时，礼义消亡，淫风大行，男女无别，遂相奔诱。华落色衰，复相背弃，或乃困而自悔，丧其妃耦，故序其事以风焉。"这是汉人追溯的《氓》诗本事，"以尔车来，以我贿迁"，意指用你的车子，把我的嫁妆运回，张竹坡以此批评瓶儿"奔诱"之事。"子不我思，岂无他人？"语出《诗经·郑风·褰裳》，是女方对男方之词，以此批评金莲、春梅与西门庆之间戏谑嫉妒之语。"狂且"，即狂妄，语出《郑风·褰裳》"狂童之狂也且"，朱熹《诗集传》谓："亦谑之之辞。"②"狡童"，即狡猾小儿，语出《郑风·狡童》"彼狡童兮，不与我言兮"，朱熹《诗集传》谓："此亦淫女见绝而戏其人之词。"③《褰裳》《狡童》二诗，

---

① （明）冯梦龙"曲终奏雅"观：《新平妖传》："……他如《玉娇梨》《金瓶梅》，另辟幽蹊，曲终奏雅。"《情史序》："是编分类著断，恢诡非常，虽事专男女，未尽雅驯，而曲终奏雅，要归于正。"《警世通言序》："呜呼，大人、子虚，曲终奏雅，顾其旨何如耳！"《今古奇观序》："……至所纂《喻世》《警世》《醒世》三言，极摹人情世态之岐，备写悲欢离合之致，可谓钦异拔新，恫心戒目，曲终奏雅，归于厚俗。"

② （宋）朱熹《诗集传》，第53页。

③ （宋）朱熹《诗集传》，第54页。

在《诗经》中前后相邻，都是男女相怨、相戏谑之诗。《风雨》《蓬兮》《子衿》，同属《郑风》，皆是"淫奔之诗"①。据此批评，《金瓶梅》全篇不过是对《诗经》中这些诗的"摹仿"。

张竹坡在这里明确提出《金瓶梅》作者"摹《诗》"说，并紧随其后指出"夫微言之而文人知微，显言之而流俗皆知"，以经学阐释理路来批评《金瓶梅》，重在发掘小说"显言"背后的"微言大义"。这种《金瓶梅》学批评的理路，在《金瓶梅》产生时即已存在，如欣欣子《金瓶梅词话序》谓："吾友笑笑生为此，爰罄平日所蕴者，著斯传，凡一百回……其中未免语涉俚俗，气含脂粉。余则曰：'不然。《关雎》之作，乐而不淫，哀而不伤。富与贵，人之所慕也，鲜有不至于淫者；哀与怨，人之所恶也，鲜有不至于伤者。'"②甘公《金瓶梅跋》谓："《金瓶梅》传为世庙时一巨公寓言，盖有所刺也。然曲尽人间丑态，其亦先师不删郑卫之旨乎？"③谢肇淛《金瓶梅跋》："有嗤余诲淫者，余不敢知。然《溱洧》之音，圣人不删，则亦中郎帐中必不可无之物也。"④诸如此类论述，于理路选择上，首先是内容层面的取"俗"问题，小说中多俚俗之语，这与圣人编《诗经》不删郑卫之旨相同。其次是义理层面的取"刺"问题，小说作者写作《金瓶梅》的意图是"明人伦、戒淫奔"，这与圣人编《诗》"一言以蔽之，曰'思无邪'"之旨同。

第三，与以上二端的大旨取向不同，通过具体的章回，或具体人物的个案细读分析，用《诗》学的批评来揭示其中的"微言"。如第二十七回《潘金莲醉闹葡萄架》，文龙评曰：《金瓶梅》"醉闹葡萄架"一回，久已脍炙人口。谓此书为淫书者以此，谓此书不宜看者亦因此……果能不随俗见，自具心思，局外不啻局中，事前已知事后，正不妨一看再看。看其不可看者，直如不看；并能指出不可看之处。以唤醒迷人，斯乃不负此一看。见不贤而内自省，见不善如探汤，此《诗》之所以不删淫奔之词。"⑤《潘金莲醉闹葡萄架》是《金瓶梅》

① （宋）朱熹《诗集传》，第 54 页。
② 参见古佚小说刊行会影印明万历本《金瓶梅词话》卷首。
③ 参见古佚小说刊行会影印明万历本《金瓶梅词话》卷首。
④ （明）谢肇淛《小草斋文集》卷二十四，明刻本。
⑤ 黄霖《金瓶梅资料汇编》，第 436—437 页。

一书中的最淫处，如何从最淫处见出"微言"是认识《金瓶梅》一书价值的关键所在。文龙认为可将此比拟为《诗经》中的"淫奔"之词，反向取义，其旨就会归于正。又张竹坡《竹坡闲话》中有谓："'磨镜'一回，皆《蓼莪》遗意，啾啾之声刺人心窝，此其所以为孝子也。"《蓼莪》，《诗经·小雅》篇名，《毛诗序》谓："《蓼莪》，刺幽王也。民人劳苦，孝子不得终养尔。"《郑笺》谓："'不得终养'者，二亲病亡之时，时在役所，不得见也。"磨镜"一回，指小说第五十八回"孟玉楼周贫磨镜"，张竹坡回评谓："玉楼，此书借以作结之人也。周贫磨镜，所以劝孝也。以此点醒'孝'字之意，以便结入幻化之孝也。千里结穴，谁其知之？"以《蓼莪》诗对应"周贫磨镜"，以玉楼作结之人喻示《蓼莪》诗旨，意在揭示小说"曲终奏雅"中的微言大义。

　　以直引《诗经》章句来揭示《金瓶梅》中的具体人物的好恶，在前揭张竹坡《第一奇书非淫书论》中，就有对李瓶儿、潘金莲、春梅、西门庆、陈敬济等人的批评认知。在具体章回的人物事件中，也有详细阐释，如李瓶儿，文龙在第六十五回评："《诗》云：'宛其死矣，他人入室。'西门方出瓶儿之殡，如意已登西门之床。西门庆之深情，果安在哉？西门因如意遽开瓶儿之箱，月娘怨西门不发瓶儿之物，众妻妾之离心，良有以也。"[①]"宛其死矣，他人入室"，语出《诗经·唐风·山有枢》，《毛诗序》谓："《山有枢》，刺晋昭公也。不能修道以正其国，有财不能用，有钟鼓不能以自乐，有朝廷不能以洒扫，政荒民散，将以危亡。四邻谋取其国家而不知，国人作诗以刺之也。"《诗》的内容是说有衣裳车马、酒肉饮食、宫室钟鼓，就要及时享受行乐。不然，待到死后，财物就会被他人所侵占。文龙撇开《诗经》的政治讽喻意味，仅择取其中章句来说明李瓶儿死后，财物为他人掠取，讽刺意味浓郁。又第七十四回有云："他见放皮袄不穿，巴巴只要这皮袄穿，早时他死了，他不死你只好看一眼罢了。"《新刻绣像批评金瓶梅评语》眉批曰："曾日月几何，而瓶儿之衣已为金莲所有。《诗》曰：'子有衣裳，弗曳弗娄。宛其死矣，他人是愉。'千古伤心，似属此作。"[②]"子有衣裳，弗曳弗娄。宛其死矣，他人是愉"，同是语出《唐风·山有枢》，此回开始写潘金莲为西门庆品箫，趁机提出明日去应二家吃满月酒，要

---

① 黄霖《金瓶梅资料汇编》，477—478 页。

② 佚名《新刻绣像批评金瓶梅评语》，明天启、崇祯年间刻本。

李瓶儿的皮袄穿。潘金莲索取的不是普通的物件，而是李瓶儿的价值六十两银子的貂鼠皮袄。李瓶儿已逝，而其皮袄终于被潘金莲软硬兼施地索取到了。文龙与《新刻绣像批评金瓶梅评语》的作者在不同的回目中，同以《山有枢》诗的"悲"意来同情李瓶儿，而以"刺"意来嘲讽西门庆、潘金莲等人。

张竹坡好引《诗》旨来反讽月娘，发掘月娘的"隐恶"。他在《批评第一奇书〈金瓶梅〉读法》一文中指出："《金瓶》写月娘，人人谓西门氏亏此一人内助。不知作者写月娘之罪，纯以隐笔，而人不知也……若其夫千金买妾为宗嗣计，而月娘百依百顺，此诚《关雎》之雅，千古贤妇也……"《关雎》，出自《诗经·周南》，《毛诗序》谓："后妃之德也，《风》之始也，所以风天下而正夫妇也。"吴月娘是否具有"《关雎》之德"？在张竹坡看来，月娘不仅没有"《关雎》之德"，而且还有"隐恶"，月娘"一生动作，皆是假景中提傀儡"。张竹坡在第二十一回回评云：

> 况此本文言月娘烧香，嘱云"不拘姊妹六人之中，早见嗣息"，即此愈知其假。夫因瓶儿而与西门合气，则怨在瓶儿矣。若云恼唆挑西门之人，其怨又在金莲矣。使果有《周南·樛木》之雅，则不必怨；即怨矣，而乃为之祈子，是违心之论也。曰不然。贤妇慕夫，怨而不怨。然而不怨时，不闻其祈子。曰后文"拜求子息"矣。夫正以后文"拜求"之中，全未少及他人一言，且嘱薛姑子"休与人言"，则知今日之假。况天下事，有百事之善，而一事之恶，则此一恶为无心；有百事之恶，而一事之善，则此一善必勉强。月娘前后文，其贪人财，乘人短，种种不堪，乃此夜忽然怨而不怨，且居然《麟趾》《关雎》，说得太好，反不像也，况转身其挟制西门处，全是一团做作，一团权诈，愈衬得烧香数语之假也。故反复观之，全是作者用阳秋写月娘真是权诈不堪之人也。

《樛木》《麟之趾》与《关雎》一样，皆出自《诗经·周南》。《樛木》，《毛诗序》谓："后妃逮下也，言能逮下而无嫉妒之心焉。"《郑笺》谓："后妃能谐众妾，不嫉妒。其容貌恒以善，言逮下而安之。"张竹坡将月娘所统领的西门一家众妾与《诗经》中的周室后妃"比德"，《诗经》中后妃的"能逮下""无嫉妒之心"，具有和谐相处的美德，相比之下，月娘的不堪之举显现无疑。《麟之趾》，《毛诗序》谓："《关雎》之应也。《关雎》之化行，则天下无犯非礼，虽衰世之公子，皆信厚如《麟趾》之时也。"张竹坡借《诗经》旨意，反面观之，揭示《金瓶梅》作者的皮里阳秋之笔。

其他如第七十四回:"敢不是我那里,是往郑月儿家走了两遭,请了他家小粉头子了。我这篇是非,就是他气不愤架的。不然爹如何恼我?"眉批曰:"郑月之搬是非,可谓密矣,而桂姐亦知之,《诗》云:'他人有心,予忖度之。'良不虚已。""他人有心,予忖度之",语出《小雅·巧言》。《巧言》是一首政治讽刺诗,抨击谗言的可恶。"他人有心,予忖度之",当有奸人生事时,忠臣贤人能有所察觉,继而分析,最后得出有效的应对之法。张竹坡以此作比郑月儿与桂姐之关系,政治意味全无。第八十三回:"那雨不住簌簌,直下到初更时分。"眉批:"《郑诗》曰:'风雨如晦。'读此方知其妙。"语出《郑风·风雨》"风雨如晦,鸡鸣不已"。张竹坡为何觉其妙?朱熹《诗集传》谓:"风雨晦冥,盖淫奔之时。淫奔之女言当此之时,见其所期之人而心悦也。"[①]原因在于时间选取上的恰到好处。第九十六回:"春梅听言,点了点头儿,那星眼中由不的酸酸的。"眉批云:"春梅眷怀今昔,不减黍离之悲。"《诗经·王风》有《黍离》一篇,《毛诗序》谓:"《黍离》,闵宗周也。周大夫行役于宗周,过故宗庙宫室,尽为禾黍。闵周室之颠覆,彷徨不忍去,而作是诗也。"指对故国的怀念和对周室破败的悲伤。这里将"怜西门"与"闵周室"对比,撇去政治劝谏,取其家国情仇的共通性,是文学意味的品读《诗经》。

在上述批评家们引《诗》批评《金瓶梅》时,多是引用《诗经》的《郑风》《卫风》,难得引用了《周南》《小雅》,也不过是用来讽刺月娘等人没有《关雎》之雅,这即是赋的"先骋郑卫之声"笔法。至结尾,《金瓶梅》"结曰'幻化',且必曰幻化孝哥儿","是以孝化百恶耳",这是作者的苦心,也是曲终所奏的"雅",赋与小说在"摹《诗》"方面达到同构。同时,我们还应注意小说赋构问题中的"子虚"与"幻化"主题的关系。《金瓶梅》中的人物"花子虚",在《金瓶梅》中算不得一个重要人物,万历本《金瓶梅词话》第十回西门庆与吴月娘的对话中才被介绍出来,到第十四回就因气丧身;崇祯本《金瓶梅》虽在第一回就已经点出,但同是在第十四回绝命。花子虚在小说中的实际出场次数极少,是"虽有如无",小说安排这个人物,是要他"即虚出场",张竹坡在第一回回评即说他是"影子中人","虽无如有",如官哥就是花子虚的化身。以

① (宋)朱熹《诗集传》,第54页。

此构篇之法关照小说的主人公西门庆，孝哥即是西门庆的化身，也不过是"子虚"一类人物，佚名《跋金瓶梅后》："至如西门大官人，特不过'子虚''乌有''亡是公'之类耳！""子虚"之名出自司马相如《子虚赋》，"子虚""乌有""亡是公"，是《子虚上林赋》中虚构的人物，却是结构赋篇的重要人物，也是"虽有如无""虽无如有"，诚如黄越谓："有可传，传其有可也；无可传，传其无亦可也……安有所为西门庆者，然则《金瓶梅》何所传而作也……不宁惟是，闲尝阅《三都》《两京》《上林》诸赋中其所为无是公、乌有先生、子墨客卿者，又何所有，又何所无。"①

辞赋与小说，一雅一俗两种文学体式，然在缘起历程中有着共同的命运。汉班固在以《七略》之基础上撰成的《汉书·艺文志》中称"小说家者流，盖出于稗官。街谈巷语，道听途说者之所造也。孔子曰：'虽小道，必有可观者焉，致远恐泥，是以君子弗为也。'②汉代辞赋大家扬雄谓赋"童子雕虫篆刻""壮夫不为也"③，曹植加以引申云："辞赋小道，固未足以揄扬大义，彰示来世也。"④小说与辞赋同因"小道"而遭贬斥。"赋者，古诗之流也"，汉人在"《诗》本位"批评视域下，以"《诗》源说"推尊赋体。天僇生在《中国历代小说史论》中谓"小说"起源："王者之迹熄而《诗》亡，《诗》亡而后《春秋》作。仲尼因百二十国宝书而作《春秋》，其旨隐，其词微，其大要归于惩恶而劝善。仲尼殁而微言绝，《春秋》之旨，不襮白于天下，才士慨焉忧之，而小说出。盖小说者，所以济《诗》与《春秋》之穷者也。"⑤小说与辞赋又同以《诗经》而推尊本体。赋体是以"宗经"而成文体推尊的典范，《金瓶梅》以"赋法"结构全篇，这无疑是给了以经学传承思路推尊小说的批评家们一个很好的准的，在"摹《诗》"架构下评点《金瓶梅》人物，营造出与"《诗经》同风"的主旨景象。

[作者简介] 王思豪，江苏省社会科学院文学所副研究员。

① 黄越《第九才子书斩鬼传序》，见刘璋《斩鬼传》，北岳文艺出版社 1989 年版，第 254 页。
② （汉）班固《汉书》中华书局 1962 年版，第 1745 页。
③ 汪荣宝《法言义疏》，中华书局 1987 年版，第 45 页。
④ （清）严可均辑《全三国文》，商务印书馆 1999 年版，第 160 页。
⑤ 天僇生《中国历代小说史论》，载《月月小说》1907 年第 11 号。

《金瓶梅词话》给予的社会学启示

王 伟

内容提要 在社会学有关人的概念中，人的本性是中性的，他会依据所处的环境做行为的调整。《金瓶梅词话》中的几个事件说明了人物的行为是与当时的社会观念、社会体制紧密结合的，畸形的社会体制产生畸形的人物。要维护社会的正常运行就要使社会的运行机制本身公正严密。

关键词 社会学 文化观念 人物

社会学是研究社会秩序与人类的社会行为的学科。在社会学有关人的概念中，人的本性是中性的，既不善也不恶，是一种有待发展的潜力。这种潜力能发展到什么程度，就得看那个人出生在什么时代和什么社会，以及他在其中所具有的社会地位。现代社会学虽然不认为人完全象一张白纸，但认为人是有韧性的，可以容纳各种各样的内容，可以按照不同的行为方式做事。社会学家一般都不否认人的性格中有不合理的成分，然而总的来说，社会学家并不认为犯罪是人的本性使然。他们强调社会有能力防止它出现，或用制裁的办法来控制它的影响。有些人把犯罪，违法，自杀等现象认为是个人或群体的内在差别引起的。社会学家则反对这种意见。他们认为这些现象是由于某些个人在社会结构中处于独特地位，受到了社会安排的不同力量的冲击，或者是社会本身的文化与制度设置的不合理，才导致恶劣结果的形成。社会学家对人性的概念和对社会制约性的看法使他们相信若要使人改变，必须首先改变社会环境，而不是相反。①

---

① ［美］亚历克斯·英克尔斯《社会学是什么》，中国社会科学出版社，第40页。

乔治·赫伯特·米德（Mead, George Herbert 1863—1931），是美国社会学家、社会心理学家及哲学符号互动论的奠基人。米德以其符号互动论闻名。他认为，人与人之间的互动，是以"符号"为媒介的间接沟通方式，以此方式进行的互动即为符号互动论（Theory of Symbolic Interaction）。与 J. 华生的机械的条件反射式的行为主义不同，在米德看来，人的行动是有目的的、富有意义的。许多社会行为不仅包含了生物有机体间的互动，而且还包含了有意识的自我间的互动。在人的"刺激—反应"过程中，人对自己的做法可能引起的反应有明确的意识。当一种做法对其发出者和针对者有共同意义时，它就成了符号。人类互动与动物的重要区别在于：动物只能通过无意义的姿势，即记号进行互动，而人类既能通过记号又能通过符号进行互动，正是符号互动把人与动物区别开来。米德自称是社会行为主义者，认为象征符号是社会生活的基础。人们通过语言、文字、手势、表情等象征符号进行交往，达到共同理解。社会意义建立在对别人行为的反应基础上。其著作《心灵、自我与社会》是他在 1927 到1930 年在芝加哥大学讲授社会心理学课程的讲义，书中系统地阐述了他的社会行为主义理论。

以米德的社会行为主义的有关理论为参照，《金瓶梅词话》中人物的行为背后有深刻的社会学意义。

潘金莲为什么选择杀掉武大郎而不是与其离婚呢？按照现代人的看法，潘金莲完全可以选择离婚，毕竟杀人带来的风险太大，衡量二者的后果，现代人多数会选择离婚。为什么潘金莲不呢？

原来，无论宋代还是明代，女性的离婚和再嫁都是不自由的。宋代法律以《编敕》为主，但《编敕》没有流传下来，从现存的某些记载来看，两宋妇女离婚、再嫁的决定权不属于妇女本身，她们只能听命于长辈。如宋仁宗时，参知政事吴育的弟媳有六子而寡，御史唐询弹劾吴育"弟妇久寡，不使改嫁"[1]。唐询弹劾吴育的证据之一就是其阻止弟媳改嫁。这恰好说明两宋妇女的再嫁不能自己做主。再如北宋中期宰相向敏中，其女病笃，而女婿皇甫泌却终日在外淫逸，向不得已，上书皇帝请求批准女儿与皇甫泌离婚。向敏中希望借助皇帝的权威准其女儿离异，结果却不了了之，这说明女性主动离婚在当时有多么艰

---

① （宋）李焘《续资治通鉴长编》卷一百五十八，庆历六年六月丙子条，中华书局 1985 版，第 3836 页。

难。①《东轩笔录》记载王安石帮其儿媳择婿是一个反例，"王荆公之次子名，为太常寺太祝，素有心疾，娶同郡庞氏女为妻，逾年生一子，以貌不类己，百计欲杀之，竟以悸死，又与其妻日相斗。荆公知其子失心，念其妇无罪，欲离异之，则恐其误被恶声，遂与择婿而嫁之。"②从这一事例不难看出王安石的儿媳虽被夫误解，并遭受不公正待遇，但她并未主动提出离异。王安石作为家长详知内情，允许儿媳离婚，但仍恐其误被恶声，竟然与其择婿后才敢准其与儿子离异。这更充分表明两宋女子的离婚、再嫁权并不属于自己，且妇女离婚后再嫁也属不易。

明代法律规定在下列情况下，妻子可以向丈夫提出离婚：第一，夫纵容或强迫妻、妾与人通奸。第二，夫逃亡过三年者。第三，殴妻至折伤以上。第四，典雇妻子。第五，被夫之父母非理殴伤。第三条中，明律增加了殴伤的程度，丈夫殴打妻子不到折伤程度的，女性不能提出离婚。这五条之中，没有提到妻子对丈夫缺乏感情就可以提出离婚。

米德在研究人类行为时提出了"心智"③的概念，"心智"就是一种在社会背景中与他人互动的行为反应。

> 在社会心理学的意义上，我们不是依据单个个体行为的组合来搭建社会群体的行为。相反，我们从一个有着复杂群体活动的既定的社会整体入手，从中分析每个独立个体的行为。这就是说，我们试图通过社会群体中有组织的行为去解释个体的行为，而不是依据群体中个体的行为来说明社会群体中有组织的行为。④

这个社会群体中有组织的行为就是社会的文化背景，个体的思想和行为必须在社会的背景中加以分析。人类的独到之处就在于对不断变化的社会的适应，他会压抑自己的最初本心，依从于当先的社会文化追求。另外，没有互动，心智不可能存在。例如，一个饥饿的婴儿大哭起来，这引起了母亲的反应，为之哺乳；这种反应反过来会强化婴儿饥饿时候哭的行为。而如果婴儿的哭没有

---

① （宋）魏泰《东轩笔录》卷三，中华书局 1983 年版，第 77 页。
② （宋）魏泰《东轩笔录》卷七，中华书局 1983 版，第 70 页。
③ 侯军生等译《社会学理论的兴起》，天津人民出版社。
④ 侯军生等译《社会学理论的兴起》，天津人民出版社。

引起母亲的反应，当再次饥饿的时候他就寻求其它的行为来引起母亲的注意。社会互动就是个体依据特定时代和特定地域的文化观念做出反应，个人对他所处的文化体系有了一定的了解，他知道自己的不同的做法会得到其他人的怎样的反映，也明了这些不同的做法会给自己带来怎样的结果，他就会选择对自己最有利的那种做法。可见，心智模式不仅决定我们如何理解世界，而且决定我们如何采取行动。因为人们在成长和发展心智模式的过程中，会逐渐总结规律、发现模式，形成一些对世界的概括性的看法，即价值观和世界观，这会影响人们的判断和行为。不同文化体系的人对同一件事情做出的反应是不同的，这种特定的反应决定了人的行为特性，造成了独特的文化群落中人的形象。

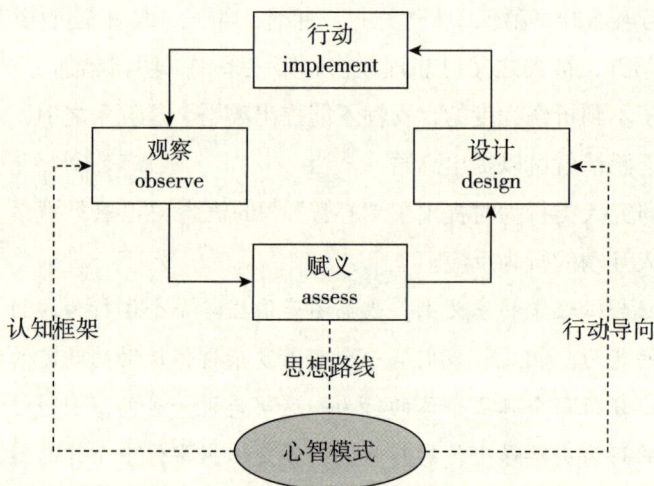

图 1　心智模式的作用机理示意图

至此，潘金莲不离婚直接通奸的原因就很明白了。法律就是社会组织的符号，她知道自己提出离婚不会得到自己要的结果，她根据这个众所周知的符号明白无须那样做。这说明封建婚姻制度在离婚机制上对女性设置的难度太大，迫使她在婚姻生活出现变动时放弃使用这一权利，去选择更具风险的杀人。应该说，是封建婚姻制度把潘金莲逼上犯罪的道路，人们再用封建观念把她说成是淫妇，就彻底推脱了封建体制逼人犯罪的责任，但这种推脱也使封建婚姻体制失去了改变自身、让体制变得更加进步的机会。这样的机会一次次地失去，社会体制就变成了僵化的、吃人的制度，大量的女性要么被压抑，痛苦地生活，要么就铤而走险，导致犯罪率上升，社会出现不稳定状态。

潘金莲为什么要害死官哥儿？

现代人看来，官哥儿对潘金莲的影响不是很直接，没有必要害死他。但是，在封建妻妾制度下，众多的妾地位基本是平等的，但封建文化特别强调子嗣，哪个妾生了儿子，哪个妾的地位就要提高，妾生的孩子虽是庶出，理论上没有继承权，然而西门庆的妻子没有生育，他就有可能继承西门庆的家产和地位。封建文化还主张母因子贵，这种观念使李瓶儿的地位骤然提高，甚至能够威胁到正妻的位置。正是这种体制刺激了潘金莲的自尊心，她的"心智"收集社会观念，收集法律信息，获得社会文化中与此相关的一切信息，然后分析这些信息，她要压下李瓶儿的日益提升的地位。由于当时的法律对于幼儿死亡很少要求当事人负刑事责任，更何况，西门庆本人掌管刑狱，他不可能把自己的妾判处死刑。这些观念都收集起来后，她明白只要不直接杀死官哥儿，她就可以达到自己的目的。于是她训练了狮子猫，让它代替自己完成夙愿。在这一系列复杂的心理活动中，杀人动机的最初起因却不是孩子本身，而是社会文化现实中的等级制度；假如封建文化中没有极不合理的妻妾制度，没有妻妾中母因子贵的观念，她不必有激烈的反应，官哥儿或许还会受到更好的照顾。

最后，果然如其所愿，西门庆没有追究潘的刑事责任，他只是摔死了狮子猫。李瓶儿受到打击，很快死亡，潘金莲达到了目的。人高度适应他所生存的社会体制，人的"心智"深深地带上了社会文化的烙印，人都按照这个烙印去思考，去做事。不合理的社会机制压抑人的精神，促使人走向罪恶，合理的社会机制促使人走向文明。潘金莲就是适应了封建的社会机制的人。

诚然，在相同的社会文化环境中，有的人杀人有的人却没有杀人，潘金莲心理的残忍和扭曲确有特殊性。心智模式具有偏执性。心智模式是人们观察周围世界的平台，换句话，人们总是透过自己的心智模式来解释世界。人们眼睛看到的东西（是"存在"的完整的）与经观察后记忆在头脑里的东西（是假设的简化的）往往是不一致的，看到的只是自己想看到的东西，符合自己"口味"（由心智模式决定）的东西，给以记忆、利用，而对不符合"口味"的东西却视而不见而排斥，从而本能地强化了自己原有的心智模式。心智模式的偏执性使人们难以客观、公正地观察和思考，往往做出轻率的决定。心智模式的形成具有"路径依赖性"，也就是说由于每个人的成长环境与经历不同，心智模式也可能是不一样的。正如诺贝尔奖得主埃德尔曼所说，虽然我们生活在同一个世界，但由于各自的经历和目的不同，我们对某一特定事件的意义理解各不相同。在这方面，"孟母三迁"的故事深刻地揭示了外部环境对心智模式的影响作用。但潘金莲心理的扭曲也是与社会机制相互影响的结果，对此已有学者做过专门的论述，这里不再重复。

西门庆是如何超越法律成为一个典型的恶霸的？

其实，考察全书，西门庆起初并非不畏惧法律，杨提督出事，陈经济逃难到西门庆家时，西门庆也是吓得"慌了手脚"，不敢出门：

> 西门庆通一夜不曾睡着，到次日早，分付来昭、贲四，把花园工程止住，各项匠人都且回去，不做了。每日将大门紧闭，家下人无事亦不敢往外去，随分人叫着不许开。西门庆只在房里动弹，走出来，又走进去，忧上加忧，闷上加闷，如热地蜒蚰一般，把娶李瓶儿的勾当丢在九霄云外去了。吴月娘见他每日在房中愁眉不展，面带忧容，便说道："他陈亲家那边为事，各人冤有头债有主，你平白焦愁些甚么？"西门庆道："你妇人知道些甚么？陈亲家是我的亲家，女儿、女婿两个孽障搬来咱家住着，这是一件事。平昔街坊邻舍，恼咱的极多。常言：机儿不快梭儿快，打着羊驹驴战。倘有小人指戳，拔树寻根，你我身家不保。"①——第十七回

但形势为什么改变了呢？因为他派出奴仆给京中的掌权者送上了巨额贿赂，"邦彦见五百两金银，只买一个名字，如何不做分上？即令左右抬书案过来，取笔将文卷上西门庆名字改作贾廉，一面收上礼物去"；西门庆得到消息"于是一块石头方才落地。过了两日，门也不关了，花园照旧还盖"，渐渐出来街上走动，以后才有胆量打蒋竹山。这段情节相当典型，西门庆发现法律的执行并不严格，用钱可以买通法律，可以为他的违法行为开脱，于是他就大胆地违法，大胆地赚钱，形成良性循环，只要能有足够的钱去行贿，社会就无法奈何他，他违法就能够获得更多地利润，有了利润就能为所欲为，法律制度的漏洞纵容了他，把他培养成了明代文学中最具典型性的恶霸官员。

社会体制的任何不合理都会让某些人产生投机行为，所以社会体制必须要设计地非常合理，并且要有不断改进的机制，使其不停地得到进步，从而使社会中的人越来越难以投机，人与社会才会变得越来越正常。这就是《金瓶梅》

---

① （明）兰陵笑笑生著，梅节校点，《金瓶梅词话》，香港梦梅馆 1993 年版。

给予现代人的社会学启示。

达尔文的进化理论给米德提供了一个把生活看做适应环境条件的过程的观点，一个物种的特质就是对那些能够适应物种生存环境的特征进行选择的结果。米德认为，人类是实用的生物，他们为了达到适应世界的目的而使用他们的工具。这就是他的社会行为主义，这种观点认为，个体凭借着对不断变化的社会组织形式的适应从而获得确定的行为规律。这个过程体现为人怎样获得他人的好感，怎样获得社会的认可，也体现为紧贴法律和法律执行的漏洞采取行动，既达到自己的目的又巧妙地逃避责任。从这个现象可以得出结论：人的行为以社会体制为前提，正常的社会体制下人们的行为会正常，而不正常的人物行为很大程度上是不正常的社会规则的表现。

为了使人的行为正常，社会体制需要做到公正而又严密。为什么要求公正呢？不妨还是看上述例子。第一个例子说明了中国封建社会是男权社会，社会体制的制定者希望使男性获得更多的权利，所以，在女性提出离婚的法律制定上设置障碍，希望从此之后男子不会被妻子抛弃，但他们没有想到，正是因为这种特权的存在，武大郎却被毒害致死，本想保护男性权利，但却给某些男性带来更大的灾难，这是当初制定这种体制的人所没有想到的。第二个例子中，妻妾众多的家庭本想获得更多的延续后代的机会，但是，偏袒生儿子的妻妾却给她带来意想不到的谋杀，从而使延续后代的机会反而减少。第三个例子中，皇帝给官员一定的特权，准许他们不遵守规则，随意提拔任用官员，这是一种维护地主阶级的特权。于是，西门庆一类人被随意地提拔，他们却带来社会不稳定的因素，最终这些因素会导致封建社会崩溃。这充分说明了，在一个理想的社会中，各阶层权利的分配要公平合理，要尊重任何一个阶层的权利，偏袒其中一个阶层，最终都会给它带来灭顶之灾——尽管这种因果报应不是直接的，需要隔相当长的一段时间才能表现出来。

体制的设计为什么要求严密呢？因为人们会仔细寻找法律的漏洞，为了获取自己的最大利益而妨碍公平。潘金莲设计害死官哥儿，首先就是因为当时的法律对幼儿的保护不严格，她利用了法律的漏洞。武松在得知武大郎死亡的内幕之后选择告状，这是一个守法公民的正确做法，《金瓶梅词话》第九回中这样描写：

(武松)因递上状子。知县接着，便问："何九怎的不见？"武二道：

"何九知情在逃，不知去向。"知县于是摘问了郓哥口词，当下退厅，与佐二官吏通同商议。原来知县、县丞、主簿、典史，上下都是与西门庆有首尾的，因此官吏通同计较，这件事难以问理。知县出来，便叫武松道："你也是个本县中都头，不省得法度？自古捉奸见双，杀人见伤。你那哥哥尸首又没了，又不曾捉得他奸。你今只凭这小厮口内言语，便问他杀人的公事，莫非公道忒偏向么？你不可造次，须要自己寻思！当行即行，当止即止。"武二道："告禀相公，这都是实情，不是小人捏造出来的。"知县道："你且起来，待我从长计较。可行时，便与你拿人。"武二方才起来，走出外边，把郓哥留在里面，不放回家。

法律由官府来掌握，但官府怎样掌握却难以监督，这样的法律不仅形同虚设，而且还会被坏人利用。所以说，只有法律是不够的，还要有严密的监督体制才能使其发挥效能。

社会体制怎样才能做到公正而又严密呢？这个问题古往今来已经有了很多设计方案。但笔者认为，方案虽很多，但核心应该是要有一种机构负责考评体制，修改法律，做不停地改进。然而中国封建社会中，政府与个人都极度保守，社会机构和社会机制很少有调整的可能，没有一个机构审视、研究社会出现的不同寻常的现象，并在科学的指导下对社会和法律进行恰当的调节。也就是说，《金瓶梅词话》所描写的社会是一个僵化的模式，无法作出调整，只能沿着一条路走下去，直至灭亡。《词话》本所写的结局是必然的，但却只是一个轮回，西门庆、王三官层出不穷，依然会存在下去。这是中国封建社会几千年来不断被颠覆的原因，但一个朝代代替另一个朝代之后，新政权的建立者却没有设计出更公正严密的体制，数千年的封建社会换汤不换药，而统治者却一直茫然，宋代限制武将的权力，明代增加特务机构，他们的努力都没有找到根本，他们所能做的，就是制定更加切实地保障自己阶层特权的法律，殊不知，这正是自掘坟墓。

《金瓶梅词话》把人物塑造与社会特点密切联系起来是极度现实主义的，其深刻和细致超过了同时期的作品，它不仅塑造了独特的人物形象，而且揭示了人类个体与社会体制紧密结合的隐秘规律。其中的情节，在社会学上具有某些启示意义，值得社会学者深思。

[作者简介] 王伟，泰山学院副教授。

《金瓶梅》与明清艳情小说的文学发展因素

张廷兴

内容提要 《金瓶梅》中的艳情描写与明清艳情小说的集中喷涌，作为一种文学现象，肯定有其文学发展自身的各个方面的因素。它们与明代文学相生共长，与清代文学在曲折磨难中艰难扭曲发展，选择了一条世俗化的发展道路。

关键词 金瓶梅 艳情小说 明代文学 清代文学 发展

一、与明代文学相生共长

明代文学的基本取向是面向现实，反映生活，小说向现实题材进军，题材不断扩大。艳情小说就是这种取向的产物，它与明代文学相生共长。

写现实，写真实，是明中叶文学的主要思潮。文学发展到明代，特别是到了明中叶，人们对文学的特征越来越清楚，对文学的艺术把握也趋于熟练，于是，文学体裁的分类越来越明确，文学思想越来越成熟。文学要反映生活，反映真实的生活，反映真实生活中人的真实感受，真情实感，而不是将文学作为载道的工具，已经成为新文学人的共识。

其一，正统文学领域反对复古、倡扬文学的现实精神。正统文学指的是载道和言志的散文、诗歌。明中叶开始，唐宋派与三袁公安派对前后七子复古运动展开了激烈的斗争。前后七子复古派在反对台阁体的空廓、浮泛和八股文的恶劣影响方面虽有一定的积极意义，但他们主张文必秦汉、诗必盛唐，以模拟抄袭古人为能事，实质上仍然是一种形式主义。归有光等唐宋派首先起来反对复古派，继之是徐渭对后七子提出严厉的批判，后来的三袁公安派强调性情之真，力排复古模拟的理论，要求诗歌创作应时而变，因人而异，更给复古派以沉重打击。他们提出了反对贵古贱今，反对模拟古人，文学要有质，要独抒性灵，发前人之所未发等主张。这些主张在当时是有积极意义的，对文学发展和小说创作起到一定的导向作用。

其二，小说创作积累了丰富的经验，开始向现实生活题材进军。戏曲、小说的形式比起正统的诗文来要自由、活泼，更适宜于反映当时丰富、复杂的生活，特别是语言的通俗、浅近，容易为广大群众所接受。在元代，戏曲已经完成了它的通俗化革命，小说也逐渐登上了通俗文学的舞台。明中叶开始，印剧术又空前发达，为它们的广泛流传提供了有利的条件。因而中叶后戏曲、小说等通俗文学的创作，在已往成就的基础上进一步获得了辉煌的成就。大众通俗说话、话本文学开始与知识分子小说整理、文学创作联合，《新列国志》等历史演义和《隋史遗文》《英烈传》《北宋志传》等英雄传奇以及《西游记》《封神演义》等神魔小说在广大群众中有很大的影响。但是，人们已经不满足于这些现实生活以外的题材，而向现实生活挖掘，反映现实生活自身的问题，开始了对市民阶层自身生存的文化自觉。有些反映明中叶经济、文化、思想上的种种复杂情况、市民的观念、利益、生活与欲望的短篇小说已经出现。如"三言""二拍"里收集的一些话本小说，都表现了浓郁的市民情结、塑造了新兴市民的想形象，表达了市民的观念。这种现象，使得后来的历史小说、神魔小说都向现实题材靠拢，形成了与世情小说交融的趋势。

其三，正统文学和通俗文学一起向"情"的纵深开拓，为艳情小说进军这一领域奠定了基础。诗歌散文的现实精神复归，特别是小说、戏剧的介入现实生活，使得文学的影响迅速扩大，地位逐渐提高，文学功能日益发挥作用。其题材也在逐渐向人性的方面深入和开拓。其中贡献最大的，明代要数汤显祖对性爱描写的突破、冯梦龙对民间文学的张扬、三袁对真情的强调、支持。

汤显祖少年时师从泰州学派代表人物之一的罗汝芳，接受了罗氏的一些禅学哲学观念，逐渐形成了他反对程朱理学的思想立场。在任职南京的后期，汤显祖读到李贽的《焚书》，思想有一定的倾向；在辞官以后，他和李贽相会于临川，深受其思想的影响，并且世界观趋于成熟。他用文学的形式响应李贽的思想，和着当代的文化思潮，强烈反对程朱理学对人性的桎梏，写下了以情抗礼的不朽名著《牡丹亭》。他的《牡丹亭》问世以后，以其对社会陈规的强大冲击力，引起广泛的反响。汤显祖所说的"情"是指生命欲望、生命活力的自然与真实状态，"理"是指使社会生活构成秩序的是非准则。汤显祖以为理具有制约性，而情则具有活跃性，"情"与"理"是对立的，任何时候都存在矛盾。而当社会处于变革时期，情与理的激烈冲突必不可免。应该伸张情的价值，反对以理格情，把人追求幸福的权利置于既有社会规范之上。

《牡丹亭》就是在这种创作思想指导下创作出来的。女主人公杜丽娘，作为一个小姐，不再是压抑自己的豆蔻情怀，而是难耐青春寂寞，看到百花盛开，万木葱茏，竟然引起了内心巨大的性爱意识的冲动，与柳梦梅的梦中幽会，恣一时之欢。并从此一发不可收拾，用生命蕴育了生死不忘之情。这个人物身上，一反传统的由情到性，而是先由欲到性，再由性生爱生情，具有女子性意识的觉醒的里程碑式的作用。"欲"是美好的，人应该得到合理的性欲满足；"欲"是"情"的基础，美好的性爱享受就是最高的感情，没有欲就没有情。从而使他创作的《牡丹亭》，成了高扬着的人性解放的大旗。此后，高濂的《玉簪记》、吴炳的《西园记》等许多爱情、婚姻题材的剧作喷涌而出，在戏剧界掀起了一场浩大的主"情"反"理"、追求人性解放的精神的浪潮。故吕天成《曲品》中盛赞道："博观传奇，近时为盛。大江左右，骚雅沸腾；吴、浙之间，风流掩映。"可见明代后期是戏曲的繁盛时期，东南一带，尤为风行。

冯梦龙是一位热心的大众通俗文学的旗手和实际工作者。他对话本的搜集整理、拟话本的创作，对民间歌谣的收集，对戏剧的整理，以及刊刻，是利在当代、功在千秋。在小说方面，他完成《喻世明言》《警世通言》《醒世恒言》的编选，增补长篇小说《平妖传》，改作《新列国志》，编辑《古今谭概》《情史》等笔记故事，鉴定了《有商志传》《有夏志传》《盘古至唐虞传》等；民歌方面，他搜集整理《挂枝儿》《山歌》两种民歌集；戏曲方面，他改定《精忠旗》《酒家佣》等曲本，编纂散曲集《太霞新奏》，创作了《双雄记》《万事足》两部剧本。他为推动明中叶通俗文学的发展，做出了卓越的贡献。

他酷爱李卓吾文学主张，极力宣传情，《情史》序说"我欲立情教，教诲诸众生"。开创了"情教"之说，强调真挚的情感，《情史》卷一《总评》以为情比理重要，"情为理之维"，用"情教"去反对存天理、去人欲的理学传统。他认为通俗文学为民间性情之响，是天地间自然之文，是真情的流露，重视通俗文学所涵蕴的真挚情感与巨大教化作用，《叙山歌》极力倡导通俗文学，"借男女之真情，发名教之伪药"，将通俗文学当作情教的工具。他认为，文学有两种存在形式，一是出自田夫野□之口的真文学，一种是绅士乐道的假文学。

只有自然地发于中情的文学，才算真文学，才能表达人的性情。《诗经》本来是善达性情者，而自六朝以来，诗被用以见才、取士和讲学，再难以很好地表达人的性情了，于是演变为词，词增损为曲、套数，曲浸淫而为杂剧、传奇戏曲。文学的发展，文体的变化，都是性情所致。曲不足以表达人的性情时，也势必再变而为《粉红莲》《打枣竿》(《太霞新奏序》)。因此，他认为"日诵《孝经》《论语》，其感人未必如是之捷且深"，通俗小说则可以使"怯者勇、淫者贞、薄者敦、顽钝者汗下"(《古今小说序》)。在冯梦龙看来，人的性情最为活跃，是推动文学发展变化的力量；某种文学一旦成了说教工具，它就会僵化，而被另一种足以表达性情的文学所取代。于是，他提倡真文学，反对假文学。《情史》选录历代笔记小说和其它著作中的有关男女之情的故事编纂而成，记载的人物上自帝王将相，下至歌伶市民形形色色的情爱故事，既同情和赞扬那些纯洁、忠贞的高尚情操，也鞭挞那些肮脏、丑恶的庸俗情调；他编辑的《挂枝儿》《山歌》专以写男女私情，色情浓郁，成了艳情小说创作思想和审美情趣的先导；他的"三言"，也强调人的感情和人的价值应该受到尊重。所宣扬的道德标准、婚姻原则，与封建名教、传统观念是相违悖的。里面很多描写性爱的韵文，成了艳情话本小说性爱描写的范式。

袁宗道、袁宏道、袁中道三兄弟，因其籍贯为湖广公安（今属湖北），故世称"公安派"。他们强调，一要独抒性灵，不拘格套。所谓"性灵"就是作家的个性表现和真情发露，接近于李贽的"童心说"。袁宏道《识张幼于箴铭后》认为"出自性灵者为真诗"，而"性之所安，殆不可强，率性所行，是谓真人"。二要重视民歌、小说，提倡通俗文学。认为当时闾里妇孺所唱的《擘破玉》《打枣竿》之类，是无闻无识真人所作，故多真声；并重视从民间文学中汲取营养，以民歌时调为诗。他们所写的一些散文，结构松散随意，文笔轻松，富于情趣，也突破了"载道"的空洞说教和僵化的格式，向文学性方面迈出了一大步。

性爱题材向现实的扩展，给了艳情小说发展机遇。乘风破浪，艳情小说开始向性爱领域挺进。性爱，是人的真实生活的重要一部分，人的基本的感情，就是由此而发，文学不能不去关注；明中叶的性爱现实，不是一般传统文学体式能关注得了的，它需要一种新的小说体式去专门探究、深刻表现、真实反映。

明清两代性爱的现实情况为：一是有些青年男女，置礼教于不顾，甚至置生死于不顾，大胆地追求爱情和幸福，就像民歌所唱的"有啥徒流、迁配、碎剐、凌迟大罪名阿奴自去认，教郎千万再来遭"；一是伪装道学，表面上守礼，但暗地里纵欲；一是明目张胆地宣淫，追求性的刺激与快乐，完全不顾及传统和社会；一是从思想上、理论上彻底否定封建礼教，其影响就决不止于自身，而影响到社会和时代。这给艳情小说提供了无限丰富的题材。

艳情小说的出现，也适应了当时人们对性爱文学作品的需求。人的生活确实与性分不开；性爱生活在明中叶更加张扬。《闹花丛》中，描写了一位行将就木的老年妇女，当听到年青人性活动发出的声音时，亦按捺不住躁动的心情，以去皮的萝卜进行自慰被侍女发现后，惊叹："人言妇人欲念，入土方休，不为虚语。"说明性与人类的生活是密不可分的。人类的性行为有三个功能或作用：一是生育的功能；二是快乐功能；三是健康功能。但是，长期以来，正统观念以为，人类性活动只在强调一个功能，就是生育。许多人类学学者指出，人类情欲生活的一项重要特色在于私密。在绝大多数哺乳类动物中，性活动都是公开的，只有人类在文明演化过程之中将性隐藏起来。在此情境之下，与情欲相关的身体器官，特别是具有性征的部位，或活动，如自慰或交欢等，便成为个人隐私的核心部分。然而，性的私密与隐藏却往往引发人们窥探的欲望——越是隐藏，就越增加窥探时所带来的快感。艳情小说所做的，就是宣扬性的快乐，满足人们对性的隐秘的窥探心理。

二、艳情小说与清代文学共生

清代是我国历史上最后一个封建帝国，也是异族统治时间最长的一个时期。政治的、民族的矛盾与斗争，时代的与传统的思潮的冲突与平衡，都给清代文学的发展以深刻的影响。清代文学在曲折地发展，艳情小说也与之患难与共、艰难发展。

一是清前期。这个时期是统治阶级的工作重心由消除民族矛盾逐渐转化为政治统治，统治阶级思想统治的力量开始逐渐强大的时期。清初，一些经历过民族灭亡、有切肤之痛的文士如顾炎武、王夫之、黄宗羲等，对明末文学解放、个性张扬、人欲横流的文化思潮、文学思潮进行了深刻的反思，努力提倡经世致用之文。在文坛上居于正统地位的，是侯方域、魏禧、汪琬所谓清初"三大家"和后来的桐城派。他们都开始由文学的张扬个性转向复古。

而清代前期小说，则承续晚明小说兴盛的局面，呈现出一片蓬勃景象，不仅作品数量众多，并且主题表现多了一些明清易代的历史动荡和压抑扭曲所造成的沉重，艺术上达到了相当高的水平。这说明通俗小说仍然与正统文学在不对称的发展，民间对这一类娱乐性读物的需求仍在不断增长。一是大量的才子佳人小说的涌现，在形成主题、叙事、描写模式的基础上，多一些仿写，形成了一定的套路，呈现出批量生产的特点。二是《聊斋志异》的出现，又开创了一条写花妖狐鬼与书生两性关系的模式，为艳情小说增加了不少美丽的梦幻般的魅力。三是即使当时的世情小说，如《醒世姻缘传》，也难免去描写一些琐屑的、淫秽的性关系和性行为。小说发展的另一个标志就是清初出现了大量的小说评点家。他们都在抬高小说的地位，想让小说脱胎换骨，成为统治阶级的正统文学，由民间走向殿堂。如金圣叹把《西厢记》《水浒传》与《庄子》《离骚》《史记》及杜诗相提并论，张竹坡更把《金瓶梅》说成是第一奇书。这都能够看出来，由于统治阶级还没有来得及整治大众通俗文学市场，特别是小说市场，性爱描写仍然在沿着自身固有的发展规律发展。

和着小说的脚步，戏剧也向娱乐性迈出了一大步，标志就是娱乐剧的出现，以《笠翁传奇十种》为代表。所写的题材，大抵投人所好，以荒唐情节博笑。如《奈何天》写一奇丑男子连娶三个绝色美女。这些立意，都有庸俗的市井趣味。在具体内容上，则多色情内容，常对假道学加以讥刺，迎合多妻制下男性的愿望。

与此文学发展情况相适应，艳情小说的创作仍为广大市民所欢迎，其强烈的生命力并没有因为改朝换代而消失；大量的艳情小说出现，呈泛滥趋势；并且创作模式化严重，改写、仿写、抄袭、改编现象严重。即使到了康乾盛世前期，理学盛行，艳情小说的创作、传播仍然艰难地进行。

二是清中叶。戏剧开始变得沉重起来，与男女之情的戏剧负载着反思许多历史的、政治的东西。《长生殿》在剧中回避杨贵妃曾嫁寿王、与安禄山私通等淫秽情节，突出与唐明皇的爱情主题；《桃花扇》把男女主人公的悲欢离合，始终卷入在南明政治的漩涡和南明政权从初建到覆亡的过程中，借儿女之情，写兴亡之感，才士与名妓的爱情，浪漫色彩全无。其他许多剧作，也多以褒忠、阐孝、表节、劝义之类主旨。"文以载道"的文学全面回归。通俗文学特别是戏剧、小说受到压抑，甚至禁毁，只有在民间戏曲表演方面出现了"花部"（指京腔、秦腔、弋阳腔、梆子腔、罗罗腔、二簧调等各种地方戏曲），重在浅俗。

但是，小说在性爱描写方面却仍然如火如荼，并且达到小说史上前所未有的高峰。一是在这种创作深沉的情况下，有的小说开始从通俗走向庄雅。伟大名著《红楼梦》正是在吸收了前人文学创作的经验，特别是艳情小说的教训基础上，融合了作者的思想感情和经历而形成的。它选取的还是艳情小说题材，但是，它有更加深刻的主题，对封建文化提出了深刻的怀疑，并试图探求某种新的人生方向，并由儿女之情上升为家族兴亡史。在语言描写上，也雅致起来，成了大家闺秀，成了阳春白雪，再也不是下里巴人了。一是出现了艳情小说的集大成者《姑妄言》。

这时候的一些艳情小说多在一些固定的模式里创作，甚至出现了"啸花轩"等一批专事艳情小说协作、刊刻、发行的书商作坊。艳情小说自身还有了新的发展，它的生命力已经融合到其他世情小说、神魔小说、历史小说中去了。我们在《醒世姻缘传》、《绿野仙踪》、《野叟曝言》、《女仙外史》等小说里，看到了大量的性爱描写。讲史的小说多了些宫廷艳事，甚至发展为艳情小说，如《隋炀帝艳史》；世情的小说增加了许多淫乱描写，甚至也变成了艳情小说，如《姑妄言》；还有大量的公案小说加上了奸情，神魔小说充溢着情欲；等等。

此外，还有一个趋势，就是艳情小说由通俗小说开始转移到文人的案头创作和文人欣赏。很多作家离开了通俗小说的阵营，受到《聊斋志异》的影响，用文言小说的形式，描写艳情故事。借狐鬼写艳情，具有很大的蒙蔽性，可以避免查禁；用文言，更侧重于书生自我阅读、欣赏，也使性描写简练而有幻想的余地。沈起凤的《谐铎》、和邦额的《夜谭随录》、长白浩歌子的《萤窗异草》、袁枚的《子不语》、纪昀的《阅微草堂笔记》。其中的艳情篇目，里面艳情绚烂，一片"欲"海汪洋，大多主张人欲合理。故《子不语》被章培恒、骆玉明《中国文学史》以为"有些故事记男女之事过于随便，是其不足"。

三是嘉庆、道光之际。新的工业的曙光又在天际闪现，工商阶层又在迅速扩大。封建政治的腐败使社会矛盾不断积累，新旧思想的冲突也愈益激烈。作为意识形态的晴雨表，于是，文学与统治阶级思想的抗争表现得激烈起来，龚自珍基于封建专制所造成的士林中普遍性的精神萎弱与人格堕落，提出了个性解放、人格完善的思想。袁枚诗歌主张性灵，《答蕺园论诗书》认为人的性情乃是诗歌的本源；而"情所最先，莫如男女"，和李贽一样，肯定情欲的合理性，让好货好色的欲望得到满足。纪昀《阅微草堂笔记》中对矫情的"假道学"

也大加讥讽，主张"理"要顺于人情，可见这种思想变化是带有普遍性的。这种文学思想的出现，是反映了当时城市工商业者的要求和思想界的变化，适应十九世纪中国经济关系和政治变革的。

时代和思潮给艳情小说带来了变革：专门写狎娼、优，在艳情小说的一个侧面进行深刻的反映，形成了狭邪小说。《品花宝鉴》才子佳人小说的笔调写同性恋故事，反映出这种变态生活中人性的复杂。《花月痕》写一对才子韩荷生、韦痴珠与一对妓女杜采秋、刘秋痕间的恋爱故事。《青楼梦》用妓院代替大观园，写一多情而怀才不遇的金捧香为众多妓女所爱。《海上花列传》主要写清末上海租界妓馆、官场、商界的生活。揭露嫖客以娼家为玩物、娼家处处谋取嫖客钱财的冷酷事实。此外还有《海上繁华梦》《九尾龟》等一大批小说。

四是近代。"革命"潮起，诗界革命、小说界革命不断涌现，小说的功能发生了翻天覆地的变化，成了革命的一种工具和手段，政治地位大大提高。艳情小说结束了它的历史使命。

三、文学审美的世俗化选择

1. 用艳情小说表达性爱题材，是文学自身的选择

使用什么文学体裁去表现性爱活动更合适？为什么选中了小说——小说发展到明代，有什么特有的特征？是怎么成了性爱题材的载体的？

艳情文学并不是明清两代开始的。它伴随着文学的产生、发展。只不过明清是以大众小说为载体的。从《诗经》到宋词、元曲、明清戏剧，都有大量的艳情作品或者艳情内容。可以说，艳情是文学审美的一项重要内容，它表现在所有的文学体式中，尤其以大众文学体式为主。这样说，并不是否认明清一代艳情文学猖狂，而是说，它有深厚的审美土壤和滋生繁荣条件，其实艳情小说就是艳情文学发展的一个阶段。

散曲被元代文人拿来写艳情，到了明代，特别是嘉靖前后，散曲最为兴盛，很多散曲专写艳情，描写刻露而生动。明中期以来，富于真情实感、奇思异想和灵动活泼、无所忌讳的民歌崛起，多为男女之真情。沈德符《万历野获编》中有较详细的记述："嘉、隆间乃兴《闹五更》《寄生草》《罗江怨》《哭皇天》《干荷叶》《粉红莲》《桐城歌》《银绞丝》之属，自两淮以至江南，渐与词曲相远。

不过写淫媒情态，略具抑扬而已。比年以来，又有《打枣竿》、《挂枝儿》二曲，其腔调约略相似，则不问南北，不问男女，不问老幼良贱，人人习之，亦人人喜听之，以至刊布成帙，举世传诵，沁人心脾。其谱不知从何而来，真可骇叹。又《山坡羊》者，李、何二公所喜，今南北词俱有此名。但北方唯盛爱《数落山坡羊》，其曲自宣、大、辽东三镇传来。今京师妓女，惯以充弦索北调，其语秽亵鄙浅，并桑濮之音亦离去已远。而羁人游士，嗜之独深，丙夜开樽，争相招致。"

除了民间的小曲和文人散曲，笑话也是色情的载体。在笑话里，人们把性的素材和主题猥亵化，将最忌讳的内容谐谑挑逗化。借此大胆地触及礼教的禁忌，满足揭露与偷窥的快感。虽然民间的笑话审美情趣与艳情小说不同，它是乖巧、机智、嘲弄，依次达到"笑"的目的，即使深层次的悲哀和反思、忧患，也是在笑过以后慢慢品咂出来的。但是，这些体裁满足不了人们对性爱问题的探究，对性爱故事的满足。

民间说唱文学可以详细地描写一些性活动，但是，只能用于听讲。而听讲的环境使人很尴尬，这么多人一起听，因为讲唱的内容的淫秽，属于隐私性质，讲的不好意思听的也要不要脸皮难为情。再说，由于面对面集体交流的性质，很多时候不能充分展开描写，或者直接用秽语描写。如《西厢》五更："二人携手把房进，即把房门紧闭牢。双双同入销金帐，云雨巫山鸾凤交：张生是曲膝鞠躬行大礼，小姐是轻分小足两边翘。小姐是银红兜肚附着体，粉颈还盘银炼条；张生是伸手摸往小姐要道所，有趣吓，微露鸡冠有凤毛。一枝梅插在金瓶内，玉簪轻刺牡丹姣。张生漫伸丁香舌，小姐含进小樱桃，好似风摆杨柳枝枝动，点点杨花往下抛。小姐是初次佳期就把银牙咬，只为含花第一遭，轻言细语把张生叫：'我未曾轻识好难熬！'"（见《白雪遗音》）如果这一段要艳情小说来表现，绝对不是这个样子。连偷窥加第一次主人公的交合，怎么也得几回渲染。即使如此说唱，说唱者和听众也应该感到非常难为情，而不是性爱的补偿式满足。

一些曲艺、戏剧的请卡与之相类似。如《尼姑思凡》，小曲只有四段，其中一段描写性行为："小小尼姑才十六，还未剃头，风流事儿从来没有，学着把情偷。叫情人：'你可将就，将就，多将就！'紧绉眉头。你将就奴年轻幼小身子瘦，不惯风流。你可轻轻的搁上，慢慢儿揉，那话儿款款抽。云雨后，身子有够心无够。"（见《白雪遗音》）许多地方戏曲之中都有"尼姑思凡"，多唱词、念白含蓄有致。如昆曲："见人家夫妻们洒乐，一对对着锦穿罗。哎呀天呀！不由人心热如火，不由人心热如火。"因为戏剧是综合艺术，如果过分渲染，就成了当众淫乱，影响极大。另外，戏剧也不利于细腻地表达心理和模拟动作。

与它们众多的通俗文学体裁表现不同，白话小说用平白的生动的语言，通过典型的曲折的故事情节去吸引人，通过典型的环境描写去感染人、启发人，通过个性鲜明的典型人物形象去感动人、教育人。它还可以运用叙述、描写、说明、议论等综合表现手法来进行，也不像韵文那样受到音韵的束缚。这种文体可以充分地、深刻得、生动地表现现实中的性爱问题和人们的性爱观念、性行为方式，以及由此带来的人物的命运。

所以，当文言中篇艳情小说（作品收入《国色天香》《风流十传》等）具有一定的吸引力而又不适应市民阅读、当大量粗俗的色情文学在民间涌现、当拟话本小说中的艳情短篇获得了极大的成功、当一些以史传人物性史为素材开始尝试白话章回小说的创作的时候，描写现实性关系的长篇小说《金瓶梅》终于出现，揭开了艳情小说的面纱。艳情小说还包含了所有通俗文学体裁应该包含的内容，如里面大量引用笑话、民歌、谜语、戏剧、曲艺。另外，在写作思想和表现风格上与以上几类文学体式也有根本的不同。如同是描写性器官，笑话里是为了嘲弄，经常嘲笑男子的阳物小，或者阳痿；经常笑话小女子的阴户宽、阴冷。而在艳情小说里，则努力说男子阳物多大，女子阴户多小多嫩。《肉蒲团》《痴婆子传》《绣榻野史》《如意君传》等书，凡说着男子的阳物，不是赞他极大，就是夸他极长。甚至有头如蜗牛，身如剥兔，挂斗粟而不垂的。凡说男子抽送的度数，不是论万，就是论千，再没有论百论十的。对生活的反映更深刻、更广泛，更好地满足了男性读者的心理需求，表现性行为带来的人的命运。

之所以选以白话章回小说为主去表现性爱，原因是，其一话本小说不易讲说性爱描写。所以不但宋元话本很少，即使"三言""二拍"里面的艳情故事，遇到性行为的描述上，也只用韵文唱出来。唱，有明显的表演性质，而说，则有明显的生活性质。而笔记文言多记录逸闻娶事、集合艳事、载入史册，距离大众远，经过选择的，无法杜撰。其二，白话章回小说篇幅较长，更有利于展开故事情节，描写情节内容，刻画人物形象。

艳情小说还具有大众的，消遣和补偿的、个体消费、反复消费的等特点，对于创作者来说，可以用艺术的方法加工、杜撰，提炼典型，塑造形象，又便于铺叙、描写和渲染；作为受众来说，可以购买、租赁，随时翻阅，独自体味，便于回味、体验联想或者性欲缓释；也便于保管收藏，还具有隐秘性特点。另外，"雪夜读禁书"，是一种享受；性伴侣之间一起翻阅，又可以增加性爱的趣味。所以，我们说，受众多选择艳情小说，是看重了它具有精神享受性和大众实用经济方便性。

2. 用艳情小说表现庸俗的审美，也是文学世俗化的选择

明中叶即嘉靖前后，直到清中叶，是中国通俗文学的繁荣期，也是中国古代小说的繁荣期。神魔小说、世情小说、历史演义、英雄传奇，话本、章回小说、文言小说，蓬勃发展。

性爱文学的美，应该是精神的美，情感的美，表达的美，三美并重，形成一个完美的审美文本。不但有美貌容颜产生的愉快，肉体本能产生的欲望，还要有浓厚的好感或者真诚的善意升华出来的感情和精神，有严肃的社会意义。关于性行为，艺术家们大多采取慎重的态度。有关这类艺术内容向来是毁誉并存的，有时，性行为的审美表现与淫秽表现的界限很难划定。《红楼梦》曾被封建卫道者们斥之为淫书，今天已被视为长篇小说的典范之作了；《金瓶梅》也曾被列为禁书，今天人们也能肯定其中的积极价值。实际上，性爱这一题材是不可能、也没有必要回避的，问题在于如何去表现。性爱的内容包含很多，性爱的表达方式也很多，如爱情、婚姻，有的《醋葫芦》就是写夫妻性爱、夫妻生活的；才子佳人小说主要反映婚恋；邪魔小说主要是斗法，和表达道教、佛教对性爱的看法，如《绿野仙踪》《野叟曝言》。还有就是通过性爱描写，到底要表达什么样的价值、作者主旨和小说思想、审美态度。如果解决好了这些问题，可以说，小说的审美情趣就是高雅的，就达到了艺术创作的标准。

可是，小说原本是通俗文学大众消费体式，它除了追求艺术的审美以外，更重要的是反映市民的生活、观念和审美情趣。这是它与明清时期其他文学体裁不同的规定性。作为一般的创作者，特别是三流的作者和书商，以他们为主体创作的艳情小说却达不到这种审美境界。他们只在乎它的读者群的性爱审

美。所以，以反映性爱为主要内容的艳情小说，自然与诗词歌赋和其他小说体式不同。这也是文学本身对它的选择——选择了世俗观念，选择了性爱内容，就选择了特定的性爱审美情趣。

性爱美包括两性主体的美和两性关系的美。前者又包括男性美和女性美，后者又包括肉体愉悦的美和爱情的美。性爱美的领域大致包括心灵美、人体美、服饰美、行为美等主要方面。女性心目中的男性美是：具有远大的理想志向、刚毅的性格、豪壮的气魄、果敢的行动，也就是有男子气概；正直诚实、胸怀坦荡、光明磊落、不虚伪，不油滑，没有市侩习气；有一定的才能和学识，有自立于社会的能力；性情温存，善于理解和体贴伴侣，懂得尊重女性；婚后一般还必须有性能力。在离婚的比率中，因为男子性能力缺乏的，占很大比率。男性心目中的女性美则是：贤惠温柔、善良温存、端庄大方，作风正派，聪慧、勤快、灵巧，还要有性的吸引力。

作为艳情小说，它的审美却完全是世俗化和庸俗化了的。它把女人、男人的美简单地抽取为性爱的肉欲的吸引力和性行为的巨大能量，以适应大众性欲的代偿性释放与满足。所以，人体美，在艳情小说里是审美主要因素。人体美就是性感，就是诱惑。所以，艳情小说对身高、体型、肌肤、容貌都有一定的描写模式，并且以男性对象为假设的受众，特别注意对女子形象的描写，一般是苗条修长、胸臀丰满、腰肢纤细、眉清目秀，服饰打扮倾向于艳丽、轻柔、繁复、优美，情态也多柔、缓、曲，充满了性的诱惑。如《闹花丛》专门欣赏女子的"色眼"："门内侨寓一家姓余的，有一闺女，名唤顺姑，年纪有十五六岁，尚未受茶。文英一日在他门首盘桓，只见他上穿一领桃红线绸锦袄，下着一条紫锦绅湘裙，金莲三寸，站在门首。这还是他通身的俊俏，不过言其大概。独有一双眼睛生得异样，这种表情，就是世上人所说的色眼。大约不喜正视，偏要邪瞧，别处用不著，惟有偷看汉子极是端门。他又不消近身，随你隔几十丈路，只消把眼光一瞬，便知好丑。遇着好的，把眼色一丢。那男人若是正气的，低头而过，这眼丢在空处了。若是一何色眼的男子，那边丢来，这边丢去，眼角上递了情书，就开交不得了。"女子情态越风流曼丽，性爱肉欲的吸引力就越大，对读者的撩拨就越强烈。不止如此，艳情小说专门以女性性特征为审美和描写对象，与一般的小说审美有了根本的区别。描写模式，女体用艳语——雪白的臀，细细的缝儿，光光肥肥那件妙物，如初发酵的馒头，鸡冠微突；性爱结束后"嫩毫浮翠，小窍含红"；雪白身子，酥润香乳。还有大量的诗句唱赞："脸似红桃朵朵鲜，肌如白雪倍增妍。虽然未露裙中物，两乳双悬绽又圆。"（《巫梦缘》）对于男子，则主要是欣赏他的性器官的雄壮和性能力的强大，很少兼顾到他的形体美。

对于动作的审美，一般来说男性动作姿态多属主动型和开放型，女性则多带防卫性和收敛性。表现在性爱过程中，从两性之间的行为如抚摩、拥抱、接吻、性交等的表现来看，男性应该主动，女性则大多是被动的。男性的性敏感区较少，除性器官外，还有嘴、手等部位，而女性，除上述器官以外，还有大腿内侧、胸脯、臀部、面颊、耳朵、脖子等，因此男女进行性接触时，主要是男性抚摩女性。拥抱的情况也是如此。接吻则需要男女双方的配合协调。性交是最高程度的性接触，双方从生理到心理都处于极度兴奋的状态。艳情小说对此有符合一般常态的描写，但是，男性读者群的假设，使得它背离了许多动作审美规律，多写女子的淫情，表现女子的性行为的难耐。在性的交合中，一般女子淫欲难挨，便觉牝内作起怪来，恰似有百十条疹虫咬痒的难禁；将两脚高高翘起，下面乱颠相凑；丫鬟偷窥也看得出神，不觉精水从阴门流出，与小便无异。就把那手插入裤中摸那物，瘙痒难受。还特别欣赏"坐莲"和"倒浇蜡烛"。

所以，我们说，市民代偿式的需求，使得艳情小说就是要还给读者一个性爱的白日梦，故所审美的主体不是爱情和一般意义上的性爱，而是男女的淫情。在艳情小说里，贪婪的占有欲是普遍的，也颠覆了妇德就是守节贞操观；两性关系多由性及爱，甚至只有性没有爱；所欣赏的性爱，除了正常的题材，如爱慕、追求、思恋、性行为、性方式、性爱过程、性爱结果等等，还包括一些性的变态，如同性、自恋、施虐、受虐、物恋、色情狂、窥阴、异装、暗恋、童恋、手淫、口交、群交、乱伦；性爱的结果也不只是婚姻和幸福，还有很多是淫荡和纵欲而亡。

世俗化的选择，也可以表现得非常完美。艳情小说的性爱表达，也有非常成功的地方，就是适应市民情趣的一些韵文和引用的小曲歌谣。艳情小说的性爱表达，最成功的是韵文，特别是那些拟话本小说里的韵文，生动活泼、轻佻幽默，含蓄委婉，体现了传统表达诗情画意的美感。如《欢喜冤家》里的一些表达："色胆如天，不顾隔墙有耳。欲心似火，那管隙户人窥。初似渴龙喷井，后如饿虎擒羊。喷喷有声，铁汉听时心也乱。吁吁微气。泥神看处也魂消。紧紧相偎难罢手，轻轻耳畔俏声高。"（第一回）"两两夫妻，共入销金之帐。双双男妇，同登白玉之床。正是青鸾两跨，丹凤双骑。得趣佳人，久旷花间乐事。多情浪子，重温被底春情。鳜鱼得水，活泼泼钻入莲根。孤雁停飞，把独木尽情吞占。娇滴滴几转秋波，真成再觑。美甘甘一团津唾，果是填房。芙蓉帐里，虽称二对新人，锦绣裳中，各出两般旧物。"（第三回）"罗裙半卸，绣履双挑。眼朦胧而纤手牢勾，腰闪烁而灵犀紧凑。觉芳兴之甚浓，识春怀之正炽。是以玉容无主，任教蹈碎花香。弱体难禁，持取番开桃浪。"（第五回）其中所用的比喻、夸张，以及幽默风趣，都有《诗经》以及乐府民歌的风致。引用民间小调，也使得性爱描写佻达活泼，情趣盎然。如《醉春风》引用的多首《挂枝儿》："俏冤家，才上床，缠我怎地？听见说：你一向惯缠别的，怕缠来缠去没些主意。今夜假温存，缠着我，日久真恩爱，去又缠谁？冤家，你若再要去缠人也，我也把别人缠个死。""梦儿里梦见冤家到，梦儿里把手搂抱着。梦儿里把乖亲叫，梦儿里成凤友，梦儿里配鸾交，梦儿里交欢也，梦儿里又交了。"都将男女相爱的情感表达到了极致。

［作者简介］张廷兴，济南大学历文学院教授。

三、版本、作者及点评研究

"崇祯本"眉批揭示其是《金瓶梅》祖本的事实①

董玉振

内容提要 本文分析笔者留意到"崇祯版"第三十回的一个眉批："月娘好心，直根烧香一脉来。后五十三回为俗笔改坏，可笑可恨。不得此元本，几失本来面目"，本文认为该眉批是证明"崇祯版"是祖本的一个不容置疑的证据。同时，对第四回一个眉批做了补充说明。

关键词 《金瓶梅》 崇祯本 眉批 版本

引 子

"词话本"和"崇祯本"何为该书的祖本成为长期争论的话题，两种观点并存的一个主要原因是，都没有找到一个没有明显瑕疵的证据来支持各自的观点。"崇祯本"的评点者是谁不是本文探讨范围，但一个基本认识是，"崇祯本"的评点者是文坛大家，绝非泛泛之辈。他的评点构成了"金学"的财富，也包含着值得重视的信息。甚至比"第一奇书"之张竹坡的评点更切中该书的主旨。研究"崇祯本"评点是站在与成书年代最近的文坛巨人的肩膀上去遥视该书的真实面貌。这无疑是条认识该书的捷径。

"崇祯本"第三十回一眉批饱含的信息分析

笔者注意到"崇祯版"第三十回的一个眉批："月娘好心，直根烧香一脉来。后五十三回为俗笔改坏，可笑可恨。不得此元本，几失本来面目。"这是一个关键的证据，给"崇祯本"是祖本的观点提供了支持。

---

① 该文内容摘自笔者 2003 年为新加坡南洋出版社出版的《金瓶梅》所写的前言。

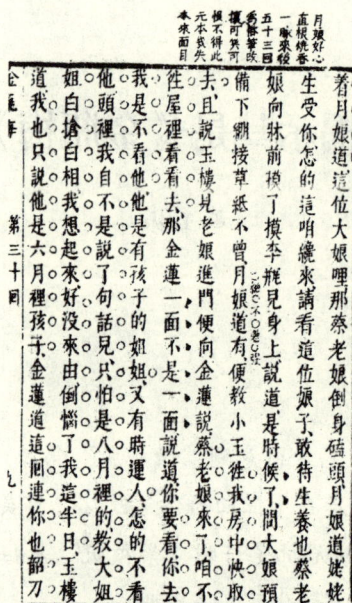

图 取自北京大学出版社之影印北大本

　　该眉批包含一些关键的信息：所提"五十三回"是指的是"词话本"，还是"崇祯本"？"崇祯本"的第五十三回并没有文字对"月娘好心"构成挑战，也没有评点批驳其内容，倒是"词话本"第五十三回中，月娘更显小家子气，西门庆在月娘房中用胡僧药反而让月娘期待，与月娘的形象向背。有学者认为："崇祯本"的五十三、四回被俗笔改坏，笔者并不认同。细览"崇祯本"评点和"第一奇书"上张竹坡的评点，对这两回给予了较正面的评价：写月娘得子，"崇祯本"眉批赞之为"春秋妙笔"，旁评中更出现四个"妙"；张竹坡则多处评点这两回文字和前后文之间的精妙联系。无论是"崇祯本"还是"第一奇书"，这两回的评点处不少，无一评点对文笔和情节提出责斥，反而不乏赞叹处。当代一些学者很可能误解了"五十三回被俗笔改坏"这一论述的针对目标。

　　因此，合理的逻辑推导是，"词话本"的这两回，才真的被俗笔所害。只要认真读几遍，就轻易发现第一回前半部分、第五十三回、第五十四回与前后内容在文风上的明显差异。

　　后来张竹坡改评《金瓶梅》以"崇祯本"为基础，而没有对这回做大的改动，也可以说明问题。如果"崇祯本"为俗笔所害，张竹坡完全可以"词话本"

为底本,将这两回大幅度改写。再者,"崇祯本"评点者既然手头有"此元本",没有理由不将改坏的两回再照元本改回来,并在较完美的本子上进行评点。

"此元本"指的是否是"词话本"出现前的祖本?而在批点时用"此",显然指的是批点的对象。"不得此元本,几失本来面目",则说明该书的本来面目"几失",但没失,而是体现在该"崇祯本"中。这句话也表露:元本似乎很难见到;这显然不是指的当时相对较为易得的"词话本"。很显然,"崇祯本"的评点者本人也曾经读过"词话本"才得出"被俗笔改坏"的结论。

从评点也可以看出,"崇祯本"评点者对《金瓶梅》的研究具有较高的文学审美能力和权威性。"崇祯本"的评点也被公认为具有较高价值的文学批评。根据以上分析,"崇祯本"评点者已经清楚点明了"崇祯本"是祖本的事实;这在逻辑上和权威性上都不容质疑。

"崇祯本"评点者刻意杜撰此眉批的可能性分析 [①]

有学者怀疑"崇祯本"评点者是否有可能杜撰这个眉批来刻意拉高该书的地位,进而有利于该书的销售?对于这种怀疑论点,有必要做个分析。

如果"崇祯本"评点者有意宣传抬高此书的价值和市场行情,通常的做法是在该书前面写个序文("词话本"可能就是如此做的)。但"崇祯本"评点者不仅没有靠加序文来推荐该书,却比"词话本"少了好几篇序文("崇祯本"评点者手中有词话本,何以刻印时不加上这些序文,合理的解释是:这些序文在"元本"中不存在,而是"词话本"刻印时加上去的)。词话本中的序文"欣欣子序""廿公书"其实都有对该书的推崇,"崇祯本"却不去录入。正如本文分析,"崇祯本"是来自于元本,则"词话本"中的这些序文应该都没有出现在元本中,这是"崇祯本"没有这些序言的合理解释。这至少也说明,"崇祯本"评点者不会刻意为拔高该书而擅自添加内容,甚至"词话本"中的上述两个序都拒绝采用。

显然,"崇祯本"评点者试图通过眉批刻意推举此书的论点缺乏合理的逻辑支持。靠一个不起眼的眉批来宣传此书,显然是最无效的手法,相信"崇祯本"评点者应该不会如此缺乏敏感性。试想,金学界历代学者穷大半生研究《金

---

① 在 2016 年 10 月第十二届国际《金瓶梅》学术研讨会上,有与会学者针对第三十回的这个眉批提出了这个质疑,所以在该文定稿时增加这部份内容,作为对该质疑的回应,以资学界讨论参考。

瓶梅》而没有留意或重视这个眉批，还指望一个普通读者靠发现这个眉批来看重该书吗？这显然不可思议。

因此，认为"崇祯本"评点者靠此眉批来抬高该书价值的看法，不具有逻辑上的合理性。

就第四回一个眉批的解释 [①]

"崇祯本"第四回中有个眉批：从来首事者每能为局外之谈，此写生手也。较原本径庭矣。读者详之。

"崇祯本"评点者还在主要不同的文字侧加圈标记。

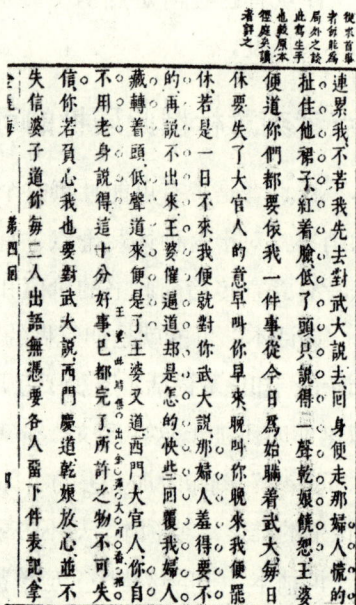

且看"词话本"和"崇祯本"这部分的"径庭"之处：

"崇祯本"部分：

那妇人慌的扯住他裙子，红着脸低了头，只得说一声："干娘饶恕！"王

---

① 在 2016 年 10 月第十二届国际《金瓶梅》学术研讨会上，黄霖先生提示笔者留意一下第四回的这个眉批，笔者研究后认为，对该眉批没必要专文探讨，作为该文的一部分比较好，所以在该文定稿时增加这部份内容。

婆便道："你们都要依我一件事，从今日为始，瞒着武大，每日休要失了大官人的意。早叫你早来，晚叫你晚来，我便罢休。若是一日不来，我便就对你武大说。"

"词话本"部分：

那妇人慌的扯住他裙子，便双膝跪下，说道："干娘饶恕"。王婆道："你们都要依我一件事。"妇人便道："休说一件，便是十件，奴也依干娘。"王婆道："从今日为始，瞒着武大，每日休要失了大官人的意。早叫你早来，晚叫你晚来，我便罢休。若是一日不来，我便就对你武大说。"

以上两段对比，可以注意到，波浪下划线文字不同；"崇祯本"评点者在这部份加了圈标记，说明评点者所谓的"径庭"主要是指这段。双线下划线部分为"词话本"独有而"崇祯本"所无。

波浪下划线部分，"崇祯本"中"红着脸低了头"道出金莲的羞愧（这种事被邻居撞上，能不羞愧？）"只得说一声"刻画出金莲的无奈。寥寥十一个字将人物窘态描绘得形象生动，与场景吻合。但"词话本""便双膝跪下，说道"只有动作而无心理刻画，太平淡了。至于出现这种差异的原因，笔者倾向于认为"词话本"刻印时，这几个字模糊不清而临时补上。这种可能性也可以用来解释第一回前半部分和第五十三与五十四回的不同。

至于"词话本"所有而"崇祯本"所缺的双线下划线，笔者对此难以给出有把握的解释。但可以肯定的是，"崇祯本"评点者手上有该"词话本"（否则他何以对比而说"径庭"），但他却没有把"词话本"中多出来的这些文字加进去，而只是加个眉批提醒读者。这至少说明，"崇祯本"缺少的这些文字并不是在"词话本"基础上的漏刻，真要是漏刻的话，这个眉批就出现的太奇怪了。

因此，这段下划线文字的差异，提供了又一证据，佐证了"崇祯本"不是在"词话本"基础上的改写。

至于眉批中所用"原本"与前述第三十回的"元本"所指，从字面上看有所不同。"原本"即原来有的版本，这里应该是指当时市面上传播最广的"词话本"，"崇祯本"评点者手上本来就有这个版本。而"元本"之元，其含义中有开始、本源、首要之意（如元年、元旦、元首等）。这个字面的解释，给"崇祯本"第三十回眉批所揭示的版本信息提供了又一支持。

[作者简介]董玉振,男,工学博士后,山东曹县人。1999年发表著名网文《为毛泽东辩护——兼谈邓小平历史责任和本来面目》(共八章),2003年在该文基础上出版专著《巨人的背影——为毛泽东辩护及当代中国问题省思》,被媒体和学界誉为毛泽东研究专家;并应一些老同志邀请回京交流。在"金学"研究上有所收获,2003年主编全球第一套简体全版双版本《金瓶梅》,并为之序(新加坡南洋出版社出版);2011年出版市场营销学著作《如何分析直销公司》,成为至今唯一学者获得新加坡公共媒体机构邀请发表直销专题演讲。2016年7月推出《曹县董家祖传·经典珠算术集萃》线装本。该书是家族数百年来传承的珠算书,董玉振对该书进行校对修复,并加注释,他作为当今极少数精通传统珠算打法的人,通过该书的出版,事实上扮演着非物质文化遗产传承人的角色。现为新加坡国有盛裕集团副总裁、新加坡南洋出版社董事经理兼总编辑、新加坡文艺协会终身会员、新加坡规划师学会会员、马来西亚南艺读书会名誉顾问。入选《新加坡建国以来作家名录》。主导和参与国内外多个国家级产业园区和旅游区的战略规划。参与中新(重庆)互联互通战略策划。

兰陵笑笑生李贽说

方保营

内容提要 彭好古的书信佐证了笑笑生的真实存在，《墨苑序》写序是：万历辛丑季夏廿日楚黄一壑居士彭好古伯伯钱甫书于古杭西湖之悦心楼。经考证：从李贽的《焚书续焚书》的"答焦漪园"中找到相关线索；李贽在"李见田邀游东湖二律"第二次用文字记载了他去杭州的情景。

"兰陵笑笑生"是审美意象的组合体，是一个情感符号，隐喻着"伊斯兰""古兰经""温陵（泉州）""西陵""笑笑先生""笑笑生"之意蕴，"兰陵笑笑生"含两个笑字是对李卓吾傲岸不羁的性格与人格的凝练，这几个字正是他做人的写照，喻义无穷。梅澹然是"刘金吾"家的遗孀，李贽穷困时靠的就是知音"锦哥"梅澹然资助生活、写作和刊印著作。不言而喻，李贽算是"金吾戚里"的门客。"绍兴老儒"即暗示越人，泉州南安人李贽，这是袁中道的高明之处，既说出李贽是著作者，又遵从老师李卓吾的遗愿没暴露作者真实姓名，机智地保护了世界名著《金瓶梅词话》。

同仁张铉在第十一届国际《金瓶梅》学术讨论会上递交了论文《新见〈程氏墨苑〉中"笑笑生"史料考》，引文《侍御羲阳彭公书》曰：

> 所刻《墨苑》甚善而《序》不足以称之，不揣作《序》寄览，倘以为是，付刻可也。刻完幸寄二三本，为老丈广其传。佳墨可无赠乎？闻近时赠人止一二笏，亡沦谢序。当多儿辈、孙辈、朋友辈、亲戚辈、门生辈，须多得，方足分人。笑笑生七月中行矣，老丈果来，当以月初，迟则无及也。①

---

① （明）程大约《程氏墨苑》，《续修四库全书》，第1114册，上海古籍出版社2002年版，第403页。

该文作者考证出侍御羲阳彭公书指彭好古，号熙阳，又号一壑居士，著《彭氏类编杂说》。李贽在麻城期间，与一大批麻城文人志士交游往来，谈学论道，在思想及学术上互通。李贽著《老子解》，彭好古《道德经评点》《悟真篇注》，他们有共同情趣和文学、哲学追求。彭好古应该知道兰陵笑笑生的真实姓名，他了解李贽，因为《金瓶梅词话》与麻城渊源太深。彭好古的书信佐证了笑笑生的真实存在，从他的《墨苑序》查明写序的落款是：万历辛丑季夏廿日楚黄一壑居士彭好古伯伯筏甫书于古杭西湖之悦心楼。[①] 张铉考证："可知序作于杭州西湖畔，二期为万历二十九年（1601）六月二十日。信中说不揣作《序》寄览……故书信书写及寄出时间应不至于太迟。"张铉说："徐朔方先生《屠隆年谱》及复旦大学秦皖春 2003 年硕士论文《屠隆年谱》都没有此年屠隆在杭州的记载，我们在屠隆诗文中也没找到相关线索。"[②]

《侍御羲阳彭公书》是一个界定，说明笑笑生果有此人，他在万历二十九年在杭州有行踪的文字记载，起码从当时的文人学士书信、诗文中留有印记。万历二十九年（1601）以前作古的李开先、王世贞、徐渭、汪道昆等晚明知名文人就被排除掉"兰陵笑笑生"的候选人。我们不妨从李贽的《焚书续焚书》的"答焦漪园"中找到相关线索：

> 承谕，《李氏藏书》，谨抄录一通，专人呈览……本欲与上人偕往，面承指教，闻白下荒甚，恐途次有傲，稍待麦熟，或可买舟来矣。生平慕西湖佳胜，便于舟航，且去白下密迹。又今世俗子与一切假道学，共以异端目我，我谓不如遂为异端，免彼等以虚名加我，何如？夫我既已出家矣，特余此种种耳，又何惜此种种而不以成此名耶！或一会兄而往，或不及会，皆不可知，第早晚有人往白下报曰，"西湖上有一白须老而无发者"，必我也夫！必我也夫！从此未涅槃之日，皆以阅藏为事，不复以儒书为意也。[③]

万历十六年（1588）李贽 62 岁，他的《初潭集》编成，并开始编辑《藏书》、《焚书》、《说书》。万历十八年（1590）李贽 64 岁，《焚书》在麻城刻印出版。《答焦漪园》应写在万历十八年上半年，这里透出李贽与杭州西湖的文字信息。李

---

① 程大约《程氏墨苑》，《续修四库全书》第 1114 册，上海古籍出版社 2002 年版，309—311 页。
② 张铉《新见〈程氏墨苑〉中"笑笑生"史料考》，《第十一届国际〈金瓶梅〉学术讨论会论文集》。
③ 李贽《焚书》卷一《答焦漪园》，中华书局 1975 年版，第 7 页。

贽在"李见田邀游东湖二律"第二次用文字记载了他去杭州的情景：

不到西湖已十秋，兴来涉越便杭州。眼前空阔烟波冷，天际微茫玉树浮。

两岸桃花飞小艇，隔溪渔火宿芦洲。行人本是遨游客，何况当年李郭舟！

湖上风多白昼阴，水云深处是禅林。清歌一曲令人醉，银烛高烧不自禁。

游子他乡双白发，将军好客千黄金。莫邪长剑终须试，未许扁舟独鼓琴。

（其二）

万历四十六年（1618），李贽死后的十六年，他的学生汪本钶编辑了李贽晚年的书信诗文而成《续焚书》五卷，其中收录了的诗文"李见田邀游东湖二律"，这说明诗二首是李贽晚年作品，游杭州东湖应该是他"双白发"时所写，绝不是在南京做官时期的作品。"李见田邀游东湖二律"诗文中透露出李见田将军花费"千黄金"迎接李贽到杭州游东湖，这个李见田就是万历丁亥（1587）岁秋九月，在遵义市凤冈县何坝乡康坝村长安桥的古驿道旁大书"夜郎古甸"四字的人。李见田请李贽邀游东湖，李贽慷慨自己"游子他乡双白发"的惆怅。比对十年前李贽说"西湖上有一白须老而无发者"，说明"笑笑生"这个"老丈"已经是老态龙钟。李贽在诗文描述"不到西湖已十秋，兴来涉越便杭州"。这与《答焦漪园》讲到去杭州的时间刚好十年，应该是万历二十九年（1601）六、七月份。李贽年谱记载万历二十九年为躲避迫害在通州研究《周易》，他会不会到杭州？我认为，很有可能，因为李贽有很多军政大员的朋友，譬如：刘晋川、梅国桢等都崇拜李贽，他们曾不遗余力资助、搭救、保护文化巨子，李见田出重金邀李贽游东湖是不争的事实。当年，封建统治者联手迫害李贽，仁人志士对李贽的隐藏地是保密的，袁宏道说："白下人来，云翁已去京，更不知往何地。有人云：住通州。老年旅泊，未得所依，世界真无朋友欤？何托足之无所也！"（《袁中郎全集》卷一《与李龙湖》）李贽被封建卫道士挤兑、迫害、追逐得"老年旅泊，未得所依"，他全靠朋友接济、救助和保护，李见田的"邀游东湖"彰显了人杰的正义力量，给黑暗的晚明社会投照出人性之光。

"李见田邀游东湖二律"透出许多信息，很有可能李贽去吴地面见出版商商谈出版《李卓吾先生批评忠义水浒传》《金瓶梅词话》事宜；这就有明万历三十八年（1610），杭州的容与堂刊本《李卓吾先生批评忠义水浒传》问世。

《金瓶梅词话》作者跟我们玩了个文字游戏，那就用文字拆解法来破译"兰陵笑笑生"的密码。我们在嘉靖间寻找接近"兰陵笑笑生"的名号之人，会发现明代大名士、思想家、文学家李贽有托名"兰陵笑笑生"创作《金瓶梅词话》的可能。李贽是明朝思想家、史学家、文学家、批评家、书法家，福建泉州南安人，回族。嘉靖年间举人，嘉靖三十五年授共城教谕。李贽因仰慕邵雍而筑室于苏门山百泉上，故称百泉人，又号"百泉居士"。晚年居龙湖，号龙湖叟、秃翁等。

李贽信仰的宗教是"心教""艺术宗教"和世界性的宗教，在他的精神世界里凝聚着伊斯兰教、佛教、基督教、儒教和道教思想，尤其《古兰经》对他影响最大。先师在临终遗嘱中仍要求按伊斯兰教规安葬，并详尽地嘱托了回族的安葬习俗，不要用棺木，不穿新衣服，他对马经纶及弟子们细心地嘱托：

> 倘一旦死，急择城外高阜，向南开作一坑；长一丈，阔五尺，深至六尺即止……且阁我魄于板上，用余在身衣服即止，不可换新衣等，使我体魄不安。但面上加一掩面，头照旧安枕，而加一白布中单总盖上下，用裹脚布廿字交缠其上……墓前立一石碑，题曰："李卓吾先生之墓。"字四尺大，可托焦漪园书之，想彼亦必无吝。[①]

能坦然面对死亡也是做人的极高的境界。李贽为了国学，为了民族的思想解放，粉身碎骨浑不怕，甘洒碧血写春秋。卓吾先生写下遗嘱，不要厚葬，为"心安"，不要"俗气"、不要"好看"，体现了他不同世俗的反传统思想。李贽的丧葬理念出于他对伊斯兰教的崇拜，伊斯兰教徒的丧葬方式是：

> 伊斯兰教徒实行土葬，薄葬……殓衣一般用洁净的白布，成人为三丈余，儿童酌减，不加缝制，直接包裹遗体……礼毕，从速土葬，不用任何葬物，不用棺椁，直接埋入土中，死者南北向，面朝西……[②]

可见，李贽的这一切遗嘱安排是按照回族的丧葬习俗，要朋友和弟子按照伊斯兰的教俗安葬他，建陵墓。1602 年，75 岁的李贽在北京无常后，袁中道记载："时马公以事缓，归觐其父。至是闻而伤之曰：'吾护持不谨，以致于斯也。伤哉！'乃归其骸于通，为之大治冢墓，营佛刹云。"[③] 李贽好友马经纶、

---

① （明）李贽《续焚书》卷四《李卓吾先生遗言》，中华书局 1975 年版，第 102 页。

② 《中华文化通志》第九卷《宗教与民俗·丧葬陵墓志》，上海人民出版社 1998 年版，第 65—66 页。

③ 钱伯城笺校，（明）袁中道《珂雪斋集》卷之十七《李温陵传》，上海古籍出版社 1989 年版，第 722 页。

焦竑根据他的生前之托，以伊斯兰葬礼的仪式悄悄掩埋了他。他们为李贽完成身后愿望，不怕连坐，敢于埋葬斗士的遗体，不怕文字狱，是重友情的人，对挚友李贽认可而尊敬。李贽蒙难时，马经纶徒步几千里相救。李贽被害后，马经纶为好友收尸修墓，义举感召天下。令人感到欣慰的是，400年来一代代通州回族人就这般接力守护着李贽的陵墓，守护着这位为通州、为穆斯林赢得美誉的大名士。

伊斯兰教的潜移默化确定了他的意识形态。伊斯兰教反对崇拜偶像，这对于李贽有深刻影响。他很坦率地说："余自幼读圣教，不知圣教；尊孔子，不知孔子何自可尊……是余五十以前，真一犬也。"（《续焚书·圣教小引》）《古兰经》的妇女观：男女平等、关心妇女、尊重妇女人格，提高妇女地位。强调男女无贵贱之分，人的贵贱要看是否敬畏真主，遵守法度，戒恶行善。真主说："她们应享合理的权利，也应尽合理的义务。"（《古兰经》第2章，第228节）"我绝不使你们中任何一个行善者徒劳无酬，无论他是男的，还是女的——男女是相生的。"（《古兰经》第3章，第195节）"信士和信女，谁行善谁得入乐园，他们不受丝毫的亏枉。"（《古兰经》第4章，第124节）李贽对封建礼教压迫下的妇女给予深深的同情，他大声疾呼，为妇女鸣不平说："不可止以妇人之见为见短也。故谓人有男女则可，谓见有男女岂可乎？"（《焚书》卷二《答以女人学道为见短书》）李贽敢于向传统封建礼教的提出尖锐挑战，其精神来自伊斯兰教思想。

在多数学者的考证中，都把"兰陵笑笑生"分解为地名"兰陵"和笔名"笑笑生"两个部分的组合。这样做只有先考证古兰陵在什么区域，再在此地寻找符合兰陵笑笑生条件的人，郑振铎先生采用的就是这样的思路：

> 王昙的《金瓶梅考证》又道"或云李卓吾所作。卓吾即无行，何至留此秽言！"这话和沈德符的"今惟麻城刘延伯承禧家有全本"语对照起来，颇使人有"或是李卓吾之作罢"之感。但我们只要读《金瓶梅》一过，便知其必出于山东人之手。那末许多的山东土白，绝不是江南人所得措手于其间的……

> 一个更有力的证据出现了……兰陵即今峄县，正是山东的地方。笑笑生之非王世贞，殆不必再加辩论。

> ……曾经仔细地翻阅过《峄县志》，终于找不到一丝一毫的关于笑笑

生或欣欣子或《金瓶梅》的消息来。①

郑振铎先生用语言学否定了说吴语的王世贞，肯定了《金瓶梅词话》中的方言是山东土白，他"曾经仔细地翻阅过《峄县志》，终于找不到一丝一毫的关于笑笑生或欣欣子或《金瓶梅》的消息来"。看来，兰陵笑笑生不是兰陵古国峄县籍人，他究竟是谁呢？好多学者都误入"山东土白"这个八卦阵，都忽视了明朝的国语河南话，其实，兰陵笑笑生用的方言大部分是豫西北土白，即共城（今辉县）方言。仔细查找，晚明时期的中原人符合兰陵笑笑生考证条件的没有，唯有祖籍河南固始县、出生在泉州的南越人李贽，在河南辉县生活多年，熟悉河南方言。这又为我们提供了一个兰陵笑笑生即李贽的佐证。

兰陵笑笑生表现了何方人杰的生命意识呢？那就先对"兰陵"初考一番。这个与"笑笑生"是并列关系的词，是李贽精神现象的外化，因为伊斯兰教《古兰经》在李贽心灵中根深蒂固，伊斯兰教的教义和情愫在李贽的意识形态中占有很大成分，他在给自己起托名时从骨子里会蹦出"古兰"与"伊斯兰"来。"兰陵笑笑生"中的"兰陵"是宗教中的《古兰经》、"伊斯兰"与"温陵居士"的混合，"笑笑生""笑笑先生"是他曾用过的笔名，组合起来就成了"兰陵笑笑生"。"兰陵笑笑生"是不是"古兰"或者"伊斯兰"与"温陵"的组合呢？或者是"古兰"与《金瓶梅词话》的构思与创作地"西陵"（注：指湖北麻城）的字词化合呢？其实，汉语是象形文字，每个词组蕴含着精神现象，人的名字、化名、托名、笔名、别名、乳名都是一个情感符号，隐喻着非常广泛的外延性，都有着某种其本人难以割舍的情愫和特定的暗示。

明沈德符《万历野获编》则说是"嘉靖间大名士手笔"，就是说兰陵笑笑生是明嘉靖间"一巨公""名士"。考证兰陵笑笑生应综合其官职、政治建树、学术、文学作品来衡量，主要是看他是不是明朝嘉靖时期的文化艺术大家。假道学者所写的封建糟粕贻害民族，他们绝不是沈德符说的"嘉靖间大名士"、嘉靖间"一巨公"，而为封建专制摇旗呐喊的腐儒是写不出《金瓶梅词话》的。

李贽是一位生平跨嘉、隆、万三朝而主要生活在嘉靖朝的人。他做过官，熟识官场应酬及行政套路，是哲学家、美学家、小说家、戏曲评论家及作家、画家、诗人。李贽有《焚书》《续焚书》《史纲评要》《李温陵集》《初潭集》等

---

① 郑振铎《谈〈金瓶梅词话〉》，《文学》1933 年第 1 期。

著作留世，是个文化"巨子"，是明嘉靖间名副其实的"一巨公""名士"。李贽出生在南方"蛮人"之地泉州南安，他初期学的是南方语言，在河南共城做官时学习当时的国语中原语系，汲取了大量方言，用于在《金瓶梅词话》中生动地刻画人物。欣赏《金瓶梅词话》，无人不被兰陵笑笑生的经典语言所折服，娴熟的河南方言让读者回味无穷。李贽是古越州人，他在南京、云南做过官，又在楚地寄寓，写小说时自然会不时带出南方俚俗语言。

李贽主要活动在嘉靖朝，他曾在河南、北京、南京、云南为官，到山西、山东探望好友居住过，在湖北度过辛酸的晚年，麻城是李贽收获颇丰的地方。凡是李贽做官、生活、游历的地方，他都亲身体验了当地的生活，了解当地的民俗，所以，在《金瓶梅词话》里留下多种地方的信息，北京、河南、湖北较多。李贽从《中原音韵》和元杂剧中汲取戏剧创作的丰富知识，才能于《金瓶梅词话》中写出大量散曲和诗词，表现出大家的才华横溢、通今博古，并成为"嘉靖间大名士"。

兰陵笑笑生是个资历很深的佛教徒，《金瓶梅词话》中处处流露出佛学思想，是"三教归儒之学"的艺术精髓，他用生命意识创造了一部世情、宗教大悲剧。小说的内结构是用禅学、道教来构架，内容特别丰富，是美学价值极高的史诗。作者的审美感受力与审美表现力超越秦汉、盛唐大家，非假道学者、因循守旧的腐儒所为；他是思想革命的先驱，其创作的经典彪炳世界文学史。李贽就是"嘉靖间大名士"，《焚书》《续焚书》《藏书》《续藏书》《九正易因》《史纲评要》《枕中十书》等足以使作者成为世界文学史上的"巨士"，何况李贽在当时就名声大噪，他的叛逆精神和艺术创作主张使世人震惊。学者公认，《金瓶梅词话》的作者精于禅学、道学，李贽生活时代的"巨士"中唯有他出家做和尚，对僧侣、尼姑的生活和吃斋念佛、做道场烂熟于心，唯有李贽执着地研究《周易》，酷爱并精通老庄哲学，著有精湛的学术著作《九正易因》，他更有可能创作出蕴含着深刻喻义的小说，把佛学、道教有机地糅进《金瓶梅词话》中。李贽就是"巨士"，他原来就叫"温陵居士""百泉居士"。大师动摇了程朱理学的根基，打破了国人僵化的思维，在中国思想史上独树一帜；他的不朽著作涉及历史、文学、经济、文化、宗教、哲学等广阔领域，"嘉靖巨士"的称号他当之无愧。

李贽是智者，他利用文字游戏，声东击西，转移人们视线。我们恍然大悟，原来李贽使用笔名兰陵笑笑生，既沿用"温陵居士"的一个"陵"字，又暗含着对"伊斯兰教"的崇拜，两全其美，可以领悟其为温陵信奉伊斯兰教的笑笑生。其实，"兰陵笑笑生"是审美意象的组合体，是一个情感符号，隐喻着"伊斯兰""古兰经""温陵（泉州）""西陵""笑笑先生""笑笑生"之意蕴，"兰陵笑笑生"含两个笑字，意味着仰天大笑、微笑、冷笑、嘲笑、讥笑……是对李卓吾傲岸不羁的性格与人格的凝练，这几个字正是他做人的写照，喻义无穷。

要弄清楚《金瓶梅词话》作者的"庐山真面目"，还需研究谢肇淛这个人物，他在《小草斋集》（现存日本尊经阁文库）卷二十四《金瓶梅跋》中云：

> 《金瓶梅词话》一书不著作者名代，相传永陵中有金吾戚里凭怙奢汰，淫纵无度，而其门客病之，采摭日逐行事，汇以成编，而托之西门庆也。书凡数百万言，为卷二十，始末不过数年事耳。其中朝野之政务，官私之晋接、闺闼之蝶语、市里之猥谈，与夫势交利合之态……有嗤余诲淫者，余不敢知，然《溱洧》之音，圣人不删，则亦中郎帐中必不可无之物也。仿此者，有《玉娇丽》，然则乖彝败度，君子无取焉。①

谢肇淛的《〈金瓶梅〉跋》是最早全面评价《金瓶梅词话》的专论，具有很高的史料和学术价值，这篇跋介绍了《金瓶梅词话》的内容，并对小说做了审美评判。谢肇淛是个了解底细的见证人，他婉转地说，《金瓶梅词话》的作者乃一生活在达官贵人府中之"门客"，与"金吾戚里"有牵连。其实，我们应该把"永陵"这地方搞清楚，应该是湖北麻城：麻城历史悠久，在汉代为"西陵"，南朝和隋朝属"永安郡"。谢肇淛说的"永陵"应该是麻城，"公安三袁"的著作里多处提到"西陵"，袁宏道咏诗："李贽便为今李耳，西陵还以古西周。"②

"金吾"是掌管锦衣卫印的官衔别称，谢肇淛说的"金吾"应该是麻城的"刘金吾"刘守有；他含蓄地讲"永陵中有金吾戚里"，就说是"帝王外戚所居住的地方"，暗喻了明皇帝的重臣、迫害李贽的帮凶"刘金吾"。梅澹然是"刘金吾"家的遗孀，李贽穷困时靠的就是知音"锦哥"梅澹然资助生活、写作和刊印著作。不言而喻，李贽算是"金吾戚里"的门客，李贽的学生袁中道曾《珂

① （明）谢肇淛《小草斋集》卷之二十四《〈金瓶梅〉跋》，福建人民出版社 2009 年版，第 517 页。
② （明）袁宏道撰，钱伯城笺校：《袁宏道集笺校》卷二《余凡两度阻雨冲霄观，俱为访龙湖师，戏题壁上》，上海古籍出版社 2008 年版，第 78 页。

雪斋集》卷十七《梅大中丞传》中描述梅国桢是刘守有的"金吾戚里"，他说："游金吾戚里间，歌钟酒児，非公不欢……酒后耳热，相与为裙簪之游。"这段文字还说明梅国桢不是"金吾"，而"金吾"是指刘金吾，即刘守有。传记中提到"金吾戚里"，根据文意分析"金吾"应该是指"刘金吾"，"戚里"就是"金吾"的亲戚家里，这个政治联姻的亲家就是梅国桢。屠本畯《〈山林经济籍〉跋》曾说"王大司寇凤洲（即王世贞）先生家藏全书"，谢肇淛《小草斋文集》卷二十四《〈金瓶梅〉跋》也说："此书向无镂版，钞写流传，参差散失，唯弇州（王世贞）家藏者最为完好。"这就准确地透露出王世贞是拥有《金瓶梅词话》全本的人，他的全本从哪里来？应该来个反向思维，王世贞是刘承禧的岳父，他从女婿刘承禧那里转抄了《金瓶梅词话》全本。据目前可查到的文学记载，《金瓶梅词话》书稿只能追查到刘承禧、袁氏兄弟、丘长孺、王世贞；这些人有的直接、有的间接与李贽来往，他们都是从麻城抄来。看来《金瓶梅词话》必出自麻城无疑，写于"金吾戚里"门客李贽之手。

袁中道是"兰陵笑笑生"及《金瓶梅词话》的知情者，对小说的内容非常熟悉，他在万历四十二年（1614）八月所写的《游居柿录》里说："旧时京师，有一西门千户，延一绍兴老儒于家，老儒无事，逐日记其家淫荡风月之事。"袁中道在《游居柿录》中变相为《金瓶梅词话》做广告，目的是造舆论让出版商刊印老师的遗作，他很隐讳地说出作者是"绍兴老儒"，评价小说"琐碎中有无限烟波，亦非慧人不能"。"绍兴老儒"与兰陵笑笑生一样，最容易让人上当，以地名来寻找出生在现代绍兴的古人；徐渭被纳入兰陵笑笑生的候补人选，这是兰陵笑笑生必生在古兰陵国的继续。那么，徐渭是不是兰陵笑笑生呢？

学者孙虹考证说：

徐渭生于正德十六年（1521），卒于万历二十一年（1593），与袁宏道基本上属于同时代人，但徐渭是越人，一生侘傺穷愁，袁宏道从未与之交游。因为对徐渭生平事迹不够了解，加上没有看到他的全部作品，无疑缺少为人立传的基本前提……袁宏道还为此多次嘱托好友陶石篑，附寄《徐文长传》的书札《答陶石篑》中提到此事："往曾以老年著述托孙司李，久不得报，恨恨。兄幸令侍者录一纸送司李处，渠当留意矣。"……因为对徐渭其人其诗知之不全，所以尽管袁宏道尽力而为，但正如传中所言，仍有"不甚核"的遗憾。①

袁宏道从未与徐渭交游，因为对徐渭生平事迹不够了解，加上没有看到他的全部作品，他要写《徐文长传》，只能请熟悉徐渭的陶望龄来帮助他完成这篇传记，陶望龄显然也未能为袁宏道做成此事。袁宏道对《金瓶梅词话》给予高度评价，他对兰陵笑笑生非常敬佩，如果说徐渭是兰陵笑笑生，难道袁宏道会不了解他吗？所以，可以断定此人不是"绍兴老儒"，他跟兰陵笑笑生不搭边。袁宏道对徐文长的评价是："文长既雅不与时调合，当时所谓骚坛主盟者，文长皆叱而奴之，故其名不出于越，悲夫！"②袁宏道看好徐渭的诗作，但也点明徐文长"其名不出于越"，他怎么称得起"嘉靖巨士"呢？传记里没有透出《金瓶梅词话》的星点信息。袁宏道在《歌代啸序》中说："《歌代啸》不知谁作……似欲直问王、关之鼎，说者谓出自文长。"③袁宏道原来不知道《歌代啸》是谁作的，他道听途说地得知是"出自文长"。看来，袁宏道的文字记载多处透露他对徐渭不甚了解，这就给后人留下无尽的疑问。

《明史》列传第一百七十六文苑四记载："及宗宪下狱，渭惧祸，遂发狂，引巨锥剚耳，深数寸，又以椎碎肾囊，皆不死。已，又击杀继妻，论死系狱，里人张元忭力救得免。"陶望龄在《徐文长传》中说："渭为人猜而妒，妻死后有所娶，辄以嫌弃，至是又击杀其后妇，遂坐法，系狱中。"④《明史》说，万历元年（1573）徐渭五十三岁时万历皇帝改元大赦，徐渭在张天复、张元忭父子帮助下出狱。徐文长的一生很不幸，连举人也不曾考取，中年因发狂杀妻而下狱七载，晚年靠卖字画甚至卖书卖衣度日。万历二十一年（1593）病逝，终年七十三岁。徐渭因坐牢和精神病原因，当时了解他的人不多，他的名气称不上"嘉靖巨士"。徐渭跟"金吾戚里"也搭不上边，对佛学、道教的研究远不如李贽。历史、苍天没给徐文长时间，他晚年又犯老病，此人坐牢和晚年的生存条件、身心状态很难完成巨著《金瓶梅词话》的创作。再说，徐渭因怀疑妻

---

① 孙虹《袁宏诗文编年补正》，《江南大学学报》2006 年第 3 期。

② （明）袁宏道撰，钱伯城笺校《袁宏道集笺校》卷十九《徐文长传》，上海古籍出版社 2008 年版，第 716 页。

③ （明）袁宏道撰，钱伯城笺校《袁宏道集笺校》附录一《歌代啸序》，上海古籍出版社 2008 年，第 1637 页。

④ 陶望龄《徐文长传》，《徐渭集》第四册《附录》，中华书局 1983 年版，第 1340 页。

子有外遇就把她杀了，尽管他因朝廷之事抑郁，他是在头脑清醒时有动机地杀人，而且是欺辱、蹂躏女性，视人命如草芥，人生境界不高，他绝不会写出为女人的尊严和人格鼓与呼的《金瓶梅词话》。兰陵笑笑生同情、怜悯西门家族内的弱势群体，用小说为一群受身心摧残的妻妾宣泄精神哀怨。徐渭心眼小，心胸狭窄，因嫉妒杀妻，他有大男子主义思想，是男权社会的典型代表，他歧视女性，与兰陵笑笑生的精神境界不搭调，更重要的是小说本体最能说明作者的意识形态，主体意识是考证任何作品及其作者的最基本条件，这是颠扑不破的硬道理。再则，经典小说全靠文学语言来叙述，小说是语言艺术，作家最难驾驭的就是能不能描绘出表现地域文化的方言，徐渭与王世贞一样对河南方言不甚了解，让小说本体来证明，他们很难用豫西北土白写出潘金莲、庞春梅、宋蕙莲、吴月娘和孟玉楼等人物的典型化语言。

袁中道认为是"绍兴老儒"影射其主人"西门千户"的"淫荡风月之事"。他是李贽的关门弟子，知道作者创作小说时取用的生活原型是谁。"绍兴老儒"还是说的泉州、南安人李贽，"绍兴"就是指泉州、南安一带的地方。李贽的家乡泉州、南安是古交趾国辖地，又是南宋高宗最后控制的一隅。泉州南安西周时期为七闽之地，春秋战国时属越地，战国时期，越族入泉。

"绍兴"为南宋高宗赵构的年号，"建炎"之后是"绍兴"。绍兴是宋高宗的第二个年号，也是最后一个年号。李贽称"温陵居士"的来源是泉州的唐以前古地名"温陵"。"绍兴老儒"也是借用了历史地名、南宋高宗的年号，"绍兴"不单一指现代所管辖的绍兴市，它也暗示着明代"南方人""越人""越州"之地，这些符号代表着同一位博大精深的国学巨子——李贽。

学者吴敢先生说：苏联的《金瓶梅》研究同样引人瞩目。用力最勤的是马努辛。他在《关于长篇小说〈金瓶梅〉的作者》一文中推测'兰陵'二字应是'酒徒'的意思，因为兰陵这个地名使人很容易想起李白的诗句'兰陵美酒郁金香'……而这位'兰陵醉汉便是一位敢于去揭露社会溃疡的人物'。作为假设，他推测可能是李贽、徐渭、袁宏道、冯梦龙等人。"[①]苏联汉学家、《金瓶梅》俄文版翻译者马努辛的推测把李贽放在第一位，可谓颇有见地，他触摸到"兰陵笑笑生"李贽的灵性，一语道破先机，李贽正是"一位敢于去揭露社会溃疡

---

① 吴敢《20世纪〈金瓶梅〉研究的回顾与思考》（上），《枣庄学报》2000年第2期。

的人物"，其他人望尘莫及。

万历四十二年（1614），袁中道向世人放风，公布了《金瓶梅词话》的作者是"绍兴老儒"，他也只是暗示，是为袁无涯刊印小说造舆论。沈德符《万历野获编》卷二十五《金瓶梅》一文中说："丙午，遇中郎京邸，问曾有全帙否。曰：第睹数卷，甚奇快……又三年小修上公车，已携有其书，因与借抄挈归。"袁中道利用大家熟知的"绍兴"地名深藏着历史典故。"绍兴老儒"即暗示越人，泉州南安人李贽，这是袁中道的高明之处，既说出李贽是著作者，又遵从老师李卓吾的遗愿没暴露作者真实姓名，机智地保护了世界名著《金瓶梅词话》。

［作者简介］方保营，黄河科技学院教授。

张竹坡评点《金瓶梅》

——"中人以下"的评点模式

傅想容

内容提要　张竹坡评点《金瓶梅》后，其评本取代崇祯本，成为《金瓶梅》最流行的版本。因为评语中所涉及的小说理论、人物研究及艺术结构等，具有相当杰出的成就，于小说评点史上有其指标性。但在考察评语后还可发现，张竹坡宣告了评点动机不仅止于创作上的理想，还有现实经济的考量存在。而他预设的读者也不限于"锦绣才子"或"上智之士"，以张竹坡的话来说，他希望评本能够达到"使天下人共赏文字之美"的境界。他主张他的评点是"我自做我之《金瓶梅》"，并直言他的评本一出，将进一步取代原书。结合张竹坡的野心，考察其评点的操作手法及所建构之模式，可发现他的评点转而为"下根人"立法，以"圣贤学问"取代原书的"菩萨学问"，除了评点家教化众人的使命，更以创作家的身份再度诠释《金瓶梅》。不同于词话本"文以载道"的核心思想，也异于崇祯本"菩萨型"读者式的立言，竹坡本在传播上更有利于"中人上下皆入于道"。

关键词　《金瓶梅》　张竹坡　小说评点　文学传播　接受

一、前言

继毛宗岗评点《三国演义》，金圣叹评点《水浒传》后，张竹坡对《金瓶梅》的评点又标志了古典小说批评上的一大成就，特别是在小说美学及艺术上的创发①，影响《红楼梦》的创作及评点，其价值备受肯定。早期叶朗在《中国美

---

① 　历来研究张竹坡评点《金瓶梅》，对于结构论、艺术论和人物论的讨论甚多。如叶朗《中国小说美学》，台北里仁书局 1987 年版，第 193—249 页；张曼娟《明清小说评点之研究》，东吴大学中国文学研究所博士论文，1990 年，第 228—281 页。李梁淑《金瓶梅诠评史研究》，台湾学生书局 2014 年版，第 131—217 页。

学史》中，以小说美学的视角研究张竹坡的评点，这样的研究给予后学很大的影响。①检视两岸的专著、学位论文及单篇论文，有关张竹坡的研究大抵可区分为小说理论、人物研究及艺术结构。②这些研究者面对评点中陈腐的说教时，多能够站在时代背景的角度去理解，因而对于评点都持肯定正面的评价。在吴敢发现张氏族谱后，张竹坡的生平更为人所知悉。这些研究在在告诉我们，张竹坡为现实所逼，因而《金瓶梅》中的世态炎凉更能激起他的共鸣，家世和遭遇因此成就了他的评点内涵。

多数研究者站在文学的进程中肯定张竹坡的评点成就。以小说评点来说，张竹坡上承毛宗岗、金胜叹，下启脂砚斋，因而其评点具有指标性的地位。就《金瓶梅》的评点本而言，竹坡本取代崇祯本，成为有清以后最流行的版本，其价值自然有目共睹。因而归纳、整理评语中所涉及的小说理论、人物研究及艺术结构等，确实有助于了解评本的价值，但这样的考察也往往容易流于简单的褒扬。多数研究者肯定张评本在小说评点史上的成就，而对于评语的诸多局限，诸如"苦孝说"流于主观、人物评论囿于礼教偏见等，则因"瑕不掩瑜"，径被视为无损评点价值，总是被重重提起，轻轻放下。

本文也无意以简单的褒贬来评价、划分张竹坡评语中好或坏的一面，而是企图站在张竹坡自言的评点动机中，优先考察他所预设的读者，并由此分析张竹坡如何建构适合这些读者的阅读理论，以促成他的评点本之流通。张评本的流通在《金瓶梅》传播史上的重要性不言而喻，从传播角度切入考察，特别是评点所预设的读者，将有助于了解评语对传播的影响。近来田中智行提出一个别出心裁的观点，他认为张竹坡是以作为失败小说家的身份去评点《金瓶梅》，欲从实践家的角度去体察创作，且强调被作者"瞒过"的平庸读者和自己的差

---

① 叶朗由张竹坡的"泄愤说"着笔，分析评点所展现的人生批判，再就小说的文字来看，指出张竹坡肯定"市井文字"乃是另类美学风貌。另外对于人物个性及写作手法等方面，叶朗也具体提出张竹坡在评点中所蕴摄的理论。详见叶朗《中国小说美学》，第 193—249 页。后来张曼娟的博士论文论及张竹坡评点，论点与叶朗十分相近，见张曼娟《明清小说评点之研究》，第 228—281 页。

② 兹举台湾几本研究以供参考，林炫玡《张竹坡评点《金瓶梅》之小说理论》，政治大学中国文学研究所硕士论文，1994 年；杨淑惠《张竹坡评论《金瓶梅》人物研究》，高雄师范大学国文研究所硕士论文，1995 年；李梁淑《金瓶梅诠评史研究》，第 131—217 页。大陆方面碍于篇幅，不一一列举，相关回顾可参考吴敢《金瓶梅研究史》，第 143—156 页。

异。① 这个研究视角相当特别，新人耳目。藉此观点在众多研究成果上突破传统的论述角度，重新关照张竹坡评点，是本文所欲尝试的目标。

开展研究时，将审视以下几点问题：（一）张竹坡的评点动机：张竹坡将满腔愤懑寄托于《金瓶梅》，虽于评语中透露评点是为了理想，但同时亦有现实因素存在。多数研究者推崇他著述的崇高理想，为谋利而评点的动机则因俗不可耐，总被避而不谈。就研究角度来说，具有高度评价的立言成就，立言者的立言动机有可能被过度美化。正视张竹坡于评点中所透露的任何讯息，拼凑他评点时的内心独白，或可明白他如何在理想与现实中摆荡。（二）张竹坡评点的深度被多数研究者所肯定，其评点本在清代后的广泛流通，更宣示了这一评本的价值。张竹坡于评语中说《金瓶梅》的创作是为了娱"锦绣才子"，至于他的评点是否有预设读者，历来研究者未予重视。张竹坡的评点较之崇祯本评点，更具深度和系统性，但某些观点似乎落入学究式的讨论。这样的现象早已被点出，现在则更应该试图去理解张竹坡是如何操作一部他所欲自做的《金瓶梅》，藉由预设读者的考察，揭示其评点理论之建构。

二、评点动机及预设读者

康熙年间彭城人张竹坡以崇祯本为底本进行评点，是为《皋鹤堂批评第一奇书金瓶梅》，刊刻后成为清代最流行的版本。张竹坡评点《金瓶梅》约十多万字，除了回前总批、眉批、夹批外，另有《批评第一奇书金瓶梅凡例》《竹坡闲话》《金瓶梅寓意说》《苦孝说》《第一奇书非淫书论》《冷热金针》《批评第一奇书金瓶梅读法》《杂录小引》等数十篇批评文字（唯各版本收录之状况及顺序不同）。

张竹坡（1670—1698），名道深，徐州铜山人，天资聪颖，六岁就能赋诗，且有惊人的记忆力，"始为开卷，一寓目，即朗朗背出"②。张道渊《仲兄竹坡传》

---

① ［日］田中智行《张竹坡评点〈金瓶梅〉的态度：对金圣叹的继承与演变》，《文学新钥》2014年第19期。

② 刮号引文出自张道渊：《仲兄竹坡传》。有关张竹坡生平资料，皆参考张道渊《仲兄竹坡传》，张竹坡的生平由金学家吴敢发现《张氏族谱》并公诸于世后，研究者始得了解。本文论述张竹坡生平，所参考之《仲兄竹坡传》及《张氏族谱》等相关资料，皆引自吴敢《张竹坡与〈金瓶梅〉研究·附录》，文物出版社2009年版。

中记载张竹坡评点《金瓶梅》，有段话能说明其评点动机：

> 曾向余曰：《金瓶》针线缜密，圣叹既殁，世鲜知者，吾将拈而出之。遂键户旬有余日而批成。或曰："此稿货之坊间，可获重价。"兄曰："吾岂谋利而为之耶？吾将梓以问世，使天下人共赏文字之美，不亦可乎。"

由上述引文可以知道，张竹坡已见到金圣叹评点《水浒传》所取得的成就，此时《金瓶梅》尚可发挥，因而他有了继武金圣叹之心。由张道渊的话也不难推测，评点《金瓶梅》在当时应可获利，张竹坡究竟是为了谋利而评点，或志在以"奇文共赏"为理想而评点《金瓶梅》，在《竹坡闲话》中还可见到他的一番自白："迩来为穷愁所逼，炎凉所激，于难消遣时，恨不自撰一部世情书，以排遣闷怀。"①由此可知张竹坡原先想创作一部能够反映人情冷暖的世情书，将自己的满腔愤满倾注于创作上，以排遣他的忧郁之情，但接下来他却道出创作的失败：

> 几欲下笔，而前后结构，甚费经营，乃搁笔曰："我且将他人炎凉之书，其所以前后经营者，细细算出，一者可以消我闷怀，二者算出古人之书，亦可算我今又经营一书，我虽未有所作，而我所以持往作书之法，不尽备于是乎！然则我自做我之《金瓶梅》，我何暇与人批《金瓶梅》也哉！"

张竹坡以失败小说家的身份去评点《金瓶梅》，并以实践家的角度去体察创作困难这一事实。他以评点《金瓶梅》来代替自己的小说创作，在评点中展现自己如何熟悉其中的"结构"和"经营"，可以证明自己掌握了小说写作技法，"我自做我之《金瓶梅》"也包含了这层意思。②以此观之，张竹坡的野心并非只是评点《金瓶梅》，而是将《金瓶梅》当成另类创作的书，评点就是他的创作，必然要发前人之所未发。

张竹坡选择《金瓶梅》作为评点对象，除了明白评点《水浒传》已无法超越金圣叹外，另一原因可能在于《金瓶梅》的世情书写能够承载他的满腔愤满。在《竹坡闲话》中，张竹坡评论《金瓶梅》这本书为"仁人志士、孝子悌弟，

---

① 本文所引之张竹坡评语，皆出自刘辉、吴敢辑校《会评会校金瓶梅》，天地图书有限公司2010年版，为行文流畅，仅于引文后着明篇章或回数，不一一附注页码。

② ［日］田中智行《张竹坡评点〈金瓶梅〉的态度：对金圣叹的继承与演变》，《文学新钥》2014年第 19 期。

不得于时，上不能问诸天，下不能告诸人，悲愤呜唈，而作秽言以泄其愤也"，至于写出这本书的作者，《批评第一奇书金瓶梅读法》中则说是"必曾于患难穷愁，人情世故，一一经历过"。这样的经历，与张竹坡"为穷愁所逼"，深刻体察过人情世故的遭遇相似。张竹坡自幼即喜欢说部，《仲兄竹坡传》记载张道渊见他翻阅稗史："如《水浒》《金瓶》等传，快若败叶翻风，晷影方移，而览辄无遗矣。"不过张竹坡为了克尽孝道，符合父亲期望，选择走上了科举功名一途，可惜未能成功，而沦落致贫病交加。于是在《第一奇书非淫书论》中，张竹坡透露出评点的另一动机是为了现实因素：

> 小子穷愁著书，亦书生常事，又非借此沽名，本因家无寸土，欲觅蝇头以养生耳……况小子年始二十有六，素与人全无恩怨，本非借不律以泄愤满，又非囊有余钱，借梨枣以博虚名，不过为糊口计。

尝尽人情冷暖的张竹坡选择评点《金瓶梅》，一方面用以泄恨，一方面又得以糊口，《金瓶梅》刊刻后，"远近购求，才名益振，四方名士之来白下者，日访兄以数十计"（《仲兄竹坡传》）。显然评点除了获得名声，也间接为他带来一笔收入。

然而，自幼拜求塾师，诵读四书五经的张竹坡，不可能不清楚评点《金瓶梅》会为他带来不小的社会包袱。张竹坡的后世族人对于他评点《金瓶梅》讳莫如深，乾隆四十二年（1777）的《仲兄竹坡传》披露张竹坡评点《金瓶梅》，道光五年（1825）的族谱却将此传有关《金瓶梅》的记载删除殆尽。又《张竹坡小传》记载："曾批《金瓶梅》，隐寓讥刺，直犯家讳，非第误用其才也，早逝而后嗣不昌，岂无故欤！"复被后人张省斋朱笔改为："批《金瓶梅》小说，愤世嫉俗，直犯家讳，则德有不足称者，抑失裕后之道矣！"[1]张竹坡二十六岁评点《金瓶梅》，二十九岁过世，此与他身体本赢弱，却效力永定河工程，过于劳累有关[2]，但却被族人附会成是评点《金瓶梅》而遭受天谴，甚至被斥为失德。即使评点本在清代极为流行，其立言成就却不见容于家族。

---

[1] 吴敢《张竹坡与〈金瓶梅〉研究》，第232—233页。

[2] 《仲兄竹坡传》云张竹坡遭父丧后，"兄体瞤弱，青气恒形于面，病后愈甚"，修永定河工程时，"兄虽立有赢形，而精神独异乎众，能数十昼夜目不交睫，不以为疲。然而销烁元气，致命之由，实基于此矣。"吴敢《张竹坡与〈金瓶梅〉研究》，第247页。

其实张竹坡在评点《金瓶梅》时，已很清楚这种立言可能不被世人理解。他在《第一奇书非淫书论》中，就透露了这种害怕被误解的心情：

> 所以云："诗三百，一言以蔽之曰思无邪。"注云："诗有善有恶，善者起发人之善心，恶者惩创人之逆志。"圣贤著书立言之意，固昭然于千古也。今夫《金瓶》一书，作者亦是将《裳裳》《风雨》《箨兮》《子衿》诸诗细为摹仿耳，夫微言之，而文人之儆；显言之，而流俗皆知。不意世之看者，不以为劝惩之韦弦，反以为行乐之符节，所以目为淫书，不知淫者自见其为淫耳。

此段文字意为《金瓶梅》和《诗经》的意旨并没有不同，《金瓶梅》只是将讲得更白一些，不若《诗经》含蓄，故本应该更能达到"流俗皆知"，没料到世上看此书的人却反而视之为淫书。评点一部这么易为世人所误解的书，其所背负的沉重压力可想而知。明代崇祯本评点者没有留下姓名，张竹坡成为第一位可考姓名的《金瓶梅》评点家，而由史料确可证实，评点这部书使他遭受家族非议，那么其它世人的眼光为何也就不难知道了。

张竹坡说他怜悯作者苦心，因此批书的目的，将力求"照出作者学问经纶，使人一览无复有前此之《金瓶》矣"。很显然地张竹坡认为他的评点是重新创造一部《金瓶梅》，且他这部《金瓶梅》将取代原书，他甚且直言道："我的《金瓶梅》上洗淫乱而存孝悌，变帐簿以作文章，直始《金瓶》一书冰消瓦解，则箅小子劈《金瓶梅》原板亦何不可。"（《第一奇书非淫书论》）上述张竹坡这番言论，将从他的《批评第一奇书金瓶梅读法》中揭示得更为明白。

在《批评第一奇书金瓶梅读法》中，张竹坡点出自己与其它读者的不同："凡人谓《金瓶》是淫书者，想必伊止知看其淫处也，若我看此书，纯是一部史公文字"，"《金瓶》必不可使不会做文的人读……会做文字的人读《金瓶》，纯是读《史记》"。言下之意，张竹坡以"会做文字的人"自诩，因此他能够读出《金瓶梅》作者在小说中真正所欲表达的深意，不会被作者"瞒过"。[1] 而最适合阅读《金瓶梅》，且能看出这部书之佳妙者，以张竹坡的话来说便是所

---

[1] 田中智行指出，张竹坡在评点中，多次提醒读者不要被作者瞒过，这意味着张竹坡认为有些读者仅用只看故事表层的方式来阅读。［日］田中智行《张竹坡评点〈金瓶梅〉的态度：对金圣叹的继承与演变》，第44—47页。

谓的"锦绣才子":

> 使前人呕心呕血，做这妙文，虽本自娱，实亦娱千百世之锦绣才子者，乃为俗人所掩，尽付流水……常见一人批《金瓶梅》曰：此西门之大帐簿。其两眼无珠，可发一笑……故读《金瓶》者多，不善读《金瓶》者亦多。

正因多数平庸读者都误将《金瓶梅》当成西门庆的大帐簿来阅读，因此张竹坡欲肩负起导正要务，将所谓的帐簿变作文章，消除原书所带来的误解，让自己的《金瓶梅》能够上洗淫乱而存孝悌，并因此取代原书。张竹坡认为善读《金瓶梅》的读者群，与明代文人的理解存有些许差异。明代文人认为必须能够识得"穷极欢乐"的写作手法，了解铺陈纵欲是为了由"乐"引出"悲"，才不致将此书误为"导欲宣淫"，这样悟性较高的"上智之士"诚属最佳读者。[①]张竹坡虽然也有这样的体悟[②]，不过他反而特别强调必须是会做文章的"锦绣才子"，才能读出作者的"藏针伏线"（《竹坡闲话》)，关于这个论点，他有一段浅显的譬喻：

> 作者每于伏一线时，每恐为人看出，必用一笔遮盖之。一部《金瓶》皆是如此……故做文如盖造房屋，要使梁柱笋眼都合得无一缝可见。而读人的文字，却要如折房屋，使某梁某柱的笋皆一一散开在我眼中也。（第二回回评）

张竹坡多次强调被作者"瞒过"的平庸读者和自己的差异，只有他能站在"经营"中的作者立场上看破《金瓶梅》的精密结构，这一方面是评点家的标榜，一方面则可能是作为"小说家"的自尊心的表现。[③]不过，张竹坡和明代文人相同之处，都在于惧怕《金瓶梅》被误读，东吴弄珠客说"霸王夜宴"是为了引出"乌江自刎"，"若有人识得此意，方许他读《金瓶梅》"。[④]张竹坡也有类似的言论："文字经营惨淡，谁识其苦心？……是故《金瓶》一书，不可轻与人读"（第二十一回回评）。

---

① 傅想容《明人品读〈金瓶梅〉的文人视角——以序跋及崇祯本评点为考察对象》，《汉学研究集刊》2016 年第 22 期。
② 张竹坡于第三十回回评中说："一部炎凉书，不写其热极，如何令其冷极。今看其生子加官，一齐写出，可谓热极矣。"
③ ［日］田中智行《张竹坡评点〈金瓶梅〉的态度：对金圣叹的继承与演变》，第 54 页。
④ 兰陵笑笑生著，梅节校注《金瓶梅词话》，《东吴弄珠客序》，里仁书局 2007 年版，第 4 页。

但若按张竹坡的标准，所谓的"锦绣才子"能够读懂《金瓶梅》的话，则他们其实不太需要仰赖他的评点。因此张竹坡的评点实已将对象扩大到平庸读者——即所谓会"误读"的读者群，这点和崇祯本评点者并不相同。崇祯本评点者预设的读者群是所谓的"圣人""贤人"的层次，以欣欣子的话来说，这两类人面对忧郁之情，前者能"与化俱生"，后者能"以理自排"，因此都能不为情所累。是故崇祯本所建构的评点并没有太多的道德劝说，以潘金莲为例，评点者欣赏她的媚态，并以慈悲的心来关照她的结局，在在显示这是一种较高层次的评点。① 相反地，张竹坡的评点则紧扣道德外衣，他自创所谓的"苦孝说"，认为"第一回兄弟哥嫂，以弟字起；一百回幻化孝哥，以孝字结"（第一百回回评），孝悌成了贯穿全书评点的主干，这样的评点有时流于穿凿附会，不免招致批评。②

在考察张竹坡的评点后，可以发现他以重新创作一部《金瓶梅》的野心来进行评点，他多次提醒读者，所谓的第一奇书《金瓶梅》已不是原本的《金瓶梅》：

> 一篇淫欲之书，不知却句句是性理之谈，真正道书也。世人自见为淫欲耳，今经予批后再看，便不是真正道学不喜看之也。（第一百回回评）

依据张竹坡的说法，当时的人读《金瓶梅》，"无论其父母师傅，禁止之，即其自己，亦不敢对人读"（《批评第一奇书金瓶梅读法》），所以张竹坡必须强调经过他批点过的《金瓶梅》，是一本能够一眼就能看出来的"道学书"，想翻阅的人便是真正的道学之人。究其因，在于张竹坡认为《金瓶梅》的作者是大彻悟的人，专教人空，所为是一种"菩萨学问"，而非"圣贤学问"（《批评第一奇书金瓶梅读法》）。但是"菩萨学问"使多数读者难以得其门而入，"中人以下"恐怕难获理解，因而易被误解为淫书，需经过张竹坡评点后，才能够成为适合广大群众阅读的"道学书"，成为教人"圣贤学问"的书。如此定位

---

① 傅想容《明人品读〈金瓶梅〉的文人视角——以序跋及崇祯本评点为考察对象》，第58—59、63—70页。

② 例如徐朔方就说："《苦孝说》没有任何书内或书外的事实作为论据，却把外来的封建伦常观念强加在作品身上，这是传统文学批评中最坏的一种手法。"刘辉、吴敢辑校《会评会校金瓶梅》，第12页。

自己的评点，使披上道德外衣的第一奇书《金瓶梅》在传播上有了更堂而皇之理由。特别是青年学子普遍被认为身心发展还不够健全，必须背着父母、师长偷偷阅读，这类读者群很可能也是张竹坡注意到的目标之一，如果他的评点本能使《金瓶梅》成为一本大家认可的道学书，那么许多读者就不必再遮遮掩掩地阅读。

原书被视为"淫书"，是因为平庸读者误读的结果，因此在张竹坡看来，原书只适合"锦绣才子"来阅读。但是世间的锦绣才子并不多，张竹坡想广而推之的原因之一也在于他所自道的经济问题，想尽办法推广《金瓶梅》的销路，当然成了他评点时列入考虑的目标之一。如果张竹坡的评点本无法取代崇祯本，那么对于想餬口的他来说，并无法获得太多经济效益。但是如果只以平庸读者为他评点的预设读者群，又有违他自诩作为一个具创作才能的评点家之自傲。由是可以看出，张竹坡除了喜将小说中的若干情节以"苦孝说"来解释外，在字词的追究上更力求看出背后的深意。他自认为很少有人可以看出作者的"千秋苦心"，即便是"锦绣才子"也未必如他聪慧敏锐，[①] 只有他能够"抉其隐而发之"。[②] 他在评点中说："世之看《金瓶梅》者，为月娘为作者所许之人，吾不敢知也。"（第十八回回评），可能就是针对崇祯本评点者而发。崇祯本评点者在评语中多次给予月娘正面的评价[③]，张竹坡则深恶月娘，反以月娘为奸险小人，这点也是他自认为能读出别人读不出之处。

张竹坡以如获知音的心情评点《金瓶梅》，同时也以一种再创作的态度诠释《金瓶梅》，融评点家和创作家于一炉。因此他的评点不单只是要与同一阶层的读者对话，还有企图使自己的创作能够均沾下层读者之意，这样的野心可以说是相当大。不过他也确实取得了成功，康熙三十四年（1695）之后，张评本取代崇祯本，成为《金瓶梅》最流行的版本，邻近的日本、韩国亦是如此。

---

① 张竹坡于第二十五回回评说道："此系作者千秋苦心，今日始为道出，以告天下后世锦绣才子也。"

② 张竹坡于第五十九回回评说道："而自有《金瓶》以来，能看而悟其意者谁乎？今日被我抉其隐而发之也。"

③ 崇祯本评点者多有称许月娘之处，如第一回眉批"如此贤妇世上有几"，第十八回眉批"月娘贤妇"，第三十回眉批"月娘好心"，第四十三回眉批"月娘菩萨也"，第四十八回眉批"处处写出月娘根心生色，一片菩提热念"，第八十一回眉批"月娘虽呆，终不失为好人"。

清代小说《儿女英雄传》序云"且如《西游记》《水浒传》《金瓶梅》亦幸遇悟一子、圣叹、竹坡诸人读而批之，中人以下乃获领解耳"[1]，便提点出张竹坡评点对推广文本流通的重要性。

三、化"菩萨学问"为"圣贤学问"

张竹坡的读者设定群，包含了不懂作文章的人、青年学子，以及虽识字但领悟力不高的人，这几类读者可能容易误读，或者因为读不出《金瓶梅》的佳妙，须要透过他的评点领航。不过张竹坡囿于传统偏见，已将妇女排除在他的读者群外，他说：

> 《金瓶梅》切不可令妇女看见。世有销金帐底，浅斟低唱之下，念一回于妻妾听者，多多矣。不知男子中尚少知劝诫观感之人，彼女子中能观感者几人哉！少有效法，奈何奈何！至于其文法笔法，又非女子中所能学，亦不必学。(《批评第一奇书金瓶梅读法》)

张竹坡带有强烈的传统父权意识，不仅质疑女子在自身道德上的约束，更有"女子不必有才"的观念，他认为《金瓶梅》文法、笔法的精湛技巧，对于女子来说都是无必要之学，更有轻视女子没有学习能力之意。也许基于这样的偏见，张竹坡说，"《金瓶》虽有许多好人，却都是男人，并无一个好女人"(《批评第一奇书金瓶梅读法》)，他对于书中女性的评论也较为严苛，经常以传统妇道的标准在检视她们：

> 屈指不二色的，要算月娘一个，然却不知妇道，以礼持家，往往惹出事端。至于爱姐，晚节固可佳，乃又守得不正经的节，且早年亦难清白……甚矣，妇人阴性，虽岂无贞烈者，然而失守者易。且又在各人家教，观于此，可以禀型于之惧矣。齐家者，可不慎哉。(《批评第一奇书金瓶梅读法》)

这段话显系针对男性读者的呼吁。张竹坡认为妇人性不定、且易变，例如

---

[1] 出自光绪四年聚珍堂刊本《儿女英雄传》，转引自黄霖《金瓶梅资料汇编》，中华书局1987版，第292页。另需补充的是，光绪四年聚珍堂刊本《儿女英雄传》收录的观鉴我斋《儿女英雄传序》，胡适指出非序于雍正朝，见（清）文康《儿女英雄传》，桂冠图书公司1988年版，胡适《儿女英雄传序》，第861页。

第二回的回批，张竹坡指出该回回目题为"帘下勾情"，且作者于内文大书特书，正是为了写出潘金莲之恶，"凡坏事者大抵皆由妇人心邪"，以此认定是潘金莲勾引西门庆，才成此不伦之恋。不过，这样的解释并非张竹坡一己偏见或过度诠解，小说的作者在创作时便有这样的意思存在，如崇祯本第一回开头的引诗及议论，便透露着"女色祸人"的意味。[①] 无论是《金瓶梅》的作者或身为读者的张竹坡，都无法摆脱封建传统父系价值观的影响，这是环境给予的局限。但是作者并非没有其它异音，在小说的许多地方，作者仍有不自爱的男性乃咎由自取的声音出现，并有把女性的不幸遭遇归于文化禁锢的体察，因而对于笔下的女性有着不同的关怀。[②] 在这一方面，身为读者的张竹坡并没有明显接受这样的观点，他在评点中虽然认为西门庆没有做到修身齐家，但对于书中女性却也没有多余的关怀和同情。张竹坡预设的读者群基本上已经将妇女摒除在外，因而他的评点经常从提醒男性如何维持家道出发，这种道德式的切入能够时时提醒他的读者忽略小说中的情色描写，转而寻思背后所寓之深意。整部小说就张竹坡看来，就是一部寓言，在《金瓶梅寓意说》中，张竹坡以"托名摭事"的方式，将小说中的人物名字均冠以谐音式的联想，如他说应伯爵是"白嚼"、谢希大是"携带"、常峙节是"时借"等，将人名和人物特性牵连在一起，有些解释难免牵强，但对不善读小说的人而言却不失为一种简单且易于把握重点的阅读方式。接下来，张竹坡再冠以"苦孝说"，指出作者含酸抱阮，是所谓孝子孝悌。在读法处以"寓意"和"苦孝"建构好他的伦理框架后，便于他导入正文评点。

不过，也并非所有的男性都能列入他的读者群内。张竹坡在〈批评第一奇书金瓶梅读法〉中说："才不高，由于心粗。心粗由于气浮。心粗则气浮，气愈浮，岂但做不出好文，并亦看不出好文，遇此等人，切不可将《金瓶梅》与

---

① 崇祯本第一回回首诗云，"二八佳人体似酥，腰间仗剑斩愚夫；虽然不见人头落，暗里教君骨髓枯"，便有女色祸人的观念，这首诗在《水浒传》中已作为引诗。这样的引诗透露一种观念的传承，例如《金瓶梅》在这方面便明显承袭了《水浒传》的"色戒"思想。见张进德《〈金瓶梅〉何以借径〈水浒传〉》，收入王平、程冠军主编《金瓶梅文化研究（第五辑）》，群言出版社 2007 年版，第 63 页。傅想容《〈金瓶梅词话〉之诗词研究》，学生书局 2014 年版，第 37 页。

② 陈翠英《世情小说之价值观探论——以婚姻为定位的考察》，台湾大学出版委员会 1996 版，第 96—111 页。

他读。"这一类读者是无论如何都读不懂《金瓶梅》的好，即使透过评点的领航，也可能无法真正领会，因此也初步被张竹坡排除了。就像是为自己的评点本打上预防针一样，如果有人读了却因此染上不好的习气，也因归于他的本性心粗气浮，绝不会是作者和评点者所应担当的责任。

按张竹坡的解释，《金瓶梅》这部书可以作为一部"理书"来看，他说：

> 第一回兄弟哥嫂，以弟字起；一百回幻化孝哥，以孝字结。始悟此书一部奸淫情事，俱是孝子悌弟，穷途之泪。夫以孝弟起结此书，谓之曰"淫书"，此人真是不孝弟。（第一百回回评）

而他将《金瓶梅》视为理书的方式，便是着眼于小说中的一家兴亡，由"修身""齐家"之道谈起。依张竹坡的人伦观点来看，小说中的主人公西门庆及他的正室吴月娘，便肩负这样的责任。张竹坡对吴月娘的批评流于严苛，在张竹坡的眼中，吴月娘是"奸险好人"，亦即表面功夫做足，实则行为并不合乎妇道的人。张竹坡认为多数读者很容易将百依百顺的吴月娘误为是贤德之人①，他却反其道而行，于评点中深罪月娘，他说，"作者写月娘之处，纯以隐笔"，认为月娘百依百顺，纵夫为恶的举动，其实"大半不离继室常套"，"故百依百顺，在结发则可，在继室又当别论，不是说依顺便是贤也"（第一回回评），这便以"齐家"的观点来审视月娘。月娘之罪在张竹坡看来，已是罄竹难书，西门庆和李瓶儿偷期，张竹坡认为月娘是主谋和帮凶，她没有作为一个有德的妇女来规劝丈夫，可谓为虎作伥。而身为一个正室，月娘也没有以礼持家，因而引敬济入室、放来旺入门、纵妖尼昼夜宣卷、认妓女为干女儿，至于妻妾不合、婢女小厮均不晓礼，这些在张竹坡看来亦都是月娘的罪状。张竹坡甚至认为月娘之罪甚于金莲：

> 乃金莲不过自弃其身以及其婢耳，未有如月娘之上使其祖宗绝祀，下及其子使之列于异端，入于空门，兼及其身，几乎不保，以遗其夫羞；且诲盗诲淫于诸妾，而雪洞一言，以其千百年之宗祀为一夕之喜舍布施，尤为百割不足以赎其罪也。（第八十四回回评）

这完全是从"齐家"与否来要求月娘，一家之主虽是西门庆，但因月娘身

---

① 小说第一回云，"却说这月娘，秉性贤能，夫主面上百依百随"，张竹坡夹批曰："二语全为西门罪，不是赞月娘也，已于卷首讲明"。此处评点即有深怕读者误读之意。

为正室，所背负的责难似乎更多，关于这样严厉的审视和评论，晚清的另一位评点家文龙便有话说：

> 批者总以月娘阴险。试问：遇此顶踵无雅骨，脏腑有别肠，为之妻者，将如此良人何也？（第十二回回批）

> 批者与月娘想是前生冤孽，何至百割方快。（第五十九回夹批）

针对张竹坡处处攻讦月娘，文龙则于他的评点中处处为月娘辩护。其实，张竹坡批评月娘虽有过之，但总地来说是为了凸显"齐家"的重要性，并将"齐家"的最要人物归之于一家之主——西门庆。对于张竹坡而言，大部分的读者（几乎是局限于男性读者）均将《金瓶梅》当成西门庆的大帐簿来阅读，很容易迷失在财色的欲望中，也可能对西门庆产生一种不当的欣羡之情。张竹坡如此批评月娘，并非是认为所有的罪责均应由月娘来承担，反而是在提醒男性读者应肩负"以身作则"的责任，他在《批评第一奇书金瓶梅读法》中说得再明白不过：

> 使西门庆守礼，便能以礼刑其妻。今止为西门不读书，所以月娘虽有为善之资，而易流于不知大礼……盖写月娘，为一知学好而不知礼之妇人也。夫知学好矣，而不知礼，犹足遗害无穷。使敬济之恶，归罪于己况不学好者乎。然则经济之罪，月娘成之。月娘之罪，西门刑于之过也。

张竹坡将西门庆不晓礼的根由归之于他不读书，其根据在于小说第一回如此介绍西门庆："所以这人不甚读书，终日闲游浪荡。"崇祯本眉批指出"不甚读书"四字是"一生病痛"，张竹坡又大加发挥，直指这是作者"大书特书，一部作孽的病根"。在第八十四回的回评中，张竹坡又再度阐明："然而其恶处，总是一个不知礼……然则不知礼，岂妇人之罪也哉？西门庆不能齐家之罪也。总之，写金莲之恶，盖彰西门之恶；写月娘之无礼，盖罪西门之不读书也。"因而细数月娘之罪，是张竹坡欲提醒读者肩负"齐家"的重责，而"齐家"必由"修身"而来，以此提醒读者若不修其身，则无法齐其家。张竹坡认为女子中少有劝诫观感者，固然隐含对女性的歧视，但联系他的评点，便可了解他何以大力批判月娘这一角色。正因女性没有观感之质，则更需由男性化之，评点中多有批判西门庆道德不足之处，也是为了提醒他的读者修养自身。但是张竹坡为了建构他的评点取向，忽略了吴月娘也是身为父权制度、礼教文化下的牺牲者，因而他的批评总流于严苛。并且，吴月娘也并非完全没有规劝西门庆，在第五十七回，吴月娘要西门庆"贪财好色的事少干几桩儿"，攒下一些阴德给孩子，却被西门庆认为这是醋话，起不了什么作用。

而张竹坡眼中修身的典范，则投射在西门庆的第三个妾——孟玉楼身上。① 孟玉楼与西门庆的缔结是媒妁说合，而后亦以同样的方式再嫁李衙内。在西门庆的众多妻妾中，孟玉楼并未特别受宠，但她"宽心忍耐，安于数命"，"俏心肠高诸妇一着"（《批评第一奇书金瓶梅读法》）。因而小说作者让玉楼有个好结局，呼应了小说内文第一回中一段韵文：

> 善有善报，恶有恶报。天网恢恢，疏而不漏。（张夹批：以上一部大书总纲，此四句又总纲之总纲。信乎《金瓶》之纯体天道以立言也。）

这段韵文，张竹坡的眉批指出是"总纲之总纲"，但是仔细阅读过小说的读者都应该明白，《金瓶梅》的人物安排并未完全符合善恶果报。张竹坡为了表现这是一部劝人为善的道德书，对于小说中不符读者期待的地方，往往必须提出合理的解释。例如西门庆过世后，家里较有结果的二位妇人——孟玉楼和庞春梅，前者嫁给李衙内，后者成为周守备夫人。关于此，张竹坡认为这二人均是不受炎凉所拘之人，但是其差别如下：

> 不知玉楼之身分，又高春梅一层，不在金、瓶、梅三人内算账，是作者自以安命待时、守礼远害一等局面自喻，盖热也不能动他，冷也不能逼他也……是又作者示人：见得人故不可炎凉我，我亦不可十分于得意时太扬眉吐气也。（第八十五回回批）

在张竹坡的评语中，春梅是"心高志大，气象不同"。但可惜"春梅小妮子，与金莲联成一气"②，西门庆过世后，她和潘金莲夜夜与陈经济偷情达旦，其所作所为确有可议之处，但她在后二十回中却是众多妻妾中命运最好的一个。不仅由奴婢晋身为周守备的爱妾，更为守备生下一子，未几被册正，做了夫人，住着五间正户，两个养娘抱哥儿，两个丫环、两个弹唱的姐儿在春梅房中服侍，③ 守备也处处依顺着她，如众星拱月般，可谓享尽荣华富贵。由小说描写看来，春梅并不若玉楼处事圆融、安分守己，却一路"扶摇而上"，张竹坡解

---

① 张竹坡于第七十二回回批云："信乎玉楼为作者寓意之人，盖高距百尺楼头以骂世人"。

② 文龙第八十五回回批之语。

③ 此为小说第九十四回的描写。

释这样的安排一来是为了"刺月娘"①，二来是为了与玉楼作对比，因为玉楼洁身自爱，故为最有结果之人，以此警醒世人不可于得意时过于扬眉吐气。张竹坡曾于第一百回的眉批中说春梅的死是为了与西门庆贪欲作一遥对，这样的解释仍是由道德劝善的角度来立说。许多学者都认为春梅的逐步堕落是环境造成的②，她曾说："人生在世，且风流了一日是一日"，看到两犬交恋，还发出欣羡之情："畜生尚有如此之乐，何况人儿反不如此乎？"（第八十五回）这种及时行乐的人生哲学，当然造就了她以淫而死的结局。同为评点家，崇祯本评点者却说春梅的死法是"极乐世界"，"所谓牡丹花下死，做鬼也风流。死得快活，死得快活"（第一百回）。春梅既然在陈经济横死后没有得到教训，终日无所事事，贪淫度日，逐日消减精神也不思悔悟，说明这或许正是她的人生选择。比起崇祯本评点者跳脱道德劝说的框架来欣赏不同性格人物的命运，张竹坡则走上与之相反的道路。

崇祯本对于笔下的女性多少寓有同情，可以说是一种"菩萨型"的读者③，对于潘金莲惨死武松刀下，评点者"不忍称快"，展现对生命的怜悯和宽容。④这样的观念，作者在创作小说时也隐隐露出，如第十二回因西门庆流连妓院，连月不回家，真情一再被轻弃的潘金莲与琴童私通，却受辱于西门庆，此时作者引诗说："为人莫作妇人身，百年苦乐由他人"，对于笔下的女性寄予些许同情。张竹坡也在小说中看出那个时代的女性没有自由意志的艰困处境，⑤但是对于女性却是甚少同情，在评论上时有态度轻贱之处。但为了建构以男性读者为中心的评点，并塑造一套成圣成贤的道德理论，张竹坡将孟玉楼描述成近乎"完人"，与他在〈批评第一奇书金瓶梅读法〉中"《金瓶梅》并无一个好女人"

---

① 《批评第一奇书金瓶梅读法》论及春梅时也云："见得一部炎凉书中翻案故也……不特他人转眼奉承，即月娘且转而以上宾待之，末路倚之。"

② 孔繁华《金瓶梅的女性世界》，中州古籍出版社，1991年版，第56—60页。陈翠英《世情小说之价值观探论——以婚姻为定位的考察》，第110页。

③ 所谓"菩萨型"的读者，乃出自东吴弄珠客所言："读《金瓶梅》而生怜悯心者，菩萨也。"兰陵笑笑生著，梅节校注《金瓶梅词话》，第4页。

④ 傅想容《明人品读〈金瓶梅〉的文人视角——以序跋及崇祯本评点为考察对象》，第67页。

⑤ 例如小说第八十六回，陈经济为了迎娶潘金莲，决定上东京筹钱，临行前潘金莲叮咛道："只恐来迟了，别人娶了奴去，就不是你的人了。"张竹坡夹批曰："淫妇嘱人如此，自身不能主也。"

的论点相违。他对于小说中的底层人物缺少同情，总是站在圣贤道德的角度进行口诛笔伐，也许得归因于他急于打破"淫书"的恶谥，志在让《金瓶梅》成为一部"圣贤学问"的道德书。

四、点"群芳谱"为"寓言"

张竹坡担忧他的男性读者一开卷便"止知看西门庆如何如何，全不知作者行文的一片苦心"（《批评第一奇书金瓶梅读法》），他列出《西门庆淫过妇女》共十九位，在许多读者眼中，这部小说堪称西门庆的"群芳谱"。对《金瓶梅》书名的释义，自明代以来咸认为由小说三大女主角"潘金莲""李瓶儿""庞春梅"的名字各取一字，成其书名，《金瓶梅》后的诸多才子佳人小说也袭用了这样的命名方式。① 张竹坡则在这个既定的传统说法外，另提出新解：

> 此书内虽包藏许多春色，却一朵一朵、一瓣一瓣，费尽春工，当注之金瓶，流香芝室，为千古锦绣才子，作案头佳玩，断不可使村夫俗子，作枕头物也。（《批评第一奇书金瓶梅读法》）

这段话有"金瓶中的梅花"之意，梅花暗指春色，联系至《西门庆淫过妇女》，确实林太太、王六儿之流，其淫不亚于潘金莲等人。将书名如此释义，乃能含括小说中卷入西门庆桃色风暴的所有女子。芮效卫的《金瓶梅》英译本，就将书名译为"The Plum in the Golden Vase"（金瓶中的梅花），德文译本大部分也采取这样的译法，② 而井上红梅的《金瓶梅》日译本，封面为王一亭先生手绘之"梅插金瓶"画，也蕴有此意。这个解释也得到学者支持，如格非便认为"金瓶"暗指财富，"梅"代指女人和欲望，很能够诠释小说"金钱与欲望"这一大主题。③

---

① 如《玉闰红》分别为小说三大主角"金玉文""李闰贞""红玉"，《平山冷燕》为书中四大主角"平如衡""山黛""冷绛雪""燕白颔"，均为各取一字，成其书名的命名方式。

② 但一些德文译本把梅花误为"Schlehenbluete"（黑刺李子花）或"Pflaumenbluete"（李子花），因而变成"金瓶中的李花"。见李士勋：《关于〈金瓶梅〉德文译本和"梅"的翻译问题》，收入中国金瓶梅研究会编《金瓶梅研究（第九辑）》，齐鲁书社 2009 年版，第 216—221 页。研究者已指出不同文化差异上对"梅"的误译问题，但仍不妨碍我们在此处理解德文译本对书名翻译所采用之译法。

③ 格非《雪隐鹭鸶——〈金瓶梅〉的声色与虚无》（香港：牛津大学出版社，2014 年 11 月），页28—29。

　　张竹坡时时透露着深怕读者误读的忧虑，他几乎认为普天之下，只有他能够读出作者之意。在第七十回的回评中，他牵强地运用名字的关连，把夏龙溪和潘金莲的始终挂勾在一起（夏有水可栽莲），并联想到贲四嫂姓叶，而有此番议论：

　　　　且东京一回之后，惟踏雪访月而叶落空林，景物萧条，是又有贲四嫂、林太太等事也。此处于瓶儿新死，即写夏大人之去，言金莲之不久也。用笔如此，早瞒过千古看官。我今日观之，乃知是一部群芳谱之寓言耳。

　　运用名字的意象来联想固然牵强，但也透露出张竹坡对于《金瓶梅》总被误认为是西门庆的"大帐簿""群芳谱"而感到忧虑。张竹坡欲以"苦孝说"为框架来评点《金瓶梅》，却无法规避每隔几回便出现的西门庆与新对象偷情之情节。以往崇祯本评点者在阅读时，毫不掩饰对情色场面的兴趣，时而透露男性的欢愉和欣羡 ①，充分享受阅读的快乐，并感受小说带来的娱乐性。在这方面，张竹坡显然不打算让他的读者体会这种滋味，他在《批评第一奇书金瓶梅读法》中，提出一些阅读前的注意事项："《金瓶梅》不可零星看。如零星，便止看其淫处也。故必尽数日之间，一气看完，方知作者起伏层次，贯通气脉，为一线穿下来也。"又说："读《金瓶》，必须静坐三月方可。否则，眼光模糊，不能激射得到……"皆有一种深怕读者在阅读中迷失的意味。

　　举例来说，小说中的潘金莲对男子而言是个"美丽妖娆的妇人"，她的行为举止"做张做致，乔模乔样"，第一回中张大户收用潘金莲后，便添了五件病症，而后患了阴寒病，呜呼死了，张竹坡夹批道，"金莲起手，试手段处，已斩了一个愚夫"，这显然是呼应小说回首的色箴诗：

　　　　二八佳人体似酥，腰间仗剑斩愚夫；虽然不见人头落，暗里教君骨髓枯。

　　美丽的女子被形容成具有杀伤力的武器，其魅力不可小觑，往往对男性形成危害。

　　崇祯本评点者就站在男性角度，对于小说中唯一能抗拒潘金莲诱惑的武松，责怪其不近人情，张竹坡也说武松是"圣人"，两位评点家均充分明白基本人欲和道德规范产生冲突时，多数人的反应是选择顺从本能的欲望。因而张竹坡非常忌讳男性读者将《金瓶梅》当作西门庆的后宫群芳谱来看，如何把群

----

① 杨玉成《阅读世情：崇祯本〈金瓶梅〉评点》，《国文学志》2001 年第 5 期。

芳谱化做寓言，也就成为张竹坡评点时积极处理的目标。

张竹坡洋洋洒洒地列出西门庆淫过妇女十九位，却也不厌其烦地在各回中解释这些人物如何在小说中串起财色主题。例如张竹坡说作者写孟玉楼这一美人并不是要凸显西门庆贪色，而是贪财，"故虽有美如此而亦淡然置之，见得财的利害比色更厉害些，是此书本意"（第七回回评）。何以说财比色更利害？西门庆的钱财来源有三：一为他经商的获利，二为与官场勾结的不当所得，三为孟玉楼、李瓶儿过门所带来的财富。然后西门庆便利用这些钱财取得社会地位并纵情于声色享乐，格非就把西门庆的这一形象归于"经济型"人格，代表十六世纪中后期临清的典型商人身上复杂的人格，并与明末腐败的政治和社会脱不了关系。[1] 不过粗心人往往只以为西门庆"又添一妾之冤"[2]，张竹坡如此反复申说便见得他深惧读者看不出行文苦心。

说到西门庆所淫之妇女，除了少数几位手上本就握有财富外，其余大多数为低下阶层的女性，她们总是带着浓厚的市井气，虽有姿色但举止行为总带俗气，开口闭口往往少不了嘲弄人的粗俗话。西门庆偷情的对象经常是伙计的媳妇子，他对宋蕙莲说："你若依了我，头面衣服随你拣着用"，张竹坡说这纯是"以财动之"（第二十二回）。又如西门庆包占王六儿，不仅为她家添了丫环，也整治了一间新屋。他也曾对如意儿说："你只用心服侍我，愁养活不过你来！"（第六十五回），又比如说，西门庆与贲四嫂偷情后，立刻掏出一包碎银，两对金头簪儿给她（第七十七回）。就是孟玉楼、李瓶儿、林太太这些富有女子，也都多少看上他的经济能力或社会地位。张竹坡在各回的回评里，对作者安排这些角色的目的有若干说明。例如宋蕙莲和王六儿的淫态令读者印象深刻，按张竹坡的解释，作者大书特书此两人，正是为了衬托潘金莲。写宋蕙莲的死是为了彰显潘金莲的妒和恶，而写王六儿的品箫胜过潘金莲的品玉，是为了让后来居上的王六儿来夺潘金莲之宠（第七回回评）。至于恶名昭彰的翡翠轩淫事，张竹坡的解释为："至于瓶儿、金莲，固为同类，又分深浅，故翡翠轩尚有温柔浓艳之雅，而葡萄架则极妖淫污辱之态……然则此日翡翠轩、葡萄架，惟李、潘二人各立门户，将来不复合矣。"

---

① 格非《雪隐鹭鸶——〈金瓶梅〉的声色与虚无》，第 42 页。
② 括号引文出自张竹坡第七回回批："谁谓有粗心之人，止看得西门庆又添一妾之冤于千古哉？"

（第二十七回回评）第二十九回极具淫态的"兰汤午战"，张竹坡认为是为了写出潘金莲毫无悔过之心，并且西门庆刚听完吴神仙的劝告，却敢于白日行淫，也见出其恶即便是神仙也无力化之。第三十八回、第五十二回回评俱指出作者极力描写王六儿的淫态，是为了与潘六儿（金莲）互为彰显，以见两位六儿共同死西门也。细观张竹坡之言，作者每安排西门庆邂逅一个偷情对象，其背后都是别有深意的，而西门庆与众女性的交欢，也许暗示西门家的妻妾斗争造成家庭不睦，也许为西门庆的步步毁灭预作铺垫，总地来说绝非随意写来。无论小说作者或张竹坡这种"女祸"观念，均非一己偏见。中国自先秦以来便开始有模糊的"女祸"史观，汉代以后这种观念趋向平民化，美妇经常被指为祸人家国的尤物。[①]潘金莲特别被张竹坡理解成这样的角色，不仅瓶儿和官哥的死与她相关，也是造成西门庆精尽人亡的最后一根稻草。《金瓶梅》诞生于晚明纵情声色的时代潮流中，小说所要表现的当然不会只有"女祸"这么单一的主题，张竹坡身处世风趋向保守的清朝，以他所处之盛世冷眼旁观亡国之明末，自有他的感慨与理解。

张竹坡以这样的方式，在回评中告诫他的读者，女色的出现并非是为了建构西门庆的群芳谱，而是坏了妻妾和谐，对男性生命造成危害的毒药，这样的论说仍是紧扣于修身齐家，针对身负此重责的男性读者而言，无非是一大警惕。而对于小说中的性交描写，张竹坡并不排斥，相反地他以一个创作家的身份，惊异并慑服于作者的写作技巧。[②]第四回潘金莲与西门庆共枕同欢，有一首曲文描写两人交欢的场景，也正是这部小说的第一场性爱展演，张竹坡逐步批点，评论可说非常细致。张竹坡将此段曲文拆成六个部分，第一部分直指男女结合为读者所好之事；第二部分的六句是前奏；第三部分的八句才是真正的性爱过程，用语虽含蓄，但点出"搏弄""揉搓"两字下得好，已将两人的狂态展露无疑；第四部分的两句是性交即将结束；第五部分的四句为已完事；第六部分

① 刘咏聪《女性与历史——中国传统观念新探》，台湾商务印书馆 1995 年版，第 3—8 页。

② 徐朔方以为，张竹坡在评点时没有想到《金瓶梅》对任何前人作品的引录和袭用。见刘辉、吴敢辑校《会评会校金瓶梅》，第 7 页。《金瓶梅》中的许多词曲多摘录前人或同时代作品，并非作者原创，确实在这方面未见张竹坡提出讨论，张竹坡的评论总是称许作者巧夺天工的写作手法。本文在此并不处理这个问题，而是将张竹坡讨论创作技巧的部分，直接视为他对这部小说及作者的创作评价。

的"偷情滋味美"则正是千百年来的读者心之所向。一段小曲文将性爱的四个过程精彩呈现，崇祯本评点者也说这是一幅"绝妙春图"。张竹坡逐段拆解批点，呼应了他读文如拆屋，使某梁某柱都散在读者眼中的理论。一段文经他拆解后，确实展现作者的匠心，并可发现作者于首尾部分巧妙抓住读者心思。作者笔力高妙固然令人慑服，但也因此而容易将读者熏的头昏眼花，"粗心人自不知"，也许已经迷失在这些精湛的文字描写中，失去判断力了，而这便是张竹坡所担忧之事。

以往崇祯本评点者在评点时，很能够体验小说中的性爱描写所带来的阅读刺激和愉悦感受，他常常一边阅读一边说："令人销魂也。"张竹坡则避开这种符合人性自然欲望的反应，改采用如上述例子那般分析写作技巧的方式，以一个创作家的身份拆解这些文字，用意在于教导锦绣才子欣赏做文之法。[①] 至于做文之法外，他个人的评论则往往流于对女性的批判，在《金瓶梅》的两性行为上，张竹坡几乎无一例外地认为小说中的女性个个淫荡，他认为男女性事上，女性过于主动便是与"淫"脱不了钩。前面提到，张竹坡认为若不是潘金莲主动勾引西门庆，便无法成此奸情。须知西门庆的偷情记录，经常是由他主动寻求牵线人。如果是躲在"深闺"里，平常接触不太到的女子，西门庆总是找上媒婆牵线，例如他为了向潘金莲求爱，多次走访王婆茶坊，买通王婆使了定下的挨光计；又为了调戏林太太，而使玳安密访文嫂，以成其美事。如果是要刮拉自家伙计的媳妇子，如宋蕙莲、贲四嫂，西门庆便找玉萧、玳安帮忙传话。张竹坡在评点中也不是完全没有责怪西门庆，但对这些女性的批评则较为严苛，总带有女人是祸水，会使男人骨髓枯尽的意味存在。

小说中总是将西门庆的好色与女人的贪财并置在一起，崇祯本评点者也注意到这些性描写背后所蕴藏的"风月债交易"，第七十四回写到潘金莲品玉，她一边进行一边向西门庆讨皮袄，崇祯本评点者感慨道："以金莲之取索一物，但乘欢乐之际开口，可悲可叹"，无形中流露出对女性沦为以性易物的处境感到怜悯。张竹坡几乎没有这种怜悯心态，反而相当厌恶女性为了索物而有失妇

---

① 如第七十八回西门庆与林太太的一番情事，张竹坡对小说的叙事技巧及文字的使用亦有一番品鉴。

德。小说中值得一提的角色宋蕙莲，一日无意间和西门庆"撞个满怀"①，西门庆对她说，若依顺他，便头面衣服便随她用，宋蕙莲听了一声也没言语，推开西门庆的手便走了。那时的宋蕙莲还有点志气，但是西门庆并不死心，使玉箫带了一匹布前往游说，小说如是写道：

> 玉箫道："爹到明日还对娘说，你放心。爹说来，你若依了这件事，随你要甚么，爹与你买。今日赶娘不在家，要和你会会儿，你心下如何？"那妇人听了，微笑不言。（张评：又另写一淫妇样。）（第二十二回）

整段文字不见张竹坡对西门庆的批评，显然他认为女性若断然拒绝，就算男人如何财大业大，也做不了这些见不得人的事。与崇祯本评点者相较，张竹坡对于那个时代的女性处境缺少同情，他的评点宣告了对男性人身及财产安危的警惕，把《金瓶梅》导向为一本针对男性而发的群芳谱寓言。有若干回的评点，都能见出他这种评点倾向。

《金瓶梅》与明末那批"着意所写，专在性交"②的艳情小说并不同，但也异于那些描写情爱美感的传统文学。小说中另一位堪比潘金莲的王六儿，曾对丈夫如此说："你倒会吃自在饭儿，你还不知老娘怎样受苦哩！"（第三十八回）张竹坡点出这全是为了利益而从事的性交易，这种性爱关系在《金瓶梅》中并不少。在每一段粗心读者以为的性爱飨宴中，背后都是一场赤裸的金钱交易，以及男子逐步毁灭的过程，因而这些性爱描写并非是为了提供读者阅读的乐趣，反倒像是一种警示，而这大抵是张竹坡所欲建构的"群芳谱寓言"。

五、结语

张竹坡将《金瓶梅》归于作者发"孝悌"之愤，和李贽将《水浒传》指为发"忠义"之愤，都有着"发愤著书"之意，其中不无有相承的意味存在。但是张竹坡评点《金瓶梅》的动机相当复杂，除了他所自道的经济问题，怀才不

---

① "撞个满怀"是《金瓶梅》描写西门庆和偷情对象相遇时惯用的词语。崇祯本第十三回，西门庆和李瓶儿"两下撞了个满怀"，第二十二回西门庆和宋蕙莲在仪门首"两个撞个满怀"。

② 鲁迅《鲁迅小说史论文集——中国小说史略及其它》，里仁书局1992年版，第十九篇《明之人情小说（上）》，第165页。

遇、创作失败等经验，也是促成他评点此书的原因。受困于理想及现实，以这样的心情评点《金瓶梅》，他的评语不仅有创作家的自傲、评点家的洞见，还含有肩负教化众人的意味存在。他的"苦孝""齐家"等观点，由为"下根人"立法出发，使中人上下皆易于入道，在传播上有其不可取代的地位。

但并不是说张竹坡对《金瓶梅》的这种诠释凸显他也是这种下根之人。《金瓶梅》的作者和张竹坡对于破除功名利禄、酒色财气的展现，有类王阳明门下两位弟子——王龙溪与钱德洪的"天泉证道"，王阳明说："利根之人直从本源上悟入"，而"其次不免有习心在，本体受蔽，故且教在意念上实落为善去恶"，因而阳明如此评价两弟子："汝中（龙溪）之见，是我这里接利根人的；德洪之见，是我这里为其次立法的。二君相取为用，则中人上下皆可引入于道。"①《金瓶梅》的作者"以佛反佛"②、"以色破色"等作法看似矛盾，实乃提供上根人安顿生命；张竹坡则反其道而行，选择为下根人立法。在明代，读书人透过禅宗修行，但禅宗义理幽玄高妙，因而中下层民众纷纷转向简易便行的净土宗，这样的思想也表现在《金瓶梅》中，作者立足于禅宗义理"空"的超越立场，对世俗欲望进行尖锐批判和否定。③张竹坡说"我自做我之《金瓶梅》"，并表示他的评点本将取代《金瓶梅》原书，联系前文所述，他所谓的"自做"就是一种诠释上的创作，不是更动小说原文④，而是借着在文本中搜罗证据，建构一套有利"下根人"的理论。因而张竹坡评点本一出，更有利"中人上下皆入于道"，遂成为有清以后《金瓶梅》流传的定本，反而偏向儒家"文以载道"

① （明）王守仁撰，吴光等编着校《王阳明全集》，《传习录》下卷，上海古籍出版社1992年版，页117。

② 《金瓶梅》经常引入佛教义理，却又于小说中大力批判佛教，看似矛盾，实则是一种"以佛反佛"的手法，历来多为《金瓶梅》研究者所注意。详细论述可参考格非《雪隐鹭鸶——〈金瓶梅〉的声色与虚无》《参禅与念佛》，第123—132页。

③ 相关论述详见格非《雪隐鹭鸶——《金瓶梅》的声色与虚无》《禅、净之辨》，第133—137页。

④ 田中智行发现，同样是评点，金圣叹往往修改小说原文，把不利己见的宋江的描写都窜改掉，张竹坡则是透过"翻卷靡日"式的精搜文本来支持他的论点。参见［日］田中智行《张竹坡评点〈金瓶梅〉的态度：对金圣叹的继承与演变》，第50页。

的词话本 ^① 咸废而不出。

［作者简介］傅想容，台湾成功大学中国文学博士，现为实践大学应用中文系兼任助理教授。

---

① 田晓菲的研究指出，词话本偏向儒家"文以载道"的思想，被当成一个典型的道德寓言，警告世人贪淫与贪财的恶果，绣像本则强调尘世万物之痛苦与空虚，意在唤起读者对生命的同情与慈悲。田晓菲《秋水堂论金瓶梅》，《前言》，第 6 页。格非也提到，词话本字里行间充满乡村学究式的儒家道德说教，见格非《雪隐鹭鸶——〈金瓶梅〉的声色与虚无》，第 132 页。

加布伦兹译自满文的一百回《金瓶梅》德文译本能否称之为"全译本"？

——与苗怀明、宋楠二位学者商榷

李士勋

内容提要 本文根据苗怀明、宋楠二位学者对加布伦兹译自满文的一百回《金瓶梅》德文译本的介绍提出看法。笔者认为：因该译本删节了书中的性描写部分，故只能称之为"删节本"（或"洁本"），而不宜称为"全译本"。

关键字 加布伦兹 删节本 全译本 祁拔兄弟

在第十一届国际《金瓶梅》学术讨论会上，苗怀明教授、宋楠女士二位学者提交了《国外首部〈金瓶梅〉全译本的发现与探析》一文，给学会带来了一份特别的惊喜。他们介绍了德国教授嵇穆博士（Dr. Martin Gimm）于 1998 年意外发现的一部尘封已久的手稿：《金瓶梅》（Gin-Ping-Mei），康农·封·德·加布伦兹（H. C. V. D. Gabelenz）根据满文翻译。一百回，八包手写稿，共 3842 页（页面 17x22 cm）。毋庸置疑，这是《金瓶梅》传播史上的一个重要发现。

据苗、宋二位介绍：嵇穆教授发现这部手稿之后，于 2005—2013 年整理并由柏林国家图书馆编印刊行，为"金学"研究提供了又一个参照文本。加布伦兹的译文曾经发表过第一回和第十三回（乔治·加布伦兹译）、第三十三至三十五回（阿尔伯特·加布伦兹译）节选。随着这部根据满文翻译的《金瓶梅》德文译本的发现，至少现在可以说：这个译本是《金瓶梅》在西方的第一个译本了。这之前囿于资料和见闻的认识可以得到纠正并统一了。

迄今，笔者尚无机会看到嵇穆教授整理的加布伦兹《金瓶梅》德文译本。所幸苗、宋二位在论文里为我们勾勒了这个译本完成的始末及其大致面貌：即康农·封·德·加布伦兹的女婿、商人卡洛维茨－马克森从中国为其岳父购买了许多汉文和满文图书，其中一套就是满文《金瓶梅》（48 册，出版于康熙四十七年即 1708 年）。康农·封·德·加布伦兹为此如获至宝、欣喜若狂并立即着手翻译。从 1862—1869 年，仅用七八年时间就完成了这项巨大的工程。可以想象这位阿腾堡小公国的首相、满文专家怎样把处理公务之余的全部时间投入到翻译中去的情景了。作为翻译，我很理解这种迫不及待的心情。如果把他的两个儿子作为翻译练笔翻译的四章忽略不计，因为最后必定还要老加布伦兹校定，那么略为计算一下，可知老加布伦兹每年要翻译约十四回，也就是说，他每个月要翻译大约 1.2 回。

《金瓶梅》一书中使用的方言，中国人自己在理解上有很多分歧，翻译成外文多难也就可想而知了。流行的观点之一有："诗"是不能翻译的。翻译之后，原文的形式美会消失殆尽，内容也会失真。此外，还有风俗习惯、方言等更多障碍。祁拔（Kibat）兄弟的《金瓶梅》德文全译本总共用了 18 年（1927—1945）！相比之下，加布伦兹能够在七八年之内完成这部高度艰深的巨著，确实值得钦佩！但现在，笔者只能根据苗、宋二位在论文中对加布伦兹译本的介绍了解这个译本。他们将加布伦兹译本与祁拔兄弟译本和库恩译本这三个德文译本进行比较之后，列出加布伦兹译本的主要特点并得出结论。这里，笔者想就他们的结论性观点提出一两点疑问，与苗、宋二位和嵇穆教授以及金学界同仁商榷。

第一个问题：加布伦兹译自满文的一百回《金瓶梅》德文译本能否称之为一个具有较高水准且名副其实的"全译本"？

苗、宋二位学者在其文章的第三节"加布伦兹译本的特点"中指出：

"比较这三个（加布伦兹译本、祁拔兄弟译本和库恩译本）可以看出，加布伦兹译本采用直译的方式，其翻译忠实于原文，几乎是词对词的翻译，同时对色情情节进行了较为灵活的处理，可以说是一个具有较高水准的全译本。"在该节倒数第二段又说："在对床第之事描写的翻译处理上，作为贵族高官出身的康农父子和平民出身的祁拔兄弟有很大不同。在 19 世纪欧洲上流社会的习俗和宗教禁忌中，有关性爱的描写是不登大雅之堂的。康农·加布伦兹具有政治家的身份，对此不能不有所顾忌。满文本是以未删节的张竹坡本为底本的，保留了原书完整的色情描写。加布伦兹对满文本中的色情描写采取了删节的处理方式。比如第七十四回"潘金莲香腮偎玉，薛姑子佛口谈经"中的性爱描写，加布伦兹用'话说西门庆搂抱潘金莲，一觉睡到天明'一语一笔带过，而以张竹坡为底本的祁拔兄弟译本则尽量采用原文，对两人性行为的描写完全没有删节。"

去年读此文，没有多想。可能那时候"惊喜"压倒了一切。其他同仁大概也是这样。今年重读到此，我就想：如果加布伦兹译本中的性描写段落全部都这样"一语带过"，那么这个德文译本恐怕就只能称之为"删节本"、与我人民文学出版社曾经出版的"洁本"一样了。苗、宋二位在文中只举出上述一段为例，但从行文中可以理解为该译本把书中的性描写部分全都做了那样的处理。鉴于性描写在《金瓶梅》一书中与塑造人物形象、处理人际关系以及反应社会百态等方面的重要性，加布伦兹译本的这个删节本就不能称之为名副其实的"全译本"了。当然，这个译自满文的德文译本在文学、语言学、社会学等方面的重要性不可否认，只是其整体价值却要打一定的折扣了。

第二个问题：直译风格是否"与底本"和"是否到过中国"有关？

苗、宋二位认为："加布伦兹的直译风格一方面与他采用的满文底本有关，另一方面……他们都未到过中国，对中国社会生活缺乏直观的了解，仅从语言的字面意义进行翻译，这就造成他在直译中有时不能很好地把握原意，有'生搬硬套'之嫌，并引起歧义。"

这段话明确地说，加布伦兹采用的"底本"和他们"没到过中国"决定了他们的"直译风格"。因为满文译本是直译，所以加布伦兹也采用了直译。就是说，加布伦兹的直译风格是受到满文译本影响的结果。我觉得，这个观点也值得商榷。即使是这样，也只能算是个例，不是绝对的。直译风格或意译风格是译者的主观选择，与译者个人兴趣有关，与底本翻译风格无关。其实，任何译本都不是纯粹的直译或意译，一定是两者兼而有之。

另外，笔者以为，译者采用什么翻译风格与是否到过底本所在国家没有关系。祁拔兄弟中长兄阿尔图尔也没有到过中国。世界上的翻译，没有到过译本源语言所在国的是大多数。到过源语言所在国家并在那儿生活过很长时间的翻译毕竟是少数。至于加布伦兹译本有"生搬硬套之嫌并引起歧义"，也不能完全归咎于他们"没有到过中国"。即使有点儿关系也不是决定性的，那是译者对原文理解的问题，也就是说，除了译者掌握外国语言水平问题之外，还有转译本底本的问题。不可否认，从转译本与直接从源语言文本翻译的译本相比，直接从原文翻译更可靠。由于存在各种不可避免的原因，任何译文都会产生误译的情况，如将误译的文本再次转译，结果只能是离源语言更远。苗、宋二位说，他们的结论是在稽穆教授帮助下进行汉文、满文和德文三种文本比较研究的基础上得出来的并且说，加布伦兹译本中一些与汉文原本有出入的地方，可能是满文底本造成的，恰好说明了上述观点。

最后，笔者想就苗、宋二位文章附表中的个别年代做小小的更正：

（1）第三节"加布伦兹译本的特点"中关于祁拔兄弟译本的时间"1900—1925年"——应为："1927—1945年"。奥托·祁拔是在1927年第二次从中国回到德国之后着手翻译《金瓶梅》的，一直到1945年才全部完成。

（2）另一处说根据库恩译本的转译本有副标题"西门庆和他的六妻妾的故事"。这个副标题是库恩译本本来就有的。

顺便提及：严格地说，库恩的译本已经不是"译本"，而是"改写本"了，恰恰是他的"改写本"在西方世界"毁"了《金瓶梅》作为"明代中国社会百科全书"的声誉和价值，使之长期被排在纯色情文学之列。

结束语：笔者以为，就目前的发现来说，加布伦兹译自满文的一百回《金瓶梅》德文译本是国外最早的译本，但却不能称为名副其实的"全译本"！其文学价值和学术价值能否超过祁拔兄弟直接从汉语翻译的《金瓶梅》德文全译本，有待于进一步的比较研究，期待德国汉学家和中国日耳曼语言文学研究者的评论。

［作者简介］李士勋，德国文学翻译。

解"兰陵笑笑生""笑笑先生"之谜

鲁 歌

内容提要 "兰陵笑笑生""笑笑先生"应是万历十九年（1591）冬到万历四十年（1612）之间还活着的人。《金瓶梅词话》抄本开始写作于万历十九年冬，是一部分、一部分写成，陆续以高价卖出的。先是于万历二十年（1592）卖给江苏金坛的王肯堂二帙（一至十一回），屠本畯见而读之。本畯接着到苏州的王百谷家，又读到抄本二帙（十二至二十二回）。万历二十四年（1596）十月，卖给江苏华亭的董其昌十帙（一至五十二回）。万历二十七年（1599），卖给汤显祖十九帙九十五回（无第十一帙的五十三回至五十七回的五回）。万历三十四年（1606），卖给华亭的徐阶之子十九帙九十五回（也无第十一帙的五回）。作者是"兰陵"民间才人，粗改者与秘密贩卖者是江苏"兰陵"（武进县）人王穉登，字百谷。王的家中仍有复抄本，复抄于万历三十四年至四十年（1606—1612）之间。王百谷于万历四十一年（1613）死后，苏州的书坊主去王的家中，从王百谷之子王留手中购得抄本二十帙一百回，以及欣欣子写的《金瓶梅词话》序、廿公写的《跋》，不久付刻，于万历四十五年（1617）冬刻成印行。

关键词 万历 兰陵笑笑生 笑笑先生 帙 兰陵民间才人作 王百谷粗改 苏州

2015年8月举行的第十一届国际金瓶梅学术讨论会上，张铉先生提交了一篇论文，公布了万历二十九年（1601）的一篇史料，非常重要。是说该年安徽歙县的程大约写了一信，请彭好古为《程氏墨苑》作一篇序，彭好古于万历二十九年六月二十日（公元1601年7月19日），在杭州给程大约写了回信，文字较多，最后说："笑笑生七月中旬行矣，老丈果来，当以月初，迟则无及也。"

此信中说的"七月中旬",即公元 1601 年 8 月 18 日之前,他请程大约"当以月初"来杭州,即七月初(公元 7 月底至 8 月初)来杭州,来得迟了"则无及也"。可证"笑笑生"于万历二十九年六月二十日至七月中旬之间在杭州。我在那一届国际金瓶梅学术讨论会上的大会发言中说,张铭先生的这篇论文特别重要。黄霖先生在大会发言中也说此文很重要。我于会后回到西安即查阅各种资料,包括冯梦祯日记在内,知道在此时间段内,屠隆、王百谷似都到过杭州。屠与王是好朋友。屠隆最恨的是沈明臣,他对王百谷、汤显祖等等朋友说过沈明臣极坏。

刊于万历三十四年(1606)的《风流艳畅图》中,刊于万历三十八年(1610)的《花营锦阵》中,都有"笑笑生"作的同一首《鱼游春水》,此时王百谷还活着,而屠隆已于万历三十三年(1605)八月去世了。此"笑笑生"是屠隆的可能性不大。

我也认为"哈哈道士"应是屠隆。但"笑笑先生"不是他。"笑笑先生"作有《遍地金》,哈哈道士在《〈遍地金〉序》中说:"《遍地金》者,为笑笑先生之奇文而名也……笑笑先生胸罗万卷,笔无纤尘,纵横古今……"对此"奇文"评价极高。此"笑笑先生"应是王百谷,不是屠隆自己赞美自己。

有的研究者考论"三台山人"是屠本畯。"笑笑先生"编过一本《山中一夕话》。三台山人在《〈山中一夕话〉序》中说:"春光明媚,偶游句曲,遇笑笑先生于茅山之阳。班荆道及,因出一编……颜曰《山中一夕话》……予固知句曲茅山为洞天福地,此中多异人,人多异书,不谓邂逅得此。"这个"笑笑先生"并不是屠隆,因为屠隆与屠本畯是同族的祖、孙,年龄相当,但屠隆是族祖,屠本畯是族孙,二人同住在浙江鄞县的同一条街巷里的隔壁,二人都打开楼窗即可互相见面通话,多年来极为亲近。此序中写"笑笑先生"是茅山中的"异人",《山中一夕话》是在茅山中偶得的"异书"。难道屠隆在鄞县家乡时不是"异人"?到了茅山之中才变成"异人"了?所以讲不通。我读《王百谷全集》等等,知王百谷很喜欢游茅山。三台山人此序中写的"笑笑先生"应是王百谷。

欣欣子在《〈金瓶梅词话〉序》中说:"窃谓兰陵笑笑生作《金瓶梅传》,寄意于时俗,盖有谓也……吾友笑笑生为此,爰馨平日所蕴者,著斯传,凡一百回……吾故曰:笑笑生作此传者,盖有所谓也。"廿公在《跋》中说:"《金瓶梅传》,为世庙时一钜公寓言,盖有所刺也。"我认为欣欣子与廿公应是同一人,序和跋中都称书名为《金瓶梅传》,说作者是"世庙时一钜公"。"世庙时",即明世宗嘉靖皇帝时,他驾崩后才入"庙",可证此序与跋应作于万历时。"世庙时一钜公",即嘉靖间大名士之意,此人应是王稺登,字百谷。他在嘉靖间的名气比王世贞的名气大。到了后来的万历间,他的名气降到文坛领袖王世贞的名气之下了。王世贞在万历间写的文中说:"当嘉、隆间,稺登以文章名出世贞上。"可证嘉靖、隆庆时,王百谷的名气在王世贞的名气之上。欣欣子、廿公应是王百谷的好友曹子念,字以新,"欣"谐音为"新","廿"与"念"音、义同。曹子念称王世贞为舅,王世贞死于万历十八年,此后曹子念长住在舅家。《金瓶梅词话》抄本开始写作于万历十九年冬十月初一之后,到万历二十年(1592),作者"兰陵"民间才人与粗改者江苏"兰陵"(武进县)人王百谷,才把二帙抄本(一至十一回)以高价卖给江苏金坛的富人王肯堂,字宇泰,屠本畯去拜访他,才读到这二帙抄本,王肯堂对他说"以重资购抄本二帙"。"帙"就是册,"二帙"就是用线装订好的二册。紧接着,屠本畯就去王百谷苏州的家中拜访,果然又读到了抄本二帙。王百谷已很穷困,不可能以重资购得抄本二帙。屠本畯在万历三十五年(1607)写的文中回忆他从王宇泰、王百谷家中读了《金瓶梅》抄本各二帙的事,此文收入了万历三十六年(1608)刊刻的《山林经济籍》一书中,他感叹"恨不得睹其全!"可见他到万历三十六年才只睹过抄本四帙,一至二十二回。他与屠隆的关系极亲密,但未从屠隆处读过该书抄本。屠隆于万历三十三年八月去世。刘辉先生等人认为屠隆不是《金瓶梅》作者。

抄本十帙(一至五十二回),于万历二十四年(1588)十月卖给了江苏华亭的大富人董其昌,袁中郎借而抄之。应是王百谷秘密卖给董其昌的。王百谷有两个秘密的搭档。一是原作者"兰陵"民间才人,抄本中的常识性低级错误很多,所以原作者不可能是"世庙时一钜公"王百谷,而王百谷只是粗改者而已。二是曹子念,帮助王百谷卖高价,分得一些钱。他长住在舅王世贞家。屠本畯文中说王世贞家藏有抄本全书,今已失散,实是曹子念所藏,曹子念死后"已失散"。王百谷不让这两个搭档互相见面,所以"欣欣子""廿公"(曹子念)不知作者是民间才人。

曹子念死于万历二十五年(1597)。他临死时已知《金瓶梅词话》抄本是一百回，他可能已见到了抄本一百回全书，也有可能见到的是即将完成的抄本八十多回或者九十多回，这不影响他在《〈金瓶梅词话〉序》中说此书抄本是"一百回"。我认为抄本"凡一百回"的完成时间，是万历二十五年（1597）或万历二十六年（1598）。原作者是"兰陵"民间才人，粗改者是江苏"兰陵"人王百谷。抄本中至少有五十四个回目上下句不对仗，包括十一个回目上下句的字数不相同；第六回中写的《鹧鸪天》，不合于这一词牌名；一些诗词不押韵，不合规范；书中写的坏人陈洪、乔洪、妓女洪四儿，未避王百谷的曾祖父王洪的名讳"洪"；写的坏人庞宣，未避王百谷的祖父王景宣的名讳"宣"；写的坏人崔守愚、云离守、游守、被师父鸡奸的郭守清、郭守礼，都没有避王百谷之父王守愚的名讳。一说王百谷之父又名王可立，但词话本中写了一个贪污卖法的坏官霍大立，未避王可立名讳"立"。显然原作者并不是王百谷，而是一个民间才人，他并不知道王百谷的长辈们的名讳。王百谷只是一个粗改者和暗中贩卖者。他急于把抄本卖高价挣大钱，而没有时间和精力对这一切做认真细致地修改。

至迟在万历二十七年（1599），把抄本十九帙九十五回（缺第十一帙的第五十三回至五十七回的五回），卖给了富人汤显祖，抄本的书名是《金瓶梅词话》，这与欣欣子在《〈金瓶梅词话〉序》的题目上说的书名是《金瓶梅词话》，是相符合的。听石居士在《〈幽怪诗谭〉小引》中说，汤显祖"赏《金瓶梅词话》"。汤显祖死于万历四十四年（1616），死时还没有《金瓶梅词话》初刻本，他在死前欣赏的《金瓶梅词话》必然是抄本，而不是刻本。他至迟是万历二十七年得到《金瓶梅词话》抄本十九帙九十五回的，缺第十一帙的五回。徐朔方先生在文中说，汤显祖于万历二十八年（1600）完成的《南柯记》中受有《金瓶梅词话》的影响。我认为汤显祖得到《金瓶梅词话》抄本十九帙九十五回，至迟也在万历二十七年。所缺的五回是第十一帙，其中第五十六回中有影射谩骂屠隆的一诗一文低劣，屠隆之妻"专要偷汉"，屠隆乱搞别人的几个丫头、小厮而被"逐出"等等内容。而汤显祖是屠隆的好友，当然不敢把这五回一帙抄本卖给汤显祖了。

万历三十四年（1606），另一种复抄本十九帙九十五回（缺第十一帙的五回），卖给了华亭的大富人徐阶之子。徐阶和他的儿子都是屠隆的大仇人，他们都怂恿奴才俞显卿打击报复屠隆。徐阶死于万历十一年（1583），不可能见过《金瓶梅词话》，因为此抄本是万历十九年（1591）冬才开始写作的。万历十二年（1584），即徐阶死后的次年，刑部主事俞显卿上书，弹劾礼部主事、郎中屠隆与西宁侯宋世恩相淫纵，并及屠帷薄（屠隆之妻及丫环等），说是屠与宋两家"日中为市，交易而退"，即日头到正中午时为一个市场，交换过妻、妾、丫环、娈童之后而退回家中淫纵。屠隆有妻而无妾，但有丫环、娈童；宋世恩有妻、妾、丫环、娈童。弹劾的意思是屠与宋交换完"淫纵"之人后退回各家去纵淫。又有"翠馆侯门，青楼郎署"等脏话，意思是宋世恩的"侯门"，屠隆的"郎署"，都如同妓院。也奏屠隆"狭邪游，戏入五侯之室（指西宁侯之室）"，趁"灭烛"之后，男女"交错"乱来等等。万历帝览毕大怒！屠隆、宋世恩各上书自辩，屠隆奏俞显卿是挟过去之仇而打击报复，即屠隆揭露过俞显卿的劣迹。结果是万历帝罢了屠隆、俞显卿之官，停宋世恩的禄米半年。此事是当时极大的绯闻，但屠隆的好友汤显祖、王百谷、袁中郎等等依然对屠隆很好。屠隆的同乡沈明臣不停地攻击他。王百谷表面上对屠很好，劝慰他，暗中却在词话本第五十六回中贬骂屠隆作的一诗一文甚低劣，影射谩骂他的"浑家"（老婆）"专要偷汉"，影射谩骂屠隆与别人家的几个丫头、小厮乱搞，被"逐出"，"人人都说他无行""一定有些不停当"。正因为有这些很不厚道的内容，所以这第十一帙的五回一直不敢卖出去（崇祯本对此回文字删去极多）。

俞显卿是徐阶的奴才，徐阶教俞显卿打击报复屠隆。若《金瓶梅词话》的作者是屠隆，就不可能把抄本九十五回卖给仇人徐阶之子。袁中郎对沈德符说《金瓶梅》"为嘉靖间大名士手笔"，而屠隆是万历间大名士，不是"嘉靖间大名士"。

屠隆在罢官前和罢官后都称赞过妻杨柔卿贤良有德能，词话本中却影射谩骂屠隆的"浑家"（妻）"专要偷汉"。写西门庆嫖娼多人，其中之一是"李桂卿"，未避杨柔卿的"卿"。屠隆的始祖名叫屠季华，词话本中却写一个坏人名叫鲁华，未避"华"。屠隆的曾祖父名叫屠子良，词话本中却写不好的人名叫花子由、花子光、花子华，未避"华"，也未避"子"名讳。屠隆之父是当时有名气的"屠丹溪"，词话本中却写了一个很坏的官夏龙溪，未避"溪"字。与屠丹溪同辈的弟兄"屠襄惠"，是屠隆的父辈人，词话本中却写西门庆的仆妇惠庆、惠祥、惠秀、惠莲、惠元，都未避"惠"字（崇祯本改为"蕙"），有一些仆妇被西门庆奸淫。屠隆最孝敬寡母赵氏，词话本中却写了一个败家的"赵寡妇"，连庄子带地贱卖给了西门庆。词话本中写了一个坏官"章隆"，未避屠隆的名讳"隆"。屠隆的次女名叫"爱姐"，词话本中却写坏人韩道国、王六儿夫妻的女儿名叫"爱姐"，嫁给大奸臣蔡京的坏管家翟谦为妾，蔡京、翟谦倒台后，此爱姐回山东，一路上与母亲王六儿一起卖淫为生。后遇坏人陈经济，陈与庞春梅私通，娶妻葛翠屏，此"爱姐"仍不觉悟。这些皆可证词话本作者不是屠隆。

万历三十四年至四十年（1606—1612）之间仍有复抄本。应是万历三十四年初，词话本原作者民间才人或粗改者王百谷复抄此抄本，第十四回中复抄了被正面人物吴月娘骂为"刁徒泼皮"的坏人"花子由"之名，复抄了两次，第三次复抄的是简称"子由"。但复抄到第三十九回时，得到了万历皇帝的长孙诞生的消息，万历帝大喜，于万历三十三年十一月"诏告天下"，十二月"诏赦天下"。"天下"臣民多知此大事。王百谷和词话本原作者"兰陵"民间才人得知这些"诏"，应是万历三十四年初了，最早也不可能在万历三十三年十一月十四日之前，因为皇长孙是在这一天的深夜诞生的。"天下"人多知皇长孙之名是"朱由校"。词话本的这一个复抄本从第三十九回起，到第六十二回、六十三回、七十七回、七十八回、八十回，14次改抄为"花子油"，以避万历皇帝最宠爱的长孙朱由校的名讳"由"。这个复抄本应该是万历四十年复抄完的，没有卖出。

王百谷的同邑人夏树芳在祭王百谷诔文并序中说，王百谷卒于万历四十一年十二月二十二日（1614 年 1 月 31 日）。王百谷死后，这一个最后的复抄本一百回，以及欣欣子的序、廿公的跋被苏州的一家书坊收购，不久付刻。刻了三年多，于万历四十五年冬刻行于苏州。

有研究者说"兰陵笑笑生"是山东诸城人丁惟宁。我不同意此说。因为"兰陵"有两地，一是江苏武进县，二是山东峄县。丁惟宁不是"兰陵"人。丁惟宁之父名丁纯，词话本中却写了一个坏人谢子纯，丁惟宁岂敢不避父亲的名讳"纯"呢？书中写的坏人"丁二官""丁大人"，都很可憎；作者若是丁惟宁，为何让这两个坏人姓"丁"？书中还写了一个商人黄四的小厮"黄宁儿"，由帮闲应伯爵引着他和另一个小厮去见大坏人西门庆，写这两个小厮向前扒在地下给西门庆"磕头"。作者若是丁惟宁，为何写这个小厮的名中也有一个"宁"，"扒在地下"给西门庆"磕头"呢？难道不能把"黄宁儿"的"宁"换成另外一个字吗？这也只能证明词话本的作者不是丁惟宁，所以不避"宁"字讳。丁惟"宁"的身份，与下贱的小厮黄"宁"儿有天壤之别！

综上可知：欣欣子写的"兰陵笑笑生""吾友笑笑生"，哈哈道士写的"笑笑先生"，应是"世庙时一钜公""嘉靖间大名士"王穉登，字百谷；彭好古信中写的"笑笑生"也是万历二十九年（1601）还活着的人。但真正的词话本原作者应是"兰陵"民间才人，王百谷只是粗改者而已。原作者"兰陵"民间才人不知王百谷的长辈们的名讳，所以未避这些名讳。王百谷急于卖一些抄本获"重资"，对抄本中一些未避长辈们名讳之处，以及许多常识性的低级错误，都未修改。以上所说的原作者"兰陵"民间才人，以及粗改者"兰陵"人王百谷，都是活到了万历四十年之人，《金瓶梅词话》抄本作于万历十九年冬到万历四十年之间，在苏州付刻于万历四十二年（1614），于万历四十五年（1617）冬刻成。"兰陵笑笑生""吾友笑笑生""笑笑生""笑笑先生"都是万历时人，不是清朝人；《金瓶梅词话》抄本、刻本都是万历时的本子，不是清朝的本子。

敬请指正。

附记：

汤显祖不是《金瓶梅词话》抄本的作者，而是购买者。购买的时间是万历二十六年春，即公元1598年春，地点是江苏。他在这一年初，在浙江遂昌县做知县，上北京向吏部述职，接受审查政绩，称为"上计"，江苏是必经之地。到北京后很不满意，不久递上辞呈，未等到吏部批复，就挂冠离京回故乡江西临川，又路过江苏。卖给他词话本抄本十九帙九十五回的应是王百谷，因抄本中色情描写很多，故二人绝密。汤回故乡后读完抄本，觉得其他佳处极多，所以赞赏《金瓶梅词话》。

[作者简介] 鲁歌，西北大学文学院教授。

论《金瓶梅》崇祯本的两个系统

汪炳泉

内容提要 崇祯本《新刻绣像批评金瓶梅》，以行款来区分，有两大系统，即内阁本系统与北大本系统。内阁本系统包括内阁本、东洋本、首图本；北大本系统，由其第一回回目及首页眉批特征，又可分为两系，称其为甲系和乙系，甲系（包括北大本、上甲本、天理本）第一回回目上联作"弟兄"，且眉批以四字行为主；乙系（包括天津本、上乙本、王藏本）第一回回目上联作"兄弟"，且首页眉批作二字行。本文从两大系统相区别的眉批、目录、卷题、刻板、序跋、正文文字、插图、开本大小等多方面论述了北大本系统与内阁本系统的差异，特别详述了王孝慈先生藏 200 幅插图情况，得出其所藏插图与其所藏的崇祯本正文毫无关系。通过对两大系统的分析比较，其崇祯本的版本流变情况一目了然，内阁本系统为早期刊本，北大本系统中的甲系次之，乙系为最后刊行，而乙系中的王藏本则更是入清以后刊刻的本子。

关键词 《金瓶梅》 崇祯本 内阁本系统 北大本系统 版本

现今研究崇祯本《金瓶梅》版本的文章，学界都有一些论述，但对版本的流变存在较多的分歧。崇祯本版本一般是以眉批每行的字数来分，即三字行眉批为主的内阁本和东洋本、四字行眉批为主的北大本、上甲本和天理本以及混合型眉批的天津本和上乙本（包括王藏本）三类。这三类，我们可以把它们分成两大系统，以行款来区分，即每半叶 11 行、行 28 字的内阁本系统（我们称其为 A 系统）和每半叶 10 行、行 22 字的北大本系统（我们称其为 B 系统）。而 B 系统中，笔者又把北大本、上甲本、天理本，归结为甲系；天津本、上乙本、王藏本归结为乙系。梳理它们之间的各版本源流情况，对解决《金瓶梅》崇祯本间的关系，对推进《金瓶梅》崇祯本的研究，具有深远的意义。由此，也才能更加清楚、准确地整理一个《金瓶梅》崇祯本文本，使其更加接近崇祯本的原刻本形态。

所谓《金瓶梅》崇祯本，即指《新刻绣像批评金瓶梅》，刊刻于崇祯年间，学界都称其为崇祯本、绣像本、评改本、说散本等，正文每卷前一般署"新刻绣像批评金瓶梅卷之 ×"。现存世的崇祯本并不多，由上述两大系统来区分，主要有：

Ⅰ. 内阁本系统（A 系统）：

（一）东洋本，即东京大学东洋文化研究所藏本。全书二十册，二十卷一百回。原本应有图像一百幅作一册，故原应有二十一册，每卷五回，首目录，无序跋，正文半叶 11 行，行 28 字。正文框高约 20.7 厘米，宽约 11.7 厘米，版心上方题"金瓶梅"，中间偏上为卷数（× 卷）、回数（第 × 回），下方为叶数，有眉批、旁批，眉批多为三字行①。

（二）内阁本，即日本内阁文库藏本。题"新镌绣像批评原本金瓶梅"，有"东吴弄珠客序"和"廿公跋"②，学界公认东洋本与此本同版。

（三）首图本，即首都图书馆藏本。无序，图一册，凡一百零一幅，每回仅选他本之第一幅，惟第一百回有图两幅，最后一幅图后空白页题有署名"回道人"的词一首，漶漫已甚。该本无眉批，有少量旁批。学界公认此本系内阁本的翻刻本。

Ⅱ. 北大本系统（B 系统）：

第一，甲系类：眉批是以四字行为主。

（一）北大本，即北京大学图书馆藏本。全书四函三十六册，二十卷一百回，每卷五回。书首依次为"东吴弄珠客序"、目录，正文每回前各有插图二幅，每半叶 10 行，行 22 字。框高约 20.6 厘米，宽约 13.7 厘米，版心上方题"金

---

① 各种崇祯本的介绍，主要依据各影印本，以及杨彬论著《崇祯本金瓶梅研究》，下同。东洋本《新刻绣像批评金瓶梅》：台湾学生书局 2011 年 7 月影印。内阁本《新刻绣像批评金瓶梅》：台湾天一出版社 1985 年影印，"明清善本小说丛刊"之一。北大本《新刻绣像批评金瓶梅》：北京大学出版社 1988 年 12 月影印。天理本《新刻绣像批评金瓶梅》：线装书局 2012 年 5 月仿真影印。杨彬《崇祯本金瓶梅研究》，文物出版社 2011 年版，第 15—17 页。

② 孙楷第《中国通俗小说书目》，人民文学出版社 1982 年 12 月版，第 132 页。

瓶梅"，中央偏上为回数（第 × 回），下方为页码，有眉批、旁批，眉批多为四字行。

（二）上甲本，即上海图书馆藏第一种本，全书共三十二册，插图单独分装成两册。

（三）天理本，即日本天理大学图书馆藏本。插图另附一册，有从每回回首移去另作一册的痕迹①。

以上上甲本、天理本版式基本同北大本。

第二，乙系类：第一回回目上联作"西门庆热结十兄弟"，且首叶眉批"一部炎凉景况尽此数语中"为二字行。

（一）天津本，即天津图书馆藏本。全书六函三十六册，有少量眉批、旁批，眉批为二字行、三字行、四字行不等。除第一回首叶眉批为二字行外，其后还有十多条二字行眉批。

（二）上乙本，即上海图书馆藏第二种本。全书四函四十册，插图也单独分装成二册，有少量眉批、旁批，其眉批情况基本同天津本。

（三）王藏本，即通州王孝慈藏本。今下落不明，仅剩两册插图，一百叶两百幅，1933年古佚小说刊行会曾予影印，附以词话本前，集中装订成册。世界文库排印词话本时②，也曾影印若干插图及第一回首页书影，并据此书加以校勘。

以上三种版本，除眉批外，其版式也基本同北大本，但正文的文字上，与A系、甲系有一些不同。

另外还有学界提到的吴藏抄本、残存四十七回本等等。

以上介绍了现存《金瓶梅》崇祯本的两大系统主要版本概况，其中东洋本、内阁本、北大本、天津本已经影印出版，并且东洋本、内阁本、北大本也有了电子版。这是"金学"界的幸事，让许多研究者爱好者们虽无缘目见原书，但也能见到它们的影印本和电子本，极大地推动了"金学"研究的发展。

---

① ［日］鸟居久晴《金瓶梅版本考》，载《日本研究金瓶梅论文集》，齐鲁书社1989年10月版，第23页。

② 郑振铎在世界文库本中据王孝慈藏崇祯本校勘《金瓶梅词话》，上海生活书店1935年5月至1936年4月出版，只刊出第一至三十三回。

　　当然，能见到各图书馆原书的中外学者并不多，主要有王汝梅、黄霖、梅节、杨彬、韩南、鸟居久晴等诸位先生，根据他们对版本的介绍及笔者对各影印本电子本的细心观察研读，兹列成表格（见表一）。

　　现在我们将表一的情况作一详细的论述。

表一：《金瓶梅》崇祯本两系对照表

眉批	以三字行眉批为主（首图本系翻刻，无眉批）	甲系：以四字行眉批为主		乙系：第一回回目作"兄弟"，首叶眉批为二字行
书名	新刻绣像批评原本金瓶梅	新刻绣像批评金瓶梅		
卷题	目录	卷之 ×	卷 ×	
卷题 正文 第七卷	新刻绣像批评金瓶梅卷之七	北大本：同 A 系 上甲本、天理本：同乙系		新刻金瓶梅词话卷之七
卷题 正文 第九卷	新刻绣像评点金瓶梅卷之九	新刻绣像批点金瓶梅词话卷之九		
刻板	以卷计叶数，即按卷编码	以回计叶数，即按回编码		
开本	板框高约 20.7 厘米，宽约 11.7 厘米	板框高约20.7厘米，宽约13.6厘米（各本略有差异）		
序、跋	东吴弄珠客序 廿公跋	东吴弄珠客序 缺"廿公跋"		
内容文字（各崇祯本相异处）	大多同词话本	有同 A 系，也有同乙系		大多同第一奇书本（即张评本）
插图	100 幅，图框高 20.5 厘米，宽 12 厘米	200 幅，图框高约 20.6 厘米，宽约 13.7 厘米		

以行款来分	内阁本系统 A （半叶 11 行、行 28 字）	北大本系统 B （半叶 10 行，行 22 字）

一、先看眉批

　　崇祯本眉批情况，是学界最为关注、用以区分其版本流变的特征之一。但是，单从各本的眉批分析，是不能断定哪个版本刊刻早晚的。A 系统中的内阁本、东洋本眉批以三字行为主（首图本系其翻刻本，已无眉批），B 系统中的甲系北大本、上甲本、天理本眉批以四字行为主，而乙系天津本、上乙本眉批并不都是二字行，纵观天津本、上乙本全书，眉批数量不多，且二字行、三字行、四字行眉批数量都不分上下。王藏本、天津本、上乙本第一回首页眉批"一部炎凉景况尽此数语中"为二字行（见图一王藏本、图二天津本、图三上乙本），但天津本、上乙本二字行眉批在第一回一、二叶出现三条后，第三叶 A 面起却又是四字行了（见图四天津本、图五上乙本，两本版面非常相似），直到第十五回才又出现二字行眉批，但第五十回后就一直没有。笔者曾统计过，在天津本中，二字行眉批只有 13 条，三字行眉批有 5 条，但四字行眉批有 37 条（包括残损不完整，但在北大本中是四字行眉批的），所以我们不能说天津本（也包括上乙本）是二字行眉批本，只能称作是混合型眉批本。

图一　王藏本

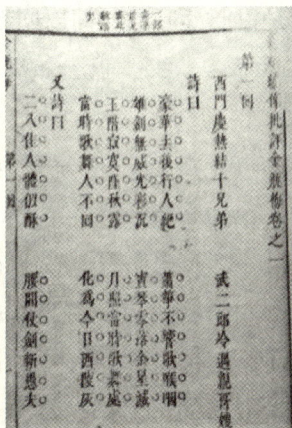

图二　天津本

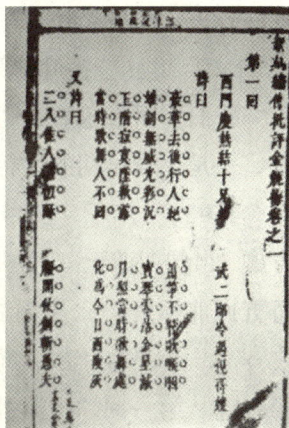

图三　上乙本

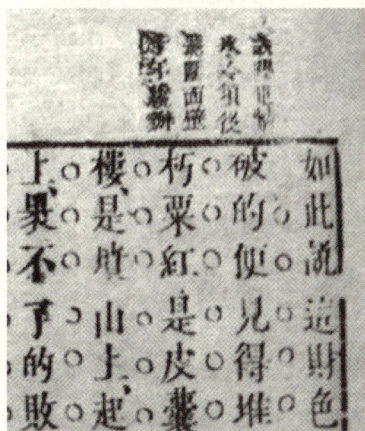

图四　天津本

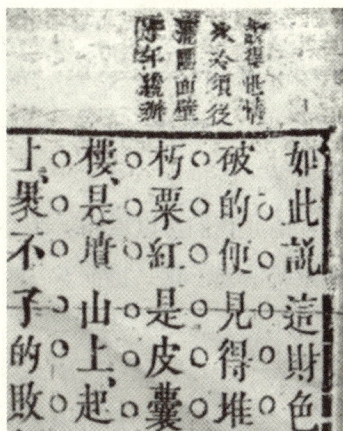

图五　上乙本

二、从目录、正文卷题及刻板情况看

A 系统目录二十卷，作"卷之 ×"，与正文卷题"卷之 ×"保持一致。版心上方题"金瓶梅"，中央偏上为"目次"；正文版心，上方题"金瓶梅"，中央偏上为"× 卷"。而 B 系统，目录也分二十卷，但作"卷 ×"，版心无"目次"二字；正文卷题与内阁本系统基本同，作"卷之 ×"，但版心也无"× 卷"字样。

A 系统，正文连续刻写，每回不另起叶；版心叶码，是以卷来计叶数，即以卷编码，如第一卷是从"一"开始，直至第五回回末"五六"叶止，且正文每回连续刻写，从下卷第六回起，才又从"一"叶开始编码；而 B 系统，正文每回开头，都另起叶刻写，是以回计叶数，即以回编码，第一回从"一"叶至"二十八"叶止，换叶，第二回又从"一"叶开始编码。

我们下面来随举二例。

一是比较早期的世德堂本《西游记》[①]。一般认为，此本刊行于万历二十年（1592）。首序，次目录，也为每五回一卷，标"× 字卷之 ×"。版心上方题"出像西游记"，中央偏上为"目录"，下方为叶码。正文卷题与目录一致，每五回前标有"× 字卷之 ×"，版心上方题"出像西游记"，中央偏上为"卷之 ×"，下方为叶数，每五回一卷，各回不另起叶，连续刻写，叶码连续，第一卷从第一回"一"叶开始，直至第五回"六十一"叶止，到第二卷开始，才又重新编码。

二是刻于明万历间的《三遂平妖传》[②]。每五回为一卷，一个目录。其版心，上方为"平妖传 × 卷"，下方为"目录"；五回目录后为这五回的正文。版心，上方也为"平妖传 × 卷"，下方为叶数。并且每五回叶码连续，从第一回"一"叶开始，直至第五回末"五七"叶止，从第二卷第六回开始，又是第六至十回的目录，后正文，又从"一"叶开始编码。

由此我们可以看出，版心标明卷数、以卷编码，是早期刻板的形式，内阁本系统沿袭了这一特征。

---

① 《新刻出像官板大字西游记》，明清善本小说丛刊初编第五辑《西游记专辑》，政治大学古典小说研究中心主编，台湾天一出版社 1985 年版。

② 《三遂平妖传》，"古本小说集成第四辑"，古本小说集成编辑委员会，上海古籍出版社 1994 年版。

另外，在总目录中，北大本目录共十二叶，第一百回回联"韩爱姐路遇二捣鬼，普静师幻度孝哥儿"占第十二叶 A 面第一行；而上乙本、天津本目录只十一叶，将第一百回的回数与回联作一行"第百回　韩爱姐路遇二捣鬼　普静师幻度孝哥儿"。

还有正文卷题中出现"词话"二字的情况。

第一，在第七卷，即第三十一回首叶卷题，A 系统及 B 系统中的北大本，卷题没有出现"词话"字样。而在上甲本、上乙本、天津本、天理本①，却作"新刻金瓶梅词话卷之七"；在第九卷，即第四十一回首叶卷题，只有 A 系统没有出现"词话"二字，而在 B 系统中，皆作"新刻绣像批点金瓶梅词话卷之九"②，可见在版本刊刻时间上肯定有早晚。A 系统没有混入"词话"字样，应该刊刻在《新刻金瓶梅词话》刊行前；而 B 系统应该刊刻在《新刻金瓶梅词话》刊行之后，由于混淆了卷题，出现"词话"二字在第三十一回和第四十一回前，与十卷本《新刻金瓶梅词话》在卷题上保持了一致，而没有出现在第三十六回前、词话没有卷题而崇祯本有卷题的第八卷上。

第二，在 B 系统诸本中，正文第四十六回的卷题重"卷之九"，正确应为"卷之十"；第七十六回的卷题重"卷之十五"，正确应为"卷之十六"。此二处亦为参考十卷本词话所造成的讹误，因为词话本这两处没有"卷之十""卷之十六"的卷题。

三、从序、跋看

A 系统和 B 系统中的甲系，东吴弄珠客序均为四叶，第四叶 A 面只有一行，为"东吴弄珠客题"，而乙系的上乙本、天津本序三叶，将"东吴弄珠客题"并入第三叶 B 面末"也"字下。可见，乙系本其版面，相对于甲系，已进行了简化，包括上面提到的目录第百回回数与回联作一行的情况。

"廿公跋"，词话本有。崇祯本中，只有 A 系统独有，而 B 系统均付阙如。

① 韩南《金瓶梅版本即素材来源研究》：载《金瓶梅及其他》，包振南、寇晓伟编选，吉林文史出版社 1991 年 3 月，第 21 页。

② 杨彬《崇祯本金瓶梅研究》，文物出版社 2011 年 10 月版，第 36 页。

四、从内容文字看

（一）最明显、也最容易察觉的就是正文第一回回目上联，A 系统及 B 系统中的甲系，皆作"西门庆热结十弟兄"，与插图回目一致；而乙系的王藏本、天津本、上乙本却作"西门庆热结十兄弟"，后出的第一奇书本 [①] 与此同。

（二）郑振铎先生在校勘世界文库本时，附录了王藏本第一回与词话本差异较大的前半回文字，鸟居久晴先生在《金瓶梅版本考》中曾例举这部分文字与它本的异文十一例 [②]，黄霖先生也引用了这十一个例子 [③]，笔者不赘其烦，也录于下（见表二）。

表二 [④]：第一回前半回各本文字差异对照表

北大、天理、上图甲、内阁本	上图乙本	世界文库本	第一奇书本
1.西门庆热结十弟兄	作"兄弟"	作"兄弟"	作"兄弟"
2.权谋术智，一毫也用不着	"？"	作"些"	作"毫"
3.又搭了这等一般无益有损的朋友	"？？"	作"相交"	作"又搭"
4.他嫂子再三向我说，叫我拜上哥	作"娘"	作"娘"	作"娘"
5.咱到日后，敢又有一个酒碗儿	"？"	作"铺"	作"铺"
6.他那里又宽展又幽静	作"厂"	作"敞"	作"厂"
7.倒好个伶俐标致娘子儿，说毕	作"方"	作"方"	作"方"
8.哥别了罢，咱好去通知众兄弟	作"自"	作"自"	作"自"
9.三清圣祖庄严宝相列中央	"？"	作"道"	作"圣"
10.西门庆问道，是怎的来	作"问道"	作"问"	作"问道"
11.整整住了五七日，才得过来	作"七"	作"六"	作"七"

在表二中的 11 个例子，有六条，第一奇书本异于世界文库本（王藏本），并且所附的这第一回前半回文字开头（包括该回文库本开头的校记）作"诗

[①] 第一奇书本主要参照：在兹堂本《第一奇书金瓶梅》，里仁书局 1981 年影印本；王汝梅校注《皋鹤堂批评第一奇书金瓶梅》，吉林大学出版社 1994 年 10 月版；闫昭典、王汝梅、孙言诚、赵炳南校点《新刻绣像批评金瓶梅》，香港三联书店 2009 年修订版，各回回末校记。

[②] 黄霖、王国安编译《日本研究金瓶梅论文集》，齐鲁书社 1989 年 10 月版，第 29 页。

[③] 黄霖《关于金瓶梅崇祯本的若干问题》，收入《金瓶梅研究》第一辑，中国金瓶梅学会主办，江苏古籍出版社 1990 年 9 月版，第 63—64 页。

[④] 笔者核对了天津本之影印本，上图乙本不清楚的文字，在天津本影印本中也不清楚。

曰""又诗曰"，异于第一奇书本的"一解""二解"。

表三：除第一回外其余回数各本文字差异对照表（因世界文库本只校勘第 1—33 回）

内阁本（东洋本）	北大本	天津本	世界文库本	第一奇书本
1. 虽然异数同飞鸟（第十回末）（词话本同）	作"异"	作"无"	作"无"	作"无"
2. 两个丫头撒开酒桌（第十二回）	作"撒"	作"同"	作"同"	作"同"
3. 念奴娇，醉扶定四红沉，拖着锦裙襕（第二十一回）（词话本同）	作"十"	作"十"	作"十"	作"襕"
4. 他还说人踹泥了他的鞋（第二十一回）（词话本同）	作"二"	作"二"	作"二"	作"说"
5. 我捲了收了罢（第二十三回）（词话本同）	作"平"	作"平"	作"平"	作"来"
6. 眉鬗渐生，月下之期难定（第二十九回）（词话本同）	作"眉眉鬗生"	作"眉眉鬗生"	作"眉眉鬗生"	作"眉黛鬗生"
7. 并四个梨，一个柑子（第三十一回）（词话本同）	作"杯"	作"杯"	作"杯"	作"柑"
8. 写吴月娘名字（第十五回）（词话本同）	作"字"	作"字"	作"帖"	作"帖"
9. 显他遍地金掏袖儿（第十五回）（词话本同）	作"掏"	作"掏"	作"褙"	作"褙"
10. 也尽奴一点劳心（第十五回）（词话本同）	作"劳"	作"劳"	作"穷"	作"穷"
11. 这一家子只是我好欺负的（第十八回）	作"子只"	作"子只"	作"人口"	作"人口"
12. 陈经济每日只在花园中管（第十八回）（词话本同）	作"中管"	作"中管"	作"管工"	作"管工"
13. 只是三个人想不着（第二十九回）	作"想"	作"想"	作"想"	作"相"（词话本同）

（三）我们再看其他一些回的校记（见表三）。

在表三中列举了 13 例，其中，有十一条天津本与北大本相同，八条世界文库本（王藏本）与天津本相同，六条第一奇书本与世界文库本（王藏本）相异，五条北大本与内阁本相异。

（四）世界文库本第十七回词话本正文，西门庆叫吴主管抄录的东京行下来的文书邸报：

"……臣闻夷狄之祸，自古有之；周之狎狁，汉之匈奴，唐之突厥……夷虏犯顺……"，此段文字，文库本共有校记 21 条，如：

1. "夷狄"校记：以上二字崇作"边境"；

2. "獯狁"校记: 以上二字崇作"太原";

3. "匈奴"校记: 以上二字崇作"阴山";

4. "突厥"校记: 以上二字崇作"河东";

......

其中有 16 条校文独同第一奇书本,不同于其他崇祯本。这些校文,在第一奇书本中,是避清代文字狱,是入清以后的本子。

结合以上大量的实例,可以看出,郑振铎先生所用的王藏本,不是第一奇书本,它与 B 系统中的乙系上乙本、天津本比较接近,而从第十七回的例子又可认为,王藏本可能是一种更为晚出的、甚至是入清以后的本子。

五、内阁本系统的缺叶

A 系统,包括内阁本、东洋本、首图本,在第五十九回第 42 至 43 叶之间少刻了一叶,但页码连续,而内容缺少了一叶 616 字。即"(那消到日西时分)那官哥儿在奶子怀里只搐气儿了……日子又相同,都(是二十三日)。""那官哥儿"至"日子又相同都"总共 616 字,"那消到日西时分"在 A 系统第 42 叶 B 面结尾,在 B 系统中是处于第 14 叶 B 面第 9 行第 4 个字起;"是二十三日"在 A 系统为第 43 叶 A 面开头,在 B 系统中是处于第 16 叶 A 面第 7 行第 11 个字起。所以,A 系统的文本,绝不可能来自 B 系统。

最为合理的解释是,A 系统所缺的这 616 字,是抄手在抄刻时,多翻了一叶,使得正文在中间刚好整整缺了一叶。这证明其据以覆刻的原底本的行款,就是半叶 11 行,行 28 字。内阁本扉页标"新刻绣像批评原本金瓶梅",其"原本"二字是可信的。

六、从插图看

(一)关于王孝慈先生藏崇祯本《金瓶梅》的 200 幅图册

王孝慈先生所藏崇祯本《新刻绣像批评金瓶梅》200 幅图册(下简称王藏图),在《西谛藏书善本图录》里,收入了其中第一回的两幅插图[①],是翻拍后

---

① 国家图书馆古籍馆编,《西谛藏书善本图录》,中华书局 2008 年 12 月,第 222、223 页。

四色仿真印刷图片（见图六、七）。

在图六"西门庆热结十弟兄"上共钤有七枚印章：

1."人生到此"白方印；

2."雙蓮華菴"朱方印；

3."鳴晦盧珍藏金石書畫記"朱长方印；

4."甲"圆朱印；

5."精至此乎"白方印；

图六　王藏图第一幅　　　　　图七　王藏图第二幅

6.行书"长乐郑振铎西谛藏书"朱方印；

7.篆书"北京圖書館藏"朱方印。

印章除了上面七枚外，在第五十一回第一幅图上也有二枚，但已不清。另外在第一百回第二幅图"普静师幻度孝哥儿"左上方也钤有一枚：

8."三琴趣齋珍藏"朱长方印①（见图八）。

以上印章中，第6、7枚很明确，分别由郑振铎、北京图书馆所钤，现在我们来看看其他六枚。

----

① 《新刻金瓶梅词话》，影印日本 1963 年版大安本，台湾里仁书局 2012 年 8 月版，见绣像一册第 200 幅图。

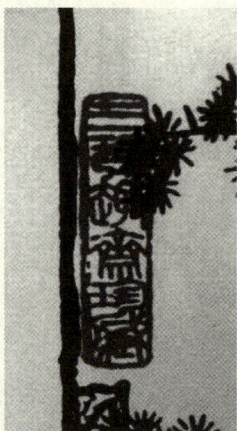

图八　王藏图第二百幅

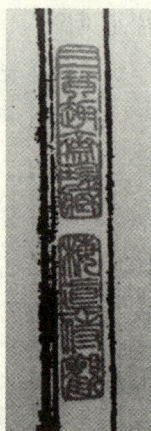

图九　绝妙词选

图十　唐女郎鱼玄机诗

图十一　王藏图第一幅

顺着这些印章的大致方向，我们去搜寻有关郑振铎先生、鸣晦庐主人王孝慈先生以及他们交往密切的朋友藏书及印谱，果然得到了一些线索①。

（1）在《王子霖古籍版本学文集》第二册《古籍善本经眼录》"前言"中

---

① 在此，也参考了"明清小说研究"网 http://www.mqxs.com 上，网名为"弥勒佛"的帖子《迷失七十余载的王孝慈藏金瓶梅二百幅图重回大众视野》。经"弥勒佛"和另一位网名为"每评今"两位先生对这些印章的资料检索，笔者也顺着他们的方向作了复验和一些补充。插图图片，采用"弥勒佛"的有：图八、九、十、十四、十六、十七、十八；采用"每评今"的有：图六、七、十一、十二、十三、十五。

有《寒云日记》乙卯、洪宪、丁巳、戊午（1915—1918）四年的购书摘抄①。《日记》作者袁寒云（1890—1931），名克文，袁世凯次子。在摘抄中，有如下记载："二十五日得明刊《金瓶梅图》二册，雕镂精微，摹印朗洁而画法又极隽雅，乃是之原刻初印本也。"②

说明袁克文收藏过《金瓶梅图》二册。

（2）在袁克文经藏的《唐女郎鱼玄机诗》③正文卷首右下方有一枚与《金瓶梅》插图上相同的"雙蓮華菴"印，该钤印与另外三枚袁克文之印"克文之璽""寒雲主人""寒雲心賞"紧邻（见图十，而图十一是王藏图，可以作一比对）；

（3）李红英先生发表于2013年1月第一期《文献》上的《袁克文史部善本藏书题识》（下简称《题识》），有许多记录：

a. 在《文献》第131页，《题识》第十部分"宋刻两汉《会要》跋"，记录：此袁克文旧藏宋刻《西汉会要》与《东汉会要》，均为蝴蝶装，尚存宋代装帖旧式，弥足珍贵……1916年元月，袁克文购得宋嘉定八年建宁郡斋刻《西汉会要》残本七卷，书中钤有"臣印克文""上第二子""佞宋""双莲华菴""流水音"诸印记。1916年3月中旬，袁克文又购得宋宝庆二年建宁郡斋刻《东汉会要》三卷……钤有"克文之鈢""臣印克文""佞宋""上第二子""寒云庐""双莲华菴"等印鉴。

b. 在《文献》第120页《题识》第四部分"清影抄两《汉书》跋"，第123页有如下表述：

袁克文晚年书散。傅增湘曾通过罗振常商量购藏此毛抄两《汉书》而未果。后为捎客白坚所得，亦欲转让傅增湘。然终因索价过高，使得傅氏与其失之交臂。今书中钤有"朱印锡庚""锡庚阅目""三琴趣斋珍藏""皇二子""三琴趣斋""寒云""佞宋""双玉龛""后百宋一廛""流水音""梅真侍观""刘姗"……等诸印记，1965年，文化部图博文物局将此书拨交入藏北平图书馆，即今国

① 王雨著，王书燕编纂《王子霖古籍版本学文集》（共三册），上海古籍出版社2006年10月版。

② 同①，第二册《古籍善本经眼录》第160页，二十五日是指1916年3月25日，其日记时间指农历。

③ 《唐女郎鱼玄机诗》，《中华再造善本》"唐宋编·集部"，北京图书馆出版社2003年2月版。

家图书馆。

c. 在《文献》第 123 页,《题识》第五部分 "宋元旧本《隋书》跋",第 124 页有如下记载:

陆心源《皕宋楼藏书志》卷一八《正史类一》著录有宋刊配元覆本,云:"十行十九字,左线外有篇名,敬、慎、贞、恒、桓、构皆缺避,南宋时官刊本也。" 疑与此书同版。今书中钤有 "皕宋书藏主人廿八岁小景""三琴趣斋""梅真""刘姍""寒云""皇二子""双玉龛""流水音""侍儿文云掌记""佞宋""三琴趣斋珍藏"……等印鉴。

d. 在《文献》第 133 页,《题识》第十一部分 "宋刻《京本增修五代史详节》跋":《五代史详节》十卷,为吕祖谦《十七史详节》之一……乙卯十一月初六日寒云记于三琴趣斋。

(4)1919 年,袁克文之妻刘姍将南宋临安书棚本《李丞相诗集》影写翻印,
在翻印本上卷末叶的 B 面,除了国家图书馆藏本上原有的 "项墨林鑑赏章" 钤印外,另增加两方 "双莲华菴" 和 "姍字梅真" 朱方印,且前者与《金瓶梅》插图上印章一致。

(5)在袁克文经藏的宋刊《绝妙词选》末叶左侧中部钤有 "三琴趣斋珍藏""梅真侍观" 印,前者的印文和形制(见图九)与王藏金瓶梅插图(见图八)中的印记一致。

(6)在王子霖先生摘抄的《寒云日记》中,还有几条有关印章来历的记录:

第一,"三月初一日北宋小字精刊《妙法莲华经》七卷……半叶十行,行二十二字……。"[1] "十七日得巾箱本《妙法莲华经》八卷,半叶六行,行十二字……首尾完具,与前所得北宋刊本小字本七卷《莲华经》适成双璧,真人间奇宝也。"[2] 这便是取 "双莲华菴" 印章之缘由。

第二,"十三日得汲古阁影写宋本书六种:曰《圣宋高僧诗选》五卷,士礼居赠艺芸书屋者,半叶十行,行十八字,黄纸;曰《醉翁琴趣》、曰《闲斋

---

[1]　王雨著,王书燕编纂《王子霖古籍版本学文集》(共三册)之第二册《古籍善本经眼录》第 136 页,上海古籍出版社 2006 年 10 月版。"三月初一日" 是指 1915 年农历 3 月 1 日。

[2]　同[1]第二册《古籍善本经眼录》第 150 页,时间指 1915 年农历 9 月 17 日。

琴趣》、曰《晁氏琴趣》各六卷，半叶十行，行二十八字，三种同……"①

王子霖先生还摘抄了袁克文的咏书诗："集影写宋本诗词十种，以西法影印，俾留真相而广流传。命曰《三琴趣斋丛书》，因各记以诗。"其中第四、五、六首为：

"醉翁琴趣绝流传，一卷惟存六一篇。晁氏闲斋同版式，谁将合刻考当年。"（《醉翁琴趣》）"曾拂桐徽阁上尘，得三琴趣亦前因。闲斋未入词家选，孤本流传更可珍。"（《闲斋琴趣》）"三琴趣独补之传，列宋名家有外篇。毛刻毛抄差太甚，字行谁似旧时镌。"（《晁氏琴趣》）②

这也是袁克文"三琴趣斋""三琴趣斋珍藏"印章之来历。

（7）在王孝慈先生收藏的《情邮传奇》卷上，下方钤有"孝慈""王立承""鸣晦庐珍藏金石书画记"三枚印章（见图十二），其中第三枚与《金瓶梅》插图（见图十三）印章一致。

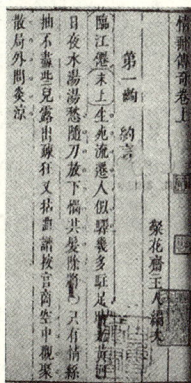

图十二　情邮传奇

图十三　王藏图第一幅

（8）在王孝慈先生经藏的一部《凌烟阁功臣图》上发现一方与金瓶梅插图（见图十五）上一致的"甲"圆朱印，钤在目录首页天头处（见图十六）。同时，在《凌烟阁功臣图》最后一叶A面的左下角发现"精至此乎"白方印，该印文（见图十四）和形制也与《金瓶梅》藏图（见图十五）上的一致。

另《凌烟阁功臣图》上还钤有王孝慈持有的"立承""鸣晦庐珍藏金石书

---

① 第二册《古籍善本经眼录》第139页，时间指1915年农历5月13日。

② 第二册《古籍善本经眼录》第179页。

画记"鸣晦秘宝"等印记。

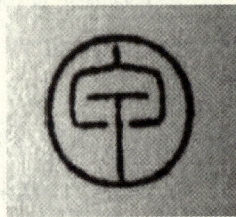

图十四　凌烟阁功臣图　　　　图十五　王藏图第一幅　　　　图十六　凌烟阁功臣图

（9）在另外一部王孝慈经藏的《赵氏孤儿记》上的每一册首页的天头处均钤有"甲"圆朱印（见图十七、十八）。

图十七　赵氏孤儿记　　　　图十八　赵氏孤儿记　　　　图十九　环翠堂新编投桃记

（10）在王孝慈抄藏的戏曲书《环翠堂新编投桃记》（见图十九）、《谭友夏锺伯敬先生批评绾春园传奇》（现皆藏美国哈佛大学哈佛燕京图书馆）中，皆钤有"立承写定""鸣晦庐珍藏金石书画记"等印章。

（11）在纪维周先生撰写的《鲁迅与王孝慈轶闻二三事》一文中记述了王孝慈先生的生前藏书情况：

> 王孝慈是一位古籍藏书家，原名立承，孝慈是他的字，别署"鸣晦庐主人"，他是河北通县（旧北京市）人……据王达弗先生说，每本珍藏，都盖有他父亲的"鸣晦庐主人"藏书印章[①]。

综合以上各印章的考证，我们可以断定：

第一回第一幅图上的"双莲华菴"、第一百回第二幅图上的"三琴趣斋珍藏"二方印鉴为袁克文之印，而第一回第一幅图上的"鸣晦庐珍藏金石书画

---

① 纪维周《鲁迅与王孝慈轶闻二三事》，新版《鲁迅全集》（18 卷本补注），载《鲁迅研究月刊》2009 年第 06 期，第 47—48 页。

记""甲""精至此乎"三方印鉴为王孝慈之印。现在唯一剩下的还有一方"人生到此"印鉴，不知归属他们二人中的哪位。

另外，从彩色印刷的图片（见图六）中可以看出，原件首页"西门庆热结十弟兄"，破损残重，有拼接的痕迹，而下页"武二郎冷遇亲哥嫂"，左下方除了有虫蛀外，完好无损。可知，该叶的书口（即版心）是裂开的，后经整叶托裱。第一幅图的左下部分应是缺失的，回目"西门庆热结十弟兄"、桌子及桌上的纸张、靠版心处的三位人物以及其余人物的下部分等，都是后面参照它本在托裱纸上补画的，并且补画时非常认真，一丝不乱。但具体参照哪种本子补画，现在无从查证。就画面内容而言，梅节先生曾指出，"第一回'热结十弟兄'，王氏原图只十一人，十兄弟加一捧茶小厮，却缺了主礼的吴道官。上图甲、乙本，此图已经改画：加一大胡子吴道官，案上白纸加了三行字，小童短衣改长衫，十兄弟道袍曳地改为露脚。"① 其实北大本系统的本子与后出的附图张评本② 都是如此。杨彬先生也据梅节先生的描述作了介绍③，黄霖先生对此也提出了疑问④。从图六还可以看出，"人生到此""双莲华菴"两枚印章，也是修补后钤上的；版心上方的"金瓶梅"三字中，第二字"瓶"也经过描补。

由以上分析可以得出，在王孝慈收藏该图册之前，应是袁克文所藏，而且袁克文收藏时，第一幅图就已经残破，后经托裱修补，钤上印章。之后又由王孝慈先生收藏，后又辗转到了郑振铎先生手中。而王孝慈所收藏的崇祯本，其正文首叶，并无印章之类。可见，袁克文所收藏的只是 200 幅图册，没有正文；后图册转到王孝慈手中，与王孝慈所收藏的崇祯本正文是毫无关系的⑤。

---

① 梅节《瓶梅闲笔砚》，北京图书馆出版社 2008 年 2 月，第 120 页。

② 影松轩本《第一奇书金瓶梅》，大连图书馆藏，大连出版社 2000 年 4 月影印。

③ 杨彬《崇祯本金瓶梅研究》，文物出版社 2011 年 10 月版，第 41 页。杨先生在该书的开头附上了一些插图，此处指出附上了"上甲本系的插图（参看附图一、二）"。但对附图一、二对比，发现，两幅图完全相同，图二只是比图一少了三处印章：左上角的"（梦梅）馆"、右下角的"人生到此"和"双莲华菴"。虽然在第二幅图下标（上甲），其实还是与第一幅王氏藏本插图一样。

④ 黄霖《金瓶梅讲演录》，广西师范大学出版社 2008 年 10 月版，第 62 页，黄霖先生文章的结尾写道，"为什么后出的本子反而多出了胡须和文字呢？"由此即可有答案了，因为该图是补画的。

⑤ 笔者在之前写《金瓶梅崇祯本序列评议》一文时，还未见到中华书局出版的《西谛藏书善本图录》中所附的该叶彩色图片。

（二）关于崇祯本中内阁本系统的百幅图册

2002年，在北京中国书店春季拍卖会上出现了一册《金瓶梅图》。存95幅，竹纸，金镶玉装裱，缺封面扉页，中缝，上为书名，中为回数，下为回目及叶数。该图册的末尾钤有一长条印章，头三个字为"程景云"①，说明这图册藏者是单独收藏的，没有文本。

图二十　内阁本系统拍卖图　　　图二十一　王藏图　　　图二十二　王藏图

从拍卖会刊出第五十二、五十三回2幅图看（见图二十），绝对不是200幅图的简单"删减"②（见图二十一、二十二，王氏藏图）。如二百幅图的第五十二回"应伯爵山洞戏春娇"图，洞口上加了"藏春坞"三字，而第五十三回的"潘金莲惊散幽欢"图，天上却漏了一个月亮（表示夜黑）等。

从板框来看，百幅图为20.5×12厘米，而王氏藏二百幅图为20.8×14.9厘米③。由于板框大小有区别，所以绘制的图像也有差别。"对照百幅图册第五十二、五十三回两幅，王孝慈藏200幅图明显调整了构图比例，尤其是变百幅图的自然视角为特写视角，将焦点对准图中某些动作和事物，加以放大突出。

---

① 梅节先生所赠的拍卖会上刊出百幅图的第五十二、五十三回两幅，下有说明：书尾有一长条印章，头三个字为"程景云"，据拍卖会人员告知，他们查不到程为何人，应该没有多大名气，但章刻得很好。

② 梅节《瓶梅闲笔砚》，北京图书馆出版社2008年2月，第166页。

③ 百幅图的尺寸见于拍卖图所附的第五十二、五十三回图案下说明；而王氏藏200幅图尺寸见于上面所附的彩图天头说明文字。

可证它的绘刻应于百幅插图之后。百幅图的刻工有无记名，是不是与 200 幅图属同一批刻工不详。但王本的刻工多见于崇祯后期及清初……既然王孝慈本已被证明是入清的刻本，则和王图完全没有关系。"① 现在看来，梅节先生的分析是正确的。

内阁本系统这百幅图册的出现，恰恰也证实了孙楷第先生的记录是正确的。"内阁本图百叶，正文半叶 11 行，行 28 字，首东吴弄珠客序、廿公跋。"② 其开本约为 20.7×11.7 厘米；而北大本系统，其行款为半叶 10 行，行 22 字，开本约为 20.7×13.6 厘米。并且 200 幅图的本子，开本都比百幅图的阔大③。这百幅图与 200 幅图的开本大小，便是配合文本绘刻的，插图与文本是一致的。

另外，笔者通过对首图本插图④与王藏图仔细比较，虽然首图本插图比王藏图减狭了一些，但也绝不是简单的减狭。比如第十三回，插图回目都作"李瓶姐隔墙密约"，王藏本插图中的梯子是双线画的，首图本是实线条（见图二十三、二十四）；第二十回插图，左上部分中的吹笛及前面一人，两本左右画法不同（见图二十五、二十六）；第二十五回"吴月娘春昼秋千"，左下部分人物顺序不同（见图二十七、二十八）；第三十回二人跪的台阶步数不同（见图二十九、三十）等等。

图二十三　王藏图　　图二十四　首图本　　图二十五　王藏图　　图二十六　首图本

---

① 梅节《瓶梅闲笔砚》，北京图书馆出版社 2008 年 2 月，第 166 页。

② 孙楷第《中国通俗小说书目》，人民文学出版社 1982 年 12 月版，第 132 页。

③ 杨彬《崇祯本金瓶梅研究》，文物出版社 2011 年 10 月版，第 126 页表格。

④ 王汝梅《金瓶梅版本史》，齐鲁书社，2015 年 10 月版，在该书第 80 至 92 页，录入了多幅首图本插图。

图二十七　王藏图　　图二十八　首图本　　图二十九　王藏图　　图三十　首图本

由以上可知，崇祯本两个系统的《金瓶梅》插图，不管是 200 幅，还是 100 幅，都是配合各自的正文开本大小刊刻的。并且都是独立成册的[①]，不是附在文本上。而从北大本最后第九十七至一百回的 8 幅插图补刻来看[②]，原先也单独成册，因为装订在最后几回，容易造成残缺破损。所以现在的北大本插图分装在各回，是后来的改装。

七、结论

总之，从上述种种特征分析可以得出，崇祯本系统只存在着内阁本系统和北大本系统。内阁本系统版心沿袭早期刻本的形态，正文更趋向于词话本，但在卷题中未留下"词话"字样，说明它又不是改编自词话本，只能来自更早的抄本。而且在书名叶题"新镌绣像批评原本金瓶梅"，其版本是可靠的，并不是书商所为。北大本系统卷题混有"词话"二字，它们的刊刻在词话本板行之后；而此系统中的乙系天津本、上乙本、王藏本，它们的正文及首回回联"西门庆热结十兄弟"，已被第一奇书本沿用，是明末清初刊本，特别是王藏本第十七回的避清代文字狱，应该是入清以后的刻本。所以，崇祯本系统中，只存在着两大系统——内阁本系统和北大本系统，不存在所谓的二字行眉批本这种实际是混合型眉批的本子，其刊行最晚，可归入北大本系统中后出的本子。

由以上对崇祯本版本情况的论述，我们也可以列出其流变过程：

第一代：

---

① 唯独天津本的插图分装在各回之前。

② 北大本这 8 幅图与王氏藏图比较，系重刻。

内阁本（东洋本）

首图本

第二代：

上甲本（北大本、天理本）

第三代：

天津本（上乙本）

王藏本

［作者简介］汪炳泉，业余从事古典文学研究。

第一奇书的一个重要版本

——苹华堂藏版《彭城张竹坡批评金瓶梅第一奇书》评议

王军明　吴　敢

内容提要　第一奇书的版本众多，其当重视者约有二三十种。此二三十种约可分列为八九个系统。其早期刊本均无回评、图，但有凡例、第一奇书非淫书论。康熙乙亥本当为原刊本。苹华堂本是仅次于原刊本系统的早期刊本，是为第一奇书首先增订图像者，其所增图像出自崇祯本。

关键词　第一奇书　版本系统　原刊本　苹华堂本

第一奇书存世版本有上百种之多，其原刊本有在兹堂本、皋鹤堂本、康熙乙亥本和本衙藏版翻刻必究本等几说。苹华堂藏版〈彭城张竹坡批评金瓶梅第一奇书〉本是仅次于在兹堂本、皋鹤草堂本、康熙乙亥本的早期刊本，是为第一奇书首先增订图像者，其所增图像出自崇祯本。苹华堂本不但是独立的本子，其张竹坡的批评也信实可用。

第一奇书的版本系统

《第一奇书金瓶梅》存世版本有上百种之多，已知者约有（翻译本、删节本、无法著录本、民国及其以后本除外）：

1. 李笠翁先生著康熙乙亥年第一奇书本（无图、回评，有凡例、第一奇书非淫书论）

2. 在兹堂李笠翁先生著康熙乙亥年第一奇书本（无图、回评，有凡例、第一奇书非淫书论）

3. 皋鹤草堂梓行彭城张竹坡批点第一奇书金瓶梅姑苏原版本（无图、回评，

有凡例、第一奇书非淫书论）

4. 皋鹤草堂梓行彭城张竹坡批点第一奇书金瓶梅姑苏原版涂抹本（无图、回评，有凡例、第一奇书非淫书论）

5. 皋鹤堂批评第一奇书金瓶梅（版记不详，无图、回评，有凡例、第一奇书非淫书论，寓意说多 227 字）（韩国首尔梨花女子大学藏本）

6. 苹华堂藏版彭城张竹坡批评金瓶梅第一奇书本（无回评，有图、凡例、第一奇书非淫书论）

7. 本衙藏版翻刻必究彭城张竹坡批评金瓶梅第一奇书本（无回评、凡例、第一奇书非淫书论，有图）（即鸟居久晴说"此书居于第一奇书中的善本"、刘辉认为"此本是第一奇书中刻工最精者"）

8. 本衙藏版翻刻必究彭城张竹坡批评金瓶梅第一奇书本（无回评、凡例、第一奇书非淫书论，有图）（首都图书馆藏）

9. 本衙藏版翻刻必究彭城张竹坡批评金瓶梅第一奇书本（无印刷图、有回评、凡例、第一奇书非淫书论，寓意说多 227 字）（王汝梅《张竹坡批评金瓶梅第一奇书·校点后记》说"摹刻崇祯本图"）（大连图书馆藏）

10. 本衙藏版翻刻必究彭城张竹坡批评金瓶梅第一奇书本（无凡例、第一奇书非淫书论，有图、回评）（吉林大学图书馆藏）

11. 彭城张竹坡批评第一奇书本（无图、凡例、第一奇书非淫书论，有回评）

12. 影松轩藏版彭城张竹坡批评第一奇书绣像金瓶梅（无凡例、第一奇书非淫书论，有图、回评）

13. 本衙藏版彭城张竹坡批评全像金瓶梅第一奇书本（无凡例、第一奇书非淫书论，有图、回评）

14. 本衙藏版翻刻必究彭城张竹坡批评金瓶梅第一奇书本（无凡例、第一奇书非淫书论，有图，回评？）

15. 本衙藏版彭城张竹坡批评全像金瓶梅第一奇书本（袖珍本，无凡例，有第一奇书非淫书论，图？回评？）

16. 玩花书屋藏版彭城张竹坡批评全像金瓶梅第一奇书本（袖珍小字本，无凡例、第一奇书非淫书论，有图、回评）

17. 崇经堂刻本本衙藏版彭城张竹坡批评全像金瓶梅第一奇书本（袖珍小字本，无凡例，有图、回评、第一奇书非淫书论）

18. 目睹堂藏版新刻绣像批评第一奇书金瓶梅本（无谢颐序，有弄珠客序、图、回评）

19. 金间书业堂本绣像第一奇书金瓶梅（有图）

20. 本衙藏版彭城张竹坡原本金圣叹批点奇书第四种丁印初刻本（无凡例、第一奇书非淫书论，有图、回评）

21. 积翠馆本乾隆四十六年刻金瓶梅

22. 玩花□□彭城张竹坡批□全像金瓶梅第一奇书本（有回评，有图 40 叶 80 幅，未知有否凡例、第一奇书非淫书论）

23. 本衙藏版彭城张竹坡批评第一奇书本（有回评，第一册有 20 人左右书中人物插图和图赞，未知有否凡例、第一奇书非淫书论）

24. 本衙藏版彭城张竹坡批评第一奇书本（有回评，第一册有 20 人左右书中人物插图和图赞，未知有否凡例、第一奇书非淫书论）

25. 本衙藏版彭城张竹坡批评广升堂第一奇书醒世奇书正续合编（袖珍本，无凡例、第一奇书非淫书论，有图，图为 20 人画像，并有判词，回评？）

26. 湖南刻本（见孙楷第《中国通俗小说书目》）

27. 多妻鉴（苏州刻大字本、四川刻小字本、袖珍本）

28. 福建如是山房第一奇书金瓶梅木活字本（无凡例、第一奇书非淫书论，有图、回评）

29. 日本东京爱田书屋石印本增图像皋鹤草堂奇书全集

30. 东洋石印油光纸小字皋鹤堂第一奇书本（见戴不凡《小说见闻录》）

第一奇书的版本比较复杂，系统性也不强。这是因为有清一代流传的《金瓶梅》版本，基本都是第一奇书本，不但评点者及其亲属印制再版，而且书商牟利争相刊布，遍及全中国，流布海内外，而且越到后来越觉繁杂无序。但其早期刊本，似仍有迹可循。

学界有以有无图像分列系统者，有以有无回评分列系统者，还有以有无《凡例》《第一奇书非淫书论》甄别系统者。虽皆有可说之处，但仍需细加推敲。本文主张以有无回评区别系统，但尚要参酌有无图像，甚至还要参酌有无《凡例》和《第一奇书非淫书论》。

要之，第一奇书的版本类别有八，首先是早期无图、无回评，有凡例、第一奇书非淫书论者，即本文前 5 种。其中，韩国首尔梨花女子大学藏本，寓意说多 227 字，亦可单列。其次是无回评，有图、凡例、第一奇书非淫书论者，即本文第 6 种。第三是无回评、凡例、第一奇书非淫书论，有图者，即本文第 7、8 两种。第四是有回评、凡例、第一奇书非淫书论，无图，寓意说多 227 字者，即本文第 9 种。第五是有回评，无图、凡例、第一奇书非淫书论者，即本文第 10、11 种。第六是有回评、图，无凡例、第一奇书非淫书论者，即本文第 12、13、14、20 种。第七是袖珍本者，即本文第 15、16、17 种。第八是其余。

另外，还有删节本、翻译本。翻译本且不论，其删节本，如济水太素轩新刻金瓶梅奇书本（无图、回评、附录）、本衙藏版新刻金瓶梅奇书本（见阿英《小说三谈》）、六堂藏版新刻金瓶梅奇书嘉庆丙子本（无图、回评、附录）、香港光绪二十五年石印本新镌绘图第一奇书钟情传等，亦有可观之处。

第一奇书的原刊本

关于第一奇书的原刊本，有以下几说：一是在兹堂本，戴不凡倡论[1]。二是皋鹤堂本，鸟居久晴主张[2]，吴敢曾附议[3]。三是康熙乙亥本，刘辉论定[4]。文革红附议，但认为是徐州市图书馆藏本[5]。四是本衙藏版翻刻必究本，王汝梅首倡[6]，黄霖以存疑口气附议[7]。李金泉认为虽难说其是初刻本，但是目前已知第一奇书版本之最早者[8]。

戴不凡是凭经验感觉，鸟居久晴是凭谢颐序立论，虽不能说完全没有道理，但均未展开论证，很难作为定论。文革红主要是考证刊刻地点，暂与本节无关。

吴敢附议说：

"早期刊本与中晚期刊本的版本特征有许多不同。其中一点突出的差异，

① 戴不凡《小说见闻录》，浙江人民出版社 1980 年版，第 141 页。

② ［日］鸟居久晴《金瓶梅版本考》，《日本研究金瓶梅论文集》，齐鲁书社 1989 年版，第 36 页。

③ 吴敢《张竹坡与〈金瓶梅〉研究》，文物出版社 2009 年版，第 190 页。

④ 刘辉《金瓶梅成书与版本研究》，辽宁人民出版社 1988 年版，第 78 页。

⑤ 文革红《张竹坡批评第一奇书金瓶梅"康熙乙亥本"刊刻地点考》，《江西财经大学学报》2005 年第 4 期.

⑥ 王汝梅《王汝梅解读金瓶梅》，时代文艺出版社 1988 年版，第 113 页。

⑦ 黄霖《皋鹤堂批评第一奇书金瓶梅·序》册二，台湾学生书局 2014 年版，第 1 页。

⑧ 李金泉《皋鹤堂批评第一奇书金瓶梅·代后记》册二二，台湾学生书局 2014 年版，第 10 页。

是中晚期刊本在封面上增刻有'彭城张竹坡批评'字样，而正文书题则为《皋鹤堂批评第一奇书金瓶梅》。如在兹堂本，系早期覆刻本之一，封面书题《第一奇书》，正文书题《皋鹤堂批评第一奇书金瓶梅》。到了稍晚一点的影松轩本，封面书题增改为《彭城张竹坡批评金瓶梅第一奇书》，正文书题同在兹堂本。再晚一些的本衙藏板本，封面书题《彭城张竹坡批评全像金瓶梅第一奇书》，正文书题仍同在兹堂本。如此排比一下，便可看出其中的机窍。'皋鹤堂批评金瓶梅'与'张竹坡批评金瓶梅'，原来只是同一种含意的两种不同说法而已。有一种日本石印油光纸小字本，则干脆在扉页上径署'皋鹤堂第一奇书'。在此之前，《金瓶梅》的研究者似乎都忽略了这一微妙的关系。'皋鹤堂批评'的是《金瓶梅》，'张竹坡批评'的也是《金瓶梅》，而且晚清以前又仅有一种批评本《金瓶梅》，不言而喻，皋鹤堂是张竹坡的堂号。

《诗经·小雅·鹤鸣》：'鹤鸣于九皋'。这是皋鹤堂的语源出处。而自北宋张山人放鹤云龙山、苏轼为作《放鹤亭记》以来，鹤常被看作彭城的象征。张竹坡以皋鹤堂作堂号，应该说是十分典贴高雅的。据笔者调查，张竹坡的故居，即在徐州云龙山北户部山南坡。在其故居凭轩观山，放鹤亭举首可见。竹坡或者是久睹合契，方才灵犀一点的吧？

既然皋鹤堂是张竹坡的堂号，皋鹤草堂本自当为张评《金瓶梅》的自刊本。《仲兄竹坡传》：'遂键户旬有余日而批成。或曰：此稿货之坊间，可获重价。兄曰：吾岂谋利而为之耶？吾将梓以问世，使天下人共赏文字之美，不亦可乎？遂付剞劂。'话说得再明白不过，皋鹤草堂本不但是自刊本，而且是原刊本。张竹坡以皋鹤草堂名义自刊《金瓶梅》的地点，应该就是他的故园徐州。'遂付剞劂'，说明稿成即行付梓，中间并无间隔。他不愿意'货之坊间'，当然他不会到外地去联系出版商。下文将要证明，最迟至康熙三十五年丙子春，《金瓶梅》张评初刻本最后竣工。就是说，张竹坡自刊《金瓶梅》的时间，只有康熙三十四年（1695）正月至年底这大半年时间，工程量摆在那里，也不容许他耽搁。后文还要讲到，梓工报竣以后，是张竹坡本人将书运到金陵销售的。因此，即便当时徐州有坊贾，竹坡也未让他们承刊本书。至于皋鹤草堂本封面刻有'姑苏原板'字样，当系张竹坡的伪托。康雍间，《张氏族谱》修成，也是在徐州家刻的。'谱约千页'，'盈尺之书'，'随手付梓，编次方完，而梓人报竣'（《张氏族谱》张道渊雍正十一年后序）。《张氏族谱》系仿宋大字本，字体端正，用刀圆熟，说明当时的刻书力量与刻字技术都是相当可观的。《张氏族谱》的刊刻，六越月而毕事。张竹坡在徐州用大半年时间自刊《金瓶梅》，当然也是完全可能实现的。"①

这一段话有对有错，容留下文辩析。

刘辉认为：

第一奇书本，可分两个系统，主要区别在于有无回评。首都图书馆所藏康熙乙亥（1695）刻本及在兹堂本、皋鹤草堂本，皆为同一版式，半叶11行，行22字。扉页上端为"康熙乙亥年"，版心为"第一奇书"，署为"李笠翁先生著"。我们不妨统称为康熙乙亥本。而又有皋鹤草堂梓行本者，版心则为"第一奇书金瓶梅"，并有小字"姑苏原刻"，署为"彭城张竹坡批点"，显系康熙乙亥本的翻刻本。康熙乙亥本为第一奇书的最早刊本，无图亦无回评。

我们所以判定康熙乙亥本为第一奇书的最早刊本，乃是因为张竹坡在是年三月才完成了对《金瓶梅》的批评，遂立即付梓，这是学术界共认的事实……张竹坡生于康熙九年庚戌（1670）七月二十六日，他自己说："况小子年始二十有六，素与人全无恩怨，本非借不律以泄愤懑，又非囊有余钱，借梨枣以博虚名。"康熙三十四年乙亥，竹坡恰为二十六岁。更有力地证明了这一年张竹坡评本第一奇书付刻……

康熙乙亥本第一奇书，为什么没有回评呢？先看张竹坡自己的一段论述："《水浒传》圣叹批处，大抵皆腹中小批居多。予书刊数十回后，或以此为言，予笑曰：《水浒》是现成大段毕具的文字，如一百八人，各有一传，虽有穿插，实次第分明，故圣叹止批其字句也。若《金瓶》乃隐大段精彩于琐碎之中，止分别字句，细心者皆可为，而反失其大段精彩也。然我后数十回内，亦随手补入小批。是故欲知文字纲领者，看上半部；欲随目成趣，知文字细密者，看下半部，亦何不可！"②有人据此认为竹坡所说"文字纲领"即指每回回评而言，故带有回评者应为第一奇书的早期刻本。此说纯系误解。竹坡所言"文字纲领"，系指全书众多的附录部分，

---

① 吴敢《张竹坡与〈金瓶梅〉研究》，文物出版社 2009 年版，第 189—191 页。
② 第一奇书·凡例。

包括《读法》一百零八则、《竹坡闲话》《寓意说》等在内。这才是张竹坡批评《金瓶梅》的真正"纲领"，而非指每回回前的评论。张竹坡又说："此书非有意刊行，偶因一时文兴，借此一试目力，且成于十数天内。"（同前）十数天内写下十余万言的附录、夹批、旁批、回评，是无论如何也办不到的。较为符合实际的是：张竹坡批评《金瓶梅》并不是'十数天内'一次完成的，用他自己的话说：'此书卷帙浩繁，偶尔批成，适有工便，随刊呈世。'（同前）所以，应是边批边'随刊呈世'。现在看来，附录部分，文内夹批、旁批，是张竹坡于康熙乙亥年三月最先完成的，随后拿去付刻。而所有回评，则系以后所补评，故第一奇书的最早刊本，皆无回评。①

刘辉的论述，颇足警策，亦容留下文辩证。

王汝梅关于第一奇书原刊本有过不同的表述，兹以其最新表述为据，他说："大连图藏本为张竹坡于康熙三十四年（1695）刊刻的初刻本。"②宋真荣《论韩国梨花女子大学所藏〈皋鹤堂批评第一奇书金瓶梅〉》对王汝梅的观点有一全面的描述，兹引录如下："王汝梅则主张大连图书馆、吉林大学图书馆和首都图书馆所藏的本衙藏本翻印必究本是最初的第一奇书本，把这些命名为'张评康熙本'。在现在这些见解中，以最新材料为证据的王汝梅的主张在学界受到很多支持。根据他的主张，大连图书馆所藏本在时代上最靠前。吉林大学图书馆的收藏本是对大连图书馆收藏本进行略微修正，对崇祯本的插图补充以后重新出刊的。首都图书馆收藏本是和吉林大学图书馆收藏本一致，没有收录回评的的刻本。还有现存的很多第一奇书本基本是以张评康熙本为根据而翻印的，根据回评收录与否分为两类。"③

李金泉对王汝梅的观点亦有一全面的描述，兹引录如下：

> 1988年，王汝梅先生整理校点的《第一奇书》删节本在齐鲁书社出版，在"校点后记"中，王汝梅先生认为吉林大学图书馆和首都图书馆藏的"本衙藏版翻印必究"本是第一奇书的原刊本，前者有回前评，称为"张评甲本"，后者无回前评，称为"张评乙本"。1994年，吉林大学

① 刘辉《金瓶梅成书与版本研究》，辽宁人民出版社1988年版，第78—81页。
② 王汝梅《金瓶梅版本史》，齐鲁书社2015年版，第118页。
③ 《金瓶梅研究》第十辑，北京艺术与科学电子出版社2011年版。

出版社又出版了王汝梅先生校注的《第一奇书》繁体竖排删节本，在"前言"中王汝梅先生认为新发现的大连图书馆藏"本衙藏版翻印必究"本是《第一奇书》的初刻本，并改称此版本为"张评甲本"，又判断吉林大学图书馆藏本为初刻本的覆刻本，亦改称为"张评乙本"。近年，韩国学者在韩国梨花女子大学又发现一部与大连图书馆本似乎同版的《第一奇书》版本（《寓意说》末尾亦多出 227 字），但无回前评。因笔者尚未寓目此书，还不能判断此书与大连本的确切关系，但按照王汝梅先生对《第一奇书》的命名方法，将此书称为"张评乙本"似更合适。从目前已知的《第一奇书》的版本来看，大连图书馆藏本应该是最早的，但该本是否就是初刻本，尚存很多疑问。①

黄霖在《皋鹤堂批评第一奇书金瓶梅·序》中说："从目前的研究状况来看，大连图书馆所藏的'本衙藏板翻刻必究'本可能是初刻本，其后翻刻的有首都图书馆、吉林大学图书馆及日本东洋文库藏'本衙藏板翻刻必究'本、在兹堂本、康熙乙亥本、皋鹤草堂梓行本、本衙藏板本、影松轩本、四大奇书第四种本、目睹堂本、玩花书屋本、积翠馆本、崇经堂本、太素轩本、如是山房活字本等等，其中有的尽管打着同一书肆的牌记，但内容与印次未必全同；反之，有的虽然是由不同书肆出版，但其内容倒基本一致，所以情况极为复杂。而张竹坡批评的《第一奇书》本虽为后出，但在《金瓶梅》流变史上、特别是在《金瓶梅》批评史、乃至在整个中国古代文学批评史上，都有重要的地位，故很有必要予以深入、细致的研究。这当然要包括对于它的版本进行探究与梳理。最近，社会上又发现了'第一奇书'系统中的一种新的版本，即苹华堂刊《皋鹤堂批评第一奇书金瓶梅》，以前从未著录，系存世孤本。据初步研究，此本确为'第一奇书'的早期的刻本，目前流传较多的在兹堂本、康熙乙亥本、皋鹤草堂本，可能都源出于此，故很有研究价值，意义重大。"显然，黄霖认为苹华堂本虽然早于在兹堂本、康熙乙亥本、皋鹤草堂本，但晚于'本衙藏板翻刻必究'本，至少是晚于大连图书馆藏本。

而本文认为第一奇书的早期刊本，应该是既无图像又无回评，且当均有凡例、第一奇书非淫书论的本子。兹连同刘辉、王汝梅、宋真荣、李金泉、黄霖

---

① 李金泉《皋鹤堂批评第一奇书金瓶梅·代后记》，台湾学生书局 2014 年版，第 22 册第 9 页。

所论一总辨证如次：

初刻本是张竹坡自刊本。张竹坡自刊《金瓶梅》的时间在康熙三十四年（1695）正月至康熙三十五年（1696）春。在张竹坡有生之年，张竹坡不但是《金瓶梅》的评点者，而且是第一奇书本《金瓶梅》的发行人。张竹坡发行第一奇书本《金瓶梅》路线，确切知道是徐州—南京—扬州—苏州。以上四条，铁板钉钉，不容置疑，是讨论第一奇书原刊本的前提。具体请参见拙著《张竹坡与〈金瓶梅〉研究》（下文的一些详细内容也请参酌该书）。

张竹坡评点《金瓶梅》既是一次完成的，又是不断增订的。张竹坡评点《金瓶梅》的文字约有十几万字之多，而且系统性、理论性、文学性很强，张竹坡再是天才，他的写作能力再强，也不可能在十数天内全部完成。而连同《读法》、回评在内，学界公认均完成于张竹坡本人之手。那就应当有一个写作的先后，才能由一人毕其全功。纵便张竹坡运筹帷幄，对《金瓶梅》的批评，酝酿有自，考虑经年，也只能一项一项的写，一部分一部分的进行。何况，康熙三十五年（1696）春，张竹坡到南京不仅是发行第一奇书，更主要的是准备第五次参加秋闱，他也没有用全部时间来评点《金瓶梅》。

由此可以推论说，张竹坡自刊第一奇书，应该不止一次。也就是说，张竹坡自刊第一奇书的版本，应该不止一种。张竹坡评点并自刊并发行原刊本后，因为彭城张氏家族的排斥，就再也没有回到家乡徐州。他在徐州评点与刊刻第一奇书不能大张旗鼓地进行，加上时日短促，所以康熙乙亥本第一奇书初次刷印的印数不可能太多。第一奇书的发行又广受社会欢迎，张竹坡的生活来源且主要是甚至全部是发行第一奇书的收入，所以他必须再版。如果再版，其增添内容与改变版式，自所当然。自康熙三十五年（1696）春至康熙三十七年（1698）春，有两年时间，张竹坡活动在南京、扬州、苏州，而且从康熙三十五年秋起，他在以上三地的唯一任务，就是发行第一奇书。发行之际，或发行之余，张竹坡新有想法，或参酌发行反馈，对原版增订评点内容，应是分内之事。另外，张竹坡可能是带着第一奇书的原版外出发行的（当然原版仍存徐州，其中间潜回徐州再版或由其胞弟张道渊相助，也并非没有可能），这才有他"殁后将刊板抵偿夙逋于汪仓孚"[①]一说。

---

① 《金瓶梅研究》第十辑，北京艺术与科学电子出版社 2011 年版。

那么，第一奇书《金瓶梅》的原刊本究竟是何版本呢？

毫无疑问，是1、2两种其中一种。

众所周知，只有这两个版本标注"李笠翁先生著"。此"李笠翁先生著"，看似滑稽，却很有隐情。其一，李笠翁并没有著《金瓶梅》，这一点，张竹坡明白（他家就有《金瓶梅》，李笠翁与他父亲是好朋友，曾在他家住了将近一年之久），当时全社会也明白。显然，此"著"字非指《金瓶梅》而为《金瓶梅》批评。其二，《第一奇书》批点、刊刻、发行之前，张竹坡尚是无名小子，其要发行《第一奇书》，必须找一个由头，于是借用父执、名流李笠翁之名，可说是信手拈来。其三，崇祯本上的评语为李笠翁所为，是学术界主要观点之一，倘若是，李笠翁在彭城肯定向张竹坡的父亲张翱夸述过，张竹坡早已了然于心。其四，张竹坡批评《金瓶梅》的底本正是崇祯本，张竹坡批评《金瓶梅》也明显受有崇祯本批评的影响。其五，张竹坡到南京发行《第一奇书》之后，好评如潮，名闻遐迩。张竹坡批评《金瓶梅》，已经是众所周知。如果再版《第一奇书》，就已经没有必要再借用李笠翁之名。所以，其后的所有《第一奇书》版本，标明的都是"彭城张竹坡批评"。

无图、无回评应为《第一奇书》原刊本的面貌。

关于图像，张竹坡以一己之力刊刻《第一奇书》，在他批评《金瓶梅》时，父亲已经过世多年，大伯父张胆、二伯父张铎也已捐馆，家庭经济已不富裕。加上他急于发行《第一奇书》，当尽量减少雕版，原刊本之没有图像，不难理解。

关于回评，此乃张竹坡评点《金瓶梅》文字中字数与工作量最大的一个部类，他在十数天内无论如何都不能完成的，正是这一部类。何况，他所使用的底本（崇祯本）原本没有回评而能够发行，他何必急于完成，影响出版？而且，虽然没有回评，有了《读法》和其他附录、杂录，并不影响他对《金瓶梅》做全面的评点。所以说原刊本没有回评，也是自然而然。

至于刘廷玑所说"彭城张竹坡为之先总大纲，次则逐卷逐段分注批点，可以继武圣叹，是惩是劝，一目了然"[①]云云，一些研究者认为其所谓"大纲"就是回评，因为是"先总"，故应先做回评，也有望文生义之嫌。不要说刘廷玑说这一段话是在张竹坡谢世经年之后，他的话自然包含张竹坡评点《金瓶梅》

---

① ［清］刘廷玑撰，张守谦点校《在园杂志》卷二，中华书局2005年版，第84页。

的全部内容，即就其所说"大纲"，也当为《读法》《凡例》《第一奇书非淫书论》等附录。倒是其"逐卷逐段分注批点"云，可能是指回评、眉批。

有《凡例》《第一奇书非淫书论》亦是《第一奇书》原刊本的面貌。凡例一出，批评旨意、模式立具。没有凡例，如何批书。"第一奇书非淫书论"是张竹坡批评《金瓶梅》的旗帜，清初禁读淫书，彭城张氏不但是官宦之家，因为张竹坡的祖父张垣抗清牺牲的缘故，尤其要求家族成员不做伤风害俗、违法乱纪之事，所以，要想批评《金瓶梅》，首先就要为其脱掉淫书的帽子。因此，"第一奇书非淫书论"必须张扬在先，此一旗帜如何能在原刊本中不出现？

因此，认定1、2为原刊本，理所当然。

那么，1、2又哪一个是原刊本呢？

1似为原刊本。张竹坡在原刊本中既然已经借用李笠翁的大名，就隐瞒了自己的真实姓名。在此情况下，多一出版机构，岂非欲盖弥彰。可能是原本张竹坡拟以在兹堂名义出版《第一奇书》，雕版完成后，因为种种原因又放弃了初衷，而将出版堂号挖去。第一奇书在南京、扬州发行的成功，使得社会对第一奇书的购买量大幅提升，恢复出版堂号已经无所顾忌，所以，2应为1的翻刻本。其翻刻地点不是南京就是扬州。康熙乙亥本、在兹堂本的出版人，当然都是张竹坡本人。

由张竹坡本人出版的第一奇书还有皋鹤草堂本，即本文3、4两种。即便是第一奇书的原刊本，正文都有"皋鹤堂批评第一奇书金瓶梅"字样。皋鹤堂是张竹坡的堂号，张竹坡在使用李笠翁为招牌时，并没有忘记在书中打上自己的牌记。经过南京、扬州的发行，张竹坡虽然名声大振，其寓居苏州之时，已是心力交瘁，自感不好，已经准备放弃《金瓶梅》的发行，而另觅进途。所以，他在苏州最后一两次再版第一奇书时，便堂堂正正的使用了自己的堂号作为出版机构。3在先，4在后，张竹坡在苏州可能印制了两次第一奇书。

李金泉说："根据笔者所见，在兹堂本、康熙乙亥本及皋鹤草堂本大概是《第一奇书》流传下来数量最多的版本，不仅中外各大图书馆有藏，而且近年国内各大拍卖公司所拍的《第一奇书》中，最常见的也是在兹堂系版本，尤以康熙乙亥本为最多。"① 因为张竹坡的全力评点、刊刻、发行，第一奇书的最大

---

① 李金泉《皋鹤堂批评第一奇书金瓶梅·代后记》，台湾学生书局2014年版，册二二第3页。

发行量，是在张竹坡生前。尤其是南京发行，既为首发，更为风行。康熙乙亥本之所以存世最多，正是因为其为原刊并经多次刷印所致。

至于5，有可能是张道渊所刊行。对于大连图书馆藏本与梨花女子大学藏本多出的227字，我赞同刘辉的观点，其乃张道渊所增补。[①] 张道渊增补刊行第一奇书的时间，当在康熙五十七年至雍正十一年之间。康熙五十七年至康熙六十年间，经堂兄张道源提议，张道渊接受修谱重任，"正在发刊，忽以他务纠缠，奔走于吴中白下之途……只得暂为辍工。"[②] 辍工的原因，我赞同王汝梅的观点，所谓"他务纠缠"，是因为其胞兄张竹坡的债务。他所去的地方，正是南京、苏州。在苏州，他刊行了第一奇书。《张氏族谱》最后在雍正十一年（　　）竣工，他在苏州刊行第一奇书的时间，当在雍正十一年之前。

如此，则目前存世的两部多出227字本第一奇书，梨花女子大学本应为早出本。梨花女子大学本的出版机构，可能是"本衙藏版翻刻必究"，也可能是皋鹤草堂本的第三次翻刻本。究竟如何，容留有心者详细比对。

至于大连图书馆藏本，肯定不是第一奇书的原刊本。其一，寓意说多出的227字，不可能出自原刊本。上文说过此227字出于张道渊之手，在张竹坡有生之年，他无论如何都不可能在其胞兄的评点书中加上这一段关于哥哥生平行谊的话。其二，该本有回评，不是初刻本的面貌。其三，张竹坡直到在苏州印行皋鹤草堂本才第一次署上自己的郡望和大名，此本"彭城张竹坡批评"云云，显系后出。其四，主倡此说者王汝梅在《金瓶梅版本史》第七章中论证大连本是初刻本的四条理由，第一条即为227字出于张竹坡之手，系首次发现，具有重要文献价值；其余三条均为大连本与吉林大学本的比较，皆与是否原刊本无直接关系。大连本非但不是原刊本，其比梨花女子大学本还要晚，甚至比7、8两种"本衙藏版翻印必究"本都晚。

苹华堂本在第一奇书版本系统中的位置

按照本文的观点，苹华堂藏版彭城张竹坡批评金瓶梅第一奇书本，亦是第一奇书的早期刊本之一。苹华堂本无回评，有凡例、第一奇书非淫书论，说明

① 《会评会校金瓶梅再版后记》，《金瓶梅研究》第七辑，知识出版社2002年版。
② 乾隆四十二年本《张氏族谱》录张道渊雍正十一年后序。

其底本是第一奇书的早期刊本。

李金泉认为苹华堂本是在兹堂本、康熙乙亥本、皋鹤草堂本所谓"在兹堂系"版本的祖本，而且认为"在兹堂系"三版本的刷印时间依次为在兹堂本、康熙乙亥本、皋鹤草堂本。为什么认为在兹堂本不是"在兹堂系"的最早刻本？李金泉说："一般来说，刻版的损坏是经过较长时间的不断刷印造成的，所以在兹堂本也不可能是此系统《第一奇书》的最早刻本。"[①] 这一段话有几处值得商榷。其一，李金泉见到的、甚至可以说目前已经发现的"在兹堂系"第一奇书，是不是该系的所有版本，不能遽然认定。其二，有所损坏的刻版，有可能是第一次的雕版，只不过它被刷印次数较多而已。按照李金泉的说法"在兹堂本、康熙乙亥本及皋鹤草堂梓行本三种版本其实是用同一刻版在不同时期的刷印而已，从版本学上讲只能算做一种版本"[②]，有不同程度损坏的此三种版本都有可能是第一次的雕版，也就是都有可能为最早的版本。其三，版式损坏程度与今存书籍之间很难建立对应关系，从版式损坏程度论定版本的早晚，本身就不能成立。

李金泉将苹华堂本归入"在兹堂系"颇有道理，但认为苹华堂本因为版式最为完整，所以在"在兹堂系"中版刻最早，却缺乏根据。恰恰相反，因为苹华堂本的版式较为完整，说明其刷印次数较少，只能是较为晚出的版本。

李金泉还从眉批的多寡来证明苹华堂本为"在兹堂系"的祖本，他说："苹华堂本和在兹堂系版本差异还在于眉批的多寡。前者是初刻初印，当然眉批最多最完整。随着书版的不断刷印，刻版逐渐磨损，尤其是眉批，最易缺失。"[③] 前文已经说到，张竹坡评点《金瓶梅》是随批随刊，也就是说他的《金瓶梅》评点是前赴后继不断累积而完成的，眉批、旁批尤其是如此。因此，恰恰相反，眉批最多者，并不是初刻初印。还可以进一步说，从眉批、旁批来判断版本的早晚，如果不是无一遗漏地比对（做到这一点几乎不可能），便很难成立。

李金泉说："在《第一奇书》版本中，苹华堂本的重要性仅次于初刻本，其地位和吉林大学本及首图本相当。在苹华堂本出现之前，此系统版本我们所

---

① 李金泉《皋鹤堂批评第一奇书金瓶梅·代后记》，台湾学生书局 2014 年版，册二二第 1—2 页。

② 同上

③ 同上，第 9 页。

能见到的是在兹堂本、乙亥本和皋鹤草堂本，尽管三个版本用的就是苹华堂本的原刊版，但因为经过无数次的刷印，刻版已经严重损坏，版面也模糊不清，从而造成内容缺失，给研究者带来极大困难。而苹华堂本版面文字清晰，内容也很完整，无论是阅读还是研究都无文字上的障碍，亦可校订它本之失。更重要的是，它的出现彻底解决了在兹堂本、乙亥本和皋鹤草堂本三个版本的关系问题，也使在兹堂本或乙亥本为《第一奇书》初刻本的观点遭到了彻底的否定，这就是苹华堂本最大的价值所在。"① 遗憾的是，如本文前文所述，因为其立论的根据，或不能成立，或有待续证，这一段话，除了所说苹华堂本阅读、校订价值之外，基本都不能作为结论。

然而，苹华堂本确是仅次于康熙乙亥本、在兹堂本、皋鹤草堂本的早期刊本，是为第一奇书首先增订图像者，其所增图像出自崇祯本。如果如李金泉所说，该本原无图像，其图像乃收藏者所添补（这种可能性从理论上说存在），则该本出版时间，距离皋鹤草堂本，将较为接近。是否为汪仓孚者流所刊，也并非没有可能。

兹以刘辉、吴敢辑校之《会评会校金瓶梅》（天地图书有限公司，香港1994）与苹华堂本比对，其眉批、旁批、夹批，条数、文字基本相同，只有四处略有不同：

一、正文：就是哥这边二嫂子的侄女儿，桂卿的妹子，叫作桂姐儿。

《会评会校金瓶梅》在"侄女""妹子"处旁批"一重亲""一重亲"；

苹华堂本在"侄女""妹子"处旁批"重亲""重亲"。

二、正文：上面挂的是昊天金阙玉皇上帝，两边挂着的紫府星官。

《会评会校金瓶梅》在"昊天金阙"处旁批"一个陪客"，在"紫府星官"处旁批"两个陪客"；

苹华堂本在"昊天金阙"处旁批"个借客"，在"紫府星官"处旁批"两个信容"。

三、正文：那夫人叉手便向前，便道："叔叔万福！"

《会评会校金瓶梅》在"叔叔"后夹批"一"；

苹华堂本将"一"印入正文。

---

① 李金泉《皋鹤堂批评第一奇书金瓶梅·代后记》，台湾学生书局2014年版，册二二第12页。

四、正文：那夫人拿起酒来道："叔叔休怪，没甚管待，请杯儿水酒。"

《会评会校金瓶梅》在"叔叔"后夹批"十一"；

苹华堂本在"叔叔"后夹批"十"。

由此可见，仅为个别字词的刻误。苹华堂本不但是独立的本子，其张竹坡的批评也信实可用。

［作者简介］王军明，徐州工程学院人文学院副教授；吴敢，江苏师范大学文学院教授。